GOLDMANN

Buch

Mit blitzenden Revolvern an den Hüften und einem siegesgewissen Lächeln in den strahlendblauen Augen reitet Slade Maverick an einem grauen Wintertag in die Stadt. Rachel Wilder kann nicht glauben, daß ausgerechnet dieser gefährliche und berüchtigte Revolverheld nach Wichita gekommen ist, um acht verwaiste Kinder in seine Obhut zu nehmen. Mißtrauisch, kühl und unnahbar, mit blitzenden grünen Augen, dabei ebenso schön und wild wie die Prärie, tritt sie ihm entgegen. Doch so sehr sie sich auch dagegen wehrt, in seiner Nähe fällt es ihr immer schwerer, ihre abweisende Fassade aufrechtzuerhalten, nachts beginnt sie von seinen Küssen zu träumen. Tief in ihrem Herzen weiß sie längst: Das ist der Mann, nach dem sie sich ihr ganzes Leben lang gesehnt hat. Und sie wird sich nicht mit einem Teil von ihm zufriedengeben – sie will ihn ganz. Doch dazu wird sie erst die Mauer, die er um sein Herz errichtet hat, zum Einsturz bringen müssen.

Autorin

Rebecca Brandewyne konnte mit ihrem ersten Roman *Wer die Liebe flieht* sofort einen großen Erfolg feiern. Seither hat die junge Autorin weitere Bücher geschrieben, deren Auflage mittlerweile die Millionengrenze deutlich übersteigt.

Von Rebecca Brandewyne bereits im Goldmann Verlag erschienen:

Brandende Sehnsucht. Roman (41247)
Dornen der Leidenschaft. Roman (9815)
In mondheller Nacht. Roman (41000)
Piratin der Leidenschaft. Roman (9933)
Wer die Liebe flieht. Roman (9813)

Rebecca Brandewyne

Wildes Blut

Roman

Aus dem Amerikanischen
von Dinka Mrkowatschki

GOLDMANN VERLAG

Deutsche Erstveröffentlichung

Die amerikanische Originalausgabe erschien unter dem Titel
»Heartland« bei Warner Books, New York

Umwelthinweis:
Alle bedruckten Materialien dieses Taschenbuches
sind chlorfrei und umweltschonend.
Das Papier enthält Recycling-Anteile.

Der Goldmann Verlag
ist ein Unternehmen der Verlagsgruppe Bertelsmann

Umschlaggestaltung: Design Team München
Umschlagillustration: Schlück/Daeni, Garbsen
Satz: IBV Satz- und Datentechnik GmbH, Berlin
Druck: Elsnerdruck, Berlin
Verlagsnummer: 42053
Lektorat: Erna Tom/AK
Herstellung: Heidrun Nawrot/sc
Made in Germany
ISBN 3-442-42053-9

3 5 7 9 10 8 6 4

Die Darsteller

IN DER PRÄRIE VON KANSAS
Fremont Haggerty, Farmer
Rachel Wilder, seine Enkelin
Poke, ein Knecht
Jonathan Beecham, verwitweter Farmer
India Beecham (verstorben), Ehefrau Jonathans
Ihre Kinder:
Eve, Gideon, Caleb, Susannah, Philip, Andrew, Naomi, Tobias
Gustave »Ox« Oxenberg, Farmer
Rye Crippen, Viehdieb
Adam Keife, junger Mann
Seeks, Indianerhalbblut

IN TEXAS

Slade Maverick, Revolvermann

IN WICHITA

Livie Svenson, Farmersmädchen
Prediger Proffitt, Evangelist
Digger Thibeaux, Spieler

Inhalt

Heartland

An einem grauen Wintertag im Jahre 1875
Ritt er in die Stadt Wichita ein.
Ein Fremder, wie jeder wußte,
Trotz des Hutes, den er tief ins Gesicht gezogen,
Um sein edles Gesicht zu verbergen
Und das Funkeln der stahlblauen Augen.
Seine Silbersporen klirrten, als er sich aus dem Sattel schwang
Und seine Zigarre mit dem Stiefel zertrat.

Er trug einen langen, schwarzen Staubmantel, zugeknöpft bis zum Hals,
Zum Schutz vor dem beißenden Präriewind.
An jedem Schenkel prangte ein langläufiger Peacemaker,
Die er auch gut zu gebrauchen wußte.
Er war ein Einzelgänger, ein Vagabund, ein Mann, hart wie Eisen,
Mit einer steinernen Mauer um sein Herz.
Als er sein Pferd an den Pfosten band, ahnte er nicht,
Daß Wichita sein Schicksal war.

Ihr Haar war gelb wie Maisseide, die Augen grün wie Minze,
Ihr Geist war voller Mut und zielstrebig wie seine Kugeln.
Und wie die wilde Schönheit der Prärie, die sie so sehr liebte,
War sie schwer zu fassen und nicht zu zähmen;
Denn sie wollte nur den ganzen Mann – oder gar nichts.
Keine dunkle Tür in seinem Herzen und seiner Seele,
Konnte sich ihrem reinen, liebenden Licht verschließen,
Sie, die sie ihm soviel mehr geben würde als nur sich.

Der perlweiße Mond, die diamantenen Sterne einer Onyxnacht,
Der Silbernebel, über einem saphirblauen Bach aufsteigend,
Die rubinrote Morgenröte, die den topasfarbenen Horizont durchbricht,
Sie lehrte ihn solche Schätze suchen.
Mit ihren Augen sah er, was er nie zuvor gesehen,
Zinngraue Wolken, Kristallregen tropfend,
Ein opalener Regenbogen, ohne Anfang und Ende,
Ein Karfunkelsonnenuntergang, der die Ebene entflammt.

Der aquamarinfarbene Himmel, die smargagdgrüne Pappel,
Amethyst des wilden Indigo, das jadegrüne Büffelgras,
Dies waren die Schätze, die sie ihm zu Füßen legte,
All den Reichtum ihrer Welt, und als sie es getan,
Löschte ihr Kuß seine ganze Vergangenheit.
Süßer als Honig war die Leidenschaft, die in ihm aufwallte,
Als er sie zu der Seinen machte.

Die Leute erzählen, wenn der Wind von Norden bläst,
In einer Nacht, in der der Mond hoch über der Prärie steht,
Kann ein scharfes Auge zwei Geisterreiter am Himmel erkennen,
Ad astra per aspera… war immer ihr Credo.
Nicht einmal der Tod konnte sie trennen,
Denn alles wirklich Besitzenswerte kann man nicht berühren, nur fühlen
Und für immer im Land des Herzens bewahren.

Prolog

Der Mond über der Prärie

In der Prärie, Kansas, 1880

Es gibt kaum etwas Schöneres auf Erden als einen klaren Nachthimmel über den großen Ebenen des mittleren Westens, die man Heartland nennt. Am Horizont wickelt sich das Firmament wie ein pulverschwarzer Staubwedel um die fast unmerklich wogende Erde, so daß Himmel und Land eins werden, eine unermeßliche Leere. Es ist, als könnte man, wenn man weit genug geht, irgendwo in der Ferne zum Ende der Welt gelangen und ins Nichts treten. Denn nur die Sterne verweilen in diesem Übergang von Dunkelheit zu Dunkelheit. Sie funkeln wie zahllose Silbersporen und hängen so tief, daß man fast glaubt, man bräuchte nur die Hand auszustrecken, um sie zu berühren. Das Auge kann unendlich weit sehen – bis zu den Toren des Himmels, wo der Mond nur ein Staubkorn im riesigen Augapfel Gottes ist, der seine allgegenwärtige Wache hier hält, mehr als anderswo, in diesem Herzland, das er sicher in der unendlichen Wiege seiner Handfläche hält.

Das waren die Gedanken der Frau, Rachel, die still vor sich hinträumend auf den süß duftenden, wildwachsenden Blumen und Gräsern lag, die die Prärie bedeckten. Es war eine wunderschöne Nacht... eine vollkommene Nacht. Sie schaute hinauf in die endlose ebenholzschwarze Weite über ihr und dankte Gott mit einem stillen Gebet, denn er hatte sie gesegnet wie das karge, aber eindrucksvolle Land, das ihre Heimat war. Für jede Wolke in ihrem Leben gab es auch einen Regenbogen. Rachel hätte nicht mehr verlangen können.

Bei diesem Gedanken schnürte es ihr die Kehle zu, und Freudentränen liefen aus ihren Augenwinkeln und benetzten die Haarsträhnen an ihren Schläfen. Mit Sicherheit konnte niemand damit rechnen, so glücklich zu sein! Aber auch wenn es unglaublich schien, sie war es. Sie schloß die grünen Augen und stieß einen Seufzer der Zufriedenheit aus. Ihre vollen Brüste wogten kurz auf und ab wie eine Brandungswelle unter dem riesigen Erntemond, der strahlte wie eine frischgeprägte Münze. Ihr nackter, von der Nachtluft feuchter Körper glänzte im matten Dämmerlicht. Ihr langes blondes Haar wogte wie reife Weizengarben im kühlen, flüsternden Wind.

Sie war eins mit dem Heartland, als wäre sie hier geboren und aufgewachsen. Wie auch der Mann, ihr Ehemann, in dessen schützender Umarmung sie lag. Sein harter, gebräunter Körper war noch verschlungen mit dem ihren, der weich und blaß war.

Frau und Mann waren für den Augenblick befriedigt. Aber vorher war ihr Liebesakt schnell, leidenschaftlich, fast gewalttätig gewesen, so heftig begehrten sie einander. Rachel genoß die Nachwehen; ihre Gedanken wanderten, und sie überlegte, wie seltsam es doch war, daß sie nach all den Jahren immer noch Schwierigkeiten hatte zu begreifen, wie vollkommen sie und ihr Mann einander gehörten. Ihre Liebe war heftiger als die wilden, gnadenlosen Ebenen, die sie sich untertan gemacht hatten. Wieviel schwerer mußte es dann für ihn sein, den grüblerischen Alleingänger, mit der Intensität ihres Gefühls füreinander fertig zu werden. Dennoch gab es keinen Teil von ihm, der ihr fremd war, keinen Winkel seines Körpers, den sie nicht erforscht, keine dunklen Nischen seines Verstandes, die sie nicht inspiziert hatte – obwohl einige Erinnerungen, dunkel und schmerzlich, besser nicht aufgerüttelt wurden.

Und wegen dieser Erinnerungen machte ihr die Liebe, die sie verband, manchmal angst, auch wenn sie sie wärmte und erregte. Denn die, die eins mit dem Heartland waren, wußten, daß dieses Land das, was es gab, auch wieder nehmen konnte, grausam und meist ohne jede Warnung. Obwohl ihr Mann seine Vergangenheit schließlich endgültig begraben hatte, hatte ein kleiner abergläubischer Teil Rachels Angst, die begrabenen Geister könnten eines Tages wieder auferstehen und sie heimsuchen.

Dennoch hätte sie keine andere Liebe gewollt. Ihr Mann war der einzige Mann für sie, genau wie sie die einzige Frau für ihn war; und sie war überzeugt, daß er sie, wenn er noch einmal die Wahl hätte, wieder nehmen würde. Ihr allein war es gelungen, die Mauer um sein Herz zu überwinden und sich dort einen Platz zu schaffen, sicher und geborgen. Ja, was auch immer ihre Zukunft war, er gehörte ihr, dieser Mann, für immer. Nur der Tod würde sie jetzt trennen. Und diejenigen, die die harte Schule des Heartlands überlebt hatten, fürchteten den Tod nicht mehr. Er war ein Teil von ihnen wie die Schatten, die sie unter der gnadenlos brennenden Sonne eines Präriesommers warfen. Rachel verdrängte energisch die Schatten der Vergangenheit ihres Mannes aus ihren Gedanken.

Irgendwo in der Nacht jaulte ein einsamer Kojote den Mond an, ein wehmütiges, gespenstisches Geräusch. Eine Eule schrie, ein Rothabicht krächzte, eine winzige Kreatur huschte durch das Gras. Der Wind seufzte und bewegte sanft die unzähligen Blumen und Gräser, die seit dem Frühling blühten und grünten, aber jetzt mit dem Herannahen des Herbstes langsam zur weichen Goldfarbe von Stroh verblaßten.

In der Ferne, in einer kleinen Fensternische, die dafür in Rachels Farmhaus gebaut worden war, brannte die Flamme einer Willkommenskerze strahlend hell und begann zu tanzen, als ein Windhauch sich ins Haus schlich. Rauch stieg aus einem der beiden hohen Kamine auf und wirbelte plötzlich geisterhaft in den Nachthimmel davon.

Das ein Jahr alte Haus war einstöckig und sehr stabil, aus starken, schweren Balken und mit Schindelfassade, dadurch aber auch gedrungen und einfach. Holzhäuser waren für die Prärie von Kansas ungewöhnlich, da es nur wenige Bäume gab. Das Holz, mit Ausnahme von Pappelholz, wurde per Zug oder Wagen nach Wichita, die nächstgrößere Stadt, transportiert, was Holz sehr teuer machte. Somit war das Farmhaus ein Luxus, den Rachel immer noch nicht ganz fassen konnte, da sie lange Jahre nur dunkle, feuchte Lehmhäuser und dann eine primitive Hütte aus Pappelholz gekannt hatte. Das Haus hatte ihr Mann mit Liebe und Stolz erbaut. Die Wände waren weiß gekalkt worden, bis sie die Farbe von frischer, sauberer Baumwolle hatten. Im Mondlicht leuchteten sie geradezu. Vor dem Haus lockte die geräumige Veranda mit dem Geländer, wo zwei mühselig geschnitzte Schaukelstühle in der Brise schwankten und ächzten. Aber so sehr Rachel ihr neues Zuhause liebte, jetzt wollte sie noch nicht dorthin zurückkehren.

Sosehr sie auch all seine Bewohner liebte, platzte das Farmhaus trotz seiner Größe mit Großvater und all den Kindern aus allen Nähten. Es gab dadurch nur wenig Möglichkeit, mit ihrem Mann allein zu sein. Die wenige Zeit, die ihnen blieb, war kostbar, und sie wollte keine einzige Minute davon verschwenden.

Rachel kuschelte sich enger an ihn und legte ihren Kopf auf seine Schulter. Ihre Hand spielte mit dem dichten Haar auf seiner Brust. Es war ein herrliches Gefühl, die Haut glatt wie feingegerbtes Leder, die Locken wie frischgestärkte Bettwäsche unter ihren langen, schlanken Fingern. Hatte es je zuvor einen Mann wie ihn gegeben? Sie hatte keinen kennengelernt.

»Ich liebe dich«, murmelte sie.

Ihrem Mann kamen diese Worte nicht leicht über die Lippen. Aber zu Rachels großem Stolz und ihrer Freude sprach er sie trotzdem aus, seine leise, rauchige Stimme hatte immer noch den Akzent der Sprache seiner längst verstorbenen Mutter.

»Ich liebe dich auch, Rachel... meine Rachel«, sagte er. »Gott, wie ich dich liebe!«

Und wie um zu beweisen, wie sehr, hob er ihr Gesicht mit einer Hand zu seinem und drückte seinen kühnen, lüsternen Mund auf den ihren. Zuerst küßte er sie sanft, sehr sanft, wie eine Jungfrau in der ersten Blüte der Jugend, die man hofieren und locken muß. Doch nach einer Weile wurde er, angestachelt von ihrer Willigkeit, zudringlicher. Seine Zunge zeichnete genüßlich die Konturen ihrer geöffneten Lippen nach, ehe sie langsam ins Innere vordrang, um die Süße darin zu kosten. Wie wilder Honig schmolz es warm und zuckrig auf seiner Zunge dahin. Der Mann war hingerissen von ihrem Geschmack. Gierig begann seine Zunge sich um die ihre zu schlängeln und zu drehen, sie suchte jede dunkle Feuchte ihres Mundes ab, um jeden Tropfen aufzusaugen.

Die Glut von Rachels Leidenschaft für ihren Mann loderte, neu entfacht, noch einmal auf. Sie stöhnte leise. Ihre Hände stahlen sich um seinen Nacken, vergruben sich in den dunklen, dichten Locken am Haaransatz, zogen ihn näher heran. Lustvoll drängte sie sich an ihn, begehrte ihn, brauchte ihn, liebte ihn. Vom Land nahm sie ihre Kraft, aber ihrem Mann gehörte ihr ganzes Herz.

Seine Hände umschlossen ihr Gesicht. Sein Kuß wurde härter, fordernder, fast schmerzlich auf ihren zarten Lippen. Seine Leidenschaft steigerte die ihre noch und hungrig erforschte sie seinen Körper. Ihre Zunge schlängelte sich wollüstig um die seine und erregte ihn noch mehr. Wie der eines Verhungernden sog sein Mund an ihrem; er schluckte ihren Atem, knabberte an ihren Lippen. Er schmeckte nach guten Zigarren und edlem Whisky, ein angenehm maskuliner Geschmack, der jetzt so süß und vertraut war wie der Mann selbst. Es war schwer, sich vorzustellen, daß sie ihn einst wegen dieser Vorlieben gescholten hatte. Wie hatte er sie damals deshalb ausgelacht, bevor er ihr gezeigt hatte, was ein Mund, der nach solchen Lastern schmeckte, tun konnte... Rachels Puls beschleunigte sich bei diesen erotischen Erinnerungen. Ihr Körper zitterte vor Verlangen und Vorfreude.

Als ihr Mann fühlte, wie sie wie ein erschrockenes Reh erschauderte, glitten seine Finger in die glänzenden Strähnen, die wie Seide von ihren Schläfen strömten, dann packte er sie, eine Gefangene seines Willens und seiner Lust. Sein Mund brannte über ihre Wange wie ein Brandeisen, dann begrub er sein Gesicht in ihrer Haarpracht und atmete tief ihr berauschendes Parfum ein. Flieder. Solange er sich erinnern konnte, hatte Rachel immer nach Flieder gerochen. Im vergangenen Frühjahr hatten sie zusammen mehrere dieser duftenden Sträucher entlang der Seiten des Farmhauses gepflanzt. Die blaßlila Dolden hatten bis in den Sommer geblüht, die Luft und das Haus parfümiert, wo Blüten auf dem Küchentisch ausgebreitet gewesen waren, als Rachel ihre Essenz destilliert hatte. Noch einmal sog er genüßlich den Duft ein. Die Erinnerungen daran überfluteten ihn, Bilder von Rachel, immer Rachel, ihre zahllosen Gesichter an zahllosen Orten. Er kannte sie jetzt alle, jeden Gesichtsausdruck, jede Gewohnheit, so gut wie seine eigenen. Endlich stand er, der immer allein gewesen war, einem menschlichen Wesen so nahe, daß sie wie zwei Hälften eines Ganzen waren.

Der Mann öffnete die Augen, um sich an ihrem Anblick zu laben. Manche fanden Rachel vielleicht schlicht, aber für ihn war sie die schönste Frau auf Erden. Ihr herrliches Haar schwebte wie Sonnenstrahlen um ihr ungewöhnliches, herzförmiges Gesicht, jede Strähne weich wie Pusteblumen unter seinen schwieligen Händen. Er packte eine schwere Locke und wickelte sie um seinen Hals, während er Worte der Liebe und der Lust in ihr Ohr flüsterte. Sein warmer Atem auf ihrer Haut ließ sie vor Entzücken erschaudern. Er küßte behutsam ihre Augenlider und die Mondsichelschatten, die ihre langen Wimpern auf ihre hohen, von Sommersprossen übersäten Backenknochen zeichneten. Er fuhr mit dem Zeigefinger ihre Stupsnase entlang, über ihren vollen Mund und zupfte zart an der Unterlippe, bis Rachel die Augen öffnete und ihn verspielt und mit einladendem Lächeln in den Finger biß. Als er diesen Blick sah, lachte der Mann, ein Lachen, das zu einem leisen Knurren wurde, während seine Augen sich verdüsterten und sein Mund sich wieder des ihren bemächtigte und die Zunge tief zwischen ihre Lippen drang.

Rachel erwiderte seine Küsse, ihre Zunge schlängelte sich, bis beide, Mann und Frau, keuchend nach Luft rangen, und sie den harten Beweis seiner Leidenschaft an ihren Schenkeln spürte, wo sein Körper den ihren halb bedeckte. Ihre Hände packten seinen Hals fester, dann glitten sie langsam über seinen breiten Rücken nach unten. Sie schwelgte in der Berührung seiner Haut, glatt und glänzend vor Schweiß, erfreute sich am Spiel seiner Muskeln unter ihren Handflächen, als er sie liebkosend enger an sich zog. Seine Haut roch nach Kuskusgras und Moschus und schmeckte nach

Salz. Die rauhen Stoppeln, die sein Gesicht bedeckten und ihre Lippen und ihre Zunge streiften, waren ein berauschendes Zeugnis seiner Männlichkeit. Sie knabberte an seinem Ohr und küßte seinen Hals. Ihre Hände waren überall. Aber diesmal war ihr Mann nicht gewillt, das Liebesspiel so schnell enden zu lassen. Rachel stockte der Atem, als er sie plötzlich an den Haaren packte und ihr den Kopf zurückbog und sie genüßlich aus halbgeschlossenen Lidern betrachtete.

Sein sinnlicher Blick jagte ihr Schauder lustvoller Erwartung über den Rücken. Ihr Puls raste. Er war so stark und sie so zerbrechlich. Mühelos konnte er sie gefügig machen, als er langsam seinen Mund auf ihren Hals drückte, der wie der eines Opferlamms entblößt war. Er zeichnete eine Spur brennender Begierde auf den schwanengleichen Hals bis zu dem Puls in der Hohlkehle. Seine Zunge schlängelte sich über den Puls, dann bohrten sich seine Zähne sanft in die Kuhle zwischen Schulter und Hals, eine besonders empfängliche Stelle. Sein Biß wurde zum Kuß. Rachel erschauderte in wachsender Erregung, die durch die wandernden Hände ihres Mannes noch gesteigert wurde – geschickte, wissende Hände, die jeden Nerv zum Leben erweckten und ihn vibrieren ließen, so daß jede Berührung wie ein elektrischer Schlag war.

Sichere, stählerne, geschmeidige Hände hatte er, ihr Macho Hombre, mit denen er sie zur Seinen machte. Willig ließ sie sich brandmarken. Das Blut rauschte in ihren Ohren, ein Lied so alt wie die Welt, als seine Hände begehrlich ihre reifen, runden Brüste umfaßten, geschwollen und schmerzend vor Lust. Seine Daumen beschrieben langsam und genüßlich einen Kreis um ihre rosigen Knospen und spielten mit ihnen, bis sie erröteten und hart wurden und danach flehten, gekostet und genommen zu werden. Er gehorchte ihrer stummen Bitte, umschloß mit seinen Lippen zuerst die eine und dann die andere, sog gierig und packte sie behutsam mit den Zähnen, um sie seiner lockenden Zunge darzubieten. Rachel keuchte, und ein Schauer durchzuckte ihren Körper. Sie fühlte sich wie ein Komet am nächtlichen Himmel, brennend, fallend, kopfüber zurasend auf einen feurigen Höhepunkt... Ihr Kopf drehte sich. Noch einmal entwich ihren Lippen ein ersticktes Stöhnen.

»Mein Geliebter«, stöhnte sie und packte ihren Mann noch fester. Ihre Nägel bohrten sich in seinen Rücken. »Oh, mein Geliebter.«

»Rachel«, murmelte er. »Rachel... meine Geliebte...«

Ihre Brüste waren wie zwei goldene Bälle in seinen Händen, mit zarten blauen Rinnsalen, durch die das Lebensblut floß. Die Kluft zwischen ihnen war wie ein schönes Tal, durch die sein Mund reiste und in dem seine Zunge begierig den Tau ihres Schweißes leckte. Seine Handflächen glitten langsam und kreisförmig über ihre Brustwarzen, drückten sie nach oben, bis sie in seinen Händen überflossen. Wieder suchte und fand sein Mund die lockenden rosafarbenen Knospen, wieder zuckte seine Zunge köstlich um sie herum.

Wimmernd schlängelte sich Rachel um ihn, drängte sich an ihn. Tief im Herzen entflammte die Glut ihrer Leidenschaft zu einem Präriefeuer, das durch ihren Körper rauschte und sie verzehrte. Ihr Mann verstand es nur zu gut, wie man diese Flammen löschen konnte, aber er machte noch keine Anstalten, es auch zu tun. Er ließ sich Zeit mit seinem Liebesspiel, provozierte bewußt, steigerte die Wirkung durch die Verzögerung.

»Süße... Süße...«, murmelte er an ihrem flachen Bauch, als sein Mund tiefer wanderte und der Dolch seiner Zunge schmerzlich auf ihrer Haut brannte.

Jeden Teil von ihr hatte er bereits erforscht, und trotzdem wollte er jeden noch einmal auskundschaften: die Seiten, die er morgens oft boshaft kitzelte, die Taille, so schmal, daß er sie mit den Händen spielend umfassen konnte. Wieder und wieder schlängelten sich seine Finger an ihren Beinen hinunter und tanzten dann die Innenseiten ihrer Schenkel hinauf und quälten sie aufs köstlichste, indem er die Stelle nicht berührte, die danach am meisten verlangte. Leise schrie sie vor Verlangen, aber ihr Mann ignorierte sie einfach.

»Geduld, mein Liebling«, tadelte er sie mit leiser, zurückersüßer Stimme und lächelnd. »Geduld, weißt du, bringt Vorteile.«

»Meinst du nicht Tugend?«

»Nein«, erwiderte er mit einem leisen, spöttischen Lachen, »denn wo läge da die Freude?«

Es gäbe keine, dachte Rachel eingedenk ihres einsamen, jungfräulichen Lebens, bevor er erschienen war und sie zur Seinen gemacht hatte. Überhaupt keine.

Sie gab klein bei, protestierte nicht mehr, unterwarf sich seinen Wünschen. Einst hatte sie ihn gefürchtet, war entsetzt gewesen von den heftigen, lüsternen Gefühlen, die er in ihr entfesselt hatte, denn es war gefährlich gewesen, ihm in die Quere zu kommen, und sie war ihm in die Quere gekommen. Aber das war längst Vergangenheit. Jetzt liebte sie ihn von ganzem Herzen, und die intime Berührung seiner Hände und seines Mundes erregte sie bis zur Ekstase. Ihr Triumph war, daß sie ihn gezähmt hatte, wenn auch nur ein bißchen, wie ein frisch zugerittenes Pferd, das tief im Herzen noch wild und frei ist und deshalb gefährlich werden kann. Dennoch hätte Rachel ihren Mann nicht anders gewollt. Er hatte nichts anderes gelernt, denn er war immer die harten Straßen des Lebens gereist, nie die leichten. In den schäbigen Bordellen zahlloser Rotlichtbezirke seiner Vergangenheit hatte er sich die Fertigkeiten angeeignet, die sie jetzt in Bann hielten, obwohl er keine andere Frau mehr berührt hatte, seit er sie das erste Mal besessen hatte.

Jetzt kniete er sich vor sie und küßte ihre Füße, dann hob er einen zierlichen Fuß an seine Lippen. Seine Zunge flatterte über ihren graziös geschwungenen Rist. Dann leckte er nacheinander alle ihre Zehen, die süß nach Blumen und Präriegras und der reichen dunklen Erde, über die sie vorher geschritten war, schmeckten.

Einen Augenblick lang ruhten seine Augen voller Begehren auf Rachels Gesicht. Ihr Kopf war nach hinten geworfen, ihre Augen waren geschlossen, der Mund halb offen, ihr Atem ging keuchend. Für den Bruchteil einer Sekunde hörte das Herz des Mannes auf zu schlagen, dann begann es in seiner Brust zu pochen wie der Hammer eines Schmiedes auf einem Hufeisen. Der Anblick ihres Antlitzes, in dem sich die Leidenschaft für ihn spiegelte, brachte sein Blut in Wallung. Der Druck in seinen Lenden wurde schmerzhaft. Dieser Blick war nur für seine Augen bestimmt. Kein anderer Mann würde ihn je sehen. Er würde jeden töten, der es auch nur wagte, danach zu trachten.

Rachel spürte seinen eifersüchtigen Raubvogelblick. Ihre Lider flatterten nach oben. Ihr Blick begegnete dem ihres Mannes, verschmolz mit ihm. Die Zeit stand still und hielt sie gefangen. Dann beugte er sich langsam, ohne sie aus den Augen zu lassen, vor, zog ihre Knie hoch und drückte ihre Schenkel weit auseinander. Seine Hand suchte ihr Geschlecht und erleichterte endlich den Schmerz ihrer Lust nach ihm, streichelte das weiche Nest zwischen ihren Schenkeln, dessen samtige Hügel und Falten kein anderer Mann außer ihm je berührt hatte oder je berühren würde.

Sie war heiß und naß vor Verlangen, und dieses Gefühl trieb ihn bis an den Rand seiner Beherrschung. Er zwang sich, tief Luft zu holen und sich zu beruhigen. Vor Rachel war sein Leben so öde und kahl gewesen wie die Ebenen im Winter. Sie hatte ihn bis zum Überschäumen erfüllt, ihm nicht nur sich selbst gegeben, sondern auch noch so viel mehr, obwohl er ihr nichts als seinen Namen und seinen Schutz bieten konnte. Sie hätte jeden Mann haben können – wirklich jeden, dachte er, obwohl er wußte, daß sie – schüchtern, bescheiden, sich ihrer sinnlichen Anziehung nicht bewußt – ihm nicht zugestimmt hätte. Trotzdem hatte sie ihn erwählt. Solange sie lebten, sollte sie diese Wahl nicht bereuen. Also würde er auch in der Liebe, wie bei allen Dingen, alles tun, um sie zufriedenzustellen.

Frech schob er einen suchenden Finger in sie, dann zwei, zog sie wieder zurück, schob sie wieder hinein, wiederholte die Bewegung immer wieder, steigerte ihre Bereitschaft, ihn zu empfangen. Und währenddessen rotierte sein Daumen beständig auf der winzigen, pulsierenden Knospe, die sich verzweifelt an ihn drückte, begierig, sich zu entfalten. Aber trotz ihres keuchenden Atems, des sinnlichen Windens ihres Kopfes und des aufgebäumten Körpers unter seiner Hand verschaffte er ihr keine Befriedigung.

Rachel gab sich ihm schamlos hin, gepackt vom Rausch der Gefühle, den er in ihr entfesselte, und unfähig, seinen Attacken Einhalt zu gebieten, was sie jedoch ohnehin nicht getan hätte. Ihre Knochen schienen dahingeschmolzen, sie war schwach und gefügig wie eine Stoffpuppe. Ihr Körper bestand nur mehr aus zügellosen Gefühlen. Sie spürte einen kühlen Windhauch auf ihrer Haut, ein scharfer Kontrast zum warmen Atem ihres Mannes. Das nachtfeuchte Gras unter ihr war im Gegensatz zu seinen rauhen Händen weich wie eine Daunenmatratze. Das grüne üppige Gras war vom ersten Anflug des Herbstes gefärbt und mischte sich erdig mit dem Duft der vielen Blumen, die wie Konfetti über der Prärie verstreut waren, und dem würzigen Geruch der Haut ihres Mannes.

Rachel liebte diesen männlichen Duft. Manchmal blieb sie morgens, wenn er schon aufgestanden war, etwas länger liegen, vergrub den Kopf in seinem Kissen und atmete seinen Geruch ein, der noch an den Laken hing, und konnte es nicht fassen, daß er tatsächlich ihr Mann war. Und einmal, als er weit weg vom Haus gewesen war, war sie aus ihrer alten Metallwanne gestiegen und hatte sich impulsiv eines seiner Hemden über den nackten Körper gestreift. Es war wie eine Umarmung von ihm gewesen, und er schien ganz nahe und nicht fern von ihr, weit draußen auf den Feldern.

Bei der Erinnerung überlief sie ein Schauer, der in ihrem Innersten begann und sich ausbreitete wie Wellen übers Wasser. Plötzlich wurde die Leere in ihr, die nur ihr Mann füllen konnte, so unerträglich, daß alle Gedanken außer dem einen, die Leere mit ihm zu füllen, verdrängt wurden. Blindlings drängte sie sich an ihn, schrie ihr Bedürfnis hinaus, ihre bedingungslose Hingabe, und endlich, abrupt, bedeckte sein Körper den ihren. Seine pulsierende Männlichkeit drängte sich zwischen ihre Beine und stieß dann hart und tief in sie hinein, daß ihr der Atem stockte und ihre Sinne im Wind davontrieben.

Schwärzer als schwarz war die Nacht, eingehüllt in den Zauber aller erdigen, uralten Gefühle dieses Rituals, das älter war als die Menschheit, und kein Ort war besser dafür geeignet als diese urtümliche Ebene unter dem uralten Mond. Herrlich war es, und Rachel genoß es mit jeder Faser ihres Wesens. Das Gewicht des Mannes lastete schwer auf ihr, aber es war eine süße Last. So nahe waren sie einander, daß sie eins waren, verschmolzen miteinander, kein Raum zwischen ihnen, kein Platz im Herzen oder im Verstand für einen anderen – weder jetzt noch in der Zukunft.

Sein Atem war sengender Rauch in ihrer Kehle und Brust, bis er plötzlich seine Lippen von den ihren riß und sie lüstern auf die glühende Lava ihrer Haut drückte, an ihren Knospen saugte und sie mit seiner Zunge benetzte. Ihre Hände krallten sich in seinen Rükken, zogen eine schmerzliche Spur bis zu seinem Po, als er langsam, unerbittlich anfing, sich in ihr zu bewegen und sie sich jedem Stoß verlangend entgegenbäumte. Für ihn gab es jetzt nur noch sie, und für sie nur noch ihn.

Wer schaukelte wen? Keiner wußte es – keiner fragte danach. Sie vereinten sich in vollkommener Harmonie, in der uralten Tradition aller Liebenden.

Wie ein leiser Präriewind, der langsam zum Brüllen wird und alles aus dem Weg fegt, so fegte die Wollust durch Rachels Körper, packte sie gnadenlos und hob mit ihr ab. Wild wie ein Sturm war sie und explodierte mit Blitz und Donner, als sie ihren markerschütternden Höhepunkt erreichte. Am Ende wurde selbst der Mann, der sie auf den Gipfel der Lust trug, in eine dämmrige Ecke ihres Bewußtseins verdrängt. Nur noch unbewußt spürte sie seine Hände, die ihre Hüften fest umspannten, sie hochhoben, sie an sich drückten, als sie erstarrte und erschauderte und einen Schrei ausstieß – einen Schrei, so süß und durchdringend wie der eines einsamen Tieres in der Prärie. Und er, ihr Gefährte – jetzt und in Ewigkeit – antwortete, wirbelte mit der Wut einer Windhose in die weiche, allesumschlingende, feuchte Grotte, schneller, immer schneller, bis er sich mit einem leisen, triumphierenden Stöhnen in sie ergoß.

Mit einem langen Seufzer ließ er sich auf sie fallen. Sein Herz trommelte wie Regen gegen ihr eigenes. Ihr Keuchen wurde eins in der Nacht, während sie sich langsam, ganz langsam von dem kleinen Stück Himmel, das sie erfahren hatten, entfernten und die Erde sie wieder in ihren Schoß aufnahm. Er lächelte hinunter zu ihr, dann strich er eine feuchte Haarsträhne aus ihrem Gesicht. Ihre Blicke begegneten sich, trunken gesättigt. Sein Mund streifte über den ihren, dann löste er sich zögernd von ihr, zog sie grob, besitzergreifend in seine Arme, als wolle er sie nie wieder loslassen, und legte ihren Kopf an seine Schulter. Er schloß die Augen und seufzte voller Zufriedenheit.

Der Mann sagte nichts, er träumte. Und Rachel, die sich längst an sein launisches Schweigen gewöhnt hatte, ruhte heiter in seiner Umarmung, lauschte seinem Atem, wie er sanft und rhythmisch wurde, bis er einschlief. Der Anblick seines Schlummers erregte sie wie sein Liebesspiel vorher, wenn auch auf andere Art. Daß er nackt und schutzlos und doch so friedlich neben ihr schlief, sagte mehr als alle Worte der Liebe und des Vertrauens. Ihr Herz jubilierte.

Rachel küßte ihn zärtlich, dann wand sie sich behutsam aus seinen Armen, um ihre Kleider einzusammeln, die sie vorher achtlos im Gras verstreut hatte. Während sie sich anzog, erfreute sie sich ohne jede Scham am Anblick ihres schlafenden Mannes. Er ist wie ein Gott, dachte sie, groß und muskulös. Die Haut, von der Sonne gebräunt, schimmerte im Mond, hart wie Horn, glatt wie Leder, bis auf die Stellen, wo die Narben, Zeugen seines starken Überlebenswillens, im Lauf der Jahre verblaßt waren. Aber zu ihr war er in der Maske des Teufels gekommen, aus dem Wind und den Schatten. Vor lauter Angst – und einem anderen, dunklen, wilden Gefühl, das sie nie zuvor empfunden hatte, aber das, einmal in ihrem Innersten entfesselt, nicht mehr bezähmt werden konnte, war sie erstarrt. Wie ein Höllenhund hatte dieser Mann sie verfolgt und sie für alle Zeit zur Seinen gemacht; am Ende hatte sie ihm mit Freuden ihren jungfräulichen Körper hingegeben. In ihren wildesten Träumen hatte sie es sich nie so vorgestellt.

Sie würde ihn bald wecken. Dann würden sie Hand in Hand zum Farmhaus zurückgehen, über das silberne Band des Mondlichts, das sich durch die Prärie wand. Aber jetzt, für einen Augenblick, im Sog der Erinnerungen, kehrten die Gedanken Rachels zurück.

Plötzlich meinte sie in der Ferne den leise rollenden Donner zu hören, das Plätschern des Regens und das Klirren eines Zaumzeugs. Und als ihr Blick den Horizont streifte, erschien vor ihren Augen ein Reiter, der die flache Hutkrempe tief in sein schönes Gesicht gezogen hatte und dessen langer schwarzer Staubmantel bis zum Hals zugeknöpft war. Wie in Zeitlupe galoppierte er wie ein Geisterreiter auf sie zu. Das Pferd, das er ritt, trug den Namen Glück, und der Name des Mannes war Schicksal...

I. Buch

Der Vagabund

1. Kapitel

In der Prärie, Kansas, 1874

Es war ein hartes Land, ein wildes Land. Ein Land, in dem die Sonne am grenzenlosen azurblauen Himmel zu heiß brannte, auf das der Regen mit ungeheurer Kraft aus den dunklen, wirbelnden Wolken barst, die innerhalb weniger Minuten am Horizont aufziehen konnten, wo der Wind ständig blies und ungehindert über die weiten, leeren Ebenen fegte, die sich in jede Richtung meilenweit hinzogen und deren Leere nur gelegentlich von einigen Pappelwäldern durchbrochen war. Es war ein Land, das einige gedeihen ließ – und viel zu viele vernichtete. Und ebenso wie die zahllosen Männer und Frauen vor ihr, so hatte es nach langem, hartem Kampf endlich auch India Beecham besiegt.

Die Heuschrecken hatten ihr den Rest gegeben. Im August des Jahres 1874 (das deshalb für alle Zeiten das »Heuschreckenjahr« hieß) waren sie in Scharen gekommen. Es war ein Anblick, wie sie ihn noch nie erlebt hatte, diese mächtige, glänzende, weißlich grüne Wolke, die Millionen und Abermillionen gräßlicher, zirpender Insekten, die vom Himmel regneten wie Hagel im Sturm. Dicht wie eine zehn Zentimeter dicke Schicht Schnee hatten sie sich tagelang auf dem Land niedergelassen, und bevor sie gnädigerweise weitergezogen waren, hatten sie alles abgefressen, was dort wuchs. Das fruchtbare, blühende Land war danach wüst und kahl wie im Winter.

Unter dem Gewicht der Insekten waren die Äste der Bäume, die man mit so viel Aufwand für soviel Geld in den Westen gebracht hatte, abgebrochen, die Maispflanzen geknickt und das Präriegras flach wie ein Pfannkuchen. Die Heuschrecken waren über die Wassermelonenfelder hergefallen, hatten sogar die harten Schalen gefressen, hatten in den Gärten Beet für Beet verschlungen und nur die papierenen Außenschalen der Zwiebeln übriggelassen, sich an den unreifen Früchten gemästet, bis nur noch die Kerne an den Obstbäumen hingen. Die Insekten hatten sich durch die Steppdekken, Laken, Mäntel und Schals gefressen und durch die Jutesäcke, mit denen die Menschen in ihrer Verzweiflung versucht hatten, ihre Feldfrüchte zu schützen.

Sobald die gierigen Heuschrecken alles Grün vernichtet hatten, hatten sie sich auf andere Sachen gestürzt, auf Holz, Leder und Stoff. Sie hatten das weiche Pappelholz der Scheunen und Häuser attackiert, die grobbehauenen Pfosten der Zäune und die Fassaden von Läden und Saloons. Sie hatten die Griffe von Werkzeugen verzehrt, Zaumzeug und sogar das verschwitzte Leder der Sättel. Nach Sonnenuntergang hatten sie sich in die Häuser gegraben, die mageren Vorräte in Kellern und Fässern und Speisekammern vernichtet und die mühselig gestickten Vorhänge und die für teures Geld aus dem Osten transportierten Möbel vernichtet.

India hatte hilflos mitangesehen, wie das Obst, das Gemüse und das Korn, die sie und ihr Mann mühsam im Frühjahr gepflanzt hatten, innerhalb von Stunden gefressen wurden. Voller Verzweiflung hatte sie an die monatelange Schwerstarbeit gedacht, mit der sie die Steine aus den Feldern geräumt und die Samen gesät hatten, von denen der Lebensunterhalt und die Zukunft ihrer Familie abhingen. Halb verrückt vor Sorge, hatte sie in dieser Nacht kein Auge zugetan und gelauscht, wie die Heuschrecken die Speisekammer und den Kartoffelkeller, die sie mit soviel Entbehrungen gefüllt hatte, vernichteten nebst des kostbaren Inhalts der Brauttruhe, die den ganzen Weg von Louisiana hierher überstanden hatte. Sogar vor dem Bett hatten sie nicht haltgemacht, in dem sie schluchzend und weinend gelegen hatte. Sie hatte ganz leise geweint, damit Jonathan und die Kinder sie nicht hörten. Und von diesem Augenblick an hatte India den Kampf gegen das Land aufgegeben, Mut und Hoffnung verloren.

Jetzt stand sie an diesem Spätnachmittag des Altweibersommers vor dem kleinen Lehmhaus, viel zu dünn, zu blaß, unbeholfen von ihrer Schwangerschaft, viel älter aussehend als ihre vierunddreißig Jahre, und schaute hinaus auf die Wüste, die die Horden von Heuschrecken hinterlassen hatten. Eigentlich hätte sie sich in den Wochen seit der Invasion der Insekten an ihre verwüstete Umgebung gewöhnen müssen, aber India war immer noch fassungslos über das Ausmaß der Zerstörung. Irgendwie konnte sie nicht begreifen, daß die dürren Stoppeln, die das Land überzogen, so weit das Auge reichte, alles waren, was von ihrer Welt und ihren Träumen übriggeblieben war.

Die unersättlichen Insekten waren zwar weg, aber der faulige Gestank war geblieben. Brunnen, Bäche und Teiche waren von ihren Exkrementen so verseucht, daß das Wasser weder für Mensch noch Tier trinkbar war. Die Hühner und Schweine und die wilden Vögel hatten sich mit den unerwarteten Insekten so vollgestopft, daß sie ungenießbar waren. Die Menschen ernährten sich vorwiegend von Maisbrot, Sauce und mit Sirup gesüßtem Kaffee. Männer mußten statt ihres gewohnten Tabaks Weinblätter rauchen.

India seufzte erschöpft, als sie das letzte Stück der nassen, aber jetzt gottlob sauberen Wäsche aus der alten Waschwanne zog, die wackelig auf einer alten Transportkiste balancierte. Dann begann sie mit dem mühseligen Auswringen der Wäsche. Sie achtete darauf, daß das überschüssige Wasser wieder zurück in die Wanne lief, denn Wasser war in der Prärie rar und mußte Eimer für Eimer aus dem Brunnen geholt werden, der weit weg vom Lehmhaus lag. Trotzdem hatte der Wünschelrutengänger, der den Standort des Brunnens gesucht hatte, ihr und ihrem Mann versichert, sie könnten sich glücklich schätzen, daß er so nahe lag.

Ihr Mann hatte den Indianermischling, den sie auf Rat ihrer Nachbarn angeheuert hatten, für einen Irren gehalten. Er war überzeugt gewesen, der Wünschelrutengänger hätte nur seine Schau mit der Astgabel abgezogen, um sie um ihr Geld zu betrügen, und Wasser wäre überall zu finden. Also hatte Jonathan viele vergebliche Stunden damit zugebracht, näher am Haus nach Wasser zu graben. Aber der alte Mischling hatte recht behalten, und seither hegte ihr Mann einen unbegründeten Haß gegen Indianer und Wünschelrutengänger. Zwischen India und Jonathan gab es ständig Streit, weil Rachel Wilder, ihre nächste Nachbarin, Indias beste Freundin, die Kunst des Wünschelrutengehens von dem Mischling gelernt hatte.

India und Jonathan hatten bald gelernt, daß in der Prärie kein einziger Tropfen Wasser verschwendet werden durfte. Selbst verschmutztes Wasser konnte sie noch für ihren Gemüsegarten benutzen.

Bei dem Gedanken warf sie einen Blick auf ihren ruinierten Garten, und die Sinnlosigkeit ihres unbewußten Handelns wurde ihr bewußt. Ihr hysterisches Lachen war wie der Schrei eines tödlich verwundeten Tieres. Einen langen, schrecklichen Augenblick lang fürchtete sie, sie würde in Ohnmacht fallen. Sie schloß die Augen und klammerte sich an den Rand des Waschzubers, bis das Schwindelgefühl sich legte.

Erschrocken vom plötzlichen Schmerz seiner Mutter, regte sich das Kind in Indias Leib und versetzte ihr einen Tritt. Instinktiv legte sie eine beschwichtigende Hand auf ihren vorgewölbten Bauch, bis sich das hektische Flattern in seinem Inneren beruhigt hatte und sie spürte, daß das Kind wieder eingeschlafen war. Dann schob sie ihr Kinn vor und zwang sich, mit der Arbeit fortzufahren. Trotz aller Mühsal ging das Leben weiter.

Indias graugesträhnte Haare, die sie sich heute morgen zu einem ordentlichen Knoten geschlungen hatte, lösten sich jetzt aus den Nadeln. Sie schob die losen Strähnen aus dem Gesicht und wischte sich die schweißtriefende Stirn ab, die rußverschmiert vom Staub, Rauch und der starken Kernseife war, die in dem großen schwarzen Waschkessel über dem glimmenden Feuer blubberte. Dann bückte sie sich und versuchte, den großen Korb neben dem Waschzuber mit der nassen Wäsche auf eine Hüfte zu stimmen, was selbst unter normalen Umständen schwierig war. Doch jetzt, behindert durch die Schwangerschaft und die beiden Kleinkinder, die sich an ihre Röcke klammerten, war die Aufgabe fast unmöglich für India. Stöhnend und schweißüberströmt versuchte sie, den Korb hochzuheben. Einen Augenblick lang wäre sie am liebsten auf die Knie gefallen und hätte laut geweint.

»Hier, laß dir helfen, Mama«, hörte sie Eve sagen, die mit besorgtem Gesicht und Augen, die viel zu traurig und zu wissend für eine Dreizehnjährige waren, zu ihr lief.

India versuchte, ihre älteste Tochter anzulächeln, und mußte mit Mühe die heißen Tränen unterdrücken.

Sie ist noch so jung, dachte India betroffen. Viel zu jung, um so erfahren zu sein. Es ist einfach nicht recht, daß ein Kind gezwungen ist, die Last eines Erwachsenen zu tragen. Aber wenn Eve nicht wäre, hätte ich wahrscheinlich nicht die Kraft weiterzumachen. Oh, Eve, ich hatte solche Pläne mit dir. Ich wollte nie, daß es so wird. Ich wollte nie, daß das Leben so hart ist, daß du so schnell erwachsen werden mußt...

Wehmütig dachte India an ihre eigene Kindheit auf der prachtvollen Plantage ihrer Eltern. Cypress Hill, am Ufer des Mississippi in Louisiana, wo zahlreiche Sklaven sie von morgens bis abends bedient, wo der Tisch sich unter dem üppigen Essen gebogen hatte und wo ihre einzige körperliche Arbeit Sticken, Klöppeln und Nähen gewesen war. Wie war sie nur hierhergeraten?

Wieder erwachte das Baby in ihrem Leib von den besorgten Gedanken seiner Mutter und strampelte. Es war Indias dreizehnte Schwangerschaft in sechzehn Jahren. Sie hatte sieben lebende Kinder zur Welt gebracht, zwei Totgeburten waren in Louisiana begraben, und dazwischen hatte sie noch drei Fehlgeburten erlitten. Das hätte von jeder Frau Tribut gefordert, und India war am Ende. Sie freute sich nicht auf die Geburt dieses Kindes, denn sie hatte das Gefühl, daß ihr Herz diesmal den Strapazen nicht gewachsen war.

Während sie zusammen die Wäsche auf die Leine hängten, warf sie einen Blick auf Eve. Was würde aus Eve und den anderen Kindern werden, wenn sie starb?

India wußte, daß Jonathan es nicht alleine schaffen würde. Er war noch nie sehr zuverlässig oder praktisch gewesen. Als sie erfahren hatte, daß ihr despotischer Vater eine Heirat mit dem reichen, einzigen Sohn der Familie arrangiert hatte, deren Land an das ihrer Eltern grenzte, hatte sie protestiert, aber leider vergeblich. Ihrer Meinung nach war Jonathan Beecham selbstsüchtig und verzogen. Trotz ihrer Einwände hatte die Heirat stattgefunden. Also war sie zwangsläufig stark geworden, um Jonathans Schwächen auszugleichen, obgleich sie wußte, wie sehr er ihre Kraft haßte – um so mehr, weil er sie brauchte. Er war, weiß Gott, nicht der geborene Soldat für den Krieg zwischen den Süd- und Nordstaaten gewesen. Und er war sicher nicht dazu geschaffen gewesen, im Yankee-Gefängnis Rock Island zu schmachten – er, der es gewohnt war, daß ihm jeder launische Wunsch erfüllt, jedes Bedürfnis befriedigt wurde.

India hatte erwartet, daß ihr Mann sich ändern würde, nachdem er den schrecklichen Krieg überlebt hatte. Schließlich und endlich, so hatte sie gemeint, konnte kein Mensch so einen Kampf unbeschadet überstehen. Und tatsächlich hatte er ihn verändert – aber leider nicht zum Besseren. Jonathan war launisch, mürrisch, verbittert geworden und, das Allerschlimmste, richtig bösartig.

Während der Besatzung von New Orleans waren seine Eltern am Fieber gestorben, das im ganzen Staat gewütet hatte, und die Yankees hatten Beechams Landing, Jonathans Erbe, so gründlich bombardiert, daß das einst so prächtige Haus praktisch unbewohnbar wurde. Das Fieber hatte auch Indias Stiefmutter dahingerafft, und ihr Vater war erschossen worden, als er sich hartnäckig gegen die Kriegsgewinnler verteidigte, die wie Geier aus dem Norden eingefallen waren und in ihrer Gier Cypress Hill konfisziert hatten, weil ihr Vater die hohen Steuern, die sie erhoben hatten, nicht zahlen konnte.

Also waren Jonathan und India, deren Familienmitglieder entweder tot oder in alle Winde verstreut waren, nach der Niederlage des Südens nach Westen aufgebrochen. Hier hoffte zumindest

India, sie könnten einen neuen Anfang in einem friedlichen Paradies machen, das nicht die Wunden der Sklaverei und des Hungers trug. Aber als in Kansas ein Rad ihres Präriewagens gegen einen versteckten Stein gefahren war, so daß die Achse brach, war das für Jonathan der Strohhalm gewesen, der dem Kamel den Rücken brach. Er hatte sich stur geweigert, auch nur einen Zentimeter weiterzufahren. Und so waren diese kahlen, endlosen Ebenen, die sie schon beim ersten Anblick gehaßt hatte, Indias Heimat geworden; sie hatte dagegen angekämpft, bis er sie schließlich erdrückt hatte, dieser unwillkommene, abweisende Ort, wo sie den Rest ihres kurzen, unglücklichen Lebens verbringen sollte.

Mit ungeschickten Händen hatte Jonathan, der nie zuvor körperlich gearbeitet hatte – er war während des Krieges natürlich Offizier gewesen –, einen Keller gegraben und für sie eine Scheune und ein häßliches, unsauberes Lehmhaus erbaut. Es hatte einen Lehmboden, ein winziges Fenster, das mit Tierhaut verhängt wurde, und ein grasbewachsenes Erddach, auf dem in jedem Frühling hohes Unkraut wucherte, und durch das bei jedem Sturm der Regen hereinlief und nicht nur nasse Kälte, sondern auch Schlangen und Nagetiere anzog.

Zu Indias Erstaunen war Jonathan nach Vollendung ihrer neuen Unterkunft tatsächlich ein bißchen besser aufgelegt gewesen. Er war stolz auf seine harte Arbeit, die erste wirkliche seines Lebens. Aber sie hatte eingedenk der stattlichen alten Plantagen ihrer Jugend einen Blick auf das primitive, abweisende Lehmhaus geworfen und war in Tränen ausgebrochen. Und Jonathan, der nicht verstand, daß ihre Tränen all dem galten, was sie besessen und verloren hatten und nie wieder haben würden, hatte geglaubt, er hätte sie mit seiner Ungeschicklichkeit enttäuscht, und so hatte er sie für ihre Tränen gehaßt.

Damals hatte er angefangen ernsthaft zu trinken. Und was noch schlimmer war, seine plötzlichen, gewalttätigen Wutanfälle, die India und die Kinder in Angst und Schrecken versetzten, häuften sich. Mehrmals hatte er sie im betrunkenen Zustand alle verprügelt, weil er ihnen die Schuld an seinen Ängsten, seinen Fehlern und seinem Versagen gab. Jedesmal hatte er hinterher wie ein Kind geweint und India um Verzeihung gebeten. Und nachdem sie eine Frau allein in einer Männerwelt war, mit hungrigen Mäulern, die gefüttert werden mußten, hatte sie ihren Stolz hinuntergeschluckt und sich stumm und starr seinen trunkenen Zärtlichkeiten und seinen oft rücksichtslosen Vergewaltigungen im Bett unterworfen.

Jetzt war India verzweifelt und ausgelaugt, und es war ihr egal, ob sie am Leben blieb, sie wußte nur eins, daß ihr Maß voll war. Ihre Freundin Rachel würde ihr helfen, das wußte sie. Aber Rachel war erst achtzehn, obwohl sie viel älter wirkte und sich um ihre eigene Familie und Farm kümmern mußte. Außerdem verabscheute sie Jonathan, und India wollte unter keinen Umständen, daß irgendeine Frau, am allerwenigsten Rachel, Jonathans trunkene Tiraden ertragen mußte. India hatte nur wenige Freunde – und schon gar keinen, den sie um Hilfe hätte bitten können, bis auf ihren jüngeren Halbbruder.

Sie hatte ihn viele lange Jahre nicht gesehen – eigentlich schon seit kurz nach dem Krieg nicht mehr. Aber als Kinder waren sie Verbündete gewesen, vereint durch die Tyrannei des Vaters. Manchmal kam jetzt noch, nach so langer Zeit, ein Brief, ein paar hastig gekritzelte Worte und etwas Geld, und India wußte, daß es, so sehr sie auch ihren Bruder liebte, kein rechtmäßig erworbenes Geld war. Doch anscheinend liebte er sie immer noch.

Sie warf einen Blick auf ihren wachsenden Bauch, dann auf den kleinen Andrew und Naomi, die an ihren Röcken zupften und dann auf Eve, die so unnatürlich ernst und erwachsen war. Hinter ihnen, auf den fernen Feldern, bemühten sich Gideon, Caleb und Philip eifrig, die Hinterlassenschaften der Heuschrecken wegzuräumen. Aus dem Haus hörte man das Klappern von Töpfen und Pfannen: Ihre Tochter Susannah bereitete das Abendessen vor und deckte den Tisch. Im Schatten der Scheune lag Jonathan mit einer Flasche und grölte ein Lied, das er im Krieg gelernt hatte – sicher in einem Bordell, denn er hatte seine Frau von Anfang an ständig betrogen.

Indias Mund wurde ganz schmal vor Verachtung, als sie die obszönen Worte des Liedes hörte.

Nein, diesem Vater konnte sie ihre Kinder nicht anvertrauen. Ihr Halbbruder würde sich doch sicher, egal was aus ihm geworden war, um die Kinder kümmern, wenn ihr etwas passierte. Im Haus hatte sie eine alte Adresse von ihm.

Ich werde ihm heute schreiben, schwor sie sich insgeheim, nur für den Fall, daß bei meiner Niederkunft etwas schiefgeht. Ich hätte ihm schon vor Jahren die Wahrheit über meine Ehe gestehen sollen, anstatt ihn im Glauben zu lassen, alles wäre in Ordnung. Vielleicht wäre dann alles anders gekommen. Jetzt hoffe ich nur, daß es noch nicht zu spät ist – oh, verzeiht mir... verzeiht mir, meine geliebten Kinder, daß ich nicht mehr für euch tun konnte. Aber ich habe alles getan, was in meinen Kräften steht, und jetzt bin ich so müde, so ungeheuer müde...

Dann nahm India mit einem unbewußten Seufzer langsam den leeren Waschkorb auf und ging schleppenden Schrittes auf das Gebäude zu, das sie weder ihr Haus noch ihr Heim nannte.

2. Kapitel

Dry Gulch, Texas, 1874

Ein wilder »Blue Norther« heulte von den Anhöhen Tules durch den tiefen Palo Duro Canyon und peitschte über den Llano Estacado – und weiter, dorthin, wo wie ein kranker, streunender Hund die kleine Stadt Dry Gulch kauerte, der unbarmherzigen Wut des Sturmes ausgesetzt. Obwohl es nur aus einer winzigen Ansammlung von schäbigen Hütten, Läden und Saloons bestand, war Dry Gulch weit und breit berüchtigt. Es war ein Sündenpfuhl, in dem Lüsternheit und Verbrechen wohnten, das die Heimat von Säufern und gestrandeten Frauen, Gewaltverbrechern und Halsabschneidern war. Viele, die hier lebten, wurden steckbrieflich gesucht – tot oder lebendig – in verschiedenen Staaten und Gegenden.

Trotzdem wagte es kein Mann des Gesetzes, dem sein Leben lieb war, einen Fuß in dieses Höllennest zu setzen. Der Letzte, der es gewagt hatte, war prompt und ohne viel Federlesens an den einsamen Baum gehängt worden, der groß und verwachsen, wie ein Warnsignal am Eingang der Stadt stand. Selbst die Texas Rangers machten einen großen Bogen um Dry Gulch. Fremden, die aus Unwissenheit oder Wagemut die Stadtgrenze überschritten (und keinen Blechstern trugen), konnte es passieren, daß man sie einfach über den Haufen schoß, ohne daß ein Einwohner auch nur protestierte oder einen Finger hob, um ihnen zu helfen. Im Gegenteil, die Prostituierten drückten dann ihre bemalten Gesichter neugierig an die Fenster des Saloons, wo sie ihrem Gewerbe nachgingen, und kicherten bei dem Gedanken, daß irgendein armer, ahnungsloser Kerl in Kürze sein unerwartetes Ende finden würde.

Und wenn tatsächlich jemand ermordet wurde, verhörte keiner

den Mörder. Die verlotterten Einwohner schwiegen ebenso wie die kriminellen Desperados, die sich hier versteckt hielten.

Normalerweise tobte das Leben in Dry Gulch – die Fröhlichkeit, die dabei herrschte, war aus billigem Schnaps und billigen Weibern geboren und wurde begleitet von häufigen Schüssen, die von betrunkenen Krakeelern abgegeben wurden. Aber jetzt war die Hauptstraße menschenleer, obwohl noch zwei Stunden winterlich graues Tageslicht blieben, und die schiefen Läden der schäbigen Gebäude links und rechts davon waren geschlossen, um die beißende Kälte des tobenden Windes abzuhalten. Schneewehen peitschten über die verlassene Staubstraße. Ein einsames Tumbleweed wurde zwischen den Anleinpfosten hin und her gestoßen, bis ein kräftiger Windstoß es auf den brüchigen Gehsteig hob. Es rollte über die kalten, starren Planken und blieb vor zwei schmalen, geschlossenen Türen liegen, aus deren langen, schmutzigen, eisverkrusteten Fenstern das einzige Licht der ganzen Straße schien. Hinter den Türen, im scharfen Kontrast zu der Stille, die die restliche Stadt einhüllte, klimperte ein verstimmtes Piano, und rauhes Lachen tönte nach draußen, wo es vom Wind erfaßt und weggetragen wurde.

Selbst ein Blue Norther konnte das Red Garter nicht dazu bringen zu schließen.

Im Saloon stand ein wild gemischter Haufen Männer an der Bar, andere saßen auf knarzenden Stühlen an den messervernarbten Tischen. Huren flirteten und kicherten und versuchten, die Kunden dazu zu bewegen, ihnen Drinks zu spendieren. Ein paar der Mädchen stolperten mit ihren betrunkenen Kunden im Schlepptau die baufällige Treppe hoch, die zu einem schäbigen, schummrigen Gang mit schlecht möblierten Zimmern führte.

In einer Ecke des Saloons hämmerte der Pianist auf die Tasten, ohne Rücksicht auf die falschen Töne, die das schwer mitgenommene alte Instrument von sich gab. Auch die Männer am nahegelegenen Kartentisch ignorierten die Kakaphonie. Slade Maverick war der einzige, der innerlich zusammenzuckte, als der Spieler auch noch ein paar Noten des Liedes, das er spielen wollte, völlig vergaß. Äußerlich ließ Slade Maverick sich nichts anmerken, er schien total auf das Pokerspiel konzentriert, das früh am Morgen begonnen hatte und im Lauf des Tages immer verbissener geworden war. Jetzt herrschte so dicke, unheilschwangere Luft, daß Slade das Gefühl hatte, er könne sie mit seinem Bowiemesser in Stücke schneiden.

Er war auch nicht der einzige, der sich im stillen auf kräftigen Ärger vorbereitete. Die meisten Besucher des Saloons hatten sich schon vor einiger Zeit vorsichtshalber in sicheren Abstand zu der Ecke mit dem Kartentisch begeben. Nur eine der ortsansässigen Nutten, Lolly, war geblieben – aber weder aus Pflichtbewußtsein, noch weil sie mutig oder unvernünftig gewesen wäre. Keine zehn Pferde hätten sie von Slade Maverick wegzerren können.

Das weiche Lampenlicht des Red Garter war gnädig zu Lollys hartem Gesicht, sie schien jünger, als sie in Wirklichkeit war, und sie war auch sauberer als die restlichen Huren, die man für fünf Dollar an jeder der vielen Bars der Stadt kaufen konnte. Lolly war einst aus gutem Stall gewesen, bevor ein schlechter Mann sie benutzt und mißbraucht, sie in die Gosse gezogen und dann verlassen hatte. Ein paar Reste ihrer anständigen Erziehung waren übriggeblieben.

Ihr brünettes Haar war zu einer kunstvollen Lockenfrisur aufgetürmt, und sie hatte sich eine rote Straußenfeder hinters linke Ohr gesteckt. Ihr Make-up war nicht so aufdringlich wie das der anderen, trotz des kleinen Schönheitsfleckes auf einer Wange und ihrer üppigen Brüste. Straß glitzerte an ihren Ohren, ihrem Hals und ihren Handgelenken und ließ ihr aufdringlich rotes Satinkleid eleganter erscheinen, als es in Wirklichkeit war. Kurzum, Lolly war zwar eine Hure, aber doch um einiges besser als der Abschaum, der sich sonst in Dry Gulch herumtrieb. Ohne Zweifel fand sie deshalb auch Slade Maverick besonders anziehend, denn auch er war um einiges besser als das meiste Gesindel dieser Stadt.

Jetzt stand sie, den Fuß auf ihren Stuhl gestützt, mit hochgeschobenem Rock, damit ihr wohlgeformtes Bein und der Schenkel mit dem roten Strumpfband zur Geltung kamen, das Kinn auf die Hand gestützt, und beobachtete, wie die Männer am Kartentisch die frisch ausgeteilten Karten musterten und dann entsprechende Einsätze nannten. Immer wieder wanderte Lollys Blick zu Slades großer, dunkler Gestalt, und gelegentlich seufzte sie dabei sehnsüchtig.

Er kam nur selten nach Dry Gulch, was sie insgeheim bedauerte, da sie ein bißchen in ihn verliebt war, obwohl er ihre Hoffnungen und Gefühle für ihn nie ermutigt hatte. Er benutzte sie zwar nicht so brutal wie die anderen, aber ein Benutzen war es schon. Tief in ihrem Herzen wußte Lolly, daß sie nur der Befriedigung seiner Lust diente, auch wenn er immer sie wählte, wenn er in der Stadt war. Er machte es nur, weil sie gepflegter und nicht so schmutzig wie die anderen war. Nach den Maßstäben von Dry Gulch war Slade »zimperlich«, aber keiner, dem seine Haut lieb war, hätte ihm das je ins Gesicht gesagt. Wenn er auch übertrieben reinlich war, konnte er doch auf fünfzig Meter ein Auge aus einer Spielkarte schießen, und außerdem war er, wie alle wußten, unglaublich jähzornig.

Slade war zwar ein berüchtigter Revolvermann und Kopfgeldjäger, aber auch einer der wenigen Männer in der Stadt, auf dessen Kopf kein Preis ausgesetzt war. Er bewegt sich zwar ganz nach Belieben auf beiden Seiten des Gesetzes (wenn auch öfter auf der richtigen als auf der falschen Seite), aber die Tatsache, daß ihm keine Gesetzesmänner oder Kopfgeldjäger auf den Fersen waren, war eher seinem Geschick als seiner Moral zuzuschreiben. Natürlich hatte er, wenn es die Situation verlangte, keinerlei Skrupel, seine beiden, speziell für ihn gefertigten, silberbeschlagenen, sechsschüssigen 45er Colt Peacemaker mit den Elfenbeingriffen und den einundzwanzig Zentimeter langen Läufen mit tödlicher Treffsicherheit einzusetzen.

In seiner Nähe fühlte Lolly sich sicher, aber sie war sofort in Alarmbereitschaft, als Slade eine heimliche, aber unmißverständliche Bewegung machte, deren Bedeutung nur allzu klar war. Die Erfahrung hatte sie gelehrt, daß es dumm war, sich dem Befehl eines Mannes zu widersetzen, also begann sie verängstigt, so unauffällig wie möglich vom Tisch wegzurutschen.

Slade spielte jetzt schon seit vielen Stunden Karten, und die ganze Zeit über war er sich sicher gewesen, daß man ihn betrog. Er hatte jeden Mann am Tisch genau beobachtet und wußte jetzt, wer der Schuldige war. Der Mann, der in Dry Gulch als »der Dekan« bekannt war, hatte die ganze Zeit Karten von unten ausgeteilt und auch einige im Ärmel verschwinden lassen.

Wenn es etwas auf dieser Welt gab, das Slade Maverick haßte, dann waren es Falschspieler. Selbst in Dry Gulch spielten die Männer am Pokertisch ehrlich – oder sie spielten überhaupt nicht.

Als jetzt die gierigen Hände des Dekans wieder den Gewinn einstreichen wollten, schoß Slades linke Hand nach vorn und klatschte auf das Geld in der Mitte des Kartentisches. Wie Reis bei einer Hochzeit flogen die Dollarscheine in die Luft. Mit ominösem Geklapper rollten ein paar Silbermünzen auf den tabakverklebten Boden.

»Was soll das, Maverick?« fragte der Dekan, und seine schwarzen Augen waren plötzlich mißtrauisch und funkelten böse im Lampenlicht. Er biß in die dicke Zigarre, an der er schon den ganzen Tag paffte. »Eine Full Hand schlägt drei Damen allemal – das weißt du!«

»Ja«, sagte Slade gelassen, »wenn die Full Hand ehrlich ausgeteilt worden ist.«

»Dein Ton gefällt mir nicht, Maverick. Für mich hört sich das so an, als beschuldigst du mich als Falschspieler!«

»Du hast recht gehört«, sagte Slade leise. »Krempel die Ärmel hoch, Dekan, damit ich und die Jungs sehen können, was du da drin hast.«

»Du machst einen großen Fehler, Maverick. Solche wie dich hab' ich reihenweise umgelegt, bevor du auf der Welt warst! Aber so alt bin ich wohl noch nicht, daß ich nicht...«

Im selben Moment sprang der Dekan plötzlich auf und versetzte dem Kartentisch einen Stoß, um Slade umzuwerfen. Durch die

Stille im Saloon peitschten Schüsse. Die Schweinsaugen des Dekans wurden groß vor Staunen, als sich in schneller Reihenfolge mehrere Kugeln in seinen massigen Körper bohrten. Frauen schrien und liefen weg. Blut spritzte so heftig aus den klaffenden Wunden des Dekans, daß sich alles um ihn herum rot färbte. Wild um sich schlagend, taumelte er rückwärts und schoß dabei seinen Revolver leer, aber die Kugeln schlugen in die Wände und den umgestürzten Pokertisch ein. Dann ließ er stöhnend seine Waffe fallen, krümmte sich, umklammerte verzweifelt seine Brust und Bauch, aus denen ihm das Blut durch die Finger tropfte. Mit schwerer Schlagseite machte er zwei unsichere Schritte und fiel über einen Stuhl, der zerbrach. Schließlich klatschte er auf den sägespänebedeckten Boden. Seine Augen starrten ins Leere, und der Zigarrenstumpen hing von seinen gelben Zähnen.

Slade drehte sich blitzschnell mit dem Rücken zur Wand. Er hielt seine beiden Revolver mit starker, sicherer Hand, und einer der langen Silberläufe rauchte noch. Seine mitternachtsblauen Augen streiften auf der Suche nach Widerstand durch die Bar, aber es gab keinen. Slade war trotzdem immer noch auf der Hut. Gleich und gleich gesellt sich gern, sagte man, und er war ein Habicht in einem Nest voller Geier – unter denen der Dekan doch ein ziemlich beachtlicher Bussard gewesen war.

»Reißt ihm die Ärmel hoch!« rief Slade den Männern am umgefallenen Pokertisch mit einer Geste auf den toten Dekan zu.

Nach kurzem Überlegen gingen zwei Männer murrend zu der Leiche und zerrten die Ärmel hoch. Drei Karten flatterten zu Boden.

»Das dreckige Schwein!« zischte einer der Männer und versetzte der Leiche einen Tritt. »Er hat mir hundertfünfzig Dollar abgeknöpft – und hat die ganze Zeit falsch gespielt! Sieht aus, als hättest du uns einen echten Gefallen getan, Maverick!«

»So sehe ich's auch«, bemerkte Slade trocken und steckte seine Peacemaker in die Halfter, da kein Grund mehr bestand, sich gegen das Gesindel im Red Garter weiter zu verteidigen.

Er hob das Geld vom Boden auf, legte die Scheine sorgfältig zusammen und steckte sie in die Tasche – die Münzen ließ er liegen. Dann setzte er energisch seinen schwarzen Sombrero auf, streifte seinen schwarzen Staubmantel über, schnitt eine Grimasse, bückte sich und hievte den beachtlichen Leichnam des Dekans auf seine Schultern. Der Zustand des Mannes spielte keine Rolle, in Dodge City war der Mann 250 Dollar wert, und diese Belohnung wollte Slade sich nicht entgehen lassen. Ohne einen Blick – nicht einmal auf Lolly – schlenderte er wortlos auf die geschlossenen Türen des Red Garter zu, und seine Silbersporen klirrten laut durch die Stille.

Vor dem Saloon hämmerte der Wind mit eisigen Fäusten auf Slade ein. Er zog seinen Hut tiefer ins Gesicht, schlug den Kragen hoch und machte sich dann auf den Weg, die menschenleere Hauptstraße hinunter.

»Mr. Maverick! Mr. Maverick!«

Beim Klang der Stimme, die seinen Namen rief, drehte Slade sich um und sah, wie ein Junge aus der Tür einer dunklen, verfallenen Hütte auf ihn zustürmte. Es war Timothy, der uneheliche Sohn einer Prostituierten. Er verdiente sich ein bißchen Taschengeld mit Botengängen, Aufkehren und anderen Gelegenheitsarbeiten in der Stadt. Eine seiner selbstauferlegten Aufgaben war es, täglich zum Galgenbaum zu gehen und den dort deponierten Postsack abzuholen, denn nicht einmal die Briefträger des United States Post Office wagten sich nach Dry Gulch.

»Mr. Maverick«, keuchte Timothy mit hochrotem Kopf, als er Slade erreicht hatte. Daß der Junge nichts Ungewöhnliches an der Leiche über Slades Schulter fand, sprach Bände über die Moral der Stadt. »Der Brief ist gerade für Sie gekommen«, erklärte ihm Timothy. »Er ist schon Monate unterwegs – das sieht man am Umschlag, sehen Sie –, also hab' ich gedacht, Sie sollten ihn besser gleich kriegen.«

»Danke«, sagte Slade, ließ die schwere Leiche zu Boden fallen und warf dem Jungen einen Vierteldollar zu, den dieser trotz des Windes geschickt auffing.

Nachdem Timothy gegangen war, riß Slade den Brief auf und las die verworrene, tränenverschmierte Botschaft darin. Dann fluchte er lange und ausdauernd. Er knüllte den Umschlag und die beiden Seiten daraus zu einem Ball, den er in die Tasche seines Staubmantels stopfte. Dann hob er den Leichnam über den schweren Wallach des Dekans, band sein eigenes Pferd vom Pfosten los und stieg auf. Mit dem Wallach am langen Zügel, gab Slade seinem Hengst die Sporen und ritt mitten in den Angriff des Blue Norther.

Aus einem der kleinen oberen Fenster des Red Garter beobachtete Lolly mit hängenden Schultern und traurigem Herzen, wie er aus der Stadt galoppierte. Dann drehte sie sich langsam um und begann, sich für den verschlampten, brutalen Kerl auszuziehen, der jetzt auf ihrem schwarz angelaufenen Messingbett lag.

Es war Weihnachten, und die Weihnachtsabendstimmung von Dry Gulch war typisch.

3. Kapitel

Prärie, Kansas, 1875

Der Tag war trüb und bleiern, und die dunklen Wolkenmassen, und das stete Schneetreiben machten ihn noch düsterer. Die weißen Flocken waren ein scharfer Gegensatz zu den schwarzen Kleidern der Handvoll Trauernden, die sich auf der Prärie versammelt hatten, um India Beecham die letzte Ehre zu erweisen. Zitternd drängten sie sich um den Rand ihrer letzten Ruhestätte und wünschten sich, sie möglichst schnell unter die Erde zu bringen, damit sie wieder in ihre warmen Stuben zurückkehren konnten.

Es war so kalt, daß die langen Wollschals der Trauergemeinde an ihren Mündern festgefroren waren, so daß sie kaum atmen konnten, und die Hände der Sargträger waren wie Eisklumpen in ihren Handschuhen, als sie Indias schlichten Holzsarg in das flache Grab hinunterließen, das sie heute morgen mühsam der gefrorenen Erde entrungen hatten. Einen Augenblick lang schien es, als würde der Sarg ihren tauben Fingern entgleiten, aber dann war er endlich im Boden, und der Priester fuhr mit seiner Messe fort. Er mußte brüllen, um angesichts des laut heulenden Windes gehört zu werden.

Die heftigen Böen peitschten gnadenlos auf die Trauernden ein, fetzten die Haut von den Gesichtern und schlängelten sich unter die Röcke der Frauen, so daß ihre Unterröcke und Strümpfe in unziemlicher Weise sichtbar wurden. Aber keiner der Männer bemerkte es, sie waren zu beschäftigt damit, sich vor den feindlichen Elementen zu schützen.

»In die Hände des allmächtigen Gottes übergeben wir die Seele unserer verstorbenen Schwester und ihren Leib der Erde; Erde zu Erde, Asche zu Asche, Staub zu Staub«, brüllte der heisere Priester.

Jetzt konnten die Sargträger endlich nach den Schaufeln greifen und den Erdhaufen neben dem Grab über den Sarg schaufeln.

Das Geräusch dicker Lederstiefel auf Stahlspaten, die sich in den widerspenstigen Erdhaufen bohrten, und die gefrorene Erde, die klappernd auf Indias Sarg fiel, dröhnte wie Glockenläuten in Rachel Wilders Ohren, so daß sie unwillkürlich zurückwich. So endet also das Leben, dachte sie traurig. Irgendwie war es einfach nicht recht. Die arme India hatte etwas Besseres verdient.

Die dicken Brocken prasselten unerbittlich auf den bescheidenen Sarg, den aufgrund der Jahreszeit keine einzige Blume schmückte, und Rachel konnte ihre Tränen nicht mehr länger zurückhalten. Sie schossen aus ihren Augen und gefroren auf ihren Wangen, und sie hatte einen so dicken Kloß im Hals, daß sie glaubte, ersticken zu müssen. Sie schluckte den Kloß mit Gewalt hinunter und zitterte dabei vor Trauer und Wut, so daß ihr Großvater Fremont Haggerty, der neben ihr stand, schützend einen Arm um sie legte und versuchte, sie mit ziemlich ungeschicktem Schulterklopfen zu trösten.

Aber seine Enkelin weigerte sich, sich trösten zu lassen, und Fremont seufzte und schüttelte besorgt den Kopf, als er sah, wie sie stur ihr Kinn vorschob und die verweinten Augen zusammenkniff und sie anklagend auf Jonathan Beechams schwankende, schwarz gekleidete Gestalt richtete.

India Beecham war Rachels engste und praktisch einzige Freundin gewesen, und Fremont wußte, daß seine Enkelin Jonathan die Schuld an Indias Tod gab. Und die Schuld lag auch bei dem verdammten Kerl. Wenn er nicht beim Huren und Saufen in Delano, dem Rotlichtbezirk von Wichita, gewesen wäre, als seine Frau zu Hause ihr Kind zur Welt gebracht hatte, nur mit ihren Kindern – und Eve, der Ältesten, die knapp vierzehn war – als Hilfe, hätte India noch am Leben sein können. Aber so war sie tot, und ihr armseliger Mann hatte es gewagt, bei der Beerdigung nach Whisky stinkend und taumelnd aufzutauchen. Es war fast ein Wunder, daß der Mann nicht in das Grab seiner Frau stürzte oder Rachel ihn, getrieben von Wut und Ekel, hineinstieß!

Fremont warf einen Blick zu seiner Enkelin und war überzeugt, daß sie es gemacht hätte, wenn ihr nur der Gedanke gekommen wäre. Wenn Rachels Blicke töten könnten, würden die Totengräber Jonathan gleich neben India begraben. Fremont kannte diesen Gesichtsausdruck seiner Enkelin und wußte, was er bedeutete. Er bezweifelte nicht, daß Jonathan, noch ehe der Tag zu Ende war, Rachels böse Zunge zu spüren bekommen würde – und das geschah ihm recht. Fremont hatte ganz bestimmt nicht die Absicht, Beechams Haut zu retten. Ein Mann mußte Schnaps entweder vertragen oder aber nicht trinken, so einfach war das. Jonathans ständiges Gejammer über den Bürgerkrieg, der angeblich an all seinen Unzulänglichkeiten schuld war, vor allem was den Schnaps betraf, waren nichts als Humbug. Fremont hatte im mexikanischen Krieg '46 gekämpft und sogar ein Bein verloren – aber er war kein Säufer. Beecham war schwach, einfach schwach. Warum India, eine gute, fleißige und stolze Frau, je so einen Mann heiraten konnte, würde Fremont nie begreifen.

Rachel wußte es, da war er sich sicher. Aber im Gegensatz zu anderen Weibern redete sie nicht über die ihr anvertrauten Geheimnisse anderer, also blieben Indias Motive für ihre Heirat für ihn im dunkeln. Egal. Was immer sie auch gewesen waren, sie war zu gut für ihn gewesen. Die ganze Gegend hatte es gewußt. Es war wirklich ein Jammer, daß sie einfach so gestorben war, als hätte sie ihr letztes Quentchen Kraft dem Baby geopfert. Der arme kleine Wurm sah nicht sonderlich gesund aus. Richtig mickrig war das Kind, dachte er nach einem Blick auf das Baby in Rachels Arm. Es müßte schon sehr viel Glück haben, wenn es seine Mutter lange überleben sollte, dachte er und hoffte insgeheim, daß seine Enkelin es nicht allzu liebgewinnen würde.

Als spüre sie die unschönen Gedanken ihres Großvaters, drückte Rachel Indias Neugeborenes fester an die Brust und schützte es so gut wie möglich vor dem unliebsamen Wetter. Trotz mehrerer Decken und ihres Umhangs, in den sie ihn gewickelt hatte, brüllte Tobias ohne Unterlaß schon seit Beginn der Beerdigung. Rachel schaukelte den Säugling und tätschelte ihm beruhigend den Rükken, und ihre Augen sprühten vor Wut bei dem Gedanken, daß der mutterlose Wurm und seine sieben Geschwister der Gnade Jonathan Beechams überlassen werden könnten.

Obwohl der Mann acht lebende Kinder gezeugt hatte, wußte er gar nichts über ihre Pflege. Und wenn die kleine Eve nicht so gescheit gewesen wäre, vor drei Tagen nach Rachel zu schicken, wäre Tobias verhungert – oder wohl eher erstickt –, denn Rachel traf gerade rechtzeitig im Lehmhaus der Beechams ein, um den trunkenen Jonathan daran zu hindern, einen Löffel kalten, klumpigen Haferbrei in den Hals des vor Hunger schreienden Neugeborenen zu stopfen.

Bei der Erinnerung daran kochte sie vor Wut, und sie überlegte ernsthaft, ob der Marshal von Wichita, der nächstgrößeren Stadt, sie wirklich hängen würde, wenn sie Jonathan mit ihrem Gewehr einfach über den Haufen schoß. Sie kam widerwillig zu dem Schluß, daß Marshal Mike Meagher, ungeachtet der Tatsache, daß sie eine Frau und Jonathan ein unfähiger Vater war, seine Pflicht angesichts eines Mordes tun würde. Rachel hoffte, Jonathan würde im Rausch irgendeine Saloontreppe hinunterfallen und sich das Genick brechen, damit seine Kinder nicht seiner Autorität unterstellt würden. Doch dann tadelte sie sich für diese sündigen Gedanken (Rachel hatte hohe moralische Grundsätze, wenn sie auch gelegentlich ein bißchen eigen waren), denn im Lauf der Jahre hatte sie festgestellt, daß die schrecklichen Dinge, die man anderen wünschte, meist denen, die sie ihnen wünschten, passierten.

Und da sie sehr abergläubisch war, schickte sie schnell ein Stoßgebet zum Himmel und sagte Gott, sie wolle ja nicht wirklich, daß Jonathan etwas zustieß. Außerdem, was würde aus den Beecham-Kindern werden, wenn ihm jetzt etwas passierte?

Sicher, dachte Rachel, würden sie wegen ihrer engen Freundschaft mit India, wie diese es auch sicher gewollt hätte, ihrer Obhut übergeben werden. Rachel wußte, daß Jonathan keine lebenden Verwandten hatte, und daß auch India nur einen jungen Halbbruder gehabt hatte. Aber demnach zu schließen, was India ihr erzählt hatte, war er das schwarze Schaf der Familie.

Indias Vater war es nicht gelungen, ihren Halbbruder so wie sie seinem eisernen Willen zu unterwerfen, und so hatte er den Sohn schließlich aus dem Haus geworfen und enterbt, weil er ein Tunichtgut war. Der Sohn aber hatte unbekümmert und ohne Reue sein Lotterleben weitergeführt. Indias strenger Vater, der nicht verzeihen konnte, hatte daraufhin den Namen des Sohnes aus der Familienbibel gestrichen, ihn für tot erklären lassen und India verboten, weiterhin Kontakt mit ihm zu halten. Obwohl sie den Befehl ihres Vaters mißachtete, hatte India ihren Halbbruder viele lange Jahre nicht gesehen, denn kurz nachdem ihr Vater ihn verstoßen hatte, war der Sohn in die Konföderierte Armee eingetreten und hatte New Orleans verlassen. Er war erst nach Ende des Krieges wieder zurückgekehrt. Später hatte India, die inzwischen in Kansas war, erfahren, daß ihr Halbbruder wegen eines skandalösen Duells von New Orleans nach Texas hatte fliehen müssen. Seitdem hatte sie nur noch ganz selten von ihm gehört.

Deshalb konnte Rachel sich damit trösten, daß wenn Jonathan irgend etwas zustieß, es sicher unmöglich war, Indias Halbbruder zu finden, und wenn doch, er bestimmt nicht daran interessiert war, die Kinder seiner Halbschwester zu sich zu nehmen; sie würden damit sicher ihrer Obhut überlassen werden. Was konnte man schon von einem Mann erwarten (Rachel vermutete, daß Indias Liebe zu ihm ihren Blick etwas getrübt hatte), der entgegen dem Wunsch seines Vaters seine Jugend in Saloons, Bordellen und auf Mississippidampfern verbracht und fast den ganzen Krieg lang getrunken, gehurt und gespielt hatte? Von einem Mann, der nach der schändlichen Kapitulation des Südens nach Hause zurückgekehrt war und sein Lotterleben fortgesetzt hatte, bis er tatsächlich einen anderen Mann wegen einer Mulattendirne in einem Bordell im French Quarter erschossen hatte? Zweifellos hatte der Tunichtgut bereits ein böses Ende gefunden.

Nein, wenn Jonathan etwas zustieß, brauchte sie nicht zu fürchten, daß Indias Halbbruder auftauchte und die Beecham-Kinder für sich beanspruchte. Ein Mann wie er war doch wohl kaum fähig, Zuneigung für acht Nichten und Neffen zu empfinden, die er noch nie gesehen hatte. Und sollte er es durch irgendeinen Zufall doch tun, würde sie ihm schnell den Kopf zurechtsetzen, genau wie sie um Indias Kinder willen Jonathan bei der erstbesten Gelegenheit den Kopf zurechtsetzen würde – selbst wenn sie den trunkenen Bastard anbinden und jede seiner Whiskyflaschen persönlich zertrümmern mußte!

4. Kapitel

Irgendwann kamen Männer an den Zusammenfluß des Big und des Little Arkansas und bauten dort, mitten im Herzen des Heartlands, dieser leeren, endlosen Prärie, die als Great Plains bekannt war, eine Stadt.

Obwohl sie eigentlich gar nicht die Absicht gehabt hatten, nutzten sie ihre Chancen, als im Laufe der nächsten Jahre die ersten Siedler kamen und die provisorischen Handelsposten, die die Männer errichtet hatten, zu festen Siedlungen ausgebaut wurden. Denn sie waren hart und gewitzt diese Trapper, Händler und Abenteurer, die sich bis nach Kansas vorwagten, und sie besaßen genug Weitsicht, um sich die Zukunft vorzustellen, und genug Unternehmungslust, einen Traum in die Wirklichkeit umzusetzen.

In ihrer Begeisterung, der Geschichte ihren Stempel aufzudrükken, einen kleinen Teil des Schicksals zu formen und der Nachwelt eine Stadt zu hinterlassen, wo einst nur Prärie gewesen war. vertrieben diese Gründungsväter just jene Wichita-Indianer, mit denen sie zuvor Fallen gestellt und gehandelt, die Friedenspfeife geraucht und Freundschaft geschlossen hatten. Die Männer versuchten, diese Vertreibung mit Verträgen und wenig Blutvergießen korrekt zu bewerkstelligen (wenn auch viele der verwirrten Eingeborenen an den Krankheiten der Siedler und an Kälte und Hunger starben, so daß während ihrer Umsiedlung ein Fluß am Chisholm-Trail Skeleton Creek getauft wurde, nach den gebleichten Knochen der Indianer, die an seinen Ufern verstreut lagen). Ironischerweise übernahmen die Gründungsväter von den Indianern auch den Namen für ihre Stadt – Wichita, was soviel wie »Verstreute Hütten« bedeutete.

Vom Zeitpunkt ihrer Einbürgerung im Jahr 1870 an war die Stadt schrill und neureich gewesen und damit ein Dorn im Auge ihrer älteren, etablierteren Rivalen wie beispielsweise das nahegelegene Park City. Mit diesem Nachbarn wetteiferte die Stadt um den Rinderhandel in Texas – um Herden, die auf dem Weg zu den Schlachthäusern im Norden einen Rastplatz auf halbem Weg brauchten. Die Gründungsväter schreckten nicht einmal davor zurück, die führenden Treiber zu bestechen, ihre Herden durch Wichita anstatt Park City zu treiben und bezahlten ihnen fünfzehn Dollar für jedes Stück Vieh, das ihnen durch den Umweg über Wichita verlorenging.

Aber auch innerhalb der Stadt gab es ständig Reibereien. William »Dutch Bill« Greifensteins »Douglas Avenue«-Fraktion und Darius Mungers »North Enders« bekämpften sich ständig – angefangen vom Bauplan Wichitas, dem Standort der Brücken über den Big Arkansas bis zu den Straßennamen – jede Gruppe war wild entschlossen, das letzte Wort zu haben. Aber genau diese hitzige Konfrontation förderte das schnelle Wachstum der Stadt, da auch Wichitas Geschäftsleute erbarmungslos miteinander konkurrierten. Die Stadt mochte zwar vom Aussehen her primitiv sein, mit ihren grobgezimmerten Häusern, provisorischen Gehsteigen und Staub- (oft Schlamm-) Straßen, aber es fehlte nicht an Annehmlichkeiten.

Schon bald konnte sie sich damit brüsten, mehr als 175 Gebäude zu haben, darunter drei Kirchen, zwei Drugstores, sechs Schreinereien, zwei Restaurants, drei Hotels, zwei Billardsalons und vier Immobilienbüros sowie ein Bekleidungsgeschäft (den New York Store) und zwei Kutschenunternehmer (die Southern Kansas und die Kansas Stage Company). Außerdem wurden zahlreiche Bäume gepflanzt, weitläufige Viehhöfe angelegt und eine eigene Eisenbahnlinie gegründet (die Wichita & Southwestern). Das lockte den Verleger Marshall Murdoch aus Burlingame an, der eine Tageszeitung gründete, den *Wichita Eagle,* der aber im Konkurrenzkampf mit dem wöchentlich erscheinenden *Wichita Beacon* lag.

Die Stadt hatte natürlich auch ihre Ärzte, Anwälte und Lehrer, obwohl keiner von ihnen so respektiert wurde wie die Geschäftsleute. Das war verständlich, da die meisten Ärzte keinen Universitätsabschluß hatten und, um ehrlich zu sein, echte Quacksalber waren; die Anwälte prügelten sich des öfteren während der Prozesse, und die sogenannten Lehrer hatten oft weniger Schulbildung als ihre Kinder.

Doch das Chaos wurde nicht lange geduldet. Verordnungen wurden erlassen, die Recht und Gesetz bringen sollten. Trunkenheit, ungebührliches Verhalten und das Abfeuern einer Schußwaffe innerhalb der Stadtgrenze sowie körperliche Übergriffe wurden mit Strafen in Höhe von zehn, fünfundzwanzig und fünfzig Dollar geahndet. Der Verkauf von Schnaps am Sonntag wurde ausnahmslos verboten, also mußte man schon die Schläue eines Kojoten haben, wenn man am Sabbath seinen Durst stillen wollte.

Aber auch Wichita konnte trotz aller Vorausschau und guter Absichten nicht allen Unannehmlichkeiten aus dem Weg gehen. Denn der Fortschritt brachte auch seine Nachteile mit, und Wichita bildete keine Ausnahme. Die Stadt wuchs in vieler Hinsicht nach wohldurchdachten Plänen – und in anderer wieder gar nicht so, wie die Gründungsväter sich das vorgestellt hatten. Am Westufer des Big Arkansas befand sich der größte Schandfleck der ansonsten relativ anständigen und gesetzestreuen Stadt – der unvermeidliche Rotlichtbezirk. Und ausgerechnet dieser unschöne Vorort war es, der Wichita den zweifelhaften Ruf einbrachte, eine wilde gesetzlose Viehtreiberstadt zu sein, in der zu jeder Tages- und Nachtzeit die Hölle los war und tödliche Revolverduelle an der Tagesordnung waren. »West Wichita« oder »Delano«, wie es öfter bezeichnet wurde, dieses Viertel der Gewalt und der Laster, war Ziel vernichtender Kritik jedes Politikers, der sich in der Öffentlichkeit als Moralist zeigte (gleichgültig, wie oft er selbst, heimlich natürlich, die verwerflichen Früchte genoß), und Gegenstand der Entrüstung für jede gottesfürchtige, anständige Frau in der Stadt.

Rachel Wilder gehörte zu den letzteren. Deshalb saß sie auch wütend und beschämt auf ihrer Stute Sunflower, die bis zu den Knöcheln im Schlamm auf einer von Delanos breiten Straßen vor dem Silver Slipper stand. Vor Kälte klapperten ihr die Zähne, denn sie war bis auf die Haut durchnäßt von dem winterlichen Regen; ihre Stimme war heiser, weil sie in höchst undamenhafter Manier Jonathan Beecham lauthals aufforderte, sofort herauszukommen.

Sie wußte, daß er sie gehört hatte, denn ab und zu taumelte er zu einem der Fenster im ersten Stock des Saloons, riß es auf und brüllte ihr trunken zu, zu verschwinden. Er hatte gerade seinen dritten Auftritt.

»Hau ab, hau ab, Miss Hochnäsig Wilder, schleich dich!« brüllte er zu ihr hinunter und wedelte dabei bedrohlich mit seiner halbleeren Whiskyflasche. »Geh nach Haus – hick – laß mich in Ruh'! Verdammtes – hick – Luder, misch dich nicht ein! Wer, zum Teufel – hick – hat dich zu meinem Aufpasser ernannt? Du bist nicht meine Frau!« Er nahm einen langen, gierigen Zug aus seiner Whiskyflasche. Dann wischte er sich seinen sabbrigen Mund am Ärmel ab. »Du hast ja überhaupt keinen Mann, du ausgetrocknete alte Pflaume! Hast du mich gehört, du Scheiß-Wohltäterin? Du hast kein Recht, mir zu sagen, was ich tun soll. Also hau jetzt ab. Du, du – störst mich mit der hübschen, kleinen – hick – Emmalou hier...« Er zerrte die Dirne an sich, die er sich gestern abend gekauft hatte, und begann frech, sie zu küssen und zu befummeln. »Und das mag sie gar nicht, stimmt's, Schätzchen?« Er zwinkerte der Hure mit einem stupiden Grinsen auf dem Gesicht zu, bei dem Gedanken an seine sexuelle Potenz, und wie sie schreien und vor Wonne stöhnen würde, wenn er sie noch einmal nahm (um an seine 7,50 Dollar zu kommen, würde sie hart arbeiten müssen). Dann fiel ihm Rachel wieder ein, und er drehte sich zurück zum Fenster und brüllte hinunter zu ihr: »Hörst du mich, Miss Anständig Wilder? Mach dich auf den Weg, wie ich's dir gesagt habe! Geh heim in dein kaltes, leeres Bett! In Delano können wir keine arroganten, prüden Weiber gebrauchen – besonders solche nicht, die verrückt sind wie eine Kuh, die Locokraut erwischt hat – hick!«

Rachel begann vor Wut und Scham über diese Beleidigungen zu weinen, denn er hatte leider den Nagel auf den Kopf getroffen. Sie wußte, daß sie mit achtzehn von den meisten praktisch schon als alte Jungfer gesehen wurde, und daß es auch einige gab, die behaupteten, sie wäre »nicht ganz dicht im Kopf«. Aber die Tatsache, daß sie tatsächlich unverheiratet war und wahrscheinlich auch bleiben würde, und daß die anderen Gerüchte über sie unwahr und boshaft waren (und zum Großteil außerdem noch von Beecham in die Welt gesetzt), machten das Gerede nicht weniger schmerzlich.

Nach dieser nicht gerade feinen Tirade kicherte Jonathan hämisch, setzte die Whiskyflasche an und begrub dann lüstern sein Gesicht zwischen Emmalous ausladenden, fast nackten Brüsten. Emmalou packte ihn am Schwanz und mit einem selbstzufriedenen Lächeln auf ihrem scharlachroten Mund starrte sie Rachel direkt in die Augen, um sich zu versichern, daß die junge Frau auch wirklich angemessen schockiert war. Dann zerrte sie Jonathan mit einem Lustschrei vom Fenster weg, erschien kurz noch einmal mit ein paar obszönen Gesten und Worten für Rachel, dann schlug sie das Fenster mit einem ohrenbetäubendem Knall zu. Unglücklicherweise war eine der vier Scheiben gebrochen, und ein paar Minuten später waren durch das Loch heisere Schreie und unmißverständliche Seufzer zu hören, die Rachel vor Scham erröten ließen.

Wäre da nicht der Gedanke an die armen mutterlosen Beecham-Kinder gewesen – die sich, so gut es ging, alleine in dem heruntergekommenen Lehmhaus durchschlugen –, hätte sie ihrem Pferd die Sporen gegeben und wäre, so schnell sie das Pferd trug, nach Hause zurückgaloppiert. Aber die herzerweichende Erinnerung an die verängstigten, traurigen Gesichter der Kinder heute früh bestärkten sie in ihrem Entschluß. Sie war heute morgen hinübergeritten, um nach ihnen zu sehen, und hatte feststellen müssen, daß sie die Nacht alleine verbracht hatten; sie waren verängstigt von den Schatten, die kamen und gingen und sich in Indianer, Kojoten und Klapperschlangen und alle anderen Schreckensgespenster von Präriekindern verwandelt hatten. Sie schluckte ihren Stolz hinunter.

Noch nie hatte sie klein beigegeben, und gleichgültig, wie schwer es auch sein würde, irgendwie würde sie Jonathan Beecham dazu bringen, seine Pflicht zu erfüllen! Es war das wenigste, was sie für den Nachwuchs der armen India tun konnte.

Bei dem Gedanken an ihre tote Freundin schob Rachel ihr Kinn vor und richtete sich auf. Sie ignorierte die Passanten, die sie anstarrten, denn sie wußte, daß es mehr als genug Schurken gab, die glaubten, jede Frau in Delano, auch eine Dame, sei ein williges Opfer, das sie bei nächstbester Gelegenheit packen und vergewaltigen könnten. Also blieb sie mit dem Finger am Anzug ihres Gewehres auf ihrem Pferd sitzen. Jetzt packten ihre Hände, die trotz der Handschuhe taub vor Kälte waren, den Kolben noch fester.

»Jonathan Beecham!« brüllte sie erneut, zitternd vor Wut. »Jonathan Beecham! Du mieser Feigling! Komm sofort da raus! Eine Schande ist das, wie du dich aufführst – und India ist kaum einen Monat unter der Erde, und deine acht trauernden Kinder sind auch noch allein zu Hause! Jonathan Beecham, hörst du mich?« Es kam keine Antwort, und Rachel fluchte leise vor sich hin. »Verflucht!« Dann erhob sie noch einmal die Stimme: »Ich schwöre, wenn du nicht innerhalb der nächsten paar Minuten durch diese Salontür kommst, wirst du es bereuen, du widerwärtiges Stück Ungeziefer!«

Die einzige Antwort war Emmalous obszönes Lachen und das heftige (und deshalb deutlich hörbare) Ächzen der rostigen Bettfedern. Rachel errötete erneut bis in die Haarwurzeln, ihr Mund wurde zu einem grimmigen Strich. Dann wandte sie sich mit kriegerisch funkelnden Augen zu dem wachsamen Schwarzen, der auf einem alten Maulesel neben ihr saß.

»Poke«, befahl sie, »du steigst sofort ab, gehst in den Saloon und holst Mr. Beecham.«

Der große Tagelöhner richtete sich langsam im Sattel auf und schüttelte den Kopf, auf dem ein triefnasser brauner Filzhut saß.

»Der Herr steh' uns bei, Miss Rachel«, stöhnte er. »Ich hab' gewußt, daß Sie das sagen! Haben Sie vergessen, was das letzte Mal passiert ist, wie ich den Mann da rausholen wollte? Da hamse mich fast umgebracht, Miss Rachel – und das wissen Sie auch! Die stehn hier in Delano nicht auf Schwarze, und ich laß meine Haut wegen diesem Taugenichts Mister Beecham nicht an die Scheunentür nageln! Nääh, wirklich nicht – und das ist mein letztes Wort zu diesem Thema!« Der Schwarze nickte energisch und ließ sich dann gelassen wieder auf seinem Maultier zusammensinken, ohne einen Blick auf Rachels wütendes Gesicht zu werfen.

»Poke«, sagte sie verärgert, »ich weiß wirklich nicht, warum ich mir das alles von dir bieten lasse.«

»Weil ich wahrscheinlich der einzige Mensch in Kansas bin – außer Ihrem Opa natürlich –, der sich nicht vor Ihrer scharfen Zunge fürchtet, Miss Rachel«, erwiderte er ungerührt.

»Scharfe Zunge?« rief sie. »Poke, paß auf, was du sagst! Bloß weil ich ehrlich bin und meine Meinung sage, wie es jeder sollte – wenn das nämlich mehr Leute tun würden, statt um den heißen Brei herumzureden oder schamlos zu lügen, wäre die Welt nicht in so einem traurigen Zustand!«

»Vielleicht haben Sie recht, Miss Rachel«, räumte Poke ein, »aber keiner mag die Wahrheit über sich selbst hören – und das ist Tatsache! Ehrlichkeit muß man in kleinen Dosen austeilen und auch nur denen, die es vertragen können. Ich weiß, daß Sie immer versuchen, das Richtige zu tun, Miss Rachel, weil Sie tief im Herzen der gutherzigste Mensch sind, den ich kenne, aber in den Augen der Welt haben Sie einen Haufen mehr Mumm als Ihnen zusteht, und das können die, die keinen haben, einfach nicht verzeihen – schon gar nicht einer Frau. Deswegen glauben sie alle, Sie sind ein böses Weib, Miss Rachel!«

»Hm«, schnaubte Rachel verächtlich, aber sie sah, daß der Schwarze ungerührt war und gar nicht daran dachte, ihr zu helfen. Sie seufzte, dann sagte sie: »Also, Poke, nachdem du mir nicht helfen willst, bleibt mir wohl keine andere Wahl, als mir Mr. Beecham selbst vorzuknöpfen!«

Ein scharfer Wind peitschte über die regengetränkte Ebene, und aus den aufgedunsenen grauen Wolken, die über den Himmel rollten, klatschte stetig der Regen. Ab und zu stach am fernen Horizont die krumme Gabel eines Blitzes in die Erde, und der Donner grollte eine unheilschwangere Warnung. Im unsteten Licht verharrte ein Reiter auf der verschneiten Spitze eines Präriehügels, eine einsame Gestalt, die sich gegen den Himmel abzeichnete. Unter der breiten, flachen Krempe seines Sombreros schaute er mit zusammengekniffenen Augen zum bewegten Firmament hinauf. Ein Sturm braute sich zusammen.

Der Mann kaute gedankenverloren an dem Zigarillo, den er rauchte, zog den hochgeschlagenen Kragen seines Staubmantels enger um sich und erschauderte kurz vom Wind und von der Nässe. Er hatte einen langen, harten Ritt hinter sich und freute sich auf eine Rasur, ein Bad, eine heiße Mahlzeit und ein warmes Bett. Er schnalzte mit der Zunge und gab dem Pferd kurz die Sporen. Wenn er sich beeilte, konnte er es bis Einbruch der Dämmerung – und des Sturms – bis Wichita schaffen.

Schließlich erspähte der einsame Reiter, der allmählich schon glaubte, er hätte sich auf der kahlen, trostlosen Ebene verirrt, zu seiner Erleichterung die Stadt, die sich wie ein einsames Schiff auf einem weiten dunklen Meer aus dem Flachland erhob. Ein willkommener Anblick. Er galoppierte darauf zu und verlangsamte sein Tempo erst, als er in die Stadt hineinritt. Er ignorierte kühl das große Warnschild, das das Tragen von Feuerwaffen innerhalb der Stadtgrenzen strikt verbot, und knöpfte seinen Staubmantel ein Stück auf, damit er, falls nötig, raschen Zugriff zu seinen Revolvern hatte.

Wie immer, wenn er sich Orten mit vielen Menschen näherte, war der Mann gespannt wie eine Feder. Er war voller Mißtrauen und musterte argwöhnisch seine triste Umgebung; er bemerkte die zwielichtigen Bars und Bordelle, die die Straße säumten, die schmierigen kleinen Missetäter und Nutten, die trotz des unfreundlichen Wetters auf dem Gehsteig herumlungerten. Verächtlich verzog er den Mund. Das war also das berüchtigte West Wichita... Delano. Es war auch nicht schlimmer als viele andere Orte, an denen er gewesen war und besser als einige von ihnen. Der einsame Reiter spürte die neugierigen, heimlichen Blicke, die ihm folgten, als er mit klirrendem silbernem Zaumzeug und Sporen die Straße hinuntertrabte.

Instinktiv schlugen die Bewohner der Stadt einen großen Bogen um ihn, denn sie wußten sofort, was er war. Nur drei Sorten Männer im Westen trugen zwei Revolver: Greenhorns, Narren und, sehr selten, Profis. Und dieser Mann mit dem harten, hungrigen Gesicht, hager, muskulös – war weder ein Greenhorn noch ein Narr. Sie hatten Männer wie ihn schon gesehen, und selbst die Schlimmsten unter ihnen wollten mit dieser gefährlichen Art nichts zu tun haben: Revolvermänner, Kopfgeldjäger, Männer, die sich auf beiden Seiten des Gesetzes bewegten. Diejenigen in der Stadt, die kein reines Gewissen hatten, wandten sich vorsichtig ab, jeder in der Hoffnung, daß er nicht seinetwegen gekommen war, dieser Mann. Niemand ahnte, daß es kein Kopfgeld war, was ihn nach Wichita gebracht hatte.

Der Reiter mußte grinsen, als er die abgewandten Köpfe sah. Vielleicht konnte er hier doch ein paar Geschäfte machen, dachte er. Dann erinnerte er sich an den Grund seiner Anwesenheit in Wichita, und sein Lächeln erlosch. Seine behandschuhten Hände packten die Zügel fester, die einzige Geste, die seine innere Verwirrung und seinen Zorn andeutete.

In diesem Augenblick bemerkte er den Aufruhr ein Stückchen weiter die Straße hoch. Er ließ sein Pferd im Schrittempo gehen und hielt vorsichtig Ausschau. Aber seine Vorsicht war unnötig. Er sah jetzt, daß der ganze Aufruhr nur eine ungeheuer aufgebrachte Frau war – die Frau oder die Geliebte irgendeines bedauernswerten Mannes, darauf würde er wetten. Und er kam zu dem Schluß, daß er die Wette auch gewonnen hätte, denn sie saß auf einer zierlichen braunen Stute, fuchtelte mit einem Gewehr herum – als wäre sie wild entschlossen in die Stadt geritten, um ihren

Mann einzusammeln – und brüllte eine armselige, aufgedonnerte Schnalle an, die aus einem Fenster im ersten Stock des Saloons hing.

Der Reiter schüttele angewidert den Kopf ob dieses Schauspiels. Gott sei Dank war er nie so dumm gewesen, sich an eine Frau zu binden. Oh, sie waren wunderbar, wirklich wunderbar, in einer langen, einsamen Nacht, wenn es einen Mann nach etwas Weichem und Warmen gelüstete. Aber am Morgen war es Zeit, weiterzuziehen – bevor sie einen so bezirzten, daß man nie wieder loskam. Ja, leicht gefreit, leicht entzweit, das war sein Motto. Man sah ja hier, was passierte, wenn sie einen am Haken hatten. Man konnte nicht einmal in Ruhe einen Drink genießen – oder etwas anderes!

Frauen! schnaubte er verächtlich. Mein Gott!

Wechselbälger sollte man sie nennen, denn sobald sie einen Ehering am Finger hatten, veränderten sie sich, und wie! Selbst die Schüchternsten und Süßesten verwandelten sich über Nacht in widerliche Hausdrachen. Wenn sie einen nicht wegen des Trinkens beschimpften, war es das Rauchen oder das Huren. Er hatte es, weiß Gott, oft genug beobachtet. Und wehe dem unvorsichtigen Ehemann, der seine Frau nicht beachtete, er würde bezahlen müssen, wie dieser arme Kerl hier anscheinend auch.

Armer Narr, dachte der Reiter verächtlich. Man sieht, daß er keinen Mumm hat. Wenn die heißblütige Stute meine wäre, würde ich ihr schon ein paar Manieren beibringen!

Er wollte weiterreiten, aber die nächsten Worte der Furie ließen ihn sein Pferd sofort zügeln. Erstaunt starrte er die schlanke, tobsüchtige Gestalt an.

»Ich hab' dich gewarnt, Jonathan Beecham!« brüllte sie. »Ich hab' dich wiederholt gewarnt – offen und fair, sag ja nicht, ich hätte es nicht getan!«

Dann, ehe der reaktionsschnelle Reiter etwas unternehmen konnte, hatte Rachel Wilder beide Läufe ihrer 1869er Parker »Damascus« auf das Saloonfenster gerichtet und abgedrückt.

Zum Glück für Jonathan hatte die Hure Emmalou einen ausgeprägten Selbsterhaltungstrieb und riß ihn mit sich zu Boden, einen Augenblick, bevor das Fenster und ein Großteil des Rahmens in tausend Stücke zersplitterten und sich ein Regen von Glas und Holz über das ganze Zimmer und die Straße darunter ergoß. Der Lärm war ohrenbetäubend und der Rückschlag des Gewehres fürchterlich, aber Rachel und ihr Pferd Sunflower waren seit langem daran gewöhnt. Rachel hielt sich am Sattel fest und betrachtete die Wirkung ihres Schusses (den sie schon bald sehr bereuen sollte). Ihr braves Pferd warf lediglich den Kopf hoch und tänzelte zur Seite.

Leider war Pokes widerspenstiger Maulesel Cider nicht so gelassen. Erschrocken vom Geschrei einiger Frauen und dem darauf folgenden Aufruhr fing der Maulesel an, wie wild um sich zu treten und sich aufzubäumen, so daß er den Knecht (der sich jetzt verzweifelt ans Sattelhorn klammerte) fast abgeworfen hätte und Sunflower einen kräftigen Kick verpaßte.

Eine solche Behandlung war die Stute nicht gewohnt; sie verlor die Nerven, wieherte schrill, bäumte sich auf und ging durch. Rachel reagierte nicht schnell genug, denn sie war dergleichen von ihrer sonst lammfrommen Stute nicht gewohnt. Sie konnte gerade noch ihr Gewehr ins Halfter rammen und sich ducken, um nicht gegen das überhängende Dach des Silver Slippers zu prallen, da war das Pferd auch schon auf den Gehsteig galoppiert. Die Stute hatte so viel Schwung, daß Rachel sie nicht zügeln konnte, und es war auch kein Platz zum Manövrieren zwischen dem Saloon und den Anleinpfosten. Rachels Herz raste wie wild in ihrer Brust; sie konnte sich nur flach auf den Hals des Pferdes drücken, als es durch die langen, schmalen Türen des Silver Slippers krachte, einen Türflügel aus den Angeln riß und den anderen zertrümmerte.

Wäre Rachel nicht vollauf damit beschäftigt gewesen, die Kontrolle über ihre Stute wiederzuerlangen, hätte sie sicher über den Anblick der Barbesucher gelacht, die jetzt hastig aufsprangen und in ihrer Eile, sich in Sicherheit zu bringen, Tische und Stühle umwarfen. Aber das Pferd war total verängstigt und nicht mehr zu bremsen. Rachel konnte sich nur mit Mühe im Sattel halten; schließlich hörte sie auf zu denken und folgte nur noch ihrem Überlebensinstinkt.

Wie ein verrückt gewordenes Karnickel bockte Sunflower durch den Saloon, trat panisch um sich, zertrümmerte Möbel und zerbeulte verdreckte Spucknäpfe, deren ekliger Inhalt durch den Raum flog. Rachel drehte es von dem Gestank des alten Tabaks und der heftigen Bewegung des Pferdes fast den Magen um. Alles drehte sich und schwankte wie ein außer Kontrolle geratenes Karussell. Ihr triefnasser Hut segelte durch die Luft, einige ihrer Haarnadeln lockerten sich, Strähnen ihrer langen, blonden Haare lösten sich aus dem Knoten und versperrten ihr die Sicht. Schließlich entglitten die Zügel ihren Händen. Trotz des kalten Winds und Regens, der durch den jetzt weitgeöffneten Eingang des Silver Slippers hereinwirbelte, war ihr Gesicht schweißgetränkt. Sie biß die Zähne zusammen, packte das Sattelhorn und klammerte sich, so gut es ging, fest.

Zu ihrer übergroßen Schmach hatten einige der rauhbeinigen Gäste des Saloons, die sich hinter der verdreckten Bar und der wackligen Treppe in Sicherheit gebracht hatten, inzwischen Gefallen an der überraschenden Vorstellung gefunden. Sie schrien vor Lachen und feuerten sie mit lauten Zurufen an.

»Reit sie, Mädel!« jubelten sie trunken und feuerten ihre Revolver gegen die Decke, was Sunflower noch mehr in Panik versetzte. »Zeig's dem Bronco! Juhuu!«

In kürzester Zeit war die Luft so voller Staub vom herunterfallenden Putz und vom Sägemehl, das die Stute aufwirbelte, daß Rachel verzweifelt hustend nach Luft rang. Inzwischen hatte sich das Pferd im Kreis zum Eingang des Silver Slippers zurückgearbeitet, wo zu beiden Seiten der Tür je ein großes Fenster zur Straße führte. Zu ihrem Entsetzen mußte Rachel erkennen, daß Sunflower vorhatte, durch das Fenster zu springen. Machtlos gegenüber dieser Katastrophe begrub sie ihr Gesicht in der langen, seidigen Mähne der Stute, und als sie spüre, wie das Pferd sich zum Sprung sammelte, schloß sie fest die Augen und betete. Im nächsten Augenblick klirrte und barst um sie herum fallendes Glas, und sie schossen durch das Fenster.

Sunflower landete mit Karacho und in einem Glasregen auf dem Gehsteig und rammte dabei einen der eckigen Holzpfosten, die das überhängende Dach des Silver Slipper stützten. Die wackelige Säule gab nach und brach in der Mitte entzwei, als das Fundament der Säule vom Gehsteig rutschte. Dann stürzte das Dach ein, gerade als die Stute auf die Straße stürmte, wo sie durch den Schlamm schlitterte.

Einen schrecklichen Moment lang dachte Rachel, sie würden den leeren Frachtwagen rammen, der auf der anderen Seite der Straße stand, aber in dem Augenblick griff eine starke Hand nach Sunflowers Zügel und brachte das Pferd mit einem brutalen Ruck zum Stehen.

»Hoa«, knurrte eine leise, männliche Stimme. »Hoa, ganz ruhig, ruhig jetzt.«

Die Stute tänzelte noch ein wenig, dann beruhigte sie sich, mit bebenden Nüstern und Flanken, als hätte sie einen Gebieter erkannt. Rachel spürte, wie das Pferd ruhig wurde und merkte, daß der Alptraum ein Ende hatte und sie, wie durch ein Wunder, noch im Sattel war. Es war kaum zu fassen.

Aschfahl, zitternd von den Nachwehen ihres furchterregenden Rittes und heftig atmend, hob sie langsam den Kopf und sah ihren unbekannten Retter an.

Sie erschrak so bei seinem Anblick, daß ihr die Dankesworte im Munde erstarben und sie ihn nur mit offenem Mund anstarren konnte. Er war so schön, daß Rachel ihn in ihrem benommenen Zustand für einen Geisterreiter hielt, einen, dessen dämonische Auftritte die Abergläubischen angeblich in wilden oder dunstigen Prärienächten beobachtet hatten. Ihre goldenen Wimpern waren voller Wassertropfen, so daß sie den Mann, als ihre Augen ihn wie hypnotisiert vom Scheitel bis zur Sohle musterten, wie durch ein dunkles Prisma sah.

Er war groß und geschmeidig wie ein Panther, schwarz und silbern wie ein von Sternen übersäter Nachthimmel. Auf dem Kopf trug er einen schwarzen Sombrero, die breite, flache Krempe hatte er tief ins Gesicht gezogen, so daß sein Gesicht mit der olivfarbenen Haut im Schatten lag. Dicht und blauschwarz wie das Winterfell seines Hengstes war sein langes Haar, das sich im Nacken lockte. Unter teuflischen schwarzen Brauen und schweren Lidern funkelten seine mitternachtsblauen Augen wie die einer räuberischen Kreatur der Nacht. In ihren Tiefen bemerkte Rachel einen Anflug von Spott und auch einen Hauch von Bedrohlichkeit, die sie unwillkürlich erschauern ließ. Seine römische Nase über dem schweren schwarzen Schnurrbart und einem sinnlichen, liederlichen Mund war fein modelliert. Zwischen seinen weißen Zähnen klemmte eine dünne, schwarze Zigarre. Von ihrer glühenden Spitze stieg geisterhafter Rauch auf und löste sich im Wind und im Regen auf. Er hatte ausgeprägte Backenknochen, eingefallene Wangen, fast ein Habichtsgesicht. Sein stoppeliges Kinn war stolz und arrogant, als wäre er es gewohnt zu fordern und auch zu bekommen, was er wollte.

Um den Hals hatte er einen warmen schwarzen Wollschal gewickelt. Sein langer schwarzer Staubmantel war von seinem festen, flachen Bauch bis zum Hals zugeknöpft und schmiegte sich um die ausladenden Schultern und die breite Brust. Um die Taille trug er einen schwarzen Ledergürtel mit gravierter Silberschnalle und eine Messerscheide mit einem barbarisch funkelnden Messer. Tief um die Hüfte schlangen sich zwei schwarze Halfter mit zwei Peacemaker-Revolvern, deren Elfenbeingriffe mit dem aufbäumenden Pferd mit Pfeilen verziert waren, dem Markenzeichen Samuel Colts. Seine engen schwarzen Hosen spannten sich um sehnige Schenkel und Waden. An den Füßen trug er schwarze Lederstiefel mit glänzenden Silbersporen.

Es war ein Bild von Geschmeidigkeit und Grazie, wie er auf seinem Hengst saß, zuhause im Sattel, ein Meister auf dem Pferd. Seine Haltung war wachsam, aber auch kühn. Das war ein Mann, der keiner Gefahr auswich und der auf sich und seine Fähigkeit vertraute, dem Leben entgegenzutreten, egal, was es für ihn bereithielt.

An seiner Kleidung und seinem Auftreten erkannte Rachel, daß er ein Profi war, ein Revolvermann, ein Kopfgeldjäger, der Inbegriff dessen, was sie an einem Mann verabscheute und fürchtete: kühl, sarkastisch, brutal und animalisch. Seiner selbst und seiner Überlegenheit sicher, war er die Art von Mann, der sich das, was er wollte, nahm, ohne zu fragen, und der nicht duldete, daß irgend jemand oder irgend etwas sich ihm in den Weg stellte.

Bei dem Gedanken lief ihr die Gänsehaut über den Rücken und irgendein seltsames, wildes Gefühl, das sie nie zuvor empfunden hatte, durchzuckte ihren Körper ohne Vorwarnung und machte ihr angst, erregte sie, verwirrte sie. Plötzlich war ihr heiß. Ihr Mund schmeckte wie ein alter Büffelknochen. Ihr Herz schlug wie die Schwingen eines Kolibris. Mit einemmal wurde ihr bewußt, wie unhöflich sie den Mann anstarrte, und wie furchtbar sie nach diesem Chaos aussehen mußte. Sie lief puterrot an. Er muß mich für eine gewöhnliche, vulgäre Schlampe halten, dachte sie betreten, obwohl sie nicht hätte sagen können, warum seine Meinung so wichtig war, denn er bedeutete ihr nichts, genausowenig wie sie ihm.

Aber das Allerschlimmste war, daß der Kerl einen Blick auf die Reste des Silver Slipper warf und dann zu ihr und ein Mundwinkel amüsiert zuckte, als er unverschämterweise sagte: »Schätzchen, wenn das deine Vorstellung von einem gemütlichen, regnerischen Nachmittag ist, dann möchte ich ganz bestimmt nicht an einem schönen Samstagabend mit dir ausgehen!«

Das gab ihr den Rest. Vor Scham wäre sie am liebsten im Boden versunken. Aber sie hatte auch ein stählernes Rückgrat, das man von Geburt an besitzt oder gar nicht, und das sie auch jetzt nicht im Stich ließ. Sie richtete sich stolz auf und versuchte, die Reste ihres Verstandes zu sammeln. Wie konnte dieser arrogante Schurke es wagen, sie so vertraulich anzureden, als wäre sie ein loses Weib? Er war kein Gentleman, soviel war sicher. Rachel glaubte fest daran, daß alles seinen angestammten Platz hatte – und dieser Mann mußte entschieden auf den seinen verwiesen werden!

»Nun, Sir«, erwiderte sie hochmütig, »nachdem das wohl kaum passieren wird, brauchen Sie sich keine Sorgen zu machen. Trotzdem danke ich Ihnen für Ihr schnelles Eingreifen in dieser besonderen Situation. Wenn Sie jetzt so nett wären, meine Stute loszulassen, werde ich Sie nicht weiter belästigen. Ich bin sicher, daß Verne Lundy, der Besitzer des Silver Slipper, trotz seines fragwürdigen Charakters zumindest dieses eine Mal sofort Marshal Meagher rufen lassen wird, und weil ich nicht ins Gefängnis will, muß ich mich auf den Weg machen.«

Trotz ihrer Absicht, ihn streng in seine Schranken zu verweisen, redete sie zu schnell und zu viel, das wußte sie. Aber sie konnte nichts dagegen machen. Dieser verfluchte Kerl. Warum mußte er auch die blauesten Augen haben, die sie je gesehen hatte? Wie tiefe Teiche unter dem Sommerhimmel waren sie. Und wie er sie ansah! Es war, es war – als würde er sie nackt ausziehen! Es war wirklich der Gipfel, und außerdem machte sie das total nervös!

Der Mann seinerseits hielt sie für eine unattraktive, ungenießbare Frau, viel zu eingebildet und das ohne jeden Grund. Steif wie ein Besen saß sie auf ihrem Pferd und bemühte sich, die beleidigte Dame zu spielen, die ihn in die Schranken verweisen wollte, obwohl sie so mitgenommen aussah und anscheinend überhaupt nicht an die möglichen Folgen ihres unziemlichen Verhaltens dachte. Sie errötete doch tatsächlich, als hätte er sich ihr unzüchtig genähert – dieses tückische Luder! Ihr hochrotes Gesicht betonte die Sommersprossen auf ihren Backenknochen sehr unschön, und ihre grünen Augen – das einzig Attraktive an ihr, überlegte er verächtlich – schienen dadurch noch grüner. Durch sie und ihr herzförmiges Gesicht ähnelte sie einer Straßenkatze, die trotz ihres hochnäsigen Getues nichts anderes war als ein unverschämtes Ding! Eingedenk der Worte, die sie dem trunkenen Tölpel am Fenster zugeschrien hatte, bevor sie auf ihn gefeuert hatte, juckte es ihn in den Fingern, ihr bei lebendigem Leib die Haut abzuziehen.

»Wenn Sie mir gestatten, das zu sagen, haben Sie nicht etwas vergessen... Ma'am?« fragte er, und seine Stimme war hart und höhnisch geworden. »Was ist mit Ihrem... Gatten?« Er zeigte auf die Reste des Saloonfensters im ersten Stock, wo Jonathan Beecham jetzt stand und wie ein Berserker fluchte.

»Glücklicherweise«, erwiderte Rachel mit einer angewiderten Grimasse auf Jonathans wütende Gestalt – sie war zwar erleichtert, daß er alles heil überstanden hatte, aber eigentlich fand sie es schade, daß er nicht zumindest verwundet war, »ist dieser trunkene Taugenichts nicht mein Mann. Ich, Sir, bin unverheiratet, und nach der heutigen Episode danke ich Gott, daß ich so vernünftig war, es auch zu bleiben!«

Ihr Retter hatte inzwischen die Zügel losgelassen, also gab Rachel mit diesen letzten Worten Sunflower die Sporen und galoppierte aus der Stadt, Poke und den gar nicht reumütigen Cider hart auf den schlammigen Fersen.

Der Vagabund beobachtete sie mit zusammengekniffenen mitternachtsblauen Augen, die kalt waren wie Eis, bis der Regen sie verscheuchte und sie außer Sicht war. Dann ging er entschlossen auf die Reste des Silver Slippers zu.

5. Kapitel

Rachel versuchte vergeblich, dem nahenden Sturm zu entrinnnen, indem sie Sunflower bis an ihre Grenzen trieb. Ab und zu warf sie einen Blick über die Schulter, um sicherzugehen, daß Poke und Cider Schritt hielten. Sie ritt nicht nach Hause, wie Poke inständig gehofft hatte, sondern zum Haus den Beechams. Ihr war klar geworden, daß es ihr, trotz ihrer Bemühungen seit Indias Tod, nicht gelingen würde, Jonathan dazu zu bewegen, seine Verantwortung wahrzunehmen. Er dachte gar nicht daran, sich zu bessern und sich um die Kinder zu kümmern. Und weil es für sie undenkbar war, sie allein ihrem Schicksal zu überlassen, hatte sie keine andere Wahl, als sie auf den Wagen der Beechams zu laden und sie zu sich nach Hause zu holen.

Die Anstrengung, ihre eigene Farm zu bewirtschaften und das Haus der Beechams auch noch im Auge zu behalten, hatte bereits ihren Tribut gefordert, das wußte sie, ansonsten hätte sie sich nicht so vergessen und tatsächlich auf Jonathan und seine unverschämte Schlampe geschossen. Jetzt, wo alles vorbei war, mußte Rachel feststellen, daß sie so durcheinander war, daß ihre Hand am Zügel immer noch zitterte. Sie hatte keine Ahnung, welcher Teufel sie geritten hatte!

Noch schlimmer war die nagende Angst, denn Verne Lundy würde ihr sicher Marshal Meagher auf den Hals hetzen, und da sie keine Möglichkeit hatte, den angerichteten Schaden zu bezahlen, würde man sie sicher ins Gefängnis stecken. Die Vorstellung war absolut beschämend. Oh, warum in aller Welt hatte sie es auf sich genommen, Jonathan nach Delano zu folgen? Die Beecham-Kinder waren doch schließlich nicht die ihren. Sie hätte sich an das strengste Gesetz des Westens halten und sich um ihren eigenen Kram kümmern sollen!

Dann fiel ihr India wieder ein, die arme India, ihre Freundin, und sie wußte tief in ihrem Herzen, daß sie nichts ändern würde, wenn sie alles noch einmal tun müßte – nichts außer ihrem unbekannten Retter, diesem Schurken!

Trotz seines guten Aussehens hatte er nichts, was für ihn sprach, nur daß er das schönste Paar Revolver besaß, das sie je gesehen hatte. Eine Spezialanfertigung, das hatte Rachel an den Elfenbeingriffen und dem Silberbeschlag erkannt. Profis zogen diesen Revolver häufig der 44er Smith & Wesson American vor. Die American konnte man zwar wesentlich schneller nachladen, aber die Waffe hatte etwas »Europäisches«, das die Männer im Westen, die an die perfekte Balance des Colts gewohnt waren, scheuten. Und ein Mann mit zwei Revolvern brauchte sich keine sonderlichen Sorgen ums Nachladen zu machen.

Rachel verließ sich auf ihre zuverlässige alte Flinte, mit der man nicht sonderlich zielen können mußte, und die auf kurze Distanz tödlich war. Mehr als einmal hatte sie mit ihrer Hilfe Eindringlinge von ihrem Land vertrieben. Sie besaß auch noch ein 1873 gebautes »Trapdoor« Springfield 45–70er Kalibergewehr, einschüssig. Aber sie benutzte es nur für Wild, das für die Flinte zu groß war.

Als Rachel endlich das Haus der Beechams erreichte, dämmerte es bereits, und der Himmel hatte seine Schleusen geöffnet. Der Regen pladderte durch das Dach der Scheune wie Tee durch ein Sieb, in der sie und Poke jetzt ihre Reittiere neben Jonathans Zugpferde und die einzige Milchkuh stellten. Der Hof, über den sie und der Schwarze zum Haus liefen, war ein einziger Morast. Rachel hämmerte mit flatterndem Mantel gegen die Tür.

»Ich bin's, Rachel, Eve«, schrie sie, »und Poke. Mach auf, Schätzchen und laß uns rein!«

Es schien, als warteten sie endlos, bis sich die Tür zögernd einen Spalt öffnete. Mit einer hochgehaltenen Kerosinlampe in der Hand und riesigen, ängstlichen Augen spähte Eve Beecham vorsichtig in die Dunkelheit hinaus. Ihr elfjähriger Bruder Gideon stand direkt hinter ihr mit einem alten Sharps-Karabiner im Anschlag. Als sie sahen, daß wirklich Rachel und Poke vor der Tür waren, atmeten die Kinder hörbar erleichtert auf und traten beiseite, um die Besucher ins Haus zu lassen.

»Ach, Tante Rachel, wir sind so froh, daß du gekommen bist!« rief Eve. Eve schlang die Arme um Rachels Hals und drückte sie einen Augenblick an sich. Dann ließ sie sie los und fragte leise, ohne große Hoffnung: »Pa ist wohl nicht draußen in der Scheune und kümmert sich um das Vieh?«

»Nein.« Rachel schüttelte den Kopf und hätte Jonathan am liebsten den Hals umgedreht, als sie sah, wie der Regen durch das Dach des Hauses tropfte und den Musseline durchnäßte, den India vor Jahren aufgehängt hatte, um den Dreck und das Gras aufzufangen, das von der Decke bröckelte. Das dünne Material hing inzwischen in Fetzen herunter, so daß sich Schlangen und Nagetiere, die der Regen vom Dach spülte, über den Boden schlängelten und herumhuschten. Rachel hätte zu gerne um India und ihr Leid geweint. Aber sie unterdrückte ihre Tränen mit Gewalt und fuhr fort: »Tut mir leid, Eve. Dein Vater ist in der Stadt... ge... geschäftlich... und wird heute nacht wahrscheinlich nicht zurückkommen. Deswegen sind Poke und ich hier. Wir werden euch alle mit zu uns nach Hause nehmen. Also beeilt euch und sammelt eure Sachen ein! Wir dürfen keine Zeit verlieren.«

Noch während Rachel redete, sammelte sie bereits ein, was die Kinder, insbesondere das Baby Tobias, brauchen würden – Anziehsachen, Windeln, Kämme, Zahnbürsten und so weiter –, und warf die Sachen in den großen Weidenkorb, den India immer für die Wäsche benutzt hatte. Rachel wollte so schnell wie möglich weg aus dem Haus der Beechams, wo die Erinnerungen an ihre tote Freundin sie verfolgten und der Gedanke an Jonathan sie mit neuem Zorn packte.

An den sprechenden Blicken, die die ältesten Kinder – Eve, Gideon, Caleb und Susannah tauschten, wußte sie, daß sie ihre

Geschichte, Jonathan wäre geschäftlich in der Stadt, nicht glaubten und ahnten, daß ihr Vater statt dessen in Delano beim Saufen und Huren war. Trotzdem kam kein Wort des Vorwurfs über ihre Lippen, als sie ihre wenigen Habseligkeiten einsammelten.

Insgeheim waren die Kinder erleichtert, daß ihr Vater nicht nach Hause kommen würde. Sie hofften, er würde nie wieder nach Hause kommen, weil sie sich vor ihm fürchteten. Er war gewalttätig, wenn er trank, schrie sie an und schlug sie oft ohne ersichtlichen Grund. Sie hatten das Gefühl, daß sie irgendwie für all seine vielen Probleme verantwortlich waren, und dachten, er wäre glücklicher ohne sie – genauso, wie sie schmerzlicherweise zugeben mußten, wie sie glücklicher und zufriedener ohne ihn waren. Manchmal ergab es sich im Leben eben so, gleichgültig, wie sehr man jemanden liebte, das hatte ihre Mutter ihnen zumindest immer gesagt.

Nachdem Rachel und die Kinder fertig gepackt und sorgfältig die Lichter und das Feuer im Herd gelöscht hatten, lief Poke zur Scheune, um Jonathans Zugpferde vor den Wagen der Beechams zu spannen. Der Knecht band sein Muli, Rachels Stute und die Milchkuh hinten am Wagen fest. Dann suchte er in der Scheune, bis er eine alte Plane fand, die er in den Wagen warf. Sie sollte helfen, die Kinder vor dem Regen zu schützen.

Er hielt an der Scheunentür Ausschau nach Rachels Signal, und sobald sie mit der Laterne in der Hand erschien, stieg er auf den Kutschbock und fuhr zum Haus. Rachel hielt das Baby, Gideon schleppte den Korb. Sie und die Kinder stiegen auf den Wagen und zogen die Plane über sich. Sobald es sich alle bequem gemacht hatten, ließ Poke die Ochsenpeitsche über den Köpfen der Pferde knallen. Mit einem Ruck stürzten sich die Zugpferde in den Sturm; hin und wieder blitzten aus der elektrisch geladenen Atmosphäre Irrlichter zwischen ihren Ohren auf und veranstalteten ein unheimliches, bläuliches Leuchtfeuer in der Nacht.

Im ersten Stock des Silver Slipper stand der Vagabund an der Schwelle zu Emmalous schäbigem Zimmer und sah sich das klaffende Loch an, das Rachels Flinte in die Wand gerissen hatte, sowie das gesplitterte Glas und das Holz, das den Boden übersäte, und dann etwas genauer und voller Verachtung den verschlampten Mann, der betrunken auf dem schmutzigen schmiedeeisernen Bett vor sich hinschnarchte. Dann ging der einsame Wanderer zum Waschtisch, goß das Wasser aus dem Porzellankrug in die danebenstehende Schüssel und schüttete es dem laut schnarchenden Mann über den Kopf.

Spuckend, verwirrt und wütend, Wasser in alle Richtungen schleudernd, sprang Jonathan Beecham aus dem Bett wie ein erschrockenes Huhn aus dem Hühnerhaus.

»Was, zum Teufel...«, zischte er und verstummte abrupt, als ihn eine grobe Hand am Hemd packte, so daß er plötzlich von Angesicht zu Angesicht einem entschieden bedrohlich wirkenden Individuum gegenüberstand.

»Bist du Jonathan Beecham?« fragte der Mann mit zusammengekniffenen Lippen. Nur sein rauchender Zigarillo trennte ihn vom stoppeligen Gesicht des anderen Mannes.

»Wer – wer will das wissen?« stotterte Jonathan, denn ihm wurde schmerzlich bewußt, daß er nicht nur unbewaffnet war, sondern auch hosenlos – sehr schlechte Karten für einen Mann, der einem offensichtlich sehr zornigen und sehr geübten Revolvermann gegenüberstand.

»Slade Maverick«, knurrte der Mann. »Sagt dir der Name etwas?«

»Ne-n-nein«, stotterte Jonathan ängstlich, denn wie die meisten Schläger war er im Grunde seines Herzens ein Feigling, und der einsfünfundachtzig große Mann, der ihn gepackt hatte, machte ihm wirklich angst. »Sollte – sollte er das?«

»Ja«, zischte Slade bedrohlich und kniff die Augen zusammen, »denn abgesehen davon, daß er einem der besten Schützen im Westen gehört, ist es auch der Name deines Schwagers, du dreckiger Bastard!« Er schüttelte Jonathan einmal brutal, so daß seine Füße in der Luft baumelten. »Du erinnerst dich nicht an mich, nicht wahr? Na ja, das ist ja auch nicht verwunderlich, wenn man bedenkt, daß ich erst vierzehn war, als du und India geheiratet habt. Aber ich kann mich an dich sehr gut erinnern.« Slade hielt inne und musterte Beechams kauernde, aschfahle Gestalt verächtlich. Dann sagte er höhnisch: »Mein Gott, wie hat es bloß meine Schwester all die Jahre mit einem wie dir ausgehalten! Das werde ich nie begreifen!«

»Du – bist Indias Halbbruder?« würgte Jonathan mühsam heraus; jetzt bekam er richtig Angst.

»Ja, du Hundesohn! Und ich bin da, um dafür zu sorgen, daß du für alles büßt, was du ihr je angetan hast!« fauchte Slade, und Beecham lief eine Gänsehaut über den Rücken. Dann stieß Slade Maverick den anderen Mann fluchend von sich. »Zieh dich an!« befahl er. »Wir beide werden einen kleinen Ritt zu deinem Haus machen.«

»Jetzt? In diesem Sturm?« jammerte Jonathan und zeigte auf den Regen, der durch das klaffende Loch in der Wand prasselte; im stillen fragte er sich verzweifelt, wie er wohl Slade entrinnen und aus der Stadt fliehen konnte, ehe der Schwager erfuhr, daß India tot war.

»Genau«, erwiderte Slade grimmig. »Los, setz dich in Bewegung, oder willst du, daß ich dir Beine mache.« Er legte die Hände unmißverständlich auf seine Peacemaker.

»Ne-n-nein.« Jonathan schüttelte heftig den Kopf, dann packte er mit einem ängstlichen Blick auf die Revolver seine Hose.

Emmalou hatte gerade das Zimmer betreten und die letzten Bemerkungen gehört. Sie hatte einen Besen in der Hand und inspizierte mit angewiderter Miene das zerstörte Zimmer.

»Der wird nirgends hingehen«, verkündete sie mit giftiger Stimme und musterte Slade abschätzig, während sie sich ihren scharlachroten Mund leckte. »Er schuldet mir sieben Dollar und fünfzig Cents, und bevor er die nicht bezahlt hat, kommt er hier nicht weg!«

Slade musterte die vulgäre Schlampe verächtlich, das schminkeverklebte Gesicht, den fetten Körper, der in ein zu enges Korsett gequetscht war.

»Er mag es ja vielleicht nicht wissen«, sagte er mit einer Geste auf Jonathan, »aber ich schon – ich wette, du hast Glück, wenn du an guten Tagen drei Dollar kriegst. Nimm's oder laß es«, sagte er knapp, zog ein paar Scheine aus dem Geldbündel in seiner Tasche und warf sie ihr zu.

Emmalou schmollte zwar ein bißchen über die arrogante Behandlung durch den Fremden und auch, weil er sichtlich keinerlei Interesse an ihr hatte, aber sie packte das Geld und stopfte es zwischen ihre wogenden Brüste.

»Lundy – der, dem dieser Misthaufen gehört – wird nicht so leicht abzuspeisen sein«, verkündete sie mit einem giftigen Blick auf Slade. »Er hat gesagt, entweder Beecham hier oder die hochnäsige Miss Wilder bezahlt den ganzen Schaden, oder es gibt Ärger. Er hat schon nach dem Marshal geschickt – und mit dem können Sie nicht so umspringen, Mister, der steckt Sie hinter Gitter. Und wissen Sie was? Wenn er's macht, komm' ich vorbei und werd' mir auf eure Kosten einen ablachen!«

»Mach das nur«, sagte Slade nicht sonderlich beeindruckt. Er drehte sich wieder zu Beecham. »Ich nehme an, Miss Wilder ist dieser freche Teufelsbraten, der auf dich geschossen hat?«

»Ja«, erwiderte Jonathan mit grimmiger Miene. Da er seine Hosen wieder anhatte, fühlte er sich jetzt ein bißchen mutiger. »Dieses Miststück muß sich in alles einmischen! Der werd' ich gehörig die Meinung sagen, wenn ich sie das nächste Mal seh'! Ich möchte bloß wissen, für wen, zum Teufel, die sich hält – einfach so auf mich zu schießen! Die hätte mich glatt umbringen können!«

»Ja, hätte sie«, bemerkte Slade, und sein Grinsen jagte Jonathan eine Gänsehaut über den Rücken. »Ich möchte auch gerne wissen, wer sie ist, Beecham – und warum sie glaubt, du solltest ihren Befehlen gehorchen.«

Jonathan leckte sich nervös den Mund, aber bevor er sich eine zufriedenstellend ausweichende Antwort einfallen lassen konnte, keifte Emmalou: »Das ist die hochnäsige Miss Prüde, die sich um seine Kinder kümmert, seit seine Frau gestorben ist, das ist sie! Aber das gibt ihr noch lange nicht das Recht, ihm Befehle zu erteilen, oder? Und mich zu behandeln, als wär' ich der letzte Dreck, und mich um mein sauerverdientes Geld bringen – wo ich doch alles getan hab', um dem armen Kerl seinen Schmerz zu erleichtern! Verrückte alte Jungfer! Wenn ich die je wiederseh', verpaß ich ihr eine Kugel, genau das werd' ich! Sie ist nicht die einzige Frau in der Stadt, die mit einer Waffe umgehn kann!«

Emmalou keifte weiter, aber Slade hörte sie nicht mehr, betäubt vom Schock und Schmerz, der sich grausam und scharf wie ein Messer in sein Herz bohrte. India tot? Nein, das konnte einfach nicht wahr sein! Bilder einer jungen Frau mit wehenden schwarzen Haaren und lustigen blauen Augen verfolgten ihn. Sie war die einzige Frau, die ihn je geliebt hatte. Selbst seine schöne, aber kühle Mutter war immer zu beschäftigt gewesen, um sich viel um ihn zu kümmern, obwohl sie viel gelacht hatte und dann und wann auch lieb zu ihm gewesen war. Slade konnte sich eigentlich nur noch an ihr Lächeln und ihr Parfum erinnern, ihren hastigen Kuß und leichten Schritt, mit dem sie in Gedanken bereits ganz woanders aus dem Zimmer glitt. Seine Mutter war für ihn nie wirklich gewesen, eher ein Engel, den er von weitem verehrte. Im majestätischen Haus seines Vaters am Ufer des Mississippi, einem Haus, das so riesig war, daß ein einsamer kleiner Junge zahllose Verstecke fand, in denen ihn keiner entdecken konnte, sofern sich jemand die Mühe gemacht hätte, nachzuschauen – hatte allein India ihn wirklich geliebt. So viele Jahre hatte er verschwendet, ein Fremder für seine Halbschwester, ohne zu ahnen, wie schlecht es ihr ging. Er hätte ihr geholfen, wenn er es gewußt hätte. So viele lange harte Meilen war er geritten, um die verlorene Zeit einzuholen... Nein, es war einfach nicht möglich, daß sie tot war.

Slade starrte in Jonathans bleiches Gesicht, und wie nie zuvor zeigten sich seine Gefühle in diesem Blick. Er sah, daß das Schlimmste wahr war. In diesem Augenblick sah er rot und drehte völlig durch. Mit einem gequälten Wutschrei sprang er Beecham an den Hals und schlug ihn brutal zu Boden.

Emmalou schrie vor Angst, ließ den Besen fallen und rannte aus dem Zimmer, während Jonathan wild um sich schlagend versuchte, sich zu verteidigen. Aber er war wie ein kleines Tier in den Klauen eines Berglöwen – hilflos, kopflos vor Panik. Sein Gesicht lief rot an, seine Augen traten aus den Höhlen, als Slades Hände sich wie ein Schraubstock um seinen Hals legten, ihn würgten und seinen Kopf so heftig gegen die Bodenplanken hämmerten, daß es unten in der Bar zu hören war. Beecham würgte und rang keuchend nach Luft, versuchte verzweifelt, Slades Finger zu lösen, aber vergeblich. Dann, endlich, gerade als Jonathan dachte, er müsse sterben, ließ der Berserker ihn los. Beecham rang wie ein Ertrinkender nach Luft. Aber bevor er wieder richtig atmen konnte, riß ihn Slade brutal hoch und verpaßte ihm ein blaues Auge.

Und dann verprügelte er ihn vor lauter Schmerz und Zorn so gnadenlos, daß Jonathan bald nicht mehr wie ein Mensch aussah, sondern wie etwas, über das eine Herde durchgehender Rinder getrampelt war. Beide Augen waren fast völlig zugeschwollen, Blut spritzte aus seiner gebrochenen Nase und tropfte von seiner geplatzten Lippe, seine Brust und sein Leib waren übersät mit Blutergüssen. Zumindest drei seiner Rippen waren gebrochen. Er triefte vor Schweiß und Blut und Regen, der durch das zerstörte Fenster hereinprasselte. Jetzt stand er schwankend da, nur noch die Reste seines männlichen Stolzes und die erbarmungslosen Hände des Gegners hielten ihn aufrecht. In einer dämmrigen Ecke seines benommenen Verstandes begriff Jonathan, daß er am Ende war.

Da erschien plötzlich, angelockt von Emmalous Geschrei und dem Gedanken, daß man seinem Saloon noch mehr Schaden zufügen könnte, Verne Lundy, der Besitzer, mit Marshal Meagher im Schlepptau. Aufgrund ihrer jahrelangen Erfahrungen mit Barschlägereien packten die beiden Männer Slade mit geschicktem Griff und zerrten ihn von Beechams kauernder Gestalt weg, gerade als der große Kerl dem Mann einen besonders heftigen Schlag gegen das Kinn verpaßte. Mit vor Angst und Ungläubigkeit weitaufgerissenen Augen stolperte Jonathan rückwärts, verlor das Gleichgewicht und taumelte durch das große Loch in der Wand, schlug einen Salto auf das teilweise eingestürzte Dach und schlitterte dann die Schräge hinunter auf die Straße, wo er mit dem Gesicht im Schlamm liegenblieb.

»Allmächtiger!« plärrte Emmalou, lief zu der Öffnung und lugte vorsichtig hinaus. »Sie ham ihn umgebracht!«

»Geschieht dem Abschaum recht«, keuchte Slade und hielt reumütig sein schmerzendes rechtes Handgelenk, als ihm plötzlich klar wurde, daß ihm die Schlinge des Henkers drohen konnte.

Er spielte kurz mit dem Gedanken zu fliehen. Aber selbst wenn es ihm gelungen wäre, sich den kräftigen Armen seiner Häscher zu entwinden (die gerade dabei waren, ihn zu entwaffnen), hätte ihn der Gedanke an Indias Kinder, ganz zu schweigen von der unangenehmen Aussicht, sein Gesicht auf Steckbriefen in den gesamten Vereinigten Staaten zu sehen, daran gehindert zu fliehen. Irgendwie mußte er diesen Schlamassel in Ordnung bringen, ehe die Sache zu weit ging. Schließlich und endlich war das ja nicht seine erste Verhaftung und wahrscheinlich auch nicht seine letzte.

Mit dem fluchenden Verne Lundy, der ihnen auf Schritt und Tritt folgte, hatte Marshal Meagher Slade jetzt Handschellen angelegt und ihn nach draußen gebracht. Dort entdeckten sie, daß der verprügelte Jonathan noch am Leben war und abgesehen von den Blessuren aus dem Kampf und einem verstauchten Knöchel von seinem Sturz praktisch unverletzt war.

»Ein Wunder, daß er sich seinen dummen Hals nicht gebrochen hat. Aber wahrscheinlich war er so besoffen, daß er gar nicht gemerkt hat, was ihm passiert«, bemerkte der Marshal giftig. »Ein Glück für dich, Fremder, sonst gäb's bald eine Krawattenparty zu deinen Ehren. Also wirst du wohl nichts dagegen haben, fünfzig Dollar Strafe wegen Körperverletzung zu zahlen und ein paar Tage im Knast zu verbringen.«

»Wohl kaum«, bemerkte Slade trocken.

»Gut«, sagte der Marshal. Dann nickte er einem der Hilfssheriffs zu, die zur Verstärkung eingetroffen waren. »Earp, bring' den da auch mit.« Er zeigte auf Beechams zusammengesunkene Gestalt. »Der wird auch bestraft und eingesperrt – wegen Trunkenheit und ungebührlichen Verhaltens.«

Und deshalb also verbrachte Slade Maverick seine erste Nacht in Wichita in einer winzigen Zelle, die direkt neben der seines verachteten Schwagers Jonathan Beecham lag. Slade lehnte es ab, mit dem jetzt stocknüchternen und sich widerlich anbiedernden Mann zu reden, und aß seine kalten, matschigen und sehr unappetitlichen Bohnen von einem Blechteller. Dann streckte er sich auf der harten Holzpritsche mit der klumpigen Matratze aus und hoffte inständig, schlafen zu können. Doch er lag Stunde um Stunde wach, lauschte dem Heulen des Windes draußen und dem Prasseln des Regens auf dem Wellblechdach des Gefängnisses. In tiefer Trauer um India ertrug er stumm seinen Schmerz, allein mit seinen Gedanken.

Es war die längste Nacht seines Lebens.

6. Kapitel

Rachel konnte nicht begreifen, warum Marshal Meagher noch nicht auf der Farm aufgetaucht war, um sie zu verhaften. Sie war überzeugt gewesen, er würde kommen, genau wie ihr Großvater – obwohl Fremont Haggerty gestern abend, nachdem er Pokes Bericht über Rachels Eskapaden in der Stadt gehört hatte, gelacht hatte, bis ihm die Tränen übers Gesicht liefen und so fest mit den Füßen auf den Boden gestampft hatte, daß er sich fast sein Holzbein gebrochen hätte. Selbst die älteren Beecham-Kinder hatten ihre Sorgen bei der Geschichte vergessen und fürchterlich gekichert, voller Erstaunen und Bewunderung für Rachels haarsträubenden Versuch, ihren Vater nach Hause zu holen.

»Heiliger Strohsack!« hatte Gideon gerufen. »Ich wette, Pa war reif fürs Irrenhaus!«

»Gideon«, hatte Poke gekichert und sich die Tränen abgewischt, »dein Daddy hat so vor Wut gekocht, daß man ein Ei auf ihm hätte braten können! So böse hab' ich ihn noch nie gesehn!«

Lediglich die Aussicht auf Rachels drohende Verhaftung hatte sie alle wieder ernüchtert. Aber zu ihrer großen Überraschung tauchten weder der Marshal noch seine Gehilfen auf der Farm auf, um Rachel ins Gefängnis abzuführen. Natürlich war es möglich, daß der Sturm die Gesetzesmänner abgehalten hatte, aber das erklärte immer noch nicht, warum heute morgen keiner gekommen war. Jetzt war der Himmel, wenn auch grau, so klar, wie er im Winter nur sein konnte. Sogar die Sonne versuchte sich durchzukämpfen, so daß der halbgefrorene Schnee wie Zucker funkelte.

Rachel schüttelte ungläubig den Kopf, als sie auf den leeren Horizont schaute, und ging weiter zur Scheune. Vielleicht hatte der verrufene Verne Lundy beschlossen, ihr den Marshal nicht auf den Hals zu hetzen, weil er selbst sicher eine Reihe von Gründen hatte, ihm aus dem Weg zu gehen. Sie seufzte und wünschte sich keine Sorgen mehr machen zu müssen.

Sie schwang beim Gehen ihren Eierkorb und atmete tief die Morgenluft ein. Sie roch frisch und sauber, wie immer nach einem Sturm, genauso wie die dunkle, schlammige Erde unter ihren Stiefeln. Der steife Wind war kühl, und trotzdem glaubte Rachel, darin einen Hauch von Frühling zu spüren. Hoffentlich stimmt das, dachte sie, denn sie hatte die Nase voll vom grauen Himmel, von Schnee und Graupel und davon, nachts trotz der Feuer in Herd und Ofen vor Kälte unter ihrer Decke zu zittern. Sie sehnte sich nach blauem Himmel, dem ersten Grün der Präriegräser, dem Blühen der Wiesenblumen und dem sanfter werdenden Wind, der immer über die Prärie strich, zärtlich wie ein Wiegenlied im Sommer, laut wie eine Symphonie im Winter, aber immer präsent.

Als Rachel eines der schweren Scheunentore öffnete, mußte sie mit Erstaunen feststellen, daß Gideon bereits da war, die Tiere fütterte und tränkte, während der zehnjährige Caleb die Kühe molk. Caleb hatte auch den Wurf Katzen, der erwartungsvoll in der Nähe saß, unterm Arbeiten mit ein paar Spritzern der warmen, schaumigen Flüssigkeit versorgt.

»Wir haben das besprochen – wir alle –, gestern nacht, nachdem du schlafen gegangen warst, Tante Rachel, und wenn wir hierbleiben, wenigstens für eine Weile, werden wir unseren Unterhalt verdienen«, sagte Gideon, als er ihren fragenden Blick sah. »Wir wissen, wie schwer es für dich war, dich um uns zu kümmern und – und um ... Ma. Wir wollen keine Almosen.«

Bei diesen Worten schossen Rachel die Tränen in die Augen, und sie konnte sie nur mit Mühe unterdrücken, denn da sprach India aus dem Jungen. Sie war gerührt von dieser unerwarteten Ankündigung und erinnerte sich voller Trauer an ihre tote Freundin. Jonathan hätte sicher auch seine Hilfe angeboten, aber nur widerwillig und in der Hoffnung, sie würde abgelehnt. Aber Gideons kindliches Gesicht war so stolz und so herzzerreißend entschlossen, als würde er in Tränen ausbrechen, sollte Rachel seine angebotene Hilfe ablehnen, daß sie keine andere Wahl hatte, als anzunehmen.

Also sagte sie: »Aber natürlich, keiner von uns mag Almosen, Gideon. Das hätte ich auch nie von dir gedacht. Hier gibt's genug Arbeit für uns alle, und ich erwarte, daß ihr Kinder euren Anteil erledigt, genau wie ihr es zu Hause immer getan habt. Um ehrlich zu sein, ich bin dankbar für eure Hilfe.«

Das zumindest war wahr, denn seit dem Tod ihrer Eltern, die bei einem Tornado vor einigen Jahren umgekommen waren, hatte Rachel mit der Farm mehr Arbeit, als sie verkraften konnte. Natürlich machte Poke die meiste schwere Arbeit, und ihr Großvater half ihr, so gut es seine Behinderung erlaubte. Trotzdem hatte sie immer das Gefühl, der Tag hätte nicht genug Stunden.

»Wenn du hier fertig bist, Gideon, frage Poke, was du als nächstes tun sollst. Caleb, bring' die Milchkannen ins Haus und stell sie für mich auf den Küchentisch, wenn du fertig bist.«

»Ja, Ma'am«, sagten die Buben im Chor und lächelten schüchtern.

Im Schweinekoben entdeckte Rachel Philip, der pflichtschuldigst die Schweine versorgte. Im Hühnerhaus streute die neunjährige Susannah Futter und sammelte Eier ein, während die Hühner eifrig pickten. Als Rachel sah, daß sie praktisch nichts zu tun hatte, warf sie ihren Jagdhunden die Reste und Knochen vom gestrigen Abendessen zu und ging dann zurück ins Haus. Dort hatte Eve bereits aufgeräumt und den Tisch zum Frühstück gedeckt.

»Habt ihr Beechams mir denn heute gar keine Arbeit mehr übriggelassen, Eve?« fragte Rachel betreten.

»Koch das Essen, Tante Rachel«, erwiderte das Mädchen lächelnd. »Ich hab' nicht gewußt, was Großvater Haggerty und Poke essen wollen.«

»Alles, was nicht mehr um sich schlägt«, scherzte Rachel und band sich eine Schürze um. Dann sammelte sie ein paar Säcke und Kanister aus den Küchenregalen ein.

Sie holte sich eine Tonschüssel und einen Holzlöffel, rührte Teig an, rollte ihn aus, bestäubte ihn kurz mit Mehl und schnitt Stücke für Brötchen ab. Sobald diese im Rohr waren, schnitt sie Speckscheiben zum Braten und hoffte, der Rauchspeck würde von den Heuschrecken, die sie letztes Jahr im August überfallen hatten, nicht zu faulig schmecken. Während die Speckstücke auf dem schmiedeeisernen Ofen brutzelten, mahlte sie die Bohnen und kochte Kaffee. Dann rührte sie einen Topf Maisbrei an und setzte ihn auf. Zuletzt briet sie auf der Ofenplatte die frischen Eier, die Susannah eingesammelt hatte. Während Eve das Baby Tobias wikkelte und fütterte, schöpfte Susannah die Milch, die Caleb gebracht hatte, in Blechtassen und stellte den Sirup auf den Tisch.

Danach versammelten sich alle zum Frühstück. Zur Überraschung der frömmeren Beecham-Kinder sprach Fremont zwar das Tischgebet und dankte dem Herrn für die Gabe, die er ihnen beschert hatte, bemerkte aber auch, daß ihre harte Arbeit viel dazu beigetragen hatte. Nachdem das gesagt war, füllten alle ihre Teller und begannen, hungrig zu essen; geredet wurde nicht viel. Trotz der Stille verspürte Rachel durch die Anwesenheit der Kinder eine unbekannte Heiterkeit. Jetzt waren sie eine richtige Familie. Sie hatte immer bedauert, daß sie keine Geschwister oder eigene Kinder hatte. Die Beechams füllten diese Lücke. Sie fühlte sich so glücklich wie schon lange nicht mehr.

Nach dem Essen überzeugte sich Rachel, daß Eve und Susannah und sogar die zweijährige Naomi sehr wohl das Aufräumen und Abwaschen beherrschten. Also zog sie ihren Mantel an, und in Ermangelung des Winterfilzhutes, den sie gestern im Silver Slipper verloren hatte, setzte sie einen Sonnenhut auf. Sie teilte ihrem Großvater mit, daß sie in die Stadt reiten würde, um herauszufinden, ob Verne Lundy tatsächlich zum Marshal gegangen war. Fremont wußte, daß Rachel sich nicht von einem einmal gefaßten Entschluß abbringen lassen würde, und murmelte etwas von verfluchten Narren, die anscheinend ihre Lektion nicht lernen konnten.

Mit Augen, die vor Liebe für ihren Großvater funkelten, erwiderte Rachel frech, daß sie, zumindest in dieser Hinsicht, ohne Zweifel seine Enkelin war. Sie küßte ihn liebevoll auf seine stoppelige Wange und erntete noch etwas Gegrummel für ihre Mühe. Dann nahm sie ihre treue Flinte, lud sie und trat hinaus in die winterige Sonne, die dem grauen Himmel endlich ein wenig Licht gab. Sie sattelte Sunflower und machte sich auf den Weg nach Wichita.

In der Stadt angekommen, ritt Rachel die breite, matschige Hauptstraße namens Douglas Avenue entlang, über eine der Brükken, die den Großen Arkansas nahe Delano überspannte. Im Gegensatz zu Wichita war der Vorort zu dieser Stunde fast menschenleer. Die Einwohner schliefen ihre Räusche der vorigen Nacht aus. Trotzdem stieg sie erst ab, nachdem sie sich nach allen Richtungen umgesehen hatte; sie band Sunflower an den Anleinpfosten vor dem Silver Slipper fest. Da Pferdediebstahl in Kansas mit dem Tod bestraft wurde, brauchte sie selbst in Delano nicht zu fürchten, daß irgendein Landstreicher ihre Stute stehlen würde. Sie war nur um ihre eigene Sicherheit besorgt. Eine anständige Frau betrat keine Bar. Aber nachdem es ziemlich unwahrscheinlich war, daß sie jemand dabei beobachtete und sie unbedingt herausfinden mußte, ob man sie inzwischen steckbrieflich suchte, wagte Rachel es schließlich doch und trat ein.

Trotz ihrer Nervosität konnte sie nicht umhin, ihre Umgebung mit offenem Mund anzustarren. Es war das erste Mal, daß sie einen Saloon von innen sah. Sie war doch etwas enttäuscht, daß außer einer schwer mitgenommenen Bar und einigen zusammengebrochenen Stühlen und Tischen (einen Zustand, für den sie ihrer Meinung nach nicht ganz allein verantwortlich war) und einem ramponierten alten Klavier nichts zu sehen war. Nach all den Geschichten, die sie gehört hatte, hatte sie Unmengen von Kristallüstern, roten Samtportieren und zumindest Bilder von nackten Frauen erwartet. Offensichtlich war der Silver Slipper nicht mit dem Syndicate, der Spirit Bank oder dem Gold Rooms zu vergleichen, den erstklassigen Etablissements Wichitas.

Trotz der frühen Stunde war Verne Lundy bereits in Aktion. Es überraschte Rachel nicht weiter, daß er von ihrem Erscheinen nicht gerade begeistert war. Aber zu ihrem Erstaunen begrüßte er sie recht höflich, wenn auch etwas säuerlich, bevor er sagte, sie möge doch freundlichst den Anlaß ihres Besuches nennen und dann wieder gehen, solange zumindest noch ein Teil seines Saloons stand.

»Wenn Se wegen der Bezahlung von dem ganzen Schlamassel kommen – und das mit Recht, wenn ich mal so sagen darf, wo Se sich gestern so einfach aus dem Staub gemacht ham, ohne Entschuldigung und ohne mir einen roten Heller anzubieten, möchte ich noch sagen – das ist schon erledigt, Mädel. Und Se brauchen auch keine Angst um ihren Hals zu haben, weil ich keine Anzeige mache – auch wenn ich das sollte –, weil der Marshal auch nicht so scharf drauf is', Se zu sehen. Aber halten Se mir diesen Dreckskerl Beecham von hier fern, ja? Wegen dem hab' ich fast meinen ganzen Scheißsaloon verloren, Mädel – und meine beste gottverdammte Hure obendrein! Gott sei Dank gibt's kein Weib auf dieser Welt, das gerade schießen kann!«

»Mr. Lundy! Sie vergessen, wen Sie vor sich haben. Hüten Sie ihre Zunge«, sagte Rachel steif und erntete lediglich ein sarkastisches Lachen. Nachdem sie ja tatsächlich seinen Saloon demoliert hatte, wurde sie das ungute Gefühl nicht los, daß sie das wahrscheinlich verdient hatte, und wechselte hastig das Thema.

»Wenn ich Sie recht verstanden habe, Mr. Lundy, haben Sie gesagt, daß jemand bereits meine Schulden beglichen hat?«

»Wenn Sie damit meinen, ob einer den Schaden, den Sie angerichtet haben, bezahlt hat, dann lautet die Antwort ja.«

»Aber… wer?« fragte Rachel verwirrt.

»Keine Ahnung, Mädel, ist mir auch egal. Wie ich ihn zuletzt gesehn hab', war er eingeschnürt wie ein Truthahn auf dem Weg zum Markt und unterwegs ins Gefängnis, genau wie Ihr Freund Beecham. Fragen Se doch den Marshal. Oder Hilfssheriff Earp, der war auch dabei, wie man die zwei Schufte abgeführt hat. Jetzt reicht's aber mit der Belästigung, Mädel! Ich kann nich den ganzen

Tag hier rumstehn und quatschen! Ich hab' zu arbeiten!« Darauf drehte Lundy ihr den Rücken zu und brüllte: »Clem, wo bleiben die Bierfässer, die du an die Bar bringen sollst? Beweg' deinen Hintern, du fauler Hund, sonst kannst du dir 'ne andre Arbeit suchen!« Dann fiel ihm anscheinend etwas ein, er holte etwas unter dem Tresen hervor und warf es Rachel zu. »Da ist dein Hut, Mädel! Jetzt hau ab!«

Erleichtert darüber, daß sie wider Erwarten nicht ins Gefängnis mußte, und verwirrt, weil irgendein Unbekannter Verne Lundy den Schaden, den sie verursacht hatte, bezahlt hatte, verließ Rachel den Silver Slipper. Dann stieg sie auf ihr Pferd und machte sich auf den Weg zum Büro des Marshals, um zu erfahren, wer ihr Wohltäter war, und um ihm zu danken.

Sie war noch nicht weit geritten, als sie per Zufall Hilfssheriff Earp sah, der die Straße entlangschlenderte. In der Hoffnung, sich den Ritt zu dem scheußlichen, zweistöckigen Backsteingefängnis sparen zu können, hielt sie Sunflower an und rief ihn zu sich. Wegen seiner zahlreichen Eskapaden und der Tatsache, daß zwei Mitglieder seiner Familie, Bessie und Sallie Earp, wegen Prostitution bestraft worden waren, nachdem er der Polizei von Wichita beigetreten war, kannte jeder Einwohner der Stadt Wyatt Earp.

Nachdem Rachel ihm erklärt hatte, wer sie war und was sie wollte, nannte er ihr bereitwillig den Namen, nach dem sie suchte – Slade Maverick. Aber zu ihrem Entsetzen informierte sie der Mann auch darüber, daß der Gefangene ein berüchtigter Revolvermann war, der womöglich versuchen würde zu fliehen und deshalb keine Besuche erlaubt waren. Seiner Meinung nach war es reine Zeitverschwendung, zum Gefängnis zu reiten.

Rachel war so schockiert darüber, daß ihr unbekannter Wohltäter kein anderer war als der kühne Mann, der Sunflower gestern eingefangen hatte, daß sie Wyatt Earp kurz dankte und weiterritt. Sie konnte sich nicht vorstellen, warum in aller Welt der Revolvermann für das Chaos, das sie im Silver Slipper veranstaltet hatte, bezahlt hatte, insbesondere nach seinen Unverschämtheiten, die er ihr gegenüber auf der Straße geäußert hatte.

Erst am folgenden Tag erfuhr Rachel voller Entsetzen, daß Slade Maverick nicht nur ein berüchtigter Revolvermann, sondern auch India Beechams Halbbruder, das schwarze Schaf der Familie, war – und daß er gekommen war, um seinen Anspruch auf die Kinder seiner toten Schwester geltend zu machen.

7. Kapitel

Marshal Meagher holte den Schlüsselring aus seinem Schreibtisch und ging den Gefängnisgang hinunter zu den Zellen, in denen Slade Maverick und Jonathan Beecham einsaßen. Die Schlüssel klapperten, als der Marshal zuerst den einen, dann den anderen ins Schloß steckte, umdrehte und den Männern bedeutete, herauszukommen.

»Ihr seid entlassen, Jungs«, sagte er. »Wenn ihr vorhabt, Wichita zu verlassen, könnt ihr draußen eure Schießeisen abholen. Wenn nicht, gibt euch der Hilfssheriff eine Metallmarke, damit könnte ihr sie euch holen, wenn ihr euch tatsächlich entschließt, unsere schöne Stadt zu verlassen. Wir haben's nicht gern, wenn die Männer hier bewaffnet rumlaufen – und du solltest das zumindest wissen, Beecham. Auf jeden Fall will ich euch beide nicht wieder in meinem Gefängnis sehen, also macht keinen Ärger – vor allem du nicht, Maverick! Trotz allem, was du Gegenteiliges gehört hast, ist das hier eine anständige, saubere Stadt, und ich werd' nicht zulassen, daß ein hergelaufener Revolverheld das kaputtmacht!«

»Ja, in Ordnung, Marshal«, sagte Slade gelassen. »Ganz wie Sie meinen.«

Slade zog sich seinen Staubmantel an und hievte seine Bettrolle über die Schulter. Dann stolzierte er mit klingenden Sporen aus der Zelle. Da er nicht vorhatte, in Wichita zu bleiben, holte er seine Halfter und seine Revolver sowie die anderen Habseligkeiten ab, die man ihm bei seiner Verhaftung abgenommen hatte. Er kniff die Augen gegen die helle Sonne zusammen und ging los zum Stall, um sein Pferd und seinen Sattel zu holen. Ganz automatisch prüfte er seine Satteltaschen und den Scabbard mit seiner Winchester. Dann stieg er auf und ritt hinter Jonathan her, der, da war sich Slade sicher, so schnell wie nur irgend möglich aus der Stadt geflohen war.

Ein paar Meilen östlich von Wichita entdeckte Slade Beecham; er hatte ihn schnell eingeholt. Zu seiner Belustigung stellte er fest, daß er seine Revolver nicht einmal andeutungsweise ziehen mußte, um Jonathan dazu zu bewegen, ihn zum Haus zu führen.

Es war noch schlimmer, als Slade erwartet hatte. India hatte ihm, soviel war ihm jetzt klar, nicht einmal die Hälfte erzählt. Sein Herz blutete für sie, als er die armselige Hütte betrachtete. Wie hatte sie, die auf einer der reichsten Plantagen am Mississippi aufgewachsen war, das hier ertragen können? Er hatte keine Ahnung. Ein Muskel zuckte in seiner Wange. Am liebsten hätte er Jonathan Beecham gleich noch einmal verprügelt.

»Ich werde... ahem«, Jonathan räusperte sich nervös, »ich werde reingehn... und den Kindern sagen, daß wir da sind.«

»Mach das«, knurrte Slade.

Er selbst machte keine Anstalten, ins Haus zu gehen. Denn jetzt hatte er mit wachsender Trauer und Wut das mickrige Holzkreuz von Indias Grab entdeckt, das ein paar Meter von seinem rechtmäßigen Platz entfernt lag, umgeworfen vom Sturm, der vor zwei Nächten hier getobt hatte. Er bückte sich langsam und hob es auf. Sein Mund wurde ganz schmal, als er sah, daß es nicht einmal eine Inschrift trug. Der Erdhügel, unter dem India lag, war noch sichtbar. Slade strich sich kurz mit der Hand über die brennenden Augen, dann hämmerte er mit dem Griff eines Peacemakers das armselige Kreuz wieder fest und schwor sich, so bald wie möglich einen richtigen Stein zu kaufen. Die Augen Slades funkelten wie harter blauer Stahl, als Jonathan wieder auftauchte.

»Da – da ist keiner«, stammelte Jonathan ängstlich, als er Slades grimmiges Gesicht sah. »Das Haus ist leer. Sogar die Zugpferde und die Kuh sind weg.«

»Und, wo meinst du, sind alle?«

»Ich denke – ich denke, Rachel hat sie mit nach Haus genommen – das Miststück muß sich in alles einmischen. Ich hab' ihr gesagt, sie soll sich da raushalten, ich wollte sie nicht in der Nähe von India und den Kindern haben. Die ist böser als eine Klapperschlange – und doppelt so giftig! Das im Silver Slipper war nicht das erste Mal, daß sie versucht hat, mich loszuwerden. Sie hat India dauernd gesagt, ich tauge nichts, und sie solle mich zum Teufel jagen – als ob ich nicht mein Bestes getan hätte, trotz all der widrigen Umstände hier, um uns alle durchzubringen! Mein Gott! Diese eifersüchtige alte Jungfer! Und in Wirklichkeit konnte sie bloß nicht ertragen, daß India einen Mann hatte und sie keinen – es will sie ja auch keiner haben, außer Ox Oxenberg. Und der ist so beschränkt, daß er nicht mal ins Haus geht, wenn's regnet! Warum sollte er sich auch sonst für diesen verrückten Weibsteufel interessieren?«

»Was soll das heißen... verrückter Weibsteufel?« fragte Slade mit scharfer Stimme. Und seine Augen wurden schmal bei dem Gedanken, daß Indias Kinder womöglich von einer gefährlichen Irren entführt worden waren, und daß Beecham – dieser versoffene Idiot, es zugelassen hatte. Aber Rachel Wilder hatte, obwohl sie in Delano auf Jonathan geschossen hatte, nicht wie eine Verrückte gewirkt, sie war nur mächtig sauer gewesen. Und als er erfahren hatte, daß sie sich seit dem Tod seiner Halbschwester um seine Nichten und Neffen kümmerte, hatte er mit Freuden den Schaden, den sie im Silver Slipper angerichtet hatte, bezahlt, in dem Glauben, er hätte ihr Unrecht getan. Jetzt aber sah er ihren Auftritt in Delano in einem ganz anderen Licht, und Slade fragte sich ängstlich, was sie wohl den Kleinen antun könnte. »Ich hab' dich etwas gefragt, Beecham!« fauchte er. »Was soll das heißen... verrückter Weibsteufel?«

»Genau das... genau das, was ich gesagt habe«, erwiderte Jonathan wütend. »Jeder hier weiß doch, daß sie eine Irre ist! Laß dich von ihr nicht täuschen! Sie tut nur so moralisch und gottesfürchtig. Tief im Inneren ist sie total verdorben. Sie ist ein Weibsteufel, das sag' ich dir! Sie verkehrt mit einem heidnischen Indianermischling, was keine weiße Frau bei Verstand tun würde! Gibt ihm Perlen und

Decken und so weiter – wahrscheinlich Gewehre und Schnaps auch, würde mich gar nicht wundern! Sie benimmt sich auch genau wie er! Buddelt in der Prärie nach Pflanzen und Wurzeln und wer weiß, was sonst noch und braut alle möglichen widerlichen Gebräue – der Himmel weiß, für welche Zwecke, obwohl ich da auch meinen Verdacht habe! Und fällt in Trance und geht mit einer Astgabel herum und behauptet, sie könnte damit Wasser unter der Erde finden...«

»Willst du damit sagen, sie macht nichts Schlimmeres, als sich mit einem wahrscheinlich harmlosen alten Medizinmann zu treffen? Daß sie nur eine Kräuterfrau und Wünschelrutengängerin ist?« fragte Slade erstaunt und erbost über die Ignoranz und Dummheit seines Schwagers. »Das macht sie noch lange nicht zum ›verrückten Weibsteufel‹, Beecham! Du solltest ihr auf Händen und Knien danken, daß sie sich um deine Kinder gekümmert hat, was man von dir nicht gerade behaupten kann, du gottverdammter Bastard! Wer weiß, was sonst mit ihnen passiert wäre, ganz alleine hier draußen. Und jetzt steig' auf dein Pferd, du armselige Kreatur von einem Vater und Ehemann. Wir werden Miss Wilder einen Besuch abstatten – und ich warne dich: wenn du sie nicht mit äußerstem Respekt behandelst, werd' ich dir persönlich den Hals umdrehn!«

Das Erstaunlichste für Slade bei ihrem zweiten – genausowenig freundschaftlichen – Treffen war, daß Rachel Wilders herzförmiges Gesicht wesentlich attraktiver war, als er ursprünglich angenommen hatte. Er fragte sich sogar, ob sein Blick vielleicht von seinem langen, staubigen Ritt getrübt gewesen war, denn wie sonst hätte er sie je für unattraktiv halten können. Sie war alles andere als häßlich. Ihr blondes Haar schimmerte wie Gold im spätnachmittäglichen Sonnenlicht, ihre minzgrünen Augen sprühten Funken, die hohen Wangenknochen glühten flammend rot wie die untergehende Sonne der Prärie, und ihr süßer, rosiger Mund zitterte vor Angst und Wut, als sie ihn anstarrte. Um ehrlich zu sein, war sie sogar sehr attraktiv, und trotz seiner Trauer um India musterte

Slade die beste Freundin seiner Halbschwester mit größtem Interesse.

Sie war wesentlich jünger als India, deshalb überraschte es ihn, daß die beiden Frauen so eng befreundet gewesen waren – so eng, daß Rachels echter Schmerz über den Verlust Indias unübersehbar war, was in Slades Augen ein weiterer Pluspunkt für sie war. Aber vielleicht hatten die Umstände die Frauen einander näher gebracht, überlegte er. Beide Farmen waren allein auf weiter Flur, Meilen vom nächsten Nachbarn oder der Stadt entfernt.

Aber obwohl er Rachel körperlich anziehend fand und sie die Freundin seiner geliebten Halbschwester gewesen war, mußte Slade feststellen, daß er die junge Frau trotzdem nicht mochte. Gleichgültig, was sein idiotischer Schwager behauptet hatte, Rachel Wilders Verhalten und Pflanzensuche und Wünschelrutengehen waren nicht der wahre Grund dafür, daß sie eine Jungfer blieb. Es war ihre böse Zunge – die er die letzte Viertelstunde zu spüren bekommen hatte. Sie war ein richtiges zänkisches Weib! Dieser erste Eindruck von ihr war zumindest ein Volltreffer gewesen.

Slade war wütend, weil sie, nachdem sie den Zweck seines Besuches erfahren hatte, weder ihn noch Jonathan ins Haus bat, sondern sie, mit dem Gewehr auf sie gerichtet, im schlammigen Hof stehen ließ. Sie war nicht einmal bereit, die Kinder zu rufen.

Jetzt setzte sie mit zittriger Stimme den hitzigen Streit fort, der kurz nach seiner und Beechams Ankunft begonnen hatte.

»Mr. Maverick, ich bin zwar nicht undankbar für Ihr Eingreifen vor dem Silver Slipper und dafür, daß Sie meine Schulden bei Verne Lundy bezahlt haben – die ich Ihnen sobald ich kann, auf Heller und Pfennig zurückzahlen werde –, aber ich denke nicht daran, diese armen Kinder einem Revolverschwinger oder einem Säufer zu überlassen!« verkündete Rachel mit blitzenden grünen Augen. »Onkel oder nicht, Sie sind nicht der Richtige für diese Aufgabe. Und Jonathan ist bedauerlicherweise ebensowenig ein geeigneter Vater, das hat sein beklagenswertes Verhalten in den letzten paar Wochen gezeigt! Ich bin mir absolut sicher, daß unter den gegebenen Umständen India« – an dieser Stelle versagte Rachel die Stimme, weil sie mit Tränen kämpfte, doch dann faßte sie sich und fuhr entschlossen fort – »India mir die Obhut ihrer Kinder übertragen hätte.«

»Miss Wilder, ich will ja gar nicht abstreiten, daß weder mein armseliger Schwager noch ich sonderlich geeignet sind, acht leidende Kinder aufzuziehen«, sagte Slade, bemüht, seine Wut über ihre Sturheit nicht zu zeigen und ihr Angebot absichtlich zu ignorieren. »Aber, bei allem Respekt, Ma'am, ob es Ihnen nun gefällt oder nicht, wir sind ihre Blutsverwandten, und gleichgültig, wie nahe Ihnen meine Schwester stand, Sie sind nicht mit ihr verwandt und können nicht wissen, wie sie wirklich dachte. Wenn Sie so liebenswürdig wären und das Gewehr weglegten, Miss Wilder, werde ich Ihnen den Brief zeigen, den ich von India kurz vor ihrem Tod erhielt, in dem sie klar und deutlich schreibt, daß ich der Vormund Ihrer Kinder sein soll, wenn ihr etwas zustoßen sollte.«

»Ich – das glaube ich nicht«, sagte Rachel erschrocken und verletzt darüber, daß India sich in Zeiten der Not an ihren Halbbruder gewandt hatte, anstatt an ihre beste Freundin.

»Trotzdem, Madam, versichere ich Ihnen, daß es die Wahrheit ist«, erwiderte Slade mit sanfter Stimme. Er spürte Rachels Schmerz, als er ihr den Brief reichte und zeigte, daß er keinerlei Absichten hatte, ihr das Gewehr abzunehmen, das sie weiter stur auf sie gerichtet hatte.

Sie öffnete den Umschlag, überflog den Inhalt, dann faltete sie die beiden Blätter wieder und steckte sie zurück. Sie holte tief Luft.

»Das ändert nichts«, sagte sie ohne Umschweife zu Slades großem Ärger. »India – India kann einfach nicht bei Trost gewesen sein, als sie das schrieb. Sie war vor ihrem Tod wochenlang krank und deprimiert, und offensichtlich hat ihr gesunder Menschenverstand sie im Stich gelassen.«

»Ihr einziger Fehler war, daß sie Sie als Freundin wählte, Miss Hochnäsig Wilder!« zischte Jonathan.

»Halt die Klappe, Beecham«, knurrte Slade so bedrohlich, daß

Rachel und er erschrocken zurückwichen, »sonst sorge ich dafür, daß du sie hältst! Wenn du von Anfang an deine Pflicht getan hättest, würden wir jetzt nicht hier stehen!« Er wandte sich wieder an Rachel, und seine Stimme war so ruhig, daß sie kaum glauben konnte, daß das derselbe Mann war, der gerade Jonathan so angebrüllt hatte. »Tatsache ist und bleibt, daß meine Schwester diesen Brief tatsächlich geschrieben hat, und daß Sie keinen rechtlichen Anspruch auf die Kinder haben. Jetzt möchte ich mich herzlich dafür bedanken, daß Sie sich in meiner Abwesenheit um sie gekümmert haben. Aber es besteht keine Veranlassung, Sie noch länger mit ihnen zu belästigen, und ich wäre Ihnen dankbar, wenn Sie sie mir jetzt übergeben würden.« Es folgte eine erwartungsvolle Pause. Dann, als Rachel keine Anstalten machte, zum Haus zu gehen, sagte er leise: »Ma'am, es wäre mir wirklich zuwider, wenn ich den Marshal hierherschleifen müßte, um die Sache zu regeln.«

Rachel resignierte. Sie wußte, daß das Gesetz auf der Seite Slade Mavericks stand, ob Revolvermann oder nicht. Er hatte recht: dem Gesetz nach hatte sie keinerlei Anspruch auf die Beecham-Kinder. Sie hatte nichts außer der Liebe, die sie für ihre Mutter empfunden hatte, aber vor den blinden Augen der Justiz würde das nicht ausreichen. Außerdem wagte sie nicht, sich Slade Maverick weiter zu widersetzen. Er hatte zwar ignoriert, daß sie das Geld, das er für sie im Silver Slipper bezahlt hatte, zurückzahlen wollte, aber wenn sie sich weiter gegen ihn sperrte, würde er vielleicht doch sofortige Rückzahlung fordern, und dazu fehlten ihr die Mittel.

Oh, wie sie wünschte, Slade Maverick wäre am Ende der Welt, in der Hölle – wo er doch sicher hingehörte, der Teufel! Denn wenn er nicht gekommen wäre, um ihr einen Strich durch die Rechnung zu machen, hätte sie sich bestimmt im Lauf der Zeit mit Jonathan arrangiert, davon war Sie überzeugt. Jetzt war alles verloren. Es war einfach nicht fair, dachte sie erbost. Einfach nicht fair!

Erst in den letzten paar Tagen war ihr das wirkliche Ausmaß ihrer Einsamkeit, seit dem Tod ihrer Eltern und jetzt Indias, bewußt geworden. Sie hatte erst erkannt, als sie die Beecham-Kinder zu sich genommen hatte, wie sehr sie es genoß, Teil einer großen, liebevollen Familie zu sein. Sie hatten ihr eine Lücke in ihrem Leben gezeigt, die so schnell nicht mehr gefüllt werden würde, wenn sie wieder fort waren.

Natürlich waren da Poke und ihr Großvater. Aber sie wußten nur wenig von weiblichen Problemen, von den schlichten Dingen des Alltags, die Rachel zuerst mit ihrer Mutter, dann mit India und zuletzt mit Eve geteilt hatte. Grandpa und Poke waren Einzelgänger und konnten nicht einmal ahnen, was es für sie bedeutete, daß das Haus mit Lachen und Gerede erfüllt war, selbst mit Streitereien und dem Weinen des kleinen Tobias. Sie würden nie die mütterliche Sehnsucht begreifen, die sich in ihr regte, wenn sie abends das Baby in den Schlaf wiegte und so tat, als wäre es ihr eigenes.

Rachel hatte geglaubt, sie hätte sich mit ihrem Dasein als Jungfer abgefunden, hatte die Emotionen aus ihrem Dasein ausgemerzt, die für ihre Stellung im Leben nicht angebracht waren. Jetzt wußte sie, daß sie ihre Sehnsüchte nur tief in ihr Innerstes verdrängt hatte und sich immer noch an ihre Träume klammerte, obwohl sie glaubte, daß sie nie Wirklichkeit werden konnten. Denn welche Hoffnung auf einen Ehemann sollte es für sie schon geben?

Ihr Vater war Schullehrer gewesen, ein Gegner der Sklaverei, ein Revolutionär und ein Idealist – ein Mann, der seiner Zeit weit voraus gewesen war. Er hatte wirklich geglaubt, alle Männer – und Frauen – seien gleich und hatte diesen Glauben auch seiner Tochter Rachel, seinem einzigen Kind, vermittelt. Damit hatte er ihr in vieler Hinsicht keinen großen Dienst erwiesen, denn aufgrund dessen war sie zu einer Frau herangewachsen, die nicht in die Gesellschaft paßte, in der sie leben mußte. Sie marschierte zu einer anderen Trommel als alle anderen Frauen, und jeder spürte es. Die Frauen wußten instinktiv, daß Rachel nicht wie sie war, daß sie nicht ›dazugehörte‹. Die Männer, die keine so gute Beobachtungsgabe hatten, wußten nur, daß sie sich in ihrer Gesellschaft nicht wohl fühlten, eher irgendwie von ihr bedroht. Sie waren es nicht gewohnt, daß eine anständige Frau ihnen kühn ins Auge blickte, höflich ihre Gespräche unterbrach und entschlossen ihre oft gegenteiligen Ansichten vertrat, die sich bei näherem Hinsehen manchmal auch noch als den ihren überlegen erwiesen.

Die wenigen Männer, die ihr den Hof gemacht hatten, waren, kaum da, schleunigst wieder verschwunden, meist wütend, weil sie das Gefühl hatten, kühl abgeschätzt und für mangelhaft befunden worden zu werden. Das war die schlimmste Beleidigung für das männliche Ego – und noch schlimmer war die Tatsache, daß Rachel keine Ahnung hatte, was sie da getan hatte. Ihr Vater hatte es sie ihr ganzes Leben lang anders gelehrt, und sie fand es äußerst verwirrend und verletzend, daß ihre angeborene Intelligenz und Neugier, ihre Ehrlichkeit und Offenheit als unattraktiv angesehen wurden.

Nicht, daß sie nicht gewußt hätte, wie Frauen Männer verführten. Sie verstand nur nicht, welchem Zweck diese Spielregeln dienten, und fand keinen Grund, sich daran zu halten. Ihrer Meinung nach waren sie dumm und heuchlerisch, und warum man ausgerechnet solche Charakterzüge lobte und schätzte, konnte sie einfach nicht begreifen. Das war nicht das, was sie von einem Mann wollte, und sie konnte sich nicht vorstellen, daß das ein Mann von ihr wollte.

Deshalb war ihr einziger Verehrer Gustave Oxenberg – den alle außer Rachel ›Ox‹ nannten. Dieser hochgewachsene Schwede war stark und stur wie das Tier, das ihm seinen Spitznamen gegeben hatte, und genauso unbeirrbar. Daß er auch loyal, zuverlässig und mutig war, wußten die meisten nicht. Er hatte Schwierigkeiten, sich über Dinge zu unterhalten, die nichts mit dem Wetter oder dem Ackerbau zu tun hatten, und deshalb war seine Umgebung der Ansicht, er würde Rachel Wilder nur deshalb weiter den Hof machen, weil keine andere ledige Frau seine hartnäckigen, langweiligen Avancen dulden würde. Die meisten waren sogar der Meinung, Ox wäre so beschränkt, daß er gar nicht merkte, wie wenig begehrenswert Rachel als Frau war.

Das stimmte nicht, denn er war längst nicht so einfältig, wie die meisten Leuten dachten. Daß er Rachel Wilder nicht verurteilte, war nicht nur seiner großzügigen, toleranten Natur zu verdanken, sondern der Tatsache, daß er sie schlicht und einfach liebte, seit er sie das erste Mal gesehen hatte – in aller Stille, ehrlich und mit seinem ganzen großen Herzen. Seine Liebe zu ihr war für ihn so selbstverständlich wie die Luft, die er atmete, und er fragte nie danach, wieso er sich ausgerechnet jemanden ausgesucht hatte, dessen Natur seiner so fremd war wie die eines Rehs der eines Büffels.

Rachel erwiderte seine Liebe nicht, das wußte er. Und deshalb würde sie ihn auch nie heiraten, und das brachte ihn zur Verzweiflung. Er hätte sie zu jeder Bedingung genommen, wäre unsagbar geehrt gewesen, daß sie bereit war, seine Frau zu werden. Aber so sehr sie seine Güte und Liebenswürdigkeit schätzte, so teuer und lieb er ihr als Freund war, konnte Rachel keinen Mann heiraten, den sie nicht liebte. Ihr junger Körper schmerzte nicht vor Begierde, wenn Ox ihre Hand in die seine nahm. Ihr Herz flatterte nicht wie die Schwingen eines gefangenen Vogels an seiner Brust. Ihr Verstand und ihre Seele schrien nicht nach der seinen, als wäre ihre Welt ohne ihn dunkel und leer.

Das waren Rachels Träume von Liebe, geboren aus den Gedichten und Romanen, die sie als Kind gelesen hatte und immer noch las: Liebe, dieses Gefühl, das wie die Funken zwischen den Hörnern der Rinder im Präriesturm sprühte. Die Liebe ihrer Eltern füreinander war so stark gewesen, daß sie, als sie erkannten, daß sie dem Tornado, der ihr Schicksal war, nicht entrinnen konnten, eng umschlungen gestorben waren und jeder versucht hatte, den anderen mit seinem Körper vor dem Wirbelsturm zu schützen. Rachel hatte noch nie für einen Mann so heftige Gefühle verspürt, und einem Ehemann wollte sie nicht weniger geben, und auch sie als seine Frau wollte sich nicht mit weniger zufriedengeben. Und weil solche Liebe ihr nicht beschieden war, legte sie ihre Träume sorgfältig beiseite und versuchte, so freundlich wie möglich Gustave Oxenbergs Avancen abzuwehren, leider vergeblich.

Das also war ihr Leben gewesen, bis India starb – India, die Burns, Shakespeare, Byron und Tennyson auswendig kannte und die vor sehr langer Zeit den Schlüssel zu ihren eigenen Träumen umgedreht und weggeworfen hatte. Jetzt aber, nach dem Eintritt der mutterlosen Beecham-Kinder in Rachels Leben, war die versteckte Hoffnungstruhe in ihrem Herzen heimlich aufgeschlossen worden, der Staub und die Spinnweben sanft weggeblasen und die Lavendelsäckchen zwischen ihren Träumen behutsam ausgeschüttelt worden. Entgegen ihren eigenen strengsten Regeln hatte sie es sich gestattet, wieder Hoffnung zu schöpfen, zumindest auf einen Teil all dessen, was sie längst aufgegeben hatte.

Und jetzt sollte ihr all das von diesem Revolvermann, der da vor ihr stand, weggenommen werden, von diesem Mann mit den seltsam unergründlichen mitternachtsblauen Augen, die ihr winziges, verletzliches Herz gnadenlos zerquetschten. Rachel hatte noch nie jemanden so gehaßt wie Slade Maverick in diesem Augenblick. Sie verachtete ihn von der Spitze seines flachkrempigen Sombreros bis zu den Sohlen seiner schwarzen Stiefel. Was wußte er schon von Träumen, von Liebe, er, der hart wie Stahl und zäh wie getrocknetes Rindfleisch war? Wenn er überhaupt ein Herz hatte – was Rachel bezweifelte – war es wohl aus Feuerstein. Am liebsten hätte sie ihn einfach über den Haufen geschossen.

Statt dessen richtete sie sich auf und senkte ihre Waffe. Dann sagte sie höflich, aber kühl: »Darf ich Sie ins Haus bitten, Mr. Maverick? Jonathan? Du brauchst keine Angst vor mir zu haben. Aber bei deinem Schwager wäre ich vorsichtig. Aus irgendeinem Grund scheint er dich genauso widerlich zu finden wie ich.« Sie warf einen angewiderten Blick auf Beecham.

Er war immer noch gezeichnet von seinem Kampf im Silver Slipper, und daraus und aus seinem Verhalten schloß sie ganz richtig, daß er bereits eine Lektion von seinem Schwager bekommen hatte. Zumindest das konnte man Slade Maverick hoch anrechnen, wenn auch sonst nichts, denn sie konnte immer noch nicht glauben, daß die Beecham-Kinder bei ihm besser aufgehoben sein sollten als bei Jonathan. Was sollte denn ein Revolverschwinger von Kindern verstehen?

Die Männer folgten Rachel in das Holzhaus. Dort waren Eve und Susannah gerade dabei, das letzte Geschirr vom Mittagessen abzuwaschen und abzutrocknen, und der vierjährige Andrew und seine kleinere Schwester Naomi spielten mit grobgeschnitzten Holzsoldaten auf dem Boden. Tobias schlief in der Wiege, die Rachel aus einer alten Kiste für ihn gebaut hatte. Die vier Kinder erstarrten zu Salzsäulen, als sie ihren Vater sahen. Nach einer kurzen, peinlichen Pause begrüßten sie Jonathan. Aber Slade merkte sofort, daß sie sich überhaupt nicht freuten, ihn zu sehen, so mißtrauisch klangen ihre Stimmen. Die Kinder zeigten sich auch nicht sonderlich begeistert, als sie erfuhren, daß Slade ihr Onkel war, der sie nach Hause bringen wollte. Die kleine Naomi fing sogar an zu weinen, rannte zu Rachel und versteckte sich hinter ihren Röcken.

Slade wußte nur zu gut, daß sein Anblick nicht gerade vertrauenerweckend war. Er hatte sich seit seiner Ankunft in Wichita weder rasiert noch gebadet, und obwohl er sich umgezogen hatte, waren seine Kleider zerknittert und stanken nach Pferdeschweiß, da er sie in seine Bettrolle eingerollt gehabt hatte. Sein Staubmantel war von der Reise verdreckt und seine Stiefel schlammverkrustet. Verlegen rieb er sich das stoppelige Gesicht und schaute sich schuldbewußt nach einer Möglichkeit um, sein Zigarillo auszudrücken. In einer Ecke entdeckte er einen Spucknapf und drückte hastig darin sein Zigarillo aus, wobei ihm Rachels strenger Blick folgte. Normalerweise war Slade sehr auf seine äußere Erscheinung bedacht, und es war ihm deshalb doppelt peinlich, daß er in diesem Aufzug gekommen war, um die Kinder abzuholen. Er und Beecham, der noch schlimmer aussah als er und der vor Gier nach Schnaps zitterte, waren sicher kein schöner Anblick. Slade konnte es Rachel kaum verdenken, daß sie hochmütig den Kopf zurückwarf, als sie seinen Blick spürte, und die Nase rümpfte.

Rachel ihrerseits fand, daß Slade Maverick in ihrem Haus wie ein unberechenbarer, wolliger Büffel wirkte, der aus Versehen hier hereingestürmt war. Noch nie war ihr das Haus mit den zwei Zimmern so klein vorgekommen, die Decke so niedrig, die Wände so eng. Irgendwie schien es, als wäre alles neben seiner dunklen, großen Gestalt geschrumpft. Der Gedanke beunruhigte sie. Sie wünschte, Großvater und Poke wären hier, aber sie waren mit Gideon, Philip und Caleb losgeritten, um nachzusehen, wo der Sturm Schäden verursacht hatte.

Das erklärte Rachel Slade und Jonathan, während sie die wenigen Habseligkeiten der Kinder in den Weidenkorb legte, den sie aus dem Haus der Beechams mitgebracht hatte. Slade Maverick ließ sie keine Sekunde aus den Augen. Rachel wünschte, er würde sie nicht so anstarren. Er machte sie damit nicht nur nervös, irgendwie wurde ihr so komisch heiß, und sie hatte ganz weiche Knie, als wäre sie weit gelaufen und kriegte keine Luft. Es war ein schrecklich verwirrendes Gefühl. Sie konnte sich nicht erklären, warum er diese Wirkung auf sie hatte. Natürlich sah er sehr gut aus, aber er war auch unglaublich dreckig. Sicher hatte er mindestens eine Woche lang nicht gebadet und sich nicht rasiert. Er stank nach Schweiß, Zigarrenrauch, Whisky, Sattelleder und nach Pferd – erdige, maskuline Gerüche. Überraschenderweise glaubte Rachel aber auch, einen Hauch Kuskusgras zu riechen.

Je bewußter ihr sein Geruch wurde, desto schneller arbeitete sie, bis sie schließlich die Sachen der Kinder nur noch wahllos in den Korb warf. Als ihr das bewußt wurde, fragte sie sich, ob der Streß der letzten Zeit vielleicht schon ihren Verstand in Mitleidenschaft gezogen hatte. Diese seltsamen Gefühle und ihr komisches Verhalten sahen ihr gar nicht ähnlich. Womöglich litt sie an einem Fieber, und sie überlegte ernsthaft, später sogar ein Tonikum einzunehmen.

Slade spürte Rachels Verwirrung, mißdeutete aber die Ursache. Einen Augenblick lang wollte er schon eine Hand auf ihren Arm legen und ihr zur Beruhigung versichern, daß die Beecham-Kinder bei ihm nichts zu befürchten hätten. Aber er wußte, daß sie ihm nicht glauben würde, und er konnte es ihr nicht verdenken. Er war ein harter Mann, der ein hartes Leben lebte. Es war nicht gerade glaubhaft, daß ein Heimatloser, ein Revolvermann plötzlich Wurzeln schlagen und seine Waffen an den Nagel hängen würde. Slade war zwar fest entschlossen, es zu versuchen, aber er wußte nicht, ob es ihm gelingen würde.

Er ließ den Blick durch das Haus schweifen und bemerkte die kleinen Dinge, die ihre Hand verrieten: die vielen getrockneten Kräuter, die von den Balken hingen, die gerüschten Vorhänge am Fenster, das karierte Tischtuch und die Fleckenteppiche auf dem Boden. Alles war peinlich sauber und ordentlich. Das gefiel ihm, es sprach für sie und erinnerte ihn an die Plantage seines Vaters in Louisiana, wo es immer so angenehm nach Seife und Wachs gerochen hatte.

Slade hatte das ehrwürdige alte Haus geliebt, aber nicht seinen tyrannischen Vater, dem es gehörte. Sie hatten sich nie verstanden. Sein Vater war der Typ Mann gewesen, der ein Pferd – oder einen Jungen – getötet hätte beim Versuch, seinen Willen zu brechen, und am Ende hatte Slade es vorgezogen zu gehen, statt sich dem eisernen Willen seines Vaters zu unterwerfen. Der alte Mann war jetzt tot, genau wie seine Mutter, eine Schöne aus dem French Quarter von New Orleans. Sie war wunderschön gewesen und viele Jahre jünger als sein Vater, dessen zweite Frau sie war. Sie hätte leben sollen – sie hatte das Leben geliebt –, aber ein Fieber hatte sie hinweggerafft. Jetzt war India auch tot. Slade war der letzte der Mavericks. Dieser Gedanke beunruhigte ihn irgendwie.

Sein Blick richtete sich wieder auf Rachel, und er sah die stolze Haltung ihres Kopfes, den geraden Rücken und die schlanke Figur. Irgendwie erinnerte sie ihn an eine temperamentvolle, launische Stute. Er fragte sich, was für ein Leben sie hier wohl geführt hatte, allein mit dem alten Mann und dem Schwarzen. Es war sicher nicht leicht für sie gewesen. Sein Blick fiel auf ihre Hände. Sie waren klein und schmal, aber rot und rauh von der harten Arbeit. Vielleicht hatte ihre scharfe Zunge ihre Berechtigung. Vielleicht hatte eine Frau, die arbeitete wie ein Mann, auch das Recht, wie ein Mann frei und offen ihre Meinung zu sagen. Es machte ihn etwas nachdenklich, daß ihn das an ihr so störte. Er hatte es immer gehaßt, wenn Frauen heuchlerisch und falsch waren, und es war offensichtlich, daß Rachel Wilder weder das eine noch das andere war.

Slade erschrak, als er merkte, daß die Kinder und ihr Gepäck bereit waren. Er befahl Beecham, zur Scheune zu gehen und die Pferde anzuschirren. Jonathan nörgelte zwar leise vor sich hin, ging aber. Vielleicht hatten Fremont oder Poke dort irgendwo einen Krug Schnaps versteckt. Beecham brauchte dringend etwas zu trinken. Er war mit den Nerven am Ende, weil er Alkohol brauchte, und weil sein Schwager ihn so schlecht behandelte. Wie konnte dieser Kerl einfach hier auftauchen und alles an sich reißen, als hätte er das Recht dazu? Es machte Jonathan wütend, aber nicht so wütend, um etwas dagegen zu unternehmen. Während des Bürgerkriegs hatte er sich wohlweislich von der Front ferngehalten, wie es einem Offizier gebührte. Er war nicht so dumm gewesen, seinen Hals zu riskieren und die Truppe ohne Kommandanten zurückzulassen. Es war einfach Pech gewesen, daß man ihn gefangengenommen und in das Rock-Island-Gefängnis der Yankees gebracht hatte. Die Wachen dort waren harte Männer gewesen, und Jonathan hatte das Gefühl, daß sein Schwager aus demselben Holz geschnitzt war. Er war nicht darauf erpicht, noch einmal mit ihm zu kämpfen. Froh, seiner Gesellschaft entrinnen zu können, machte Beecham sich auf den Weg zur Scheune.

»Grandpa und Poke werden die Jungs rüberbringen, wenn sie zurück sind«, sagte Rachel und wandte sich ab, damit er ihre Tränen der Trauer über den Verlust der Kinder nicht sehen konnte.

»Sehr gut«, erwiderte er. Es war ihm sichtlich unangenehm, sie ihr wegzunehmen, obwohl er überzeugt war, das Richtige zu tun. Er berührte kurz die Krempe seines Hutes und sagte: »Guten Tag, Miss Wilder.«

Er stand jetzt so dicht bei ihr, daß Rachel sicher war, daß er unter all den maskulinen Gerüchen tatsächlich nach Kuskusgras roch.

Sie liebte diesen grasigen Duft. Er erinnerte sie an die Prärie im Frühling, wenn die Gräser grün wurden und die Blumen anfingen zu blühen. Dann waren die Ebenen am schönsten, bevor der heiße Sommer sie ausdörrte.

Jetzt bemerkte sie auch, daß Slade einen leichten Akzent hatte – einen französischen, glaubte sie –, und ihr fiel ein, daß Indias Stiefmutter im French Quarter von New Orleans aufgewachsen war. Für Rachel war es höchst verwunderlich, daß der Revolvermann aus einer so feinen Familie stammte, denn er wirkte nicht sonderlich zivilisiert, so als hätte er bewußt seine Vergangenheit abgelegt.

»Auf Wiedersehen, Mr. Maverick«, sagte sie und reichte ihm, getrieben von ihrer eigenen guten Erziehung, zögernd die Hand.

Slade war überrascht von dieser Geste und seltsam berührt. Er zog langsam seinen Lederhandschuh aus und nahm ihre Hand in die seine. Die körperliche Berührung war nur kurz, aber Rachel spürte sie am ganzen Körper. Seine Hand war so warm, so stark. Ihre war darin ganz verloren. Doch sein Griff war eigenartig sanft, als hätte er Angst, ihr die Knochen zu brechen, wenn er zu fest drückte. Das hatte sie nicht erwartet. Als er losließ, zog sie ihre Hand schnell weg.

Die Kinder waren verschwunden, aber sie hörte, wie Jonathan sie in den Wagen lud. Das Haus war jetzt seltsam still, als hielte es die Luft an und wartete. Aber worauf, wußte Rachel nicht zu sagen. Dann, endlich, ging Slade zur Tür, und das Klirren seiner Sporen durchbrach die Stille.

Jetzt sah Rachel, daß Jonathan sein Pferd und die Milchkuh an den Wagen gebunden hatte. Eve saß mit Tobias, dem Baby, neben ihrem Vater auf dem Kutschbock. Susannah, Andrew und Naomi kauerten, um sich vor dem Wind zu schützen, auf der Pritsche unter der Plane. Keiner sagte ein Wort, als Slade sich in den Sattel schwang und seinem Pferd die Sporen gab.

Der Wagen entfernte sich, und die Kinder starrten mit traurigen und anklagenden Augen zurück zu Rachel, die alleine auf der Schwelle stand und ihnen nachsah. Sie zwang sich, zu lächeln und zu winken. Aber keines der Kinder erwiderte das Lächeln oder das Winken. Rachel konnte es ihnen nicht verdenken. Sie fühlte sich wie ein Verräter.

Durch den Schleier ihrer Tränen schaute sie ihnen nach, bis die kleine Truppe nur noch ein Fleck auf der Ebene war. Dann ging sie mit einem tiefen Seufzer zurück ins Haus. Es dämmerte bereits, und sie hatte noch Arbeit zu erledigen.

Doch als sie im Haus war, tat sie gar nichts. Sie setzte sich in ihren Schaukelstuhl, ohne zu schaukeln, und starrte mit leerem Blick auf die alte, leere Kiste, die Tobias als Wiege gedient hatte. Unbewußt rieb sie sich die Hand, die sie Slade Maverick gereicht hatte. Jetzt war sie kalt, das seltsame Kribbeln war verschwunden. Eigentlich hätte sie froh darüber sein sollen, dachte sie.

Nach langer Zeit erhob sie sich fröstelnd und schürte das Feuer im Herd, dann streckte sie ihre Hände den Flammen entgegen. Plötzlich bemerkte sie, daß die Wärme der Flammen kein Vergleich war mit der Wärme, die von Slade Mavericks schwieliger Hand ausgegangen war.

II. Buch

Ein tapferer und ehrlicher Geist

8. Kapitel

Die Prärie, Kansas, 1875

Rachel wünschte, Gus, wie sie Gustave Oxenberg nannte, hätte sich nicht ausgerechnet diesen Abend ausgesucht, um ihr den Hof zu machen, denn sie hatte einfach nicht die Kraft, mit ihm höfliche Konversation zu betreiben, was immer sehr anstrengend war. Und noch schlimmer war die Tatsache, daß er eine Ziege mit Kitz mitgebracht hatte. Er hatte gehört, Ziegenmilch sei besser für Babies als Kuhmilch. Er war außer sich, als er erfuhr, daß die Kinder mit Ausnahme von Gideon, Caleb und Philip jetzt alle bei ihrem Onkel, einem Revolvermann, waren. Offensichtlich wußte er auch nicht, was er mit der Ziege und dem Kitz tun sollte; er selbst konnte die meckernden Tiere nicht gebrauchen und hatte sie deshalb Rachel mitgebracht.

Sie wünschte zwar, der Schwede würde endlich aufhören, ihr den Hof zu machen, aber es rührte sie doch, daß er an den kleinen Tobias gedacht hatte. Also sagte sie Gus freundlich, er solle die beiden Tiere in die Scheune bringen, und sie würde dafür sorgen, daß Poke sie mitnahm, wenn er die Jungs nach dem Abendessen nach Hause fuhr. Schließlich sah sie keine andere Möglichkeit, als ihren hartnäckigen Verehrer, wenn auch widerwillig, zum Abendessen einzuladen.

Es war eine sehr trübsinnige Mahlzeit. Gus, der ohnehin große Schwierigkeiten hatte zu reden, aß wie ein Pferd. Er fand ohnehin, daß Tischgespräche reine Zeitverschwendung waren, wenn man doch essen mußte, und die übrigen waren so niedergeschlagen von dem Gedanken, daß die Beecham-Jungs sie jetzt auch noch verlassen mußten, daß sie kaum etwas sagten. Auch war die Abwesenheit der anderen Kinder deutlich spürbar, und Rachel war heilfroh, als das Mahl beendet war.

Die Buben sprangen sofort auf und begannen abzuräumen, eine Arbeit, die sonst ihre Schwestern erledigten, und die die Jungs jetzt so langsam wie möglich machten, um den unvermeidlichen Abschied hinauszuzögern. Rachel wußte, daß sie das eigentlich nicht hätte dulden dürfen, aber sie brachte es nicht fertig, es ihnen zu verbieten. Sie arbeitete sogar trotz ihrer Schuldgefühle noch langsamer als die Buben und bewegte sich, als wären ihre Arme und Beine aus Blei. Fremont bemerkte es, sagte aber nichts, denn er ahnte, wie ihr zumute war. Er zündete sich seine Pfeife an, lehnte sich im Stuhl zurück und las in seiner Bibel. Poke spürte, daß Rachel nicht in der Stimmung war, Gus zu unterhalten, und forderte ihn zu einer Partie Dame heraus, wofür sie ihm unendlich dankbar war.

Aber schließlich kam doch der Moment: die letzten Krümel waren vom Tisch gekehrt, der letzte Teller abgetrocknet und ins Regal gestellt und das letzte Geschirrtuch ordentlich gefaltet und in den Korb gelegt. Rachel und die Jungs sahen sich betreten an; Schweigen senkte sich über den Raum. Doch ehe jemand etwas sagen konnte, wurde die Stille von klappernden Pferdehufen und knirschenden Wagenrädern im Hof durchbrochen.

»Wer kann das bloß sein?« fragte Rachel überrascht.

Mit der Öllampe in der Hand öffnete sie und sah überrascht und wütend, daß Slade Maverick auf der Schwelle stand. Er hat also tatsächlich eine so schlechte Meinung von mir, daß er meint, ich würde Poke daran hindern, die Jungs zurückzubringen, dachte sie erbost. Rachel wollte ihm gerade gehörig die Meinung sagen, aber da hörte sie Jubelgeschrei und Gelächter und sah voller Erstaunen den Rest der Beecham-Kinder, die fröhlich lachend und winkend mit Jonathan in den Hof fuhren. Ihr Herz machte einen Satz, und sie warf Slade einen fragenden, hoffnungsvollen Blick zu, obwohl sie nicht zu hoffen wagte, daß er seine Meinung geändert hatte und ihr die Kinder zurückbrachte. Er räusperte sich und sagte dann, offensichtlich sehr verlegen: »Ich... äh... es tut mir leid, Sie so zu überfallen, Miss Wilder«, begann er, »aber nachdem ich vorher das Haus nicht von innen gesehen hatte, war mir… äh… nicht klar, wie schwer es der Sturm beschädigt hat. Das halbe Dach ist eingestürzt, und das Wasser steht kniehoch. Das ganze Haus ist voller Schlangen und Ratten und, offen gesagt, Ma'am, es ist unbewohnbar. Ich würde nicht mal ein Schwein dort halten, ganz zu schweigen von meinen Nichten und Neffen. Ich habe daran gedacht, sie in ein Hotel zu bringen, aber es ist schon so spät, und außerdem war ich der Meinung, sie hätten genug Aufregungen hinter sich und… na ja, was ich damit sagen will, Miss Wilder, ich wäre Ihnen sehr dankbar, wenn sie bei ihnen bleiben könnten, bis ich ein Blockhaus gebaut habe.« Slade hielt inne, griff in seine Tasche und zog ein Bündel gefalteter Geldscheine heraus. »Ich zahle natürlich für Kost und Logis.«

Rachel bekam ganz weiche Knie beim Anblick des Geldes. Sie hatte in ihrem Leben noch nie so viel auf einmal gesehen, und ihr Verstand überlegte fieberhaft, was sie alles mit diesem Geld tun könnte: mehr Arbeiter für die Farm einstellen, damit ihr Großvater sich ausruhen und sein Alter genießen konnte, die kleine Rinderherde vergrößern, die sie sich langsam aus den armen Kälbern aufzog, die die Treiber aus Texas zurückließen, weil sie auf dem langen Weg nach Norden nicht Schritt halten konnten, sich ein hübsches neues Kleid kaufen – wie lange war es wohl schon her, seit sie eins hatte und – um Himmels willen! – wie kam sie denn ausgerechnet darauf? Trotzdem war sie über Slades Angebot, für den Unterhalt der Beecham-Kinder aufzukommen, ungeheuer beleidigt und erzürnt, denn sie hatte die Kinder aus Liebe aufgenommen und hätte sie auch sofort wieder aufgenommen. Sie hatte das Gefühl, der Revolvermann wollte bewußt eine strenge Grenze zwischen ihr und den Beechams ziehen und ihr grausam zu verstehen geben, daß, gleichgültig wie sehr sie die Kinder liebte, er ihre Familie war und nicht sie. Somit war die Freude über ihre Rückkehr verdorben.

»Natürlich nehme ich die Kinder!« fauchte Rachel. »Aber ich bin nicht irgendeine Fremde, die eine Pension betreibt, Mr. Maverick!

Ich liebe diese Kinder wie meine eigenen, und ich werde kein Geld von Ihnen für ihren Unterhalt nehmen!« Sie wandte sich ab und kämpfte gegen die Versuchung an, die Scheine aus seiner Hand zu reißen. »Für wen halten Sie mich überhaupt? Allein die Vorstellung, daß Sie mir Geld geben wollen, wo India ... India war meine beste Freundin ... wie meine Schwester, auch wenn wir keine Blutsverwandten waren – worauf Sie mich ja freundlicherweise hingewiesen haben ...«

»Ich bitte um Verzeihung, Miss Wilder«, sagte Slade betroffen. »Ich wollte Sie nicht beleidigen, Ma'am, wirklich nicht. Ich weiß nur, was für eine Belastung das ist, und daß Sie sie sich eigentlich nicht leisten können ... äh ... daß Sie nur eine kleine Farm haben ... äh ... ich will damit sagen, die Zeiten sind schwer, Miss Wilder.« Er schwieg betreten und kam sich vor wie ein taktloser Narr, angesichts ihrer gefährlich blitzenden Augen, die ihm sagten, daß er durch seine unziemlichen Bemerkungen über ihre ärmlichen Verhältnisse alles nur noch schlimmer gemacht hatte.

Die Landwirtschaft war ein hartes Leben, insbesondere in Kansas, wo sie von so unberechenbaren Faktoren wie Wetter und Bodenbeschaffenheit abhängig war. Die »Sodbusters«, wie man die Menschen der Great Plains manchmal nannte, waren reich an Hoffnung und Gebeten und arm an Ernte und Bargeld. Aus Indias Brief wußte Slade, daß die Heuschreckenplage im letzten Jahr kleine Farmen wie die Rachels verwüstet hatte, und trotz ihrer offensichtlich guten Erziehung hielt er es für unwahrscheinlich, daß sie ein Vermögen unter der Matratze versteckt hatte. Er spürte, wie hinter der Fassade der Entrüstung ihr Stolz und ihre Liebe für die Beecham-Kinder mit ihrer Sorge um die Kinder im Wettstreit lagen. Aber sie wäre sicher lieber tot umgefallen, als das gerade ihm, den sie verachtete, einzugestehen. Irgendwie mußte Slade ihr helfen, soviel war klar, aber er wußte noch nicht wie. Rachel war abweisend wie ein Kaktus. Er hatte nur wenig Erfahrung im Umgang mit einer solchen Frau – einer Dame. Die Frauen, die er kennengelernt hatte, hatten sein Geld nur zu gern genommen.

»Ich komme genausogut zurecht wie alle anderen momentan auch, Mr. Maverick«, sagte Rachel mit eisiger Stimme, genau wie er erwartet hatte, »und das werde ich auch weiterhin. Außerdem, meine ich, so unangenehm mir das auch ist, stehe ich bereits in ihrer Schuld, weil Sie für den Schaden im Silver Slipper aufgekommen sind. Die Summe werde ich natürlich so bald als möglich zurückzahlen...«

»Ich dachte, ich hätte Ihnen gesagt, daß das nicht nötig ist, Miss Wilder«, unterbrach sie Slade. Plötzlich kam ihm ein Gedanke. »Aber wenn Sie darauf bestehen, wie wäre es dann, wenn Sie die Kinder versorgen und ich Ihnen dafür die Schuld erlasse? Schließlich und endlich kam es ja nur zu diesem unglückseligen Vorfall im Silver Slipper, weil Sie versucht haben, meinen Nichten und Neffen zu helfen, ein Umstand, für den ich mich ohnehin verantwortlich fühle. Wären Sie damit einverstanden, Ma'am?«

»Aber ja... ja natürlich«, erwiderte Rachel nach einiger Überlegung. Das war zumindest keine kalte Geschäftstransaktion zwischen Fremden, sondern anders als das, was ihr der Revolvermann vorher angeboten hatte und was sie zutiefst getroffen hatte. Sie strahlte mit einemmal übers ganze Gesicht, und Slade fand, daß sie aussah wie ein Engel, mit ihrem goldenen Haar, das im flackernden Licht der Öllampe wie ein Heiligenschein schimmerte. »Bitte, Mr. Maverick, wollen Sie nicht hereinkommen?« bat sie ihn mit einem Lächeln, das ihm durch Mark und Bein ging.

Höchst erstaunt über seine eigene Reaktion auf diese prüde, anständige Frau, die so gar nicht sein Typ war, zog Slade seinen Hut und hielt ihn vor sich, als er sich duckte, um nicht am niedrigen Türrahmen anzustoßen. Ohne zu ahnen, was für eine Wirkung sie auf ihn hatte, trat Rachel beiseite, um ihn eintreten zu lassen, und wurde dann fast umgeworfen von den Beecham-Kindern, die sich auf sie stürzten und alle gleichzeitig auf sie einplapperten. Nach einiger Zeit gelang es Rachel, sie zu beruhigen, und sie stellte Slade Fremont, Poke und Gus vor. Sie stellte befriedigt fest, daß der Revolvermann nicht nur ihrem Großvater und dem Schweden die

Hand schüttelte, sondern auch dem Schwarzen. Slade Maverick hatte in ihren Augen wieder einen Punkt für sich errungen, denn nur wenige weiße Männer – und ganz besonders Südstaatler – hätten das getan. Auch wenn sie ihn haßte, mußte sie ihm das zugute halten.

Im Schein der Öllampe, die Rachel auf einen kleinen Tisch gestellt hatte, musterte Fremont Slade eindringlich von Kopf bis Fuß. Anscheinend gefiel ihm, was er da sah, denn der alte Mann nickte kurz und bot ihm einen Stuhl an.

»Setzen Sie sich doch ein bißchen zu uns«, sagte Fremont. »Wir haben nicht oft Besuch, und ich würde gern hören, was es Neues auf der Welt gibt.« Er wandte sich an seine Enkelin. »Sag Beecham, er soll seine Pferde in den Stall bringen, Rachel, und dann reinkommen. Er braucht nicht da draußen wie ein verdammter Narr in Wind und Kälte zu sitzen und vor sich hinzuschmollen.«

»Ja, Grandpa«, erwiderte sie gehorsam, obwohl es ihr persönlich egal gewesen wäre, wenn Jonathan erfroren wäre.

Trotzdem tat er Rachel fast leid, als sie ihn auf seinem Wagen sitzen sah. Er sah aus, als wäre er unter einen Zug geraten. Aber dann stellte sie voller Zorn fest, daß er eine Fahne hatte. Wahrscheinlich hatte er zu Hause eine Flasche versteckt gehabt, die sie nicht gefunden hatte, obwohl sie geglaubt hatte, alle vernichtet zu haben.

»Weiß Mr. Maverick, daß du getrunken hast, Jonathan?« fragte sie.

»Keine Ahnung, ist mir auch egal«, knurrte er. »Der hat mir gar nichts zu sagen – und du auch nicht! Geh weg und laß mich in Ruh'! Habt ihr zwei noch nicht genug angerichtet – mein Leben zur Hölle gemacht und meine eigenen Kinder gegen mich aufgehetzt?«

Rachels Mund wurde schmal.

»Du selbst hast das getan, Jonathan«, sagte sie scharf. »All die Jahre warst du nur mit deiner Flasche verheiratet. Schnaps hat schon viele Männer ruiniert und dich auch. Aber es ist noch nicht zu spät, Jonathan. Hör auf damit, bevor der Alkohol dich umbringt!«

»Danke für deine Fürsorge, Miss Enthaltsamkeit«, sagte er verächtlich. »Aber, nein danke.« Dann zog er frech die Flasche aus dem Rock und nahm einen tiefen Zug. »Hau ab!« zischte er, nachdem er sich den Mund mit dem Handrücken abgewischt hatte. »Ich will und brauche deine dämlichen Predigten nicht – und auch deine verfluchte Gastfreundschaft nicht. Ich hab' die Nase voll von dir und Maverick. Was mich betrifft, könnt ihr beide direkt zur Hölle fahren!«

Mit diesen Worten klatschte Jonathan die Zügel auf die Rücken seiner Zugpferde. Rachel konnte gerade noch zur Seite springen, als das Gespann losschoß, um nicht unter die Räder zu geraten. Zitternd vor Wut, daß Jonathan sie so sehr haßte, daß es ihm egal war, ob sie von den Rädern zerquetscht wurde oder nicht, kehrte sie zum Haus zurück. Sie schloß die Augen und lehnte sich kurz an die Tür, um sich zu sammeln, bevor sie hineinging. Dann schob sie den Riegel zurück und trat ein.

Eve brachte gerade ihre kleineren Geschwister zu Bett. Fremont und Slade saßen vor dem Feuer, rauchten und unterhielten sich. Gus verlor noch höher als sonst bei dem Damespiel gegen Poke. Der Schwede konnte sich augenscheinlich nicht auf das Spiel konzentrieren, sondern beobachtete Slade Maverick. Als Rachel Gus' gerunzelte Stirn sah, wurde ihr mit einem Schlag bewußt, daß er Slade als möglichen Konkurrenten um ihre Hand betrachtete. Sie errötete, denn bis zu diesem Augenblick hatte sie keinen Gedanken daran verschwendet, wie andere ihre unfreiwillige Beziehung zu Slade Maverick sehen würden. Es war ihr gar nicht in den Sinn gekommen, daß jemand ihn in der Rolle eines Freiers sehen könnte. Die Vorstellung brachte sie völlig durcheinander, denn sie vermutete, wenn es diesem Mann tatsächlich in den Sinn kam, ihr den Hof zu machen, würde er sich sicher keinen Pfifferling drum scheren, ob er ihren geistigen Vorstellungen gerecht wurde – was nun wirklich nicht der Fall war, wie sie sich heftig einredete –, und er würde sich sicher auch nicht an die Anstandsregeln halten. Bei dem Gedanken stockte Rachel fast der Atem. Sie mußte dafür sorgen, daß sie nie mit ihm allein war. Denn Slade Maverick war trotz seiner guten Erziehung kein Gentleman, sondern gehörte eher zu der Sorte von Rye Crippen. Crippen war einer der hiesigen Taugenichtse, den sie zudem als Viehdieb in Verdacht hatte. Sie durfte trotz ihrer Liebe zu den Beecham-Kindern nicht vergessen, daß ihr Onkel berüchtigt war und möglicherweise sogar ein Preis auf seinen Kopf ausgesetzt war.

Aber irgendwie hatte Rachel Schwierigkeiten, sich daran zu erinnern, als Slades Blick dem ihren begegnete, denn tief in ihrem Innersten mußte sie zugeben, daß er wirklich der bestaussehendste Mann war, den sie je kennengelernt hatte.

»Wo ist Beecham?« fragte er, als er sah, daß sie allein war.

»Er ist weggefahren«, erwiderte Rachel, »wahrscheinlich in die Stadt.«

Slade nickte, als hätte er nichts anderes erwartet.

»Ich werde mich morgen früh darum kümmern«, sagte er ziemlich gelassen.

Aber trotzdem lief ihr eine Gänsehaut über den Rücken, und sie hätte nicht für alles Geld der Welt in Jonathans Schuhen stecken wollen, wenn sein Schwager ihn fand. Um ihre plötzliche Angst nicht zu zeigen, ging sie zu ihrem Schaukelstuhl, setzte sich und nahm ihr Strickzeug auf. Jetzt besann sie sich auch ihrer Manieren und versuchte, sich mit Gus zu unterhalten, der ein weiteres Damespiel abgelehnt hatte. Aber die Konversation schleppte sich nur mühsam dahin, mit langen Schweigepausen, und sie sah wutentbrannt Slades unverhohlenes Grinsen. Sicher amüsierte er sich darüber, wie Gus ihr ungeschickt den Hof machte und wie lustlos sie reagierte. Sie war erleichtert, als Gus einen Blick auf seine Taschenuhr warf und sagte, er müsse sich auf den Weg machen. Sie erhob sich hastig, um ihn hinauszubegleiten und schloß energisch die Tür hinter sich. Aber ein paar Augenblicke später, als Gus ihr die Hand reichte und ihr gute Nacht wünschte (er hatte in all der Zeit, in der er ihr den Hof machte, noch nie den Mut aufgebracht, sie zu küssen), hörte sie die fröhlichen Klänge einer Mundharmonika aus dem Haus und wurde schamrot, denn sie spielte das Lied »Ein Fröschlein ging auf Freiersfüßen.« Da weder ihr Großvater noch Poke das Instrument spielten und die Kinder jetzt schliefen, wußte Rachel, daß Slade der Übeltäter war.

Ich bring' ihn um! dachte sie. Ich schieß' ihn einfach über den Haufen. Wie kann er es wagen?

Glücklicherweise kannte Gus, der aus Schweden stammte, das alte schottische Volkslied nicht. Trotzdem war sie erbost über den Spott des Revolverhelden. Nachdem Gus losgeritten war, marschierte sie ins Haus, fest entschlossen, Slade Maverick den Kopf zu waschen. Aber als sie eintrat, mußte sie wutentbrannt mitansehen, wie ihr Großvater ihr fröhlich zuzwinkerte und Poke übers ganze Gesicht grinste, da der Kerl bei ihrem Erscheinen »Das Reh, das liebt den grünen Wald« anstimmte, wobei er tat, als würde er sie nicht sehen. Die alte englische Weise ließ Rachel wutentbrannt erstarren, denn sie kannte den Text nur allzu gut.

Das Reh, das liebt den grünen Wald
Der Has' den Hügel und den Busch
Der Ritter liebt sein Schwert
Die Dame ihren Willen.

Sie wußte, wie dumm sie dastehen würde, wenn sie jetzt die Predigt hielte, die ihr auf der Zunge lag, also stapfte sie ohne Rücksicht auf ihre Pflichten als Gastgeberin hocherhobenen Hauptes und mit rauschenden Röcken davon und hantierte in der Küche. Schließlich erhob sich Slade, steckte seine Mundharmonika weg und bedankte sich mit ernster Miene für den angenehmen Abend, doch insgeheim lachte er sie wohl aus, und sie hätte ihn am liebsten geohrfeigt. Ihre Wut wurde noch größer, weil Fremont ihren unerwarteten Gast anscheinend so nett fand, daß er ihn einlud, in der Scheune zu übernachten.

»Das ist wirklich sehr nett«, sagte Slade. »Ich glaube, das Angebot nehme ich an.«

»Na fein«, sagte Fremont strahlend, und Rachel hätte ihrem Großvater am liebsten den Hals umgedreht. »Poke wird Ihnen zeigen, wo Sie Ihr Bett machen können, und wir erwarten Sie morgen zum Frühstück.«

Wenn es nach mir ginge, bestimmt nicht! dachte seine Enkelin außer sich vor Zorn.

Aber dann kam ihr plötzlich ein boshafter Gedanke. Sie stellte fest, daß sie ihrem Großvater eigentlich danken müßte für diese wunderbare Gelegenheit, sich an Slade Maverick zu rächen – diesem unverschämten Schurken!

9. Kapitel

Am folgenden Morgen stand Rachel sehr früh auf, damit keiner sie bei ihren Racheplänen beobachten konnte. Anfänglich hatte sie Slade nur ein bißchen für sein Verhalten am Abend vorher bestrafen wollen, aber je heller es draußen wurde, desto komplexer wurde ihr Plan – bis sogar sie leichte Gewissensbisse hatte. Doch die Erinnerung an sein boshaftes Grinsen und das impertinente Harmonikaspiel trieb sie dazu, die Skrupel zu ignorieren, und sie setzte ihre Vorbereitungen fort.

Zuerst mischte sie den Brötchenteig und legte eine kleine Portion beiseite, die für Slade Maverick bestimmt war. Diese knetete und bearbeitete sie gnadenlos, bis sie die Konsistenz von Gummi hatte. Sie formte daraus Brötchen und steckte sie zu den übrigen in den Ofen. Dann schnitt sie Speck und legte ihn in die Pfanne, wo sie vor lauter Aufregung drei der Scheiben auf einer Seite verbrannte. An diesem Punkt ging Rachels Plan mit ihr durch. Sie beschloß, daß die verbrannten Stücke gerade gut genug für Slade waren, und wenn sie schon mal dabei war, konnte sie auch gleich den Rest seines Essens ungenießbar machen. Sie kochte Maisbrei und versalzte ein paar Löffel davon, die sie dann auf eine Seite der Schüssel schob. Sie machte Rühreier und streute genug Pfeffer auf Slades Portion, um einen Jagdhund von der Fährte abzubringen. Sie ging sogar so weit, ein bißchen Essig in etwas Milch zu gießen, damit sie sauer wurde, falls er seinen Kaffee nicht schwarz trank. Dann mahlte sie noch ein paar Kaffeebohnen, damit sie ihm besonders viel Satz in die Tasse tun konnte.

Nachdem Rachel mit allem fertig war, stapelte sie alle Teller an ihrem Ende des Tisches, um dafür sorgen zu können, daß nur der

Revolvermann das verdorbene Essen bekam. Dann rief sie alle zu Tisch.

Sie begrüßte Slade so zuckersüß, daß er, wenn er sie besser gekannt hätte, sicher geahnt hätte, daß etwas nicht in Ordnung war. Aber seine Kenntnisse weiblicher Taktiken beschränkten sich auf Schmollmünder und geschicktes Make-up, Spitzenstrumpfbänder und warme Betten. Er ahnte nicht, welchen Krieg man mit Töpfen, Pfannen, Nudelhölzern und Holzlöffeln führen konnte. Sein Selbstvertrauen in bezug auf Frauen war sogar so groß, daß er glaubte, Rachel würde ihm seine Unverschämtheiten genauso verzeihen wie allen anderen Frauen in seinem Leben.

Er wußte gar nicht mehr, wieso er sie gestern so getriezt hatte, irgendein Teufel mußte ihn da geritten haben. Aber andererseits hatte sie ihn so herablassend behandelt und ihn dermaßen als Narren hingestellt, daß es ihn in den Finger gejuckt hatte, ihr eine Lektion zu verpassen. Und Beecham hatte in einer Sache recht gehabt: Gustave Oxenberg war tatsächlich langsam und zu unbeweglich, um eine blaublütige Stute wie Rachel Wilder zu zähmen. Aus irgendeinem seltsamen Grund hatte sich Slade über die Vorstellung, sie könnte den Schweden tatsächlich heiraten, ungeheuer geärgert. Sie hatte zwar Gus' Avancen nicht ermutigt, aber man konnte ja schließlich nicht erwarten, daß sie ihre Gefühle vor so vielen anderen Leuten zeigte. Dennoch war es ein unerklärlicher Schock für Slade gewesen, feststellen zu müssen, daß sie einen Verehrer hatte, der zudem noch häufiger Gast war und jetzt gemütlich an Rachels Kamin saß. Er hatte der Gelegenheit nicht widerstehen können, ihm Sand ins Getriebe zu streuen.

Dennoch war Slade erstaunt über sich selbst. Schließlich und endlich war es ja nicht so, als wolle er Rachel für sich haben. Nicht einmal ihre körperliche Anziehungskraft oder ihre hausfraulichen Qualitäten konnten wettmachen, daß diese launische Stute eine starke Hand am Zügel und Sporen brauchte. Einem Ehemann würde sie nur Kopfschmerzen bereiten, und er konnte sich nicht vorstellen, wieso irgend jemand sie zur Frau haben wollte.

Aber Gus war ein großer Mann, sogar größer als Slade und etliche Pfund schwerer. Der Schwede brauchte sicher unglaubliche Mengen zu essen, um nicht vom Fleisch zu fallen, und den Gerüchen nach zu schließen war Rachel keine schlechte Köchin. Slade lief das Wasser im Munde zusammen bei dem Gedanken, nach wochenlanger Reise, auf der er sich zumeist von Dörrfleisch ernährt hatte, endlich wieder eine anständige Mahlzeit zu bekommen.

Er setzte sich neben Rachel an den Tisch und mußte über Fremonts ziemlich respektloses Tischgebet grinsen. Dann breitete er die Serviette über seinen Schoß und wartete höflich, aber voller Ungeduld, während Rachel die Teller austeilte. Mit Ausnahme von Rachel selbst wurde Slade als letzter bedient, und er starrte sehnsüchtig seinen Teller an, während sie den Kaffee eingoß und heimlich die gemahlenen Bohnen hineinrührte, die sie extra für diesen Zweck aufgehoben hatte. Er trank seinen Kaffee schwarz, also goß sie die angesäuerte Milch in ein Glas und stellte es neben seinen Teller.

»Ach, du meine Güte, ihr braucht doch nicht auf mich zu warten«, rief sie, als sie sah, daß Slade und die Beecham-Kinder, dem Beispiel ihres Onkels folgend, sie erwartungsvoll anschauten, obwohl Großvater und Poke sich bereits über ihr Essen hergemacht hatten.

Dann füllte sie sich mit unschuldsvoller Miene ihren eigenen Teller, ließ aber dabei Slade nicht aus den Augen. Alle Brötchen waren so weich, daß sie praktisch auseinanderfielen, wenn man sie aufmachte, um sie mit Butter zu bestreichen, Slades dagegen so hart, daß er sie schließlich mit dem Messer auseinandersägen mußte. Rachel hatte allergrößte Mühe, sich das Lachen zu verkneifen ob seines erstaunten Gesichtsausdrucks; er ahnte noch nicht, was sie getan hatte. Nachdem er seine Brötchen mit Butter bestrichen hatte, biß er in ein Stück Speck und merkte erst, als er zu kauen anfing, daß die eine Seite ganz verkohlt war. Es schmeckte total faulig, denn durch das Verbrennen war der Geschmack nach Heuschrecken, die das Schwein gefressen hatte, noch stärker geworden. Ihre Augen funkelten vor Vergnügen, als Slade blaß wurde, weil er gezwungen war, das Stück unzerkaut hinunterzuschlucken. Sie hätte fast laut losgelacht, als er mißtrauisch in seinen Eiern herumstocherte, und nachdem sie ganz normal aussahen, eine große Gabel voll in den Mund steckte und fast an dem Pfeffer erstickte, den sie darüber gestreut hatte. Alle starrten ihn an, nur nicht Rachel, die verzweifelt versuchte, nicht laut loszulachen.

»Hab'... was – was in die falsche Kehle gekriegt«, keuchte Slade Maverick mit tränenden Augen.

Er griff hastig nach seinem Kaffee und trank die Tasse mit zwei Schlucken aus; erst jetzt entdeckt er, daß er voller Satz war, und begriff, wie übel Rachel ihm mitgespielt hatte, obwohl er nicht verstand, wie sie es bewerkstelligt hatte, nachdem sie allen aus denselben Schüsseln und Platten serviert hatte und mit deren Frühstück offensichtlich alles in Ordnung war.

Sie aßen sogar alle mit größtem Appetit, wie Slade mißmutig feststellen mußte. Ihm war ganz schlecht bei dem Gedanken, welch gute Mahlzeit er da verpaßte – ganz zu schweigen davon, wie sein Magen knurrte. Wer hatte noch gesagt: »Reize nie ein Weib«? Das mußte er nun heute am eigenen Leib erfahren. Er wünschte jetzt von Herzen, er hätte Rachel nie mit seinem Harmonikaspiel geneckt, denn ihre Rache war dazu angetan, ihn zu vergiften.

Plötzlich erinnerte er sich an Beechams Bezichtigungen, sie wäre ein verrückter Weibsteufel und würde alle möglichen giftigen Tränklein brauen. Du lieber Himmel, dachte Slade, hatte sie ihn womöglich tatsächlich vergiftet? Sie hatte ja schließlich und endlich auch versucht, Beecham mit dem Gewehr zu töten, oder etwa nicht? Er musterte sie mißtrauisch. Nein, sicherlich nicht. Seine Brötchen mochten wohl steinhart sein und der Speck verkohlt, aber die Eier waren nur mit gutem, altem Pfeffer versetzt gewesen und Kaffeesatz war auch nicht giftig. Er sah, daß ihre Mundwinkel zuckten und merkte erbost, daß sie ihn auslachte.

Dieses verdammte Luder! Der würde er es zeigen! Sie würde ihn nicht unterkriegen! Er stand energisch auf, dann ging er wortlos zum Waschbecken, spülte seine Tasse aus und goß sich noch Kaffee ein. Rachel wollte er das nicht ein zweites Mal anvertrauen. Dann setzte er sich wieder an seinen Platz und zwang sich, das widerliche Zeug zu essen. Er würgte mühsam den total versalzenen Maisbrei hinunter und hätte sich fast einen Zahn an den steinharten Brötchen ausgebissen, mit denen der Süden sicher den Krieg gewonnen hätte, hätten sie als Munition gedient. Aber Slade schaffte es irgendwie, das Essen hinunterzukriegen und zwang sich zum Schluß sogar, noch die sauere Milch zu trinken, aber das gab ihm schließlich den Rest. Sein Magen rebellierte, und er merkte, daß er sich übergeben mußte. Rachel wild verfluchend, sprang er vom Tisch auf, lief nach draußen, stützte sich gegen die Wand und würgte das ganze widerliche Frühstück heraus.

Zu allem Übel hörte Slade, während er sich erbrach, wie Rachel im Haus frech »Ein Fröschlein ging auf Freiersfüßen« summte.

Ich bring' sie um! dachte er Ich erwürg' sie mit bloßen Händen! Gott steh' mir bei... ich tu's wirklich.

Mit diesem Ziel vor Augen marschierte er zum Brunnen, um sich das Gesicht zu waschen und den Mund zu spülen. Das Wasser war eiskalt, was seinen Zorn noch mehr anstachelte. Triefend naß, mit einem Ausdruck im Gesicht, vor dem schon mancher Mann erbleicht war, schritt Slade auf das Haus zu, wild entschlossen, Rachel Wilder ihren schlanken Hals umzudrehen.

10. Kapitel

Vom Fenster aus sah Rachel ihn kommen, und nie zuvor in ihrem Leben hatte sie vor etwas solche Angst gehabt wie vor diesem tobsüchtigen Revolvermann, der auf das Haus zuschritt. Ihre Knie wurden weich und ihre Hände eiskalt. Gütiger Himmel! Sie fragte sich voller Panik, was er ihr wohl antun würde – und warum sie daran nicht gedacht hatte, als sie ihre Rache geplant hatte. Er würde sie sicher zumindest anbrüllen. Vielleicht würde er sogar so weit gehen, sie zu erschlagen. Er war schließlich ein Revolverschwinger, kein Gentleman – und sie war ganz alleine, nur mit einer Handvoll Kinder zu ihrem Schutz, da ihr Großvater und Poke bereits ausgeritten waren. Oh, sie mußte den Verstand verloren haben, Slade Maverick so ein Frühstück vorzusetzen!

Wie ein gehetztes Tier sah Rachel sich nach einem Versteck um, aber sie fand keines. Sie war normalerweise kein Feigling, aber unter den gegebenen Umständen schien Vorsicht angebracht. Sie beschloß, in die Scheune zu rennen und zu versuchen, mit ihrer Stute wegzugaloppieren, ehe der Kerl sie einholen konnte.

»Komm zurück, du boshaftes Weib!« brüllte Slade, als er sie sah. »Komm zurück, verdammt noch mal! Ich werde dir deine Hexentricks austreiben!«

Rachel ignorierte ihn und lief noch schneller, als sie das Klirren seiner Sporen dicht hinter sich hörte. In Sekundenschnelle hatte sie das Scheunentor hinter sich zugeknallt. Aber noch ehe sie bei ihrer Stute angelangt war, hatte Slade das Tor so heftig wieder aufgerissen, daß es gegen die Holzwand knallte. Im gelben Licht der Frühlingssonne kam er Rachel vor wie ein Racheengel, wie er da im Türrahmen stand.

Rachel sah, daß sie Sunflower nicht rechtzeitig aus dem Stall bekommen würde, und hastete mit pochendem Herzen die Leiter zum Heuboden hoch. Dann versuchte sie, auf Händen und Knien die Leiter hochzuziehen, aber zu ihrem Entsetzen erklomm Slade bereits die ersten Sprossen, und er war so schwer, daß sie ihn nicht abschütteln konnte. Sie versuchte sogar, die Leiter vom Heuboden wegzustoßen, aber die Leiter schwankte nur kurz und fiel dann wieder gegen die Kante des Heubodens.

Jetzt packte Rachel einen Heuballen, der in der Nähe lag, und stieß ihn mit aller Kraft über den Rand des Bodens. Zu ihrer Erleichterung traf der Ballen Slade Maverick völlig unvorbereitet direkt auf den Kopf. Der Schwung warf ihn von der Leiter, und er fiel zu Boden. Rachel schaute gar nicht nach, ob er verletzt war, sondern packte sofort die Leiter und begann, sie hochzuziehen. Slade rappelte sich mühsam, laut fluchend und seinen Kopf haltend, hoch und warf sich auf die langsam verschwindende Leiter. Er bekam die unterste Sprosse zu fassen, und ein heftiges Tauziehen um den Besitz der Leiter begann.

»Warte, wenn ich dich in die Finger kriege!« fauchte er Rachel mit zusammengebissenen Zähnen an, und seine Augen funkelten vor lauter Wut wie Saphire. »Es wird dir leid tun, daß du auch nur daran gedacht hast, mich zu vergiften, du boshaftes Luder!«

Genau das hatte Rachel befürchtet, und sie zog noch verbissener an der Leiter. Doch trotz aller Angst versetzten sie die Drohungen des Kerls in Rage, und sie konnte sich nicht verkneifen, in verächtlichem Ton zu sagen: »Ich hab' Sie nicht vergiftet, sonst wären Sie nämlich am Tisch tot umgefallen. Ich hab' nur Ihr blödes Frühstück ungenießbar gemacht – und sagen Sie ja nicht, das hätten Sie nicht verdient, nach ihrem Harmonikaspiel gestern abend, Sie unhöflicher Schuft!«

»Verzeihen Sie mir, Ma'am«, sagte Slade sarkastisch. »Ich hab' nur versucht, Ihnen und dem alten Ox auf die Sprünge zu helfen. Ich fand, Ihr Freier könnte ein bißchen Ermunterung gebrauchen. Ich will zwar nicht prahlen, aber auf dem Gebiet habe ich beachtliche Erfahrung. Aber ich hätte ja wissen müssen, daß ich nicht mehr Dank von Ihnen zu erwarten habe für die kleine Serenade zur Unterstützung einer der trübsinnigsten Romanzen, derer ich je Zeuge wurde!«

»Oh-o-oh!« stotterte Rachel wutentbrannt.

Sie war so wütend, daß sie aus Versehen die Leiter losließ. Slade nutzte die Gelegenheit und riß sie zu Boden. Wie der Blitz kletterte er die Sprossen hoch. Rachel versuchte noch einmal, ihn hinabzustoßen, und als es ihr wieder nicht gelang, begann sie, ihn mit Heuhaufen zu bombardieren. Er hielt sich einen Arm schützend über den Kopf und stieg entschlossen und bei jedem Treffer laut fluchend weiter.

Rachel quiekte vor Angst, als sein Kopf trotz ihrer Bemühungen über den Rand hochkam, und er auf den Heuboden stieg. Sie wollte wegrennen, aber Slade warf sich auf sie und bekam eine ihrer schlanken Fesseln zu fassen.

»Erwischt!« schrie er triumphierend, als sie kopfüber auf den heubedeckten Boden fiel.

»Laß mich los, verdammt noch mal! Laß mich los!« schrie Rachel und versuchte, sich strampelnd und um sich schlagend loszureißen. »Laß mich los, du brutaler Kerl!«

Sie versuchte, sich festzukrallen, aber Slade zerrte sie gnadenlos an sich und warf sie dann geschickt wie ein Rodeoreiter, der ein Kalb einfängt, auf den Rücken und kniete sich über sie. Rachel kämpfte wie ein Tiger, mit Krallen und Zähnen – aber vergeblich. Gegen seine Kraft hatte sie keine Chance. Nach kurzem Geplänkel hatte er sie an den Handgelenken gepackt und hielt ihr die Arme über dem Kopf fest.

»So... Miss... Wilder«, keuchte er, und seine leise Stimme jagte ihr vor Angst und einem anderen undefinierbaren Gefühl eine Gänsehaut über den Rücken »ich habe ein Hühnchen mit dir zu rupfen.«

Eigentlich hatte Slade ihr ursprünglich eine kräftige Abreibung verpassen wollen, aber jetzt verflog sein Zorn allmählich, vertrieben von einem anderen – stärkeren Gefühl. Er holte tief Luft und sah Rachel plötzlich mit völlig anderen Augen.

Während des Geplänkels hatte sich ihr Haar aus dem Knoten gelöst. Jetzt sah Slade erst, wie lang und wie dicht es war, wie ein Wasserfall aus weicher, schimmernder Seide. Es hing ihr bis auf die Knie, umschlang sie, umrahmte ihr freches, herzförmiges Gesicht wie ein blattvergoldeter Rahmen ein Porträt. Und in diesem Augenblick war sie für ihn ein Porträt, reglos, stumm, mit weitaufgerissenen minzgrünen Augen, erschrocken, die schmalen Wangen hochrot und den feuchten Mund leicht geöffnet. Nur ihre Brüste bewegten sich durch ihren heftigen Atem, so als könne er ihren Herzschlag schnell und leicht unter ihrer Corsage sehen. Trotz der kühlen Morgenluft glänzte von ihrem Kampf ein dünner Schweißfilm auf ihrem Gesicht, und ihre Haut strömte den Duft von Seife und Flieder aus, der Slade an den kommenden Frühling erinnerte. Plötzlich erschien vor seinem inneren Auge ungebeten ein Bild von Rachel, wie sie barfuß über die blühenden Gräser und Blumen der Prärie lief, wie ihr Haar sich im Wind bauschte und der Mund sich zum Lachen öffnete.

Und seltsamerweise kam ihm der Gedanke, daß er sie gerne so sehen würde, wild und frei wie ein Reh, unbelastet von alltäglichen Sorgen. Das Heartland verlangte zuviel von seinen Frauen, dachte er. Es hatte India getötet. Und die Vorstellung, daß Rachel auch unterliegen könnte, beunruhigte Slade, angesichts des jungen, lebendigen Körpers, der da unter ihm zitterte.

Er murmelte etwas – einen Fluch, dachte Rachel, doch sie war sich nicht sicher, denn er hatte französisch gesprochen, was sie nicht verstand. Sie sah nur, daß plötzlich ein Schatten sein schönes Gesicht verdüsterte.

Sie war wie hypnotisiert von seinen Augen, wie ein kleines Beutetier, wenn das Raubtier zum Sprung ansetzt. Sie konnte ihren Blick nicht von seinem lösen. Nie zuvor war sie einem Mann so nahe gewesen. Sie spürte seinen langen, sehnig harten Körper auf dem ihren, und trotz ihrer Angst und der Demütigung, so hilflos unter ihm im Heu gefangen zu sein, mußte sie zugeben, daß es kein unangenehmes Gefühl war. Ihr ganzer Körper kribbelte, denn seiner war warm, viel wärmer als ihrer. Die Hitze strömte in Wellen von ihm aus, wie von einem langsamen Feuer – ein typisch maskuliner Zug.

Ohne jede Warnung erschien vor Rachels innerem Auge plötzlich ihr kaltes Bett im Blockhaus, in dem sie jede Nacht lag, und tief in ihrem Innern wußte sie plötzlich, wieviel weniger kalt es wäre, wenn sie es mit diesem Mann teilen würde. Sie errötete, denn Damen hegten keine solchen Gedanken. Trotzdem konnte sie nicht aufhören, daran zu denken. Sie hatte das Gefühl, in den dunkelblauen Teichen von Slades Augen zu ertrinken, und meinte, jetzt gleich ein letztes Mal unterzutauchen und danach nie wieder dieselbe Frau zu sein.

Jetzt sah Rachel auch einige Dinge, die sie vorher nicht bemerkt hatte, weil sie viel zu sehr damit beschäftigt gewesen war, ihm das Frühstück zu verderben. Irgendwann gestern abend oder heute früh hatte er sich den Bart abrasiert und nur seinen schwarzen Schnurrbart stehenlassen, der weich und dicht seinen sinnlichen Mund umrahmte. Er hatte auch gebadet und roch nach Seife und Kuskusgras und nach dem Heu auf dem Boden – über den sich jetzt eine fast greifbare Stille gelegt hatte, die nur von ihrer beider hektischem Atem durchbrochen wurde, der sich wie die Lippen Liebender zu weißen Wölkchen in der frostigen Morgenluft vereinte.

Durch die Ritzen im Dach strömte das Morgenlicht herein und hüllte sie beide in einen Nebel von Sonnenstrahlen und Staubflokken, während um sie herum die ganze Scheune im Schatten lag. Es war, als stünde die Zeit still, und als gäbe es nur noch sie beide, sie beide ganz allein – einen Mann und eine Frau. Die Luft knisterte vor Spannung, als würde die geladene Atmosphäre jeden Augenblick explodieren und etwas Kühnes, Wildes, Berauschendes freigesetzt werden, was nicht zu bändigen war. Der Gedanke ließ Rachel erzittern, und am liebsten wäre sie davongelaufen und hätte sich versteckt, aber Slade weigerte sich, sie loszulassen.

Statt dessen sagte er zu ihrer beider Überraschung plötzlich barsch: »Werden Sie Ox Oxenberg heiraten?«

»Ich glaube, das geht Sie überhaupt nichts an«, erwiderte sie hochnäsig, sobald sie sich von dem Schock dieser Frage erholt hatte.

»Miss Wilder, alles, was Sie tun, geht mich etwas an, wenn Sie meine Nichten und Neffen versorgen«, sagte er knapp, »und ich kann mir nicht vorstellen, daß Ihre Hochzeitspläne mit dem Schweden den Bau eines Zimmers an seinem Haus für acht mutterlose Kinder einschließen.«

»Nein, das kann ich mir nicht vorstellen, selbst wenn ich solche Pläne hätte, was aber nicht der Fall ist«, sagte sie. Es wollte ihr nicht gelingen, ihren Blick von ihm abzuwenden, und seine Nähe ließ ihr Herz noch mehr rasen.

»Was ist denn los?« fragte er giftig. »Ich dachte, Ox macht Ihnen schon seit Monaten den Hof? Kommt er bloß her, um sich vollzustopfen, oder läßt er sich einfach nur reichlich Zeit, bis er um Ihre Hand anhält? Mein Gott! Wenn dem so ist, möchte ich wetten, er hat Sie noch nie geküßt... oder etwa doch?«

»Mr. Maverick!« protestierte Rachel, aber Slade unterbrach sie einfach und grinste dabei übers ganze Gesicht.

»Aha! Er hat noch nicht, stimmt's? Worauf wartet er denn? Auf eine schriftliche Einladung? Großer Gott, der ist ja ein noch größerer Narr, als ich dachte – eine Schande für das männliche Geschlecht. Gott sei Dank sind ein paar von uns nicht so dumm. Mir könnte das nie passieren, daß ich stotternd um eine widerspenstige Frau herumscharwenzle und darauf warte, daß sie mich bittet, sie zu küssen!«

»Sicher nicht, weil ich mir nicht vorstellen kann, daß irgendeine Frau – widerspenstig oder nicht – Sie darum bitten würde!« konterte Rachel zynisch, ihre Wut ließ sie ihre Angst für den Augenblick vergessen.

»Also das, Miss Wilder, war wirklich eine sehr unkluge Bemerkung – besonders für eine Frau in Ihrer augenblicklichen Lage«, sagte Slade spöttisch und musterte unverschämt ihren gefangenen Körper. »Ich wollte Ihnen eigentlich nur eine gehörige Tracht Prügel für das Frühstück verpassen, aber diese letzte Spitze hat mich bei meiner Männerehre getroffen und jetzt, fürchte ich, muß ich auf entsprechende Befriedigung bestehen – mit oder ohne Einladung.«

»Also Sie – unterstehen Sie sich bloß nicht!« stotterte Rachel und errötete bis in die Haarwurzeln, als ihr klar wurde, daß er sie küssen wollte.

»Darauf würde ich an Ihrer Stelle nicht wetten«, sagte er mit boshaft funkelnden Augen, als er trotz ihres Wutgeschreis und ihrer heftigen Gegenwehr ihr Kinn mit der freien Hand packte und zu sich hob. »Nur Mut, Miss Wilder, willig oder nicht, jetzt werden Sie geküßt.«

Dann verdüsterte sich sein Blick, daß Rachel der Atem stockte, und er küßte sie wild und grausam. Er küßte sie so hart, daß die zarte Haut ihrer Unterlippe riß, und sie plötzlich Blut schmeckte, kupfrig, bittersüß, während sie sich verzweifelt wehrte. Nie zuvor hatte ein Mann sie geküßt – zumindest nicht so –, und sie hätte sich nie träumen lassen, daß es ein so erschütterndes Erlebnis sein würde, das Gefühle in ihr weckte, von deren Existenz sie nichts geahnt hatte. Diese Gefühle verunsicherten sie nicht nur und machten ihr angst, sondern erregten sie auch unerklärlicherweise so sehr, daß sie keinen klaren Gedanken mehr fassen konnte. Irgendwie hatte sie nicht damit gerechnet, daß Slades Mund so heiß und so hungrig sein könnte, seine Zunge so geschickt und verführerisch die Konturen ihren Lippen nachziehen würde, ehe er sie grob zwang, sie zu öffnen. Und nie hätte sie sich träumen lassen, daß seine Zunge so frech und unverschämt die geheimsten Stellen ihres Mundes erobern und ihr das Gefühl geben würde, in ein Wechselbad von Fieber und Schüttelfrost geraten zu sein.

Verwirrt und verängstigt von ihrer eigenen Reaktion, wehrte sie sich weiter heftig gegen Mund und Zunge Slade Mavericks, aber ihre Bemühungen waren vergeblich. Er hielt sie gnadenlos an

Kinn und Hals fest, bis sie schließlich ruhig in seinen Armen lag, benommen und außer Atem von diesem Angriff auf ihre Sinne. Slade küßte sie jetzt etwas sanfter, genoß das unwillkürliche Wimmern, als sie zu ihrem Entsetzen und ihrer Schande feststellte, daß sie seine Küsse erwiderte.

Gott, schmeckt die gut! dachte er. Er hatte bis zu diesem Augenblick nicht geahnt, wie gut sie schmecken würde – oder wie sehr er sich danach gesehnt hatte, diesen Mund zu besitzen, ihm eine süßere Sprache als die übliche beizubringen. Ihre Lippen waren weich und zitterten unter seinen, und er spürte, wie die Lust seine Lenden durchströmte.

Jetzt wußte Slade, daß er sich in bezug auf sein Interesse an Rachel Wilder etwas vorgemacht hatte. Er begehrte sie tatsächlich. Es juckte ihn in den Fingern, ihr diesen kühlen Lack abzureißen und herauszufinden, was daruntersteckte. Er wußte, daß er, wenn er könnte, sie sofort jetzt und hier auf dem Heuboden nehmen würde. Der Gedanke steigerte seine Erregung noch mehr, und wieder bemächtigte er sich ihres Mundes. Ermutigt von der stummen Duldung seiner Avancen, glitt seine freie Hand an ihrem Hals hinunter und umschloß eine ihrer Brüste unter dem Stoff ihres Kleides.

Rachel keuchte, ihre Angst war neu entflammt bei dieser intimen Berührung. Sie wollte tausend Tode sterben, denn trotz der Demütigung seiner Berührung, die kein Gentleman gewagt hätte, erwachte bei seiner Berührung etwas in ihr zum Leben, etwas Unbekanntes, das bis dahin in ihr geschlummert hatte. Es bäumte sich auf, wunderschön in seiner Bedrohlichkeit, wie eine Klapperschlange, die zum giftigen Biß ansetzt und genauso tödlich, wie sie irgendwie ahnte. Dennoch sehnte sich ein dunkler, verräterischer Teil von ihr danach, die Fänge auf ihrer Haut zu spüren. Bei dem Gedanken hallte ein leises leidenschaftliches Stöhnen durch die Scheune, und sie registrierte vage, daß dieses Geräusch aus ihrem Hals kam.

Unter Slades geschickten Fingern versteifte sich ihre Brustwarze, drängte sich gegen den Stoff ihrer Corsage, und Wogen des Entzückens, wie sie sie noch nie empfunden hatte, strömten von ihr aus. Der Schock war so groß, daß Rachel sich aufbäumte vor lauter Angst über das, was in ihr passierte, vor Angst, wohin das führen würde – oder noch schlimmer, wohin es nicht führen würde. Denn Slade Maverick war kein Mann zum Heiraten, selbst wenn es ihm gelänge, den Preis zu ergattern, der rechtmäßig ihrem Ehemann zustand.

Dieser ernüchternde Gedanke traf Rachel wie ein kalter Wasserguß und brachte sie wieder zu Sinnen. Mein Gott, was war nur in sie gefahren, diesem Mann, den sie erst zwei Tage kannte, solche Freiheiten zu gestatten? Wenn das so weiterging, würde er in kürzester Zeit die Röcke über die Schenkel hochgeschoben haben – wie bei einer gewöhnlichen Hure, mit der er sich im Heu vergnügte! Was in aller Welt war nur los mit ihr? Sie mußte verrückt gewesen sein, als sie ihm erlaubte, sie zu küssen, zu berühren und es auch tatsächlich noch genossen hatte – denn das hatte sie, Gott steh' ihr bei, tatsächlich! Sie war ehrlich genug, sich das einzugestehen, auch wenn es beschämend für sie war.

Entsetzt von ihrem Verhalten, begann Rachel, sich wieder ernsthaft zu wehren.

»Wehr dich nicht, Schätzchen«, murmelte Slade mit rauchiger Stimme. »Kämpf nicht gegen mich an. Ich weiß, daß du eine temperamentvolle Stute bist, aber ich hab' eine sanfte Hand am Zügel, wenn ich will. Laß es dir zeigen…«

Seine Lippen bemächtigten sich erneut der ihren und ließen ihre Proteste und Bitten verstummen. Worauf Rachel, die sich nicht mehr anders zu helfen wußte, so fest sie konnte in seine Unterlippe biß und hocherfreut das Blut kostete, daß aus der Wunde, die sie ihm zugefügt hatte, spritzte. Erschrocken ließ Slade sie mit einem Schmerzensschrei los und setzte sich auf. Er griff mit einer Hand an seine Lippe und fluchte, als er seine blutverschmierten Finger sah.

»Hexe!« zischte er leise, und seine Augen funkelten angesichts ihrer zerzausten Haare voller Heu, ihres blassen, verängstigten

Gesichtes, der großen grünen Augen und ihres von den Küssen geschwollenen Mundes und ihrer bebenden Brüste.

Jetzt sah sie gar nicht mehr so prüde aus, die brave Miss Wilder, dachte er befriedigt, sondern eher wie eine leidenschaftliche, sehr vielversprechende Frau. Ihr Anblick erregte ihn so, daß Slade größte Mühe hatte, sich nicht einfach auf sie zu stürzen und sie brutal zu nehmen. Er hätte es fast getan, dachte er betreten, wenn sie ihm nicht fast die Lippe entzweigebissen hätte! Er mußte den Verstand verloren haben! Jungfräuliche Zankteufel waren so gar nicht sein Fall, und Vergewaltigung gehörte auch nicht zu seinen Verführungsmethoden.

»Miss Wilder...«, begann Slade und streckte ihr eine Hand entgegen, um ihr aufzuhelfen.

Sie aber mißdeutete seine Absicht, setzte sich auf und verpaßte ihm eine schallende Ohrfeige. Dann schob sie ihn, der ganz benommen war von dem Schlag, mit aller Kraft von sich weg. Slade war so überrascht, daß er zur Seite fiel und versuchte, sich an Rachel festzuhalten, um das Gleichgewicht wiederzufinden. Sie rollten quer über den Heuboden, und nachdem sie unglücklicherweise dem Rand ziemlich nahe waren, ließ sie der Schwung über die Kante rollen, und sie stürzten gemeinsam auf den Boden der Scheune.

Glücklicherweise waren ein paar von den Heuballen, mit denen Rachel Slade vorher bombardiert hatte, aufgegangen und bremsten ihren Fall, so daß keiner von beiden ernsthaft verletzt wurde. Slade hatte das meiste abbekommen und sich einen Muskel im Bein gezerrt, während Rachel sich das Gesäß so geprellt hatte, daß sie sicher war, sie würde mindestens eine Woche nicht sitzen können. Beide erhoben sich stöhnend und starrten einander grimmig an.

»Verfluchtes, närrisches Frauenzimmer!« knurrte Slade. »Ein Wunder, daß ich mir nicht den Hals gebrochen habe! Ich kann kaum laufen!«

»Und was ist mit meinem – meinem... Gesäß?« stotterte Rachel wutentbrannt. »Wie soll ich denn so reiten? Ich habe eine Farm und acht Kinder zu versorgen – oder haben Sie das vergessen, Mr. Maverick?«

»Slade«, sagte er energisch und mußte grinsen, weil sie immer noch die Etikette wahrte, obwohl er sie vorhin höchst unziemlich berührt hatte. »Mein Name ist Slade. Nach heute morgen können wir, glaube ich, die Förmlichkeiten beiseite lassen, meinst du nicht auch, Rachel?«

»Nun... äh... j-j-ja, ich – ich denke schon«, stimmte sie zu und lief puterrot an, als ihre Augen heimlich, unaufhaltsam, zu seinem Mund wanderten und sie sich an seine Berührung erinnerte und den Geschmack seines Blutes auf ihrer Zunge. »Es – es tut mir leid, daß ich dich gebissen und geschlagen habe«, gestand sie reumütig.

»Und mir tut es leid, daß ich dich in eine Lage gebracht habe, die es notwendig machte, daß du es tust«, erwiderte er. »Normalerweise zwinge ich mich nicht... äh... unwilligen Frauen auf. Ich habe mich wohl... äh... einfach vergessen.« Er unterbrach kurz, dann fuhr er fort. »Schau, Rachel. Ich glaube, wir haben von Anfang an alles falsch angefaßt, und ich glaube – wenigstens um der Kinder willen sollten wir von vorne anfangen und versuchen, uns so gut wie möglich zu vertragen. Was sagst du? Sind wir Freunde?«

»Gut«, sagte sie langsam, dann fügte sie bissig hinzu: »Vorausgesetzt natürlich, daß du – mich nie wieder küßt!«

»So schlimm, was?« Slade zog spöttisch eine Augenbraue hoch und grinste betreten.

»Dein Schnurrbart hat gekitzelt!« sagte Rachel, ehe sie es sich überlegen konnte.

Dann merkte sie beschämt, daß sich das anhörte, als habe sie seine Küsse ansonsten genossen; sie drehte sich auf dem Absatz um und rannte aus der Scheune. Slade starrte ihr nachdenklich nach, strich sich über den Bart und grinste wie ein Mann, der gerade die beste Stute im Korral eingefangen hat.

11. Kapitel

Bei ihrer Rückkehr in das Blockhaus sah sich Rachel acht Paaren großer, runder Augen gegenüber, von denen sieben sie voller Angst und Ehrfurcht anstarrten.

Die Beecham-Kinder waren durch ihr hartes Leben alle gescheit und anpassungsfähig und hatten ihren Onkel sofort richtig eingeschätzt. Sie waren zu dem Schluß gekommen, daß die beste Möglichkeit, seine Vormundschaft zu überstehen, die war, ihm einfach nicht in die Quere zu geraten. Also waren sie überzeugt gewesen, daß Rachel die Scheune nicht gesund verlassen würde, als sie gesehen hatten, wie er schreiend und fluchend hinter ihr hergelaufen war, obwohl sie den Grund für seine Wut nicht kannten.

Nachdem sie unter sich beraten hatten, was zu tun war, hatten sie beschlossen, einfach abzuwarten. Das hatte ihre Angst um Rachel natürlich nicht verringert, und jetzt waren sie unglaublich erleichtert, sie zwar etwas mitgenommen, aber offensichtlich unverletzt wiederzusehen. In ihrer Wertschätzung war sie ungeheuer gestiegen, da sie eine Schlacht mit ihrem Onkel Slade praktisch unbeschadet überstanden hatte, und sie betrachteten sie mit neuem Respekt und fragten sich, ob sie wirklich der Weibsteufel war, als den ihr Vater sie immer bezeichnete.

»Was steht ihr denn hier herum und starrt mich an?« fragte Rachel zornig, um nicht zu zeigen, daß sie fürchtete, sie könnten etwas von ihrem schändlichen Verhalten in der Scheune wissen. »Ist mir noch ein Kopf gewachsen, oder was?«

»Nein, Ma'am«, sagten die älteren Kinder im Chor. Ihr Ton verriet, daß es nicht ratsam war, sie zu fragen, was passiert war.

Nur die kleine Naomi, die für ihre zwei Jahre äußerst gescheit war und deshalb auch sehr altklug und neugierig, wagte die Frage zu stellen, die alle am meisten beschäftigte.

»Hat Onkel Slade dich vertrimmt, Tante Rachel?« fragte sie unschuldig. »Bist du deswegen so böse?«

»Natürlich nicht! Also wirklich...«

»Heiliger Strohsack«, unterbrach sie Naomi aufgeregt, »meinst du damit, du hast ihn vertrimmt, Tante Rachel?«

»Ach du lieber Himmel! Natürlich nicht!« erwiderte Rachel entnervt. »Du hast vielleicht Ideen! Aber ich werde gleich eine gewisse impertinente kleine Lady vertrimmen, wenn sie nicht aufhört, so alberne Fragen zu stellen.«

»Bin ich wirklich impertinent, Tante Rachel?« fragte Naomi niedergeschlagen, da das offensichtlich keine erstrebenswerte Eigenschaft war.

»Ja, das bist du.«

»Oh«, Naomi überlegte kurz. Dann sagte sie in aller Unschuld: »Ich wette, Onkel Slade ist auch impertinent, deswegen bist du so böse.«

Rachel holte tief Luft, zählte stumm bis zehn und überlegte, wie wohl in Kansas das Erwürgen einer Zweijährigen bestraft würde.

»Naomi...«, begann sie.

»Ja, Tante Rachel?«

»Kein... Wort... mehr.«

»Ja, Ma'am.«

»Und was den Rest von euch betrifft«, Rachel sah sich streng im Zimmer um, »hört sofort mit dem blöden Grinsen auf! Ihr – Gideon, Caleb und Philip – ihr geht nach draußen und fragt euren Onkel, ob er heute eine Hilfe braucht. Vielleicht braucht er euch drüben im Haus. Und du, Eve, finde raus, ob er und Jonathan etwas zu essen mitnehmen wollen, oder ob sie zum Essen zurückkommen. Susannah und Naomi, ihr räumt den Tisch ab, und du, Andrew, holst einen Eimer Wasser aus dem Brunnen und setzt ihn zum Kochen auf, damit wir das Geschirr waschen können.«

Nachdem die Kinder gegangen waren, um zu tun, was sie ihnen

aufgetragen hatte, stieg Rachel die Leiter zu dem schmalen, langen Heuboden hoch, der ihren Eltern als Schlafzimmer gedient hatte und jetzt ihr Sanktum in dem Blockhaus war, das nur zwei Zimmer hatte. Nachdem sie den Vorhang, der ihr ein bißchen Privatsphäre gab, zugezogen hatte, ging sie gebückt zum Bett, um nicht an der Decke anzustoßen. Sie setzte sich auf die Federmatratze mit der fröhlichen Patchworkdecke gegenüber dem Toilettentisch, der einmal ihrer Mutter gehört hatte und jetzt zwischen die Dachsparren eingeklemmt war. Der Hocker fehlte – er hatte die Reise ihrer Eltern von den Appalachen in Pennsylvania nach Kansas nicht überstanden –, und der Spiegel war fast blind und hatte einen Sprung; trotzdem war der Toilettentisch eines von Rachels wertvollsten Besitztümern.

Über die Platte hatte sie ein hübsches Spitzentuch gelegt, das sie mühsam bestickt hatte, und darauf hatte sie ihre wenigen Habseligkeiten ausgebreitet: den Silberspiegel ihrer Mutter, dazu die passende Bürste und den Kamm, ihr eigenes kleines Schmuckkästchen aus Silber (in dem sie ihre Haarnadeln, ein paar schöne Schildpattkämme, ein graviertes Goldmedaillon mit einem Bild ihrer Eltern und je einer Locke von ihnen sowie den schlichten, goldenen Ehering ihrer Mutter aufbewahrte), ein grünes Flakon mit Fliederessenz, die Rachel selbst destilliert hatte, ein sorgsam gehütetes Stück feine, gekaufte Seife, die sie nur zu speziellen Gelegenheiten benutzte, und die drei Lieblingsbücher ihres Vaters – die Bibel, Platos *Republik* und ein Wörterbuch.

Rachel musterte nachdenklich ihr Gesicht im Spiegel, mit einer Hand am Mund. Unbewußt fuhr sie die Konturen ihres Mundes nach, wie Slade es mit seiner Zunge getan hatte. Irgendwie hatte sie erwartet, seine heftigen Küsse hätten sie verändert, aber dem war nicht so. Nur ihr Haar war das reinste Rattennest, und ihr Mund war ungewöhnlich rot und verschwollen. Wie konnte das nur sein? fragte sie sich. Aber sie hatte sich doch verändert und sie spürte, daß sie nie wieder die Frau sein würde, die sie vor den Küssen Slade Mavericks gewesen war. Selbst jetzt noch hatte sie tief in ihrem Inneren die seltsamsten Gefühle, eine unbeschreibliche Sehnsucht, einen Schmerz, den sie nie zuvor empfunden hatte. Was war das? Sie wußte es nicht. Sie wußte nur, daß sie etwas wollte, was sie nie zuvor gewollt hatte.

Langsam wanderte ihre Hand ihren Hals entlang, auf dem sich bereits leichte blaue Flecke zeigten, bis hinunter zu der Brust, die Slade berührt hatte. Unbewußt ahmte sie seine Berührung nach, strich leicht wie eine Feder mit der Handfläche über ihre Brustwarze. Sie regte sich sofort und wurde hart, und dieselben Wellen des Entzückens strahlten von diesem Herd aus wie in der Scheune, so heftig, daß Rachel fürchtete, die Besinnung zu verlieren. Hochrot vor Scham riß sie ihre Hand weg. Was war nur in sie gefahren, so etwas zu tun? An allem war natürlich dieser Mann schuld – dieser verdorbene Revolvermann! Hatte sie sich nicht vorgenommen, nie mit ihm allein zu sein?

Zitternd packte Rachel ihre Haarbürste und fing an, sich grob die Haare zu striegeln. Sie riß so fest an den zerzausten Locken, daß ihr die Tränen in die Augen stiegen. Nachdem sie das Haar ausgekämmt und alles Heu entfernt hatte, wand sie es zu einem Knoten, den sie mit Nadeln aus ihrem Schmuckkästchen feststeckte. Hoffentlich würden sie reichen. Sie mußte die anderen später in der Scheune suchen. Sie kosteten Geld, und sie konnte es sich nicht leisten, neue zu kaufen. Ihr Verlust war ein weiterer Punkt, den sie Slade zu seinen Ungunsten ankreiden würde.

Nachdem sie mit Frisieren fertig war, rückte sie den gerüschten Kragen ihres Kleides zurecht, strich ihren Rock glatt und entfernte die letzten Strohhalme. Dann kniff sie in ihre Backen, um etwas Farbe hineinzuzaubern, und musterte sich kritisch im Spiegel. Jetzt war sie wieder fast die alte, ordentliche Rachel. Zufrieden nickte sie ihrem Spiegelbild kurz zu. Dann ging sie wieder nach unten, um ihre Arbeit zu erledigen, und faßte den Entschluß, den Vorfall in der Scheune ganz bald zu vergessen.

Slade war, wie Rachel erfuhr, losgeritten, um Jonathan zu suchen und ihn nach Hause zu bringen – notfalls mit gezogenem

Revolver, davon war sie überzeugt. Die drei älteren Buben, deren Hilfe er tatsächlich zum Bau einer neuen Blockhütte brauchte, hatten sich zu Fuß zum Beecham-Haus aufgemacht; sie hofften, auf dem Wagen ihres Vaters mitfahren zu können, falls ihr Onkel ihn fand (was sie nicht bezweifelten). Eve war in die Scheune gegangen, um das Vieh zu versorgen. Susannah trocknete gerade die letzten Teller ab, während Naomi auf einem Stuhl stand und, so gut es ging, das Geschirr verstaute. Andrew hatte bereits einen zweiten Eimer Wasser geholt – für das Morgenbad des kleineren Tobias – und setzte ihn gerade zum Wärmen auf dem Ofen auf.

»Onkel Slade hat gesagt, wir sollen dir sagen, es wär' schön, wenn du ihnen später einen Essenskorb zum Haus bringst«, verkündete Susannah, »aber nur, wenn du beim Vorbereiten nicht stocksauer bist – was immer das heißen soll.«

Rachel mußte bei diesen Worten übers ganze Gesicht grinsen. Der Wüstling hatte nach heute morgen wohl Angst, vergiftet zu werden! Es würde ihm ganz recht geschehen, dachte sie – aber sie würde es natürlich nicht tun. Seeks, der Halbblutindianer, von dem sie ihr Wissen über Präriekräuter und Blumen und das Wünschelrutengehen gelernt hatte, hatte sie ausdrücklich davor gewarnt, »schlechte Medizin« anzuwenden. Er hatte ihr sehr ernst erklärt, wenn man sein Herz den »bösen Geistern« öffnete, würden sie mit Sicherheit hereinkommen. Rachel hatte allergrößten Respekt vor Seeks – er war ungeheuer erdverbunden – und wollte nichts tun, was er verurteilt hätte. Also unterdrückte sie ihren Impuls, so verlockend die Vorstellung auch war, Slade etwas ins Essen zu mischen (natürlich nichts Tödliches). Aber es tat ihr schon gut, sich vorzustellen, wie er den ganzen Nachmittag mit Magenkrämpfen zur Latrine rannte.

Leise vor sich hinsummend, goß Rachel das jetzt lauwarme Wasser in das Becken und wusch Tobias mit dem Schwamm ab, dann wickelte sie ihn, zog ihm ein neues Hemdchen an und goß etwas warme Ziegenmilch in die Flasche, die sie aus einem Marmeladeglas und den Überresten eines alten Gummihandschuhs gebastelt hatte. Sie setzte sich vorsichtig auf ihren Schaukelstuhl (der nicht so bequem für ihren lädierten Po war wie vorhin ihr Bett) und fütterte und schaukelte das Baby.

Toby, wie sie ihn nannte, war ein schönes Kind, mit daunig weichen schwarzen Haaren und dunkelblauen Augen. Als sie ihn jetzt ansah, merkte sie, daß er seiner Mutter India und seinem Onkel Slade glich. Er war ein sehr liebes Kind, das jetzt, da es regelmäßig gefüttert und gewickelt wurde, nie weinte oder schrie. Aber insgeheim machte Rachel sich Sorgen um ihn, denn er war kein molliges, gesundes Baby. Seine Arme und Beine waren wie Stöckchen und sein Körper so dünn, daß man fast die Rippen zählen konnte, und er nahm auch nicht so schnell zu wie andere Säuglinge. Manchmal hatte er Schwierigkeiten, seine Milch zu schlucken und sie bei sich zu behalten. Deshalb fütterte sie ihn sehr langsam, was ihr aber gar nichts ausmachte. Sie genoß es, ihn in ihren Armen zu wiegen und mit ihm zu reden oder ihm etwas vorzusingen. Oft wünschte sie, er wäre ihr eigenes Kind, was er seit Indias Tod ja eigentlich auch war. Denn sie war mehr oder weniger die einzige Mutter, die er je gekannt hatte – oder wahrscheinlich je kennenlernen würde, der arme, kleine Racker.

Bei diesem Gedanken mußte Rachel ein bißchen weinen, denn er erinnerte sie an ihre eigene Mutter, die jetzt schon seit drei Jahren unter der Erde lag. Inzwischen war, trotz aller Versuche, die Erinnerung nicht einschlafen zu lassen, Victoria Wilders Gesicht nur noch ein schemenhafter Umriß für sie. Trotzdem konnte Rachel sich an viele andere Dinge so klar und deutlich erinnern, als hätte sie sie erst gestern gesehen und gefühlt – die Hände ihrer Mutter, insbesondere, wie sie beruhigend über ihre fiebrige Stirn strichen, ihr Geschick beim Kämmen ihrer langen blonden Haare, und wie sie aus abgelegten Kleidern Jungmädchenträume nähen konnten, die Hände, die schnell und hilfreich nach dem schweren Korb griffen oder graziös auf das Versteck eines Präriehundes oder das Nest einer Wiesenlerche zeigten. Rachel fehlten diese liebevollen von der Arbeit rauhen und roten Hände so sehr; sie waren immer dagewesen – bis zu jenem schrecklichen Sommer, in dem sie so schnell von ihr gegangen waren, zu bald und für immer.

Jetzt war auch India tot. Und nur ihre Kinder waren geblieben, und von diesen hatte das letzte einen ganz besonderen Platz in ihrem Herzen. Sie liebte sie zwar alle, aber sie wußte, daß sie, tief in ihrem Innersten, Toby am meisten liebte. Er war so winzig und so zerbrechlich, und seine dunkelblauen Augen schienen oft so traurig, fast so, als wüßte er, daß seine richtige Mutter tot war, und das brach Rachel fast das Herz. Jetzt schaute sie ihn an und sah, daß er eingeschlafen war. Sein Rosenmündchen stand offen, mit einem kleinen Rinnsal Milch in einem Winkel, und der Gummidaumen der Flasche ruhte an seiner Unterlippe. Sein Atem ging so leise, daß ihr manchmal das Herz stockte, und sie das Ohr an seine Brust legen mußte, um sich zu vergewissern, ob er überhaupt noch atmete. Aber jetzt sah sie, wie sich seine Brust dank seines zufrieden geschwollenen Bäuchleins auf und ab bewegte. Heute früh war es viel besser mit dem Füttern gegangen, dachte sie voller Hoffnung und verdrängte energisch ihre Ängste.

Lächelnd nahm sie vorsichtig die Flasche von seinem Mund und stellte sie auf den Boden. Dann erhob sie sich langsam, hielt jedoch inne, als er sich im Schlaf bewegte und seufzte. Nach einiger Zeit schlich sie auf Zehenspitzen zu der alten Kiste, die als Wiege diente. Bevor sie ihn hineinlegte, hielt sie ihn noch ein bißchen an sich gedrückt, mit dem Kopf an ihrer Brust.

Seltsamerweise regte sich jetzt wieder in ihr die Sehnsucht, die sie bei Slades Berührung empfunden hatte, nur anders diesmal, nicht so heftig und heiß, sondern sanft und warm. Rachel überlegte kurz, warum das wohl so war. Dann wurde ihr mit einemmal klar, daß die meisten Babies schließlich mit einem Kuß begonnen hatten, denn sie war auf einer Farm aufgewachsen und hatte oft genug beobachtet, wie Tiere sich paarten.

Zu ihrem Entsetzen schlich sich der Gedanke ein, daß ein Kind von Slade wie Toby aussehen würde, doch sie verdrängte diesen Gedanken ganz schnell. Sie hatte bereits ein Baby, selbst wenn es nicht wirklich ihr eigenes war, und sie hatte nicht vor, sich noch einmal im Heu zu wälzen – schon gar nicht mit Slade Maverick –, um noch eins zu kriegen.

Sie gab Toby einen zärtlichen Kuß auf die Stirn und sog seinen süßen Duft von Milch und Puder ein. Wie sie diesen frischen, sauberen Geruch liebte, er roch wie die Erde nach einem Frühlingsregen oder frischgewaschene Kleider, die in der Sommersonne trockneten, oder frisch gemähte Felder im Herbst oder der erste schwere Frost des Winters. An all das erinnerte Toby sie, und sie war froh, daß er ein Teil ihres Lebens war. Widerwillig legte Rachel ihn vorsichtig in die alte Kiste und deckte ihn zu.

»Schlaf gut, Toby, mein Schatz«, flüsterte sie. »Und träum was Schönes.«

12. Kapitel

Die Tage nach Slades Ankunft verliefen bald nach einem Muster, was Rachel gar nicht recht war, denn sie hatte gehofft, ihn so wenig wie möglich sehen zu müssen. Aber weil er auf Wunsch ihres Großvaters sein Quartier in der Scheune aufgeschlagen hatte, bis ein neues Blockhaus auf dem Grundstück der Beechams gebaut werden konnte, sah Rachel ihn sehr häufig.

Slade erschien jeden Morgen pünktlich, gewaschen und gekämmt am Frühstückstisch, begrüßte sie freundlich, war aber noch immer so mißtrauisch, daß er sich das Essen immer selbst von den dampfenden Schüsseln und Platten nahm, die sie auftrug. Während des Essens unterhielt er sich meist ganz locker mit Fremont, Poke und den Kindern, so als würde er sie schon seit Jahren kennen. Er brachte mit seinen Geschichten und Witzen alle zum Lachen, die häufig gegen Rachel gemünzt waren, was sie sehr erboste. Aber sie gab nicht klein bei und konterte mit etlichen hinterhältigen Spitzen ihrerseits, die der freche Kerl ihr auf einer imaginären Tafel grinsend ankreidete. Fremont und Poke begrüßten das immer mit lautem Gejohle und bemerkten immer wieder, daß »Rachel endlich ihren Meister gefunden habe«.

Nach dem Frühstück schickte Slade in der Regel Gideon, Caleb und Philip im Wagen der Beechams los, den er von ihrem Vater konfisziert hatte. Sie fuhren rüber zum Haus, während er in die Stadt fuhr, um Jonathan aufzulesen, der trotz aller Drohungen Slades jeden Abend nach Delano ritt, um sich sinnlos zu betrinken. Rachel verstand nicht, wieso er sich überhaupt mit Beecham abgab. Aber als sie ihn danach fragte, meinte er, Jonathan sei schließlich immer noch der Vater der Kinder. Außerdem war

Slade der Meinung, er selbst wäre es den Kindern und India schuldig, zumindest zu versuchen, ihn auszunüchtern und zu bessern – obwohl sich seine Bemühungen als ebenso sinnlos erwiesen wie vorher die von Rachel.

»Man möchte doch meinen, daß er es allmählich leid ist, aus irgendeinem schäbigen Saloon gezerrt und in die nächste Tränke geworfen zu werden«, bemerkte sie trocken.

»Ja«, erwiderte Slade. »Um ehrlich zu sein, ich bin überrascht, daß er noch nicht auf und davon ist, aber wahrscheinlich hat er nicht den Mut dazu. Eins ist sicher: er ist das armseligste Stück Sch..., das mir je unter die Augen gekommen ist. Jedesmal wenn ich daran denke, daß India mit diesem Ba... Landstreicher verheiratet war, würde ich ihm am liebsten den Hals umdrehen.«

»Spar dir die Mühe. So wie du ihn rannimmst, wird er bald vor Erschöpfung tot umfallen. Er sieht furchtbar aus, Slade.«

»Nur weil er den ganzen Tag keinen Whisky kriegt. Tut mir leid – ich weiß, daß er ein kranker Mann ist –, aber er tut mir nicht im geringsten leid, Rachel. Er hat meiner armen Schwester das Leben zur Hölle gemacht, und der Himmel weiß, was mit den Kindern passiert wäre, wenn du sie nicht aufgenommen hättest. Du weißt verdammt gut, daß er sie praktisch ausgesetzt hat, nachdem India gestorben ist.«

»Ich weiß. Trotzdem bist du ein sehr harter Mann, Slade.«

»Na ja, du bist auch eine harte Frau, Rachel.«

»Das bin ich nicht!«

»Sicher bist du das«, sagte er grinsend. »Wie hättest du dich sonst so lange der Werbung des alten Ox widersetzen können? Ehrlich, Rachel, wenn du nicht vorhast, den Schweden zu heiraten, würdest du dem Armen wirklich einen Gefallen erweisen, wenn du ihn einfach erschießt und ihn von seinen Qualen erlöst.«

Rachel warf verächtlich den Kopf zurück.

»Woher weißt du denn, daß ich ihn nicht heiraten werde?« stichelte sie. »Vielleicht hab' ich meine Meinung geändert und mich entschlossen, doch ja zu sagen.«

Slades Gesicht verfinsterte sich für einen Augenblick, und sein Lächeln verschwand. Dann schnaubte er verächtlich.

»Ja«, sagte er spöttisch, mit halbgeschlossenen Lidern, damit sie den Ausdruck in seinen Augen nicht sehen konnte, »wenn die Schweine fliegen und die Kühe über den Mond springen, vielleicht. Du weißt genauso gut wie ich, daß man eine temperamentvolle Stute nicht an einen sturen Ochsen schirrt, Rachel.«

»Gus ist überhaupt nicht stur«, erwiderte sie. »Er ist ein guter Mann – um Längen besser als du auf jeden Fall! Gus ist ein Gentleman!«

»Was wohl heißen soll, daß ich keiner bin. Und was ist bitte so falsch daran? Schließlich und endlich bin ich doch derjenige, der das äußerst... vergnügliche Erlebnis hatte, dich zu küssen, nicht wahr? Während er immer noch wie ein verzweifelter, streunender Hund herumstreicht und auf eine Einladung wartet.« Slades Blick schweifte genüßlich über ihren Körper und verweilte dann auf ihrem Mund. Mit hämischem Grinsen strich er sich über seinen Schnurrbart. »Ich wette, der alte Ox würde zu gerne wissen, was er da verpaßt«, sagte er.

»Oh-o-oh!« rief Rachel. »Wie kannst du es wagen, mich an diesen furchtbaren Tag zu erinnern – du – schrecklicher Kerl! Gott, wenn ich doch nur ein Mann wäre, nur eine Minute lang, dann würde ich dir eine verpassen!«

»Nun, wenn dir so zumute ist«, konterte Slade, »dann wär's wohl besser, du bringst uns heute keinen Essenskorb. Irgendwie habe ich den Eindruck, daß es wesentlich sicherer wäre, heute im Douglas Avenue House zu essen!«

Rachel hatte es sich zur Aufgabe gemacht, jeden Nachmittag zu den Beechams zu reiten und den beiden Männern und drei Buben einen Korb mit dem Abendessen zu bringen. Somit kam sie jeden Tag zu einer kleinen und zu ihrer Überraschung sehr vergnüglichen Pause und konnte auch sehen, wie die Arbeit voranging, nämlich sehr langsam. Das lag daran, daß durch das Frühlingstauwetter der Boden nur noch Morast war. Das machte es schwierig, den

Keller zu graben, der lebenswichtig für die Lagerung von Lebensmitteln war und auch als Schutz während der sommerlichen Hundstage diente, wenn oft ohne Warnung Tornados das Land heimsuchten. Außerdem war es eine sehr mühsame Angelegenheit, die Balken für das Blockhaus aus den Sägemühlen in Wichita herbeizuschaffen. Schwere Steine für den Kamin mußten auf weit entfernten Feldern gesammelt und gelegentlich auf handlicheres Maß zerteilt werden, ehe man sie einsetzte, und mit einer Mischung aus Flußsand und Kalk (den man mittels Verbrennung von Muschelschalen und Büffelhaar gewann) ließen sich Ritzen füllen und der Kamin mauern.

Slade baute die Hütte vernünftigerweise nahe am Brunnen – was man von Anfang an hätte machen sollen, schimpfte er, anstatt erst das Haus zu errichten und dann den Brunnen zu graben.

»Na ja, wahrscheinlich hat Jonathan nicht daran gedacht«, bemerkte Rachel. »Schon bevor er anfing, soviel zu trinken, war er nie besonders praktisch. Er hatte die größten Schwierigkeiten, die Farm überhaupt in Gang zu bringen. Aber wahrscheinlich mußte er sich nie selbst durchbringen, bevor er nach Kansas kam. Er ist schließlich auf einer Plantage aufgewachsen und immer von hinten bis vorne bedient worden.«

»Nein, das mußte er nie«, stimmte Slade zu. »Soweit ich mich erinnere, haben seine Eltern ihn total verzogen. Nichts war zu gut für den einzigen Erben von Beechams Landing – meine Schwester eingeschlossen. Aber dann kam der Krieg, der Norden hat gewonnen, und hinterher gab's im Süden nicht mehr viel zu erben. Ein ganzer Haufen Jungs ist für die ›Glorreiche Sache‹ gestorben, von der sie nicht einmal etwas begriffen haben und die Hälfte von denen, die überlebt haben… denen ist es ergangen wie Beecham… oder noch schlimmer. Er hat wenigstens noch alle seine Gliedmaßen.«

»Du warst im Krieg, nicht wahr, Slade?« fragte Rachel zögernd, sie wollte nicht zu neugierig sein.

»Ja in der C. S. A. Ich war noch nicht ganz trocken hinter den

Ohren, ein neunzehnjähriger Kavallerieleutnant – hauptsächlich weil die Offiziere in meiner Truppe sich haben umbringen lassen, bis ich der einzige war, den man noch befördern konnte.«

»Hast du da das Schießen gelernt?«

»Nein, das war auf der Plantage meines alten Herrn, Cypress Hill, bevor ich von zu Hause weggegangen bin, nach New Orleans, auf der Suche nach grünerem Gras.«

»Ich dachte – ich hab' gedacht, das wäre, weil du – du hast einen Mann erschossen. Bei einem Duell in New Orleans. Ich meine, das hat India mir erzählt, daß du von Cypress Hill weggelaufen bist, weil sie dich vielleicht sonst – wegen Mordes aufgehängt hätten.«

»India hat das erzählt, ja?« Slade warf Rachel einen scharfen Blick zu und fragte sich, was India wohl noch alles erzählt hatte.

Rachel nickte.

»Na ja, das stimmt. Sie hätten mich todsicher aufgehängt – oder zumindest habe ich das damals geglaubt. Unglücklicherweise hab' ich damals noch nicht so gut wie jetzt geschossen und war zu unerfahren, um das zu erreichen, was ich mir vorgenommen hatte. Ich war jung, hab' den Kopf verloren und bin geflohen – was ganz unnötig war, wie sich herausstellte. Ein paar Jahre später erfuhr ich, daß ich meinen Gegner nur verwundet und nicht getötet hatte. Die Wahrheit kenne ich immer noch nicht, denn ich bin nie mehr nach New Orleans zurückgekehrt. Ich dachte mir, das wäre sicherer, und inzwischen spielte es sowieso keine Rolle mehr. Ich war bereits gesetzlich als G. T. T. registriert, Gone to Texas, also hielt ich es für besser, die Sache auf sich beruhen zu lassen.«

Slade hielt einen Augenblick inne und dachte zurück an die Nacht, die sein Leben für immer verändert hatte: *Mondlicht, das durch uralte Ulmen strömt. Eine rennende Frau. Thérèse in einem weißen Gewand. Ein Schrei. Ein Schuß. Was war zuerst gewesen? Es spielte keine Rolle mehr. Ein Zweig zarter Gardenien, mit Blut befleckt. Soviel Blut, ein scharlachroter Fleck, der sich ausbreitete. Die Waffe in seiner Hand. Tod... kalter, immerwährender Tod... und Diggers spöttisches Grinsen, seine strahlend weißen Zähne, als er zu Boden fiel...*

Mit einem Ruck besann sich der Slade Maverick auf die Gegenwart. Dann sagte er kühl, als würde ihm Rachels Neugier mißfallen: »Ja, ich muß wieder an die Arbeit. Wenn ich Beecham nicht ständig im Auge behalte, sucht er sich eine von seinen versteckten Flaschen und ist vor Sonnenuntergang betrunken. Danke für das Essen, Rachel.«

Er wandte sich zum Gehen, und das erste Mal tat es ihr wirklich leid, ihn gehen zu sehen. Der kurze Blick in seine Vergangenheit hatte sie fasziniert. Der Schmerz in seinen Augen, als er sich erinnerte, hatte sie mit einemmal erkennen lassen, daß er innerlich gar nicht so hart war, wie er vorgab zu sein – und daß er sehr allein war mit dem Schmerz, den er im Herzen trug.

Jeden Tag, kurz vor Sonnenuntergang, hörte Slade mit der Arbeit auf dem Grundstück der Beechams auf und kehrte mit den Jungs zurück ins Blockhaus – gewöhnlich ohne Jonathan, dem es fast immer gelang, sich davonzuschleichen, sobald ihm Slade einen Augenblick den Rücken zudrehte. Es brachte Slade zur Weißglut, aber er wußte nicht, was er dagegen tun sollte, denn fesseln konnte er ihn schlecht. Er brauchte die Hilfe seines Schwagers bei der schweren Arbeit, den Keller auszugraben, die Balken in Position zu hieven und die Steine für den Kamin zu holen und zu setzen. An Händen und Füßen gefesselt wäre Jonathan kaum eine Hilfe gewesen – er war ohnehin kaum zu gebrauchen, aber helfen mußte er, denn schließlich bauten sie sein Haus und seine Scheune. Und je länger Jonathan ohne Alkohol auskam, desto besser standen die Chancen, daß er wieder auf die Beine kam – auch wenn Slade Maverick zugeben mußte, daß er sich keine großen Hoffnungen machte.

Wenn die Tagesarbeit bei den Beechams abgeschlossen war, kehrte Slade in Rachels Haus zurück, um dort alle anstehenden Arbeiten zu erledigen. Auf diese Weise konnte er sich unauffällig für Fremonts und Rachels Gastfreundschaft revanchieren, denn ohne sie hätte er sein Lager in Beechams feuchtem, schmutzigem

Haus aufschlagen oder sich ein Hotelzimmer nehmen müssen. Auf beides war Slade nicht sonderlich erpicht – auf das erstere aus offensichtlichen Gründen, auf das zweite, weil ihm der Gedanke nicht sonderlich gefiel, zuviel Zeit in Wichita zu verbringen – nur mit einer Metallmarke in der Hand.

Wenn es zu dunkel zum Arbeiten wurde, wusch er sich und ging ins Blockhaus. Dort blieb er auch meist nach dem Abendessen und focht heftige Kämpfe mit Fremont und Poke über dem Damebrett. Danach spielte er seine Mundharmonika, bis die Kinder eingeschlafen waren, während Rachel nähte oder manchmal leise sang, und Fremont und Poke zwinkernd ihr Bestes taten, die Sache in die für sie richtige Bahn zu lenken.

Aber Slade war nicht der einzige, der an kühlen Frühlingsnächten kam, um mit Rachel am Kamin zu sitzen. Oft – viel zu oft für den Geschmack Slades – kam »old Ox«, wie er den Schweden nannte, und dann war immer der Teufel los. Die Luft war wie geladen und knisterte förmlich, wenn Gus stur versuchte, Slade zu ignorieren – und Slade sich genauso stur weigerte, sich ignorieren zu lassen. Wie zwei Hunde, die einen saftigen Knochen beäugen, beobachteten sie einander mißtrauisch, gelegentlich knurrend und schnappend, wenn einer das Gefühl hatte, der andere käme dem begehrten Preis zu nahe.

Fremont und Poke fanden die Sache ungeheuer unterhaltsam, Rachel dagegen nur peinlich. Sie wußte, daß Gus sich schrecklich darüber aufregte, und Slade alles höchst amüsant fand. Er war anscheinend fest entschlossen, obwohl er wohl kaum (zumindest wenn es nach ihr ging) als Anwärter auf ihre Hand in Frage kam, ihr zu beweisen, daß er den Schweden glatt an die Wand spielte, wenn es darum ging, den Gentleman zu markieren. Zu diesem Zweck machte er sich mit boshafter Freude daran, Gus in allem und jedem zu übertrumpfen.

Wenn Gus in der Hoffnung, ihr eine Freude zu machen, eine interessante Neuigkeit erzählte, setzte Slade frech eine noch interessantere drauf. Wenn Gus sich dazu durchringen konnte, ihr ein bescheidenes aber ernstgemeintes Kompliment zu sagen, trumpfte Slade mit den unverschämtesten Schmeicheleien auf. Wenn Gus ihr eines Abends ein kleines Sträußchen frühblühender Blumen brachte, erschien Slade am nächsten Abend mit einem Riesenstrauß, übers ganze Gesicht grinsend und gar nicht niedergeschlagen, wenn sie seinen Strauß herzlos in den Müll steckte, den des Schweden aber sorgsam in eine Vase stellte.

Aber am allerbeschämendsten fand Rachel die Art und Weise, wie die beiden Männer immer gleichzeitig aufsprangen, um ihr den Stuhl fürs Abendessen zurechtzurücken und dabei keiner einen Zentimeter nachgab, so daß sie schließlich wie eine Königin in ihrer Sänfte von zwei Sklaven an ihren Platz befördert wurde.

An einem besonders spannungsgeladenen Abend zerrten die beiden Männer tatsächlich so heftig an ihrer jeweiligen Stuhlseite, daß die schlanken Sprossen brachen und die Lehne abfiel, so daß Rachel gezwungen war, auf dem übriggebliebenen Hocker zu sitzen, denn sie war so wütend, daß man sie so zum Gespött gemacht hatte, daß sie die hastig angebotenen Stühle der beiden Männer ablehnte. Ihr Zorn wurde noch dadurch geschürt, daß ihr Großvater vor Vergnügen so lachte und so heftig mit seinem Stuhl schaukelte, daß er das Gleichgewicht verlor und zu Boden krachte. Dann, als wäre das noch nicht schlimm genug, stolperte Poke, dem vor lauter Lachen die Tränen übers Gesicht kullerten, zu Fremont, um den gefallenen Stuhl wieder aufzurichten, verwechselte Fremonts Holzbein mit dem Stuhlbein und zog es ihm weg, so daß er ein zweites Mal hinfiel.

Worauf Rachel außer sich vor Wut vom Tisch aufsprang und von ganzem Herzen jeden Mann über zwölf zum Teufel wünschte. Ein paar Minuten später erschien Gus so beschämt und reumütig, daß sie es nicht übers Herz brachte, ihn zu schimpfen.

»Ich – ich bring' deinen Schal«, stotterte er und reichte ihn ihr. »Es ist noch kühl abends, ja?«

»Ja, danke, Gus«, erwiderte sie ruhig und wickelte sich dankbar das weiche Tuch um.

Einen Augenblick lang herrschte betretenes Schweigen zwischen beiden, denn keiner wußte, was er sagen sollte. Am Nachthimmel schimmerte ein schwacher Sichelmond, verdeckt von einem zarten Dunstschleier, der manchmal über die Prärie trieb, wenn der sterbende Winter dem neuen Frühling Platz machte, und vereinzelt funkelten die Sterne. Irgendwo in der Ferne ertönte der Schrei einer Eule im Abendwind. Gus trat verlegen von einem Bein aufs andere und räusperte sich.

»Nun, es ist noch früh, aber ich mach' mich besser auf den Weg, ja? Ich wollte keinen Ärger mit dem Stuhl machen. Manchmal vergesse ich, wieviel Kraft ich habe... und dein Freund wohl auch. Also mach' ich dir einen besseren Stuhl und bring ihn mit, wenn ich nächstes Mal komme.«

Irgend etwas an seinem Ton veranlaßte Rachel, ihn einen Augenblick fragend und hin und her gerissen anzusehen. Was ist nur los mit mir, fragte sie sich. Gus war ein anständiger, schwer arbeitender Mann, der sie liebte und sie heiraten wollte, auch wenn er es nie in Worte gefaßt hatte. Das sollte doch wohl jede Frau zufriedenstellen. Warum reichte es dann ihr nicht? Sie wußte es nicht, aber irgendwie mußte sie die Antwort darauf finden.

Sie legte eine Hand auf den Arm des Schweden und sagte leise: »Gus, bevor du gehst, willst du mir nicht einen Gutenachtkuß geben?«

Gus starrte sie mit offenem Mund an, verwirrt und erstaunt zugleich. Dann stammelte er: »Ja, ja«, und nach kurzem Zögern nahm er sie in seine Arme und küßte sie.

Rachel wußte nicht, was sie erwartet hatte – Glocken oder Feuerwerk oder etwas Ähnliches –, irgend etwas, das sie davon überzeugte, daß sie diesen Mann liebte und den Rest ihres Lebens mit ihm verbringen konnte. Aber zu ihrer großen Verwirrung und Enttäuschung spürte sie nichts von den turbulenten, glühenden Gefühlen, die sie durchströmt hatten, als Slade Maverick sie im Heu brutal geküßt hatte. Gus' Lippen waren weich und warm und zögernd: sie merkte, wie unerfahren er im Küssen war, und diese

Unerfahrenheit und die ausbleibende Wirkung seines Kusses machten ihn zu einem sehr unbefriedigenden Erlebnis. Eigentlich nicht unangenehm, aber es fehlte etwas, das, was Slade instinktiv erreicht hatte, als würde er sie durch und durch kennen, so gut wie sich selbst.

Guß küßte sie nur einmal, dann ließ er sie schnell los, als hätte er Angst, sie könnte ihn bezichtigen, die Situation ausgenützt zu haben. Aber seine klaren, blauen Augen strahlten schüchtern in der Dunkelheit. Ein törichtes, glückseliges Lächeln zog über sein Gesicht.

»Ich finde, du bist die wunderbarste Frau der Welt, Rachel Wilder«, sagte er schlicht.

Der Schwede errötete bis in die Haarwurzeln ob seiner eigenen Kühnheit, dann ließ er sie abrupt stehen, ging zur Scheune, holte sein Pferd, warf sich in den Sattel und galoppierte davon. Rachel schaute ihm nach, bis er nicht mehr zu sehen war. Ein trauriges Lächeln ließ ihren Mund erzittern, als kurze Zeit darauf ein begeisterter Schrei – wie das Siegesgebrüll eines Wikingers über die Ebene dröhnte.

O Gus, dachte sie traurig und starrte in die Ferne, aus der der Schrei gekommen war. Ich bin nicht die wunderbarste Frau der Welt. Und noch schlimmer, ich bin nicht die richtige Frau für dich. Ich glaube, ich bin wohl für keinen die richtige Frau.

Während sie so gedankenverloren dastand, knarzte hinter ihr leise die Tür. Slade trat mit einem glimmenden Zigarillo im Mund heraus.

»Werden wir von Indianern angegriffen?« fragte er gespielt unschuldig. »Ich hab' gedacht, ich hätte Kriegsgeheul gehört.«

Rachel war wütend, weil er ihre Einsamkeit störte und sie nicht in der Stimmung für seine Neckereien war. Sie hatte schon den Mund offen, um ihm zu sagen, er solle sich zum Teufel scheren, doch sie besann sich eines Besseren. Sie würde sich nicht von ihm gängeln lassen. Welchen Sinn hatte es, mit ihm zu streiten, fragte sie sich. Er war ein unverschämter Tunichtgut und genau wie bei

Jonathan waren alle Versuche, ihn zu bessern, hoffnungslos. Am besten ging sie ihm einfach soweit wie möglich aus dem Weg. Mit diesem Gedanken wollte sie an ihm vorbei ins Haus, als plötzlich seine Hand ihr Handgelenk packte.

Rachel warf ihm einen vernichtenden Blick zu, aber Slade schien sich nicht daran zu stören.

»Dem Begeisterungsgebrüll nach zu schließen, das durch die Mauern des Blockhauses zu hören war, darf ich wohl annehmen, daß der Schwede endlich seine heißersehnte Einladung bekommen hat«, bemerkte er ironisch.

»Ich wüßte nicht, was das dich angeht«, erwiderte Rachel steif. »Und jetzt, wenn du nichts dagegen hast, würde ich gerne ins Haus gehen, es ist kühl hier draußen.«

»Aber ich habe tatsächlich etwas dagegen«, sagte Slade mit leiser, rauchiger Stimme. »Sehr viel sogar. Ich meine – nach den Regeln der Fairneß sollte ich doch auch eine Einladung kriegen, findest du nicht?«

»Ganz bestimmt nicht«, gab Rachel zurück und wurde schamrot bei dem bloßen Gedanken, und ihr Puls beschleunigte verräterisch. »Gus ist mein – mein Verehrer und – und du bist es nicht!«

»Ach wirklich?« Slades satanische Augenbraue schoß nach oben, und seine mitternachtsblauen Augen funkelten im dämmrigen Mondlicht. »Und wie kommst du darauf? Hab' ich je gesagt, ich wäre kein Anwärter auf deine Hand?« fragte er, und seine Worte und seine Berührung jagten ihr eine Gänsehaut über den Rücken, als er sie sanft, aber bestimmt an sich zog. »Habe ich dich nicht jeden Abend besucht und dir Blumen gebracht – auch wenn du die eines anderen vorgezogen hast?«

»Nun j-j-ja«, gab Rachel zu. Aber dann fügte sie giftig hinzu: »Aber das hast du doch alles nur getan, um Gus zu ärgern – und das weißt du auch, Slade!«

»Tu' ich das? Bist du auch noch Gedankenleserin, nicht nur Hexe? Ich frage mich, was du wohl tun würdest, wenn ich plötzlich vor dir auf die Knie fallen, dir meine ewige Liebe schwören und um deine Hand bitten würde«, fragte er mit einem seltsamen Lächeln und halbgeschlossenen Lidern, damit sie den Ausdruck in seinen Augen nicht sehen konnte.

In der plötzlichen Stille starrte Rachel ihn wie hypnotisiert an und wagte kaum zu atmen; ihre Handflächen waren feucht, ihr Herz raste, und ihr Mund war trocken. Sie befeuchtete sich nervös mit der Zunge die Lippen und schluckte. Das konnte er doch wohl nicht ernst meinen? Das war sicher nur ein grausamer Scherz eines widerlichen Mannes. Und obwohl ein kleiner Teil von ihr seltsamerweise und unerklärlicherweise sich danach sehnte, ihm zu glauben, wagte sie nicht, ihn ernst zu nehmen, aus Angst, er könnte sie für ihre Dummheit verhöhnen. Sie holte tief Luft und erwiderte mit eisiger Stimme: »Ich fände es natürlich äußerst befriedigend, dich auf Knien zu sehen, Slade, und dann würde ich lachen, weil du mich für so leichtgläubig hältst, auf deine Lügen hereinzufallen.«

»Woher weißt du denn, daß es Lügen wären?« fragte er leise und schleuderte plötzlich seinen Zigarillo beiseite, packte sie und drückte sie an sich. Er hob ihr Gesicht dem seinem entgegen: »Hmmmh? Woher weißt du, daß es Lügen wären?«

»Ich – ich weiß es einfach«, antwortete sie und versuchte, ihren Kopf wegzudrehen, denn sein Mund war dem ihren jetzt sehr nahe, zu nahe, wie sie fand. »Bitte, Slade, laß mich los. Es ist schon spät, und ich bin müde, und – und mir ist kalt.«

Aber das letztere stimmte gar nicht, wie sie mit einemmal merkte. Ihr war warm, sehr warm sogar, in seiner schützenden Umarmung. Irgendwie fühlte sie sich auch sicher und geborgen, als wäre er stark genug, es mit der ganzen Welt aufzunehmen und sich auch ihre schwere Last aufzubürden. Einen Augenblick lang war die Nacht lautlos. Nur das Zischen von Slades Zigarillo, der auf der feuchten Erde erlosch, durchbrach das Schweigen, das sie umfing.

Dann murmelte Slade: »Meinetwegen, Rachel, kannst du jederzeit ins Haus gehen. Wann immer du willst. Du mußt mir nur vorher die Einladung geben.«

»Und wenn ich – wenn ich das nicht tue?« hauchte sie mit halbgeschlossenen Lidern, unfähig, seinen Blick noch länger zu ertragen. Ihr Mund öffnete sich langsam, erwartungsvoll, ohne daß sie sich dessen bewußt war.

Seine Antwort war ein Kuß – genau wie sie erwartet hatte, wie sie es, zugegebenermaßen, unerklärlicherweise gewollt hatte. Er küßte sie genüßlich und langsam, so als wolle er jeden honigsüßen Augenblick davon genießen; seine Zunge zeichnete lockend ihre Lippen nach, dann schoß sie zwischen sie und suchte die dunklen, feuchten Nischen ihres Mundes.

Rachel stöhnte leise, und ihre Hände, flach an seiner Brust, krochen nach oben, als hätten sie einen eigenen Willen, legten sich um seinen Hals und zogen ihn näher heran. Ihre schlanken Finger öffneten sich, gruben sich instinktiv in die dichten schwarzen Locken in seinem Nacken, und irgendwo in ihrem geheimsten Innern erwachte wieder das heiße, wilde Ding, das sie in der Scheune zum erstenmal gefühlt hatte, und setzte sie in Flammen.

Ihr Herz raste, ihr Kopf drehte sich, und ihre Knie zitterten so heftig, daß sie sicher gefallen wäre, wenn er sie nicht so fest gehalten hätte. Sie war wie flüssiges Quecksilber, ihre Knochen schmolzen dahin, so daß ihr geschmeidiger, junger Körper sich unbewußt an Slade schmiegte. Er war nicht so groß und so kräftig wie Gus, aber ihre Körper waren wie füreinander geschaffen. In Gus muskulösen Armen hatte sie sich klein und verloren gefühlt, und er hatte sie gehalten, als wäre sie zu zart und zerbrechlich für ihn, ein Porzellanfigürchen, das aus Versehen zerbrechen könnte. Aber Slade hatte keine solchen Skrupel. Er drückte sie an seinen sehnigen Körper, als wolle er sie tatsächlich zerbrechen, bog ihr den Rücken nach hinten und stützte sie mit seinen Armen.

Seine Finger gruben sich in ihr hochgestecktes Haar, und es juckte ihn, die Nadeln herauszureißen, um zu sehen, wie die goldenen Locken fielen, sich um ihn schlängelten und ihn an sie ketteten. Aber Slade wußte, daß sie nicht ins Haus zurückkehren konnte, wenn sie aussah, als hätte er mit ihr im Heu gelegen. Ein Kuß im

Mondlicht war eine Sache. Alles andere würde er wahrscheinlich vor den Gewehrläufen von Fremont und Poke zu verantworten haben, gleichgültig, wie nachsichtig sie auch sonst waren.

Er war ein Satteltramp, ein Revolvermann, und nicht der richtige Mann für eine Frau wie Rachel – und er wußte es. Sie war nicht einmal sein Typ. Doch mit jedem Tag, der verging, fühlte er sich mehr von ihr angezogen, wie eine Motte vom Licht, auch wenn ihm dies vollkommen unverständlich war. Als Gus ihr nach draußen gefolgt war, wäre er ihnen am liebsten nachgegangen, um den Schweden zu Boden zu schlagen – und das, obwohl er zugeben mußte, daß er den Schweden mochte und respektierte. Und nachdem Slade begriffen hatte, daß der Schwede sie tatsächlich geküßt hatte, hatten ihn Mordgelüste gepackt. Beim Triumphschrei des Schweden hatten sich seine Nackenhaare aufgestellt, und er hatte die Revolver schon fast aus der Halfter gezogen, als ihm klar wurde, daß er nicht so einfach hinter ihm herreiten und ihn erschießen konnte. Nur ein einziges Mal hatte er etwas so Unbedachtes wegen einer Frau getan – er, der so gelassen und kühl war.

Aber er hatte Thérèse geliebt – die kühne, schöne Thérèse –, und am Ende hatte seine Liebe sie getötet. Sie war jetzt auf ewig in einer Steinkrypta eingeschlossen – und sein Herz mit ihr, das hatte er zumindest geglaubt. Aber er konnte die Gefühle nicht leugnen, die sich in ihm regten, als sein Mund Rachels Lippen traf, dann über ihre Wange zu ihrer Schläfe und ihrem Haar glitt. Er knabberte an ihrem Ohr, was sie erschauern ließ, und flüsterte ihr Worte zu, die sie nicht verstand, denn er war instinktiv ins Französische verfallen, das so viel melodischer und schöner klang als Englisch und viel geeigneter war, einer Frau im Mondlicht den Hof zu machen.

Seine Worte überströmten Rachel wie der Fluß den Sand und wuschen das bißchen Widerstand, das sie ihm entgegenbrachte, vollkommen weg. Er küßte sie immer und immer wieder, sie spürte seinen Atem warm auf ihrer Haut, seinen kitzelnden Schnurrbart und diese Lippen, die wie geschmolzenes Erz ihren Hals zu ihrem Herzschlag hinuntertroffen, der in der Mulde ihres

Nackens pulsierte. Sie spürte den harten Beweis seiner Leidenschaft für sie durch ihr Kleid an ihren Schenkeln, und in ihrem Inneren pochte ein brennender Schmerz, den sie nie zuvor empfunden hatte und nicht begreifen konnte. Sie wußte nur, daß sie wie eine Frau im Fieberwahn nach Slades Küssen lechzte, die aber ihren Durst nicht löschten, sondern wie die sengende Sonne auf ihrer Haut und wie Salz in ihrem Mund brannten und ihr Fieber, ihren Durst noch steigerten. Plötzlich meinte sie zu wissen, daß sie mehr von ihm wollte, viel mehr.

Der Gedanke schockierte und ängstigte sie, und endlich gelang es ihr, sich von ihm loszureißen, so plötzlich, daß sie stolperte und fast gefallen wäre.

»Nein, faß mich nicht an, bitte«, flehte sie, als Slade die Hand ausstreckte, um ihr zu helfen. »Bitte.«

Dann raffte sie ihre Röcke zusammen und rannte zum Haus. An der Tür blieb sie stehen, um ihr zerzaustes Äußeres etwas zu ordnen und Luft zu holen, bevor sie ins Haus ging. Slade folgte ihr etwas langsamer, ließ ihr Zeit, sich zu fangen – die auch er brauchte, nachdem ihm klar geworden war, wie deutlich sie seine Erregung gespürt haben mußte.

Gott, was war nur an dieser Frau, das ihn so sehr erregte? Sie war nicht wirklich schön wie einige der Frauen, die er in der Vergangenheit besessen hatte. Er vermutete sogar, daß die meisten Männer sie bestenfalls einigermaßen hübsch finden würden, und mit ihrem Temperament war bestimmt kein Preis zu gewinnen. Aber trotzdem hatte sie eine seltsame Anziehungskraft, die ihn faszinierte, wie es keine Frau seit Thérèse geschafft hatte.

Mein Gott, Slade, so wie du dich benimmst, möchte man ja fast glauben, du bist in sie verliebt, dachte er. Und du kennst sie kaum einen Monat! Sei bloß auf der Hut, sonst bist du an der Leine, ehe du dich's versiehst!

Und das wollte er auf gar keinen Fall – nicht wahr? Aber einen Moment lang, bei der Erinnerung an den süßen Geschmack von Rachels Mund, war er sich nicht mehr so sicher. Kopfschüttelnd fragte er sich, was wohl India zu all dem gesagt hätte. Sie hatte ihm doch wohl nicht geschrieben, er solle sich um die Kinder kümmern, in der Hoffnung, ihn dabei gleich an »Tante« Rachel verheiraten zu können? Oder etwa doch? Slade mußte grinsen.

Mein Gott, India, dachte er, jetzt, wo ich darüber nachdenke, bin ich mir sicher, daß du genau das geplant hast! Du fandest wohl, ich hätte mich lange genug herumgetrieben, was? Na ja, vielleicht hast du ja recht gehabt. Ich weiß es nicht. Ich muß darüber nachdenken. Auf jeden Fall wäre Rachel für Ox die reinste Verschwendung. Und soviel wie der ißt, würde sie ihn wahrscheinlich schnell fertigmachen, wenn er sie mal beim Essen ärgert. Ein Glück für uns, daß das Abendessen schon gekocht war, bevor wir ihren Stuhl demoliert haben!

Grinsend kehrte Slade ins Haus zurück und hoffte inständig, daß Rachel keine Pläne schmiedete, sich beim Frühstück an ihm zu rächen.

Rachel war leise ins Haus geschlichen, in der Hoffnung, nicht bemerkt zu werden. Aber so leicht konnte sie ihren Großvater nicht täuschen. Er warf ihr einen prüfenden Blick zu, und seine scharfen alten Augen registrierten nachdenklich ihre hochroten Wangen und die Strähnen, die sich aus dem Knoten gelöst hatten. Natürlich konnte auch der Nachtwind daran schuld sein, aber irgendwie glaubte er das nicht. Sein durchdringender Blick richtete sich jetzt auf Slade Maverick, der kurz nach Rachel ins Haus gekommen war. Slades Gesicht war eine Maske – gefühllos, undurchschaubar. Nur seine dunkelblauen Augen funkelten erregt – aber nicht wie die eines Mannes, der gerade seine Leidenschaft befriedigt hatte. Fremont war überzeugt, daß nichts außer einem mondbeschienenen Kuß passiert war, also lehnte er sich erleichtert im Stuhl zurück und paffte genüßlich und innerlich höchst zufrieden an seiner Pfeife.

Rachel konnte weiß Gott ein paar Küsse gebrauchen, fand er – sie war auf dem besten Weg, eine alte Jungfer zu werden –, und irgendwie hatte er das Gefühl, daß Gus in der Hinsicht ziemlich wenig zu bieten hatte. Aber Slade... das war schon ein anderes Kaliber. Fremont hatte den leisen Verdacht, daß der Bursche kein Kostverächter war und er wohl recht häufig die Milch bekam, ohne gleich die ganze Kuh zu kaufen – und genau das wollte Fremont nicht. In den vergangenen Tagen hatte er reichlich Gelegenheit gehabt, Slade Maverick aus nächster Nähe zu beobachten und dabei hatte er beschlossen, daß er, Revolvermann hin oder her, genau der richtige Ehemann für Rachel war.

Er scheute weder ihre scharfe Zunge, noch ließ er sich von ihrem Zorn einschüchtern – allein das hätte ihn nach Fremonts Meinung schon für den Posten qualifiziert – er war auch noch intelligent und gebildet (dank seiner Herkunft hatte er genausoviel Schulbildung, wenn nicht gar mehr als Rachel) und besaß außerdem Humor. Dazu war er stark und mitfühlend. Er scheute weder harte Arbeit noch einen Kampf, rauchte, trank und spielte nicht mehr als ihm guttat, und wenn er gerne hurte, hatte er bis jetzt keine Ansätze dazu gezeigt. Daraus schloß Fremont, daß er sich die Hörner schon abgestoßen hatte, und das nicht zu knapp, und jetzt nicht ständig Frauen brauchte, um sein Ego zu befriedigen. Seine Abscheu vor Jonathans endlosen Sauftouren und die Art und Weise, wie er India vor ihrem Tod behandelt hatte, war unverkennbar, was Fremont zu der Überzeugung brachte, daß Slade Maverick, sofern er sich entschloß zu heiraten und eine Familie zu gründen, der Frau, der er sein Ja-Wort gab, auf ewig treu sein würde. Er war ein Einzelgänger und deshalb schwer einzufangen. Aber Rachel war seiner Meinung nach der Aufgabe gewachsen. Wenn seine sich Enkelin den Revolvermann durch die Lappen gehen ließ, war sie mit Sicherheit die dümmste Frau der Welt – und in dem Fall würde es ihr ganz recht geschehen, wenn sie als alte Jungfrau endete.

Er schaute hinüber zum Schaukelstuhl, wo sie saß und leise vor sich hinsummend das Baby wiegte. Eigentlich sollte das ihr Kind sein, das sie da wiegte, und nicht Indias, obwohl er nichts dagegen hatte, daß sie die Kinder aufgenommen hatte. Trotzdem war das Blockhaus jetzt schrecklich überfüllt. Bei dem Gedanken seufzte Fremont, ihm fehlten die Ruhe und der Frieden, die vorher hier geherrscht hatten. Jetzt war da ständig Gelächter, Gerede und Lärm, und man hatte kaum Platz zum Gehen, wenn die Kinder so wie jetzt für die Nacht ihre Decken auf dem Boden ausgebreitet hatten. Fremont merkte, daß noch keins der Kinder schlief. Sie warteten sicher auf Slades Mundharmonikaspiel, aber der war noch in ein spannendes Damespiel mit Poke vertieft.

»Aha, erwischt!« schrie der Neger triumphierend und lenkte Fremonts Aufmerksamkeit auf das Brett. »Paß bloß auf. Jetzt hab' ich dich gleich, Slade!«

»Ja, das glaubst du, Poke. Du spielst aber nicht gegen Old Ox, weißt du noch?«

»Hmmf«, schnaubte der alte Neger unbeeindruckt. »Old Ox ist nicht so dumm, wie du glaubst, und auf jeden Fall müßt ihr beide ganz schön früh aufstehen, um mich aufs Kreuz zu legen!«

Bevor Slade Poke seine Meinung sagen konnte, fragte die kleine Naomi plötzlich aus heiterem Himmel, wie Kinder das manchmal tun, ganz neugierig: »Tante Rachel, wirst du Old Ox heiraten?«

»Du wirst ihn gefälligst nicht Old Ox nennen, Naomi«, tadelte Rachel, »und ob ich ihn heirate, geht nur ihn und mich etwas an. Und jetzt schlaf.«

»Ja, aber... wirst du?« So leicht gab sich Naomi nicht zufrieden.

»Nicht, wenn er mir noch einen Stuhl zerbricht«, bemerkte Rachel trocken, in der Hoffnung, damit den Fragen des Kindes ein Ende zu setzen, bevor es richtig in Fahrt kam. »Jetzt sei still, sonst weckst du das Baby auf. Es ist gerade eingeschlafen.« Sie warf einen zärtlichen Blick auf Tobias, der an ihrer Brust kuschelte.

Fast eine ganze Minute lang schwieg Naomi und dachte nach, wobei sie ihr Gesicht zu einer schrecklichen Grimasse verzog. Als Rachel dies sah, fragte sie sich, warum Kinder so unschöne Sachen machten. Aber sie schloß daraus, daß das Mädchen noch längst nicht mit ihr fertig war, was sich auch schon bald bewies.

»Tante Rachel?« ertönte die kleine Stimme erneut.

»Ja, Naomi?« fragte sie in halb nachsichtigem, halb warnendem Ton.

»Wenn du den alten... ich meine... Gus nicht heiratest, wirst du dann Onkel Slade heiraten?«

Mein Gott, India, warum hast du das Kind nicht bei der Geburt erwürgt? fragte sich Rachel mit schamrotem Kopf.

Sie wünschte, der Boden würde sich auftun und sie verschlukken, als sie sah, daß Slade sich nur mit Mühe das Lachen über ihr Unbehagen verkneifen konnte, während ihr Großvater und Poke unverhohlen lachten. Jetzt verstand sie, warum auch liebevolle Mütter ihre Kinder gelegentlich am liebsten verprügeln würden – etwas, was sie bisher nie ganz verstanden hatte.

»Naomi, Schätzchen«, sagte sie mit zusammengebissenen Zähnen und einem vernichtenden Blick auf ihren Großvater und den Knecht. Sie wagte nicht, Slade in die Augen zu sehen, weil sie wußte, daß sie aufspringen und ihn erwürgen würde, falls sie ihn beim Lachen erwischen sollte. »Der einzige Mann, den ich heiraten werde, ist derjenige, der mir fünfhundert Stück Vieh für meine südliche Vierzig bringt. Ist das klar?«

»Ja, Ma'am.«

»Gut. Dann schlaf jetzt!«

»Ja, Ma'am.« Naomi hielt kurz inne, dann sagte sie reumütig: »Tante Rachel, es tut mir leid, wenn ich wieder impertinent war.«

»Ja, das warst du!« sagte Rachel wütend. »Und jetzt sei um Himmels willen still!«

»Ja, Ma'am, ich tu' keinen Piepser mehr, ich versprech's.« Dann murmelte sie trotzdem leise: »Aber wenn ich du wär', würd' ich Onkel Slade nehmen. Ich mag ihn viel lieber wie den alten... Gus. Onkel Slade ist impertinent, genau wie ich!«

Darauf brachen Slade, Fremont und Poke in hysterisches Gelächter aus, ohne Rücksicht auf Rachel zu nehmen, die vor Wut sprachlos war. Sie war mit ihrer Geduld am Ende und erhob sich steif und legte das Baby in seine Kiste.Das einzige Positive an diesem katastrophalen Abend war, daß Poke Slade beim Damespiel die Hosen ausgezogen hatte. Sie wünschte allen mit zusammengebissenen Zähnen eine gute Nacht, dann stieg sie die Leiter hinauf in ihr

Schlafzimmer und riß den Vorhang zu. Sie tastete in der Dunkelheit nach ihren Streichhölzern und zündete eine Kerze an. Dann bereitete sie sich für die Nacht vor.

Unter ihr verstummte allmählich das Lachen. Slade beobachtete ihre Silhouette am Vorhang und sah, wie sie die Haarnadeln aus dem langen blonden Haar zog, das langsam nach unten fiel. Einen Augenblick lang fragte er sich, wie es wohl wäre, mit ihr ins Bett zu gleiten und diese Locken um seinen Hals zu wickeln, während er sie auf das Bett drückte und sie liebte.

Dann hob er langsam die Mundharmonika an den Mund und begann leise zu spielen.

13. Kapitel

Ein paar Tage später erwachte Rachel plötzlich mitten in der Nacht durch das nervöse Muhen von Rindern, das aus der Ferne an ihr Ohr drang. Anfänglich schenkte sie dem Muhen keine besondere Beachtung, da sie glaubte, es wäre der Wind. Doch dann saß sie mit einemmal kerzengerade im Bett. Ihr war klar geworden, daß der Wind das Geräusch mit sich brachte und sie es deshalb gehört hatte. Fluchend sprang sie aus dem Bett und zog sich nur schnell Strümpfe und Stiefel unterm Nachthemd an.

Hastig zog sie den Vorhang beiseite und stieg die Leiter hinunter, dann tastete sie sich vorsichtig zwischen den schlafenden Kindern hindurch zur Tür des Blockhauses. Dort warf sie ihren Mantel über und packte ihr Gewehr.

Es war das Knarzen des Scheunentores, das Slade, der auf dem Heuboden schlief, weckte. Aufgrund der vielen Jahre, die er immer nur im Halbschlaf geschlafen hatte, war er sofort wach. Da er stets mit Gefahr rechnete, griff er unter seinen Sattel, der ihm als Kissen diente, und holte vorsichtig seinen Revolvergurt heraus. Er schnallte ihn sich hastig um. Dann schlängelte er sich leise auf dem Bauch zum Rand und stieg behutsam die Leiter hinunter; er hatte vor, dem Eindringling eine äußerst unangenehme Überraschung zu bereiten. Er konnte im Halbdunkel fast nichts sehen, aber trotz Pokes lautem Schnarchen hörte er das Klirren von Zaumzeug und Sunflowers nervöses Wiehern.

Irgendein gottverdammter Pferdedieb versucht, Rachels Stute zu stehlen! dachte er wütend. Dem werden wir aber die Tour vermasseln!

Er schlich nur auf Strümpfen durch die Scheune, bis er auf einer

Höhe mit Sunflowers Box war. Dort machte er eine schnelle Drehung und stand direkt in der offenen Tür der Box.

»Keine Bewegung – bleib wo du bist«, zischte er, »und Hände zum Himmel, sonst blas ich dir das Licht aus!«

Rachel schrie auf und machte vor Schreck einen Satz in die Luft. Er hatte sich so lautlos bewegt, daß sie ihn nicht hatte kommen hören, und einen Augenblick lang glaubte sie, ein Fremder wolle sie überfallen. So schnell sie konnte, richtete sie ihr Gewehr auf die große Silhouette, die aus den Schatten auf sie zukam.

Dann rammte Slade fluchend seine Revolver zurück in ihre Halfter, und sie erkannte seine Stimme und ließ erleichtert die Waffe sinken.

»Mein Gott, Rachel!« sagte er erbost, als er in den Stall schritt. »Warum schleichst du denn hier herum wie ein gottverdammter Pferdedieb? Du kleine Närrin! Mach das ja nie wieder, hast du gehört?« fauchte er und schüttelte sie. »Ich hätte dich umbringen können!«

»Ich – ich wollte dich nicht aufwecken«, flüsterte sie zitternd vor Angst und Überraschung, daß er von der Taille aufwärts nackt war und sie in den Armen hielt. Seine dunkle Haut war glatt und schimmerte sanft im Mondlicht, das durch die Ritzen im Dach hineinfiel. Hie und da war das Weiß einer alten Narbe erkennbar. Seine Brust war voller schwarzer Locken, die auch seinen flachen Bauch bedeckten und dann in der Hose verschwanden. Rachel hob beschämt, weil sie ihn so angestarrt hatte, den Kopf, und sah ihm an ihrer Unterlippe nagend, in die Augen. »Es tut mir leid. Ich – ich hab' einfach nicht überlegt. Ich hab' meine Stute gebraucht...«

»Um diese Zeit! Wofür denn?« fragte Slade, und seine Augen wurden schmal, als er bemerkte, daß sie nur ein dünnes Nachthemd unter ihrem Mantel trug. »Verdammt, Rachel! Du hast ja kaum etwas an! Wohin wolltest du denn in diesem Aufzug?« Dann kam ihm plötzlich ein Verdacht, und ihm stockte der Atem. »Du wolltest dich doch nicht etwa mit Gus treffen, oder?«

»Natürlich nicht!« konterte sie wütend und beschämt, daß er so etwas auch nur denken konnte. »Es geht um meine Rinder. Ich hab' ihr Muhen gehört und bin davon aufgewacht. Irgend etwas hat sie erschreckt, und ich muß nachschauen, was los ist. Womöglich ist ein verdammter Viehdieb da draußen und macht sich gerade mit meiner halben Herde davon! Das ist dieses Stinktier, Rye Crippen! Das weiß ich! Ich werd' ihn auf frischer Tat ertappen – und dann bring' ich ihn zum Marshal, und der hängt ihn!«

»Mein Gott, du hast ja genausowenig Verstand wie Naomi!« rief Slade wütend, weil sie auch nur daran dachte, so etwas zu machen. »Was bitte hättest du getan, wenn du dort vier oder fünf bewaffnete Männer vorgefunden hättest? Den ganzen Haufen alleine erschossen? Den Teufel! Die hätten dich wahrscheinlich vom Pferd gezerrt und dir deine verdammte Kehle durchgeschnitten – natürlich erst, nachdem sie dich alle vergewaltigt hätten, da bin ich mir sicher. Hast du dir das überlegt, du kleine Närrin? Viehdiebe gehören zum Abschaum der Menschheit, genau wie Mörder. Jetzt marsch zurück ins Haus, bevor ich dir den Hintern versohle! Ich regle das.«

»Du weißt ja nicht einmal, wo die Herde ist«, protestierte Rachel hartnäckig. Ihre Angst um ihr Vieh war stärker als die Angst vor ihm.

»Ich finde sie!« sagte Slade knapp. »Jetzt ab mit dir!«

Er schob sie aus der Box, versicherte sich, daß sie in Richtung Scheunentor ging und kletterte dann in den Heuboden hinauf, um den Rest seiner Kleider zu holen. Während er sich die Stiefel anzog, hörte er plötzlich das unverkennbare Klappern von Hufen unter sich in der Scheune. Er sprang auf und sah gerade noch, wie Sunflower mit Rachel auf dem Rücken durch das Scheunentor verschwand. Fluchend stopfte Slade hastig sein Hemd in die Hose, knallte sich den Hut auf den Kopf und streifte seinen Staubmantel über. Dann sprang er die Leiter hinunter, sattelte seinen Hengst und galoppierte in halsbrecherischem Tempo hinter ihr her.

Rachel hatte zwar einen ziemlichen Vorsprung, aber sie war im Mondlicht leicht zu erkennen – dank des weißen Nachthemds, das sie bis an die Knie hochgezogen hatte. Slade entdeckte sie auf einem

Präriehügel und galoppierte kochend vor Wut auf sie zu. Doch während er sie jagte, mußte er ihre Reitkünste bewundern; wie ein Racheengel fegte sie über die Ebene, und ihr offenes Haar flatterte wie eine Fahne im Wind. Schließlich holte er sie ein, aber nur, weil sein Pferd Fortune wesentlich schneller als ihre Stute war und erheblich mehr Ausdauer hatte. Als er mit ihr gleichzog, beugte er sich zu ihr, packte Sunflowers Zügel und brachte sie zum Stehen.

»Bei Gott, ich sollte dir deinen hübschen Hintern grün und blau schlagen!« knurrte er. »Ich dachte, ich hätte gesagt, du sollst zum Haus gehn, ich würde das regeln.«

»Das hast du auch«, erwiderte Rachel kühl. »Aber es sind meine Rinder – und du bist nicht mein Aufpasser, Slade!«

»Verdammt noch mal, Rachel! Warum mußt du immer so stur sein? Und stachliger als ein Kaktus obendrein? Du hättest doch wenigstens auf mich warten können, wenn du schon so wild entschlossen bist, diesen hirnrissigen Plan durchzuführen!«

»Ich – ich hatte Angst, du läßt mich nicht mitkommen, und wenn das da draußen nicht Rye Crippen ist, sondern ein bewaffneter Haufen, wie du gemeint hast, könntest du doch meine Hilfe gebrauchen. Ich kann recht gut schießen, und so gut du auch sein magst, Slade – und bis jetzt kann ich das nur nach deinem Ruf beurteilen –, ich weiß nicht, ob du mit vier oder fünf Männern alleine fertig werden würdest.«

»Na ja, die Chancen stünden nicht gerade gut, soviel ist sicher«, gab er zu. »Trotzdem, ich will nicht, daß dir etwas passiert, Rachel. Aber ich nehme an, du wirst nicht vernünftig sein und ins Blockhaus zurückreiten?«

»Nein, das werde ich nicht – das ist mein letztes Wort!«

»Wenigstens bist du ehrlich, das muß man dir lassen. Na schön, du kannst mit mir kommen. Aber du machst genau, was ich dir sage, verstanden? Ich will nicht dafür verantwortlich sein, daß du mit einer Kugel im Leib endest, weil du zu dumm und zu stur warst, dich an meine Anweisungen zu halten. Also, wo ist jetzt diese Herde?«

»Gleich hinter der Anhöhe.« Rachel zeigte es ihm.

»Na, dann nichts wie los.«

Wortlos ritten sie weiter, streng darauf bedacht, sich möglichst geräuschlos dem Hügel zu nähern. Dann stiegen sie ab und schlichen durch das hohe Gras, bis das Vieh schließlich in Sicht kam.

»*Das* ist deine Herde!« platzte es dem völlig überraschten Slade heraus. Hätte er nicht Angst gehabt, durch das Geräusch mögliche Viehdiebe aufzuschrecken, hätte er laut losgelacht. »Wenn das mehr als zwölf Stück sind, freß' ich einen Besen!«

»Ich hab' ja nie behauptet, daß es eine *große* Herde ist«, flüsterte Rachel ihm grimmig zu. »Aber sie gehört mir, und ich werde sie verteidigen.«

»Aber Rachel, Schatz, die ist doch nicht einmal das Stehlen wert«, versuchte Slade ihr zu erklären, womit er leider recht hatte. Außerdem war er jetzt doch etwas beleidigt, weil sie ihn umsonst durch die Nacht gehetzt hatte – scheinbar ohne jeden triftigen Grund. »Wer wäre denn so dumm, seinen Hals zu riskieren um die armseligste, magerste Herde zu stehlen, die ich je gesehen habe?«

»Rye Crippen, wenn du's wissen willst! Dieses stinkende Stück Ungeziefer! Und sie sind nicht mager und armselig! Das sind zurückgelassene Kälber, die mit den Herden auf dem Treck nach Norden nicht Schritt halten konnten, und ich habe ihnen ein Brandzeichen aufgedrückt. Meistens bringen die Treiber sie um, aber manchmal geben sie sie unterwegs den Farmern. Ich nehm' alle, die ich kriegen kann, weil sie nichts kosten und ich es mir nicht leisten kann, welche zu kaufen. Ich zieh' sie mit Magermilch auf, dann entwöhn' ich sie und laß sie auf die Weide. Sie sind noch jung, aber ich werde sie schon hochpäppeln. Eines Tages werde ich eine gute Herde haben, und dann brauch' ich mir nie wieder Sorgen zu machen, daß die Ernte kaputtgeht und nicht genug Essen auf dem Tisch und Geld in der Blechschachtel auf dem Küchenregal ist.«

Rachel sah so jung und so todernst im Mondlicht aus, daß Slade es nicht übers Herz brachte, sie weiter zu necken. Manchmal vergaß er, wie schwer sie es hatte, ohne Eltern und ohne einen Menschen auf dieser Welt, außer ihrem Großvater und Poke, der sich um sie kümmerte. Kein Wunder, daß sie heimatlose Wesen aufnahm – streunende Kinder, streunende Tiere und einen streunenden Revolvermann, dachte er. Sie kannte so wenig Liebe, daß sie ihre eigene waggonweise verschenkte, um das wettzumachen. Sie hatte nicht zugelassen, daß Einsamkeit und Trauer sie verschlossen machten – wie es Slade ergangen war.

»Wer, bitte, ist dieser Rye Crippen überhaupt?« fragte er.

»Ein echter Taugenichts aus der Stadt. Er lungert die meiste Zeit in Delano herum und trinkt und spielt. Ich vermute, er ist Falschspieler, ein kleiner Betrüger, und manchmal stiehlt er Vieh. Ich hab' ihn mal auf der Weide gesehen, mit einem Brandeisen im Stiefel, ganz unverschämt. Ich hab' ihm gesagt, daß man ihn für den Besitz allein schon aufhängen könnte, und er hat ein paar widerliche Drohungen ausgestoßen und ist weggeritten. Ich hab's natürlich Marshal Meagher erzählt, aber so dumm war Rye natürlich nicht, daß er mit dem Eisen im Stiefel durch Wichita geritten wäre. Seither verschwindet mein Vieh, eins nach dem anderen. Ich glaube, er nimmt sie bloß aus Bosheit mit.«

»Das ist aber wirklich mies – einer Frau die Rinder nur aus Rache zu stehlen. Trotzdem, Rachel, wenn der Schuft wirklich hier ist, jetzt ist er jedenfalls weg. Ich seh' nur Rinder. Aber schaun wir uns zur Sicherheit noch mal um, ja?«

Sie stiegen auf ihre Pferde und ritten an den Rindern vorbei, die inzwischen friedlich schliefen oder zufrieden wiederkäuten. Rachel zählte sie schnell und fing an zu fluchen.

»Ich hab's gewußt! Ich hab's einfach gewußt! Butterbean ist weg!«

»Butterbean?« Slade zog eine Augenbraue hoch, und sein Mund zuckte vor Vergnügen. »Rachel, du willst mir doch nicht etwa sagen, daß du für diese traurigen Kreaturen auch noch Namen hast.«

»Natürlich hab' ich die.«

»Und was, darf ich fragen, ist das für ein niedliches kleines

Brandzeichen auf ihrer linken Flanke? Nein, sag's mir nicht. Gott, sowas kann sich nur eine Frau ausdenken! Ein Herz! Was hat denn bloß der Beamte gesagt, als er das ins Brandzeichenbuch eingetragen hat, Rachel?«

»Das hier ist das Heartland, und eines Tages wird genau das Land, auf dem du jetzt stehst, Heartland Ranch heißen, und das Herzbrandzeichen wird im ganzen Land bekannt sein. Deswegen kann ich es nicht zulassen, daß Rye Crippen sich mit meinen Rindern davonmacht! Sie sind meine Zukunft – wovon ich seit ewigen Zeiten träume.« Rachel verstummte, denn mit einemmal wurde ihr bewußt, daß sie dem Revolvermann ihre geheimsten Wünsche offenbarte, Träume, die sie noch nicht einmal Großvater oder India anvertraut hatte. Einen Augenblick später sagte sie leise: »Du hältst mich wahrscheinlich für ein albernes Mädchen, weil ich mir das alles wünsche und mir doch genausogut den Mond wünschen könnte.«

»Nein, das stimmt nicht. Ich finde, du bist eine sehr tapfere und schöne Frau«, sagte er, und es war kein Spott in seiner Stimme.

Rachel wußte nicht, was sie darauf sagen sollte. Keiner hatte ihr je zuvor gesagt, sie wäre tapfer und schön, und sie konnte nicht glauben, daß Slade Maverick das ernst gemeint hatte – auch wenn er jetzt nicht grinste wie ein Wiesel. Er nahm sie sicher wieder auf die Schippe. Am besten war wohl, wenn sie seine Worte einfach schnell wieder vergaß.

Nachdem sie festgestellt hatten, daß Rye Crippen heute abend nicht zu fangen war, ritten sie in Gedanken versunken zurück zum Blockhaus. Am Scheunentor sagte Slade, er wolle sich um Rachels Stute kümmern, damit sie hineingehen und noch ein bißchen schlafen könne. Sie war müde, fand er. Sie arbeitete zu hart. Trotzdem würde sie wieder im Morgengrauen aufstehen, um ihre frühmorgendlichen Aufgaben zu erledigen, ehe sie mit dem Frühstück anfing. Sie hatte keinen faulen Knochen im Leib.

»Rachel?« fragte er neugierig. »Wie lange ist es her, seit du einen freien Tag gehabt hast? Und damit meine ich nicht die Sonntage.

Acht Kinder in die Kirche fahren, ist nicht meine Vorstellung von einem freien Tag.«

»Dann weiß ich es nicht. Am Tag von Indias Beerdigung?«

Slade konnte sich das genau vorstellen: Rachel, die versuchte, das unwirtliche Haus der Beechams von oben bis unten in Ordnung zu bringen, damit India sich nicht schämen mußte und man über sie klatschte, weil das Haus nicht nur kurz vor dem Einstürzen war, sondern obendrein noch total verdreckt. Rachel, die für alle Trauergäste kochte, die nach der Beerdigung zum Haus trabten, um dort eine kostenlose Mahlzeit zu ergattern. Rachel, die dafür sorgte, daß die acht Kinder gewaschen, gekämmt und sauber angezogen waren und sie dann zum Grab führte, damit sie ihre Mutter anständig unter die Erde brachten. Rachel, die dem Priester die Hand schüttelte und dafür sorgte, daß er sein Geld bekam, weil Jonathan zu betrunken war, um sich selbst darum zu kümmern. Rachel, wie sie das Geschirr abkratzte, wusch und abtrocknete. Rachel, wie sie das Baby fütterte und die Kinder ins Bett steckte. Rachel, wie sie in ihrem Wagen nach Hause fuhr, lange nach Einbruch der Dunkelheit im bitterkalten Winterwind.

Das war kein freier Tag – zumindest nicht nach Slades Vorstellung. Er sagte kurzentschlossen: »Ich muß morgen nach Wichita, Vorräte einkaufen. Wie wär's, wenn du mitkommst? Zum Einkaufen oder was Frauen sonst so in der Stadt machen?«

Rachel sah ihn einen Augenblick lang an und fragte sich, was ihn wohl dazu bewegt hatte, sie einzuladen. Er hatte bis jetzt noch nie angeboten, sie mit nach Wichita zu nehmen, immer nur gefragt, ob sie etwas aus der Stadt brauche. Also wußte sie nicht, was sie sagen sollte, und ob sie ihn nun begleiten sollte oder nicht.

Seit seiner Ankunft hatte er ihr ruhiges, geordnetes Leben auf den Kopf gestellt, ihre Werte zum Gespött gemacht und, was noch schlimmer war, sie an sich selbst zweifeln lassen, sie verwirrt, wo sie doch zuvor immer einen so klaren Verstand gehabt hatte. Seine unziemlichen Annäherungsversuche hatten seltsame Gefühle und Sehnsüchte in ihr erweckt, als wäre es ihm gelungen, eine Tür in ihrem Inneren zu öffnen und dadurch dunkle, primitive Begierden freizusetzen, von deren Existenz sie nichts geahnt hatte. Ihre heftige, wollüstige Reaktion auf ihn hatte sie beschämt und erschreckt.

Sogar jetzt fand Rachel seine Nähe, seine unverbrämte Maskulinität sehr beunruhigend. Sie war sich der Durchsichtigkeit ihres Nachthemdes schmerzlich bewußt und zog den Mantel enger um sich, als könne sie das vor ihm schützen. Aber er machte keinerlei Anstalten, sie zu umarmen, sondern stand einfach schweigend da und wartete auf ihre Antwort. Schließlich sagte sie. »Ich – ich würde gerne morgen mit dir in die Stadt fahren, Slade.«

Dann errötete sie und biß sich auf die Lippe, denn das hatte sie nicht sagen wollen. Sie hatte eigentlich nein sagen wollen, auch wenn das unhöflich und kleinlich von ihr war, besonders da er heute nacht so nett zu ihr gewesen war, ganz anders als sonst.

»Gut. Dann bis morgen früh«, sagte Slade. »Gute Nacht, Rachel.«

»Gute Nacht.«

Während Slade die Pferde in die Scheune führte, ging Rachel langsam zurück zum Blockhaus und fragte sich etwas enttäuscht und traurig, warum er sie nicht geküßt hatte, anstatt ihr nur gute Nacht zu wünschen. Vielleicht war er des Spieles, das er mit ihr gespielt hatte, müde. Er war schließlich ein Mann von Welt und sie nur ein Farmersmädchen aus Kansas. Es war albern zu glauben, er könne sich für sie auch nur im geringsten interessieren. Für ihn war sie nur eine vorübergehende Unterhaltung, ohne jede Ahnung, wie man einen Mann zufriedenstellt. Zweifellos hatte er sich über ihre Unerfahrenheit amüsiert, als er sie geküßt hatte, und sie bemitleidet, als sie ihm gedankenlos von ihren absurden Hoffnungen für die Zukunft erzählt hatte. Letzteres hatte ihn wahrscheinlich zu dieser Freundlichkeit angeregt. Sie tat ihm leid.

Rachel war beschämt und, was noch schmerzlicher war, zutiefst enttäuscht. Wie hatte sie nur so dumm sein können? Sie wußte es nicht. Sie verstand sich selbst nicht mehr.

Es dauerte lange, bis sie endlich einschlief.

14. Kapitel

Abgesehen von ein paar Stellen, die vor der Sonne geschützt waren, war der ganze Schnee geschmolzen. Grüne Schößlinge des Frühlings sprossen aus der dunklen, fetten Erde und wogten wie Wellen im wilden Wind, der über die Ebene tobte. Es gab ein altes Sprichwort in Kansas, das besagte, der März käme wie ein Löwe nach Kansas und verließ es wie ein Lamm, und in den meisten Jahren traf dies auch zu. Der Wind von Kansas war dafür bekannt, daß er die Einwohner der Prärie, besonders einsame Frauen, zum Wahnsinn und zum Selbstmord trieb. Er blies ohne Unterlaß und schien launenhaft wie ein Mensch. Er flüsterte, er stöhnte, er sang und er heulte. Manchmal blies er so heftig, daß er Menschen tatsächlich umwarf. Trotzdem liebte Rachel ihn leidenschaftlich. Er berauschte sie, gab ihr das Gefühl, wild und lebendig zu sein wie er selbst.

Ihre minzgrünen Augen funkelten. Sie saß mit hochroten Wangen neben Slade auf dem Kutschbock und hielt sich gut fest, damit sie nicht heruntergeblasen wurde. Vor ihnen flatterten die langen Mähnen und Schweife von Jonathans Zugpferden. Rachel hielt mit einer Hand fest die Büffelhautdecke umklammert, damit ihre Röcke nicht hochgepeitscht wurden, und Funken von Slades Zigarillo strömten im Wind.

Da man schreien mußte, um sich verständlich zu machen, war eine Konversation praktisch unmöglich, wofür Rachel dankbar war. Nach ihrem verbalen Überschwang gestern abend war sie auf der Hut, um Slade Maverick nicht noch mehr über sich zu enthüllen. Die Vorstellung, daß sie in diesen letzten paar Wochen in seinen Augen lächerlich und mitleiderregend ausgesehen hatte, war zu demütigend, als daß sie noch weitere Blößen riskiert hätte. Um sich zu schützen, hatte sie sich hinter einer Mauer kühler Höflichkeit verschanzt und begleitete ihn heute morgen nur, weil ihr keine plausible Entschuldigung eingefallen war.

Slade spürte die kaum merkliche Veränderung in ihrem Verhalten und fragte sich, was wohl der Grund dafür sein mochte. Er mochte die brave, prüde Miss Wilder nicht. Er wollte die Rachel von gestern nacht wiederhaben, die so tapfer der Gefahr entgegengeritten war und so beredt und sehnsüchtig über ihre Träume gesprochen und deren sommersprossiges, herzförmiges Gesicht im Mondlicht so schön gestrahlt hatte. Ihre kleine Rinderherde hatte Slade amüsiert, aber ihre Hoffnungen für sie und ihre Zukunft keineswegs.

Ihm war schon seit langer Zeit klar, daß er nicht auf ewig herumziehen konnte, und daß ein Revolvermann nur geringe Chancen hatte, alt zu werden. Nachdem er keine Lust hatte, den Würmern früher als nötig als Fraß zu dienen, hatte er seit einiger Zeit viel über seine Zukunft nachgedacht, war aber noch zu keinen greifbaren Entschlüssen gekommen.

In vieler Hinsicht hatte Indias Brief über seine Zukunft entschieden und ihn gezwungen, Wurzeln zu schlagen, bevor er es wollte. Und obwohl er nicht vorhatte, ein »Sodbuster« zu werden, mußte Slade doch zugeben, daß er sein neues Leben nicht unangenehm fand. Schon seit einiger Zeit spielte er mit dem Gedanken, sich irgendwo ein kleines Anwesen zu kaufen. Er war auf einer Plantage aufgewachsen, also verstand er etwas von Ackerbau, und er hatte auch viel über Viehzucht gelernt, von den Räuberbaronen des Westens, die ihn gelegentlich angeheuert hatten, um ihre Weidekriege zu führen.

Außerdem hatte Kansas etwas, das Slade gefiel. Weil er viele Jahre in Texas verbracht hatte, liebte er weite, offene Flächen und mochte es, wenn er meilenweit sehen konnte. In einem solchen Land fühlte ein Mann sich nicht eingsperrt, eingezäunt und konnte herumstreifen, wohin ihn seine Füße trugen. Das war für einen

Mann wie Slade wichtig, und somit war Kansas mit seinen endlosen, wogenden Ebenen genau das richtige für ihn. Und nach ihren unerwarteten Enthüllungen gestern abend fragte er sich, ob nicht auch Rachel Wilder genau richtig für ihn war. Sie hatte etwas so... Tapferes – ja, das war es – an sich, und obwohl sie ihn häufig maßlos irritierte, spürte er immer mehr den Drang, sie zu besitzen, zu behüten und zu beschützen.

Er warf einen verstohlenen Blick zu ihr, wie sie da so still und schweigsam neben ihm saß und der Wind goldene Haarsträhnen um ihr Gesicht bauschte, die Augen funkelnd von irgendeinem namenlosen Gefühl, ein angedeutetes Lächeln auf dem süßen Mund.

Heartland Ranch. So schlecht fand er den Namen gar nicht.

Vor ihnen tauchte jetzt Wichita aus der Prärie auf, und Rachel war fasziniert wie immer, wie schnell die Stadt seit ihrer Gründung gewachsen war. Sie erstreckte sich bereits entlang der Ufer des Big und des Little Arkansas weiter nach Osten, und Delano breitete sich nach Westen aus. Innerhalb der Stadt war der Wind durch den Schutz der Gebäude nicht ganz so heftig, und Rachel war erleichtert, weil sie sich nicht mehr am Wagen festhalten mußte.

Slade fuhr den Wagen durch die Stadt, die Douglas Avenue hinunter zur Ecke Main Street, wo er direkt gegenüber des einstöckigen Backsteinbaus namens Eagle Block stehenblieb, in dem die Zeitung *Wichita Eagle*, verschiedene Regierungsbüros und ein öffentlicher Versammlungssaal, die Wichita Savings Bank und ein paar kleine Läden untergebracht waren. Er manövrierte zwischen die anderen Gefährte hinein, die sich vor dem größten Kaufhaus der Stadt, Morris Kohns New York Store, drängten, dessen jährliche Umsätze sich dank des schnellen Wachstums Wichitas bereits auf 60.000 Dollar beliefen. Slade zog die Bremse an, sprang vom Wagen und half Rachel vom Kutschbock. Dann nahm er ihren Arm und führte sie auf den Gehsteig, auf dem sich Fässer und Kisten in allen Größen und Formen stapelten. Sie schritten unter dem überhängenden Dach des ersten Stockes des Backsteingebäudes entlang, dann öffnete er die Tür für sie und begleitete sie hinein. Er verabschiedete sich mit den Worten, er würde in etwa einer Stunde zurück sein.

Rachel hörte ihn schon fast nicht mehr, so fasziniert war sie von den fertigen Kleidern auf Schneiderpuppen, den Stoffballen, den bunten Bändern in den Regalen, den Hüten, Schals und Handschuhen, die auf den langen, Tresen lagen, und den Lederstiefeln und Schuhen, die auf dem Boden arrangiert waren. Slade grinste über ihr offensichtliches Entzücken und machte sich auf den Weg zu Kimmerle's Stone and Monument Works, die Kalkmörtel und Marmor für Grabsteine verkauften. Er brauchte Mörtel für das neue Blockhaus der Beechams und die Scheune und den Grabstein, den er vor ein paar Wochen für Indias Grab bestellt hatte. Danach ging er in die Fourth Street zur Planing und Mill Company, wo er eine Wagenladung Holzpfosten kaufte. In einer Eisenwarenhandlung besorgte er verschiedenes Werkzeug, Nägel und ein paar Rollen Stacheldraht. Rye Crippen würde keines von Rachels Rindern mehr kriegen – nicht wenn er es verhindern konnte!

Inzwischen hatte Rachel im New York Store, nachdem sie sich alles angesehen hatte, endlich eine zarte, hellblaue Seide entdeckt, die sehr gut zu ihrem blonden Haar paßte, und beschlossen, sich ein hübsches neues Kleid zu gönnen, das sie zumindest am Feiertag des 4. Juli tragen konnte. Bei der wenigen Zeit, die sie hatte, würde es sicher mehrere Wochen dauern, bis es fertig war.

Sie öffnete ihr Täschchen, zählte das Geld, rechnete kurz, wieviel sie für genügend Stoff und Faden und etwas passendes Band für ihr Haar brauchen würde, ging dann zum Tresen und ließ sich den Stoff abmessen und schneiden. Der Verkäufer tippte alles auf der Kasse ein und verpackte dann ihre Einkäufe in braunem Papier. Jetzt wanderte Rachel mit dem Paket in der Hand zurück zum Eingang des Ladens, um nach Slade Ausschau zu halten.

Endlich kam er. Rachel hatte damit gerechnet, daß sie sofort nach Hause zurückfahren würden, aber zu ihrer Überraschung lud er sie ins Empire House Hotel zum Essen ein. Hinterher gingen sie am großen Fluß spazieren, um die Enten anzuschauen, die sich am Ufer sonnten, glücklich, weil der Frühling endlich gekommen war. Über ihnen flogen die Wildgänse zu ihren Sommerquartieren im Norden. Ihre durchdringenden Schreie hallten durch die Nachmittagsluft und vermischten sich mit dem Rascheln der knospenden grünen Äste der Pappeln, die entlang des Flußufers im Wind schwankten. Es war ein friedlicher Ausflug, den sie zufrieden und schweigend verbrachten.

Obwohl Rachel sich geschworen hatte, von jetzt an Slade auf Distanz zu halten, war sie doch seltsam traurig, als der Tag zu Ende ging und er zögernd sagte, sie müßten sich jetzt auf den Rückweg zum Blockhaus machen.

Wie immer wenn das Wetter es erlaubte, fuhr Fremont am Sonntag Rachel und die Kinder in die Stadt zur Kirche. Rachel hatte dabei immer ein schlechtes Gewissen, denn sie war ein Mitglied der Episkopalkirche, und India war Baptistin gewesen. Vielleicht hätte sie also die Kinder in die große, imposante Backsteinkirche an der Ecke First und Market Street bringen sollen, statt in ihre eigene kleine, bescheidene Holzkirche in der Lawrence Street. Aber India wäre sicher froh gewesen, daß die Kinder überhaupt einen Gottesdienst besuchten, denn Jonathan war seit Jahren in keiner Kirche mehr gewesen, genau wie Slade. Poke war zwar gläubig, aber nachdem Schwarze keinen Zutritt zu den Kirchen der Stadt hatten, blieb auch er zu Hause.

St. John war die älteste Kirche in Wichita, das erste Gebäude war 1869 errichtet worden. Die erste Kirche, die auch als Schule diente, war aus Holz und mußte schon nach zwei Jahren abgerissen werden, weil das schwere Grasdach die Wände nach innen gebogen hatte und Einsturzgefahr drohte.

Die neue Kirche war zwar nicht sehr groß, aber viel schöner als die alte, mit einer gotischen Tür und bunten Glasfenstern. Sie stand auf einer Wiese mit Bäumen.

Rachel genoß die Messe. Erst hinterher wünschte sie, sie wäre nicht gekommen, denn der Pfarrer und eine der hiesigen Schullehrerinnen sprachen sie an und erinnerten sie streng noch einmal daran, daß die Beecham-Kinder – mit Ausnahme von Andrew, Naomi und Tobias, die noch zu jung waren – in die Schule gehörten. Rachel machte sich zwar häufig Sorgen um ihre Erziehung, aber sie wollte die Kinder nicht in die Schule schicken. Die Schulen Wichitas waren in fürchterlichem Zustand, schmutzig, schlecht geheizt und nicht einmal mit dem Notwendigsten wie Bücher, Tafeln und Landkarten ausgestattet. Einige waren tatsächlich in Saloons oder Bordellen untergebracht! Die Lehrer wechselten dank der furchtbaren Arbeitsbedingungen und des niedrigen Gehalts häufiger als die Jahreszeiten. Eine Schande, dachte Rachel. Aber immer wieder stimmten Wichitas sparsame Geschäftsleute gegen ein neues Schulgesetz, weil sie Angst hatten, daß höhere Steuern die Investoren abschrecken und das Wachstum der Stadt behindern könnten.

Und die Kirchen hatten bei der Verbesserung der Schulen genausowenig Erfolg wie beim Kampf gegen die Laster und die Korruption in Delano. Aber jetzt, nachdem bereits drei Monate seit Indias Tod vergangen waren und die Tage wärmer wurden, wußte sie nicht mehr, wie sie die weitere Abwesenheit der Kinder erklären sollte.

»Ich werde mit ihrem Onkel darüber reden«, versprach sie dem Pfarrer und Miss Corbett, der Lehrerin, die trotz aller widrigen Umstände ihre Arbeit sehr ernst nahm und deshalb besonders hartnäckig war.

An diesem Abend hielt Rachel ihr Wort und brachte das Thema vor Slade zur Sprache und erklärte ihm, warum sie die Kinder bis jetzt nicht zur Schulde geschickt hatte.

»India hat sie bis zu ihrem Tod zu Hause unterrichtet. Ich könnte das auch – abends zumindest. Mein Vater war Lehrer in Pennsylvania, weißt du.«

»Ja, ich weiß«, erwiderte Slade. »Aber du hast ohnehin schon genug zu tun, besonders jetzt zur Saatzeit. Fremont und Poke haben mir schon erzählt, wie hart du jeden Frühling auf den Feldern arbeitest. Ich werde dir natürlich helfen, so gut ich kann, aber trotzdem wirst du abends erschöpft sein.« Er musterte sie besorgt, denn sie sah selbst jetzt sehr mitgenommen aus. Der kleine Tobias hatte eine unruhige Nacht gehabt, und deshalb hatte sie kaum geschlafen. Sie hatte dunkle Ringe unter den Augen, und ihr Rücken war gebeugt. »Du kannst dir nicht so viele Belastungen aufhalsen, Rachel«, tadelte er sie besorgt.

Sie quälte sich ein Lächeln ab.

»So darfst du nicht reden«, sagte sie. »Ich hab' doch nicht den ganzen Tag Stacheldrahtzäune gebaut. Aber ich danke dir dafür. Das hättest du wirklich nicht zu tun brauchen.«

»Ich weiß – und glaub ja nicht, daß ich mir nicht früher oder später die Bezahlung dafür hole«, neckte er sie und sah betont auf ihren Mund. Sie errötete und schlug die Augen nieder. »Er wird im Lauf der Woche fertig. Dann werden wir ja sehen, ob dieser Bösewicht Rye Crippen es noch mal wagt, dir ein Rind zu stehlen!« Slade hielt kurz inne und fuhr dann fort.

»Was die Schule für die Kinder angeht, ich werde mich darum kümmern, wenn ich das nächste Mal in der Stadt bin. Vielleicht finde ich eine Schule, die wenigstens halbwegs anständig ist. Offen gesagt, ich hab' mich schon gefragt, was ich mit den Kindern machen soll, wenn sie in ihrem neuen Zuhause eingezogen sind. Ich muß auch Beechams Felder pflügen und bepflanzen und ehrlich gesagt, macht mir die Vorstellung etwas Sorge, ihn im Auge behalten zu müssen und acht Rabauken dazu, von denen eins eine neunmalkluge Zweijährige und eins ein Baby ist. Manchmal frage ich mich, wie du das schaffst, Rachel.«

Sie lachte herzlich, eigentlich das erste Mal, und Slade mußte feststellen, daß es ihm gefiel.

»Ich hab' wohl einfach den Dreh raus«, sagte sie.

»Anscheinend ja.« Er stand auf und streckte seinen langen, muskulösen Körper wie eine Raubkatze. »Ich bin müde. Ich glaub', ich geh' heute früh zu Bett. Gute Nacht, Rachel.«

»Gute Nacht, Slade«, erwiderte sie leise, und ihr Herz zog sich zusammen bei dem Gedanken, daß das neue Haus der Beechams bald fertig sein würde und Slade Maverick ihr schließlich die Kinder wegnehmen würde. Es war unvermeidlich.

Wenn der Tag kam, würde Rachels Leben sehr einsam und leer sein, das wußte sie. Sie stieg schnell auf ihren Speicher hinauf, damit Poke und Großvater die plötzlichen Tränen in ihren Augen nicht sehen konnten.

15. Kapitel

Ein paar Tage später kam Gus bei Sonnenuntergang wieder zu Besuch und brachte den neuen Stuhl für Rachel mit, den er ihr als Ersatz für den von ihm und Slade unabsichtlich zerbrochenen gezimmert hatte. Slade Maverick wusch sich gerade am Brunnen, als der Schwede mit seinem Mulikarren einfuhr. Den neuen Stuhl hatte er vorsichtig festgebunden und mit einer Decke geschützt.

»Hallo, Maverick«, begrüßte er Slade ziemlich lustlos.

»Ox.« Slade nickte und trocknete sich mit einem Mehlsackhandtuch ab, das er dann lässig über die nackte Schulter warf. Er musterte neugierig die Decke auf dem Wagen des Schweden.

Gus seufzte und wünschte, Slade würde nicht dauernd in Rachels Haus herumlungern. Irgendwie war sie seit der Ankunft des Revolvermanns anders – gar nicht sie selbst, verwirrt und abwesend irgendwie, dauernd wurde sie rot und beachtete Gus kaum. Sie war sogar noch schneller als sonst wegen der geringsten Kleinigkeit beleidigt. Gus hätte nicht im Traum daran gedacht, sie zu beleidigen, obwohl er das getan hatte, als er ihren Stuhl zerbrochen hatte – was ohne diesen Burschen nie passiert wäre. Wirklich, es war alles Slades Schuld! dachte der Schwede wütend. Wenn er nicht an dem Stuhl gezerrt hätte, mit diesem unverschämten Grinsen, dann hätte Gus ihn nicht so festgehalten, und es wäre nie passiert. Der Kerl mischte sich in alles ein und versuchte ständig, ihn zum Narren zu machen vor Rachel – was ihm auch meistens gelang.

Warum beeilt er sich nicht mit diesem verdammten Beecham-Blockhaus? fragte sich Gus mißtrauisch. Dauert ganz schön lange.

Ich wär' schon vor Tagen damit fertiggeworden. Ich glaube, der läßt sich Zeit, damit er hier bei Rachel bleiben und mich ausstechen kann. Er will ihr sein Brandzeichen aufdrücken. Aber ich bin kein dummer Stier, ich laß mich nicht ausstechen. Ich glaube, wenn er noch mehr Ärger macht, werd' ich ihm eine Lektion in guten Manieren verpassen, dann werden wir sehen.

Mit diesen Gedanken stellte Gus die Wagenbremse fest und sprang vom Kutschbock. Er ignorierte Slade, ging hinten an den Wagen und öffnete die Klappe. Dann zog er die Decke vom Stuhl und begann, die Schnüre aufzubinden, mit denen der Stuhl am Wagen befestigt war.

»Was hast du denn da, Ox?« fragte Slade und schlenderte zum Wagen, um seine Neugier zu befriedigen.

»Neuer Stuhl, den ich für Rachel gemacht hab'«, erwiderte Gus knapp und ohne hochzuschauen.

»Bißchen schlicht, oder?« fragte Slade, während er den Holzstuhl musterte, der wie die meisten skandinavischen Möbel rein funktionell war, ohne jede Verzierung. »Schlichtweg häßlich.«

Das Geschenk des Schweden für Rachel ärgerte Slade maßlos. Etwas, wofür der Schwede offensichtlich sehr viel Zeit und Mühe geopfert hatte, würde in Rachels Augen sicher Gefallen finden und sie zudem daran erinnern, daß es hauptsächlich Slades Schuld war, daß ihr alter Stuhl nur noch ein Hocker war. Am liebsten hätte er das Ding in tausend Stücke zertrümmert, ehe Rachel es zu Gesicht bekam.

»Ich hab' ihn aus Eiche gemacht«, erklärte Gus. Er wollte sich nicht provozieren lassen. »Der Stuhl ist einfach, das stimmt, aber stabil.«

»Genau wie ihr Schweden, was?« sagte Slade boshaft grinsend.

»Ich bin nicht so dumm, wie du denkst«, sagte der Schwede, der allmählich trotz seines Entschlusses, sich von Slade nicht reizen zu lassen, wütend wurde.

»Ach, wirklich nicht?« stichelte Slade. »Warum treibst du dich dann immer noch hier herum, wo dich doch keiner haben will?«

»Das hat Rachel zu entscheiden, nicht du, ja? Und ich glaube, sie wird mich wählen, nicht dich. Ein Scharfschütze ist nicht gut für sie, du willst keine ehrbare Frau aus ihr machen, wie ich das will, und das weiß sie, wenigstens im Kopf, wenn auch nicht im Herzen. Ich glaube, am Ende wirst du es sein, der hier nicht willkommen ist.«

»Du holzköpfiger Hundesohn!« fluchte Slade. »Was macht dich denn so sicher, daß ich nicht willens bin, sie zu heiraten?«

»Willst du es denn?«

»Vielleicht.« Dann fuhr er spöttisch fort: »Ich denke, das wirft dir etwas Sand ins Getriebe, was, Ox?«

»Ich werd' dir Sand im Getriebe zeigen!« knurrte Gus außer sich vor Wut und Angst, daß er Rachel tatsächlich an diesen arroganten Mann verlieren könnte. Er krempelte die Ärmel hoch und ging drohend auf Slade zu. »Ich werd' dir zeigen, wie die Schweden sind! Diesmal wirst du mir keinen Ärger machen. Werf die Schießeisen weg, und kämpf wie ein Mann!« brüllte er. »Es wird dir schon noch vergehen, dich über Gustave Oxenberg lustig zu machen, du schwarze Schlange. Du wirst mir nicht mehr in die Quere kommen! Ich wisch' den Boden mit dir auf! Ich mach' einen schwedischen Fleischklops aus dir! Ich...«

»Ich glaube, ich habe verstanden, Ox«, unterbrach ihn Slade sarkastisch, und seine Augen funkelten bei dem Gedanken, dem Schweden eine gute Abreibung zu verpassen und ihn ein für allemal zum Teufel zu jagen. Er riß das Handtuch von seiner Schulter und warf es beiseite, dann öffnete er langsam seinen Revolvergurt und ließ ihn zu Boden gleiten. Er hob seine Fäuste und begann vorsichtig und mit verächtlichem Schnauben um den Schweden zu kreisen, weil der Schwede zu zögern schien. »Und? Brauchst du vielleicht eine Einladung? Worauf wartest du? Los! Großer Gott, du hast wohl auch auf eine gewartet, bevor du Rachel geküßt hast, nicht wahr? Ich... war nicht so höflich.«

Das war zuviel für Gus. Er stieß einen Wutschrei aus und stürmte mit gesenktem Kopf wie ein wütender Stier auf Slade los. Er traf den Gegner mitten in den Bauch. Durch die Wucht des Aufpralls gingen beide zu Boden. Slade war jedoch schneller als der Schwede, und er stand bereits wieder, während Gus sich noch hochrappelte. Slade landete einen kräftigen rechten Haken an Gus' Kinn, so daß dieser zurück in den Staub fiel. Gus setzte sich auf, schüttelte sich und rieb sich vorsichtig das Kinn, doch Slade verpaßte ihm einen linken Haken, und er ging wieder zu Boden. Diesmal ließ Gus, während er sich hochkämpfte, Slade nicht aus den Augen, und als er wieder angetänzelt kam, warf sich der Schwede gegen seine Beine und warf ihn um.

Als Slade sich schwankend aufrichtete, schlug Gus ihm mitten ins Gesicht und verpaßte ihm ein blaues Auge. Dann landete er einen Schlag gegen seinen Bauch, der Slade so heftig gegen die Wand des Blockhauses schleuderte, daß das ganze Haus erzitterte. Bei dem Geräusch erhob Poke sich schimpfend von seinem Stuhl und ging zur Tür, um nachzusehen, was da draußen los war.

»Der Herr steh' uns bei, Fremont!« schrie er. »Komm schnell her. Slade und Ox prügeln sich auf Teufel komm raus im Hof – und die gehen ganz schön ran!«

»Wirklich Poke? Ich will sehen! Ich will sehen!« schrie die kleine Naomi aufgeregt, sprang vom Tisch auf und hüpfte nach draußen.

In kürzester Zeit waren Fremont, Poke und alle acht Kinder, inklusive Tobias auf Eves Arm, im Hof versammelt und feuerten die Kämpfer an. Nur Rachel, die Kartoffeln für das Abendessen aus dem Keller holte, merkte nichts von alledem.

Inzwischen hatte Slade Gus am Hemdkragen gepackt und verpaßte ihm eine Reihe böser kurzer Haken ins Gesicht, so daß er bald aus Mund und Nase blutete. Um sich zu retten, packte Gus Slades Schlagarm, dann griff er sich das andere Handgelenk des Gegners und riß die Hand samt Knöpfen von seinem Hemd los, das bis zur Taille aufriß. Dann schleuderte der Schwede Slade zur Seite und warf ihn mit soviel Schwung kopfüber zu Boden, daß er weiterschlitterte und sich Gesicht und Hände aufschürfte.

Aber kurz bevor der Schwede sich auf ihn werfen konnte, hatte

Slade sich gefangen; er drehte sich blitzschnell um und trat Gus mit voller Wucht in den Unterleib. Zusammengekrümmt und stöhnend fiel der Schwede hintenüber, Slade sprang mit einer schnellen Bewegung auf und stürzte sich auf ihn. Schwitzend, blutend und fluchend rollten und taumelten die beiden Männer durch den Hof und prügelten gnadenlos aufeinander ein.

»Pack' ihn, Onkel Slade!« brüllten Gideon, Caleb und Philip im Chor. »Pack' ihn! Pack' ihn, Onkel Slade! Zeig's ihm!«

Die beiden Gegner ließen voneinander ab und rappelten sich hoch, wobei Slade noch einen schnellen Haken landete. Mit weitausgebreiteten Armen taumelte Gus gegen die offene Klappe seines Wagens. Wie der Blitz hatte Slade ihn am Kragen gepackt und schlug ihn mit dem Kopf gegen den Wagen.

Gus streckte fluchend und mit zusammengebissenen Zähnen eine dicke, gespreizte Hand aus und preßte sie Slade ins Gesicht, um ihn abzuwehren, und schließlich mußte Slade loslassen. Gus gab ihm einen kräftigen Stoß, und Slade stolperte rückwärts. Der Schwede sah mit einemmal rot, packte ohne zu überlegen den massiven Eichenstuhl im Wagen und schlug ihn mit aller Wucht über Slades Schädel, so daß der Stuhl zersplitterte und Slade beinahe das Zeitliche segnete.

Slade Maverick knallte zu Boden wie ein abgeschlachteter Stier.

»Der Stuhl... war... wohl... doch – doch nicht so solide... wie du... gedacht hast... was, Ox?« keuchte er mit einem schiefen Grinsen, dann schloß er die Augen und brach zusammen.

»Slade!« ertönte plötzlich Rachels Stimme durch das entsetzte Schweigen, als sie um die Ecke bog. »Oh, mein Gott, Slade! Slade!«

Sie ließ ihren Kartoffelkorb fallen, rannte zu ihm und kniete sich neben ihn. Dann beugte sie sich mit aschfahlem Gesicht über seine Brust und horchte, ob er noch atmete.

»Oh, mein Gott«, stöhnte sie noch einmal, setzte sich auf und musterte fassungslos seinen blutenden Kopf, das blaue Auge, die geplatzte Lippe und die anderen Blessuren, die seinen ganzen Oberkörper verunstalteten.

Ihr Blick richtete sich anklagend auf die Umstehenden.

»Wer hat das getan?« fragte sie barsch. »Wer hat das getan?«

Ihr Blick fiel auf Gus, der fast genauso schlimm zugerichtet war wie Slade.

»Du, Gus!« schrie sie ungläubig. »Warum, Gus? Warum?«

Der Schwede wagte vor lauter Scham nicht, Rachel zu gestehen, daß sie darum gestritten hatten, wer sie kriegen sollte, also murmelte er etwas von einem Streit wegen eines Stuhls, den er für sie gemacht hatte.

»Welcher Stuhl?« fragte Rachel barsch und sah sich um. »Welcher Stuhl?« Sie entdeckte die gesplitterten Holzstücke, die um den bewußtlosen Slade verstreut lagen, erkannte, daß man ihn damit zusammengeschlagen hatte und packte eines der abgebrochenen Stuhlbeine. Langsam ging sie auf Gus zu und hielt es ihm drohend unter die Nase. »Meinst du diesen Stuhl, Gus? Diesen Stuhl, den du für mich gemacht hast? Mit dem du Slade fast ermordet hast?«

»J-j-ja«, stammelte er betreten und schielte sie mißtrauisch an, denn sie schien halb verrückt vor Wut und Schmerz und absolut bereit, auf ihn loszugehen.

Und tatsächlich stieß Rachel plötzlich einen Wutschrei aus, stürzte sich wie eine Besessene auf ihn und hämmerte mit dem Stuhlbein auf ihn ein, als wolle sie ihn umbringen. Alle starrten sie sprachlos an, schockiert und gelähmt, während Gus versuchte, sich mit erhobenen Armen zu schützen, bis schließlich Großvater seine Starre überwand, sie packte und kräftig durchschüttelte.

»Rachel, Rachel!« sagte Fremont streng. »Hör auf. Hör auf! Slade ist doch nicht tot, oder?«

»Nein, nein, noch nicht – aber er wird wahrscheinlich sterben«, wimmerte sie, als sie endlich wieder zu Sinnen kam. Schluchzend warf sie mit bebender Brust das Stuhlbein beiseite, starrte es einen Moment lang an, als könne sie nicht fassen, daß sie Gus damit angegriffen hatte. Dann wandte sie sich beschämt über ihren hysterischen Ausbruch wieder Slade zu. »Helft mir, ihn ins Haus zu bringen«, sagte sie. »Nein! Du nicht, Gus! Du, Grandpa – und Poke.«

Zusammen hoben die drei den besinnungslosen Mann auf und trugen ihn ins Blockhaus. Drinnen freilich stießen sie auf unvorhergesehene Schwierigkeiten. Es gab keinen Platz, um Slade hinzulegen, außer Rachels Bett. Auf dem Boden war es zu eng, da dort nachts die Kinder schliefen. Auch Fremont war es nicht zuzumuten, sein Bett für Slade zu opfern und selbst auf dem Boden zu schlafen, und Rachel konnte auch nicht mit ihm tauschen, da er wegen seines Holzbeines die Leiter nicht hochsteigen konnte.

»Ich werd' versuchen, Slade hochzutragen, Miss Rachel«, bot sich Poke an.

»Nein«, Rachel schüttelte den Kopf. Sie befürchtete, die Anstrengung wäre zu groß für den alten Knecht. »Ich fürchte, der ist sogar für dich zu schwer, und du könntest ausrutschen und dich verletzen, und was mach' ich dann? Nein, du wirst rausgehen müssen und Gus darum bitten«, sagte sie widerwillig. »Er ist der einzige, der stark genug ist, Slade hinaufzutragen.«

Der Schwarze kehrte ein paar Minuten später mit dem Schweden zurück, der Slade wortlos über seine Schulter hievte und ihn in den Speicher hinauftrug, wo er ihn unter Rachels Anleitung vorsichtig aufs Bett legte.

»Danke, Gus«, murmelte sie, beschämt über ihr Verhalten zuvor. Sie wußte, daß der Schwede Slade Maverick nicht absichtlich verletzt hatte, was er jetzt ehrlich bereute. »Ich bin dir sehr dankbar für deine Hilfe, besonders nach dem, was ich dir im Hof angetan habe. Ich habe mich schrecklich benommen und ich entschuldige mich.«

»Ich sollte mich entschuldigen. Ich wollte nicht schon wieder Ärger machen, und ich wollte Slade wirklich nicht wehtun. Er hat mich so wütend gestimmt, daß ich mich vergessen habe. Und den neuen Stuhl für dich hab' ich auch kaputtgemacht.« Gus schwieg kurz, dann fragte er: »Glaubst du, er kommt wieder – wieder in Ordnung?«

»Ich hoffe es«, antwortete Rachel leise. Dann setzte sie sich auf die Bettkante und stellte die Flasche Karbolsäure und die Schüssel mit warmem Seifenwasser, die sie mitgebracht hatte, auf den Nachttisch.

Sie tauchte einen Lappen in die Schüssel, drückte ihn aus und begann vorsichtig, Slades Wunden zu säubern; dabei strich sie sein glänzendes schwarzes Haar beiseite, um zu sehen, wie schlimm seine Kopfverletzung war.

»Das hoffe ich auch«, sagte Gus. »Er hat ehrlich gekämpft, ganz fair. Ich glaube, er ist doch ein guter Mann – sonst... sonst würdest du ihn nicht mögen. Ich glaube, du... du hast dich in Slade verliebt, Rachel, stimmt's? Ich bin sehr traurig... hier, im Herzen, daß du mich nicht... liebst, aber ich... hab' dich lieb und will dich nicht unglücklich machen. Wenn – wenn Slade Maverick dich glücklich macht, werd' ich auch versuchen, glücklich zu sein, um deinetwillen. Also, wenn ich das nächste Mal komme, komme ich nur als Freund. Aber... vielleicht... magst du mich jetzt nicht einmal mehr als Freund...«

»Natürlich mag ich dich!« rief Rachel leise mit Tränen in den Augen, denn sie war wirklich gerührt von den Worten, die dem Schweden offensichtlich sehr schwer gefallen waren. Sie stand auf und legte eine Hand auf seinen Arm. »Ich hoffe, du wirst immer mein Freund sein, Gus«, sagte sie voller Ernst.

Mit schmerzverzerrtem Gesicht sah er sie einen Augenblick schweigend an. Dann sagte er mit einem traurigen Lächeln: »Du bist der einzige Mensch, der immer Gus zu mir sagt.«

Darauf drehte er sich auf dem Absatz um und ging. Rachel sah ihm traurig nach. Dann wandte sie sich wieder Slade zu und säuberte die Platzwunden an seinem Kopf. Eine Wunde war ziemlich tief, und sie nahm an, daß er davon das Bewußtsein verloren hatte.

Rachel wußte, daß sie nie vergessen würde, wie Slade so reglos auf dem Boden gelegen hatte. Eine schreckliche Ewigkeit lang hatte sie geglaubt, er sei tot, und sie meinte, ihr Herz müsse stillstehen. Sie hatte nur einen einzigen Gedanken: Bitte, lieber Gott, laß ihn nicht tot sein. Ich werde alles tun, wenn du ihn nur am Leben läßt. Ihre Erleichterung war grenzenlos gewesen, als sie entdeckt hatte, daß Slade Maverick noch atmete. Eine nie dagewesene Freude durchflutete sie, gefolgt von diesem schrecklichen, hysterischen Zorn auf Gus, den Übeltäter. Bei der Erinnerung mußte sie an die Worte des Schweden denken: Ich glaube, du hast dich in Slade verliebt...

War das wahr? fragte sich Rachel, und bei dem Gedanken machte ihr Herz einen kleinen Satz. War sie tatsächlich in Slade Maverick verliebt?

Sie konnte sich nichts Schlimmeres vorstellen, denn ganz sicher würde er ihre Liebe nicht erwidern – und noch schlimmer, er würde es vielleicht nicht nur amüsant, sondern auch bemitleidenswert finden. Rachel wußte, daß sie das nicht würde ertragen können. Nein, sie liebte ihn nicht. Allein die Vorstellung war grotesk. Gus hatte einfach falsche Schlüsse gezogen.

Trotzdem zitterten Rachels schlanke Hände, als sie die Flasche mit Karbolsäure öffnete, etwas auf ein frisches Tuch goß und damit Slades Wunden desinfizierte. Dann nahm sie eine Stickschere, eine Nadel und starken Faden von ihrem Nachttisch, schnitt ein paar seiner Locken ab und nähte die tiefe Wunde an seinem Kopf zu. Sie war froh, daß er noch ohnmächtig war und den Schmerz nicht spürte.

Danach erhob sie sich, und dabei flatterten die Locken, die sie ihm abgeschnitten hatte, auf den Speicherboden. Sie bückte sich impulsiv, hob sie auf und steckte sie in ihre Schürzentasche. Dann nahm sie die verschmutzten Tücher und die Schüssel und stieg die Leiter hinunter. Eve und Susannah, die in Rachels Abwesenheit das Abendessen gekocht hatten, deckten gerade den Tisch.

»Rachel, wie geht es Slade?« fragte Fremont, der in seinem Stuhl vor dem Ofen saß.

»Bis auf die tiefe Platzwunde an seinem Kopf, die ich nähen mußte, sind seine Verletzungen nicht ernst«, erwiderte sie. »Aber ich fürchte, er hat eine schwere Gehirnerschütterung, und er ist immer noch bewußtlos. Ich kann momentan nicht mehr für ihn tun, als ihn warm zu halten, bis er wieder bei Bewußtsein ist, und hoffen, daß er kein Fieber kriegt.«

Sie öffnete die Tür, um das blutige Wasser aus der Schüssel auszuschütten. Dann ging sie wieder zurück ins Haus und wusch die Schüssel gründlich aus. Danach stieg sie auf eine kleine Stehleiter und holte verschiedene Kräuter aus den Bündeln oben in den Balken, zerstieß sie im Mörser und rührte sie in das heiße Wasser, das sie vom Kessel auf dem Ofen in die Schüssel goß, dann nahm sie die Schüssel und ein paar frische Tücher und kletterte wieder in den Speicher.

Rachel zog Slade Stiefel und Socken aus, deckte ihn zu und legte prüfend eine Hand auf seine Stirn. Sie fühlte sich kühl an, wofür sie sehr dankbar war. Trotzdem tauchte sie ein Tuch in die warme Kräutermixtur, drückte es aus und legte es ihm auf die Stirn.

Lange nachdem alle anderen im Haus zu Bett gegangen waren, hielt Rachel Wache am Bett des Bewußtlosen. Sie war nur einmal kurz nach unten gegangen, um endlich das Abendessen zu essen, das Eve für sie aufgehoben hatte, und um die Kräutermischung aufzufrischen. Endlich, nach vielen, langen Stunden, schlug Slade die Augen auf und richtete den Blick im weichen Schein der Lampe benommen auf ihr Gesicht, das sich gerade über ihn beugte, um das Tuch auf seiner Stirn zu erneuern.

»Rachel?« flüsterte er nach einigen Sekunden verwirrt.

»Ja«, sagte sie, erleichtert, daß er sie erkannt hatte. »Wie fühlst du dich, Slade?«

»Als wenn ich... gestorben wäre... und im Himmel. Ich hab' einen Augenblick lang geglaubt, du... du wärst ein Engel.« Es gelang ihm zu lächeln, doch dann stöhnte er und griff sich vorsichtig an die tiefe Wunde, die Rachel genäht hatte und die inzwischen geschwollen war wie ein Gänseei. »Mein Gott, Das war... vielleicht ein Schlag... den Gus mir da verpaßt hat. Ich hätte ihn wohl... nicht so... reizen dürfen.«

»Nein, das hättest du nicht«, tadelte sie ihn sanft. »Aber jetzt versuch nicht mehr zu sprechen, Slade. Du brauchst Ruhe. Kann ich dir etwas holen?«

»Nur... einen Schluck Wasser.«

Rachel füllte ein Glas aus dem Krug auf ihrem Toilettentisch und half ihm, ein paar Schlucke zu trinken. Dann legte er sich zurück und schlief sofort wieder ein. Aber dieses Mal war es ein Genesungsschlaf, und sie prüfte noch einmal seine Stirn, die zu ihrer Freude immer noch kühl war. Die Gehirnerschütterung war nicht so schlimm, wie sie befürchtet hatte, und ein, zwei Tage Ruhe würden ihn wieder auf die Beine bringen.

Rachel war erschöpft, aber weil sie fürchtete, Slade könne vielleicht noch einmal aufwachen, durstig, und ohne zu wissen, wo er war, ging sie nicht nach unten. Statt dessen legte sie das Kopfpolster in die Mitte des Bettes, so daß es sie von Slade Maverick trennte, wie es in der Prärie üblich war, wenn es nicht genug Betten gab. Dann legte sie sich, angezogen, auf ihre Seite und beschwichtigte sich damit, daß nichts Unziemliches daran war.

Dennoch war es ein seltsames Gefühl, das Bett mit Slade zu teilen, so als wären sie verheiratet, und einen Augenblick lang konnte sie nicht umhin, sich zu fragen, wie es wohl wäre. Sie errötete bei dem Gedanken, denn sie wußte, daß sie noch einiges mehr im Bett tun würden als nur schlafen, denn sie war sicher, daß Slade ein Mann war, der seine Rechte fordern würde, wann immer ihm danach zumute war. Denn ein Mann, der nicht einmal auf eine Einladung wartete, um eine junge Frau zu küssen, mit der er nicht einmal verlobt war, würde sich sicher auch nicht von einer fehlenden Einladung seiner Frau abhalten lassen! Bei dem Gedanken begann ihr Herz laut zu pochen. Unwillkürlich fragte sie sich, wie es wohl wäre, wenn Slade mehr mit ihr machen würde, als sie nur zu küssen. Bei dem Gedanken regten sich wieder ungebeten die seltsamen, heftigen Gefühle, die er schon einmal in ihr entfacht hatte, so daß ihr ganzer Körper vor Sehnsucht kribbelte.

Plötzlich hatte sie das Bild vor Augen, wie Slade nachts erwachte, entdeckte, daß sie das Lager teilten, das Kopfpolster beiseite warf und sie trotz ihrer Proteste auf das Bett drückte und heftig liebte. Sie war beschämt von diesem Streich, den ihre Phantasie ihr spielte. Etwas stimmte nicht mit ihr, wenn sie sich so etwas vorstellte und sich sogar wünschte, daß es passierte; und daß sie es sich wünschte, daran bestand kein Zweifel.

Ihr ganzer Körper glühte vor Scham – und einem noch dunkleren, primitiveren Gefühl, das sie sich nicht eingestehen wollte. Sie atmete heftig, aber leise, weil sie fürchtete der schlafende Slade könnte aufwachen und irgendwie ihre Gedanken lesen und hier und jetzt ihren schändlichen Wunsch erfüllen.

Aber Slade Maverick, der ihre Lust sicher nur zu gerne befriedigt hätte, schlief weiter tief und fest und ahnte nichts von Rachels Anwesenheit in seinem Bett. Erst gegen Sonnenaufgang, als er langsam die Augen aufschlug und allmählich seine Umgebung wahrnahm, merkte er, daß sie neben ihm lag. Ohne Rücksicht auf seinen dröhnenden Kopf und grinsend über das Kopfpolster, das zwischen ihnen lag, stützte er sich auf einen Ellbogen und betrachtete sie stumm. Sie schlief tief und fest und sah im grauen Morgenlicht sehr jung und unschuldig aus. Strähnen aus dem Haarknoten, den sie nicht gelöst hatte, ringelten sich um ihr Gesicht und umrahmten es. Ihr Mund war leicht geöffnet, ihre Brust hob und senkte sich sanft mit jedem langsamen, regelmäßigen Atemzug.

So wäre es also, jeden Morgen neben ihr aufzuwachen. Der Gedanke schlich sich ungebeten ein. Du könntest es wesentlich schlechter treffen, Slade.

Er warf einen Blick auf den offenen Vorhang des Speichers, dann hinunter in das Innere des Blockhauses. Fremont war nirgends zu sehen, aber Slade hörte ihn in dem kleinen Zimmer unter dem Speicher schnarchen, und alle Kinder schliefen auf dem Boden des Hauptraumes und würden sicher so bald nicht aufwachen. Vorsichtig tastete sich Slade unter dem Polster durch, ganz behutsam, damit die Bettfedern nicht quietschten und Rachel nicht aufwachte. Dann beugte er sich über die reglose Gestalt und küßte den süßen, ahnungslosen Mund.

16. Kapitel

Rachel träumte. Sie wußte, daß sie träumte, denn Slade küßte sie, und sie erwiderte seinen Kuß, öffnete ihm begierig ihre Lippen, ihre Arme, wollte alles, was er zu geben hatte – und mehr.

In ihrem Traum beugte er sich über sie, ein sehniges Bein bedeckte ihre Schenkel, und seine Zunge leckte ihren verletzlichen Mund, ehe er ihre Lippen teilte und das willige weiche Innere erforschte. Seine Zunge tauchte tief in den dunklen honigsüßen Pfuhl ihres Mundes, kreisend, leckend, die Süße genießend, gierig eindringend in jede Nische, als hätte sie Angst, einen süßen Tropfen zu verpassen.

Und während seine Lippen die ihren verschlangen, erwachte in Rachel die wollüstige Knospe der Leidenschaft zum Leben, als wäre er die Frühlingssonne, die sie mit ihrer Wärme weckte, und sie eine knospende Blüte, die verzweifelt darum kämpfte, sich zu entfalten; sie verspürte eine Sehnsucht, die mit jedem Moment, mit jedem brennenden Kuß größer wurde. Er küßte sie fester, sein Atem verschlang den ihren, sein Mund und seine Zunge glichen glühenden Brandeisen, die ihr sein Zeichen einbrannten, und Rachel wußte tief in ihrem Innersten, daß sie es wollte, ihn wollte...

Ihre Zunge verschmolz mit der seinen, schlängelte sich um sie. Ihre Zähne knabberten an seinem Mund wie seine an ihrem, bis ihr schwindlig wurde. Die Heftigkeit des Erlebnisses wurde noch gesteigert, als er plötzlich seine Zähne in ihre Unterlippe grub und sie anfing zu bluten und den bittersüßen Geschmack von Kupfer und Salz schmeckte. Schmerz und Freude kamen in ihr zur Explosion, steigerten ihr Verlangen nach ihm, als er den scharlachroten Tau von ihrem Mund küßte.

»Das war für die Scheune«, murmelte Slade an ihren Lippen. »Und das... das ist für mich, weil ich dich will... Gott, wie ich dich begehre!«

Es ist nur ein Traum, redete Rachel sich ein, als sein Mund sich wieder um den ihren schloß. Es ist nur ein Traum, ein kühner, schöner Traum, geboren aus den seltsamen Gefühlen, die mich seit seiner Ankunft plagen. Ich habe es mir so sehr gewünscht, daß ich jetzt träume, es passiert wirklich. Aber das tut es nicht, nicht wirklich. Es ist nur ein Traum, mehr nicht.

Beruhigt, daß sie sich keine Sorgen um die Unziemlichkeit ihrer Handlungen machen mußte, klammerte sie sich an ihn wie eine Ertrinkende und genoß das Gefühl seines glatten, nackten Rückens unter ihren Händen und die Art und Weise, wie sich seine mächtigen Muskeln unter ihren Fingern bauschten, während er sie an sich drückte, sie liebkoste. Endlich einmal mußte sie ihre Gefühle nicht zügeln, sie konnte ihn bedenkenlos küssen und berühren, wie sie es tief in ihrem Innersten vom ersten Moment an, in dem er sie in die Arme geschlossen hatte, gewollt hatte. Es war das erste Mal, daß sie es sich eingestand.

Seine Zunge erforschte frech ihren Mund, bis ihr glühende Schauer über den Rücken liefen. Denn es schien, als wolle er sie bis in alle Ewigkeiten weiterküssen, ihre Seele aus ihrem Körper saugen und sie dann wieder zurückwerfen. Seine Lippen glitten über ihre Wange zu ihrer Schläfe, zum Haar. Sein Atem war warm auf ihrer Haut, ließ sie vor Wonne erschauern, ihr ganzer Körper erbebte, als er sie kurz ins Ohrläppchen biß. In ihr Ohr murmelte er Worte der Leidenschaft und der Sehnsucht, Worte, die sie kaum hörte, nur halb verstand, so benommen war sie von der Flut stürmischer Gefühle, die durch ihren Körper rauschte, sie gnadenlos hochschwang, stark wie ein Wirbelsturm.

Seine Finger vergruben sich in ihrem Haar, rissen an den Nadeln und streuten sie auf den Boden, so wie er ihre Sinne in alle Winde verstreut hatte. Ihr langes blondes Haar löste sich, umfing sie beide mit einem goldenen Schleier, der im Morgenlicht, das durch das winzige Fenster hereinfiel, wie gesponnenes Gold schimmerte. Slade atmete tief den Fliederduft ein, den ihre Haut verströmte, vergrub sein Gesicht in der Haarpracht und zog eine einzelne weiche Strähne über ihre Lippen und ihren Hals.

»Rachel, Rachel... Liebling«, hauchte er.

Sein Mund hinterließ eine Feuerspur auf ihrem Hals, ließ sie vor Erregung zittern und auch vor Angst, als sich seine Hand um die schlanke Kehle schloß, kurz zudrückte, besitzergreifend, bevor er anfing die winzigen Knöpfe ihres Kleides einen nach dem anderen zu öffnen. Er war so geschickt, daß Rachel kaum bemerkte, was er machte. Sie wußte nur, daß noch nie ein Mann solche Gefühle in ihr ausgelöst hatte, die wild und lüstern waren wie der Wind. Plötzlich schien ihr, als könne nur er allein sie zähmen, den quälenden Schmerz besänftigen, der sie tief in ihrem Innern verzehrte und den Panzer um ihre lang unterdrückten Gefühle wegsprengte.

Erst als Slade die jetzt offenen Seiten ihrer Corsage beiseite schob und ungeduldig an den Bändern ihres Hemdchens zerrte, erwachte Rachel mit einem Ruck. Endlich begriff sie, daß es kein Traum war, sondern Wirklichkeit. Sie keuchte vor Entsetzen und hätte geschrien, wenn Slade, der die plötzliche Veränderung bemerkt hatte, ihr nicht schnell den Mund zugehalten hätte.

»Psssst«, flüsterte er warnend. »Du willst doch nicht das ganze Haus aufwecken, damit sie uns hier zusammen im Bett finden, oder?«

Der Gedanke ließ Rachel vor Angst erstarren. Sie schüttelte den Kopf, und ihr Körper bebte ob der Gefühle, die sie für einen Traum gehalten hatte.

»Dann sei still«, zischte Slade und nahm seine Hand wieder von ihrem Mund.

Rachel versuchte, den Kopf wegzudrehen, ihn von sich zu stoßen, aber er war viel zu stark. Er packte ihre offenen Haare und zwang ihren zitternden Mund, sich seinem fordernden zu unterwerfen, sein Körper preßte sie in die weiche Federmatratze, so daß ihr keine Möglichkeit zur Flucht blieb.

»Wehr dich nicht, Süße«, murmelte er, während seine Hand ihren Hals hinunterglitt und das Band ihres Hemdchens löste. »Du weißt, daß du mich genau so begehrst wie ich dich.«

»Nein, das stimmt nicht«, stöhnte Rachel leise. »Das ist nicht wahr.«

Aber sie wußte, daß ihre Worte gelogen waren – und er wußte es auch.

»Warum rast dann dein Herz wie eine Lokomotive?« spottete er leise, bevor er ihren Mund wieder in Besitz nahm und ihre Antwort erstickte.

Während er sie küßte, glitt seine Hand unter ihr Hemdchen und er stöhnte, als sie sich gierig um ihre runde, nackte Brust schloß, die vor Verlangen schmerzte. Rachel stockte der Atem, als seine Hand zart, aber zielstrebig über den weichen, berstenden Hügel glitt und die feurige Sehnsucht, die sie gepackt hatte, bis ins Unermeßliche steigerte. Sein Daumen zeichnete genüßlich ein kreisförmiges Muster um ihre dunklen Brustwarzen, die unter der Berührung hart und steif wurden. Wogen der Ekstase erfaßten ihren Körper wie Funkenschauer. Sie bebte und zitterte.

Ohne Rachels eigenes Zutun vergruben sich ihre Finger in seinem schwarzen dichten Haar. Ihre Arme schlangen sich noch fester um seinen Hals, um ihm noch näher zu sein, während seine Lippen ihren Mund verließen und erneut ihren Hals, den sie in unbestreitbarer Wollust zurückgeworfen hatte, hinunterglitten. Er bedeckte ihn mit Küssen, biß sie in die zarte Schulter, eine Berührung, die ihren Körper durchzuckte wie ein elektrischer Schlag. Genüßlich und sinnlich leckte seine Zunge den Schweiß aus der Spalte zwischen ihren Brüsten und dann umschlossen seine Lippen die gerötete, steife Warze, die er soeben zum Leben erweckt hatte.

Rachel keuchte, als er gierig an der winzigen, harten Knospe saugte; sie verspürte ein warmes, flatterndes Gefühl in ihrem Bauch, das schon bald von dem zunehmenden Schmerz zwischen ihren Schenkeln überflutet wurde. Der Schmerz wurde zur Qual, eine unerträgliche Leere war in ihr und schrie danach, gefüllt zu werden. Slades hartes Geschlecht preßte sich durch ihren Rock an ihre Schenkel. Am liebsten hätte sie laut geschrien und ihn angefleht, ihre Qualen zu lindern, aber sie wagte es nicht, konnte nur wortlos den Kopf hin und her werfen und sich in die Lippen beißen, als seine Zähne die Knospe umschlossen und seine glühend heiße Zunge sie bedeckte.

Es hätte nicht mehr lang gedauert, bis sie sich willig und mit Freuden dem Revolvermann hingegeben hätte, getrieben von seinen unaufhörlichen heißen Küssen und Liebkosungen, das wußte Rachel. Nur das hungrige Weinen des kleinen Tobias brachte sie wieder zu Sinnen.

»Oh«, schluchzte sie leise und enttäuscht, als sie es hörte. Und dann lauter, heftiger, mit weitaufgerissenen Augen: »Oh!«

Als ihre Blicke sich begegneten und die Wirklichkeit ihn einholte, fluchte Slade zuerst leise, dann immer heftiger und ließ sie langsam und zögernd los. Immer noch fluchend, rollte er sich auf seine Seite des Bettes, schob das weggeschobene Polster wieder zwischen sie, während Rachel verwirrt und hastig die Bänder ihres Hemdchens zuband und die kleinen Knöpfe ihres Kleides schloß, wobei sie am liebsten vor Wut geschrien hätte über ihre ungewohnte Ungeschicklichkeit. Sie sprang aus dem Bett, packte die Bürste und fuhr sich hastig durch das zerzauste Haar, bevor sie es in Windeseile zu einem Zopf flocht. Sie wagte nicht, Slade in die Augen zu sehen, sondern hastete sofort die Leiter hinunter, um das weinende Kind aus seiner Kiste zu holen.

»Still«, versuchte sie es zu beruhigen. »Still. Bald haben wir dein Bäuchlein voll.«

Sie eilte nach draußen, zog den Eimer aus dem Brunnen, in den sie gestern abend eine Flasche Ziegenmilch zum Kühlen gestellt hatte. Sie nahm die Flasche heraus, ging zurück ins Haus, und nachdem sie die Glut im Ofen wieder entfacht hatte, schob sie ein paar getrocknete Büffelfladen hinein und setzte einen Topf mit Wasser zum Wärmen der Milch auf. Schon bald nuckelte Toby zufrieden, während Rachel ihn schaukelte.

Inzwischen reckten sich auch gähnend die anderen Kinder, und auch aus dem Zimmer ihres Großvaters drang irgendein Geräusch.

Das war knapp! dachte Rachel. Sie war immer noch ganz außer Atem und durcheinander, ihr Gesicht glühte, und ihr Herz hämmerte bis zum Hals vor Scham über das, was beinahe passiert wäre, wenn Toby nicht sein Frühstück verlangt hätte.

Verdammt, warum hatte er ausgerechnet jetzt schreien müssen! dachte Slade erbost.

Dann mußte er grinsen. Vielleicht war die unwillkommene Unterbrechung noch gerade rechtzeitig gekommen. Ansonsten wäre alles noch viel peinlicher geworden, denn nur ein paar Minuten später und er hätte Rachel einfach die Röcke hochgerissen und sie hier oben auf dem Speicher genommen. Der Schlag auf seinen Kopf gestern abend hatte ihn doch wohl mehr erschüttert, als er für möglich gehalten hätte. Wenn man sie erwischt hätte... dann wäre er jetzt schon mit dem Revolver auf der Brust unterwegs zum Traualtar! Obwohl er sich deswegen nicht sonderlich beklagt hätte, fand Slade nach einem Blick auf Rachel, die unten schon fleißig arbeitete.

Wie schön sie doch war, süß und weich wie ein Kätzchen – trotz ihrer scharfen Krallen und Zähne – und unter dem kühlen Äußeren verbarg sich ein verborgener Schatz von Leidenschaft, der nur darauf wartete, entdeckt zu werden. Langsam, aber sicher brachte sie ihm Vertrauen entgegen, ansonsten hätte sie ihm die Freiheiten, die er sich heute morgen genommen hatte, sicher nicht erlaubt. Es war nur eine Frage der Zeit, bis sie ihm gehören würde.

Aber was dann? fragte sich Slade. Sie gehört nicht zu der Sorte, die sich einfach leichtfertig hingibt. Sie wird heiraten wollen, ein Heim und Kinder – und das hat sie auch verdient. Wenn ich sie besitze und nicht heirate, dann ruiniere ich auch ihr Leben. Ich bin nicht so herzlos und so grausam. Thérèse ist tot und begraben. Sie wird mir nie wieder gehören. Aber ich lebe, und Rachel lebt auch...

Rachel wäre ihm eine gute Ehefrau, trotz ihrer bösen Zunge und ihres Jähzorns, das glaubte er zu wissen, schließlich war er wochenlang mit ihr zusammengewesen. Sie war anziehend, intelligent, witzig, und ihr Sinn für Humor war genau nach seinem Geschmack, sie war fleißig und fürsorglich und nahm mehr als den gerechten Anteil der Lasten des Lebens auf sich. Außerdem hatte sie etwas Wildes, Urwüchsiges. Es faszinierte ihn, wie sehr sie mit dem Land verwachsen war, als lausche sie den Elementen, die ihr Rede und Antwort standen. In vieler Hinsicht war sie wie der Wind, der über die Prärie fegte, sanft in einem Augenblick, stürmisch im nächsten und immer schwer zu fassen. Tief in ihrem Innersten schlummerten Sinnlichkeit und Leidenschaft, das spürte Slade instinktiv, obwohl sie versuchte, sie zu unterdrücken. Sie erschien ihm eine verlockende Mischung aus Naivität und Erfahrenheit, halb Kind, halb Frau, die mit angehaltenem Atem darauf wartete, ihre volle Macht zu entfalten – so wie er sich danach sehnte, sie freizusetzen. Er begehrte sie, sie war eine Herausforderung für ihn. Er begehrte sie, seit er sie das erste Mal gesehen hatte, und es juckte ihn in den Fingern, ihr ihre braven Kleider vom Leib zu reißen und den üppigen Körper und das wollüstige Weib, das er darunter vermutete, freizulegen, sie zu lehren, was es bedeutete, einen Mann zu haben. Um ehrlich zu sein, war sie eigentlich alles, was er sich bei einer Ehefrau ersehnte. Anscheinend hegte sein Unterbewußtsein schon lange den Wunsch, sie zu heiraten, denn warum sonst hätte er sie neulich abends damit geneckt und sich solche Mühe gegeben, Gus auszustechen. Also hätte er eigentlich hocherfreut sein müssen angesichts der Aussicht, sie zu heiraten.

Statt dessen machte sie ihn traurig, denn ihm wurde mit einem Male bewußt, daß er ihr, im Gegensatz zu Gus, nichts zu bieten hatte, außer sich selbst. Er besaß nichts außer einem Pferd, seinem Sattel und seinen Colt Peacemaker Revolvern. Cypres Hill, das ihm hätte gehören können, wenn sein Vater ihn nicht enterbt hätte, war von den Kriegsgewinnlern wegen nicht bezahlter Steuern, die sie zu Unrecht erhoben hatten, konfisziert worden.

Und obgleich Slade viele lange Wochen am Haus der Beechams gearbeitet hatte, als wäre es sein eigenes, gehörte es dem Gesetz nach Jonathan, dem Trunkenbold, der seine Tage und Nächte fast ausschließlich in Delano verbrachte. Nachdem Slade jetzt mit den meisten schweren Arbeiten an dem Blockhaus und der Scheune fertig war, hatte er den Versuch, seinen Schwager zu heilen, schließlich aufgegeben. Womöglich hatte Beecham den Besitz inzwischen verspielt, verpfändet oder verkauft – obwohl er sich nicht vorstellen konnte, daß Jonathan so herzlos sein würde, seinen acht Kindern das Dach über dem Kopf wegzunehmen. Als er sie nach Indias Tod praktisch allein gelassen hatte, hatte er gewußt, daß Rachel sich um sie kümmern würde.

Tatsache blieb aber, daß der Besitz der Beechams nicht Slade gehörte.

Wie konnte er also von Rachel verlangen, ihn zu lieben und zu heiraten, wenn er ihr dafür nichts bieten konnte? Weil sie mehr hatte als er? Eine Farm und Vieh – und dank Großvater und Poke auch seine Hilfe nicht benötigte, obwohl er wußte, daß sie froh darum war.

Gus hatte ihr seiner Meinung nach zehnmal mehr zu bieten, und trotzdem wollte sie den Schweden nicht heiraten. Wie sollte dann ein einfacher Satteltramp vor ihren Augen bestehen? So, wie die Dinge jetzt standen, hatte er keine Chance.

Der einzige Mann, den ich heiraten werde, ist derjenige, der mir fünfhundert Stück Vieh für meine südliche Vierzig bringt.

Slade konnte sich nur allzu gut an Rachels Worte erinnern. Und er erinnerte sich auch an das, was sie gesagt hatte, als sie in jener Nacht versuchten, den Schurken Rye Crippen zu stellen, an die Hoffnungen und Träume für ihre kleine Herde und ihre Zukunft, die sie ihm anvertraut hatte. Vielleicht war es doch kein Scherz gewesen, als sie an jenem Abend spöttisch von ihren Forderungen an einen Ehemann gesprochen hatte. Vielleicht hatte sie es todernst gemeint.

Slade wurde schlagartig klar, daß er sofort etwas unternehmen mußte, wenn er Rachel Wilder für sich gewinnen wollte – bevor Gus oder irgendein anderer Mann das Rennen machte. Und daß er sie wollte, daran gab es keinen Zweifel mehr. Er hatte die Huren satt, die ebenso wenig für ihn empfanden wie er für sie. Jetzt wollte er Rachel, blond und nackt, unter sich im Bett haben, warm und willig sollte sie sich ihm öffnen, ihn tief in sich aufnehmen. Wenn sie seine Frau wäre, könnte er sie jederzeit nehmen, sooft er wollte. Die Vorstellung gefiel ihm. Ja, dachte er, Heirat war die Lösung aller Probleme.

Also bestand er trotz Rachels lautstarker Einwände darauf, aufzustehen und in die Stadt zu reiten. Er täuschte nur leichtes Kopfweh vor – es war tatsächlich auch nicht viel schlimmer als die Brummschädel, die er in seiner wilden Jugend gehabt hatte.

Rachel war zwar immer noch ungeheuer erregt über das, was oben im Speicher passiert war, und deshalb froh, daß er nicht den ganzen Tag im Bett liegen und erwarten würde, daß sie ihn bediente, aber sie war auch um ihn besorgt. Die Schwellung war zwar etwas zurückgegangen, aber immer noch so groß wie ein Hühnerei, sein linkes Auge war blau, die Lippe aufgeplatzt, der Oberkörper mit Wunden und Blutergüssen übersät. Er sah ihrer Meinung nach immer noch schrecklich krank aus, und sie konnte nicht glauben, daß er tatsächlich gesund genug war, aufzustehen.

Aber sie konnte ihn schlecht ans Bett binden, also mußte sie ihn gehen lassen und hoffen, daß ihn, wenn er unterwegs ohnmächtig wurde und vom Pferd fiel, irgendein gutherziger Mensch finden und nach Hause bringen würde.

Als er nach dem Frühstück nach Wichita losgeritten war, ging Rachel in ihr Schlafzimmer, um sich zu waschen und die Kleider, in denen sie geschlafen hatte, zu wechseln. Beim Aufbinden ihrer Schürze fielen ihr Slades Locken in der Tasche ein. Sie zog sie langsam heraus und drückte sie ohne zu überlegen an ihren Mund. Die pechschwarzen Locken waren weich und verströmten den grasigen Duft von Kuskusgras, der immer auf der Haut von Slade haftete. Ihr Blick wanderte zum Bett, das er ordentlich gemacht hatte, und wo er noch vor wenigen Stunden auf ihr gelegen, sie leidenschaftlich geküßt und seinen heißen Mund an ihre Brust gedrückt hatte.

Bei der Erinnerung errötete sie bis in die Haarwurzeln. Ihr Körper brannte wie im Fieber. Sie setzte sich auf die Bettkante und begrub ihr Gesicht in den Händen. Was macht er mit mir? fragte sie sich schluchzend und verwirrt. Noch nie in ihrem Leben war sie so durcheinander gewesen, so hin und her gerissen zwischen ihren strikten Vorstellungen von Moral und den schändlichen Gefühlen, von deren Existenz sie bisher nicht einmal geahnt hatte.

Rachel wußte, daß sie als ehrbare Frau nach dem, was an diesem Morgen passiert war, Slade Maverick von ihrem Anwesen hätte jagen und nie wiedersehen sollen. Aber wie konnte sie das ihrem Großvater und Poke erklären, die ihn respektierten und seine Gesellschaft genossen. Slade paßte so gut in das Blockhaus – im Gegensatz zu Gus –, daß man fast das Gefühl hatte, er wäre schon immer dagewesen und würde hierhergehören. Sowohl ihr Großvater als auch Poke wären zutiefst verletzt und entsetzt gewesen, hätten sie je erfahren, wie sie unter diesem Mann gelegen und wie er sich ihr genähert hatte. Wahrscheinlich würden sie versuchen, ihn zu zwingen, sie zu heiraten, und dann würde er sie womöglich töten.

Aber noch schlimmer war das schreckliche, flaue Gefühl im Magen, das sie gehabt hatte bei dem Gedanken daran, er könnte auf Nimmerwiedersehen aus ihrem Leben reiten. Plötzlich horchte sie in sich hinein und wußte, daß Gus das Geheimnis ihres Herzens erraten hatte, das, was sie zwar die ganze Zeit schon gespürt hatte, aber bis jetzt nicht hatte wahrhaben wollen: Sie war in Slade Maverick verliebt.

Und das… das ist für mich, weil ich dich will… mein Gott, wie ich dich begehre!

Traurig und sehnsüchtig erinnerte sich Rachel an die Worte des Slades, als er sie am Morgen in seine starken Arme geschlossen hatte. Er begehrte sie, ja, das wußte sie. Er war ein Mann mit fleischlichen Gelüsten, und wie sie vermutete, hatte er schon seit einiger Zeit keine Frau mehr gehabt – bestimmt nicht seit seiner Ankunft in Wichita vor einigen Wochen. Aber, war es nur das oder war sie nur Zeitvertrieb oder hatte er gar Mitleid mit ihr? Denn er hatte nicht von Liebe oder Heirat gesprochen.

Mit schwerem Herzen stand Rachel auf und nahm ihr goldenes Medaillon aus ihrem Schmuckkästchen auf dem Toilettentisch. Sie öffnete den winzigen Verschluß, klappte den Deckel hoch und legte mit tränenverschleierten Augen behutsam Slades schwarze Locke hinein, neben die ihrer geliebten Eltern. Auch wenn sie nie mehr von dem Revolvermann besitzen sollte als dies, wenn all ihre Hoffnungen und Träume, die jetzt noch in ihrer Brust wohnten, zunichte wären, hätte sie immer einen kleinen Teil von ihm hier in diesem Medaillon, gleich einer Blume zwischen den Seiten ihrer Erinnerung.

Wenn es sein mußte, wollte sie damit bis ans Ende ihres Lebens leben. Eine Träne rollte ihr über die Wange, weil sie wußte, daß sie ihn vielleicht tatsächlich nie wiedersehen würde.

III. Buch

Ad Astra per Aspera

17. Kapitel

Wichita, Kansas, 1875

Nach seiner Ankunft in der Stadt suchte Slade Miss Corbett auf, um sich mit ihr zu unterhalten, und um dann den kleinen Schuppen, in dem sie unterrichtete, der sich hinter der Pension befand, in der sie lebte, anzuschauen. Das Holzgebäude war reparaturbedürftig, aber es war längst nicht so heruntergekommen wie die anderen Häuser, die als Schulen dienten, wie sie ihm eiligst versicherte und sie hätte versucht, das Beste daraus zu machen, was mit den wenigen Geldern, die die Schulbehörde ihr zugestanden hatten, nicht einfach gewesen sei.

»Sie haben sicher alles getan, was in Ihrer Macht stand, Miss Corbett«, gab Slade zu. Er mochte sie, obwohl sie hausbacken und grob wirkte, denn er spürte, daß unter ihrem unattraktiven Äußeren ein mitfühlendes und entschlossenes Herz klopfte. »Und hierher würden die Kinder jeden Tag zum Unterricht kommen?«

»Ja, Sir, und zum Essen in der Pause stünde ihnen der Hof hier zur Verfügung. Mrs. Ginty, die Witwe, der die Pension gehört, hat freundlicherweise erlaubt, daß eine Schaukel aufgehängt wird, und es gibt Platz genug, damit die Kinder Ball spielen und Seil hüpfen können. Da müssen wir uns wirklich glücklich schätzen, denn die meisten Klassenzimmer in der Stadt haben keinen Hof, auf dem sich die Kinder austoben können.«

Wie er erfuhr, unterrichtete Miss Corbett schon seit der Gründung der Stadt in Wichita. Im Augenblick bezahlte ihr die Stadt für ein Schulsemester, das vier Monate dauerte, fünfundzwanzig Dollar im Monat. Ihr Vertrag lief Ende April aus, würde aber sicher ohne Schwierigkeiten erneuert werden, denn gute Lehrer waren in

Wichita rar. Da die Anzahl der Schulen mit der Zahl der Kinder im schulpflichtigen Alter nicht mithalten konnte, waren die Klassenzimmer überfüllt, und Kinder unter sechs Jahren durften nicht am Unterricht teilnehmen. Die anderen Schüler kamen nicht immer regelmäßig zur Schule, besonders nicht während der Saat- und Erntezeit. Natürlich hätte sie dafür Verständnis, erklärte Miss Corbett, und sie erwartete auch nicht, die Kinder, die zu Hause dringend bei der Arbeit gebraucht wurden, in der Schule zu sehen.

»Aber jede Schulbildung, gleichgültig wie gering, ist besser als keine, Mr. Maverick.«

»Ja, da haben Sie sicher recht«, stimmte Slade zu. »Wie bald können Sie meine Nichten und Neffen aufnehmen, Miss Corbett?«

»Je eher, desto besser, Mr. Maverick. Unser armseliges kleines Gebäude mag zwar überfüllt sein, aber für Schüler, die etwas lernen wollen, ist immer Platz.«

»Dann werde ich meine Nichten und Neffen morgen früh Punkt acht Uhr hierherbringen. Guten Tag, Ma'am.« Slade zog höflich seinen Hut.

»Einen guten Tag noch, Mr. Maverick, und danke.« Miss Corbett, die offensichtlich dieselbe gute Kinderstube wie Rachel genossen hatte, schüttelte ihm die Hand. »Ich freu' mich schon darauf, die Beecham-Kinder zu unterrichten.«

Nachdem diese Sache erledigt war, ritt Slade zum Essen ins Southern Hotel. Dann ritt er hinaus zu Gustave Oxenbergs Farm, wo er und Gus nach kurzem betretenen Schweigen ihren Streit beilegten und verabredeten, sich nicht nur gegenseitig beim Säen und Pflügen zu helfen, sondern Rachel obendrein. Nachdem der Höflichkeit und dem Geschäftlichen Genüge getan war, sagte der Schwede stolz: »Ich hab' heute früh einen Brief gekriegt aus der alten Heimat«, sagte er verlegen grinsend zu Slade. »Gute Freunde meiner Familie kommen nach Wichita, kommen bald, vielleicht in drei oder vier Monaten. Ich kenn' sie schon, seit ich kleiner Junge in Schweden war. Sie haben drei brave, kräftige Söhne, Erik, Peder und Harald und eine Tochter, Livie.« Er räusperte sich. »Livie war ein kleines sommersprossiges Mädchen, als ich nach Amerika gegangen bin. Sie wird jetzt erwachsen sein. Ob sie wohl schon verheiratet ist? Ob sie sich an mich erinnert?« überlegte er laut und errötete dann, weil ihm bewußt wurde, wie untreu gegenüber Rachel sich das anhörte. »Rachel und ich haben beschlossen, daß es besser ist, wenn wir nur Freunde sind.«

Slade Maverick lächelte. »Ich glaube, so ist es am besten, Gus«, sagte er und schlug dem Schweden auf die Schulter. »Und wer weiß, vielleicht ist deine Livie nicht die Sorte Frau, die darauf besteht, fünfhundert Stück Vieh zu kriegen, bevor sie einen Mann heiratet!«

»Ich glaub' es nicht«, rief Gus, »daß Rachel mich nur deshalb nicht heiraten will, weil ich keine fünfhundert Kühe auf der Weide habe!«

»Nein«, erwiderte Slade grinsend. »Aber ich bin mir ziemlich sicher, daß es der Grund ist, warum sie mich nicht heiraten will, auch wenn ich sie auf Knien darum bitte!«

»Und wirst du sie darum bitten?« fragte der Schwede mißtrauisch. Er wollte sichergehen, daß die Absichten des Revolvermann Rachel gegenüber wirklich ehrenhaft waren.

»Alles zu seiner Zeit, Gus«, erwiderte Slade. »Alles zu seiner Zeit. Ich muß erst ein paar Dinge in Ordnung bringen und dann, das verspreche ich, wirst du mein Trauzeuge.«

»Ich nehm' dich beim Wort, Slade Maverick«, erwiderte Gus grinsend, aber man hörte, daß er es ehrlich meinte. »Rachel ist eine gute Frau. Sie hat einen guten Mann verdient. Sei ihr ein guter Mann, oder ich schlag' dir vielleicht beim nächsten Mal den Schädel wirklich ein, hast du verstanden?«

»Nein danke. Einmal hat mir gereicht, das kannst du mir glauben«, sagte Slade und rieb sich die Beule an seinem Kopf. »Ich werde sie gut behandeln, Gus, das schwör' ich dir. Und wenn nicht, na, du weißt ja, wo du mich findest.«

»Ja, und vergiß das bloß nicht!«

»Nach dem Schlag, den du mir verpaßt hast, werd' ich das nicht so schnell vergessen. Tu mir einen Gefallen, Gus«, sagte Slade grinsend, als er sich noch einmal im Sattel umdrehte, »Schenk uns keine Stühle zur Hochzeit!« Ehe der Schwede etwas sagen konnte, galoppierte der Revolvermann davon und rief noch kurz über die Schulter: »Viel Glück mit deiner Livie!«, bevor er am Horizont verschwand.

Der Besuch bei Gus hatte Slade daran erinnert, daß Rachel immer noch keinen anständigen Stuhl hatte. Also ritt er zurück nach Wichita, kaufte die vielen Vorräte für das Haus der Beechams ein und gab dann einen Teil seines restlichen Geldes für den Kauf eines neuen Stuhles für sie aus. Er arrangierte die Lieferung zur Farm für den späten Nachmittag. Dann ging er zur Kanzlei der Anwälte Atwood und Little, die er nach gut einer Stunde mit zwei Dokumenten wieder verließ. Danach ritt Slade zielstrebig nach Delano, um Jonathan zu suchen.

Der Rotlichtbezirk war noch dreckiger als die eigentliche Stadt, die trotz ihres Wachstums und ihrer Fortschrittlichkeit weder sauber noch gepflegt war, als wäre sie so schnell gewachsen, daß ihre Gründungsväter nicht Schritt halten konnten. Sowohl in Delano als auch in Wichita waren die Straßen in katastrophalem Zustand, ein breiter Irrgarten von gefährlichen Rillen und Schlaglöchern, der, wenn es regnete, zum Schlammsee wurde. Riesige Müllberge türmten sich auf den Gehsteigen und wurden bei jedem stärkeren Windstoß mit Staubwolken in Läden und Häuser geblasen. Die Gehsteige selbst waren aufgrund fehlender Vorschriften aus Planken der verschiedensten Holzsorten und voller Splitter, Astlöcher und Nägel, und manchmal fehlten sogar ganze Bretter. Entlang der Gehsteige und vorgesetzten Ladenfassaden hingen so viele verschiedene Schilder, daß sie nicht nur eine Qual fürs Auge waren, sondern auch eine echte Gefahr für die Unaufmerksamen, die beim Gehen dagegenprallten. Die Hunde der Stadt waren eine solche Plage, daß man drei bis fünf Dollar zahlen mußte, wenn man einen Hund hielt, und die Polizei jagte genauso viele streunende Hunde wie Kriminelle. Entlang der Ufer des kleinen Flußes waren so viele

Rinderkoppeln und Schweinekoben errichtet worden, daß die Wasserversorgung der Stadt völlig verseucht war (deshalb nannten die Treiber es oft »Büffeltee«) und gelegentlich trieb sogar totes Stück Vieh auf den flachen Wellen des Flusses.

Aber genau wie bei den Schulsteuern fürchteten die sparsamen Geschäftsleute von Wichita, daß sie mit hohen Steuern für die Stadtreinigung Investoren vertreiben würden, und deshalb unternahmen sie gegen den Dreck genausowenig wie gegen das Laster und die Korruption in ihrer Stadt.

Nach Sonnenuntergang öffneten die Saloons, die Spielhöllen und Tanzsäle zu beiden Seiten des Big und des Little Arkansas ihre Tore, und dann regierten Sauferei, Glücksspiel, Prostitution und Gewalt die Stadt. Es gab mehr als fünfzehn Saloons innerhalb der Stadtgrenze (Delano nicht gerechnet), von denen jeder fünfundzwanzig Dollar Steuern im Monat bezahlen mußte. Das Bier, das sie im Saloon des ortsansässigen Brauers Werner ausschenkten, hatte den Ruf, so stark zu sein, daß ein Polizist, der einen Krug davon probiert hatte, angeblich mit einem Tintenfaß auf dem Kopf statt seines Hutes nach Hause gegangen war.

Das Glücksspiel war nicht weniger ehrenrührig als das Trinken. Sogar Wyatt Earp hatte eine Zeitlang sein Polizistengehalt als Croupier aufgebessert. Neben Keno waren die beliebtesten Spiele Faro, Roulette und Poker. Prostitution war verboten, aber nachdem die örtlichen Behörden regelmäßig Bestechungsgelder von allen bekannten Huren der Stadt kassierten (und ironischerweise diejenigen, die keinen festen Kundenstamm hatten, wegen Herumtreibens bestraften), konnte man wohl behaupten, daß Prostitution im großen und ganzen von der Stadt nicht nur erlaubt, sondern auch noch unterstützt wurde. Es ging sogar so weit, daß der Stadtrat von Wichita, als einige der Nutten von Delano nackt Rennen zum Big Arkansas veranstalteten, lediglich bei Tageslicht das Baden im Fluß verbot und vorschlug, diese Aktivitäten doch diskreterweise auf die Nachtstunden zu beschränken, damit die anständigen Bewohner der Stadt keinen Anstoß nähmen. Solange der Vieh- und Büffelhandel in der Stadt florierte und feiernde Cowboys und Jäger Unsummen ausgaben, oft sogar innerhalb weniger Stunden ein Monatsgehalt für die wenigen, begehrenswerten Attraktionen der Stadt zum Fenster hinauswarfen, dachte Wichita gar nicht daran, sauber zu werden.

Allein im Jahr 1872 wurden 80000 Stück Vieh durch die riesigen Viehhöfe der Stadt getrieben, und die Einlagen in den diversen Banken der Stadt betrugen über 5,5 Millionen Dollar, weit mehr als die anderer Städte in Kansas, die dreimal so groß waren wie Wichita. Die beiden folgenden Jahre waren aufgrund der schlechten finanziellen Lage des ganzen Landes und der Heuschreckenplage weniger gut, aber sie hatten immer noch genügend Gewinne abgeworfen, damit Wichita die Königin der Rinderstädte blieb.

Was die Büffel anging, so hatte Hayes and Brothers, ein örtlicher Händler von Tierhäuten, allein in den ersten drei Monaten des Jahres 1875 Häute und Felle im Wert von über 50.000 Dollar gekauft und war somit der größte Pelzhändler in Kansas. Selbst Büffelknochen waren in Wichita fünf bis zehn Dollar die Tonne wert und wurden zumeist nach Philadelphia verschifft, wo man sie zu Düngemittel verarbeitete. Büffelhörner waren besonders begehrt; das Paar wurde für dreißig Dollar gehandelt. Sie wurden ebenfalls per Zug in verschiedene Städte des Ostens verschickt, wo man sie zu Damenfächern und dergleichen verarbeitete. Die Haut, die man von den Knochen kratzte, wurde zu Leim verarbeitet.

Es war abzusehen, daß die Büffel bald aus der Prärie verschwunden sein würden, wenn man sie weiterhin zu Tausenden abschlachtete. Rinder und Ackerbau dagegen waren die Zukunft von Kansas, und Rachel hatte dies begriffen. Aber um so viele Rinder zu halten und soviel Ackerbau zu betreiben, wie Rachel sich das vorstellte, brauchte sie Land, ungeheuer viel Land, und sie besaß nicht annähernd genug. Also beschloß Slade, das Land zu kaufen, das sie benötigte, um ihre Träume und Hoffnungen zu verwirklichen. Es war das mindeste, was er tun konnte, wenn er sie heiraten wollte, nachdem er ihr sonst so wenig zu bieten hatte.

Es dauerte bis nach Einbruch der Dunkelheit, bis er seinen Taugenichts von Schwager gefunden hatte, denn Jonathan war nicht in Delano, wie er angenommen hatte, sondern in Wichita, was Slade sehr bedauerte. Die örtliche Polizei betrat den Rotlichtbezirk zwar, wenn sie gerufen wurde, aber sie hatte jenseits des großen und des kleinen Flußes keine gesetzliche Handhabe, weshalb sie bei Gesetzesübertretungen gerne zwei Augen zudrückte, und damit hatte der Revolvermann gerechnet. In Delano war im Gegensatz zur Stadt auch das Tragen von Feuerwaffen nicht verboten, und Slade hatte vorgehabt, mit seinen Peacemakern, falls nötig, seinen Drohungen Nachdruck zu verleihen. Jetzt konnte er nur noch hoffen, daß seine Drohungen ausreichten, denn wenn nicht, mußte er Beecham verprügeln und riskierte damit, wieder im Gefängnis zu landen.

Jonathan hatte sich in Emil Werners Saloon verschanzt, dem Summer Garden, einer so lauten und üblen Bar, daß sogar der Eigentümer zugegeben hatte, daß hier eigentlich rund um die Uhr ein Gesetzeshüter gebraucht wurde. Das Orchester war so laut, daß der *Wichita Eagle* einen Artikel druckte, in dem der Lärm, das obszöne Verhalten und die Schlägereien angeprangert wurden.

Jonathan saß allein in einer Ecke; mit blutunterlaufenen Augen starrte er auf die halbleere Whiskyflasche vor sich. Aus dieser nahm er immer wieder einen unappetitlichen Schluck, weil es ihm zuviel Mühe machte, das danebenstehende Glas zu benutzen. Als er sah, daß Slade sich ihm näherte, schwankte er in seinem Stuhl hin und her und versuchte, sich zu konzentrieren. Sein Gesicht verdüsterte sich, als er Slade erkannte.

»Ich will verdammt sein, wenn das nicht mein berüchtigter Schwa – hick – Schwager ist!« grölte er. »Was ist denn mit dir passier? Blaues Auge, geplatzte Lippe. Du schaust aus, als wärst du untern Güterzug gekommen oder so was. Wass'n los? Hat dich Rachel – hick – mit dem Nudelholz erwischt?«

»Nein«, antwortete Slade angewidert. »Ich hatte ein kleines Mißverständnis mit Gus Oxenberg wegen eines Stuhls – obwohl dich das gar nichts angeht. Was dagegen, wenn ich mich setze, Beecham?«

»Is' doch ein freies Land, oder? Mach was du willst. Nur sag mir bloß nicht, daß es schon Morgen ist! Bin grade erst gekommen – hick – bei Sonnenuntergang. Solang bin ich noch gar nicht hier, oder? Oder doch? Willst du mich wieder in der Tränke ersäufen, Maverick?«

»Nein. Für den Fall, daß du es noch nicht bemerkt hast, ich hab' den Versuch, aus dir wieder einen anständigen Menschen zu machen, aufgegeben. Das ist das erste Mal seit Tagen, daß ich dich gesucht habe.«

»Oh. Was willst du denn von mir, wenn du mich nicht zwingen willst, wie ein verdammter Nigger da draußen zu schuften?«

»Ich möchte, daß du ein Papier unterschreibst, Beecham, in dem du mich zum gesetzlichen Vormund für meine Nichten und Neffen ernennst und mir das alleinige Sorgerecht überträgst.«

»Waaaas?« Jonathan versuchte, sich im Stuhl aufzurichten, ein vergeblicher Versuch, etwas nüchterner zu erscheinen. Er kniff mißtrauisch die Augen zusammen. »Warum soll ich denn das tun?« fragte er giftig. »Ich bin doch schließlich ihr Vater und nicht du! Und tot bin ich auch noch nicht – wenigstens nicht, soviel ich weiß – hick.«

»Nein, aber wenn du so weitermachst, wirst du es bald sein«, sagte Slade grimmig, »und du bist außerdem unfähig, für sie zu sorgen. Die armen Kinder sind dir scheißegal, und das weißt du auch. Also, bevor du dir die Gänseblümchen von unten anschaust, möchte ich die Sache gesetzlich geregelt haben, zu meiner Zufriedenheit. Ich möchte keinen Ärger mit einem Gericht haben, das versucht, mir die Kinder wegzunehmen, wenn du unter der Erde liegst.«

»Warum denn? Haste Angst, das Gesetz hat was gegen einen Revolverschwinger als Vormund?«

»Genau.« Slade nickte, griff in die Tasche und zog eines der Dokumente heraus, die er bei Atwood und Little abgeholt hatte. Er winkte eins der Barmädchen zu sich und bat sie, Feder und Tintenfaß zu bringen. Nachdem sie beides auf den Tisch gestellt hatte, schob er es seinem Schwager über den Tisch zu. »Los, Beecham. Unterschreib«, sagte er.

»Wie kommst du bloß darauf, daß ich das tun werde, he?« sagte Jonathan und kicherte, dann nahm er einen Schluck aus seiner Whiskyflasche und wischte sich den Mund am Ärmel ab.

»Weil ich dich umbringe, wenn du es nicht tust, Beecham«, sagte Slade ruhig, und seine Augen blitzten wie blauer Stahl.

Jonathan schnaubte verächtlich, dann lachte er schallend.

»Ich muß betrunkener sein, als ich – hick – dachte«, sagte er und schlug auf den Tisch. »Weil ich mir ganz sicher bin, daß ich keinen Revolvergurt an dir seh', Maverick! Wolltest du mir den Hals mit einem von diesen mexikanischen Rädern durchschneiden, die du als Sporen trägst – oder mich einfach mit deinem Hut zu Tode prügeln?« Bei der Vorstellung mußte er kichern.

»Weder noch. Laß dich nicht von meinem unbewaffneten Äußeren täuschen, Beecham, denn weißt du was? Ich hab' genau für solche Gelegenheiten wie diese die niedlichste zweischüssige Derringer in meinem Stiefel«, log Slade mit undurchsichtiger Miene. »Und genau in diesem Augenblick halte ich sie unter dem Tisch, und sie ist direkt auf deinen Bauch gerichtet – und auf diese Entfernung werde ich wohl kaum danebenschießen.«

Jonathans Augen wurden vor Angst ganz groß, und sein überhebliches Lächeln war wie weggewischt. Er schaute sich ängstlich in der Bar um, als erwarte er, daß jemand ihm zu Hilfe eilte. Aber dann wurde ihm klar, daß bei dem ungeheuren Lärm wahrscheinlich keiner etwas merken würde, wenn er tot vom Stuhl fiel. Er leckte sich nervös den Mund und lächelte gequält.

»Du bluffst, Maverick. Ich weiß, daß du bluffst und versuchst, mich zum Narren zu halten, du armseliger Bastard!«

»Würdest du dein Leben darauf verwetten?« fragte Slade. Nach einer kurzen Pause befahl er: »Nimm die Feder, Beecham – bevor ich dir ein Loch in den Bauch schieße!«

Endlich, nach einem Augenblick des Zögerns, nahm Jonathan leise fluchend die Feder und kritzelte seinen Namen auf das Papier, ohne sich auch nur die Mühe zu machen, es durchzulesen. Er wollte sein Leben nicht verlieren – so armselig es auch war –, besonders nicht wegen eines Haufens in seinen Augen undankbarer, lästiger Bälger. Obwohl er ihr Vater war, konnte er froh sein, daß er sie los war. Die winselnden Bälger konnten ihn sowieso nicht leiden. Den Gedanken, daß dies auch seine Schuld war, verdrängte er schleunigst und gründlich.

»Da hast du!« Jonathan schob die Feder und das Papier seinem Schwager hin. »Die undankbaren kleinen Bastarde gehören jetzt dir! Nimm sie und verreck! Jetzt hau ab. Laß mich in Ruhe, ja? Laß mich bloß in Ruhe!«

»Nicht so schnell, Beecham. Nicht so schnell. Da wäre noch die Sache mit meinen Ausgaben für dein Haus zu regeln.« Slade steckte seine Hand erneut in seine Tasche. »Hier sind die Quittungen. Ich möchte das Geld dafür jetzt – in bar.«

Jonathans Augen traten fast aus den Höhlen, und er wurde blaß angesichts der vielen Rechnungen, die Slade ihm unter die Nase hielt. Er hatte auch nicht vergessen, daß unter dem Tisch eine Pistole auf seinen Bauch gerichtet war.

»Du – du kannst doch nicht erwarten –, daß ich diese ganzen Scheißrechnungen bezahle!« stotterte er erbost. »Ich – ich hab' nicht soviel Geld – seit dem Krieg nicht mehr. Außerdem hab' ich dir nicht gesagt, irgendwelche Dinge an meinem Eigentum auszubessern!«

»So ein Pech«, knurrte Slade. »Ich hab' sie aber ausgebessert, und jetzt wirst du mir das Geld dafür geben. Ich warne dich, Beecham: Ich hab' heute einen sehr unruhigen Finger, und weißt du was? Hier drin ist so ein Krach, daß ich wetten würde, keiner hört, wenn meine Derringer losgeht. Die ist nicht wie eine Peacemaker. Sie macht nur leise... pop!«

Bei diesem Geräusch glaubte Jonathan in seinem Suff, er wäre tatsächlich angeschossen worden und machte vor lauter Schreck einen Satz in die Luft. Er verlor das Gleichgewicht und krachte mit seinem Stuhl zu Boden. Stöhnend blieb er liegen, während Slade sich genüßlich eine Zigarre anzündete und grinsend daran zog. Einen Augenblick später, nachdem ihm klar geworden war, daß ihn keine Kugel durchbohrt hatte, kämpfte sich Beecham mühsam hoch, hob seinen Stuhl auf und setzte sich wieder hin. Der Schrekken hatte ihn gedemütigt und wütend gemacht und auch ein bißchen ernüchtert. Seine Aussprache war wesentlich deutlicher, als er jetzt sagte: »Das war gar nicht komisch, Maverick!«

»Das sollte es auch nicht sein. Also, wo ist mein Geld, Beecham?«

»Ich hab' dir doch gesagt... ich – ich hab' keins, was ich dir geben kann!« Jonathan überlegte fieberhaft, aber er sah keinen Ausweg aus dem Dilemma. Da kam ihm plötzlich eine Idee. »Warum spielen wir nicht drum? Poker. Eine Runde. Der Gewinner kriegt alles.«

»Du hast doch gesagt, du hast kein Geld«, sagte Slade und zog an seiner dünnen schwarzen Zigarre. »Was willst du denn als Einsatz bringen?«

»Meine Farm«, verkündete Jonathan, griff nach der Whiskyflasche, stellte sie aber dann wieder weg. Anscheinend hatte er sich eines Besseren besonnen. »Es sind Hypotheken drauf, aber ich denke, soviel wie die gottverfluchten Quittungen, die du da hast, ist sie allemal wert. Wenn ich gewinne, gibst du sie mir und vergißt sie, wenn ich verliere, überschreib' ich dir die Farm, im Austausch für die Rechnungen.«

»Hört sich fair an«, stimmte Slade zu. Er konnte sein Glück kaum fassen. Sein Schwager schlug doch tatsächlich selbst das Pokerspiel vor, das er die ganze Zeit geplant hatte.

Sie ließen sich ein neues Spiel Karten bringen. Das Mädchen, das es an den Tisch brachte, brach das Siegel und schlug das Spiel auf. Auf Anweisung von Slade mischte sie die Karten, hob ab und gab jedem Mann fünf Karten. Slade und Jonathan hoben sie auf und schauten sie sich an. Da der Einsatz des Pokerspiels bereits im voraus feststand, wurden keine zusätzlichen Wetten abgeschlossen.

»Karten, Gentlemen?« fragte das Mädchen lakonisch und musterte den Revolvermann mit frechem Blick.

»Drei«, grunzte Beecham.

»Eine«, sagte Slade und grinste innerlich, als er die Karte aufnahm, die das Mädchen ihm gab, und die Herzkönigin sah. Ein gutes Omen. »Und Beecham? Spiel oder gib auf! Was darf's sein?«

»Drei gleiche«, krächzte Jonathan triumphierend, als er seine Karten auf den Tisch warf, überzeugt, er hätte gewonnen. »Asse. Schau sie dir an und weine, Maverick!«

»Heute abend nicht«, sagte Slade leise, und sein Gesichtsausdruck jagte seinem Schwager eine Gänsehaut über den Rücken. »Erste Regel für jeden Farmer: Zähl deine Küken erst, wenn sie geschlüpft sind.« Und dann legte er lässig seine Karten auf den Tisch. »Ich habe alle von einer Farbe – und soviel ich weiß, schlägt das drei Asse mit links.«

Jetzt holte Slade Maverick das zweite Dokument, das er von Atwood und Little hatte aufsetzen lassen, aus der Tasche und warf es Jonathan hin.

»Ich glaube, du schuldest mir eine Farm, Beecham«, sagte er triumphierend. »Auf der gestrichelten Linie unterschreiben, dann lass' ich gleich morgen früh den Besitzerwechsel eintragen.«

»Du Bastard!« zischte Jonathan wutentbrannt, als er das Papier sah. »Du arroganter, hinterhältiger Schuft! Du hast von Anfang an vorgehabt, mir die Farm abzunehmen, was? Und heute abend hast du mich wie ein Bluthund aufgespürt, nur damit du sie kriegst! Wie hättest du sonst schon das Papier in der Tasche haben können? Du diebischer Bastard! Hat dir noch nicht gereicht, mir die Kinder wegzunehmen, was? Du mußtest auch noch die Farm haben! Aber ich werde nicht unterschreiben! Hast du mich gehört? Ich unterschreib' das gottverfluchte Papier nicht, du Scheißkerl!«

»Willst du etwa dein Wort brechen, Beecham?« fragte Slade mit scheinbar freundlicher Stimme. »Nicht klug. Gar nicht klug. Ich denke, du hast meine kleine Derringer unter dem Tisch vergessen. Wenn das Gesetz erst einmal erfährt, daß du feiger Hund dich geweigert hast, deine Spielschulden zu bezahlen, bezweifle ich sehr, daß ich auch nur eine Geldstrafe kriege, wenn ich dich umbringe.« Er holte kurz Luft und fuhr dann fort. »Ich warte, Beecham, und mein Finger am Abzug wird immer nervöser. Überleg es dir gut, und während du es dir überlegst, vergiß nicht: wenn du dich falsch entscheidest, war es deine letzte Entscheidung! So, und jetzt entscheide dich, Beecham, so oder so.«

Jonathan überlegte fieberhaft, wie er es fertigbringen konnte, unter den Tisch zu schauen, um zu sehen, ob sein Schwager wirklich eine Pistole hatte, oder ob er, wie Beecham vermutete, nur bluffte. Ich hätte nachschauen sollen, als ich umgefallen bin, dachte er krank vor Angst. Er fühlte sich genau wie im Krieg vor einer Schlacht, als würde er sich übergeben oder in die Hosen pinkeln müssen. Sein Magen war total verkrampft und der Druck auf seiner Blase enorm. Schweiß stand ihm auf der Stirn, und seine Oberlippe und seine Hände fühlten sich kalt und klamm an.

Die stinkende, lausige Farm war es nicht wert, dafür zu sterben, redete er sich ein, und trotz seiner Vermutung, daß sein Schwager nur bluffte, war es doch sehr wahrscheinlich, daß der Revolvermann die Wahrheit sagte. Slade Maverick war mutig genug, sich in Wichita mit einer Pistole im Stiefel erwischen zu lassen, und ein Mann mit seinem dreckigen Beruf hatte sicher noch andere schmutzige Tricks auf Lager. Schließlich entschied er sich genau wie vorher dafür, kein Risiko einzugehen. Fluchend unterschrieb er das Papier, mit dem die Farm in den Besitz Slade Mavericks überging.

»Ein weiser Entschluß, Beecham«, sagte Slade, und sein sehniger Körper entspannte sich sichtlich. Er nahm die beiden Dokumente an sich und ließ das Barmädchen und eine ihrer Freundinnen, die beide weder lesen noch schreiben konnten, ihr Zeichen als Zeugen unter die Papiere setzen. Dann schrieb er sorgfältig die Namen der beiden Mädchen unter ihre Kreuze und gab jeder zwei Dollar für ihre Mühe. »Bin dir sehr verbunden, Beecham«, sagte er, faltete die Papiere sorgsam und steckte sie in seine Tasche.

»Und die Quittungen?« fragte Jonathan knapp.

Slades Blick glitt zu dem Stapel Rechnungen auf dem Tisch.

»Ach, die kannst du behalten, Beecham«, erwiderte er. »Das war abgemacht, und im Gegensatz zu dir bin ich ein Mann, der sein Wort hält. Nimm sie, tu, was du willst damit. Wirf sie weg, verbrenn sie oder nimm sie für die Latrine. Offen gesagt, es ist mir ziemlich egal.« Er schob seinen Stuhl zurück und stand auf.

»Beantworte mir noch eine Frage, bevor du gehst, Maverick.« Jonathans Stimme klang dumpf und resigniert. »Ich muß es wissen. Hast du nun eine Derringer in deinem Stiefel oder nicht?«

Slade paffte an seiner Zigarre und blies langsam eine Rauchwolke in die Luft. Dann schüttelte er grinsend den Kopf.

»Aber nein, Beecham, da steck' ich nur meinen Fuß rein.«

»Du mieser Schuft!« fauchte Jonathan.

»Das ist komisch, Beecham. Das ist wirklich komisch. Weißt du auch, warum?« Das Lächeln verblaßte auf Slades Gesicht, und seine mitternachtsblauen Augen wurden eisig. »Weil ich wetten möchte, daß India das von dir gedacht hat, kurz bevor sie starb.«

Dann schritt der Revolvermann mit klirrenden Sporen aus dem Summer Garden hinaus in die Dunkelheit, und die Saloontüren schwangen hinter ihm zu und dämpften den Lärm, der durch die Straße hallte. Slade merkte, daß er tatsächlich vor Wut zitterte, also blieb er stehen und atmete die kühle Nachtluft ein, bis er sich ein wenig beruhigt hatte.

Schließlich waren es mehrere Schüsse, die ihn wieder in Bewegung brachten. Einen nervenzerreißenden Augenblick lang dachte Slade, Jonathan hätte in seinem Rausch irgendwie eine Waffe in die Finger gekriegt und sei hinter ihm her. Slade preßte sich blitzschnell mit dem Rücken gegen die Wand des Saloons und griff gleichzeitig nach seinen Peacemakern, mußte aber leider feststellen, daß sein Revolvergurt nicht da war. Er fluchte kurz, weil er sich nackt und schutzlos fühlte, mußte aber schon bald darauf über sich selbst lachen, als er merkte, daß die Schüsse von einem Muli kamen, das an einem nahen Pfosten angebunden war.

Neugierig schritt Slade zu dem Muli. Im gleichen Augenblick traf auch der örtliche Gesetzeshüter ein. Soweit Slade begriff, hatte einer der zahlreichen Texaner in der Stadt seinen Revolvergurt, den er nicht gegen eine Metallmarke hatte eintauschen wollen, um das Sattelhorn seines Maulesels gehängt und jedesmal, wenn das nervöse Tier zuckte oder aufstampfte, löste sich ein Schuß. Nach einer heißen, aber für Slade höchst amüsanten Debatte zwischen dem Hilfssheriff und dem sehr beredten Eigentümer des Mulis, gab schließlich der Hilfssheriff nach, nachdem er widerwillig dem Texaner recht geben mußte, der erklärte, in Wichita gäbe es kein Gesetz, das einem Muli verbot, in der Stadtgrenze zu schießen.

Grinsend und froh darüber, daß sein brennender Wunsch, Indias Tod zu rächen, jetzt erfüllt war, holte Slade sein Pferd und galoppierte aus der Stadt. Auf ihrer Farm wartete Rachel auf ihn.

18. Kapitel

Der Märzwind war sanfter geworden, und Slade hatte endlich die Arbeit am neuen Blockhaus der Beechams vollendet und war mit den Kindern dort eingezogen. Obwohl die Kinder nicht mehr ständig im Haus waren, war Rachel nicht ganz so niedergeschlagen, wie sie befürchtet hatte, denn jeden Morgen, wenn Slade die fünf ältesten Beechams in die Schule nach Wichita brachte, lieferte er Andrew, Naomi und Tobias für den Tag bei ihr auf der Farm ab. Am Abend, wenn er zurückkam, um die drei jüngsten Beechams abzuholen, aßen die beiden Familien zusammen Abendbrot.

Zu den Mahlzeiten, die Rachel mit Eves und Susannahs Hilfe vorbereitete, steuerte Slade seinerseits Wild bei – Büffel, Rotwild, Antilopen, Hasen, wilde Truthähne, Präriehühner, Wachteln und ähnliches – sowie auch Fisch aus dem großen und dem kleinen Fluß, meist Waller oder Barsch. Seit sie die Beecham-Kinder aufgenommen hatte, war Rachel kaum noch zum Jagen oder Fischen gekommen. Die Folge davon war, daß ihre Vorräte und auch das wenige Bargeld, das sie hatte, zur Neige gingen, denn vorher hatte sie das Fleisch und den Fisch, den sie nicht brauchten, in Wichita an William »Buffalo Bill« Mathewson auf der Douglas Avenue verkauft, der außer mit Viehfutter auch mit Wildbret handelte.

Trotzdem opferte Rachel ihre Zeit und das kleine Nebeneinkommen gern den Beecham-Kindern, und es war einfacher, wenn beide Familien zusammen Abendbrot aßen. Außerdem brauchten dadurch Eve und Susannah, die jetzt beide in die Schule gingen, nicht allein das Abendessen zu kochen, und Essen gab es genug für alle.

Oft blieben Slade und die Kinder bis lange nach Sonnenuntergang. Im weichen Schein der Öllampen machten die fünf ältesten Kinder ihre Hausaufgaben, während auf dem Damebrett die Schlachten tobten, und Rachel an dem neuen Kleid aus der Seide nähte, die sie im New York Store gekauft hatte. Hinterher rauchte Fremont seine Pfeife, Poke kaute seinen Tabak, und Slade spielte seine Mundharmonika. Also hatte sich zu Rachels Erleichterung und Freude praktisch nichts verändert, außer daß Gus nur noch selten zu Besuch kam und dann auch nur als Freund, wie er es versprochen hatte.

Gus war dieser Tage viel aufgekratzter und erzählte aufgeregt von der alten Heimat und davon, wie er in Schweden aufgewachsen war und von den guten Freunden seiner Familie, den Svensons, die bald in Amerika ankommen würden. Am meisten aber redete er von Livie Svenson, und Rachel mußte halb freudig, halb traurig erkennen, daß sie den Platz in seinem Herzen bereits an das unbekannte schwedische Mädchen verloren hatte. Denn er machte in seiner schweigsamen Art keine Andeutungen mehr über seine Heiratsabsichten und machte ihr auch nicht mehr den Hof.

Nachdem sie Gus nun zum Freund hatte, war Rachel um seinetwillen froh, daß es so gekommen war. Trotzdem war sie traurig, daß sie ihn als Verehrer verloren hatte, denn irgendwie war er immer die letzte Rettung gewesen, um keine alte Jungfer zu werden, falls sie sich dazu entschlossen hätte, ihn doch zu nehmen. Es war Gus gegenüber sehr unfair gewesen, daß wußte sie, und trotzdem hatte sie an ihm festgehalten. Jetzt mußte sie ihn gehen lassen, und zum erstenmal seit langer Zeit fühlte Rachel sich wirklich allein, unwiderruflich dazu bestimmt, als alte Jungfer zu enden. Denn wenn ein Mann wie Gus sein Herz so schnell an eine andere verlieren konnte, wie konnte sie dann erwarten, daß ein Mann wie Slade Maverick überhaupt sein Herz verschenken würde?

Dennoch war ihr irgendwie klar, daß er Gus' Platz in ihrem Leben eingenommen hatte, denn sogar Gus selbst benahm sich so, als sei der Revolvermann ihr Freier. Slade behandelte den Schweden auch nicht mehr als Rivalen, sondern begrüßte ihn wie einen alten

Freund in ihrer beiden Namen auf der Farm, als wären er und Rachel bereits verlobt oder verheiratet.

Rachel konnte das nicht verstehen, denn Slade hatte ihr gegenüber keinerlei Absichten geäußert und behandelte sie auch nicht anders als vorher. Doch sein Verhalten hatte etwas Besitzergreifendes, als hätte er sie irgendwie als die Seine gekennzeichnet und als wüßten es alle außer ihr. Wie sollte sie auch wissen, daß Slade, nachdem er beschlossen hatte, sie zu heiraten, die Sache für erledigt hielt. Hätte Rachel das gewußt, wäre sie, obwohl sie sich in ihn verliebt hatte, wütend darüber gewesen, daß er es in seiner Arroganz nicht einmal für nötig hielt, sie zu fragen. Aber Slade Maverick tat nichts dergleichen. Nicht ahnend, daß sie ihn liebte, glaubte er, sie könne ihn abweisen, was er unter keinen Umständen hinnehmen wollte.

Oft ertappte sie ihn dabei, wie er sie abends abschätzend musterte, seine heißen, gierigen Augen besitzergreifend über sie schweifen ließ, bis sie errötete und ihm nicht mehr in die Augen sehen konnte. Noch verwirrender war, daß er sie nicht mehr belästigte, obwohl Rachel zugegebenermaßen ihm auch keine Gelegenheit dazu gab, da sie weder ihm noch sich trauen konnte, wenn sie allein waren. Sie wußte, wenn Slade sie wieder in die Arme nehmen würde, wäre sie unfähig oder noch schlimmer, unwillig, sich zu wehren. Noch beunruhigender war der Gedanke, daß sie, selbst wenn er sie hinterher nicht heiraten wollte, zumindest die Erinnerung an das Liebesspiel mit ihm hätte – und vielleicht sogar ein Kind –, um ihr die kommenden Jahre der Einsamkeit und der Sehnsucht zu erleichtern. In gewisser Weise sehnte sie sich sogar danach.

Also hielt Rachel sich von Slade fern und versuchte, ihr Herz zu schützen. Sie ahnte ja nicht, daß sie ihm bereits mit Körper und Seele gehörte.

Nachdem die Beecham-Farm jetzt Slades rechtmäßiger Besitz war, arbeitete er noch härter als zuvor. Außer Gus halfen ihm auch noch Fremont und Poke beim Pflügen und beim Pflanzen, wofür er ihnen bei der Bestellung ihrer Felder half. Mit vier Männern ging die Arbeit zügig voran. Sobald sie mit dem Pflügen fertig waren, säten sie Winterweizen, eine hartstielige Weizensorte, die aus der Türkei stammte und von den russischen Mennoniten eingeführt worden war. Da sie durch jahrelange Erfahrung gelernt hatten, wie leichtsinnig es war, sich in Kansas nur auf eine Getreideart zu verlassen, ermutigten die drei Männer Slade, gleichzeitig Mais, Roggen, Hafer, Gerste und Hirse anzubauen. Er säte sogar Baumwolle aus, denn im Jahr zuvor hatte William »Dutch Bill« Greiffenstein seine Wichita Cotton Ginning and Pressing Company gegründet und zumindest kannte Slade Baumwolle aus seiner Kindheit in Louisiana. Reis kam nicht in Frage, da es in Kansas nicht genügend Wasser gab. Nachdem er einen großen Obstgarten angelegt hatte, veredelte er Äpfel, Pfirsiche, Pflaumen, Birnen und Kirschbäume als weitere Versicherung gegen das unberechenbare Wetter von Kansas und die Insektenplagen. In einem kleineren Garten in der Nähe des Hauses pflanzte er Gemüse und Beeren.

Slade konnte sich keine Mißernte erlauben, denn wie er nach Eintragung des Besitzerwechsels feststellen mußte, hatte Jonathan nicht nur eine Hypothek auf die Farm aufgenommen, sondern war auch mit den Raten zwei Monate im Rückstand, und die Bank hatte gedroht, ihm die Farm wegzunehmen. Slade hatte sein letztes Bargeld dafür verwendet, die Schulden bei der Bank zu begleichen. Jetzt war sein Überleben allein von der Farm abhängig, wenn er nicht wieder anfangen wollte, sich als Revolvermann, Kopfgeldjäger und Spieler zu betätigen.

Also stürzte er sich mit derselben Entschlossenheit, mit der er den Umgang mit Revolvern gelernt hatte, auf sein neues Leben als Farmer. Jeden Abend, nachdem er die Kinder von Rachels Blockhaus nach Hause und zu Bett gebracht hatte, las er, um sein Wissen zu erweitern, jedes nur verfügbare Buch über Viehzucht und Landwirtschaft. Mit den neuen Erkenntnissen begann Slade mit Verbesserungen auf seiner eigenen Farm und half Fremont, Poke und Gus, dasselbe mit den ihren zu machen.

Als im April der Regen einsetzte, waren die Felder aller drei Farmer bestellt, und jede hatte ein neues Bewässerungssystem aufzuweisen. Dieses hatte Slade aus Eisenzisternen und langen Röhren mit siebähnlichen Löchern gebaut; er hoffte, damit die Frucht durch den langen, heißen und trockenen Sommer zu bringen, der schon bald einsetzen würde.

Nachdem sie nicht auf dem Feld gebraucht wurde, hatte Rachel das erste Mal seit dem Tod ihrer Eltern Zeit für den Frühjahrsputz, und sie stürzte sich voller Elan auf diese Aufgabe. Der magere Inhalt von Regalen und Schränken mußte geleert, diese mit Seife geschrubbt und wieder eingeräumt werden. Der Gußeisenofen mußte von Spritzern und Fett gereinigt werden. Winterkleidung und Bettzeug mußte gewaschen, getrocknet und sorgfältig in mit Zedernholz ausgeschlagenen Truhen gelagert werden, die mit süßduftenden Säckchen versehen waren, was die Motten fernhalten sollte. Sommerkleider und Wäsche mußte ausgepackt und gelüftet werden. Fensterläden wurden fröhlich aufgerissen, um die Sonne hereinzulassen, und die Fenster wurden geputzt, bis die Scheiben blitzten. Aus den Kaminen mußte die Asche geschaufelt und der Ruß aus dem Herd entfernt werden. Möbel mußten abgestaubt, Teppiche ausgeklopft und die Böden gründlich vom getrockneten Gras und Schlammspuren der kalten Monate gereinigt werden.

Draußen mußte der Keller geöffnet und von Gemüse und anderen Lebensmitteln, die trotz der Kälte verdorben waren, gesäubert werden. Aus der Scheune mußte das alte Heu und der Mist entfernt werden, der Schweinekoben gerecht und der Hühnerstall ausgekratzt werden. Rachels kleiner Garten mußte geharkt und das Gemüse und die Beeren gesät werden, von denen sie sich im langen Sommer und noch längeren Winter ernähren würden.

Andrew und Naomi halfen bei diesen Arbeiten, so gut sie konnten, während Tobias aus seiner Kiste neugierig die geschäftigen Bewegungen um sich herum beobachtete.

Zusätzlich zu ihrem Frühjahrsputz hatte Rachel noch ihre alltäglichen Aufgaben zu erledigen. Sie versorgte das Vieh, kochte, flickte, nähte und wusch die Wäsche für die Männer und Kinder. Aber die harte Arbeit machte ihr nichts aus. Sie genoß es, die jüngeren Kinder, die den ganzen Tag bei ihr waren, in den Wagen zu laden und mit dem Essenskorb zu dem jeweiligen Feld zu fahren, auf dem die Männer gerade arbeiteten. Es war eine Gelegenheit, Slade zu sehen, von dem Rachel sich trotz ihrer Vorsätze wie von einem Magneten angezogen fühlte.

Heimlich beobachtete sie seine große, schöne Gestalt, wenn er hinter dem Pflug herschritt oder schwere Steine aus den Furchen hievte. Seine dunkle Haut verwandelte sich in der weichen Frühlingssonne zu Bronze, was seine mitternachtsblauen Augen und die strahlend weißen Zähne noch mehr betonte. Es entging ihr auch nicht, daß sein Arbeitshemd und seine Hosen schweißgetränkt an seinem harten, schlanken Körper klebten und sich seine starken Muskeln an Armen und Beinen deutlich darunter abzeichneten. Manchmal, wenn der Tag ungewöhnlich warm war, zog er sein Hemd aus, und sein glattes, nacktes Fleisch glänzte naß vom Schweiß in der gelben Sonne.

Dann erinnerte sich Rachel an das Gefühl, das sie verspürt hatte, als er auf ihr gelegen hatte, als sie seine Rückenmuskeln unter ihren Händen gespürt und sie ihn an sich gepreßt hatte, und dann loderte der heftige, brennende Schmerz wieder in ihr auf. Manchmal war das Gefühl so stark, daß sie sich danach verzehrte, ihren Mund auf Slades Haut zu pressen, den Schweiß abzulecken, der auf seiner Brust perlte, so wie er die Mulde zwischen ihren Brüsten geleckt hatte, ehe sein feuchter Mund ihre Brustwarzen umschlossen und sie die glühend heiße Zunge gespürt hatte. Die ungebetenen Erinnerungen waren manchmal so verlockend, daß sie die Augen schließen und sich auf die Lippe beißen mußte, um die Gefühle unter Kontrolle zu bringen, die sie durchströmten; sie waren mitunter so stark, daß sie fürchtete, sie könnte laut aufschreien.

Aber wenn Slade etwas davon bemerkte oder sie überhaupt wahrnahm, zeigte er es nicht.

Sie ahnte nicht, wie gerne Slade Maverick ihr, wenn sie mittags auf dem Feld erschien, das Tuch vom Kopf gerissen und die Haarnadeln aus ihrem Haar gelöst hätte, damit sich ihre langen blonden Locken im Frühlingswind frei um ihren geschmeidigen jungen Körper hätten schmiegen können. Sie wußte nicht, wie sehr er sich danach sehnte, sie in das hohe sprießende Gras zu werfen, die kleinen Knöpfe ihrer Bluse langsam zu öffnen, um ihre vollen runden Brüste nackt und golden unter der Sonne zu sehen, die rosigen Knospen zu küssen, die danach lechzten, gekostet zu werden.

Slade war sicher, daß auch der Rest von ihr sicher golden war, die Beine lang und grazil wie die einer Stute. Er stellte sich vor, wie sie sich mit den seinen verschlangen und sich um seinen Rücken wanden, wenn er sie liebte, und manchmal mußte er sich mit Gewalt zusammenreißen, um sie nicht an Ort und Stelle zu Boden zu werfen und zu nehmen. Er überlegte häufig, ob er seine Lust bei einer der Huren in der Stadt befriedigen sollte. Aber er tat es nie. Mit ihren bemalten Mündern und dem einladenden Lächeln wirkten sie im Vergleich zu Rachels Sanftheit und Sauberkeit grob und ordinär.

Slade liebte ihren Geruch, den feinen Duft von Seife und Flieder, den ihre Haut verströmte, den frischen Duft von Stärke in ihren schlichten, handgewebten Kleidern, die sie mit etwas Band oder Spitze verzierte. Sie sollte in Seide gehüllt sein, dachte er, und es tat ihm leid, daß er ihr nichts dergleichen kaufen konnte. Einen Augenblick lang haßte er dann dieses neues Leben, das man ihm mit der Ankunft von Indias Brief aufgehalst hatte, denn als Revolvermann hatte er immer genügend Geld gehabt. Jetzt hatte er keines, und bis er wieder welches besaß, hinderte ihn sein Stolz daran, Rachel einen Antrag zu machen, gleichgültig, wie sehr er sie begehrte.

Also sagte er nichts von seinen Absichten, sie zu heiraten, und Rachel kehrte mit wundem Herzen vom Feld zurück.

Abends saß sie vor dem Kaminfeuer, das sie angesichts der kühlen Frühlingsabendluft angezündet hatte, flickte Slades Hemden und nähte lose Knöpfe fest. Manchmal fielen Tränen auf die Hemden, denn sie glaubte, daß sie nie solche kleinen, liebevollen Dinge für ihn als Ehemann tun würde.

Das Gefühl wurde noch schlimmer, wenn sie Toby auf den Arm nahm, um ihn zu füttern und ihn in den Schlaf zu wiegen, denn mit jedem Tag ähnelte er seinem Onkel Slade noch mehr. Sie liebte Toby von ganzem Herzen, seine weichen schwarzen Haare, die neugierigen blauen Augen, sein süßes Lächeln und das sanfte Gurgeln. Mütterliche Gefühle regten sich in Rachel, wenn sie das Baby ansah und im Arm hielt. Er hätte ihr Kind sein können – und Slades. Sie waren schließlich und endlich die einzigen richtigen Eltern, die er je gekannt hatte.

Sie wußte nicht, daß Slade dieselben Gedanken bewegten, wenn er sie mit dem Baby beobachtete und sah, wie liebevoll sie mit Toby umging. Manchmal, wenn das Lampenlicht einen Heiligenschein über ihr goldenes Haar legte, mußte Slade denken, wie sehr sie einer Madonna mit Kind ähnelte, und die Gefühle, die er seit Thérèse begraben geglaubt hatte, erwachten in ihm wieder zum Leben und wuchsen und gediehen.

In diesen Tagen entdeckte er, daß er sogar Schwierigkeiten hatte, sich an das Gesicht von Thérèse zu erinnern. Es verblaßte immer mehr und an seine Stelle trat Rachels Antlitz wie eine Skizze, die manchmal unter alten Gemälden zum Vorschein kommt. Irgendwie schien es, als wäre Rachel schon immer dagewesen, und zu seiner Überraschung mußte er feststellen, daß er sich ein Leben ohne sie gar nicht mehr vorstellen konnte.

Und so vergingen die Tage, einer wie der andere, während die Träume und Hoffnungen in beiden Herzen und kaum merklich Knospen ansetzten und sich langsam, aber sicher entfalteten, jede im geheimen für sich.

19. Kapitel

Der April wich dem Mai, und der Regen, der nach dem Pflügen und Pflanzen auf die Felder geprasselt war, hörte auf, und auf ihn folgte eine Prärie, deren fette schwarze Erde feucht und voller Leben war. Die verschiedenen Gräser der Prärie wuchsen, alle in verschiedener Länge und in den herrlichsten Farben von Tiefblaugrün bis zu hellem Goldgrün. Die wilden Blumen blühten, so daß die Prärie einer rosigen Patchworkdecke glich. Rachel liebte die Plains im Frühling, wenn sie vor Leben strotzten, am meisten.

Die winzigen, in der Prärie heimischen Spatzen hatten hier überwintert. Jetzt gesellten sich auch die munteren Vögel wieder zu ihnen, die im letzten Herbst gen Süden gezogen waren: fette, rotbrüstige Rotkehlchen, schimpfende, blauweiße Eichelhäher und elegante Dompfaffen hüpften durch die grünbelaubten Pappeln, die den Fluß säumten und im sanften Wind raschelten. Wiesenlerchen trällerten im hohen Gras ihr Lied, und einsame Habichte schwangen sich in den strahlend blauen Himmel. Erdhörnchen und Präriehunde krochen aus ihren Bauten, und ganze Herden von graziösen Rehen und Antilopen jagten über die Ebene.

Am Morgen, so wie jetzt, funkelte der Tau wie Diamanten, die auf der Erde verstreut liegen, und reflektierte eine herrliche Farbenpracht. Cremefarbene Pilze sprossen so dicht und so üppig aus dem Boden, daß Rachel fast glaubte, die Märchengestalten ihrer Kindheit hätten hier getanzt. Aus der Tür ihres Blockhauses konnte sie in jede Richtung meilenweit sehen. Die weite, wogende Prärie schien sich bis ans Ende der Welt fortzusetzen. Sie sog die frische, belebende Morgenluft tief ein, dann machte sie sich wieder an ihre Arbeit, strahlend vor Glück, auf der Welt zu sein.

Heute war Waschtag. Sie hievte den schweren Waschkorb auf ihre Hüfte und ging zur Wäscheleine, um die sauberen Kleider in der warmen Sonne zum Trocknen aufzuhängen. Ganz in der Nähe untersuchten Andrew und Naomi mit einem Stöckchen ein kleines Loch, in das eine Spinne gekrochen war, während Toby, dem Rachel eine Decke auf dem Boden ausgebreitet hatte, quietschte und plapperte und mit großen, erstaunten Augen interessiert seine Umgebung musterte.

»Schau, Andy!« rief Naomi plötzlich aufgeregt und zeigte auf den Boden. »Da ist noch ein Loch. Das muß die Hintertür der Spinne sein. Hol Wasser, dann gießen wir's rein und schauen, ob sie am anderen Ende rauskommt!«

»Andrew!« rief Rachel warnend, als sie aus dem Augenwinkel sah, wie der Junge einen vollen Eimer zu dem neuentdeckten Loch schleppte. »Wenn das da unten eine Fiddleback ist und sie dich beißt, tut's dir eine Woche lang weh.«

»Wir passen schon auf, Tante Rachel«, versprach er feierlich, dann begann er vorsichtig, aber voller Begeisterung, Wasser in den winzigen Tunnel zu gießen.

Rachel ließ die Kinder kopfschüttelnd, aber lächelnd gewähren. In ihrer Kindheit hatte sie viele Stunden damit verbracht, Insekten aus ihren Bauten zu spülen, und sie war noch nicht so alt, daß sie vergessen hätte, was für eine Freude es war, wenn sie am anderen Ende herauskrabbelten. Mit einem kleinen Seufzer der Wehmut wandte sie sich wieder ihrer Wäsche zu und fragte sich, warum Kinder wohl so viel Freude an so seltsamen Beschäftigungen hatten. Käfer faszinierten sie überhaupt nicht – besonders nach der Heuschreckenplage im letzten Jahr. In diesem Frühling waren die Felder von den Eiern der Insekten übersät gewesen und selbst jetzt noch schlüpften die gräßlichen Heuschrecken und vertilgten die jungen grünen Schößlinge. Auf einigen Feldern hatten sie zweimal säen müssen. Rachel konnte nur hoffen, daß die heimgekehrten Vogelschwärme die meisten Insekten auffraßen, bevor die Ernte wieder vernichtet war.

Sie nahm ihren Korb und ging zurück zum Waschzuber, um noch mehr saubere Kleider auszuwringen. Dann erspähte sie plötzlich einen Reiter am fernen Horizont. Sie ließ den Korb fallen, griff sich Toby, schrie Naomi und Andrew zu, ihr zu folgen, und rannte ins Haus. Drinnen angelangt, schlug sie die Tür zu und schob den Riegel vor. Dann nahm sie ihr Gewehr und lugte vorsichtig aus dem Fenster. Es gab keinen Grund zur Annahme, daß die nahende Gestalt ihr Böses wollte. Aber Rachel war mit den drei Kindern allein im Blockhaus und wollte nichts riskieren. Horden wilder Indianer überfielen gelegentlich noch die einsamen Farmen von Siedlern, und böse Weiße – gewissenlose Herumtreiber und ausgekochte Verbrecher – hatten schon des öfteren geraubt, geplündert, vergewaltigt und gemordet.

Als der Reiter näherkam, sah sie zu ihrer Erleichterung, daß es nur ein junger Mann war, etwa siebzehn oder achtzehn, schätzte sie, kaum jünger als sie, und sie war erst im März neunzehn geworden. Er ritt einen großen braunen Wallach, und seine einzige Waffe war ein alter Sharps-Karabiner. Aber Rachel war vorsichtig und ging nicht aus dem Haus. Selbst junge Männer konnten gefährlich sein. Man denke nur an Henry McCarty, alias William Bonney, der im ganzen Land als »Billy the Kid« bekannt war und dessen Mutter die Stadtwäscherei auf der North Main Street in Wichita geführt hatte, ehe sie vor ein paar Jahren nach New Mexico gezogen war.

Der Mann zügelte sein Pferd vor dem Haus und sah sich neugierig um. Als niemand erschien, rief er: »Hallo. Miss Wilder? Hallo? Ist jemand zu Hause?«

Rachel antwortete durch das halbgeöffnete Fenster, das Gewehr gut sichtbar im Anschlag.

»Wer sind Sie, und was wollen Sie?« fragte sie.

»Ich bin Adam Keife, Ma'am«, erwiderte er höflich, »und ich suche Miss Rachel Wilder. Meine Familie hat gerade etwas Land nicht weit von hier gekauft.« Er zeigte mit dem Daumen in Richtung Osten. »Wir wollen Ackerbau betreiben und müssen deshalb einen Brunnen graben. Jemand in der Stadt hat uns erzählt, daß außer dem Halbblut Seeks, von dem wir nicht wissen, wo er ist, Miss Wilder der beste Wünschelrutengänger in dieser Gegend ist. Bin ich hier richtig, Ma'am? Sind Sie Miss Wilder?«

»Ja, auf beide Fragen. Einen Moment, ich komm' raus.«

Rachel trat aus der Tür, das Gewehr hatte sie immer noch in der Hand, aber es war nicht mehr auf den jungen Mann gerichtet. Adam Keife schien das nichts auszumachen, er musterte ihre Waffe wohlwollend. Dann stieg er unbekümmert vor sich hinpfeifend vom Pferd und band es fest. Den alten Karabiner ließ er im Sattelschuh stecken. Er zog seinen zerbeulten Filzhut, ging auf Rachel zu und reichte ihr die Hand, offensichtlich überzeugt, daß sie ihm die ihre nicht verweigern würde. Sein schlanker, junger Körper und die Art und Weise, wie er lässig auf sie zuschlenderte, erinnerten sie so sehr an Slade, daß sie lächeln mußte.

»Wie geht's, Ma'am?« begrüßte er sie grinsend und schob sich eine dunkelbraune Haarsträhne aus dem Gesicht. Seine überraschend grünen Augen funkelten, als sie den ihren begegneten. »Freut mich sehr, Ihre Bekanntschaft zu machen.«

»Hallo«, sagte Rachel und schüttelte ihm die Hand. Sein Händedruck war kräftig und freundlich, seine Unverschämtheit entwaffnend. Ein Grübchen erschien an seinem linken Mundwinkel, als er sie angrinste, und sie beschloß, daß sie ihn mochte und daß sie von ihm doch nichts zu befürchten hatte. »Einen Moment, ich hol' nur schnell das Baby.« Er nickte, und sie ging kurz ins Haus, erschien dann mit Toby auf dem Arm und Andrew und Naomi, die sich an ihre Röcke klammerten. »Sagt guten Tag zu Adam Keife«, befahl sie den beiden älteren Kindern.

»Hallo, Adam Keife«, sagten die zwei im Chor.

»Ja, hallo.« Der junge Mann beugte sich zu ihnen hinunter. »Wer seid ihr denn?«

»Ich bin Naomi«, meldete sich das kleine Mädchen zuerst. »Und das ist mein Bruder Andy und da drüben, das is mein Bruder Toby. Wir ham die große, alte Spinne aus ihrem Loch gejagt, und dann bist du gekommen«, sagte sie etwas pikiert. »Andy hat grade das

Wasser reingegossen, damit sie am anderen Ende rauskommt, und dann haben wir ins Haus müssen, weil wir nicht wußten, ob du ein böser Mann bist. Jetzt ist sie bestimmt weggelaufen.« Ihre Enttäuschung war offensichtlich.

Adam lachte.

»Na ja, vielleicht doch nicht«, sagte er zwinkernd. »Spinnen mögen kühle, dunkle Plätze. Vielleicht ist sie noch da.«

»Wirklich? Meinst du ehrlich?« sagte Naomi erfreut. Sie drehte sich zu ihrem Bruder und packte ihn an der Hand. »Komm, Andy! Schau'n wir nach!«

Die Kinder rannten zu ihrem Spinnentunnel zurück, während Rachel das Baby wieder auf seine Decke legte und ihm die Rassel zum Spielen gab. Adam richtete sich auf.

»Niedliche Kinder«, sagte er und klopfte sich den Staub von der Hose.

»Ja, das sind sie«, erwiderte Rachel. »Haben Sie was dagegen, wenn ich weiterarbeite, während wir reden?« Sie zeigte auf die halbfertige Wäsche. »Ich muß sie vor dem Essen noch auswringen und aufhängen.«

»Nichts dagegen, Ma'am. Verzeihung, Miss Wilder, ich hoffe, Sie nehmen mir das nicht übel, aber sie sind so jung, ich meine... angeblich sind Sie doch eine erfahrene Wünschelrutengängerin und so, da hab' ich gedacht, sie wären viel älter, und das müssen sie ja wohl auch sein, mit drei Kindern und so, wo ich gedacht hab'... Also, um ehrlich zu sein, Ma'am, ich hab' keine Ahnung, was mein Pa sagen wird, wenn er sie sieht, wo sie doch praktisch noch ein Mädchen sind und so.«

»Sie haben wohl eine runzlige, alte Hexe erwartet?« fragte Rachel amüsiert, holte eine Wäscheklammer aus der Schürzentasche und befestigte einen Hemdsärmel an der Leine. »Ich kann nicht behaupten, daß es mir leid tut, Sie enttäuschen zu müssen, Mr. Keife. Wie Sie sehen, bin ich weder runzlig noch alt – und die Kinder gehören auch nicht mir. Sie sind von einer lieben, alten Freundin, die gestorben ist. Ich kümmer' mich um sie, während ihr

Onkel auf dem Feld ist. Und auch wenn Sie mich bloß für ein junges Mädchen halten, ich bin eine erwachsene Frau und habe tatsächlich Erfahrung bei dem, was ich tue. Ich geh' schon mit der Rute seit ich vierzehn bin und wenn Ihre Familie einen Brunnen braucht, kann ich Ihnen sagen, wo ihr graben müßt. Aber billig bin ich nicht. Ich verlang' zehn Dollar, aber ich lasse mit mir über den Preis reden. Abgesehen von Seeks, der mich unterrichtet hat, bin ich die Beste hier in der Gegend. Aber wenn Sie lieber auf Seeks warten wollen, er taucht meistens um den ersten Juni auf, um seine Winterfelle bei Hays und Brothers in der Stadt zu verkaufen. Dann können Sie ihn treffen.«

»Nein, Ma'am.« Adam schüttelte den Kopf. »Wir brauchen den Brunnen sofort. Pa hat gesagt, es hat keinen Sinn, das Haus anzufangen, wenn sich dann rausstellt, daß der Brunnen eine halbe Meile weiter weg ist.«

»Ihr Vater scheint mir ein kluger Mann zu sein«, bemerkte Rachel.

»Ja, Ma'am. Also, wann könnten Sie bei uns vorbeischauen, Miss Wilder? Ich meine ... ich will Sie nicht hetzen, aber Pa hat gesagt, je eher, desto besser.«

»Wie wär's dann mit morgen nachmittag?« fragte sie lächelnd.

»Das wär' wunderbar, wunderbar.«

Während Adam ihr den Weg zum Grundstück seiner Eltern erklärte, galoppierte Slade in den Hof; sein schwarzer Hengst war schweißnaß, und Slades Gesicht ernst und besorgt. Als er Rachel mit dem fremden, jungen Mann vor dem Blockhaus stehen sah, zügelte er sein Pferd so heftig, daß es sich aufbäumte; sein Gesicht verdüsterte sich, und er fluchte leise vor sich hin.

»Slade, was ist passiert?« rief Rachel, raffte ihre Röcke und lief auf ihn zu, mit schreckensbleichem Gesicht, weil sie dachte, es hätte auf dem Feld einen Unfall gegeben.

»Überhaupt nichts, offensichtlich«, sagte er giftig, als er mit klirrenden Sporen aus dem Sattel sprang. »Verdammt noch mal, Rachel, weißt du, wie spät es ist? Siehst du, wo die Sonne am Himmel steht? Als du nicht mit dem Essenskorb gekommen bist, haben wir gedacht, dir und den Kindern sei etwas passiert! Ich bin wie der Teufel hierhergeritten, und was finde ich? Du flirtest hier fröhlich mit einem Fremden!« Slade warf dem jungen Mann einen unfreundlichen Blick zu. »Wer ist das?«

»Adam Keife – und ich habe nicht mit ihm geflirtet!« erwiderte Rachel wütend. Sie schämte sich, daß sie das Essen der Männer vergessen hatte.

»Und was, zum Teufel, hat er hier zu suchen?« fragte der Revolvermann mit einem besitzergreifenden Blick auf sie, dann kehrte er wieder zu dem jungen Mann zurück, der die Daumen in seinen Gürtel gesteckt hatte und Slades Blick gelassen begegnete – wie eine Herausforderung, dachte Slade erbost. »Der freche Bastard! Er sieht nicht so aus, als würde er auf eine Einladung warten, das kann ich dir sagen, Rachel! Bei Gott, wenn der glaubt, er könnte Gus' Platz einnehmen – wenn er Hand an dich gelegt hat – oder auch nur einen kleinen Finger –, bring' ich ihn um!«

»Mach dich nicht lächerlich! Es ist nichts dergleichen!« rief sie. »Wie kannst du so etwas auch nur denken? Ich kenne ihn nicht einmal. Ich hab' ihn eben erst kennengelernt. Er ist gekommen, um mich zu bitten, einen Brunnen für seine Familie zu suchen. Um Himmels willen, Slade! Er ist doch noch ein Kind, kaum älter als Eve.«

»Er ist mindestens achtzehn, und das ist verdammt alt genug – und deinem Alter näher als Eves!« erwiderte Slade Maverick wütend. »Nerven hat er ja, das muß ich ihm lassen – hier rumstehen und dir schöne Augen machen, wenn du ihn gerade erst kennengelernt hast!«

Rachel kochte inzwischen vor Wut. »Wenn ich mich recht erinnere, hast du mir nicht nur schöne Augen gemacht, sondern mich auch noch geküßt, kaum daß wir uns kennengelernt hatten!«

Slade war etwas überrascht von dieser Antwort, aber er hatte sich gleich wieder gefangen.

»Das war etwas anderes!« zischte er mit knirschenden Zähnen, weil er nicht wußte, inwiefern es anders gewesen war, nur daß es so war. Er redete sofort weiter, damit Rachel nicht allzu lange Zeit hatte, über diesen fadenscheinigen Unterschied nachzudenken. »Du hast mich provoziert, und das weißt du auch, Rachel! Und ich war außerdem Indias Bruder und nicht irgendein naseweiser Landstreicher, der einfach so dahergeritten kam! Du weißt überhaupt nichts von ihm, und ich will nicht, daß er hier rumlungert, besonders nicht, wo du den ganzen Tag allein bist! So, und jetzt, da ich weiß, wieviel Wert du auf gute Manieren legst, sei höflich und stell uns vor. Dann schick den jungen Mann zum Teufel – und ermutige ihn nicht wiederzukommen!«

Rachel spürte zwar, daß mit Slades Argumenten etwas nicht stimmte, aber sie befürchtete auch, er könne vielleicht recht haben, also stellte sie ihm mit etwas ungutem Gefühl Adam vor. Es gefiel ihr gar nicht, wie die beiden Männer sich mißtrauisch musterten, als sie sich die Hand gaben. Adams Aufmerksamkeit galt den Peacemakern, und seine Augen funkelten vor Neid. Deshalb war Rachel sehr erleichtert, als der junge Mann kurz darauf erklärte, er müsse wieder los und auf seinen großen Wallach stieg. Er tippte kurz an die Krempe seines Hutes und schaute Rachel eindringlich an.

»Ich sehe Sie morgen nachmittag, Miss Wilder.« Dann nickte er Slade kurz zu und galoppierte davon.

»Dieser unverschämte Kerl!« fluchte Slade und schaute mit zusammengekniffenen Augen der sich rasch entfernenden Gestalt Adam Keifes nach.

»Du warst in seinem Alter sicher genauso, hab' ich recht?« bemerkte Rachel bissig. »Ich möchte sogar wetten, du hast dich im Lauf der Jahre nicht sehr geändert, Slade. Ich versteh' nicht, warum du so einen Haß auf diesen jungen Mann hast. Aber es passiert ja oft, daß man seine eigenen Fehler haßt, wenn man sie bei anderen sieht, meinst du nicht auch?« stichelte sie mit zuckersüßer Stimme.

Glücklicherweise blieb Slade die Demütigung einer Antwort erspart, denn genau in diesem Moment schrie Naomi: »Tante

Rachel! Ich hab' aus Versehen die Spinne ertränkt, und jetzt ist Andy böse und will sie mir hinten ins Kleid stecken!«

Nachdem Adam Keife fort war, stellte Rachel so schnell sie konnte ein kaltes Essen zusammen; sie war beunruhigt von Slades kaum verhaltenem Zorn. Nachdem sie alles in den Korb gelegt hatte, machte sie den Deckel zu und reichte den Korb schweigend dem Revolvermann. Sie nahm an, er würde damit zurück aufs Feld reiten. Aber zu ihrer Überraschung bestand er darauf, sie, die Kinder und den Korb in den Wagen zu laden, dann band er sein Pferd hinten am Wagen fest und fuhr sie alle aufs Feld hinaus, um mit Gus, Fremont und Poke zu Mittag zu essen. Anschließend bestand er darauf, Rachel und die Kinder mit in die Stadt zu nehmen, um eine neue Harke und einen neuen Rechen zu kaufen, als befürchte er, Adam Keife könnte in seiner Abwesenheit zurückkehren und wieder versuchen, ihr den Hof zu machen.

Rachel konnte es nicht begreifen. Slade führte sich auf, als sei er eifersüchtig auf den jungen Mann. Und plötzlich wußte sie, daß er tatsächlich eifersüchtig war! Warum sonst sollte er sich so launisch und bösartig verhalten? Bei dem Gedanken stieg ihr das Blut in die Wangen, und ihr Herz klopfte schneller, denn das konnte nur bedeuten, daß ihm doch etwas an ihr lag, auch wenn sie bis jetzt nicht gewagt hatte, daran zu glauben. Sie schaute heimlich zu ihm hinüber, wie er neben ihr auf dem Kutschbock saß, und stellte fest, daß er immer noch schlecht gelaunt war. Seine Stirn war gerunzelt, die Mundwinkel nach unten gezogen, als hätte er gerade in eine saure Zitrone gebissen. Rachel konnte sich nur mit Mühe das Lachen verkneifen. Wilde Hoffnung regte sich in ihrer Brust, und sie schloß die Augen, lächelnd, so als hätte gerade ein Lichtschimmer die Finsternis in ihrem Herzen erleuchtet.

»Was ist denn so komisch?« fragte Slade verärgert, als er den plötzlichen Stimmungsumschwung bei ihr bemerkte.

»Gar nichts, Slade. Überhaupt nichts«, erwiderte Rachel.

»Warum lächelst du dann?« wollte er wissen, und sein Gesicht wurde noch grimmiger bei dem Gedanken, daß möglicherweise der Besuch des gutaussehenden Adam Keife der Grund für ihre gute Laune war.

»Oh«, sagte sie achselzuckend, »aus keinem besonderen Grund. Nur weil heute so ein schöner Tag ist und ich mich freue, am Leben zu sein, das ist alles.«

Es kann sicher nicht schaden, seine Eifersucht ein bißchen anzuheizen, dachte sie. Vielleicht würde sie ihn sogar dazu bringen, endlich zu handeln, obwohl sie sich nicht sicher war, daß er das ihrer Meinung nach Richtige tun würde.

Auf ihre vage Antwort warf Slade ihr einen scharfen Blick zu, aber weil ihre Wimpern züchtig gesenkt waren, konnte er ihre Gedanken nicht lesen. Leise vor sich hinfluchend, klatschte er die Zügel heftig auf die Rücken der Pferde, die den Wagen zogen. Und ihm gefiel gar nicht, daß ein noch breiteres Lächeln Rachels einladenden Mund umspielte, als würde sie ein Geheimnis kennen, von dem er nichts ahnte.

Eines war gewiß, versicherte er sich grimmig: Morgen nachmittag würde sie unter keinen Umständen allein zu den Keifes fahren – und wenn er sie anbinden mußte, um sie daran zu hindern! Wenn Slade Maverick eine Frau haben wollte, machte er nicht so einfach einem Rivalen Platz – wie der junge Adam Keife bald erfahren würde, falls er auf den Gedanken kam, um Rachel herumzuscharwenzeln!

Der unverschämte Wicht! Dem werd' ich eine Lektion erteilen, die er nicht so schnell vergißt! dachte Slade und hätte dabei fast die Spitze seiner dünnen schwarzen Zigarre abgebissen.

Als seine Miene noch bedrohlicher wurde, biß sich Rachel so fest auf die Lippe, um sich das Lachen zu verkneifen, daß sie anfing zu bluten. Sie war von Natur aus weder kokett noch raffiniert, aber jetzt fragte sie sich allmählich, ob die Tricks, mit denen Frauen Männer verführten, nicht doch ganz brauchbar waren. Sie hatte Slade nicht so wütend gesehen, seit sie absichtlich sein Frühstück ruiniert hatte. Wenn ein vollkommen unschuldiges Gespräch mit

Adam Keife schon eine so heftige Reaktion auslöste, was würde dann passieren, wenn sie mit dem jungen Mann wirklich flirtete? Wenn Slade sich wirklich etwas aus ihr machte, wie sie jetzt hoffte, wäre das wahrscheinlich wie ein offener Funken an einem Pulverfaß, denn daß der Mann gefährlich war, wenn man ihm in die Quere kam, das wußte sie am allerbesten. Trotzdem war ihre Neugier so groß, daß sie beschloß, ihre Theorie bei der ersten Gelegenheit zu testen.

Die ergab sich früher, als Rachel angenommen hatte: Nachdem Slade seine Besorgungen erledigt und die fünf ältesten Beecham-Kinder aus der Schule abgeholt hatte, trafen sie auf dem Heimweg ganz zufällig den jungen Adam Keife. Er war in Wichita gewesen, um verschiedene Dinge für seinen Vater zu erledigen. Zu Slades großem Ärger und Rachels Entzücken hatte der junge Mann jetzt denselben Weg wie sie und schloß sich ihnen ganz selbstverständlich an. Adam ignorierte den Revolvermann, lenkte sein Pferd auf Rachels Seite des Wagens und unterhielt sich angeregt mit ihr. In kürzester Zeit lachte sie wie ein übermütiges Schulmädchen – so kam es dem wütenden Slade zumindest vor.

Unterwegs stellte Rachel Adam den Beecham-Kindern vor, die er noch nicht kannte. Sie war völlig unvorbereitet auf das, was passierte, als er die junge Eve erblickte. In diesem Moment sah er tatsächlich aus wie ein abgestochener Stier, kurz bevor er tot umfällt. Er starrte das Mädchen so eindringlich an, daß Rachel sich fragte, ob ihm wohl die Augen aus dem Kopf fallen würden. Wenn er seinen Wallach noch näher an den Wagen gelenkt hätte, wäre er ohne Zweifel überfahren worden. Dieser Gedanke war Adam offensichtlich auch gekommen, denn er fing sich plötzlich und lenkte sein Pferd ein Stück vom Wagen weg, wobei er ganz selbstverständlich ein paar Schritte zurückfiel und somit genau zwischen Rachel und Eve war, die direkt hinter ihr im Wagen saß. Adam machte sich große Mühe, Eve zu gefallen, flirtete mit ihr und war hocherfreut, daß sie sich von seinem guten Aussehen und seiner frechen Art offensichtlich angezogen fühlte.

Aber sie ist doch noch ein Kind! dachte Rachel entsetzt.

Sie konnte nicht umhin und drehte sich ein Stück zur Seite im Wagen, angeblich aus Höflichkeit Adam gegenüber, der jetzt ein kleines Stück hinter ihr trabte, aber eigentlich, um Eve besser sehen zu können. Rachel sah das Mädchen plötzlich mit ganz anderen Augen und da wurde ihr klar, warum Adam so hingerissen war. Irgendwann in den letzten paar Wochen hatte Eve ihre Kindheit hinter sich gelassen und war zu einer jungen Frau erblüht, die atemlos und erwartungsvoll an der Schwelle zum Erwachsensein stand.

Eve war das Abbild ihrer Mutter, wie Rachel jetzt erkannte, mit langen, seidigen blauschwarzen Haaren, saphirblauen Augen in einem weißen, ovalen Gesicht und einer fein modellierten Nase über einem Rosenknospenmund. Ihr Körper war schlank und grazil wie der eines Schwans, genau wie Indias, mit schwellenden, runden Brüsten, die sich unschuldig aufreizend unter der Corsage ihres zu kleinen Kleides wölbten. Adam war ganz offensichtlich hingerissen und konnte sich gar nicht sattsehen an ihr. Eves dicke rußschwarze Wimpern waren züchtig gesenkt, aber sie lugte immer wieder verstohlen zu ihm hoch. Und als er sie angrinste, entflammten ihre Wangen zu rosigem Rot, und sie atmete heftig, als kriege sie keine Luft, so groß war das Erlebnis, zum erstenmal das Interesse eines Mannes zu spüren.

India, o India, dachte Rachel mit Tränen in den Augen. Wenn du sie doch jetzt nur sehen könntest! Wie schön sie geworden ist! Du wärst so stolz auf sie…

Adam hatte ganz richtig die Frau in ihr gesehen. Es war Zeit für Eve, sich das Haar hochzustecken und lange Röcke zu tragen, erkannte Rachel. Sie war beschämt, weil sie es nicht früher erkannt hatte. Sie hatte das Gefühl, Eve im Stich gelassen zu haben. Das Mädchen brauchte dringend ein paar neue Kleider und so wie es aussah, auch ein paar weise, mütterliche Worte über Männer. Aber Rachel fühlte sich kaum in der Lage, ihr das letztere zu geben, denn wie sollte sie Eve in dieser Hinsicht raten, wenn sie selbst so verwirrt war. Sie hatte, bevor sie merkte, wie hingerissen Adam von

Eve war, sogar vorgehabt, selbst mit dem jungen Mann zu flirten – aber nicht, weil er sie interessierte, sondern weil sie gehofft hatte, Slade Maverick eifersüchtig zu machen und ihn dazu zu bringen, ihr seine Liebe zu gestehen. Das war wohl kaum der Plan einer Frau, die fähig war, einer anderen in Herzensdingen mit Rat und Tat zur Seite zu stehen.

Rachel seufzte niedergeschlagen. Wie in aller Welt hatte sie nur glauben können, daß ein so dummer Plan Erfolg haben könnte. Da war wohl der Wunsch Vater des Gedanken gewesen. Inzwischen war ihr nämlich klar geworden, daß sie Slade überhaupt nichts bedeutete, daß sie sich geirrt hatte, als sie dachte, sein Zorn wäre Eifersucht. Jetzt machte ihm Adams Anwesenheit anscheinend gar nichts mehr aus. Irgendwann unterwegs war seine düstere Miene verschwunden, und jetzt unterhielt er sich tatsächlich ganz freundlich mit dem jungen Mann über die Vor- und Nachteile der verschiedenen Revolver, die sie beide kannten.

Rachel konnte nicht ahnen, daß Slade innerlich vor Wut kochte über Adams bewundernde Blicke in ihre Richtung und die Art und Weise (in den Augen des Revolvermanns), wie sie selbst den jungen Mann hingerissen beobachtete. Slade mußte sich mit Gewalt beherrschen, um sie nicht zu packen und kräftig zu schütteln und dem Drang, Adam eine Abreibung für seine Unverschämtheit zu verpassen nicht nachzugeben. Doch Slade war fest entschlossen, sich nicht wieder vor Rachel zum Narren zu machen, indem er zeigte, wie sehr ihn der junge Mann irritierte. Er würde sich Adam allein vornehmen und ihn unmißverständlich warnen. Und wenn der stolzierende Pfau dann immer noch nicht aufhörte, würde Slade andere Mittel ergreifen.

Was Rachel anging – die seine Ermahnungen, den jungen Mann nicht zu ermuntern, einfach ignorierte –, nun, diesmal war Slade entschlossen, ihr das ein für allemal auszutreiben!

Obwohl er Rachel zu gerne sofort den Kopf gewaschen hätte, zwang er sich zu warten, bis Adam sich widerwillig von ihnen verabschiedet hatte und sie vor Rachels Blockhaus angekommen waren. Dort hielt er den Wagen vor dem Haus an, legte die Bremse ein, dann sprang er vom Bock und ging nach hinten zur Klappe, um die Kinder herauszulassen. Er ignorierte Rachel, die darauf wartete, daß er ihr vom Kutschbock half, stieg wieder auf und fuhr zur Scheune.

»Was – was soll das, Slade?« fragte sie etwas beunruhigt, weil sie nicht wußte, was er vorhatte. So etwas hatte er noch nie gemacht.

»Ganz ruhig, Rachel«, beschwichtigte sie Slade. »Ich möchte dich nur kurz unter vier Augen sprechen, mehr nicht, und im Haus haben wir keine Ruhe.«

»Oh«, sagte sie, aber ihre Neugier war geweckt.

Sie überlegte fieberhaft. Sie hatte nichts getan, was ihm hätte mißfallen können, und er schien auch nicht wütend. In der Stadt war nichts Ungewöhnliches passiert, und seine Haltung gegenüber Adam auf dem Heimweg war geradezu freundlich gewesen. Das einzige, was sie sich vorstellen konnte, war, daß Slade auch bemerkt hatte, wie der junge Mann sich um Eve bemüht hatte und genauso überrascht wie sie selbst festgestellt hatte, daß das Mädchen kein Kind mehr war. Sicher würde er Rachel vorschlagen, möglichst bald mit Eve in die Stadt zu fahren, um Stoff für neue Kleider zu kaufen. Bei dem Gedanken errötete Rachel, denn Slade war sicher so taktlos, ihr gegenüber das plötzliche Erblühen des Mädchens anzusprechen, und Rachel hatte ohnehin schon ein schlechtes Gewissen, weil sie Eves unziemliche Kleidung erst heute bemerkt hatte.

Das Gesicht Slades verdüsterte sich, als er Rachels gerötete Wangen sah und sich fragte, was wohl der Grund dafür war. Sicherlich erinnerte sie sich gerade an eine anzügliche Bemerkung, die dieser unverschämte junge Narr Adam Keife gemacht hatte, dachte er erbost, während er die Pferde vom Wagen abschirrte und sie in ihre Boxen führte. Er schloß die beiden Boxentüren, dann packten seine kräftigen Hände Rachel um die Taille und schoben sie zu den Wagen. Slade ließ sie nicht los, sondern drängte sie mit dem Rükken an den Wagen und stemmte seine Hände links und rechts von ihr gegen das Holz, damit sie ihm nicht entrinnen konnte. Ihre Proteste ignorierte er einfach.

»Rachel«, begann er, und sein Gesicht verhieß nichts Gutes, und seine bedrohliche Stimme ließ sie vor lauter Angst erschauern. »Ich dachte, ich hätte dir heute morgen gesagt, du sollst Adam Keife nicht ermutigen und daß ich nicht will, daß er sich hier herumtreibt... und um dich herumscharwenzelt.«

»W-w-was?« stotterte sie schockiert. Damit hatte sie nun wirklich nicht gerechnet.

»Du hast mich gehört«, sagte Slade und ließ abschätzend den Blick über sie schweifen. »Mein Gott, er hat fast den ganzen Heimweg mit dir geflirtet! Und du... du bist dagesessen und hast ihn angehimmelt wie ein albernes Schulmädchen – ihn schamlos ermutigt, wie eine Nutte in Delano, möchte ich noch hinzufügen! Ich hab' schon gedacht, er wird sich jeden Moment auf dich werfen!«

Rachel war so schockiert und verärgert über diese Vorwürfe, daß es ihr die Sprache verschlug. Es war wie ein Schlag ins Gesicht. Sie wurde leichenblaß, und ihr Körper zitterte vor Wut. Schließlich fand sie ihre Stimme wieder, und ohne zu denken, fauchte sie los.

»Wie kannst du es wagen, so mit mir zu reden!« Vor lauter Wut machte sie sich nicht einmal die Mühe, ihm zu erklären, daß Adam Eve angelächelt und bewundert hatte – nicht sie! »Du-du-du-o-o-oh! Es gibt gar kein Wort für dich, das mies genug ist! Für wen hältst du dich überhaupt – mir einfach zu sagen, was ich tun kann und was nicht? Ha? Du bist ein Niemand, jawohl!« Ihre Stimme überschlug sich fast. »Jetzt laß dir eins sagen, Slade Maverick: Ich werde mit Adam Keife flirten, so oft es mir paßt!« schrie sie, obwohl ihr nichts ferner lag als das. »Hast du gehört? Er ist zufällig der – der... netteste junge Mann, den ich seit langem gesehen habe, und du bist nur eifersüchtig, weil du nur eine miese, revolverschwingende Klapperschlange bist! Was mußt du dich also in Sachen einmischen, die dich gar nichts angehen, hmm? Was gibt dir das Recht dazu, Slade Maverick? Was gibt dir das Recht?« brüllte sie und holte tief Luft für den nächsten Angriff.

»Das!« zischte er in der plötzlichen Stille und legte eine Hand unmißverständlich auf seinen Revolvergurt, um sie daran zu erinnern, daß er schon getötet hatte und es auch wieder tun würde. Seine Augen funkelten wie blaue Glassplitter in seinem dunklen Gesicht, durchbohrten sie, verschlangen ihren Körper mit Blicken, dann richteten sie sich wieder auf ihr Gesicht. »Und das...« Er riß sie an sich und bemächtigte sich brutal ihres Mundes.

Seine Zähne rissen ihre Unterlippe auf, und sie blutete, aber es war ihr egal. Sein Kuß löste eine Sturzflut der Gefühle in ihr aus; es war als würde sich die Erde unter ihren Füßen auftun, um sie zu verschlingen. Erregung rauschte durch ihren Körper wie ein tobender Wind, beängstigend und aufregend zugleich, und ihr Verstand war keines Gedanken mehr fähig. Es gab nur noch Slade. Und dann, nach einem atemlosen Augenblick, war ihr Verstand gänzlich weggespült, und sie bestand nur noch aus Gefühlen, bebend vor Leben und erschauernd unter seinem brutalen Kuß. Sein Mund war hart und fordernd auf ihrem, seine Zunge zwang ihre zitternden Lippen gewaltsam auseinander, plünderte das weiche Innere, zwang sie, sich ihm zu unterwerfen.

Rachel versuchte sich zu wehren, aber er war zu stark für sie, seine Umarmung war wie ein Band aus Stahl, sein Mund entfachte Flammen in ihr. Unwillkürlich glitten ihre Hände um seinen Hals und umklammerten ihn. Ihr geschmeidiger Körper schmiegte sich an den seinen. Sie war wie Quecksilber, willenlos, ohne Rückgrat, als Slade, erregt von ihrer Unterwerfung, sie nach hinten bog und seine starken Arme ihr einziger Halt waren, denn ihre Knie versagten ihr den Dienst. Das Blut pulsierte in ihren Kopf, dröhnte in ihren Ohren, bis sich alles um sie herum drehte. Winzige Lichtflekken explodierten wie Sterne in ihrem Gehirn, als seine Zunge immer und immer wieder wie ein glühender Blitzstrahl tief in den dunklen, feuchten Abgrund ihres Mundes stieß, und ein Feuer der Lust raste durch ihre Adern und ließ sie bis in die Fingerspitzen erschauern. Bald öffneten sich ihre Lippen ihm freiwillig, und dann erwiderte sie seinen Kuß, ihre Zunge umschlang gierig die seine und ihre Finger packten seine schwarzen Haare und zogen ihn noch näher heran.

Das war es, was sie von ihm wollte, wonach sie sich gesehnt hatte, dieses namenlose Ding, das sich ihrer bemächtigt hatte. Rachel konnte sich nicht mehr länger selbst betrügen. Trotzdem war sie verwirrt von der Heftigkeit des Gefühls. Nie zuvor in ihrem Leben hatte sie sich so vollkommen verwirrt und verloren gefühlt wie jetzt, ein Wirbelsturm hatte sie gepackt und wirbelte sie blindlings auf ein unbekanntes Ziel zu, das sie in seine gefährlichen Tiefen hinuntersaugen und nie wieder loslassen würde. Ihr Herz hämmerte wie wild in ihrer Brust, und sie klammerte sich verzweifelt an Slade, als würde sie weggerissen werden, wenn sie sich nicht an ihm festhielt.

Stöhnend löste er seinen Mund von dem ihren und drückte sie an sich. Er begrub sein Gesicht an ihrer Schulter und küßte die zarte Stelle an ihrem Halsansatz. Seine Lippen wanderten glühend heiß über ihren Hals, hinunter in das Tal zwischen ihren Brüsten. Wie im Fieber knabberte er an ihr, sein Mund glitt über den Stoff, der ihre Brüste verbarg, bis sie vor Lust schmerzten und vor Entzücken erstarrten. Slade wollte mehr von ihr – viel mehr. Er wollte seine Lust an ihr befriedigen, den Schmerz in seinen Lenden stillen. Aber hier war weder der Ort noch die Zeit dafür. Sie konnten jederzeit überrascht werden, dessen war er sich wohl bewußt. Trotzdem konnte er nicht widerstehen, mußte noch einmal ihren Mund verschlingen, und dabei wurde seine Begierde so heftig, daß er langsam mit einer Hand ihre festen, runden Pobacken umspannte und sie mit Gewalt an sich bog.

Rachel keuchte und schrie auf, plötzlich spürte sie diese sehnigen Beine, die sich an ihren Körper drängten, seine muskulösen Schenkel, seine gewaltige Männlichkeit, die sich durch ihre Röcke sinnlich an ihr rieb, und wie er sie langsam verlockend mit sich wiegte. Sein Geschlecht berührte einen pulsierenden Punkt zwischen ihren Beinen, und ein brennender Schmerz packte sie, quälend, und als seine Zunge wieder in das Tal zwischen ihren Brüsten tauchte und durch den Stoff ihres Hemds ihre Brustwarzen liebkoste, stieß sie ein lautes animalisches Stöhnen aus.

»Slade... Slade...«

Das Wimmern seines Namens brachte ihn mit einem Schlag wieder zur Besinnung. Er riß sie hoch und ließ sie so abrupt los, daß sie fast gestürzt wäre. Überrascht, verwirrt und verletzt starrte sie ihn an, eine zitternde Hand am Mund, um das Schluchzen, das sich hochdrängte, zu ersticken. Schwer atmend erwiderte Slade ihren Blick, und ein Muskel zuckte in seiner Wange, während er versuchte, sich wieder unter Kontrolle zu bringen.

»Sag mir, daß Adam Keife dir das geben kann, Rachel!« keuchte er. »Sag mir, daß irgendein anderer Mann außer mir dir das geben kann, dann faß ich dich nie wieder an, das schwöre ich!«

Rachel versuchte, seinem Blick auszuweichen, aber seine Augen hielten sie gefangen wie einen Schmetterling, der auf ein Brett gespießt war, und obwohl sie nicht antworten wollte, drängten sich die Worte von ihren Lippen, getrieben von einer unbekannten Macht.

»Das kann ich nicht, Slade«, flüsterte sie, obwohl sie wußte, daß ihre Worte Bände sprachen. »Das kann ich dir nicht sagen, weil es nicht wahr ist. Nur du hast solche Gefühle in mir ausgelöst.«

»Dann weißt du auch, daß mir das ein besonderes Recht gibt«, sagte er und ging langsam auf sie zu, wie eine Raubkatze auf ihr Opfer und zog sie hilflos und unfähig zur Gegenwehr noch einmal in seine Umarmung. Er packte mit einer Hand ihr Kinn und hob ihr Gesicht zu seinem, seine Augen durchbohrten sie und entlockten ihr die Geheimnisse von Herz und Seele. »Ich will dich, Rachel – du gehörst mir, ob es dir nun paßt oder nicht, und wenn es mir paßt, nehme ich dich. Das weißt du doch, nicht wahr?«

»Nein«, hauchte sie. Seine Worte ließen sie vor Angst und Freude zittern. Ihr Herz flatterte. »Nein.«

Seine Hand wanderte unerbittlich ihren Hals entlang, drückte kurz zu, dann zeichnete sein Daumen winzige Kreise um den zukkenden Puls.

»Dann weißt du es jetzt«, sagte er leise, und sein Mund streifte kurz den ihren, einmal, zweimal, um es ihr deutlich zu machen. »Ich will dich – mehr als ich je zuvor in meinem Leben eine Frau gewollt habe –, und ich werde dich kriegen, Rachel. Sei dir dessen ganz sicher... und noch eins: Ich werde jeden Mann töten, der versucht, dich mir wegzunehmen! Also tu dem jungen, hitzköpfigen, heißblütigen Adam Keife einen Gefallen, um seinet- und um deinetwillen, ja? Ermutige ihn nicht mehr. Es wäre nicht – klug.«

»Nein, das seh' ich jetzt auch«, gab sie zu, denn es bestand kein Zweifel, daß Slade Maverick das ernst meinte. »Aber – aber – er hat mich nicht angelächelt, Slade. Sondern Eve. Er konnte sich gar nicht sattsehen an ihr.«

»Eve? Aber... die ist doch noch ein Kind!«

»Nein, Slade, das ist sie nicht. Hast du sie in letzter Zeit einmal angeschaut? Wirklich angeschaut, meine ich? Sie ist letzten Februar vierzehn geworden, und hier draußen in der Prärie ist das alt genug. Außerdem hat sie in ihrem Leben soviel Leid und Mühsal erfahren, daß sie schnell erwachsen werden mußte. Wenn die Mutter jung stirbt, wird man schnell alt. Das sollte ich wohl am besten wissen, denke ich.«

»Ja, ich weiß. Manchmal vergesse ich, daß du selbst fast noch ein Mädchen bist, halb Kind, halb Frau – und beide Hälften gehören mir, Rachel. Mir!«

»Du bist dir dessen so sicher, Slade! So sicher, daß ich dir gehöre!« protestierte sie wütend und trotz ihrer Liebe zu ihm verängstigt. Denn er hatte kein Wort von Liebe gesagt, nur daß er sie begehrte, mehr als jede andere Frau zuvor, das war richtig. Trotzdem hatte er kein Wort von Heirat gesagt, nur daß er sie besitzen würde. Verunsichert fuhr sie fort. »Vielleicht hast du ja recht, daß du dir meiner so sicher bist, weil ich zugelassen habe, daß du... daß du mich küßt und – und...« Sie verstummte betreten und nagte an ihrer Lippe. Dann sagte sie schließlich leise: » Ich bin keine Hure, Slade. Ich bin nicht leicht oder billig zu haben. Niemals!«

»Das habe ich nie gedacht und werde es auch nie denken.«

Sie schwieg eine Weile, um zu überlegen, und sie fragte sich, was er damit meinte, wagte aber nicht zu fragen aus Angst, die Antwort könnte nicht die sein, die sie sich so sehnsüchtig wünschte. Also wechselte sie das Thema.

»Wegen... Adam und Eve, Slade...«, begann sie zögernd und verstummte, als Slade Maverick eine dunkle Augenbraue hochzog.

»Ja, was ist mit ihnen?« sagte er trocken. »Haben die nicht Kain und Abel gezeugt?« Er sah sie erwartungsvoll an, dann lachte er über ihr besorgtes Gesicht. »Nicht komisch, was? Ich wette, Abel hat genauso gedacht, als er seinen älteren Bruder Kain mit der Keule auf sich zukommen sah! Du mußt nämlich wissen, auch wenn du mir nicht zustimmst, Rachel, meine Süße – und du bist meine Süße –, der große Gleichmacher der Menschen war nicht Gott der Allmächtige, sondern Samuel Colt – und unglücklicherweise hat er damals noch nicht existiert. Warum zuckst du denn zusammen, Rachel. Was ist denn los? Bin ich dir zu nahe getreten? Nein? Was dann? Soll ich raten? Du hast nicht Adam und Eva aus der Bibel gemeint, ist es das?«

»Du kapierst aber schnell, Slade.«

»Ich bin ein gescheites Kerlchen. Soll ich fortfahren?«

»Ich bitte darum.«

»Ist das eine Einladung?« Slade drückte sie enger an sich, sein Blick richtete sich auf ihren Mund, sie errötete und schlug die Augen nieder.

»Das ist es ganz sicher nicht!« erwiderte sie steif.

»Schande über dich, du unreligiöses Weib!« tadelte er sie grinsend. »Wenn du deine Bibel gelesen hättest, wüßtest du, daß alles immer ein Paar sein sollte.«

»Das war Noahs Arche, und wir haben vom Paradies gesprochen.«

»Ah, ja, ich kenne es gut. Ein Ort des Entzückens. Heiß. Aufregend. Ich könnte dich dahin bringen. Ich werde dich dahin bringen«, schwor er mit belegter Stimme. »Bald.«

»Du wirst wohl eher dafür sorgen, daß ich daraus vertrieben

werde! Du bist wirklich ein Teufel! Du solltest nicht so mit mir reden... dir... solche Freiheiten nehmen. Ich... ich weiß nicht, wie ich dazu komme, es dir zu gestatten! Ich sollte dich von meinem Land verjagen, nie wieder mit dir reden...«

»Warum machst du es dann nicht?«

»Ich weiß es nicht. Ich weiß es einfach nicht! Weil ich – oh, laß mich los, Slade, bitte! Es ist schon spät. Die Sonne ist fast untergegangen, und Großvater und Poke werden bald hier sein, und ich muß mit dem Abendessen anfangen. Die Kinder sind wahrscheinlich hungrig und fragen sich sicher, wo wir bleiben, außerdem...«

»Sollen sie doch! Beantworte meine Frage, verdammt noch mal! Warum jagst du mich nicht zum Teufel, Rachel?« fragte er mit leiser Stimme, und in seinen Augen flackerte ein seltsames, hungriges Licht. »Ich muß zugeben, ich hab' mich schon öfter gewundert, daß du es nicht machst.«

Sie drehte den Kopf beiseite, weil sie seinen durchdringenden Blick nicht länger ertragen konnte.

»Wie – wie sollte ich das Großvater und Poke erklären?« fragte sie. »Ihnen die Wahrheit sagen? Wenn sie die erfahren, würde einer von ihnen dich zum Duell fordern, und du würdest ihn töten. Du hast ja auch gerade damit gedroht, jeden Mann umzubringen, der es wagt, mir den Hof zu machen! Und du würdest mir auch die Kinder wegnehmen. Das – das könnte ich aber nicht ertragen!«

»Ich verstehe«, sagte Slade und senkte den Blick. »Du duldest also meine Avancen nur aus Angst, ist es das?«

»Ja.«

»Du lügst, Rachel, das ist nur ein Teil der Wahrheit, da steckt wesentlich mehr dahinter – und das wissen wir beide.« Sein Zeigefinger zeichnete langsam die Konturen ihrer Lippen nach, zupfte an ihrer Unterlippe, dann unterbrach er plötzlich die erotische Berührung. »Aber ich werde die Sache vorläufig auf sich beruhen lassen«, verkündete er nicht unzufrieden mit ihrer Antwort. Dann wechselte er abrupt das Thema. »Was wolltest du mir über Adam und Eve sagen?«

»Nur das eine: Reiß sie nicht auseinander, bevor sie Gelegenheit hatten, einander kennenzulernen, Slade. Bitte. Ich weiß, sie sind noch sehr jung... aber sich verlieben, kann sehr... schmerzlich und schwierig sein, besonders – besonders, wenn es das erste Mal ist.«

»Ich weiß«, sagte Slade mit sanfter Stimme und fragte sich, woher sie das wohl wußte. Hatte sie in der Schule irgendeinen Jungen geliebt? Er wußte es nicht, und plötzlich hatte er das Bedürfnis, alles über sie zu erfahren. Aber das mußte warten, für den Augenblick hatte er sie genug bedrängt. »Ich war nicht viel älter als Adam, als ich mein Herz an ein Mädchen in New Orleans verloren habe.« Die Worte waren ihm herausgerutscht, ehe er darüber nachdenken konnte.

»Was... was ist passiert?«

»Sie... sie ist gestorben.«

»Das... das tut mir leid«, stammelte Rachel betroffen. »Ich... ich wollte nicht neugierig sein. Ich... es tut mir leid.«

»Mir hat es auch leid getan«, gab Slade widerwillig zu, mußte aber zu seiner Überraschung feststellen, daß der Schmerz, den er normalerweise bei dem Gedanken an Thérèse empfand, schwach und vage geworden war, wie eine Narbe, die fast verheilt ist. Viel schmerzlicher war Rachels betroffenes Gesicht, die sich die bittersten Vorwürfe machte, weil sie eine alte Wunde aufgerissen hatte. »Schau, Rachel, es ist schon lange her, und es ist jetzt vorbei und erledigt«, sagte er, obwohl er wußte, daß das erst der Fall war, wenn er Digger getötet hatte. Slade zwang sich mit einem Ruck in die Gegenwart zurück. »Was Adam und Eve betrifft, Rachel – wenn du mich darum bittest, meine Süße, und so lange sie nicht versuchen, von verbotenen Früchten zu kosten, werde ich nicht die Schlange in ihrem Garten Eden sein, das verspreche ich.«

»Danke.«

»Und jetzt sollten wir wohl besser ins Haus gehen, hmm?« schlug er vor.

»Ja, ich denke schon«, stimmte Rachel zu.

Slade starrte sie einen Augenblick fragend an, eine Hand glitt zart über ihr Gesicht, als wäre er blind und würde sie jetzt das erste Mal mit seinen Fingern ertasten. Dann strich er ihr seufzend eine lose Strähne aus der Stirn und ließ sie zögernd los.

»Schade«, sagte er mit einem traurigen Grinsen. »Ich hätte dir so gerne einen Apfel angeboten.«

20. Kapitel

Am folgenden Nachmittag paßten Fremont und Poke auf die drei jüngsten Beechams auf, während Slade mit Rachel zum Grundstück der Keifes ritt.

Die Fahrt verlief größtenteils schweigend, jeder war sich der Nähe des anderen sehr bewußt und dessen, was gestern in der Scheune passiert war. Es hatte ihr Beziehung verändert – und das wußten sie.

Rachel hatte jetzt das Gefühl, ihm zu gehören, was teils beängstigend, teils aber auch erregend war. Trotz ihrer Angst davor, ganz von ihm besessen zu werden, gab es eine Art Abkommen zwischen ihnen, und es war, wie er behauptet hatte, nur eine Frage der Zeit, bis sie die Seine würde. Sie waren nicht direkt verlobt, das war ihr klar. Aber trotz reiflicher Überlegung wußte sie nicht, wie sie ihre Beziehung sonst erklären sollte. Und nicht einmal Slade wäre so brutal, eventuelle Verehrer zu verjagen, wenn er nicht vorhatte, sie selbst zu heiraten. So gefühllos und verletzend konnte der Revolvermann in Rachels Augen gar nicht sein, sonst hätte er nicht trotz seines schlechten Rufes sein Leben total verändert, als er erfahren hatte, daß seine acht Nichten und Neffen, die er noch nie im Leben gesehen hatte, einen Vormund brauchten. Ein solcher Mann konnte nicht so grausam sein, ihr absichtlich jede Hoffnung auf einen Mann zu zerstören, ihre Jungfräulichkeit zu rauben und sie dann zu verlassen. Er würde sie sicher heiraten, auch wenn er das nicht gesagt hatte.

Aber wie sollte sie einen Mann heiraten, der sie nicht liebte, obwohl er sie begehrte, fragte sich Rachel verwirrt. Sie hatte gehofft, sie würde Slade etwas bedeuten, daß er sie nicht nur als Zeitvertreib oder aus Mitleid begehrte, und nach gestern war doch klar, daß seine Gefühle für sie tatsächlich viel stärker und tiefer waren als das. Trotzdem hatte er nicht gesagt, daß er sie liebte, und nur deshalb, davon war Rachel überzeugt, weil er sie tatsächlich nicht liebte. Zu ihrer Verzweiflung konnte sie den gequälten Ausdruck auf seinem Gesicht nicht vergessen, als er davon erzählt hatte, wie er sein Herz an ein Mädchen in New Orleans verloren hatte, ein Mädchen, das tot war.

Er liebt sie immer noch, dachte Rachel niedergeschlagen. Er liebt sie immer noch, und in seinem Herzen ist kein Platz für eine andere. Deswegen will er nur meinen Körper. Wenn sie noch am Leben wäre, würde er mich gar nicht sehen, da wette ich. Aber sie ist tot, und India ist tot, und er ist am Leben, und er ist ein heißblütiger Mann mit den Gelüsten eines heißblüten Mannes und nebenbei muß er noch acht mutterlose Nichten und Neffen großziehen. Und nachdem ich unverheiratet bin und er mich will und die Kinder mich schon kennen und lieben, bin ich offensichtlich die Lösung für seine Probleme. So einfach ist das. Warum hab' ich das nicht schon früher erkannt?

Vielleicht glaubte Slade, daß sie längst begriffen hatte, überlegte Rachel. Vielleicht zögerte er deshalb mit seinem Heiratsantrag. Schließlich und endlich hatte sie ja auch Gus nicht geheiratet, obwohl sie ledig war und Gus ein guter, braver Mann, der sie wirklich liebte und ihr sogar eine Farm bieten konnte.

Slade liebte sie nicht, und soviel Rachel wußte, besaß er nichts auf dieser Welt außer seinem Pferd, seinem Sattel und den Revolvern. Die Farm und die Kinder gehörten dem Gesetz nach Jonathan, dachte sie, auch wenn es momentan nicht so aussah, als würde er viel Wert darauf legen, er war viel zu sehr damit beschäftigt, die Stadt leerzutrinken. Außerdem würde Slade das nie zulassen. Rachel war sogar überzeugt, daß er Jonathan einfach über den Haufen schießen würde, wenn dieser so dumm wäre, das zu versuchen. Tatsache aber blieb, daß das Gesetz auf Jonathans Seite war.

Wie konnte der Mann sich also einbilden, sie würde ihn heiraten, nur weil er mit ihr schlafen wollte, und weil sie das ideale Heilmittel für fast alle seine Probleme war? Das konnte er gar nicht, dessen war Rachel sich sicher. Er war nicht dumm. Er mußte doch wissen, daß zumindest ihr Stolz, wenn auch sonst nichts, sie daran hindern würde, ihn aus Vernunftgründen zu heiraten. Wenn er also schlau war, würde er sich Zeit lassen und sie dazu bringen, sich in ihn zu verlieben. Sie hatte es ihm nicht gesagt. Gott sei Dank nicht! Er hätte dieses Wissen sicher gegen sie verwendet, genau wie er ihre ungewollte Leidenschaft für ihn gegen sie ausspielen würde, und das könnte sie nicht ertragen.

Doch was sollte sie sonst tun? Er hatte Gus vertrieben – ja, das hatte er, das erkannte Rachel jetzt. Wenn der Revolvermann sich nicht in ihr Verhältnis eingemischt hätte, würde Gus noch ihr gehören – und als plötzlich unerwartet Adam Keife in ihr Leben getreten war, hatte er ihr deutlich gezeigt, daß er jeden Mann, der ihm im Weg stand, ebenfalls aus dem Weg räumen würde. Selbst wenn sie es gewollt hätte, hätte Rachel nichts gegen ihn tun können. Ihre Liebe zu ihrem Großvater und den Kindern hinderten sie daran, etwas gegen Slade zu unternehmen, wie er sehr wohl wußte, und worauf er offensichtlich auch zählte. Jetzt brauchte er nur abzuwarten, bis sie der Jagd überdrüssig war und ihr eine Heirat mit ihm lieber war, als eine alte Jungfer zu werden – und ihr inzwischen einen Vorgeschmack auf das geben, was sie als Ehefrau nicht mehr missen würde.

In diesem Augenblick hätte Rachel ihn fast gehaßt. Dennoch konnte sie nicht leugnen, daß sie unwiderruflich gefangen war und daß ihr Herz danach schrie, ihn zu nehmen, gleich welche Bedingungen er stellte und trotz ihrer Wut über seine Arroganz und Kühnheit. Alles war besser, als ihn nicht zu haben.

Rachel ahnte nicht, daß Slade gar nicht beabsichtigt hatte, sie in eine so mißliche Lage zu bringen. Sie hätte es auch nicht geglaubt. Doch es stimmte. Er hatte vorgehabt, um sie zu werben wie jeder andere Mann auch. Aber als er gesehen hatte, wie sie angesichts von Adam Keifes Bewunderung errötete und kicherte wie ein verliebtes

Schulmädchen, hatte er die Nerven verloren. Inzwischen war er aber zu der Überzeugung gekommen, daß es vielleicht gar nicht so schlecht gewesen war, sie unabsichtlich in ein solches Dilemma zu bringen, denn jetzt mußte Rachel ihn heiraten, gleichgültig, wie wütend sie war und wie zwiespältig ihre Gefühle ihm gegenüber waren – ob sie nun wollte oder nicht.

Slade war ein Mann, der zu seinem Wort stand, und nachdem er ihr seine Absichten mitgeteilt hatte (auch wenn er es taktlos und falsch angegangen hatte), war er wild entschlossen, dafür zu sorgen, daß sie, falls sie versuchte, sich ihm zu widersetzen, ihre Tage als alte Jungfer verbringen würde – oder zumindest eine bleiben würde, bis sie klein beigab. Weil er sich nicht vorstellen konnte, daß irgendeine Frau es vorziehen könnte, eine alte Jungfrau zu bleiben, anstatt ihn zu heiraten, war er überzeugt, daß die Sache ein gutes Ende nehmen würde.

Natürlich würde sich ihm Rachel aufgrund ihres Stolzes und ihres Temperaments noch eine Weile widersetzen, um so herauszufinden, ob er tatsächlich alle potentiellen Verehrer verjagen würde. Aber am Ende, wenn sie sich davon überzeugt hatte, wäre sie gezwungen, sich ihm zu unterwerfen, und das war, wie er in seiner Arroganz glaubte, für alle das Beste. Es war ja schließlich und endlich nicht so, als würde er sie nicht begehren oder als hätte er ihr nichts zu bieten. Er besaß jetzt die Farm der Beechams und war der gesetzliche Vormund seiner Nichten und Neffen.

Außerdem konnte er sich nicht vorstellen, was Rachel an ihm als Ehemann auszusetzen hätte. Mit seinen Revolvern und seiner Farm war er sehr wohl fähig, für sie zu sorgen, und zwar unter jeden Umständen. Er würde sie nicht schlagen oder schlecht behandeln wie so viele Männer ihre Frauen. Er rauchte, trank und spielte nicht im Übermaß, und wenn der Bund erst geschlossen war, würde er auch die Hurerei aufgeben, denn nach jahrelanger Beobachtung war er zu dem Schluß gekommen, daß dies eine Ehe nur zerstören konnte.

Von Rachel erwartete er als Ehefrau nur, daß sie kochte, putzte, sich um die Kinder kümmerte und im Bett bereit und willig war, wann immer er sie begehrte. Nachdem sie drei der erforderlichen Aufgaben bereits erfüllte und sie seinen Küssen längst nicht so abgeneigt war, wie sie vorgab, durfte es nicht allzu schwierig für sie sein, sich mit dem letzteren abzufinden und direkt in sein Haus und sein Bett zu ziehen, dachte Slade selbstzufrieden.

Je mehr er darüber nachdachte, desto mehr kam er zu der Überzeugung, daß Rachel sich eigentlich glücklich schätzen konnte, einen so guten Handel zu machen. Er fand sie zwar körperlich anziehend, aber die meisten Männer hätten sie als unattraktiv bezeichnet, und zusätzlich hatte sie auch noch eine böse Zunge und war jähzornig, wenn man sie reizte. Bis Slade auf der Bildfläche erschienen war, war »Old Ox« ihr bester Fang gewesen. Der Revolvermann respektierte und mochte den Schweden zwar, aber in seinen Augen war Gus längst keine so gute Partie wie er selbst. Und jetzt, wo er sich die Sache so gründlich hatte durch den Kopf gehen lassen, war er davon überzeugt, daß Rachel ihm eigentlich dankbar sein mußte.

Hätte Rachel etwas von diesen Gedanken Slade Mavericks geahnt, wäre sie so außer sich über diese Eitelkeit und Unverschämtheit gewesen, daß sie ihn sicher geohrfeigt hätte. Doch sie wußte nichts davon und saß schweigend neben ihm auf dem Kutschbock. Durch ihre Röcke hindurch spürte sie seinen starken, muskulösen Schenkel, der sich gegen den ihren preßte und war sich nur allzusehr bewußt, was er von ihr erwartete, wenn er tatsächlich vorhatte, sie zu heiraten und sie einwilligte, seine Frau zu werden – etwas, das er, seiner Haltung nach zu schließen, anscheinend als selbstverständlich betrachtete, der selbstgefällige Schuft! Er sah so selbstzufrieden aus, daß Rachel ihn kaum ansehen konnte, und wenn sie es tat, musterten sie seine Augen so frech und lüstern, daß kein Zweifel daran bestand, daß er sie bereits als sein Eigentum betrachtete. Hatte er das nicht auch gestern gesagt? Bei der Erinnerung wurden ihre Wangen scharlachrot. Aber warum sollte er auch anders denken? fragte sie sich. Niemand – ob Mann oder Frau –

wollte alt und einsam und alleine enden, und wenn Slade darauf bestand, jeden Mann außer Gefecht zu setzen, war sie überzeugt, daß sie am Ende doch gezwungen sein würde, ihn zu heiraten.

Dann konnte er mit ihr machen, was er wollte, und Rachel wußte, daß er dabei an mehr dachte als nur an Küsse. Dieser Slade Maverick würde seine ehelichen Rechte fordern, wann immer und wie immer er wollte, und sie würde ihm hilflos ausgeliefert sein. Diese Erkenntnis erregte und ängstigte sie zugleich. Sie würde sich ihm bereitwillig und mit Freuden hingeben, wenn er sie nur liebte, das mußte sie zugeben. Aber er liebte sie nicht, und damit war der Kreis ihrer Gedanken wieder geschlossen. Wie sollte sie ihn dann heiraten?

Oh, wenn sie doch nur einen Schwarm von Verehrern gehabt hätte, unter denen sie wählen konnte! Wenn doch nur Slade kein berüchtigter Revolvermann gewesen wäre, der so überzeugt von seiner Fähigkeit war, jeden anderen Mann zu besiegen, der sie vielleicht haben wollte. Wenn sie ihn doch nur nicht lieben würde. Wenn er sie doch nur lieben würde...

Sie konnte sich natürlich weigern, ihn zu heiraten. Einfach nein sagen, wenn er sie fragte. Aber in ihrem Herzen wußte sie, daß sie es, angesichts ihrer Liebe zu ihm und den leeren Jahren, die sie dann erwarteten, nicht fertigbringen würde.

Und so saß sie unwiderruflich gefangen neben ihm auf dem Kutschbock und wußte nicht, ob sie lachen oder weinen sollte.

Da sie noch kein Haus hatten, hatte die Familie Keife zwei Zelte auf ihrem Land aufgeschlagen, und in diesen lebten sie – Adam, seine beiden jüngeren Brüder und der Vater in einem, seine drei jüngeren Schwestern und die Mutter in dem anderen. Sie waren gerade mit dem Essen fertig. Als der Wagen sich näherte, erhoben sie sich von der Decke, die sie auf dem Boden im Schatten der Zelte ausgebreitet hatten, um Rachel und Slade zu begrüßen. Kurz vor den Zelten hielt Slade den Wagen an, legte die Bremse ein, sprang ab und hob dann sofort Rachel vom Kutschbock, um Adam, der zum Wagen gekommen war, keine Chance zu lassen, ihr zu helfen. Dann stellte der junge Mann sie seiner Familie vor.

»Pa, Ma, das hier ist Miss Rachel Wilder, die Wünschelrutengängerin, und das ist Slade Maverick, ein Freund von Miss Wilders Familie.«

»Eigentlich mehr als nur ein Freund«, korrigierte ihn der Revolvermann, als er dem älteren Mr. Keife die Hand schüttelte. »Ich bin Miss Wilders Verlobter«, verkündete er, ohne mit der Wimper zu zucken, und warf Adam, der mit offenem Mund dastand, einen kühlen, amüsierten Blick zu.

Rachel war sich sicher, daß sie genauso dumm dreinschaute. Wie konnte Slade es wagen, so etwas über ihren Kopf in aller Öffentlichkeit zu sagen? Allein die Vorstellung! Der Mann hatte vielleicht Nerven! Es war wirklich nicht zu ertragen! Sie hätte ihrem Ärger Luft gemacht, wenn Slade ihr nicht einen warnenden Blick zugeworfen und sein Arm nicht wie ein stählernes Band ihre Taille umfaßt hätte. Er drückte so fest zu, daß sie kaum noch Luft bekam. Rachel wußte, jeder Widerspruch ihrerseits würde alles noch verschlimmern und sie obendrein auch noch dumm dastehen lassen. Also hielt sie den Mund und zwang sich, ihn anzulächeln, als wäre er tatsächlich ihr geliebter Verlobter. Danach begrüßte sie die beiden Brüder Adams und drei kichernde Schwestern und lehnte höflich Keifes freundliche Essenseinladung ab, denn sie hatten zu Hause bereits gegessen. Nachdem der Höflichkeit Genüge getan war, lenkte Slade das Gespräch auf die Arbeit.

»Rachel, Schätzchen«, sagte er und grinste frech, als ihre minzgrünen Augen ihn wütend anblitzten, »warum holst du nicht deine Wünschelrute aus dem Wagen, damit diese netten Leute endlich anfangen können, ihren Brunnen zu graben. Ich werde die Pferde ausspannen und sie grasen lassen, bis wir fertig sind.«

»Natürlich, Slade«, sagte sie mit so zuckersüßer Stimme, daß er – der sie so gut kannte – wußte, daß sie innerlich vor Wut kochte. Er nahm sich vor, heute abend in Wichita im Restaurant zu essen, denn es schien ihm zu riskant, an ihrem Tisch zu sitzen.

Rachel holte ihre Wünschelrute, die traditionsgemäß der kleine gegabelte Zweig einer Haselnuß und nur etwas dicker als ihr Daumen war. Es gab auch Wünschelrutengänger, die andere Hölzer bevorzugten oder gar lange, rechtwinklig gebogene Kupferdrähte oder einen Seidenfaden, an dessen Ende ein Pendel befestigt war. Aber sie zog den Haselnußzweig vor, denn Seeks, der sie unterrichtet hatte, hatte gesagt, das Wichtigste wäre, sich mit dem Instrument ganz vertraut zu fühlen.

Sie wußte, daß Adams Vater, was ihre Fähigkeiten anging, skeptisch war, obwohl er seine Zweifel nicht so deutlich äußerte, wie sie nach den Bemerkungen Adams vom Vortag erwartet hatte. Womöglich war die Zurückhaltung des älteren Mr. Keife darauf zurückzuführen, daß er erkannt hatte, was für ein Mann Slade war; und vielleicht hatte er deshalb keine Einwände vorgebracht. Es hatte anscheinend doch etwas für sich, einen Revolvermann an seiner Seite zu haben.

Aber Rachel hatte sich längst daran gewöhnt, daß die Leute ihr gegenüber aufgrund ihres Geschlechts und ihrer Jugend mißtrauisch waren, auch wenn viele sie in Ermangelung anderer Möglichkeiten um Hilfe baten. Also ignorierte sie Mr. Keifes pessimistischen Gesichtsausdruck, packte ihre Wünschelrute an beiden Enden und begann mit der Vorbereitung für das Ritual.

Sie holte tief Luft, schloß die Augen und begann, ihre Kräfte zu sammeln, die Macht heraufzubeschwören. Sie war mit nichts anderem vergleichbar, diese seltsame Kraft, die ihren ganzen Körper durchströmte wie eine Welle, die man spürt, wenn man eine Keule gegen ein unbewegliches Objekt schlägt. Rachel dachte an nichts als an das eine – Wasser, und darauf konzentrierte sie ihr ganzes Wesen. In den schönsten Farben und bis ins letzte Detail stellte sie sich einen klaren Brunnen vor, der unter der Oberfläche der Erde sprudelte und begierig darauf war, sein Gefängnis zu sprengen und in dem Himmel zu schießen. Dann endlich begann sie langsam zu gehen, mit geschlossenen Augen. Sie brauchte nichts zu sehen, denn sie war eins mit dem Land, es führte sie, die Sonne erleuchtete den dunklen Pfad ihres Unterbewußtseins, der Wind flüsterte ihr die Richtung ins Ohr, die sie einschlagen mußte.

Slade war wie hypnotisiert. Das war eine Rachel, wie er sie nicht kannte, obwohl er tief in seinem Innern ihre übersinnlichen Kräfte gespürt hatte, ebenso wie ihre erdverbundenen Leidenschaften und ihre spirituelle Verbundenheit mit dem Land. Er hatte sich intuitiv zu alldem hingezogen gefühlt. Ein Mensch, der so lebte, wie er gelebt hatte, hätte ohne ähnliche Kräfte nie überleben können, ohne das Wissen, wohin die Sonne den Schatten eines Menschen werfen wird, und ohne die Geräusche und Gerüche, die der Wind mit sich bringt, zu kennen oder die Spur, die die Erde zeichnet und ihre eigene Geschichte erzählt, wenn man Auge und Ohr dafür hat.

In dieser Hinsicht war Rachel genau wie er weit weiser, als ihre Jahre es vermuten ließen. Und in diesem Augenblick fühlte er sich ihr näher als je zuvor; sie waren wie zwei Seiten einer Münze, gleich und doch verschieden und trotzdem ein vollkommenes Ganzes. Fast konnte er durch ihre Augen sehen, durch ihre Nase riechen, durch ihre Hände die Elemente fühlen, die sie bei ihrer Suche leiteten, als sie in immer größer werdendem Radius über den grasbewachsenen Boden schritt. Die Frühlingssonne machte ihr blondes Haar zu einem Heiligenschein, ihr Gesicht war in Trance entrückt. Sie war ein überirdisches Wesen, von einem Licht erfüllt, das nicht von dieser Welt war, sondern einem alten Ort entsprang, wo Engel wandelten und die Zukunft der minderen Sterblichen formten.

Slade wußte nun, warum sich manche zuflüsterten, sie wäre eine Hexe. In der Vergangenheit hatten auch ihn Menschen, weil sie das fürchteten, was sie nicht begreifen konnten, als Teufel verflucht. Und plötzlich war Rachel für ihn wie ein Lebenshauch, lebensnotwendig wie Essen und Trinken, als hätte Gott sie vom Anbeginn der Schöpfung füreinander bestimmt. In diesem Augenblick öffnete sich irgendwo im Herzen von Slade eine Tür, schwang einen Spalt auf, und der Geist von Thérèse erschien an der Schwelle, als hätte er sich schon lange danach gesehnt, dem Gefängnis zu entkommen und in das Schattenreich zu entgleiten, in das er gehörte.

Im selben Augenblick begann die Haselrute in Rachels Hand plötzlich zu zucken, und dann wippte sie so heftig und schnell, daß sie ihr fast aus der Hand gesprungen wäre. Ein glückliches und entzücktes Lächeln verklärte ihr Gesicht, und Slade fühlte, daß das zugrundeliegende Gefühl fast sexueller Natur war, und er wußte ganz intuitiv, daß sie so aussehen würde, wenn er sie lieben, zum Gipfel des Entzückens bringen würde – wie eine heidnische Göttin, golden und triumphierend. Er spürte die Erregung zwischen seinen Lenden, und ihr entzückter Schrei hallte in seinen Ohren wie ein Schrei der Ekstase und der Hingabe. Als sie vom Gipfel des imaginären Berges heruntferglitt, schlug sie langsam die Augen auf, und ihre Blicke begegneten sich.

Slades Augen tauchten in die ihren, und Rachel sah in ihnen seinen Hunger und sein Verlangen, aber auch noch etwas anderes, das sie nicht definieren konnte – bei jedem anderen hätte sie es Liebe genannt. Ihre Wimpern senkten sich, Röte stieg in ihren Wangen hoch, und ihr Herz fing an zu rasen angesichts der Hoffnung, die sich in ihrer Brust regte. Doch sie fing sich, wandte sich ab und Mr. Keife zu. »Da ist Ihr Wasser, Mr. Keife«, sagte sie triumphierend und zeigte auf den Boden. »Holen Sie die Schaufel und graben Sie, dann werden Sie sehen, daß ich recht habe.«

Einen kurzen Augenblick blieb Keife regungslos, ganz ehrfürchtig und fast verängstigt vor ihr stehen. Dann rannten Keife und seine Söhne nach ihren Schaufeln und begannen aufgeregt zu graben. Slade ließ sich von ihrer Begeisterung anstecken, legte Hemd und Revolverhalfter ab und half mit. Nach kurzer Zeit stand auch er knietief in dem feuchten dunkelrötlichen Lehm, der unter der reichen schwarzen Krume der Prärie lag, während Rachel ihn heimlich musterte und sich trotz aller guter Vorsätze fragte, was für ein Gefühl es wäre, wenn sein sehniger, harter, nackter Körper den ihren vollkommen bedeckte und sich das nahm, was er von ihr begehrte und das sie ihm tief in ihrem Innern auch geben wollte.

Der Nachmittag verging und die Männer gruben immer noch. Sie hatten ein provisorisches Holzgestell errichtet, mit Eimer und

Seil, um die Erde leichter aus dem Loch zu befördern. Zwischendurch reichte Mrs. Keife kaltes Huhn und Kartoffelsalat, die Reste vom Mittagessen, um die Männer zu stärken, und goß Limonade ein, um ihren Durst zu stillen. Rachel saß auf der Decke und beobachtete ebenso fasziniert wie die drei Keife-Mädchen, die immer wieder aufgeregt in das Loch spähten, wie der Brunnen mit glatten, festgestampften Lehmwänden allmählich Gestalt annahm. Die Männer hatten Glück, daß sie nicht auf Stein stießen, wie das manchmal auf den Plains passierte, und daß sie nicht so tief graben mußten wie andernorts. Kurz nach Sonnenuntergang, im dämmrigen Zwielicht, das den nahen Sommer kündete, hörte Rachel, wie Adam in Jubelgeheul ausbrach, und sie wußte, daß die Sorge des älteren Mr. Keife jetzt vorbei war.

»Pa!« brüllte Adam aus dem Erdreich, »ich steh' knöcheltief im Wasser! Hast du gehört, Pa? Miss Wilder hat recht gehabt! Hier unten ist Wasser, und zwar reichlich – und süß wie der Weihnachtsmorgen!«

Nach einem kurzen warnenden Schrei warf der junge Mann seine Schaufel aus dem Loch, dann hangelte er sich am Seil hoch. Er strahlte übers ganze Gesicht und schäumte vor Übermut. Er packte Rachel bei den Händen, zog sie hoch und tanzte lachend mit ihr im Kreis. Sie errötete beschämt. Aber lachen mußte sie trotzdem, und ihre Röcke flogen wie die eines Schulmädchens und entblößten ihre wohlgeformten Knöchel, die im Zwielicht blitzten, während Adam sie immer schneller herumwirbelte.

Slade verspürte zwar einen kleinen Stich bei diesem Anblick, als er selbst aus dem Loch kletterte, aber er freute sich über Rachels sorglose Fröhlichkeit und wischte sich mit seinem zerknitterten Hemd den Schlamm vom Gesicht. In ihrem Leben gab es so wenig Fröhlichkeit, daß er ihr diesen Augenblick gönnte. Also blieb er stehen und beobachtete sie schweigend, bis Adam sich der Unziemlichkeit seines Handelns bewußt wurde und Rachel abrupt losließ. Er entschuldigte sich betreten bei Slade und ihr.

»Tut mir leid. Ich – es ist einfach mit mir durchgegangen, weil das Wasser genau da war, wo Miss Wilder gesagt hat und so. Ich hab' selber meine Zweifel gehabt, das muß ich zugeben, genau wie Pa. Ich – ich wollte Sie nicht beleidigen, wirklich nicht«, sagte Adam.

»Schon in Ordnung«, sagte Slade kurz, aber ihm entging nichts von Rachels Atemlosigkeit, ihren roten Wangen, der Art, wie sie seinem Blick auswich. Er sagte nach kurzer Pause: »Nun, es ist schon spät. Wir werden aufbrechen, damit ihr euch aufs Ohr hauen könnt. Ihr wollt sicher morgen beim ersten Sonnenstrahl aufstehn und den Brunnen fertiggraben. Rachel, Schätzchen, warum rechnest du nicht mit Mr. Keife ab, während ich die Pferde anspanne?«

»Ja, Slade«, sagte sie.

Rachel nahm fünf Dollar in bar von Mr. Keife, und für den Rest ließ sie sich wertvolle Lebensmittel geben, von denen die Neuankömmlinge aus dem Osten noch reichlich hatten, im Vergleich zu dem, was die Leute aus der Prärie besaßen. Sie freute sich besonders auf das Glas Traubengelee, das sie sich ausgesucht hatte. Sie konnte es fast schon schmecken, gut und süß auf heißem, frischgebackenem Brot. Rachel verabschiedete sich von der Familie Keife und sah sich dann erwartungsvoll nach Slade um; den Korb mit den Lebensmitteln trug sie behutsam wie den heiligen Gral. Slade saß im Wagen und unterhielt sich mit Adam. Ihr Herz machte bei diesem Anblick einen kleinen Satz, denn die beiden Männer unterhielten sich so leise, daß sie nichts verstehen konnte, und sie hoffte inständig, der Revolvermann bedrohte den jungen Mann nicht. Adams Gesicht war sehr ernst.

»Mr. Maverick«, sagte er zu Slade. »Ich hoffe doch, Sie sind nicht böse, weil ich mit Miss Wilder getanzt habe – ich sage das nicht nur, weil sie als Revolvermann und Kopfgeldjäger bekannt sind.«

»Ach?« Slade hob eine dunkle Augenbraue.

»Jawohl, Sir. Revolver interessieren mich«, erklärte ihm Adam. »Also versuch' ich, möglichst viel über die zu erfahren, die gut damit umgehen können. Deswegen weiß ich, daß Sie einer der Besten sind, und deswegen möchte ich Sie nicht beleidigen. Sie müssen wissen, ich weiß auch, daß sie Eves Onkel sind, und... nun, ich möchte um Ihre Erlaubnis bitten, sie – sie zu besuchen, wenn Sie nichts dagegen haben.«

»Es war also tatsächlich die junge Eve, die dir so gefallen hat, nicht wahr?« fragte Slade. Allmählich fand er den jungen Mann ganz amüsant. Er mußte zugeben, daß Adam Mumm hatte. Nicht viele Männer, ob jung oder alt, hätten es gewagt, mit der Verlobten eines Mannes ohne seine Zustimmung zu tanzen – und hätten dann noch den Nerv gehabt, ihn um eine Verabredung mit seiner Nichte zu bitten. »Komisch. Ich hätte schwören können, es war Rachel.«

»Miss Wilder? Oh, die ist sehr freundlich und nett, und ich mag sie auch. Aber sie ist älter als ich, soviel ich verstanden habe, und außerdem, ich hab' zwar heute erst erfahren, daß sie Ihre Verlobte ist, aber ich hab' gestern schon gemerkt, woher der Wind da weht. Ich hoffe, ich trete Ihnen nicht zu nahe, Mr. Maverick. Ich möchte nicht unverschämt sein, aber Miss Eve hat's mir angetan, und ich möcht' sie gern öfter sehen.«

»Sie ist erst vierzehn.« Slades Stimme war barsch.

»So alt war meine Ma auch, als Pa anfing, ihr den Hof zu machen«, sagte Adam. »Das ist alt genug... Sir.«

»Ja«, stimmte der Revolvermann zu, dann bekam seine Stimme plötzlich einen warnenden Unterton, und sein Lächeln verschwand. »Genauso, wie ich das weiß: Ich kenne dich, Adam Keife – was du denkst, was du vom Leben willst –, genauso gut wie mich selbst, und ich bin älter und hab' verdammt viel mehr Erfahrung als du. Ich war schon da, wo du jetzt bist und auch da, wo du hingehst. Also komm' nicht auf dumme Gedanken, weil ich dir, egal was passiert, immer einen Schritt voraussein werde – vergiß das ja nicht! Wenn du das begriffen hast, kannst du Eve besuchen, sooft du willst. Aber behandele sie ja gut, sonst stehst du in der Kirche und stammelst dein Jawort, bevor du bis zwei zählen kannst, wenn's sein muß mit ihrer Hand in der deinen und meinem Revolver im Genick! Hab' ich mich klar ausgedrückt?«

»Ja, Sir. Sonnenklar.«

»Gut. Da wäre dann nur noch eins, dann ist dieses Gespräch beendet: Halt dich von Rachel fern, Adam Keife. Ich dulde nicht, daß jemand mit ihr spielt – du nicht und sonst auch niemand. Wenn du also Eve besuchen willst, dann sei dir sicher, daß es auch wirklich Eve ist! Hast du kapiert?«

»Nur zu gut, Mr. Maverick.«

»Dann werden wir uns sicher gut vertragen. Gute Nacht, Adam Keife.«

»Gute Nacht, Sir.«

Slade schnalzte die Zügel auf den Rücken der Zugpferde, und die beiden trabten los. Er drehte einen Kreis und hielt dann vor Rachel. Mr. Keife half ihr in die Kutsche. Nachdem Slade Maverick sich versichert hatte, daß Rachel bequem saß, zog er höflich den Hut vor Mrs. Keife und ihren drei Töchtern und fuhr der anbrechenden Dunkelheit entgegen.

Am Horizont war der Abendstern, der Vorbote der übrigen Sterne, aufgestiegen, strahlend hell am silbergrauen Himmel, der langsam ganz schwarz wurde. Direkt vor ihnen, wie durch unsichtbare Hand hingehängt, schwebte ein Sichelmond an seinem niedrigsten Punkt, so als würde er gerade zum Mähen der Prärie ansetzen. Ein Windhauch seufzte, und die Prärie murmelte leise wogend wie ein ruhiges Meer, der Wagen glitt wie ein Schiff durch die Wellen, mit den Zugpferden gleich Galionsfiguren, die das Gras durchschnitten. Abgesehen von diesen Geräuschen war die Luft still und friedlich, denn die Kreaturen der Nacht waren noch nicht erwacht und die des Tages lagen schon in ihren Nestern und Bauten, still wie die Maus, wenn der Habicht sie überfliegt.

Nur Rachel war nicht still, sie war innerlich zerrissen von den Ereignissen des Tages, betroffen von Slades beiläufiger Feststellung, sie wäre seine Braut, überrascht und verwirrt von dem wehmütigen Ausdruck in seinen Augen, als die Wünschelrute in ihrer Hand angefangen hatte zu wippen. Aber sie wartete, bis sie und der Revolvermann außer Hörweite der Familie Keife waren, um zum

Angriff überzugehen und ihm das zu sagen, was sie seit dem Nachmittag beunruhigte.

»Slade Maverick«, durchbrach sie die friedliche Stille, »welcher Teufel hat dich geritten, den Keifes zu sagen, du wärst mein Verlobter – wenn du verdammt noch mal weißt, daß du es nicht bist!«

»Weil ich es doch bin, Rachel, mein Schatz«, sagte er kühl. Seine Worte jagten ihr eine Gänsehaut über den Rücken. Sie verspürte Angst und noch ein anderes unbekanntes Gefühl. Er merkte, wie sie zitterte, und grinste sie unverschämt an; seine Zähne blitzten weiß in der Dunkelheit, die sie jetzt umhüllte wie ein Mantel. »Ich weiß nicht, warum du dich so aufregst. Du hast doch nicht etwa einen verspäteten Anfall jungfräulicher Skrupel oder so etwas? Schließlich und endlich haben wir das alles gestern in der Scheune besprochen, und da hattest du keine Einwände, jungfräuliche nicht und andere auch nicht. Also habe ich natürlich angenommen, das Thema wäre erledigt.«

»Aber du – du hast doch mit keinem Wort gesagt, daß – daß du heiraten willst!« rief Rachel erbost.

»Vielleicht nicht. Aber trotzdem, Rachel, mein Schatz, was dachtest du denn, was ich meine?« Slades Augen wanderten mit unmißverständlichem Blick über ihren Körper. Sie schlug die Augen nieder und wurde feuerrot. Er lachte, leise, boshaft. »Unehrenhafte Absichten, traust du mir das zu?« sagte er anklagend mit leiser, spöttischer Stimme. Er schüttelte den Kopf. »Also wirklich, Rachel, und wo du doch eine Dame bist! Meine Süße, wenn ich nur mit dir schlafen wollte – und ich möchte unbedingt mit dir schlafen –, würde ich es tun, und damit wäre die Sache erledigt. Außerdem vermute ich, daß du tief in deinem Innern weißt, daß ich das tun würde. Es wäre mir egal, wie viele Verehrer du hast, Hauptsache, ich wäre die Nummer eins bei dir – und ich würde mir ganz sicher nicht die Mühe machen, sie mit gezogener Waffe zu vertreiben.«

»Warum hast du mir das – das gestern nacht nicht gesagt? Warum hast du mich nicht einfach – gefragt, ob ich dich heiraten will?« fragte sie.

»Weil du nein gesagt hättest, genau wie du es jetzt gleich tun wirst, und ich will es nicht hören, weil ich diese Antwort nicht akzeptiere. Also wollte ich dir ein bißchen Zeit geben, darüber nachzudenken, alle... Auswirkungen deiner Entscheidung zu bedenken, bevor du sie triffst.«

»Ich habe darüber nachgedacht«, sagte Rachel und schluckte. Ihre Hände waren schweißnaß, und ihr Herz klopfte bis zum Hals. »Und ich habe mich entschieden.«

»Und?«

»Und die Antwort lautet immer noch nein, Slade.«

Da! Sie hatte es gesagt... irgendwie. Aber zu ihrem Entsetzen schien der Revolvermann von ihrer Weigerung überhaupt nicht berührt, obwohl insgeheim seine Hände die Zügel fester packten und ein Muskel in seiner Wange zuckte.

»Nun, leider muß ich sagen, daß mich das nicht sonderlich überrascht«, sagte er betont sachlich. »Ich meine... du hast ja schon gesagt, daß der einzige Mann, den du heiraten wirst, derjenige ist, der dir fünfhundert Stück Vieh für deine Südweide bringt – und ich hab' weiß Gott keine fünfhundert Stück Vieh! Aber was, wenn ich sie hätte, Rachel, mein Schatz?« fragte er mit halbgeschlossenen Lidern. »Was dann?«

»Hmmf!« schniefte sie verächtlich, obwohl ihr Herz inzwischen so laut hämmerte, daß sie überzeugt war, er müsse es hören. »Da kann ich lange drauf warten – und ich würde dich auch dann nicht heiraten, Slade Maverick!« log sie.

»O doch, das würdest du«, konterte er kühl, zutiefst verletzt von ihrer hartnäckigen Weigerung. »Das wirst du. Wie ich dir schon gestern abend in der Scheune gesagt habe, es ist nur eine Frage der Zeit, bis du mir gehörst.« Er warf ihr einen selbstzufriedenen, anzüglichen Blick zu, der lange auf ihrem Mund verweilte.

»Du, du eingebildetes, unerträgliches, arrogantes Schwein!« zischte Rachel. Sie zitterte vor Wut und Scham über diese demütigenden Worte und die Erkenntnis, wie sehr sie ihn liebte und daß er für sie nichts empfand. »Wieso bist du dir dessen so sicher? Hmm?

O ja, du kannst meine Verehrer vertreiben, mich zwingen, ledig zu bleiben, mich bedrohen, soviel du willst, oder mich sogar schlagen, wenn du willst, weil du größer und stärker bist als ich. Das weiß ich! Aber Tatsache bleibt, daß du mich nicht zwingen kannst, dich zu heiraten. Und ich werde dich nicht heiraten, hörst du? Du willst mich doch nur, weil du, du... du weißt schon was, und weil du jemanden brauchst, der für dich kocht und saubermacht und sich um die Kinder kümmert. Du meinst wohl, ich wär' genau die Richtige dafür, und das wär' ich vielleicht auch. Aber ich bedeute dir nicht mal so viel, daß du mich fragst, ob mir das reichen würde, stimmt's? Es reicht mir eben nicht, und zu diesen Bedingungen werde ich dich nicht heiraten, hast du gehört? Niemals! Und außerdem kannst du mich nicht zwingen, Slade Maverick!«

»O doch, das kann ich, Rachel, mein Schatz«, erwiderte der Revolvermann leise, drohend. Er war außer sich vor Wut über ihre Beleidigungen und ihre Ablehnung, als wäre er nichts, ja weniger als nichts.

Voller Angst, sie zu verlieren, bevor er sie wirklich besessen hatte, riß er an den Zügeln und brachte die Pferde zum Stehen. Er drehte sich zu ihr um mit wütenden funkelnden Augen, und sein dunkles Gesicht schien brutal im Mondlicht. Rachel biß sich verängstigt auf ihre Unterlippe. Er rührte sie nicht an, aber trotzdem duckte sie sich vor seinem drohenden Blick, überzeugt davon, daß sie zu weit gegangen war in dem Versuch, ihm das Geständnis seiner Liebe zu ihr zu entlocken.

»Ich kann dich sehr wohl zwingen, mich zu heiraten, Rachel«, sagte er mit zusammengebissenen Zähnen. »Ich könnte es jetzt sofort tun, wenn ich wollte! Ich könnte dich in den Wagen da hinten schmeißen, dir die Röcke hochreißen und dir brutale Gewalt antun, und du könntest nichts dagegen tun! O ja, Rachel, gar nichts, denn, wie du bereits so richtig sagtest, bin ich größer und stärker als du, und wir sind ganz allein hier draußen, meilenweit von jeder menschlichen Behausung entfernt. Keiner würde dich schreien hören. Aber lange würdest du sowieso nicht schreien, nicht wahr, meine Liebe? Weil du mich am Ende doch haben willst – ich würde dich dazu bringen –, und das wissen wir beide auch! Und hinterher müßtest du mich heiraten, nicht wahr? Damit du nicht entehrt bist und das womöglich auch noch mit einem Kind! Dann wärst du verdammt froh, wenn ich dich heiraten würde, da wette ich. Oder etwas nicht, Rachel? Oder etwa nicht?« fragte er und schüttelte sie grob.

»Ja«, flüsterte sie verängstigt. »Ja.«

»Dann sitz gefälligst nicht hier und sag mir, was du tun kannst und was nicht – weil du keine Ahnung hast, wozu ein Mann wie ich fähig ist!« sagte er barsch. Fluchend fuhr er fort: »Verdammt noch mal, Rachel! Glaubst du, mein schlechter Ruf basiert auf Lügen? Weiß Gott nicht. Bevor ich hierherkam, war ich ein käuflicher Revolvermann und Kopfgeldjäger – einer der besten. Ich habe Männer getötet, Rachel! So hab' ich meinen Lebensunterhalt verdient. Diese Männer waren zwar Tiere, die den Tod verdienten, aber das tut nichts zur Sache. Ich habe sie getötet, und man hat mich verdammt gut dafür bezahlt.« Er schwieg einen Moment, in Erinnerungen versunken. Sein Zorn legte sich etwas, und gelassener fuhr er fort. »Jetzt bin ich nur ein Farmer – nicht, daß ich mich beklage, Rachel. Die Farm gehört mir, ohne Beecham. Ich hab' sie beim Kartenspiel gewonnen, und ich habe ihn auch überredet, mir die Vormundschaft für die Kinder zu überschreiben. Das hast du nicht gewußt, stimmt's? Aber es ist wahr. Also gut, ja, ich möchte dich auf Dauer zum Kochen und Saubermachen und für die Kinder und all die anderen Sachen, die eine gute Ehefrau macht, haben. Und ja, ich will dich haben, wie ein Mann eine Frau will – nachts, nackt in meinem Bett, warm und willig unter mir. Dann erschieß mich doch dafür, verdammt noch mal, warum machst du's nicht? Dafür, daß ich ein Mann bin, der dich begehrenswert findet und sich nicht die Mühe macht, es zu verstecken!« Mit bebenden Nasenflügeln hielt er inne, holte Luft und sprach dann weiter. »Aber was immer du glauben magst, Rachel, ich habe nicht daran gedacht, etwas zu nehmen, ohne zu geben.« Seine Stimme wurde jetzt sanfter. »Denn für all das, was ich von dir als Ehefrau erwarte, bin ich bereit, dir ein guter Ehemann zu sein, das schwöre ich! Ob's stürmt oder schneit, ich werde immer für dich sorgen, weil ich gescheit bin und stark, und ich habe keine Angst davor, hart zu arbeiten – und mit dem Revolver bin ich schneller als der geölte Blitz. Das ist mehr, als dein lieber Freund Gus oder dieser Welpe Adam Keife oder irgendein anderer Mann dir bieten kann! Was willst du also mehr, Rachel? Sag's? Oh, mein Gott!« fluchte Slade, als sie nicht antwortete, und schüttelte sie noch einmal. »Antworte mir, verdammt noch mal! Was, um Himmels willen, willst du noch mehr?«

»Wenn du es nicht weißt, du arroganter Narr, dann hat es auch keinen Sinn, wenn ich es dir sage!« schrie Rachel.

Dann brach sie plötzlich in Tränen aus.

Plötzlich begriff Slade, was sie meinte. Er war betroffen, aber es war zu spät. Er riß sie leise murmelnd an sich, wiegte sie an seiner breiten Brust, strich ihr beruhigend übers Haar, küßte sie behutsam auf die Stirn. Er fühlte sich schrecklich schuldig, schämte sich. Er hatte sie noch nie weinen sehen, und ihr Schluchzen zerriß ihm die Seele. Sie wimmerte wie ein krankes Kind.

»Ssschh«, versuchte er, sie zu beruhigen. »Sssch... oh, verdammt, Rachel, Schätzchen, wein nicht! Wein nicht! Bitte, Liebling. Wein nicht mehr. Es tut mir leid. Ich wollte dir nicht weh tun. Ssssch. Es tut mir so furchtbar leid...« Er verstummte abrupt. Dann sagte er zerknirscht. »Du hast recht gehabt, weißt du. Mein Gott und wie recht! Ich bin ein arroganter Narr! Ich hab' mich so lange mit Huren herumgetrieben, daß ich vergessen habe, was eine Frau wie du erwartet. Ich hätte wissen müssen, daß du mehr erwartest als das, was ich dir geboten habe. Ich hätte es wissen müssen.

Du möchtest, daß ich Händchen halte und dir tief in die Augen schaue, lange Spaziergänge mit dir unternehme und Süßholz rasple, stimmt's? Du möchtest Pralinen und Blumen und zärtliche Küsse im Mondlicht.« Rachel sagte nichts, aber als sie noch heftiger schluchzte, glaubte er sich auf dem richten Weg. »Oh, Rachel, Schätzchen, ich kenne tausend hübsche Phrasen und erprobte

Tricks, um dich in mich verliebt zu machen. Weißt du das nicht? Aber – aber...« Wieder hielt Slade Maverick inne, suchte nach Worten, um es ihr zu erklären. »Aber ein Mann wie ich meint diese Dinge nicht, wenn er sie sagt und tut. Sie sind wie schlechter Whisky: Man kauft ihn, weil er billig ist und leicht zu haben und kippt ihn hinunter, ohne ihn zu schmecken, weil er furchtbar schmeckt, aber weil er wie Feuer in deinem Hals ist und deinen Bauch wärmt, denkst du, er macht dich genauso betrunken wie der teure französische Cognac, den du mit trübem Auge auf dem Glasregal über der Bar erspäht hast, der dich lockt, weil du ihn dir nicht leisten kannst, und dich verhöhnt, weil du dir einredest, daß dir das verdammt egal ist.

Und dann, eines Tages, wenn du es am wenigsten erwartest, gehst du in einen Saloon und willst gerade denselben alten Rachenputzer bestellen wie immer. Aber bevor du die Worte über die Lippen bringst, siehst du ganz deutlich – weil du jetzt stocknüchtern bist – diesen teuren guten, alten französischen Cognac auf dem Glasregal über der Bar stehen, verlockend, dich verhöhnend, wie immer, und du begehrst ihn so sehr, daß du ihn fast schmecken kannst. Und dieses Mal – in diesem einzigartigen Moment deines Lebens – irgendwie hast du das Geld dafür in deiner Tasche. Der Barmann gießt dir also ein Glas ein, und dann schmeckst du ihn und dann wird dir klar, egal, was du dir vorher eingeredet hast, daß es weiß Gott nicht dasselbe ist. Er ist weich und süß und rinnt wie Samt durch deine Kehle, also willst du ihn nippen und genießen und den Genuß so lange wie möglich hinauszögern, anstatt ihn einfach hinunterzukippen. Und die Hitze, die sich langsam in deinen Magen senkt, ist so langsam und so sinnlich, daß du einen ganz anderen Rausch kriegst, einen besseren Rausch, als du ihn je zuvor erlebt hast...

Weißt du, was ich dir damit sagen will, Rachel, mein Schatz?« fragte Slade Maverick. Sie lag jetzt reglos und stumm an seiner Brust; ihr Atem ging flach. »Du bist wie dieser gute, alte französische Cognac. Du bist nicht dafür gemacht, hinuntergekippt zu werden, man muß dich nippen und genießen. Und Worte und Taten – solche, die einer Frau wie dir etwas bedeuten würden – fallen einem Mann wie mir schwer. Ich habe in meinem Beruf nur so lange überlebt, weil ich mich nicht von meinen Gefühlen habe leiten lassen. Ich habe gelernt, sie zu unterdrücken und nach einer Weile weiß man nicht mehr, wie es ist, ihnen freien Lauf zu lassen. Manchmal sind sie so gottverdammt tief begraben, daß man nicht mal mehr weiß, was sie sind. Begreifst du, was ich dir sagen will, Rachel?«

»Ja, ich glaube schon, Slade«, hauchte sie, und wieder füllten sich ihre Augen mit Tränen. »Du – du versuchst, mir zu sagen, daß ich anders bin als alle Frauen, die du je gekannt hast, und daß du mich zwar genug begehrst, um mich zu heiraten, aber nicht weißt, ob du... ob du mich liebst oder je lieben willst und daß du auch nicht so tun wirst, weil ich – ich was Besseres verdiene als eine Lüge. Ist – ist das richtig, Slade?«

»Ja. Ja, das ist es. Ist das genug für dich, Rachel?« fragte er mit leiser, bewegter Stimme, als er ihr Gesicht anhob und ihr tief in die Augen sah, während er mit den Daumen behutsam ihre Tränen abwischte. »Wenn es nämlich nicht genug ist, wirst du trotzdem mit mir leben müssen, denn ich werde dich nicht gehen lassen. Jetzt nicht und niemals. Dazu will ich dich zu sehr.«

Dann legte er seinen Mund auf den ihren, und sein heftiger Kuß sagte mehr als alle Worte, die er nicht sagen konnte.

21. Kapitel

An einem heißen Sommertag im Juni kam das alte Halbblut Seeks auf die Farm. Am fast farblosen Himmel stand die brennende gelbe Sonne des Sommers und schien gnadenlos auf Rachel und die weite, endlose Ebene herunter, als wolle sie das Leben selbst aus der Prärie sengen, oder zumindest das ausmerzen, was des Überlebens nicht würdig war. Denn das Heartland war trotz seines Namens im Sommer kein freundliches Land, und nur die Stärksten konnten die Temperaturen ertragen, die an den schlimmsten Tagen bis auf 45 Grad im Schatten anstiegen – vorausgesetzt, es war welcher zu finden. Der Sommer brachte die Menschen dazu, sehnsüchtig an einen Schneesturm im Winter zu denken.

Rachel lief der Schweiß in Strömen über den Körper, als sie über ihre Harke gebeugt wütend auf das üppige Unkraut einhackte, das ihren Gemüsegarten zu überwuchern drohte. Ein dumpfes, schwindelerregendes Pochen dröhnte, während sie arbeitete, hinter ihren Schläfen und übel war ihr auch. Schultern und Rücken schmerzten, und trotz ihrer abgetragenen Handschuhe hatte sie erneut Blasen von dem Holzgriff des Geräts an ihren schwieligen Handflächen. Endlich richtete sie sich auf, stützte sich auf die Harke, schob sich die Strähnen aus dem Gesicht und wischte sich das schweißnasse Gesicht ab. Dann machte sie eine Faust und rieb sich müde das Kreuz, um die verkrampften Muskeln etwas zu lokkern. Danach legte sie eine Hand zum Schutz vor die Stirn und warf einen Blick zum Haus hinüber.

Neben dem Blockhaus, das nach einer Seite einen spärlichen Schatten warf und zumindest den Eindruck von Kühle vermittelte, hockten Andrew und Naomi am Boden. Sie spielten ziemlich lustlos mit ihren Murmeln und verscheuchten ab und zu die lästigen Fliegen von Tobias, der nackt und unruhig auf seiner Decke lag, von der er an Po und Hinterschenkeln einen häßlichen Ausschlag hatte. Deshalb hatte Rachel seine Windel weggelassen und ihn mit Maisstärke eingepudert, aber das hatte nicht viel geholfen.

Seufzend ging sie zum Brunnen, zog einen Eimer Wasser hoch und schöpfte dann etwas mit dem Zinnschöpfer, der an einer Seite heraushing. Sie trank sehr langsam, da sie aus Erfahrung wußte, daß diejenigen, die in der Sommerhitze Wasser hinunterkippten, entweder kotzten oder es nach wenigen Minuten wieder herauspinkelten. Die heiße Sonne würde es auch ohne das in kürzester Zeit aus ihr herausschwitzen. Als Andrew und Naomi sahen, was sie machte, ließen sie ihre Murmeln liegen und rannten los, um ebenfalls zu trinken. Dann füllte Rachel die Flasche des Babys.

Danach blieb sie einen Augenblick stehen, zu erhitzt und erschöpft, um noch einen Fuß vor den anderen zu setzen. Sie ließ den Blick über die Ebene schweifen, wo das üppige Frühlingsgrün des Büffelgrases und all der anderen Gräser bereits verblaßte und der erste Goldschimmer sich zeigte, der im August die ganze Prärie überziehen würde. Die wilden Blumen des Mai und April waren schon verblüht, jetzt blühten Astern, duftende Melisse, dornige Disteln und zarter Wiesenklee, und die Wolfsmilch wachte über langen Ranken von wildem Kürbis und Büschen wilder Rosen, Sauerampfer und Feigenkakteen.

Die Luft tanzte in schimmernden Wellen und ließ den fernen Horizont verschwimmen, wo Rachel jetzt einen einsamen Reiter entdeckte, der mit zwei Packmulis langsam auf sie zugeritten kam. Der braunweiße Pinto und die Packmulis ließen die Köpfe hängen, aber der alte Mann saß aufrecht und stoisch auf der Decke, die er über den Rücken des Tieres geworfen hatte. In einer Hand hielt er einen zerfledderten Strohschirm zum Schutz gegen die Sonne, und am Hinterkopf ragten zwei räudige Federn wie die Hörner einer Antilope aus seinem Haar. Rachel hätte ihn immer und überall erkannt.

»Seeks!« rief sie und lief auf ihn zu. »Seeks!«

Sie wußte nicht, wie alt er war – er war schon alt gewesen, als sie noch klein war – doch obwohl er sich, erschöpft von der Mühsal des harten vergangenen Winters, mit der Steifheit des Alters bewegte, hatte er etwas überwältigend Würdevolles, als er jetzt bedächtig seinen Schirm zusammenklappte und mit einiger Mühe vom Pinto stieg. Zuerst sagte er nichts, sondern musterte Rachel nur wortlos. Seine steten braunen Augen sahen bis auf den Grund ihres Herzens und ihrer Seele.

Wahrscheinlich hätten ihn viele komisch gefunden, wie er da so stand, mit seiner durchlöcherten karierten Decke. Aber keiner, der Seeks kannte, hätte das so empfunden, denn trotz seines ungepflegten Äußeren und der seltsamen Mischung von Kleidern der Weißen und der Indianer war seine Haltung und Würde alles andere als lächerlich.

Um den Kopf trug er ein hellrotes Stirnband, in dessen Knoten die beiden Adlerfedern seiner Jugend steckten. Sein langes dunkelgraues mit weißen Strähnen durchzogenes Haar war offen, bis auf zwei schmale Zöpfe vorne, die mit Fellstreifen gebunden und mit Glasperlen und winzigen Federn verziert waren. Sein stolzes Gesicht mit der Adlernase und den hohen Backenknochen war ledrig und von Falten durchzogen wie eine Landkarte. Er war weder groß noch klein, sondern von mittlerer Statur, der Körper untersetzt, sehnig und kraftvoll, geprägt von dem harten und primitiven Leben, das er führte. Sein loses weißes Hemd mit den langen Ärmeln war bis zum Hals zugeknöpft. Um den Hals trug er ein fröhlich gemustertes Tuch, dessen Enden in eine verzierte Messingschnalle geknüpft waren, dazu viele Lederschnüre mit bunten Perlen und zwei weiche, buschige Waschbärschwänze. Seine Beine steckten in gefransten Hirschlederhosen, und an den Füßen hatte er abgetragene Mokassins. Er sah genau aus, wie Rachel ihn in Erinnerung hatte, als hätten sich nur die Jahreszeiten geändert, nicht aber er.

Sie war gerade dreizehn gewesen, als sie ihn während ihres ersten öden, bitteren Winters in der Prärie gefunden hatte. Seeks war von einer Gruppe skrupelloser, betrunkener weißer Händler angegriffen, zusammengeschlagen, ausgeraubt und dann totgeglaubt liegengelassen worden. Aber irgendwie hatte er es geschafft, sich über die Ebene zu schleppen, auf das Licht zu, das wie ein Leuchtfeuer aus dem Fenster des dunklen, feuchten Hauses geschienen hatte, in dem sie damals wohnten. Als sie hinausging, um Schnee zum Schmelzen auf dem Herd zu holen, da das Wasser im Brunnen festgefroren war, hatte sie ihn halberfroren auf dem eisigen Boden gefunden. Fremont, Poke und Ulysses, ihr Vater, hatten ihn ins Haus gezerrt, damit er am Feuer auftauen konnte, während sie und Victoria, ihre Mutter, eilig dampfenden Tee mit Brandy, heiße Suppe und dicke, weiche Decken herbeiholten, um ihn zu wärmen.

Nach einigen Tagen hatte Seeks sich allmählich erholt, und nachdem er erfahren hatte, daß Rachel ihn zuerst entdeckt hatte, sah er in ihr fortan seine Lebensretterin. Zum Dank hatte er sie im Lauf der Jahre alle Geheimnisse, die er beherrschte, gelehrt, sowohl die der Indianer als auch die des Weißen Mannes und hatte in ihr eine eifrige und willige Schülerin gehabt.

Rachel liebte ihn, wie sie ihren Großvater und Poke liebte, von ganzem Herzen und mit größtem Respekt. Aber mit Seeks verband sie etwas Besonderes. Beide waren eins mit dem Land. Sie war überglücklich, daß er hier war, denn seine Ankunft hatte stets irgendwie einen Teil der schweren Last von ihrer Schulter genommen. Seeks weiser Rat würde ihr auch dieses Mal helfen. Ihm konnte sie Dinge anvertrauen, die sie nicht einmal Poke oder ihrem Großvater sagen konnte, denn beide hätten sie nur geneckt oder verurteilt. Seeks verurteilte niemanden, weder Mann noch Frau, weder gut noch schlecht. Er hörte nur zu und überlegte lange, bevor er seinen Rat gab. Während sie ihn so ansah, wäre Rachel dem Indianer am liebsten um den Hals gefallen und hätte ihm ihr Herz ausgeschüttet. Aber sie hielt sich zurück, denn das war nicht Seeks' Art, und er hätte sie freundlich, aber bestimmt zurückgewiesen.

Doch er schien ihr Bedürfnis zu spüren. Langsam streckte er die Hand aus und legte sie behutsam und liebevoll auf ihren Kopf. Obwohl er sie liebte wie seine eigene Enkelin, war das die einzige körperliche Liebesbezeugung, die Seeks ihr gegenüber je gezeigt hatte. Ihr blondes Haar faszinierte ihn. Es war wie maisfarbene Seide, und er faßte es gerne an, es war so weich, und vielleicht glaubte er, auf diese Weise das Geheimnis seiner goldenen Farbe entdecken zu können. Jetzt war es weißblond, gebleicht und gesträhnt von der Sommersonne, die auch Rachels Haut honigfarben gebräunt und ihre Nase und Backenknochen mit Sommersprossen übersät hatte. Bei seiner Berührung schloß sie die Augen. Sie fühlte, wie sein innerer Frieden und seine Liebe sie durchströmten, als sei er ein Priester, der sie segnete. Dann, nach einem Augenblick, zog er die Hand zurück und sagte: »Dir geht es gut, Wildblumenfrau«, sagte er mit seiner tiefen, sonoren Stimme. Diesen Indianernamen hatte er ihr vor Jahren gegeben. »Aber in deinen Augen sind Schatten, die vor vielen Monden nicht da waren, und dein Herz singt und weint zugleich.«

»Ja«, erwiderte Rachel, denn das stimmte genau. »Es ist viel passiert in den Monden deiner Abwesenheit, ich werde dir alles erzählen. Das Schlimmste war der Tod meiner lieben Freundin India im vergangenen Winter, die, die du ›Rabenfrau‹ nanntest.«

»Es tut mir leid, so traurige Nachricht zu hören, Wildblumenfrau, und mein Herz trauert um sie. Es ist schwer, einen Freund zu verlieren. Sie war eine gute Frau, eine treue und ehrliche Schwester für dich, und ich weiß, daß sie dir fehlt.«

»Ja, es war ein schrecklicher Verlust für mich, Seeks, doch ihre acht Kinder, um die ich mich seitdem kümmere, waren mir ein großer Trost. Gemeinsam haben wir es irgendwie geschafft, damit fertigzuwerden, und Indias Bruder, der kurz nach ihrem Tod hier ankam, ist eine große Hilfe.« Rachel hielt inne, überwältigt von der Erinnerung an ihre Freundin. Dann verdrängte sie bewußt den Schmerz und sagte: »Aber jetzt erzähl mir von dir und deinen Reisen, Seeks. Du siehst gut aus, und die Winterjagd war gut für dich wie immer, wie ich sehe.« Sie zeigte auf die schwerbeladenen Packmulis.

Der Indianer nickte. »Ja, die Wintermonde waren kalt, aber großzügig«, stimmte er zu, »wie der letzte Strahl der sterbenden Sonne, bevor der Schnee das Land überzieht. Ich habe nur genommen, was ich brauche – und selbst das hat mein Herz mit Trauer erfüllt. Seit dem Kommen des Weißen Mannes ist der mächtige Büffel gestürzt, und jetzt wird er sich bald nicht mehr erheben. Jetzt schon sind seine gebleichten Gebeine wie der Wind über das Land verstreut und erzählen ihre Geschichte. Aber die Weißen haben ihre Augen und Ohren verschlossen und hören und sehen nicht. Es macht mein Herz schwer, Wildblumenfrau, denn wenn der letzte Büffel verschwunden ist, werden auch die alten Bräuche verschwunden sein.« Seeks seufzte und starrte in die Ferne, als sähe er den Wind der Veränderung, dessen Kommen er prophezeit hatte.

Mit einem Ruck kehrte er wieder in die Gegenwart zurück und fuhr fort: »Aber diese Zeit kommt nach meiner, und das erfüllt mein Herz mit Freude. Komm, Wildblumenfrau. Du mußt dir ein Fell aussuchen, wie immer, und ich habe auch ein paar Kleinigkeiten für die Kinder.«

Seeks ging zu den Packmulis, band die Bündel mit den Häuten los und breitete die Pelze auf dem Boden aus. Rachel sah das, was er ihr erzählt hatte, bestätigt. Er hatte nur wenige Büffelhäute, aber sie würden in der Stadt einen guten Preis bringen. Deshalb nahm sie einen schwarzen Wolfspelz, aus dem sie vielleicht eine Weste oder Handschuhe machen konnte, vielleicht für Slade für den nächsten Winter. Sie bedankte sich bei Seeks für das Geschenk, dann bat sie ihn in das Blockhaus.

Andrew, der bis jetzt höflich gewartet hatte, wenn auch nicht sehr geduldig, kam aufgeregt angelaufen, um den Indianer zu begrüßen. Naomi war noch zu klein gewesen, um sich an seinen letzten Besuch zu erinnern, und blieb in einiger Entfernung ehrfurchtsvoll und ein bißchen verängstigt stehen. Aber Seeks hatte sie bald für sich gewonnen, und nachdem er seinen Pinto und die Packesel im Stall untergebracht hatte, folgte er den Kindern ins Haus, wo Rachel gerade versuchte, das weinende Baby zu beruhigen.

Seeks merkte, daß sie Schwierigkeiten hatte, und musterte Toby eindringlich. Der Indianer streckte die Hand aus, steckte seinen Zeigefinger in den Mund des weinenden Babys und fuhr prüfend über Tobys Kiefer. Daraufhin zog ein breites Grinsen über sein Gesicht.

»Kleiner bekommt ersten Zahn, Wildblumenfrau«, stellte er zufrieden fest. »Braucht Süßholz. Das zu erkennen, braucht man keine erfahrene Medizinfrau zu sein.«

Rachel lächelte beschämt über Seeks' liebevollen Tadel. Das hätte sie tatsächlich merken müssen. Sie lief in die Küche, wo ein großer Korb frischer Kräuter und Blumen stand, die sie erst heute morgen gesammelt hatte. Das Süßholz blühte gerade, und sie nahm eine der rötlich braunen Pflanzen, schnitt sie ab und säuberte die süße Wurzel. Schon bald kaute Toby, von seinen Zahnschmerzen befreit, zufrieden den rohen Stengel.

Als die Sonne unterging, kehrten Slade, Fremont, Poke und die übrigen Kinder in das Blockhaus zurück. Seeks wurde von »Mann, der auf Baumast geht« und »Büffelmann«, wie er Fremont und Poke vor Jahren getauft hatte, herzlich begrüßt. Dann wandte sich der Indianer Slade zu, und nachdem er ihn lange und eindringlich gemustert hatte, erklärte er sachlich: »Und dich werde ich ›Hundesoldat‹ nennen, denn ich spüre, daß du ein tapferer Krieger bist, der viele Siege gezählt hat.«

An diesem Abend und an vielen folgenden Abenden saßen der Revolvermann und die Kinder bis weit in die Nacht, fasziniert von seinen Geschichten, vor Seeks, während er mit verschränkten Beinen auf dem Boden saß und seine lange, mit Perlen und Federn verzierte Pfeife rauchte. Tagsüber ritt er mit seinem Pinto in die Stadt oder suchte Kräuter und Wiesenblumen, um seine Vorräte zu ergänzen, oder meditierte in dem Tipi, das er neben dem Haus errichtet hatte, so daß Rachel nur wenig Gelegenheit hatte, ihn allein zu sprechen.

Aber endlich kam der Abend, an dem Seeks an der Schwelle des Blockhauses, wohin sie ihn begleitet hatte, stehenblieb und von dem sprach, was sie quälte. Seine Stimme vibrierte leise im feuchten Abendwind, und die Worte, die seinen Lippen entsprangen aus der Quelle seiner Weisheit und seiner Jahre, tropften wie kostbare Juwelen in der Stille der Sommernacht in ihren Schoß. Diese Worte sollte Rachel bis ans Ende ihres Lebens wie einen kostbaren Schatz hüten.

»Trotz deines Schweigens, Wildblumenfrau«, begann der Indianer bedächtig, »habe ich die ungesprochenen Worte gehört, die auf deiner Zunge liegen wie der schmelzende Schnee auf fernen Gipfeln, der sich danach sehnt, sich in einem plätschernden Fluß zu ergießen. Aber so wie der des Flusses ist der Pfad, dem du folgen mußt, steil und felsig, und deshalb hast du Angst und bist dir nicht sicher, welchem Weg du folgen sollst; du hast gezögert, mir zu sagen, was ich in deinen Augen und deinem Herzen sehe. Du würdest mir von deinen Hoffnungen und Ängsten erzählen. Das weiß ich. Aber, ich sage dir, zwischen uns bedarf es keiner Worte, Wildblumenfrau. Ich bin ein alter Mann und kenne die Welt. Ich habe gesehen, wie du Hundesoldat abends ansiehst, wenn du denkst, keiner sieht es, und ich habe dein Herz in deinen Augen gesehen. Und somit hast du schon gesprochen, und ich habe zugehört und nachgedacht. Jetzt werde ich sprechen, und du mußt schweigen, zuhören und lernen. Höre denn meinen Rat, wenn das dein Wunsch ist.« Seeks schwieg einen Augenblick lang, überlegte, was er sagen wollte und was nicht. Dann sprach er weiter.

»Obgleich du eine erwachsene Frau bist, Wildblumenfrau, warst du in dieser Angelegenheit ein selbstsüchtiges Kind, das nur an sich selbst denkt, an seine Tränen, seinen eigenen Schmerz. Und so frage ich dich: Was ist mit den Tränen des Hundesoldaten, Wildblumenfrau? Was mit seinem Schmerz? Glaubst du, es ist für einen Mann leicht, in seinem Herzen zu suchen, ohne zu wissen, was er finden wird? Ich sage dir, es ist nicht leicht. Aber wie ein dickköpfiges Kind hast du dich geweigert, das zu sehen, Wildblumenfrau.

Du hast gedacht, es genügt, wenn eine Frau, die einen Mann liebt, ihr Herz in den Augen trägt. Aber ich sage dir in dieser Nacht, daß es nicht genügt. Denn eine Frau, die einen Mann wirklich liebt, wird ihre Augen auch in ihrem Herzen haben.

Öffne deine jetzt und sehe. Jedes Ding hat seine Zeit und seinen eigenen Weg, und so wie der Wind über das Land kommt, kommt die Liebe in unsere Herzen – wann immer und wie immer sie will, wie jeder Mensch für sich lernen muß. Würdest du versuchen, den wilden Wind einzufangen? Nein, das würdest du nicht, denn er ist eine Macht, die nicht eingefangen werden darf, denn sonst wäre sie für immer verloren. Du darfst nicht mehr versuchen, die Liebe ins Geschirr zu spannen, Wildblumenfrau, denn auch sie ist ein Geist, der sich frei bewegen muß – sonst stirbt er. Und noch eins: Ich glaube, in deinem Herzen weißt du es, die du eins bist mit den Elementen und mit dem Land.

Also sage ich dir: Hör auf die Stimme deines Herzens, Wildblumenfrau. Sei geduldig, so wie alle Weiden geduldig sind, und weine, wenn du mußt – denn ein Becher Tränen aus Liebe vergossen ist süßer als der süßeste Wein – und wisse, daß für diejenigen, die warten, am Ende sich alles erfüllt und um so stärker ist, weil es die Prüfung überstanden hat. Denn die Wahrheit ist allmächtig, und so wie das hohe Gras nur tanzt, wenn der wilde Wind es berührt, so singt das Herz nur, wenn die Liebe es berührt. Jeder, der auf sein eigenes Herz hört, wird das im Lauf der Zeit erfahren.«

Nach diesen Worten verstummte Seeks und verschwand in seinem Tipi. Rachel war so tief in Gedanken versunken, daß sie kaum merkte, wie sie sich nach seinem Gehen auf der Schwelle niederließ, wo sie lange sitzen blieb und über den weisen Rat des Indianers nachdachte. Sie war, wie sie betroffen erkennen mußte, tatsächlich selbstsüchtig und dickköpfig wie ein gedankenloses Kind gewesen. O ja, das war sie! Jetzt sah sie es klar und deutlich und bedauerte es unendlich.

Sie war immer so geborgen gewesen in der Liebe derer, die um sie waren – Fremont, Poke, Seeks, und bevor sie starben, ihre Eltern und India –, daß sie erwartete, daß auch Slade sie liebte, nur weil auch sie ihn liebte und noch schlimmer, obwohl sie ihm nie ihre Liebe gestanden hatte. In ihrer Einsamkeit hatte sie um den Mond geweint und nie begriffen, daß vielleicht auch der Mond weinte, weil auch er allein war, weit mehr, als sie es je gewesen war.

Slade hatte keinen anderen Menschen.

Die Erkenntnis traf Rachel wie ein Schlag und trieb ihr die heißen Tränen in die Augen. Er war von seinem tyrannischen Vater ohne einen roten Heller aus seinem Heim verstoßen worden, sogar seinen Namen hatte man aus der Familienbibel gestrichen, als hätte er nie existiert. Seine Mutter war jung gestorben...

Wenn die Mutter stirbt, passiert etwas in deinem Inneren... es macht dich älter als du bist. Ich sollte das wohl am besten wissen.

Die Tränen liefen bei der Erinnerung an ihre Worte an ihn über ihre Wangen. Ja, ich weiß, hatte Slade erwidert, und er wußte es wirklich, aber sie hatte nicht darauf geachtet, hatte sein Geständnis brutal verdrängt, weil sie viel zu beschäftigt mit ihren eigenen Gefühlen gewesen war. Und in ihrer tiefen Trauer um Indias Tod hatte sie da nicht auch Slades eigene Trauer und Qual übersehen? India war schließlich seine Schwester gewesen, und er hatte sie geliebt. Aber er hatte nicht einmal eine Chance gehabt zu sagen, wie sehr er sie geliebt hatte. Jetzt war es zu spät. India war tot, wie alle, die Slade geliebt hatte, tot waren, selbst das unbekannte Mädchen in New Orleans... Oh, grausam, grausam, daß sie das nicht zuvor bedacht hatte! Schreckliche Schuldgefühle stiegen in ihr auf.

Wie um alles in der Welt sollte Slade über Liebe sprechen können? Er hatte in seinem Leben so wenig davon bekommen, und die er erfahren hatte, war ihm brutal entrissen worden. Hatte er vielleicht sogar Angst davor, sie zu lieben oder, wenn er sie liebte, davor, seine Gefühle in Worte zu fassen, weil auch sie ihm entrissen werden könnte? Hatte er vielleicht seine Gefühle so tief in sich begraben, daß er gar nicht mehr wußte, was sie waren? Die Erkenntnis brach Rachel das Herz, denn hatte Slade nicht versucht, ihr genau das zu sagen? O ja, ja, das hatte er! Auf seine eigene Art, weil ihm doch etwas an ihr lag, irgendwie, irgendwo, tief in seinem Innern hatte er es tatsächlich versucht, obwohl solche Worte ihm nicht leicht über die Lippen kamen.

Und jetzt, da sie nicht mit dem Herzen im Auge, sondern mit den Augen im Herzen sah, entdeckte sie da nicht unter seinem harten, arroganten, spöttischen Äußeren den verlorenen, einsamen kleinen Jungen, der tief in ihm schlummerte, und der darum bat – auf die Art, die er kannte –, erhört zu werden?

Was ist mit den Tränen des Hundesoldaten, Wildblumenfrau? Was ist mit seinem Schmerz?

Rachel begrub ihr Gesicht in den Händen und weinte bitterlich. Sie hatte gedacht, Slade zu lieben. Jetzt wußte sie, daß sie ihn zu wenig liebte. Ihr Herz sang, ja, aber es war ein Klagelied, und blind vor lauter Tränen sah sie nicht den Tanz des hohen Grases im Wind.

22. Kapitel

Ein strahlender Vollmond hing am pechschwarzen Nachthimmel. In Rye Crippens Augen ein Unglück, denn er war ein Mann mit einem zweifelhaften Beruf. Er stahl das Vieh lieber bei Neumond, oder wenn nur eine schwache Sichel am Firmament schimmerte. Aber er hatte heute abend im Silver Slipper kräftig getrunken und zur Abwechslung eine nette kleine Summe beim Keno gewonnen und saß jetzt auf seiner Schindmähre nahe an Rachel Wilders Rinderweide; er war berauscht vom Fusel und seinem vielversprechenden Glück am Spieltisch. Was sollte jetzt noch schiefgehen? Er verdrängte bewußt seine Angst vor dem schlechten Omen, dem unglückbringenden Vollmond.

Der widerliche Anblick des armseligen Jonathan Beecham am Piano des Silver Slipper hatte Ryes verworrene Gedanken auf Rachel Wilder gelenkt, dieses schandmäulige, jähzornige Luder. Man brauchte sich ja nur Jonathan Beecham anzusehen, diesen weinerlichen Jammerlappen! Er war das beste Beispiel dafür, wie ihre scharfe Zunge und ihr rechthaberisches Getue einen Mann zugrunde richten konnte. Beecham hatte einmal eine halbwegs anständige Farm außerhalb der Stadt besessen. Jetzt konnte er dank Rachel Wilder nur noch versuchen, diesem zerbeulten Kasten ein paar Noten zu entlocken – und das für ein mageres Trinkgeld, ein paar Flaschen gewässerten Fusel und fünfzehn Minuten täglich auf dieser aufgedunsenen, angeschmierten Hure Emmalou. Eine Schande!

Rye hatte ganz bestimmt nicht vor, so zu enden – obwohl das passieren konnte, wenn er weiterhin tagaus, tagein das Gekeife seiner sauertöpfischen Frau Prudence anhören mußte. Obwohl er jede

Nacht inständig darum betete, daß die verschrumpelte alte Hexe endlich abkratzen würde, hatte Gott seine Gebete bis jetzt noch nicht erhört, und Crippen war noch nicht so tief gesunken, einen Mord zu begehen, obwohl er wünschte, er hätte den Mumm, der alten Eule den Hals umzudrehen! Sie ließ keine Gelegenheit aus, ihn daran zu erinnern, daß das sauerverdiente Geld ihres hart arbeitenden Vaters für ihren Lebensunterhalt herhalten mußte, und versuchte alles, damit Rye auch ja keinen Penny davon ausgab. Oft hatte er das Gefühl, er müsse ihr den Geldbeutel mit dem Stemmeisen öffnen – ganz zu schweigen von anderen Sachen.

Prudence verstand einfach nicht, wie schwer es für ihn war, eine Arbeit zu behalten, und dafür bestrafte sie ihn auf tausendfache Weise. Was war denn bloß falsch daran, hatte er sie zahllose Male gefragt, wenn ein Mann gern mal einen Schluck Whisky trank und sich am Spieltisch vergnügte? Das machten doch schließlich alle Männer. War es denn seine Schuld, wenn er, weil es vielleicht zuviel des Guten gewesen war, am nächsten Tag so krank war, daß er sich kaum aus dem Bett schleppen und somit an solchen Tagen nicht zur Arbeit erscheinen konnte? Es war ohnehin eine miese Arbeit – eines Mannes von seiner ästhetischen, kultivierten Natur nicht würdig.

Sein ganzes Leben lang hatte Crippen Maler werden wollen, aber die Leute waren entweder zu hochnäsig oder zu dumm, hatte seine geheiligte Mutter erbost festgestellt, sein Genie zu erkennen. Deswegen war nie eine seiner Kohlezeichnungen, mit denen er sich versucht hatte, verkauft worden. Das war doch wohl nicht seine Schuld, oder? Schließlich und endlich konnte er doch nichts dafür, wenn die anderen dumm waren und keinen guten Geschmack hatten.

Am Ende aber war er doch gezwungen gewesen, das Zeichnen aufzugeben; danach hatte er sich in den Kopf gesetzt, Anwalt zu werden. Aber war es seine Schuld, daß er durch die Prüfungen gefallen war? Seine geliebte Mutter jedenfalls hatte an ihn geglaubt. Sie hatte gewußt, wie schwer er gearbeitet hatte, und wie sehr ihn seine eifersüchtigen und bösartigen Lehrer gehaßt hatten, die ihm so viele Bücher zum Lesen und so viele Hausaufgaben gegeben hatten, daß sogar er überfordert gewesen war, und das Studium fast seine Gesundheit ruiniert hätte.

Rye war zart, das hatte zumindest seine Mutter immer behauptet, und nach der Schule, die ihn gar nicht verdiente und die ihm solche Schwierigkeiten gemacht hatte, versuchte sie, ihn vor den Unannehmlichkeiten des Lebens zu schützen – von denen die schlimmste die Notwendigkeit war, sich seinen Lebensunterhalt mit seiner Hände Arbeit zu verdienen. Aber Prudence Antwort darauf war ein unverständiges verächtliches Schnauben. Sie hielt ihn für kerngesund und war der Meinung, ein bißchen harte Arbeit könne ihm gar nicht schaden, im Gegenteil.

Es war einfach unrecht von ihr, so zu reden. Wenn seine angebetete Mutter noch am Leben gewesen wäre, hätte sie ihm sicher zugestimmt, das wußte Crippen. Mutter hätte darauf bestanden, daß Prue sich selbst eine Arbeit suchte, wie er ihr schon hundertmal gesagt hatte. Aber nein, dafür war sie sich zu gut, das hochnäsige Luder! Warum sollte er sich ändern? fragte Rye sich erbost. Und so schlängelte er sich schlecht und recht durch, sehnte sich nach Mutter und überlegte, wie anders alles gekommen wäre, wenn sie nicht gestorben wäre. Sie hätte Prudence an der Kandare gehabt. Aber so, wie es war, mußte er jeden Monat ein bißchen mehr trinken und spielen, um sich aufzumuntern.

Eines Abends, als er sich mit seinen Kumpels Harlow Filbert und Dooley Tuttle im Silver Slipper auf eine Runde Faro getroffen hatte, hatte sein Leben eine entscheidende Wende zum Besseren genommen. Die drei hatten sich schön vollaufen lassen, und irgendwann nachts hatte einer von ihnen die Idee gehabt, zum Spaß ein paar Rinder zu stehlen. Nachdem sie die Idee bei einigen weiteren Runden Whiskey durchgekaut hatten, waren sie zu dem Schluß gekommen, daß es eine herrliche Idee war, und hatten daraufhin sofort ihre Pferde geholt. Sie waren zu Old Man Jessups Anwesen geritten, wo es ihnen nach einigen vergeblichen Versuchen gelungen war, seine beste Milchkuh und zwei Färsen mit traurigem Blick einzufangen.

Die Sache war auch noch ein Riesenspaß gewesen, bis eine der dämlichen Färsen aus Angst angefangen hatte, wie verrückt zu plärren, worauf Old Man Jessup brüllend aus dem Haus gestürmt war, die Doppelläufige mit Bärenschrot geladen. Er hatte wie ein Irrer auf sie geballert, ihnen fast den Hintern mit dem Schrot durchsiebt, und sie hatten die Beine in die Hand genommen und dabei das verschreckte Vieh aus Versehen vor sich hergejagt.

Das in ihren Augen knappe Entrinnen vor dem Tod hatte die drei schlagartig ernüchtert. Und so waren sie dann dagestanden, allein auf einsamer Flur, jeder mit einer traurigen Kuh an der Hand und keiner Möglichkeit, die dämlichen Viecher loszuwerden, höchstens, Old Man Jessup war ins Bett gegangen, was nicht sehr wahrscheinlich war. Inzwischen waren sie alle so sauer gewesen, daß er es gewagt hatte, auf sie zu schießen, daß keiner seine alten Kühe zurücktreiben wollte. Dooley hatte vorgeschlagen, einfach loszureiten und sie stehen zu lassen, aber Rye und Harlow hatten ihn überstimmt, weil das nicht nur feig, sondern auch dumm gewesen wäre. Sie hatten sich doch schließlich einen Haufen Mühe gemacht, um die Viecher überhaupt zu stehlen – obwohl Rye und Harlow nicht mehr so recht wußten, was sie eigentlich mit ihnen vorgehabt hatten.

Jetzt hatten sie also diese drei lästigen Kühe. Die Männer waren ratlos, denn Viehdiebstahl wurde mit dem Tode bestraft, und ihnen war nicht gerade wohl in ihrer Haut. Also hatte Rye (der einzige von ihnen mit Hirn, wie sich alle einig waren) sich am Hintern gekratzt und lange und gründlich über ihr Dilemma nachgedacht. Schließlich kam er zu dem Schluß, daß es sowieso zu spät war, die Sache wieder hinzubiegen, weshalb sie das Ding zu Ende bringen mußten. Ohrenmarkierungen und Brandzeichen der Kühe mußten verändert werden, und dann mußten die drei so schnell wie möglich an irgendeinen Trottel, der keine Augen im Kopf hatte und keine Fragen stellte, verkauft werden. So würde wenigstens etwas bei der Sache rausspringen, und Old Man Jessup geschah es ganz recht, angesichts seiner Unverschämtheit, auf sie zu schießen, wo's doch nur ein Spaß gewesen war.

Nachdem das geregelt war, hatte Dooley ein Feuer gemacht, während Rye und Harlow die Rinder einfingen. Dann hatte Rye mit seinem scharfen Zahnstocher und Harlow mit seinem gebogenen Green River Messer das Ohrenzeichen der Kühe verändert. Inzwischen brannte das Feuer schön hoch. Rye streifte sein Hosenbein hoch und zog das Brecheisen heraus, das er immer zu seinem Schutz im Stiefel trug, weil man in der Stadt keine Waffen tragen durfte. Er brachte ein Ende zum Glühen, und mit seinem verkannten Zeichentalent machte er aus Old Man Jessups J-Brandzeichen Ws. Die Brandzeichen sahen so verdammt gut aus, nachdem Rye damit fertig war, daß keiner je merken würde, daß sie geändert waren.

Crippen war mit seinem Erfolg so zufrieden gewesen, daß er es als Zeichen des Himmels betrachtet hatte, dieser neuen Arbeit weiter nachzugehen, wo er seine beachtlichen künstlerischen Fähigkeiten einsetzen und auch noch dem Gesetz ein Schnippchen schlagen konnte, das ihn frecherweise als unqualifiziert abgelehnt hatte. Danach war es nur ein kurzer Schritt bis zum Erwerb seines eigenen Brandeisens gewesen, mit dem er sofort daranging, mit viel Phantasie Brandzeichen von einem Ende von Kansas zum anderen umzuwandeln, zu verwischen oder anderweitig unkenntlich zu machen.

Es war leider sein verdammtes Pech gewesen, daß dieses Miststück Rachel Wilder an einem ansonsten herrlichen Tag das Eisen zufällig in seinem Stiefel gesehen hatte, sie hatte ihn nicht nur hochnäsig abgekanzelt und frech bedroht, sondern auch noch pflichtschuldigst Marshal Meagher informiert. Rye hatte zwar dafür gesorgt, daß dieser keinen Beweis für seine Missetat fand, aber Rachels ungelegene Einmischung hatte ihn gezwungen, seine nächtlichen Aktivitäten mehrere Wochen lang zu unterbrechen, weil der mißtrauische Marshal ihn scharf beobachten ließ.

Von diesem Tag an hatte Crippen Rachel gefressen, und nachdem er mit dem Spürsinn eines Kojoten dahintergekommen war, wieviel ihr ihre armselige Herde bedeutete, hatte er ein Rind nach dem anderen gestohlen. Sie waren weder das Risiko noch die Mühe wert, aber es ging ja ums Prinzip. Er mußte sich wohl oder übel von seiner bösartigen Prudence alles gefallen lassen. Aber von Rachel Wilder ganz bestimmt nicht, und jedesmal, wenn er ihr eine ihrer armseligen, alten Kühe stahl, hatte Rye das Gefühl, wieder einen Schlag für alle Männer der Welt, die von tyrannischen Frauen geknechtet wurden, gelandet zu haben.

Nachdem er dann heute abend den Entschluß gefaßt hatte, war er von seinem Tisch im Silver Slipper aufgesprungen, hatte seinen Hut gepackt und war aufgebrochen. Mit dem tragischen Bild von Jonathan vor Augen, der im Alkoholnebel über dem Piano hing, war er zu Rachels Farm geritten, wo er jetzt, trotz des Vollmonds, wieder eine Kuh stehlen und ihr eine wohlverdiente Lektion erteilen wollte.

In dieser Nacht im Spätjuni kam Seeks ins Blockhaus und meldete gelassen, daß jemand Rachels Viehherde in Unruhe versetzte.

»Ich habe schnelle Hufschläge gehört, ein Pferd, einen Reiter«, sagte er. »Darauf folgte Muhen von Kühen, Wildblumenfrau. Jemand versucht, sie zu stehlen – ein Weißer, kein Indianer, der wäre nicht so dumm, soviel Krach zu machen.«

Rachel dachte genau wie Slade sofort an Rye Crippen, und zusammen mit Adam Keife, der gerade Eve besuchte, holten sie schnell ihre Pferde aus der Scheune und stürmten im Galopp zu der Weide, die Slade erst vor so kurzer Zeit eingezäunt hatte, um Rachels kostbare Herde zu schützen. Genau diese Barriere war es, die verhinderte, daß Rye ihnen entwischte. Sie war das letzte Mal, als er heimlich auf Rachels Weide eingedrungen war, nicht dort gewesen, und sie hielt ihn beträchtlich auf. Anfangs war er nicht sonderlich beunruhigt von dem Stacheldraht, der die Koppel einzäunte, er war schließlich ein Mann, der allem gewachsen war. Es war bestenfalls ein lästiges Hindernis, das er bewältigen konnte. Trotzdem fluchte er, als er abstieg und auf den Zaun zuging. Das Durchschneiden kostete Zeit, und die Rinder waren ohnehin schon nervös. Es war auf jeden Fall einfacher, den Zaun durchzuschneiden als das Tor zu suchen, das vielleicht in einiger Entfernung lag. Und immer noch bester Laune von den Unmengen schlechtem Whisky, die er getrunken hatte und seinem Glück beim Keno an diesem Abend, griff er in seine Hosentasche und holte die Drahtschere heraus, die er immer bei sich trug.

Der ungewollte Mond leistete ihm jetzt gute Dienste. So konnte er wenigstens sehen, was er tat, und er machte sich ungeduldig am obersten Draht zu schaffen. Einen Augenblick später schnitt er ihn durch und trat einen Schritt zurück, damit die Enden des Drahtes ihn nicht erwischten, bevor sie sich einrollten. Rye packte ein Ende und wickelte es um den nächsten Holzpfosten, um es aus dem Weg zu haben, dann machte er dasselbe mit dem anderen. Anschließend durchtrennte er den mittleren Strang und schließlich den untersten. Er war so in seine Arbeit vertieft, die Rinder stampften herum und muhten so ängstlich, daß er die nahenden Reiter nicht hörte.

Der Zaun war endlich offen, und Crippen stieg wieder auf sein Pferd und trieb es durch die Öffnung zwischen den zwei Pfosten. Dann begann er, eine Kuh aus der Herde auszusondern und fluchte laut, als sie alle plötzlich die Flucht ergriffen und sich in alle Richtungen zerstreuten. Es war wirklich schwierig, eine von ihnen abzusondern, denn Rachels Vieh war es gewohnt, frei herumzulaufen. Es wird selten zusammengetrieben, wie sich das verdammt noch mal gehört, dachte Crippen irritiert. Typisch dämliches Frauenzimmer, genau das Gegenteil von dem zu tun, was sie tun sollte! Die texanischen Treiber, die ihre ungewollten Kälber Rachel Wilder geschenkt hatten, mußten den Verstand verloren haben, wenn sie glaubten, eine Frau könnte etwas von Rindern verstehen! Rye war außer sich vor Wut, als die dämlichen Kreaturen kopflos hin und her rannten, so daß es unmöglich war, eins von ihnen abzusondern, und da war einer, ein Chango, ein Stier mit nach unten gebogenem Horn, der genauso boshaft war, wie er aussah. Er hatte Crippen schon mehr als einmal angegriffen und versucht, ihn mit seinen Hörnern zu durchbohren. Aber schließlich, gerade als er schon aufgeben wollte, gelang es ihm, eine staksige Färse von der Herde zu trennen.

»Wurde aber auch Zeit«, schimpfte er vor sich hin.

Er wollte die unglückliche Kuh gerade zu dem Loch im Zaun treiben, als Rachel, Slade und Adam mit schweißgetränkten Pferden eintrafen.

»Es ist Black-Eyed Pea!« schrie Rachel voller Angst um ihre Färse, so daß Ryes Kopf sich wie der einer Marionette mit einem Ruck in ihre Richtung drehte. »Er versucht, Black-Eyed Pea zu stehlen! Rye Crippen, du giftige, gelbbäuchige Natter! Ich erkennen dich! Dich würd' ich überall erkennen, mit deinem fettigen schwarzen Hut, der schlimmer aussieht als eine Fettlache! Wäschst du dir nie die Haare? Hände weg von meiner Kuh, du diebischer Brandzeichenfälscher, bevor ich dich erschieße.«

Rye ließ sich das nicht zweimal sagen. Rachel selbst machte ihm keine Angst, aber der große, dunkle, drohende Mann, der an ihrer Seite ritt, schon. Crippen wußte wie alle anderen in der Stadt, daß der berüchtigte Revolvermann Slade Maverick in Wichita war, und daß er nicht nur die Verantwortung für seine Nichten und Neffen, die Beechams, übernommen hatte, sondern angeblich auch der hochnäsigen Rachel Wilder den Hof machte. Rye fielen seine Rattenaugen fast aus dem Kopf, und sein Adamsapfel hüpfte wie ein Lämmerschwanz, als der Revolvermann mit mordlüsternem Blick auf ihn zuritt. Wie der Leibhaftige selbst saß er auf seinem kühnen schwarzen Hengst. Mit einem Angstschrei riß Crippen seine arme Schindmähre herum und peitschte sie, was das Zeug hergab, über die Weide, doch er hatte allergrößte Schwierigkeiten, den Rindern auszuweichen, die brüllend hin und her rannten und ihm den Weg versperrten.

Slade war so wütend über den Versuch dieses Wiesels, Rachels Färse zu stehlen, daß sein erster Gedanke war, ihn einfach aus dem

Sattel zu schießen. Aber dann kam ihm eine bessere Idee. Mit boshaftem Grinsen griff er zu dem aufgerollten Seil an seinem Sattelhorn. Er ließ das Lasso durch die Finger gleiten, warf es hoch und ließ es über seinem Kopf kreisen, damit es die richtige Geschwindigkeit erhielt. Dann schnalzte er es mit Wucht durch die Luft. Die Schlinge fiel genau um Ryes geduckten Kopf und seine hängenden Schultern.

Slade wand das Seilende blitzschnell um sein Sattelhorn, eine gefährliche Technik, denn dabei konnte man sich leicht den Daumen abreißen, aber nur so konnte er sich Crippens sicher sein. Als die Schlinge sich um sein Sattelhorn festzog, ließ Slade seinen Hengst kurz hochsteigen, dann zog er heftig am Seil. Rye wurde rückwärts aus dem Sattel gerissen, aber sein Pferd rannte weiter, so daß er in hohem Bogen durch die Luft segelte und mit knirschenden Knochen auf der von der Sonne harten Erde landete. Wie eine Murmel rollte er weiter, bis er schließlich liegenblieb.

Benommen und nach Luft ringend, rappelte er sich langsam hoch; seine Angst machte ihm Beine. Taumelnd rannte er über das Feld. Aber er kam nicht weit, denn die Schlinge um seine Arme und seinen Körper hatte sich jetzt festgezurrt. Er hing an der Leine und wurde unbarmherzig zurückgerissen. Irgendwie gelang es Crippen, seine Arme zu befreien, aber bevor er die Schnur von der Taille hochschieben konnte, zog Slade ihn langsam zu sich wie einen Fisch, der am Angelhaken zappelt.

»Schau, schau«, sagte der Revolvermann, als Rye geduckt und schniefend vor ihm stand. Sein Gesicht war aschfahl und voller Angst. »Was haben wir denn da? Schaut aus wie etwas, das unterm nassen Stein vorgekrochen ist!«

»Es ist Rye Crippen!« zischte Rachel, als sie ihr Pferd neben Slades zum Stehen brachte, während Adam versuchte, Crippens Pferd einzufangen. »Ich hab's dir ja gesagt! Du fauliges, stinkendes Stinktier!« schrie sie Rye an. »Was hast du dir dabei gedacht, hier herumzuschleichen und mir mein Vieh zu stehlen? Verdammt! Ich hab' gewußt, daß du das Eisen in deinem Stiefel nicht zum Zähneputzen hast! Jetzt hab' ich dich endlich auf frischer Tat ertappt, und ich werde dich persönlich in die Stadt bringen und dich bei Marshal Meagher wegen Viehdiebstahls abliefern. Und nach deiner Verhandlung werd' ich am Galgen stehn und zuschaun, wie sie dich hängen!«

»Aber Rachel, Schätzchen, ich bin überrascht, daß du so etwas vorschlägst«, sagte Slade mit einem verächtlichen Grinsen für Crippen. »Es besteht kein Grund, die wertvolle Zeit des Marshals mit wertlosem Ungeziefer zu vergeuden und auch die des Gerichts nicht. Wir hängen ihn einfach selber und sparen dem Gesetz und dem Steuerzahler die Mühe. Adam«, er wandte sich an den jungen Mann, der gerade mit Crippens Schindmähre angeritten kam, »steig' von deinem Pferd und leg' diesem Abschaum die Schlinge um den Hals. Er hat sich gerade als Ehrengast für eine kleine Krawattenfeier gemeldet, die ich heute abend gebe.«

»Mensch, Slade«, sagte Adam, schob seinen Hut aus dem Gesicht und grinste den Revolvermann boshaft an. »Da bin ich sofort dabei, bin doch schließlich der Verehrer Ihrer Nichte. Aber ich seh' nirgends einen Baum – nicht mal einen hohen Busch, echt schade – und ich weiß nicht, wie wir ihm den Hals ohne einen langziehen können.«

»Wo du recht hast, hast du recht, Adam«, bemerkte Slade. Er legte nachdenklich den Kopf zur Seite und musterte Crippen abschätzend. »Das ist Tatsache, und wir alle wissen, daß man Tatsachen nicht bestreiten kann. Trotzdem ist es recht schade, wenn wir unsere kleine Party absagen müssen. Ich hab' mich so darauf gefreut.«

»Wir haben aber keinen Baum, und außerdem ist es unhöflich, einen Mann vor einer Dame aufzuhängen«, sagt Adam, und seine grünen Augen blitzten teuflisch. »Die einen werden blau, die anderen weiß, und wenn der Blaue tot umfällt, fallen die Weißen in Ohnmacht.«

»Da ist was Wahres dran«, gab Slade trocken zu. »Ich werd' dir sagen, was wir statt dessen machen: Du reitest zurück zum Haus und holst uns Teer und Federn, während ich diesem lausigen Strauchdieb zeige, wie man Schleppdreck frißt.«

»Nein, bitte nicht!« krächzte Rye entsetzt, obwohl keiner so recht wußte, wovor er nun mehr Angst hatte. Nachdem er Adams und Slades unnachgiebige Gesichter gesehen hatte, wandte er sich wimmernd an Rachel. »Bitte, Miss Wilder, retten Sie mich! Es tut mir leid, daß ich Ihr Vieh gestohlen hab', ich werd' in meinem Leben keins mehr anfassen, so wahr mir Gott helfe, ich schwöre es! Ich hab's nicht bös' gemeint. Ich bin nicht der Gesündeste. Es ist schwer für mich, eine Arbeit zu behalten, und ich muß doch von irgendwas leben. Ich... ich...« Er verstummte und schluckte; ein gurgelndes Geräusch kam aus seiner Kehle.

Einen Augenblick lang fürchtete Rachel, er würde in Ohnmacht fallen, er schwankte, seine Knie gaben nach, und Schweiß drang aus allen Poren seines Wieselgesichts. Dann rannte er plötzlich los und versuchte, sich vom Lasso zu befreien. Slade riß ihn brutal zurück, Crippen stolperte und fiel kopfüber in den Dreck, wo er stammelnd um Gnade flehte.

»Bring ihn doch einfach in die Stadt«, sagte Rachel zu Slade. Dieses armselige Schauspiel widerte sie an.

»Willst du wirklich seine arme, unglückliche Frau zur Witwe machen, Rachel?« fragte Slade. »Ich muß zugeben, wir würden ihr einen echten Gefallen tun. Aber wenn wir ihn dem Marshal übergeben, hängen sie ihn tatsächlich, weißt du.« Er wartete, dann sagte er leise. »Nein, meine Süße, ich glaube nicht, daß du das wirklich verantworten willst. Dann gestatte mir und Adam, das auf unsere Weise zu regeln, ja? Geh und sammle ein paar Kuhfladen ein, und mach uns ein Feuer, Rachel. Wir werden uns ein Hühnchen braten! Adam, was stehst du hier noch rum? Los, schwing die Hufe! Schau, daß du zum Blockhaus kommst und uns das Zeug, das wir brauchen, holst. Beeil dich.«

»Yes, Sir!«

Juchzend vor Freude galoppierte der junge Mann davon, und bevor Rachel ahnte, was Slade vorhatte, gab er seinem Hengst ebenfalls die Sporen und galoppierte los, den hilflosen Ryc im Schlepptau. Crippen tat ihr nicht sonderlich leid, schließlich war er ein Verbrecher, und die beiden Männer hätten ihn aufhängen können, ohne dafür bestraft zu werden. Er quiekte wie ein abgestochenes Schwein, während er gnadenlos über den rauhen Boden geschleift wurde und sich verzweifelt an dem Lasso festklammerte und versuchte, sein Gesicht zwischen den ausgestreckten Armen vor dem peitschenden Gras zu schützen. Trotzdem war er bald von Kopf bis Fuß zerkratzt, und die Haut an seinen Händen hing von dem Lasso sicher in Fetzen. Sie sah, daß er sich jetzt gar nicht mehr festhielt, sondern wie ein Kinderspielzeug herumrollte und -polterte.

Als der Revolvermann schließlich der Meinung war, Crippen hätte genug Dreck für sein Verbrechen gefressen und ihn langsam dorthin zurückschleifte, wo Rachel wartete, war auch Adam mit einem Eimer Teer und einem Federkissen zurückgekehrt. Sein schönes, junges Gesicht strahlte ob seiner Beute, und Rachel wußte, daß er aus demselben Holz geschnitzt war wie Slade. Der Revolvermann brachte sein Pferd vor ihr zum Stehen und stellte wütend fest, daß sie nicht, wie aufgetragen, Feuer gemacht hatte. Slade stieg ab und sammelte mit Adam ein paar trockene Kuhfladen ein, warf sie auf einen Haufen, zündete sie an und stellte den Eimer Teer in die Glut.

»Ihr... ihr wollt ihn doch nicht etwa wirklich teeren und federn?« fragte Rachel die beiden Männer schreckensbleich aus einigen Metern Entfernung. Crippen wälzte sich auf dem Boden und wünschte inständig, er wäre nie auf den Gedanken gekommen, ihr Vieh zu stehlen.

»O doch, du hast verdammt recht, das werden wir!« knurrte Slade. »Er hat Glück, daß wir ihm nichts Schlimmeres antun! Denn wenn ein Mann einem anderen Mann – oder einer Frau – das Vieh stiehlt, raubt er ihnen nicht nur die Rinder, sondern ihren Lebensunterhalt und vielleicht sogar ihre Hoffnung auf die Zukunft!« Slade Maverick hielt inne und sah sie so ernst an, daß Rachel klar wurde, wie falsch sie ihn eingeschätzt hatte. Er hatte sie weiß Gott nicht ausgelacht, als sie ihm von ihren Träumen erzählt hatte. Dann fügte er etwas leiser, aber genauso heftig hinzu: »Und keiner wird zerstören, was du dir hart erarbeitet hast, Rachel, mein Schatz, niemals – nicht, wenn ich es verhindern kann!«

Seine Worte jagten ihr eine Gänsehaut über den Rücken, und in diesem Augenblick sehnte sie sich nach der Umarmung seiner starken schützenden Arme, wo sie sicher und geborgen sein würde, das hatte er ihr doch versprochen? Angesichts des Ausdrucks in ihrem Gesicht, loderte in Slades Augen wieder diese heiße, hungrige Flamme, die sie so gut kannte, und sie wußte, wenn sie allein wären, würde er sie in das hohe Gras werfen und sie in der Liebe unterweisen. Aber wie schon sooft, war hier weder der richtige Ort noch die richtige Zeit, und endlich wandte er sich wieder zögernd, aber entschlossen der bevorstehenden Aufgabe zu.

Slade und Adam fesselten Crippen mit dem Lasso wie einen Weihnachtstruthahn, sie banden ihm die Hände auf den Rücken, während er sie beschimpfte und mit seinem Schicksal haderte. Dann beschmierten sie ihn trotz seiner schrillen Proteste über und über mit dem warmen, klebrigen Teer, und anschließend zerrissen sie mit Begeisterung das Federkissen und streuten den Inhalt über ihn. Sie rissen ihn hoch, hoben ihn rückwärts in den Sattel, sicherten seine Füße in den Steigbügeln und banden dann an einer kürzeren Schnur das Brandeisen gut sichtbar um seinen Hals, damit alle, die ihn sahen, genau wußten, was ihn in diese Lage gebracht hatte. Um sicherzugehen, daß sein mageres Pferd unterwegs nicht anhielt, schoben Adam und Slade ein paar fette Disteln unter den Sattel und banden der Stute ein paar rostige Dosen an den Schweif, die Adam in weiser Voraussicht mitgebracht hatte. Dann jagten sie das Pferd mit lautem Geschrei los. Das verschreckte Tier galoppierte wie der Teufel mit den scheppernden Dosen am Schweif in Richtung Stadt. Rye versuchte niesend und mit vom Teer tränenden Augen, sich, so gut es ging, im Sattel zu halten.

»Wenn du dich noch mal hierherwagst, bring' ich dich um, du

Bastard!« schrie Slade Crippen nach, obwohl diese Drohung sicher überflüssig war.

Rye hatte seine Lektion erhalten, und er würde Rachels kleine Herde nie wieder belästigen, davon war er überzeugt. Ihre Träume waren jetzt vor ihm sicher, und da ihm das wichtig war, grinste er zufrieden, als sie zu dritt fröhlich zum Blockhaus zurückritten. Der Vollmond leuchtete ihnen den Weg.

23. Kapitel

Eve Beecham drehte sich langsam zum Spiegel auf »Tante« Rachels Toilettentisch um, und ihr stockte der Atem. Sie machte die Augen ganz fest zu und öffnete sie dann wieder, um sicher zu sein, daß das tatsächlich ihr Spiegelbild war, das sie lächelnd aus dem Spiegel ansah.

»Oh, Tante Rachel!« flüsterte sie, und ein Hauch von Röte überflutete ihre Wangen. »Bin das wirklich ich? Kann das sein?«

»Nur du, Eve und keine andere«, erwiderte Rachel und lächelte über die offenkundige Freude des Mädchens und die Schönheit an der Schwelle des Frauseins und der Liebe.

Dank Adams Besuchen war Eve aufgeblüht wie eine Blume nach einem Aprilregen. Jetzt sah sie in ihrem blütenweißen Baumwollspitzenkleid so schön aus, daß Rachel der Atem stockte und ihr die Tränen in die Augen schossen. Es war, als wäre India wieder zum Leben erwacht, jung und frisch, wie Slade sie gekannt haben mußte, ehe das Leid sie alt hatte werden lassen und schließlich getötet hatte.

Eves langes, glänzendes Haar war blauschwarz wie der Mitternachtshimmel über der Prärie, ihre weiche Haut weiß wie ein Buschwindröschen mit einem Hauch von Morgenröte auf den Wangen. Ihre pechschwarzen Augenbrauen bogen sich wie Rabenschwingen über großen dunkelblauen Augen mit flammenden Sternen in ihrer Mitte wie die Saphire, denen sie ähnelten. Unter gerader, klassischer Nase wölbte sich ein perfekter Rosenknospenmund.

An diesem Morgen des 4. Juli, des amerikanischen Nationalfeiertages, betonte das teils hochgesteckte Haar den grazilen Schwung von Eves Hals mit Locken, die von weißen Bändern durchzogen auf ihre Schultern fielen. Die enge, gerüschte Corsage ihres Kleides betonte die jungen, runden Brüste und die schlanke Taille, und zum erstenmal in ihrem Leben streifte der Saum ihrer vollen Röcke den Boden, als sie fröhlich ein paar Schritte durchs Zimmer tanzte und kurze Blicke auf ihre wohlgeformten Knöchel freigab. Sie lachte, aber als sie sich dann noch einmal im Spiegel sah, verdüsterte sich ihr Gesicht, und ihre Augen waren voller Schmerz, als sie sagte: »Oh, Tante Rachel! Wenn doch nur Mutter noch am Leben wäre und mich so sehen könnte! Glaubst du – glaubst du, sie wäre stolz auf mich?«

»Ja, Eve, ja! Wie kannst du daran zweifeln?« Rachels Augen füllten sich mit Tränen. »Eve, Schätzchen, deine Mutter war meine liebste Freundin, sie stand mir näher als eine Schwester, und deshalb weiß ich, wenn sie in diesem Augenblick hier stehen und dich sehen würde, wäre sie so stolz, daß sie glauben würde, dein Anblick entschädige sie für alles Leid, das sie in ihrem Leben ertragen mußte.«

»Glaubst du – glaubst du das wirklich, Tante Rachel? Wirklich?«

»Ich weiß es. Wahrscheinlich sitzt sie jetzt irgendwo da oben im Himmel, lächelt herunter auf dich und wünscht sich mehr als alles andere auf der Welt, dir zu sagen, wie sehr sie dich liebt.«

»Oh, Tante Rachel«, Tränen funkelten jetzt auch in Eves Augen, und ein nachdenkliches Lächeln huschte über ihren Mund, »ich glaube, das ist das Netteste, was mir jemand gesagt hat, seit – seit Mama tot ist! Danke. Danke, daß du zu mir und den anderen so lieb warst. Ich – ich weiß nicht, was wir ohne dich und Onkel Slade gemacht hätten!«

»Und ich weiß nicht, was ich ohne euch gemacht hätte«, sagte Rachel leise. »Wir haben uns gegenseitig geholfen, und so soll das Leben auch sein. So, jetzt aber schnell nach unten mit dir, damit ich mich auch anziehen kann – und wehe, du machst dich schmutzig, bevor Adam dich sieht! Er wird wahrscheinlich so durcheinander sein, wenn er dich sieht, daß er nicht mehr weiß, wo links und rechts ist!«

Stotternd und rosig vor Glück und Vorfreude stieg Eve die Leiter vom Speicher hinunter. Rachel ging langsam an ihre eigenen Toilette, aber in Gedanken war sie mit den Erinnerungen an India beschäftigt. Nach einiger Zeit verdrängte sie aber die traurigen Gedanken und war bald genauso aufgeregt wie Eve. Sie würden alle gemeinsam in die Stadt fahren zum großen Büffelgrillfest anläßlich des Feiertags, das jedes Jahr am Ostufer des Big Arkansas stattfand. Rachel konnte es kaum erwarten.

Sie musterte sich kritisch im Spiegel und mußte zugeben, daß sie sehr zufrieden war. Sie hatte ihr langes blondes Haar in der Mitte gescheitelt, und dann beide Hälften mit blauem Band verflochten und die beiden Zöpfe zu einer Krone festgesteckt, aus der sie ein paar Strähnen gezogen hatte, die ihr Gesicht sanft umrahmten. Ihr sonnengebleichtes Haar und ihre goldbraun gepuderte Haut ließen ihre minzgrünen Augen leuchten, und ihr Mund war zartrosa wie blühende Heckenrosen.

Aber am stolzesten war Rachel auf ihr hellblaues Seidenkleid. Es war wirklich wunderschön. Sie hatte lang daran gearbeitet, hatte es auf eine Schneiderpuppe gesteckt und geheftet, damit es ja richtig paßte, und es dann mit ordentlichen kleinen Stichen genäht. Die Puffärmel waren mit cremefarbener Spitze besetzt und wurden an den Schultern mit Bändern gehalten, ein hübscher Kontrast zu dem schlichten Oberteil mit einem züchtigen Ausschnitt, der nur den Ansatz ihrer vollen reifen Brüste freigab. Der Rückenausschnitt war etwas gewagter, er reichte fast bis zu ihrer grazilen Taille, die das Kleid voll zur Geltung brachte. Der Rock schwang wie eine Glocke bis zum Boden, mit einer Rüsche am Saum, unter der die Zehen ihrer Knopfstiefelchen hervorlugten.

Rachel hatte gerade noch genug Stoff und Bänder übrig gehabt für einen langen Schal mit Fransen und einen passenden Beutel. Jetzt drapierte sie den Schal um ihre Schultern, um den Rücken bis zum Abend zu verdecken, wenn es ziemlich war, ihn zu zeigen, und band die beiden Enden des Schals unter ihrem Busen zusammen. Sie steckte ihren breitkrempigen Strohhut auf dem Kopf fest, band sich die Schleife unterm Kinn, nahm Sonnenschirm, weiße Handschuhe und den Fächer aus Truthahnfedern und stieg die Leiter hinunter ins Blockhaus, wo sie Eve mit den letzten Vorbereitungen für den Festtag half.

Kurz darauf kam Slade ins Haus. Rachel verschlug es den Atem, als sie ihn sah. So schön hatte sie ihn noch nie gesehen. Er trug statt des üblichen Hemds mit Hose einen beeindruckenden schwarzen Tuchanzug. Die gutgeschnittene Jacke schmiegte sich eng um seine breiten Schultern und muskulösen Arme. Sein Hemd war aus gestärktem weißen Batist mit einem duftigen Spitzenjabot, und um den Hals trug er eine schwarze Satinkrawatte, in der eine Perle steckte. Unter der Jacke trug er eine schwarzgraue Paisleyweste mit Silberknöpfen, und die Silberkette seiner Taschenuhr mit einem einzelnen Siegel sah man ebenfalls. Seine engen Hosen umspannten kräftige, sehnige Schenkel und Waden. Das einzig Vertraute an ihm waren sein schwarzer Sombrero, die Stiefel und Silbersporen – und sein Revolvergurt.

Slade warf einen Blick auf die beiden Frauen in der Küche und wurde weiß wie die Wand unter seiner Bräune.

»India«, hauchte er betroffen und ungläubig, und dann strahlten seine Augen plötzlich vor Freude. »India!« Doch dann dämmerte es ihm langsam, daß es Eve war, die er da anstarrte, und er lachte verlegen. »Eve, mein Schatz, du hast mir vielleicht einen Schreck eingejagt! Ich hab' dich noch nie so herausgeputzt gesehen, und einen Moment lang hab' ich gedacht, deine Mama steht vor mir. Ich hab' nie gemerkt, wie ähnlich du ihr siehst.«

»Ist das wahr, Onkel Slade?« sagte das Mädchen mit strahlendem Gesicht.

»Du könntest ihre Zwillingsschwester sein, so hübsch bist du! Adam muß sich in acht nehmen, sonst verliert er sein Herz für immer!«

Hocherfreut errötete Eve, während Rachel Slade dankbar anlächelte, weil er seine anfänglichen Vorurteile gegen Adam überwunden hatte. Sie mußte Slade auch dankbar sein für sein Verständnis und sein Feingefühl in einer Zeit, die für die mutterlose Eve sehr schwierig war – besonders, da sie ihn doch schmerzlich an seine geliebte Halbschwester erinnern mußte.

»Grandpa!« rief Rachel laut, damit Slade nicht zu lange in schmerzlichen Erinnerungen gefangen war und auch sie nicht in den ihren. »Bist du fertig? Alle warten!«

»Ich komme, ich komme ja gleich«, nörgelte Fremont aus seinem Schlafzimmer. »Fang ja nicht an zu kneifen, Rachel, ich bin in einer Minute fertig.«

Kurz darauf erschien er, kaum wiederzuerkennen, so gut sah er aus in seinem Sonntagsstaat, mit frisch gestutzten Koteletten und nach Rasierwasser duftend. Rachel strahlte vor Stolz und Liebe für ihn, als sie ihn sah. Ihr Großvater schnitt ein grimmiges Gesicht und murmelte etwas von »verflixte Weiber und ihre dämlichen Ideen, einen armen alten Mann in diesen Affenstaat zu zwingen«. Dann verstummte er plötzlich, starrte Slade mit offenem Mund an und fing an zu kichern.

»Wir zwei sind vielleicht ein Paar!« rief Fremont, und seine alten Augen zwinkerten fröhlich. »Slade, wir schauen doch echt aus wie zwei Stadtstutzer, die gerade aus einer Kutsche aus dem Osten gestiegen sind.«

»Das ist nicht wahr!« rief Rachel, ehe Slade Maverick antworten konnte. »Ihr seht sehr gut aus – alle beide«, fügte sie schüchtern hinzu.

Slade grinste.

»Oh, ich danke dir, Rachel«, sagte er. »Und darf ich sagen, daß ich mich nicht erinnern kann, dich je schöner gesehen zu haben.« Sein Blick war unverhohlen bewundernd, und sie errötete und schlug mit pochendem Herzen die Augen nieder. Er bot ihr galant seinen Arm. »Wenn Ihr bereit seid, Ma'am, Eure Kutsche wartet.«

Rachel nahm den Picknickkorb vom Tisch, den sie und Eve vorbereitet hatten, für den Fall, daß die Kinder nach Sonnenuntergang Hunger kriegen sollten. Sie reichte ihn Slade, hängte sich bei ihm ein und fühlte sich überglücklich, als sie mit ihm in die Morgensonne hinaustrat. Poke hatte den Wagen vors Haus gefahren und lud gerade die eine Hälfte der Beecham-Kinder hinein, damit es nicht zu eng wurde. Die Keifes, die mit ihnen fahren wollten, waren ebenfalls eingetroffen. Adam stand Slades Ritterlichkeit in keiner Weise nach und sprang vom Wagen, um Eve hineinzuhelfen. Er war von ihrer Erscheinung so geblendet, daß sein Bruder grinsend fragte, ob er wohl einen Schlag auf den Kopf bekommen hätte. Adam rempelte seinen Bruder kurz an, dann setzte sich die kleine Karawane mit viel Gerede und Gelächter in Richtung Wichita in Bewegung.

Der leichte graue Dunst, der die Stadt von den Flüssen her in einen Schleier hüllte, war unter der heißen Julisonne verflogen. Jetzt schimmerten beide Flüsse, die zu schlammig waren, als daß der Himmel sich in ihnen hätte spiegeln können, topasfarben im Morgenlicht auf ihrem gewundenen Weg durch die Prärie. Enten und Gänse paddelten zufrieden im Wasser, und in der Brise, die von den Flüssen wehte, regten sich die Pappelbäume entlang ihrer Ufer, die aussahen wie grüne Farbkleckse, die ein achtloser Künstler auf die Leinwand des Horizonts verspritzt hatte. Über dieser friedlichen Szene vibrierte die Luft vom Lärm der Feier, die bereits voll im Gang war. Die Geräusche machten Rachel neugierig, und sie beugte sich erwartungsvoll vor, als Slade den Wagen in die Stadt lenkte und in die Douglas Avenue, das Herz der Stadt, einbog.

Hier spielten zahlreiche Blaskapellen, und man hatte eine Plattform errichtet, auf der bereits einige Paare tanzten. Nicht weit davon gab es eine weitere Bühne, wo Luftballons in den Himmel geschickt wurden. Entlang der ganzen Hauptstraße und den Seitenstraßen machten Blaskapellen Reklame für die Vergnügungen in den Saloons und den Spielhöllen und für die Schausteller, deren Buden die Straße säumten. Straßenhändler boten ihre Ware feil, Verkäufer mit Plakaten stolzierten vor ihren Etablissements auf und ab und priesen ihre Dienste und Waren an. »Glatteste Rasur in der Stadt! Auch heiße und kalte Bäder, 50 Cents«, stand auf einem

Plakat. »Wir verkaufen echten Bull Durham Rauchtabak sowie feine Havanna-Zigarren (fünf Cents das Stück)«, verkündete ein anderes.

Die Bewohner der Stadt flanierten durch die Straßen, drängelten und schoben sich zu den bunten Zelten und Buden, die sich vom Westende der Douglas Avenue bis zum Ostufer des Big Arkansas drängten. Texanische Treiber, die begierig darauf waren, ihre dreißig Dollar Monatslohn loszuwerden, füllten die Saloons und die Spielhöllen, während Kaufleute und Farmer ihre Frauen zu Buden begleiteten, um ihnen Limonade und Apfelkuchen oder andere verlockende Dinge zu kaufen.

Vom großen Fluß her zog der anregende Duft von gebratenen Büffeln, die sich am Spieß über tiefen Kuhlen drehten, in denen seit gestern abend Feuer brannten und die jetzt lange Tröge voll roter Glut waren. Die scharfe, würzige Barbecuesauce, die sich mit dem Fett und den Säften des zarten Büffelfleisches mischte, tropfte zischend auf die feurigen Kohlen, so daß kleine, ätzend riechende Rauchwölkchen in den aquamarinblauen Himmel stiegen. Gebratenes Wild, wilder Truthahn, Wachteln und Präriehühner und Flußfisch verströmten ihr eigenes, verführerisches Aroma.

Unterhaltung wurde im Überfluß geboten, angefangen von Schießwettbewerben über Trabrennen bis zu einer Gruppe junger Männer und Frauen, die tapfer versuchten, Krockettbälle durch Reifen zu werfen, die im hohen Präriegras kaum zu sehen waren. Eine Truppe Wanderschauspieler spielte ein Stück auf einem Wagen. Das Publikum pfiff den Bösewicht aus und bombardierte ihn mit Erdnüssen, sobald er sich blicken ließ. Vor einem Kasperltheater kreischten die Kinder vor Vergnügen, und von Medizinwägen wurden Leberpillen, Heilmittel für Herz und Nieren, Schlangenöltränklein und belebendes Tonikum an die älteren Bürger der Stadt verkauft.

Endlich gelang es Poke, Slade und Mr. Keife Platz für die Wagen zu finden, und alle sprangen herunter und stürzten sich fröhlich in den Feiertagstrubel. Rachel war trotz ihrer Bemühungen, erwachsen zu sein, genauso hingerissen wie die Kinder und trabte mit ihnen mit offenem Mund von Bude zu Bude, voller Erstaunen über all die seltsamen Dinge und die vielen Verlockungen. Es gab so viele aufregende Dinge zu sehen und zu tun, daß der Tag wie im Flug verging.

Alle aßen so viel von dem gegrillten Büffel, daß den Kindern schlecht wurde und Slade gezwungen war, ihnen Pfefferminzstangen zur Magenberuhigung zu kaufen. Während die Kinder langsam die Stangen lutschten, überredeten sie ihren Onkel, sich für einen der Schießwettbewerbe zu melden. Rachel konnte sich dabei selbst überzeugen, daß der Revolvermann wirklich ein Meister seines Fachs war. Trotz einiger Konkurrenten, die ebenfalls Profis waren, gelang es Slade, hundert Flaschen zu zerschießen ohne einen Fehlschuß und die fünfzig Dollar Preisgeld zu gewinnen, zum Neid und zur Bewunderung von Adam, der auch teilgenommen hatte, aber bereits in der dritten Runde ausgeschieden war – hauptsächlich, weil er den unglückseligen Drang hatte, mit dem alten Colt seines Vaters angeberisch herumzufuchteln.

»Adam, du hast zu viele von diesen Groschenromanen gelesen«, tadelte ihn Slade sanft, aber bestimmt, als sie weggingen. »So geht man nicht mit einem Revolver um. Den Abzug halten und mit der freien Hand wegschlagen, mag ja toll aussehen, aber wenn du keine Erfahrung hast – was du, wie ich betonen möchte, nicht hast –, nützt es überhaupt nichts, wenn du was treffen willst! Außerdem taugt diese Technik nur auf kurze Distanz. Komm mal nachmittags vorbei, dann bring' ich dir bei, wie man richtig schießt.«

»Mensch, Slade, ehrlich? Danke!« erwiderte Adam so erfreut über dieses Angebot, daß der Tadel vergessen war.

Die Sonne ging schon fast unter, als es Slade Maverick schließlich gelang, sich mit Rachel alleine davonzumachen. Er ignorierte ihre halbherzigen Proteste und führte sie zum Abendessen in das berühmte Occidental Hotel, Ecke Second und Main Street, vielleicht das schönste Gebäude in Wichita und sicher das größte und luxuriöseste Hotel in ganz Kansas. Die Firma Millis and Stem hatte es 1873 für 29985 Dollar gebaut. Die ortsansässige Firma Hartell and Longbottom allein verarbeitete 600000 Backsteine, ganz zu schweigen von den viertausend Fuß Steinplatten und 140000 Fuß Balken, die ebenfalls verbaut wurden. Das zweistöckige Hotel war weiß gestrichen, besaß 76 Zimmer und Suiten und beherbergte fünf Läden im Parterre. Das Restaurant war so elegant, daß Rachel der Atem stockte, als sie es sah. Slade wollte doch nicht etwa hier essen? Sie fürchtete, der Preis für eine Mahlzeit würde seine Verhältnisse übersteigen, trotz des Preisgeldes in seiner Tasche. Aber als sie ihre Befürchtungen äußerte, ignorierte Slade sie einfach und schob sie durch die Tür.

»Ich lade dich ein, Rachel«, sagte er streng, »und damit basta. Nach all den guten Mahlzeiten, die du für mich gekocht hast, hast du zum Dank ein besonderes Essen verdient. So und jetzt bezähme deine ungehorsame Zunge und setz dich in Bewegung!«

Die großen, ovalen Tische im Speisesaal waren mit makellosem weißem Damast und mit edlem Porzellan und Silber gedeckt. Die Teller waren, wie es damals üblich war, umgedreht, mit gekreuztem Besteck obenauf, und in jedem kristallenen Weinglas steckte eine aufgerollte, gestärkte weiße Stoffserviette. In der Mitte eines jeden Tisches stand eine drehbare Menage mit Essig und Öl und anderen Fläschchen mit Gewürzen, dazu eine Zuckerschale und ein Sahnekännchen und ein Teller, auf dem sich Butterstückchen mit Eissplittern aus dem hiesigen Eishaus türmten.

Slade zog einen der hölzernen Windsorstühle für sie heraus, und Rachel setze sich vorsichtig und breitete eingeschüchtert ihre Röcke aus, weil sie fürchtete, sich dumm zu benehmen. Hier speiste die Elite von Wichita, und sie hätte nie gedacht, daß sie einmal unter ihnen weilen würde. Der Kellner reichte ihr eine Speisekarte, und sie studierte die Liste köstlicher Suppen, der Fleisch- und Wildgerichte, der Gemüse, der kalten Platten, Kuchen, Gebäck, Puddings, Cremes und Eiscremes. Zu einem einzigen mehrgängigen Menü wurden 16 heiße Soßen serviert. Da sie von der Hälfte der Gerichte noch nie gehört hatte, überließ sie Slade die Bestellung.

Nachdem sie wunderbar gespeist hatten, tanzten sie Walzer zur Musik der Kapelle. Während sie über den Tanzboden glitten, konnte Rachel kaum an etwas anderes als seine behandschuhte Hand auf ihrem Rücken denken (ein Gentleman durfte während des Tanzes seine Hand nicht nackt auf den Rücken der Dame legen) und daß er sie unziemlich eng an sich drückte. Aber sie genoß es. Sie war jung und verliebt, und er tanzte wunderbar Walzer. Der Champagner, den sie zum Abendessen getrunken hatten, war ihr zu Kopf gestiegen, und sie hätte in seinen Armen immer so weiter tanzen können.

Aber schließlich verließen sie erhitzt und außer Atem das Occidental Hotel und gingen in westlicher Richtung auf die kühle Abendbrise zu, die ihnen vom Fluß her entgegenwehte. Dort endeckten Rachel und Slade in der Dämmerung ein großes, gestreiftes Zelt am Ufer, das heute morgen noch nicht dagewesen war. Es war so überfüllt, daß sich die Zeltwände bogen, und neugierig beschlossen die beiden hineinzugehen. Und auf diese Weise waren sie dabei, als Prediger Proffitts Versammlung außer Rand und Band geriet.

Slade wollte gehen, als er sah, daß es sich nur um eine religiöse Versammlung handelte, aber das Zelt war inzwischen so voll, daß Rachel und er sich nicht mehr zum Ausgang durchkämpfen konnten. Außerdem ernteten sie so böse Blicke, weil sie den Gottesdienst störten, daß sie sich auch nicht mehr weiter bemühten. Slade schüttelte resigniert den Kopf.

»So hatte ich mir den Abschluß eines netten gemeinsamen Abends wirklich nicht vorgestellt«, entschuldigte er sich. »Ich hoffe bloß, daß sich das hier nicht die ganze Nacht hinzieht!«

»Ich hab' keine Ahnung, ich war noch nie bei einer solchen Zusammenkunft«, gab Rachel zu.

»Ruhe! Ruhe!« zischten die Leute hinter ihnen. »Sein Sie ruhig, wir wollen hören, was Prediger Proffitt sagt!«

Die beiden schnitten Grimassen. So hatten sie sich den Abend nicht vorgestellt, eher wohl einen Mondscheinspaziergang am Fluß und ein paar Küsse unterm Sternenhimmel. Also schwiegen Rachel und Slade höflich und richteten ihre Aufmerksamkeit pflichtschuldig auf die Bühne, wo Prediger Proffitt, wie eine Lokomotive schnaufend, langsam volle Fahrt erreichte.

Phineas F. Proffitt war, das muß gesagt werden, kein geweihter Priester. Er war der uneheliche Sohn eines Wanderquacksalbers, »Doktor« Proffitt, und bis zu dem Tag, an dem Phineas seine Karriere als Mann Gottes antrat, beschränkten sich seine Bibelkenntnisse auf die recht merkwürdigen Falschzitate seines Vaters, wie zum Beispiel »Die Liebe zum Geld ist alles«, oder »es ist segensreicher zu nehmen als zu geben«.

Zu diesem Zwecke hatte der junge Phineas auf den Knien seines Vaters die Tricks gelernt, mit denen Dr. Proffitt seinen Lebensunterhalt verdiente: Mehl oder Maisstärkeklumpen in Hirseblätter rollen, um Pillen daraus zu machen (die Pillen halfen zwar den Leuten nicht, schadeten ihnen aber auch nicht, hatte sein Vater gesagt), Alkohol mit Laudanum und Melasse zu einem beruhigenden Schlafmittel mischen (wenn das nicht half), das Versetzen diverser Beerensäfte mit reinem Alkohol (die Leute bildeten sich zumindest ein, sie fühlten sich besser, wenn sie das Gebräu tranken, auch wenn das gar nicht der Fall war, hatte ihm sein Vater erklärt) und das Herstellen verschiedener Pastillen, Puder und Tränklein, die nur einen Zweck hatten: den Ignoranten und Leichtgläubigen das Geld aus der Tasche zu ziehen (für das sie ohnehin zu dumm waren).

Am Ende war sein Vater von einer Meute aufgebrachter Männer gelyncht worden, von denen einer ein paar Tage zuvor die Frau verloren hatte. Sie hatte sich vergiftet, als sie zwei gehäufte Löffel von Dr. Proffitts potentem Schmerzmittel eingenommen hatte, das angeblich Schmerz durch Betäubung des Körpers stillte, was leider auf eine kleine, aber entscheidende Menge Klapperschlangengift zurückzuführen war. Zum Glück für Phineas hatte man ihn nach hitziger Diskussion für zu jung befunden, um gehängt zu werden, und man ließ ihn laufen, mit der eindringlichen Warnung, sich in dieser Gegend nie wieder blicken zu lassen. So kam es, daß er den zweifelhaften Titel und den Medizinwagen seines Vaters erbte.

Trotz Dr. Proffitts jähem, bösen Ende hatte Phineas die »Praxis« seines Vaters weitergeführt, bis er eines Tages selbst nur mit knapper Not einem Haufen wütender Männer entkommen konnte, deren Glatzen einen gräßlichen roten Ausschlag nach Anwendung von Dr. Proffitts Haartonikum aufgewiesen hatten.

Nach dem Vorfall war Phineas zu der Überzeugung gelangt, daß es Zeit war, den Beruf zu wechseln. Nachdem er ein aufmerksamer Beobachter der menschlichen Natur war, hatte er während seiner Reisen festgestellt, daß viele Leute mit dem Namen Gottes leicht zu beeindrucken waren. Also entschloß er sich, aus dieser Tatsache Kapital zu schlagen und Evangelist zu werden. Er war der geborene Prediger, denn er liebte Publikum und war ein leidenschaftlicher und beeindruckender Redner.

Zur Unterstützung seines neuen Unternehmens kehrte Phineas nach Hause zurück, um die Schlampe, die er vor ein paar Jahren im Vollrausch geehelicht hatte und die beiden Huren von Töchtern, die angeblich von ihm waren, einzusammeln. Mit dem Geld aus dem Verkauf seiner widerlichen Vorräte an Tinkturen und dergleichen kaufte er etwas gedeckte Farbe, um den grellbunten Medizinwagen zu überstreichen, ein großes, altes Zirkuszelt, das zusammengefaltet auf dem Wagen transportiert werden konnte, und Kleidung, die den ernsten Rollen, die er und seine Familie spielen würden, gerecht wurde. Danach schrubbte er seine Frau und die zwei Töchter gnadenlos in einem Waschzuber ab, frisierte sie, zog sie an und legte ihnen geschickt etwas Puder und Rouge auf, um ihre natürliche Schönheit zu betonen, die er glücklicherweise unter den Schichten verklebter Schminke und Dreck entdeckt hatte. Dann brach er zu seiner ersten Erweckungsversammlung auf.

Angespornt von seiner eigenen Rhetorik und der begeisterten Reaktion seiner bunt zusammengewürfelten Gemeinde, donnerte und drohte Phineas, ermahnte und erpreßte er, kasteite und sammelte er. Er sammelte sogar so viel, daß er die göttliche Botschaft hörte – und sie lautete Geld. Von diesem Tag an war Phineas nicht nur ein gläubiger Jünger des allmächtigen Dollars, sondern auch der allmächtigen Religion, die das Geld so freudig und reichlich in seine Sammelteller fließen ließ.

Jetzt ließ er den Blick über die dichtgedrängte Menge am Ostufer des Arkansas schweifen und wurde von seiner eigenen fanatischen Rede mitgerissen. Sein Kopf mit den langen, wolligen weißen Haaren bebte wie der eines angreifenden Büffels, als er von seiner tragbaren Holzkanzel brüllte, mit durchdringenden blauen Augen, die vom lebenslangen Trinken blutunterlaufen und glasig waren. Er schwitzte so stark in dem heißen Zelt, daß die langen, gezwirbelten Enden seine Schnurrbarts schlaff herunterhingen, und sein Gesicht so feuerrot war, daß Rachel sich besorgt fragte, ob sein Kragen vielleicht zu eng wäre und ihm das Blut in den Kopf triebe. Sie hatte noch nie in ihrem Leben jemanden gesehen, der sich in einem solchen Zustand der Erregung befand, und wenn Prediger Proffitt kein Priester gewesen wäre, hätte sie den Verdacht gehabt, er wäre betrunken. Er schwankte, als wäre er in Trance oder würde jeden Augenblick zusammenbrechen, und sein Singsang leidenschaftlicher Phrasen hätte jeden Texaner mit Neid erfüllt. Eine häßliche blaue Ader pulsierte so heftig an seiner Schläfe, während er wie ein Irrer auf und ab rannte, daß Rachel fürchtete, der Schlag könne ihn treffen. Aber als sie sich umsah, stellte sie fest, daß sie offensichtlich die einzige war, die solche Befürchtungen hatte. Alle anderen starrten ihn an wie hypnotisiert, hingen an seinen Lippen und applaudierten so heftig, daß ein paar selbst schon wie Irre aussahen.

Ab und zu schien es, als hätten ihn die Gefühle übermannt; dann unterbrach sich Prediger Proffitt und drehte der Versammlung den Rücken zu, angeblich, um sich den Schweiß abzuwischen. In Wirklichkeit nahm er heimlich einen Schluck aus dem Flachmann, den er in seinem übergroßen Taschentuch versteckt hatte – diesen Taschenspielertrick hatte ihm sein guter Vater beigebracht. Auf diese Weise erfrischt, wirbelte er wieder in Richtung Publikum und fuhr mit seiner fanatischen Predigt fort.

»Brüder und Schwestern«, brüllte er mit Schaum vor dem Mund und schlug heftig mit der Bibel auf das Pult, »ich sage euch, die Bibel lügt nicht, wenn sie sagt – wie in den Galatern – daß ein Mensch, der um die Gunst anderer Menschen buhlt, kein Diener Christi ist. Deshalb suche ich heute abend keine Vorteile hier. Ich will nur das Wort des Herrn verbreiten, der mich als seinen wahren und treuen Diener berufen hat, die armen Sünder dieser Welt zu retten. Höret! Die, die ihr müßig und sündig seid, die wachsen wie die Lilien auf dem Felde, die weder ackern noch spinnen oder schlimmer noch, dem Schnaps, den losen Frauen und ähnlichem Bösen frönen, seid gewarnt: Ihr werdet durch Müßiggang und Sünde nichts erreichen! Laßt euch gesagt sein: Jeder wird ernten, was er gesät hat. Also werdet nie müde, Gutes zu tun, seid immer bemüht, und ihr werdet zu gegebener Zeit eure Ernte einbringen, so wie ich die meine einbringen werde!« Er verstummte, dann zeigte er auf seine Frau und seine beiden Töchter, die neben ihm auf der Bühne standen. »Schwester Jamima und Schwester Oralie werden jetzt mit den Sammeltellern herumgehen«, verkündete er, »und Schwester Tansy Mae wird uns anführen, wenn wir dem Herrn ein Freudenlied singen. Darf ich euch bitten, Brüder und Schwestern, stimmt ein in: ›What a Friend We Have in Jesus‹, denn er ist tatsächlich unser Freund!« Er zeigte mit dramatischer Geste gen Himmel.

Als Tansy Mae (die irrtümlicherweise glaubte, sie hätte die Stimme einer Nachtigall] anfing zu singen, stimmte das Publikum eifrig mit ein, während Prediger Proffitt alle Anwesenden schreiend ermahnte, tief in die Taschen zu greifen und großzügig zu spenden. Die Versammelten nahmen sich seine Aufforderung offenbar zu Herzen, denn Rachel hörte, wie die Münzen in die beiden Goldwäscherpfannen, die als Sammelteller dienten, klapperten.

Obwohl sie meinte, daß Prediger Proffitt nicht gerade der geeignete Mann war, das Wort Gottes zu verbreiten, griff Rachel pflichtschuldig in ihren Beutel, um etwas zu spenden, aber Slade hielt ihre Hand fest.

»Behalt dein Geld, meine Süße«, flüsterte er ihr ins Ohr, »denn du brauchst es viel dringender als dieser versoffene, alte Scharlatan da oben. Wenn der auch nur ein Zehntel seiner Einnahmen irgendeiner Kirche, Mission, Waisenhaus oder ähnlichem gibt, freß ich meinen Hut.«

»Du – du meinst, er ist ein Betrüger?«

»O nein, so würd' ich das nicht direkt nennen. Schließlich und endlich predigt er ja wirklich das Wort Gottes, wenn du das meinst, Rachel, mein Schatz. Trotzdem sollte man ihn auspeitschen, weil er diesen ehrlichen, hart arbeitenden Leuten einredet, daß die Spenden, die sie kaum entbehren können, einer guten Sache zukommen. Ich wette nämlich, daß die einzigen, die davon profitieren, Prediger Proffitt und seine drei Frauen sind. Wenn die gesunde Gesichtsfarbe nicht aus einem Rougetopf kommt, freß ich auch noch meine Stiefel!«

Schockiert und mißtrauisch musterte Rachel Schwester Jemima und Oralie, wie sie mit ihren Sammeltellern durch die Reihen gingen. Jetzt mußte sie zugeben, daß Mutter Natur wohl wirklich nichts mit ihrem frischen Aussehen zu tun hatte, und Rachel bemerkte außerdem, daß die Corsagen der langweiligen Gewänder der Schwestern so raffiniert geschnitten waren, daß sie jedesmal, wenn eine der Frauen sich mit ihrem Sammelteller nach vorne beugte, aufklafften und den Blick auf ihren üppigen Busen freigaben. Ein älterer Farmer, den Schwester Oralie so erfreute, verlängerte den Einblick, indem er dreimal in die Tasche griff, um zu spenden.

Sobald die Hymne zu Ende war, warf Prediger Proffitt einen heimlichen Blick auf seine Einnahmen. Dann stürzte er sich mit doppelter Begeisterung auf den auserwählten Text und tischte den Menschen eine so geschickte Mischung von Bibeltexten und eigenen Worten auf, daß sogar Rachel, die ihre Bibel sehr wohl beherrschte, unsicher war, was woher kam. Aber die Gemeinde schien diese kleinen Abweichungen gar nicht zu bemerken. Die Leute klatschten nach wie vor wie besessen, stampften mit den Füßen und feuerten Prediger Proffitt mit Pfiffen an.

»Brüder und Schwestern«, schrie er, während er mit anklagendem Zeigefinger auf die halbgefüllten Sammelteller deutete, »ist dieses armselige Almosen das Beste, was ihr zu bieten habt? Schande! Schande! Wie ich sehe, bin ich keinen Moment zu früh in eure schöne Stadt gekommen! Wahrlich, die Gerüchte trügen nicht, das ist wirklich eine Stadt des Lasters und der Korruption wie Sodom und Gomorrha!

Aber, welchen Lohn hat ein Mensch für all seine Arbeit, seine Pläne und seine Mühsal hier unter der Sonne? fragt ihr mich vielleicht. Ist es nicht besser, zu essen, zu trinken und fröhlich zu sein? Nein, sage ich euch, denn wo liegt der Nutzen dessen? Geld ist die Antwort auf alle Dinge, und es unbedacht auszugeben, heißt, den Herrn zu betrügen, denn hat nicht er auch gesagt, daß ihr ihn um seine Zinsen und Beiträge betrogen habt? Und hat er nicht gesagt, daß auf euch allen ein Fluch liegt, auf euch allen, weil ihr ihn betrogen habt? Und hat er euch nicht aufgefordert, die Zinsen in die Schatzkammern zu bringen, alle... so wie wir es jetzt tun werden! Schwester Jemima und Oralie, reicht die Sammelteller noch einmal herum, während Schwester Tansy Mae mit uns ›Bringing in the Sheaves‹ anstimmt, während wir uns freuen, daß der Fluch, den Gott diesen armseligen und unwürdigen Sündern auferlegt hat, durch ihre Güte und Großzügigkeit von ihnen genommen wird!«

Während dieser zweiten Kollekte hörte Rachel plötzlich draußen ein lautes Rumpeln. Zuerst dachte sie voller Angst, ein Sturm würde aufziehen, aber dann merkte sie, daß es die Feuerwerkskörper waren, mit denen die Feiern zum Nationalfeiertag beendet wurden. Nachdem jetzt die Sterne am Himmel aufgegangen waren, zündeten die Festgäste ihre Raketen und Kracher an. Rachel wollte das Feuerwerk unbedingt sehen, aber das Zelt war so vollgepackt, daß man sich kaum noch bewegen, geschweige denn zum Ausgang durchkämpfen konnte.

Sie war aber nicht die einzige, die unruhig wurde. Zahlreiche Leute im Zelt, die sich hektisch zufächelten, fingen jetzt an zu husten und mit den Füßen zu scharren, als Schwester Tansy Mae noch eine weitere Strophe von ›Bringing in the Sheaves‹ jaulte. Eine junge Frau ging sogar so weit, Schwester Jemimas Sammelteller ungeduldig wegzuschubsen und eine bissige Bemerkung zu machen – offensichtlich eine sehr beleidigende, wie Rachel aus dem erbosten Gesicht der molligen Schwester schloß. Nachdem Schwester Jemima schimpfend weitergezogen war, konnte Rachel die unhöfliche Frau deutlicher sehen und war etwas überrascht, als sie sah, daß sie wie ein Blutegel an Gustave Oxenbergs Arm hing.

Das muß doch Livie Svenson sein, das schwedische Mädchen, das Gus heiraten will, wenn sie ihn nimmt, dachte Rachel und beugte sich leicht nach vorn, um sich die junge Frau, die zwei Reihen weiter vorne stand, genauer anzusehen. Sie hatte sie sich wirklich ganz anders vorgestellt.

Rachel hatte eine große, blonde Wikingerin erwartet. Livie Svenson (sie war es tatsächlich) war statt dessen klein, mollig, mit einem dicken braunen Knoten im Nacken und einem dieser weichlichen Mondgesichter, die bei Kindern niedlich sind, aber mit denen die Erwachsenen meist wie schrecklich fette, ausgewachsene Gnome aussehen. Sie hatte kreisrunde braune Augen mit schwarzen, stoppeligen Wimpern, die heftig klimperten, sobald Gus in ihre Richtung sah, dicke, rote Apfelbacken, eine Himmelfahrtsnase und schrecklich viele Sommersprossen. Sie ähnelte einem dicken, kleinen Welpen, und Rachel wäre nicht überrascht gewesen, wenn plötzlich hechelnd eine rosa Zunge aus dem winzigen, geschürzten Mund gekommen wäre, aber er war wohl eher zum Schmollen als zum Hecheln bestimmt. Im Augenblick fixierte Livie Prediger Proffitt mit frömmlerischem Blick und einem gütigen, bigotten Lächeln. Doch ihre Augen erschienen Rachel hart und kalt, und ihr Kinn hatte etwas von dem eines störrischen Maulesels. Gus konnte einem leid tun. Diese Ehe würde kein Zuckerlecken für ihn werden, wenn er Livie Svenson tatsächlich heiratete, und so wie es aussah, würde er das ohne Zweifel tun.

»Brüder und Schwestern!« brüllte Prediger Proffitt mit heiserer Stimme und holte Rachel aus ihren Tagträumen in die Gegenwart zurück. »Das Herz schwillt mir in der Brust vor Glück, weil ihr das Wort Gottes gehört habt und erleuchtet worden seid, wie eure gütigen Spenden mir deutlich beweisen! Wenn der furchtbare, aber unabwendbare Tag des Jüngsten Gerichts kommt, werden diejenigen unter euch, die heute abend so großzügig gegeben haben, mit Sicherheit den Jordan überqueren und einen Platz im himmlischen Haus des Herrn finden, denn jeder bekommt das, was er verdient!«

Diese Worte wurden von den Versammelten mit einigen lauten Rufen von »Amen, Prediger«, quittiert, die Erregung hatte jetzt den Höhepunkt erreicht. Rachel fragte sich besorgt, ob die Leute sich bald in Trance auf dem Boden wälzen und fremde Sprachen sprechen würden. So etwas wie diese Messe hatte sie in ihrer eigenen Kirche noch nie erlebt, dort war alles leise, ernst und würdevoll. Selbst die religiösen Zeremonien der Schwarzen, die sie in Pennsylvania miterlebt hatte, waren zwar fröhlich und schwungvoll, aber immer respektvoll und gesittet. Diese zügellose Grölerei ähnelte dagegen der heftigen, unkontrollierten Wut eines aufständischen Mobs. Er war das reinste Pulverfaß, das jeden Augenblick hochgehen konnte. Doch Prediger Proffitt unternahm nichts, um die aufgewühlte Menge zu beruhigen. Im Gegenteil, er heizte sie sogar noch weiter an. Und ganz hinten im Zelt, ohne daß Rachel etwas davon ahnte, stand schwankend Jonathan Beecham, der genauso hingerissen und aufgewühlt war wie die anderen.

Beecham hatte dem Rachenputzer im Silver Slipper so heftig zugesprochen, daß er nicht mehr genau wußte, wie er ans Ufer gekommen war, geschweige denn, wie er in diese Versammlung geraten war. Aber jetzt war er in seinem Rausch davon überzeugt, der Herr hätte seine Schritte gelenkt, denn der Herr sprach ohne Zweifel aus dem Munde des Predigers Proffitt, und Schwester Tansy Mae war ein Engel, der vom Himmel gestiegen war, mit ihren roten Haaren und den grünen Augen, dem scharlachroten Mund und der milchig weißen Haut. Ihre Stimme hallte wie die Harfe eines Engels, und ihre ausladenden Brüste waren weicher als Wolken, stellte Jonathan sich in seinem benebelten Kopf vor. Er sehnte sich danach, sie ehrfürchtig zu küssen und zu liebkosen und seinen Kopf anbetend zwischen diese himmlischen Kugeln zu legen.

Schwester Tansy Mae würde ihn retten, ihn armseligen Sünder. Sie mußte ihn einfach retten! Er würde nicht enden wie dieses arme Schwein Rye Crippen – geteert und gefedert und zum Gespött der ganzen Stadt gemacht. Eines Nachts war er auf seiner mageren alten Mähre wie ein Betrunkener schwankend in Delano eingeritten, mit scheppernden Dosen am Schweif des Pferdes. Aus allen Saloons und Spielhöllen waren sie zusammengelaufen, um ihn zu sehen, und da war Rye gewesen, zum Gespött gemacht von Slade Maverick und Rachel Wilder. Wenn die beiden schon Rye Crippen so etwas antaten, der nur versucht hatte, eines von Rachels armseligen Rindern zu stehlen – und das nur zum Spaß, wie Rye behauptete –, was würden sie dann erst Jonathan antun, den sie schon immer gehaßt hatten? Er wußte nur eins, damit wollte er nichts zu tun haben. Irgendwie mußte er einen Weg finden, um sich vor ihnen zu retten – bevor es zu spät war!

»Brüder und Schwestern! Brüder und Schwestern, trotz eurer wohltätigen Spenden«, schrie Prediger Proffitt, »fürchte ich, daß unter euch noch Sünder sind, und die flehe ich von ganzem Herzen an: Bereut! Bereut! Bereut jetzt, sage ich und werdet gerettet – bevor es zu spät ist! Hat der alte Dämon Whisky auch euch in seinen Klauen?« fragte er und nahm heimlich einen tiefen Zug aus seinem Flachmann. »Wendet euch vom Teufel ab, sage ich! Pflegt keinen Umgang mit seinen Handlangern, diesen bemalten Huren Babylons! Denn wenn ihr das tut, werdet ihr sicherlich verdammt sein und werdet in der Hölle brennen, brennen, brennen, bis in alle Ewigkeit, von den Flammen verzehrt werden...«

Wie das Schicksal es wollte, ging genau in diesem Moment eine Rakete los, die einer der Festgäste draußen angezündet hatte, sie pfiff wie ein Artilleriegeschoß durch die Luft und explodierte direkt über dem Zelt. Die Rakete zerbarst in ihre Einzelteile, die ihrerseits anfingen zu brennen, dann auf das Dach des Pavillons regneten und es in Brand setzten. Zuerst erstarrten alle im Zelt wie vom Donner gerührt, weil keiner wußte, was geschehen war, und alle von dem fürchterlichen Knall taub waren. Aber als die Flammen begannen, sich durch die gestreifte Leinwand zu fressen, zeigte jemand nach oben und schrie: »Herr, rette uns! Das Feuer Satans! Gottes Gericht ist über uns!«

Panik breitete sich aus, und schreiend und um sich schlagend, versuchten die Leute, sich zu den Ausgängen durchzuboxen. Da die Zelttüren jetzt von Menschenmassen blockiert waren, stürmten einige auf die Plattform, wo Prediger Proffitt, seine Frau und seine zwei Töchter mit aschfahlen Gesichtern und starr vor Angst standen, als fürchteten sie tatsächlich, der Zorn Gottes hätte sie getroffen. Mehrere ließen sich zu Boden fallen und krochen unter den Zeltwänden durch nach draußen, so daß das ganze Zelt gefährlich ins Schwanken geriet und einzustürzen drohte. Andere fielen schreiend auf die Knie und beteten, als könne das Feuer ihnen nichts anhaben und ihre Gebete sie retten. Funkenschauer regneten vom Dach herunter, lichterloh brennende Leinwandstreifen rollten sich auf, schwebten nach unten und entzündeten das trockene Sommergras. Beißender Rauch erfüllte die Luft, der alle blendete und ihnen den Atem raubte.

Slade riß sofort ein Taschentuch aus der Tasche und hielt es Rachel vors Gesicht. Dann packte sein starker Arm sie an der Schulter, drückte sie an sich und schob sie grob durch die panische Menge. Er bahnte sich gewaltsam einen Weg durch die Menge, während er ihr zuschrie, den Kopf gebeugt zu halten und keinen Rauch einzuatmen. In seiner Angst um sie kämpfte er sich wie ein wildes Tier durch die Menge, brüllte den anderen zu, ruhig zu bleiben und hätte einer alten Frau fast den Arm ausgekugelt, als er sie hochriß, damit sie nicht niedergetrampelt wurde. Dann riß der Strom der kopflos Fliehenden die Frau mit sich, und er konnte nur hoffen, daß sie heil hinauskam.

Rachel hatte noch nie in ihrem Leben solche Angst gehabt, aber sie geriet nicht wie die übrigen in Panik, denn tief in ihrem Innersten vertraute sie darauf, daß Slade sie da herausholen würde, falls es überhaupt ein Mensch schaffte; er würde sie nicht in diesem Inferno zurücklassen. Daran glaubte sie von ganzem Herzen, und das betete sie sich vor wie eine Litanei, während sie weiterstolperte, hustend und würgend vom beißenden Rauch.

Sekunden später taumelte ein Mann gegen Rachel und hätte sie fast umgeworfen, und als Slade sie auffing, schaute sie hoch und erkannte benommen, daß der Mann, der gegen sie gefallen war, kein anderer war als Jonathan Beecham, dessen glasige Augen seltsam fiebrig leuchteten. Bevor sie ihn aufhalten konnte, stürmte er auf die Plattform und die Flammen zu und schrie: »Ich bereue, ich bereue! Rettet mich! Rettet mich!« Sie warf noch einen Blick über die Schulter und sah ihn ein letztes Mal, er kniete auf dem Podium, stöhnte und klammerte sich verzweifelt an Schwester Tansy Mae, sein Gesicht zwischen ihren hängenden Brüsten begraben, während sie verzweifelt versuchte, sich loszureißen und aus dem brennenden Zelt zu fliehen.

Ein paar Augenblicke später entdeckte Rachel Gus, der Livie durch die aufgelöste Menge zerrte. Sie schrie und schluchzte hysterisch: »Gustave, du Ochse, bring mich hier raus! Schnell! Schnell! Bring mich hier raus! Beeil dich, Gustave!« Schließlich hievte er sie über eine Schulter und pflügte sich brutal zum Ausgang durch, wobei er eine Wand und mehrere Halteseile mit sich riß. Der Wind, der vom Fluß her brauste, bauschte in Sekundenschnelle mit riesigem Getöse das Zelt auf, hob es wie einen riesigen Papierdrachen hoch, so daß auch die letzten angesengten Halterungsseile rissen. Die Leinwand flatterte, spuckte Feuer und Rauch in den Nachthimmel, an dem die Feuerwerkskörper wie Bomben rund herum explodierten. Dann segelte das riesige Zelt langsam wieder nach unten. Eine riesige Menschenmenge stürmte gerade noch rechtzeitig heraus, ehe das ganze Zelt in sich zusammenstürzte und alles unter lodernder Leinwand begrub.

Slade konnte Rachel in allerletzter Minute herauszerren. Doch bevor er einen Seufzer der Erleichterung ausstoßen konnte, sah er zu seinem Entsetzen, daß der Saum ihres Kleides brannte und die Flammen ihren Rücken hochzüngelten. Rachel wußte gar nicht, daß sie brannte, bis Slade sich wie ein Verrückter auf sie stürzte, sie zu Boden warf, daß ihr die Luft wegblieb und sie hin- und herrollte und auf ihre Röcke einschlug, bis auch das letzte Flämmlein erstickt war. Dann riß er sie an sich und murmelte: »Oh, mein Schatz, mein Schatz!« und drückte sie so fest an sich, als wolle er sie nie mehr loslassen. Sie zitterte in seinen Armen, der Schock und die Erkenntnis, daß ihr Kleid tatsächlich gebrannt und daß Slade ihr das Leben gerettet hatte, war zuviel für sie.

Das Zelt brannte jetzt lichterloh, und die Schmerzensschreie der darin Gefangenen gellten in den Ohren derer, die sich hatten retten können, und die jetzt stumm in einigen Metern Entfernung das Inferno beobachteten, das auch ihr Grab hätte sein können. Rachel fragte sich entsetzt, ob Jonathan Beecham einer von denen war, deren Schreie jetzt langsam in Gestöhne übergingen, bis es schließlich ganz verstummte. Sie wußte es nicht.

Das Unglück war so schnell passiert, daß manche glaubten, es wäre ein Teil des Feuerwerks gewesen. Aber allmählich begriffen die Leute, und aus allen Richtungen liefen Frauen, Männer und Kinder mit Wassereimern herbei, die sie im Fluß gefüllt hatten. Wichita hatte nur eine kleine freiwillige Feuerwehr, also erwarteten die Stadtbewohner keine Hilfe, sondern bildeten rasch eine Eimerkette vom großen Fluß zum Zelt, um die Flammen zu löschen, ehe sie sich ausbreiten konnten. Jeder in der Stadt kannte und fürchtete Präriefeuer, die eine der schrecklichsten Gefahren der großen Ebene darstellten. Rachel und Slade halfen mit den anderen, die Flammen zu löschen, und nach kurzer Zeit blieben nur noch ein durchnäßter Haufen verkohlter Leinwand und einige rußschwarze Leichen übrig.

Eine Reihe von Zeitungsleuten und Gesetzeshütern trafen am Schauplatz ein, die meisten von ihnen hatten schon viele solcher Katastrophen gesehen und waren gewappnet gegen das Entsetzen, das alle anderen gepackt hatte; Zeitungsleute und Gesetzeshüter stellten den versammelten Schaulustigen Fragen. Was hatte die furchtbare Tragödie ausgelöst? Hatte irgendein Bösewicht das Zelt angezündet? Die sensationshungrigen Reporter drängten sich eifrig unter die Leute, versuchten wie Bluthunde, eine Geschichte aufzuspüren. Ein hartnäckiger Reporter hatte Rachels versengtes Kleid entdeckt und wollte sie trotz ihres tränenreichen Protests schamlos fotografieren. Slade wurde so wütend, daß er den Mann schließlich am Kragen packte und mit einem Tritt in den Hintern verjagte und ihm sicherheitshalber auch noch die Kamera zertrümmerte. Die Gesetzeshüter waren etwas freundlicher, aber mindestens genauso darauf versessen, Antworten auf ihre Fragen zu bekommen. Wer war im Zelt gewesen, als es Feuer gefangen hatte und, noch schlimmer, wer wurde vermißt, wollten die Beamten wissen. Und so gelang es schließlich, die ganze Geschichte zu rekonstruieren und die Leichen zu identifizieren. Prediger Proffitt und seine ganze Familie waren unter den Opfern, ebenso Jonathan Beecham.

Diese letzte Entdeckung war der Abschluß des grausamen Feiertags. Schweigend, von Kopf bis Fuß mit Ruß verschmiert, gingen Rachel und Slade zu ihren beiden Wagen und dem der Keifes zurück und fragten sich, wie sie den Beecham-Kindern schonend beibringen sollten, daß ihr Vater tot war.

Am nächsten Tag gaben die Zeitungen der ganzen Stadt Extraausgaben mit riesigen schwarzen Schlagzeilen heraus, die die schreckliche Katastrophe auf so banale Sprüche reduzierten wie: HÖLLENFEUER VERSCHMORT PREDIGERZELT und SÜNDER VERBRENNEN BEI LEBENDIGEM LEIB IN TEUFLISCHEM INFERNO. Für fünf Cents das Stück war jede Zeitung in Wichita ausverkauft, ehe der Morgen richtig begonnen hatte. Die Beamten der Stadt übergaben die verkohlten Leichen den Familien der Toten, und schließlich wandte die Stadt sich wieder anderen Dingen zu. Der Übeltäter, der die Rakete, die das schreckliche Feuer ausgelöst und so viele Menschen getötet hatte, wurde nie gefunden.

24. Kapitel

Wegen der sommerlichen Hitze wurde Jonathans Leiche gleich am nächsten Tag beigesetzt. Sie bestatteten ihn neben India, deren Grab nicht weit von dem von Rachels Eltern lag. Rachel beobachtete, ohne eine Träne zu vergießen, wie Slade, Fremont, Poke, Seeks und Gus das Loch zuschaufelten, in dem Jonathan jetzt für alle Zeit seine Ruhe gefunden hatte. Mit traurigem Herzen dachte sie daran, daß auf diesem Stück Land zwischen ihrem und Jonathans Anwesen eines Tages auch Fremont und Poke liegen würden und Seeks, wenn es sein Wunsch war, und sie selbst, obwohl sie daran gar nicht denken wollte – sie wollte überhaupt nicht an den Tod denken, an diesem heißen Sommertag, unter der strahlenden Sonne, in der leichten Brise, die sich regte, während die Bienen durch die Blumen der Prärie summten. Aber es war trotz allem ein friedlicher Ort, ein guter Platz, um begraben zu werden. Da war die weite Ebene, ein kleiner Hügel, ein einsamer Baum, den sie gepflanzt hatte, als ihre Eltern starben, und der unaufhörliche Wind. Mehr war hier nicht, denn Slade hatte sein Blockhaus in einiger Entfernung gebaut und hatte Indias altes Haus und die Scheune abgerissen, die in Sichtweite der Gräber waren.

Armer Jonathan, dachte Rachel, als die Beerdigung endlich dem Ende zuging. Sein Leben war eine so sinnlose Verschwendung gewesen, ein so unnötiges Chaos. Er war erst sechsunddreißig gewesen. Das Heartland war ein hartes Land. Das Leben hier war hart. Und nur die Starken überlebten.

Sie warf einen kurzen Blick auf die Kinder, die, wie sie erwartet hatte, weinten. Jonathan war trotz allem ihr Vater gewesen, und sein Tod hatte sicher Erinnerungen an ihre Mutter wachgerufen, die sie so sehr geliebt hatten. Rachel machte sich langsam daran, sie zum Haus zurückzubringen, während Slade dem Pfarrer dankte, ihm die Hand schüttelte und bezahlte. Rachel mußte daran denken, wie sie das bei Indias Beerdigung hatte machen müssen, da Jonathan zu betrunken gewesen war.

Eine ganze Reihe ihrer früheren Bürden hatten sich stillschweigend auf die starken, breiten Schultern Slade Mavericks verlagert. Aber erst seit gestern und heute war ihr klar, wie sehr sie sich inzwischen auf ihn verließ. Slade hatte gestern nacht Jonathans Leiche identifiziert, heute früh den Sarg für ihn ausgesucht und die Beerdigung organisiert. Slade hatte auch Adam losgeschickt, um die Nachbarn zu verständigen, damit die Kinder nicht verletzt oder beschämt waren, wenn keiner zur Beerdigung ihres Vaters kam. Es war Slade, der dafür sorgte, daß die Kinder anständig angezogen waren und rechtzeitig am Grab erschienen. Er hatte auch die Trauergäste begrüßt und ihre Beileidsbezeugungen im Namen der Familie entgegengenommen.

Rachel mußte nur das Essen kochen, das nach der Beerdigung gereicht wurde. Trotz der acht Kinder war das Blockhaus peinlich sauber. Rachel hatte nicht einmal aufräumen müssen, ganz anders als bei Indias Beerdigung, als sie das dunkle feuchte Loch erst einmal menschenwürdig hatte herrichten müssen. Wenn doch India nur schon früher Slade von ihrer schrecklichen Ehe und ihrem furchtbaren Leben geschrieben hätte, dann wäre sie vielleicht noch am Leben gewesen.

Ich werde jetzt nicht darüber nachdenken, sagte sich Rachel streng. Ich werde nie wieder daran denken. Sie ist tot, und ich kann sie nicht wieder lebendig machen, und ihr Leben war so, wie es war. Schwer oder leicht, am Ende sterben wir alle. Papa und Mama sind tot, und jetzt ist Jonathan auch tot. Und Großvater, Poke und Seeks werden auch nicht ewig leben. Dann bleiben nur noch die Kinder und Slade – und ich, wenn ich ihn will. Und ich will ihn. Ich liebe ihn. Ich liebe ihn von ganzem Herzen, und selbst wenn er mich nicht liebt, auf seine Art mag er mich auch ein bißchen. Ich weiß es einfach. Ein Mann würde nicht so viel für mich tun, wenn ich ihm nichts bedeutete – zumindest ein wenig. Ist das denn nicht genug für mich?

Doch das ist es, wurde Rachel plötzlich klar. Vorher war es das nicht gewesen. Aber jetzt war es genug. Gleichgültig, wie jung man war, der Tod konnte einen jederzeit ereilen, so wie er ihre Eltern ereilt hatte und India und Jonathan – und auch beinahe sie, wenn Slade nicht die Flammen gelöscht und ihr damit das Leben gerettet hätte. Ihr schönes hellblaues Kleid war ruiniert, sie würde es nie wieder tragen, aber sie hatte die Seidenfetzen und Satinbänder aufgehoben, zur Erinnerung an den Abend, an dem sie mit Slade im Occidental Hotel getanzt hatte, bevor die Tragödie passiert war. Bis zu diesem Zeitpunkt war es die wunderbarste Nacht ihres Lebens gewesen. Nein, sie wollte nicht sterben, bevor sie nicht das Beste aus dem gemacht hatte, was ihnen beiden das Leben noch zu bieten hatte. Wenn sie auch nur einen Teil Slade Mavericks ihr eigen nennen konnte, würde es doch mehr bedeuten, als einen anderen Mann ganz zu besitzen, daran bestand für Rachel kein Zweifel mehr. Es war noch nicht zu spät.

Bei der ersten Gelegenheit, die sich ergab, würde sie Slade sagen, daß sie ihn liebte und ihn heiraten würde, wenn er sie noch haben wollte.

Wenige Tage nach Jonathans Beerdigung wurde der kleine Tobias krank.

Rachel merkte, daß etwas nicht in Ordnung war, als Slade die Kinder eines Morgens nicht zu ihr ins Blockhaus brachte. Dann kamen Gideon, Caleb und Philip mit dem Wagen, um ihr zu sagen, daß Tobias krank war und sie zu ihnen nach Hause kommen sollte. Sie holte sofort ihren Weidenkorb und füllte ihn mit den verschiedensten Kräutern und Wiesenblumen, setzte sich in den Wagen und fuhr mit den dreien unverzüglich zu Slades Blockhaus. Unterwegs betete sie inständig darum, daß dem Baby, das sie so sehr liebte, nichts Ernsthaftes fehlte.

Zu Rachels großer Erleichterung hatte sich Tobias anscheinend nur eine kleine Erkältung eingefangen; er hatte kein Fieber, aber nieste und hustete ein bißchen. Nachdem sie ihn sorgfältig untersucht hatte, gab sie ihm etwas Süßholz gegen seine Entzündung in Nase und Hals und auch gegen eventuelle Ohrenschmerzen und einen Löffel Melasse mit ein paar Tropfen Brandy, damit er besser schlafen konnte. Anschließend sammelte sie Wurzeln der violetten Malve, die jetzt blühte, und gab Slade Anweisung, sie im Kamin zu verbrennen, unter einem Topf mit kochendem Wasser, damit Toby den heilenden Dampf einatmen konnte.

Slade befolgte ihre Anweisungen genau, und es hatte den Anschein, als bessere sich der Zustand des Babys. Aber am folgenden Morgen ging es Toby noch schlechter als zuvor, und Slade schickte besorgt nach Rachel. Diesmal war ihr Gesicht sehr ernst, als sie das Kind untersuchte, denn es hatte Fieber, und das Pfeifen in seiner Brust gefiel ihr gar nicht. Sie fürchtete, daß es sich nicht nur um eine Erkältung, sondern um eine Lungenentzündung handelte. Sie blieb den ganzen Tag im Haus Slades, verabreichte Toby Süßholz und die Brandy-Melasse-Mischung und ein noch stärkeres Gebräu, das sie aus getrockneten Melisseblättern zubereitete. Sie verbrannte auch weiterhin die Wurzeln im Kamin und ließ Wasser verdampfen; zusätzlich dazu machte sie für Tobys Brust noch einen warmen, beruhigenden Wickel.

Als er am späten Nachmittag bereits etwas leichter atmete, und seine Stirn etwas kühler war, kehrte Rachel nach Hause zurück, um das Abendessen für Großvater und Poke zu kochen. Hinterher ging sie zu Seeks in sein Tipi, beschrieb ihm die Symptome des Babys und bat um seinen Rat.

»Keine Angst. Du bist den rechten Pfad gegangen, Wildblumenfrau«, beruhigte sie der Indianer. »Wenn es ihm heute nacht schlechter geht, gib ihm Wollkraut. Brenne die Stiele im Feuer ab, das gibt guten Rauch, und bereite einen Tee aus den Blättern. Wenn es ihm danach nicht besser geht, mußt du ihm starke Medizin aus Wolfsmilch geben, von der der Schmetterling trinkt. Morgen früh komme ich und schaue selbst nach, was dem Kleinen fehlt. Das ist keine Beleidigung für dich, Wildblumenfrau, denn du hast gut von mir gelernt und bist gute Medizinfrau. Aber ich habe viele Sommer und viele Winter gesehen, und oft sehen alte Augen weiser und klarer als junge. Deine Liebe zu dem Kleinen hat dich vielleicht blind gemacht. Morgen komme ich. Zusammen wir sehen.«

Bevor sie an diesem Abend in Slades Blockhaus zurückkehrte, versicherte sich Rachel, daß sie genügend Wollkraut im Korb hatte, mit dem man so viele verschiedene Leiden kurieren konnte. Im Haus Slade Mavericks angekommen, sah sie, daß Tobias' Fieber gestiegen war und er immer schwerer atmete, je näher die Nacht rückte. Sie tat, was der Indianer ihr geraten hatte, und tauschte die Wurzeln im Kamin gegen die Wollkrautstengel. Dann bereitete sie einen heißen Tee aus den Wollkrautblättern, und als er etwas abgekühlt war, flößte sie ihn Löffel für Löffel in Tobys wunden Hals. Dann gab sie ihm noch etwas von der Lakritze und der Brandy-Melasse-Mischung und wechselte den Wickel auf seiner Brust. Bis spät in die Nacht saß Rachel neben der Wiege des Kindes und warf immer wieder Wollkrautstengel ins Feuer und braute noch mehr heißen Tee. Obwohl alle Fenster des Blockhauses weit geöffnet waren, war es durch das Feuer erdrückend heiß. Rachel lief der Schweiß in Strömen übers Gesicht, und auch Toby schwitzte, aber das Fieber ging trotzdem nicht zurück. Schließlich befahl Slade Rachel, ins Bett zu gehen; er wollte Wache halten und sie wenn nötig rufen.

»Du wirst Toby nicht helfen, indem du selbst krank wirst, Schatz«, sagte er. »Los. Ruh dich aus. Ich passe schon auf ihn auf, das verspreche ich.«

Rachel mußte zugeben, daß er recht hatte, und kroch erschöpft in Slades Bett, wo sie sofort einschlief. Es war aber ein sehr unruhiger Schlaf, da sie ständig mit einem Ohr auf Tobys gequälten Atem und sein leises Wimmern hörte. Einige Male hörte sie Slade leise mit dem Kind sprechen und mit ihm auf und ab gehen, und sie war dankbar, daß Toby in seinen starken, sicheren Händen war. Seltsam war nur, daß ihr das ein Trost war. Und noch seltsamer, daß Slades Hände, die so tödlich und schnell mit seiner Waffe waren, so zart und sanft mit einem Baby umgehen konnten.

Wie sehr hatte er sich doch geirrt, als er sagte, er wäre nicht der ideale Vormund für die Kinder, dachte Rachel schläfrig, denn in Wirklichkeit war er mehr Vater für sie, als Jonathan es je gewesen war. Sie konnte kaum glauben, daß es einmal eine Zeit gegeben hatte, in der sie nicht gewollt hatte, daß Slade für die Kinder sorgte, weil sie gedacht hatte, er wäre völlig unfähig dazu. Sie hatte sich geirrt – und wie sie sich geirrt hatte. Das wußte sie jetzt. Während Rachel wieder in tiefen Schlaf versank, spielte Slade leise ein altes französisches Wiegenlied auf seiner Mundharmonika und betrachtete ihr Gesicht – wie erschöpft und besorgt, aber dennoch so schön im Schein des Feuers – und schaukelte das Baby sanft in den Schlaf.

Am Morgen kam Seeks, und nachdem er steifbeinig von seinem Pinto abgestiegen war und höflich gerufen hatte, wie es die Art der Indianer war, ging er ins Blockhaus, um Toby zu untersuchen. Aber inzwischen wußte Rachel auch ohne Seeks, daß das Kind so ernsthaft krank war, daß es vielleicht nicht überleben würde. Trotz allem, was Slade und sie für ihn während der Nacht getan hatten, hatte Tobys Zustand sich drastisch verschlechtert.

Seine großen blauen Augen tränten und waren rotgerändert, er hatte riesige violette Halbmonde unter den Augen, als hätte ihm jemand zwei blaue Augen geschlagen. Aus seiner Nase lief ständig trüber Schleim, und jedesmal, wenn er hustete, ein heiseres, keuchendes Husten – würgte er dicken gelbgrünen Schleim heraus. Er röchelte buchstäblich nach Luft, bekam nichts in seine winzigen Lungen, und seine Brust hob sich mit jedem Atemzug so heftig, daß man seine Rippen sehen konnte. Er brannte vor Fieber, und das Pfeifen in seiner Brust war inzwischen ein so lautes Rasseln, daß Rachel es schon von weitem hören konnte. Seine Schmerzensschreie waren nur noch schwache Krächzer. Sie war krank vor lauter Angst um ihn.

Den ganzen Tag lang hielten sie, Slade und Seeks trotz der Julihitze das Feuer mit Wollkrautstengeln in Gang, das zudem für den Dampf aus dem Topf darüber sorgte. Sie brauten zahllose Töpfe mit Wollkrauttee und flößten Toby das sowie das Wolfsmilchgebräu ein und streichelten seinen wunden Hals, wenn er das bittere Zeug nicht schlucken wollte. Sie wechselten die warmen Wickel auf seiner Brust immer und immer wieder. Aber nichts von alldem half, und schließlich wußten sich Rachel und Seeks keinen Rat mehr. Verzweifelt bat Rachel Slade, nach Wichita zu reiten und den Doktor zu holen.

»Sie sind nicht alle Quacksalber. Es gibt auch ein paar gute in der Stadt. Hol Doktor Fabrique. Wenn er nicht da ist, hol Doktor Owens oder Doktor Allen.« Sie fügte nicht hinzu, daß letzterer auch Leichenbeschauer war; sie wollte nicht daran denken, daß Toby sterben könnte.

Slade galoppierte auf seinem schwarzen Hengst davon. Jetzt konnten sie nur abwarten und Toby inzwischen Linderung verschaffen und beten, daß der Doktor bald kam.

Schließlich kam Doktor Fabrique, der in Wichita vielen Kindern auf die Welt geholfen hatte und deshalb auch einige Erfahrung mit Kinderkrankheiten hatte. Er untersuchte Toby gründlich und stellte fest, daß sein Puls sehr schwach war und er Bronchitis hatte. Doktor Fabrique tat alles, was in seiner Macht stand. Aber er teilte Rachel und Slade mit, daß er keine große Hoffnung hatte, daß das Kind überleben würde.

»Das Baby ist sehr klein und schwach, längst nicht so schwer und groß, wie man es bei einem Säugling von sieben Monaten erwarten würde«, erklärte ihnen der Arzt. »Deshalb hat ihn die Bronchitis so sehr mitgenommen. Das Baby ist einfach nicht kräftig genug, dagegen anzukämpfen. Bitte machen Sie sich keine Vorwürfe. Sie haben getan, was sie tun konnten, genau wie ich. Der Rest liegt jetzt in Gottes Hand. Es tut mir leid. Wenn das Baby überlebt...«, er verstummte. Dann fuhr er fort: »Ich komme morgen früh wieder, wenn Sie mich brauchen.«

Kurz nach Sonnenuntergang verabschiedete sich der gütige

Doktor, nachdem er ihr Angebot, zum Abendessen zu bleiben, abgelehnt hatte. Nachdem er gegangen war und Rachels Hoffnungen mit ihm, setzte sie sich neben Tobys Wiege, schaukelte ihn sanft und kämpfte mit den Tränen, während sie stumm mit Gott um das Leben des Babys feilschte. Ihr Herz machte bei jedem gequälten Atemzug Tobys einen Satz, und schreckliche Wut über ihre Ohnmacht und Hilflosigkeit erfüllte sie. Das war das Allerschlimmste – ihre Hilflosigkeit, zumal sie ihn doch so sehr liebte und er sie so dringend brauchte.

Im Laufe der langen Nacht verfärbten sich Mund und Fingernägel des Babys leicht bläulich. Dann, plötzlich nach Mitternacht, röchelte Toby noch einmal und starb.

Die plötzliche Stille sagte Rachel, daß das Kind tot war, aber sie weigerte sich, die Tatsache zu akzeptieren und betete einfach weiter. Schließlich kniete sie sich über seine Wiege, legte langsam ihren Kopf auf seine Brust. Sie hörte und fühlte nichts mehr.

»Toby!« rief sie leise und immer noch ungläubig. »Toby!« Vielleicht hatte sie sich geirrt und er atmete doch noch. Voller Panik legte Rachel ihm die Hand über den Mund. Keine Luft. Dann schüttelte sie ihn in ihrer Verzweiflung, als könnte sie ihn wachrütteln. Aber Toby zeigte kein Lebenszeichen. »Nein! Oh, bitte, lieber Gott, nein!« stöhnte sie und wandte sich ab, mit einer Hand am Mund, um ihr Schluchzen zu unterdrücken. »Nein!«

Sie sank auf die Knie, begrub ihr Gesicht in den Händen und weinte. Sie meinte, ihr Herz müsse entzweibrechen. Ihr Körper war kalt wie Eis, ihr Magen drehte sich, als hätte sich unter ihr die Erde aufgetan, und ihr wurde so übel und schwindlig, daß sie Angst hatte, in Ohnmacht zu fallen. Ihr Kopf war leer, und eine seltsame Benommenheit packte sie, so daß sie nicht mehr klar denken konnte.

Nein! Nein! Er ist nicht tot! Das ist er nicht! Es kann nicht sein! Es kann nicht sein! Oh, Toby, Toby!

Das war ihr Baby, ihr Kind. In ihrem Herzen hatte er ihr gehört, und jetzt war er tot, und nichts und niemand konnte ihn ihr wiederbringen. Es schien einfach nicht möglich, daß er auf einmal nicht mehr da war. Sie erinnerte sich, wie sie ihn gehalten hatte, ihn gefüttert, gewiegt hatte, über seine winzigen Finger gestaunt, mit seinen Zehen gespielt hatte, und wie er vor Wonne gelacht hatte. Sie erinnerte sich an seine erstaunten runden Augen, seinen süßen, milchigen, pudrigen Geruch, seine kleine Faust um ihren Finger, sein erstes echtes Lachen und seinen ersten Zahn. All das war jetzt verschwunden, zu schnell, zu bald und auf ewig – genau wie ihre Mutter. Rachel war auch mutterlos gewesen, und jetzt war sie auch kinderlos. Das hätte nicht passieren dürfen. Toby hätte leben sollen. Sie hätte sehen müssen, wie er heranwuchs, ein Mann wurde und selbst Kinder hatte. Jetzt würde das nie passieren, und sie fühlte sich leer und alt – und allein, so allein.

Nein, nicht allein, wurde ihr allmählich klar, als sie ein Paar Hände auf ihrer Schulter fühlte, nicht die liebevollen Hände ihrer Mutter, die so manchen Schmerz weggestreichelt hatten, sondern Slades. Er war jetzt für Rachel da, wie er schon immer für sie da war, seit er hierhergekommen war. Er half ihr auf und führte sie aus dem Blockhaus, damit sie nicht die Geschwister des armen Babys weckte. Sie haben auch so schon genug gelitten, so knapp nach dem Tod ihres Vaters, dachte Slade, und ohnmächtiger, mörderischer Zorn erfüllte ihn gegen Gott, der Toby hatte sterben lassen.

Slade führte Rachel zur Scheune, wo sie ungestört weinen konnte; dann würde sie versuchen müssen, sich wieder zu fangen, der Welt ein tapferes Gesicht zu zeigen, auch wenn der Schmerz im Innern tobte. Sicher wollte sie das. Die Kinder sollten sie bestimmt nicht so sehen, denn für die Kinder wollte sie stark sein.

Aus den Schatten neben dem Haus, wo er saß, beobachtete Seeks, wie die beiden den Hof überquerten. Slades Arm lag schützend um die schluchzende Rachel. Das Kind war tot. Seeks erhob sich und ging langsam in die Dunkelheit. In einiger Entfernung, draußen auf der Prärie, hob er die Hände zum sternenübersäten Himmel und stimmte das Totengebet der Indianer an.

In der Scheune schluchzte Rachel an Slades Brust; er hielt sie fest und strich ihr beruhigend übers Haar, weil er nicht wußte, wie er sie anders trösten sollte.

»Warum, Slade? Warum?« fragte sie ihn verwirrt, als wisse er die Antwort auf diese Frage. Aber er wußte sie nicht. »Warum mußte Toby sterben? Warum?«

»Ich weiß es nicht, Rachel. Ich weiß nicht, warum diese Dinge passieren. Ich weiß nicht, warum Gott das zuläßt! Ich wünschte, ich wüßte es, aber ich weiß es nicht. Es ist nicht richtig, und es ist nicht fair. Aber so ist das Leben, Schatz, und wir können nichts dagegen tun. Wir müssen es einfach leben, so gut wir können.«

»Aber Toby – Toby war doch noch so klein, so unschuldig! Er hatte nicht einmal die Chance zu leben! Er hatte nie eine Chance! Und jetzt, jetzt ist er tot, und er war so – so klein und so jung ... zu jung zum Sterben!«

»Wir sterben alle, Rachel«, sagte Slade leise, »vom Tag an, an dem wir geboren werden, sterben wir. Nur sterben manche früher als andere. Vielleicht war Toby einer von den Glücklichen. Ich weiß es nicht. Das Leben ist hart, Rachel, und am Ende überlebt es keiner von uns. Die Starken kämpfen nur härter und brauchen länger zum Sterben, das ist alles.«

»Was hat denn dann überhaupt einen Sinn, Slade?« fragte sie bitter und wischte sich die Tränen ab. »Wenn alles umsonst ist, warum werden wir dann überhaupt geboren?«

»Ich weiß es nicht, mein Schatz. Nur Gott kennt die Antwort darauf.«

Beide schwiegen jetzt, jeder war mit seinen Gedanken allein. Von weit her war der Gesang des Indianers auf der Prärie zu hören, und mit einemmal stürmten tausend Erinnerungen auf Slade ein: Erinnerungen an die Schwarzen am Sonntag, wie sie ihre Spirituals auf der Plantage seines Vaters, Cypress Hill, gesungen hatten, und an Baptiste Robillard, seine Mutter, wie sie in dem großen Ballsaal tanzte, dessen Türen zum Mississippi geöffnet waren, an Thérèse Duvalier, wie sie in einem weißen Kleid mit Gardenien im Haar über mondbeschienenes Gras lief, und an seine geliebte Halbschwester India mit den lachenden blauen Augen und dem wehenden schwarzen Haar... Alle waren jetzt tot, bis auf die Frau, die er in seinen Armen hielt – Rachel, lebendig und warm, mit ungeheuren Kräften in ihrem scheinbar so zerbrechlichen jungen Körper und so ungeheurem Mut in ihrem tapferen Herz. Aber selbst sie war von Tobys Tod gebeugt.

»Er hat uns gehört, Slade«, flüsterte sie heiser und hob ihr tränenüberströmtes Gesicht zu dem seinen, und er wußte, daß sie das tote Kind meinte. »Er hat uns gehört! Oh, ich weiß, daß wir nicht seine richtigen Eltern waren, aber er hat India und Jonathan nie gekannt. Toby war unser Kind! So, als ob wir ihn gemacht hätten, du und ich – Oh, Slade, liebe mich!« Die Worte platzten aus ihr heraus wie im Fieberwahn. »Liebe mich! Hier! Jetzt! Ich will nicht mehr an den Tod denken. Ich werde sonst verrückt! Ich weiß es. Liebe mich! Nimm mich, bring es mir bei. Bitte, ich will es. Ich...«

Sie hatte ihre Arme um seinen Nacken geschlungen, ihren Körper fest an den seinen gepreßt und überschüttete ihn mit Küssen auf sein Gesicht und seinen Mund. Selbst ein Mönch wäre in Versuchung geraten – und Slade war kein Mönch. Erregt von ihrem plötzlichen Angriff, riß er sie an sich; ein Strudel von Sehnsucht und Verlangen erfaßte sie beide, als seine Lippen die ihren berührten und seine Zunge glühend ihren Mund eroberte. Er küßte sie heftig, sein Mund war hart und fordernd, als hätte sie mit ihrem Angriff eine Bestie in ihm befreit. Aber Rachel fürchtete sie nicht, denn ihre heiße brutale Leidenschaft war ihr gewachsen. Sie erwiderte seine Küsse genauso wild, als wäre sie ein leeres Gefäß, das danach gierte, gefüllt zu werden und seine Küsse nur ein Rinnsal des süßen Sommerweins, nach dem sie lechzte. Ihre Zunge schlängelte sich um die seine, drehte und wand sich, kostete ihn mit kleinen, schnellen Liebkosungen, daß sein Leib sich vor Lust verkrampfte. Gierig schluckte ihr feuchter Mund seinen Atem. Ihre Zähne knabberten an seinen Lippen. Ihre Hände zerrten wie Krallen an seinem Hemd. Ihre Nägel gruben sich in seine nackte Brust, bis das Blut tropfte.

Das brachte Slade mit einem Ruck wieder zur Besinnung. Er schob sie so grob von sich weg, daß ihre Arme morgen sicher grün und blau sein würden. Er war ein Revolvermann, und deshalb wußte er, was sie fühlte, das blinde, instinktive Bedürfnis im Angesicht des Todes Leben zu zeugen. Er selbst hatte dieses Gefühl wohl schon hundertmal gehabt. Sie wollte ihre Leere mit ihm füllen, er sollte sie vergessen machen, daß Toby tot war und das Leben schwer, er sollte den Schmerz von ihr nehmen und ihr gebrochenes Herz heilen. Und Slade wollte ihr all das geben. Er sehnte sich so sehr danach, es ihr zu geben, aber das war weder der Ort noch die Zeit dafür. Rachel war keine Frau, die sich jetzt so hingeben konnte und sich hinterher nicht verachten und bereuen würde und er war nicht der Mann, einen solchen Augenblick der Schwäche und der Trauer auszunutzen. Er konnte ihr das nicht antun. Er wollte ihr das nicht antun. Er mußte von Sinnen gewesen sein, es überhaupt soweit kommen zu lassen.

»Nein, nein!« sagte er schroff und rang nach Luft. »Wir werden das nicht tun! Ich sage dir, nein! Ich will dich, Rachel! Das weißt du. Aber nicht jetzt! Nicht so! Hör auf mich! Du würdest dich dafür hassen – mich geliebt zu haben, obwohl das Baby tot im Haus liegt –, und mich würdest du auch hassen. Und das könnte ich nicht ertragen, ich...« Er verstummte, und ein Muskel zuckte in seiner Wange. Dann sagte er in etwas freundlicherem Ton: »Geh zurück ins Haus, Rachel, mein Schatz. Bitte. Da drinnen ist ein Kind, das begraben werden muß, und was zwischen uns ist, muß warten, und es wird um so süßer sein, wenn wir darauf warten, das schwöre ich.«

Schockiert und entsetzt, weil sie sich so vergessen und sich ihm in ihrem Leid so schamlos an den Hals geworfen hatte, taumelte Rachel blindlings aus der Scheune. Anscheinend hatte sie den Verstand verloren. An der Tür des Blockhauses blieb sie schluchzend stehen, holte Luft und sammelte sich, so gut es ging, für das, was sie drinnen erwartete. Dann öffnete sie langsam die Tür und ging hinein zu dem Baby, das reglos und stumm in seiner Wiege lag.

25. Kapitel

Das Leben ging weiter wie zuvor, nur gab es jetzt kein Baby mehr im Haus, und unter dem einsamen Baum, den Rachel gepflanzt hatte, gab es statt vier nun fünf Gräber.

Manchmal ging sie am frühen Morgen oder im langen Zwielicht des Abends hin, um ihren Gedanken nachzuhängen und wilde Blumen auf die Erdhügel in der weiten, grasbewachsenen Ebene zu streuen. Jonathans Grab pflegte sie genauso sorgsam wie die anderen, verzieh ihm im Tod, was sie ihm im Leben nicht hatte verzeihen können.

Seeks war fort – er war ohnehin viel länger geblieben als sonst –, und mit traurigem Herzen fragte sich Rachel, ob sie ihn je wiedersehen würde. Ihr war mit einem Male klar geworden, daß er, obwohl sie glaubte, er würde sich nie verändern, ein alter Mann war, dessen Herz schwer war ob seiner Vision von der Zukunft, in der es keinen Platz für ihn oder seinesgleichen gab. Seine Art zu leben, im Einklang mit der Natur, verschwand zusammen mit den riesigen Büffelherden, wie er ihr erzählt hatte. Jeden Winter war ihm der Tod ein bißchen dichter auf den Fersen, und sie wußte jetzt, daß er in seinem Herzen sein Kommen begrüßte.

Sie kniete gerade neben den Gräbern auf der Prärie, und die Morgensonne verwandelte ihr Haar zu Gold, als er kam, um sich zu verabschieden. Er näherte sich langsam auf seinem Pinto, mit den beiden Packeseln am Sattel festgebunden, und noch ehe er anhielt und mit steifen alten Gliedern vom Pferd stieg und auf sie zukam, wußte sie, daß er fortgehen würde, und erhob sich respektvoll. Ihr Herz tat weh bei diesem Gedanken und auch, weil sein Verlust irgendwann irgendwie ertragen werden mußte. Sie fragte sich, ob es wirklich stimmte, daß Gott einem Menschen nur die Last aufbürdete, die er auch tragen konnte.

Einen Augenblick lang stand Seeks reglos da und sah den einsamen Baum an, der auf einem Hügel stand, und der trotz der langen, heißen Sommer, der bitterkalten Winter und trotz des ständigen Windes tapfer seine Äste zum Himmel hob wie im Gebet – oder als würde er nach der Sonne und den Sternen greifen.

Dann bemerkte er: »Das ist ein guter Platz für ein Grab.«

»Ja«, sagte sie leise und wußte, daß auch er, der keine Familie außer der ihren kannte, dort liegen wollte, wenn seine Zeit gekommen war.

»Du wirst dafür sorgen.« Es war eine Feststellung, keine Frage.

»Ja«, sagte sie.

Er nickte, hatte nichts anderes erwartet. Dann musterten seine dunklen Augen ihr Gesicht und prägten sich jeden Zug ein, und er streckte die Hand aus und legte sie mit dieser lieben, vertrauten Geste behutsam auf ihr Haar.

»Ist wie Sonnenschein, denke ich immer«, sagte er leise.

»O Seeks! Seeks!« rief Rachel leise.

Mit Tränen in den Augen warf sie die Arme um den Hals ihres Freundes und drückte ihn fest an sich. Einen langen Augenblick hielt er sie fest, und seine krummen alten Finger streichelten liebevoll ihr Haar. Dann schüttelte er verlegen den Kopf und schob sie sanft, aber bestimmt weg, wobei er sich abwandte, damit sie nicht sehen konnte, wie gerührt er war. Dann zog er bedächtig seinen Strohschirm aus dem Packen auf dem Rücken des Mulis und stieg auf den Pinto. Jetzt sah er Rachel noch einmal an, die stumm dastand und weinte.

»Nächsten Sommer komme ich wieder«, versprach er und tat so, als sähe er ihre Tränen gar nicht, »und dann erwarte ich, daß ich auf meinen Knien das Kleine von Hundesoldat und Wildblumenfrau wiegen kann. Hundesoldat ist ein weiser Mann wie Seeks, und ein weiser Mann versucht zwar nie, der Liebe zu befehlen, aber er hört das Herz singen, wenn sie kommt.«

Dann öffnete der Indianer mit einem kleinen Klick seinen Schirm und ritt los, eine stolze, fremdartige Gestalt vor dem unendlichen Horizont. Rachel schaute ihm nach, bis er außer Sichtweite war, ihre Tränen glänzten auf ihren sonnengeküßten Wangen, und ihr Herz floß über vor Rührung. Auf seine Art hatte Seeks ihr gerade gesagt, daß er sie liebte – und daß Slade sie liebte.

Der Juli ging zu Ende, und der August zog blühend ins Land. Die Ebenen waren erfüllt vom Duft frisch gemähter Felder, auf denen die Männer von Sonnenaufgang bis lange nach Sonnenuntergang arbeiteten und ernteten, was sie im Frühling gesät hatten. Jede Hand wurde bei der Ernte gebraucht, so daß alle Buben, sogar Andrew, helfen mußten, während die Mädchen, einschließlich der kleinen Naomi, Rachel in der Küche halfen, für die hungrigen Männer zu kochen. In der ganzen Umgebung gingen Männer von Farm zu Farm, um bei der Ernte zu helfen, und die Frauen zogen mit ihnen, um sich das Kochen zu teilen. Auf Gus' Farm wurde doppelt gefeiert, denn praktisch, wie die aus dem Mittelwesten nun einmal waren, nutzte er die Anwesenheit derer, die ihm bei der Ernte halfen, um auch gleich Hochzeit zu feiern.

Rachel wünschte dem Paar von ganzem Herzen Glück. Aber sie wußte, daß sie sich in Livie nicht geirrt hatte, die ihrer Meinung nach wie der heidnische Gott Janus zwei Gesichter hatte. Nach außen hin war sie herzlich, lustig und freundlich, aber dahinter verbarg sich nur ihr unerfreulicher Charakter. Livie war unglaublich eifersüchtig darauf, daß Gus einmal Rachels Verehrer gewesen war, obwohl sie wußte, daß Rachel ihn nie gewollt hatte. Und mehr als einmal ertappte Rachel sie dabei, wie sie ihr heimlich so messerscharfe Blicke zuwarf, daß Rachel sich hinterher wie ein Nadelkissen vorkam, verwirrt angesichts des Haßes und der Feindseligkeit des schwedischen Mädchens. Livie verstand es sehr geschickt, ihre böse Natur zu verbergen und hatte bei der Feier alle außer Rachel davon überzeugt, daß sie eine süße, liebevolle Frau war, die Gus eine wunderbare Ehefrau sein würde.

Und das würde sie wahrscheinlich auch, dachte Rachel. Livie würde sicher schwer arbeiten, um jeden Nachbarn im Umkreis von zehn Meilen davon zu überzeugen, daß sie die ideale Ehefrau war – aber dabei gar nicht begreifen, daß die anderen so damit beschäftigt waren, ihre eigenen Farmen zu bewirtschaften, daß ihr eigener Erfolg oder Mißerfolg letztendlich bedeutungslos war. Rachel mochte das schwedische Mädchen zwar nicht, aber sie tat ihr von Herzen leid, denn ihrer Meinung nach würde Livie nie wahres Glück erfahren, sondern gezwungen sein, sich mit seinen hohlen Verzierungen zufrieden zu geben – und, was noch trauriger war, den Unterschied nicht einmal merken. Für Gus hatte Rachel noch mehr Mitleid, weil er sich so hatte hinters Licht führen lassen. Aber vielleicht würde seine Liebe im Lauf der Zeit Livie ermöglichen, weniger unsicher und verängstigt zu sein, gütiger und liebevoller. Vielleicht würde er die giftige Person, die Rachel in Livie entdeckt hatte, nie kennenlernen. Sie wußte es nicht.

Sie war mit ihren eigenen Problemen beschäftigt, und nachdem die menschliche Natur, ob gut oder schlecht, so beschaffen ist, daß der Schmerz eines angestoßenen Zehs einen Menschen mehr trifft als der des Nachbarn, der einen Fuß verloren hat, beschäftigte sie sich nicht allzu lange mit Gus und Livies Ehe. Und sie vergaß sie sogar ganz, als Adam mit einer Botschaft eintraf, die für Slade schicksalhaft sein sollte.

Rachel sollte sie bis ans Ende ihrer Tage nicht vergessen, denn nie zuvor und auch nie danach hatte sie einen solchen Ausdruck auf seinem Gesicht gesehen. Er sah so furchterregend aus, als Adam ihm die harmlos aussehende Spielkarte reichte, daß Rachel trotz ihrer großen Liebe zu ihm das Blut in den Adern gefror. Und plötzlich kam ihr der Gedanke, ängstlich, intuitiv: Es ist etwas passiert, etwas, das so furchtbar ist, daß sich zwischen uns alles verändert hat und vielleicht nie wieder so werden wird wie früher.

»Ich bin gestern in einem Saloon in Delano in ein Farospiel geraten«, begann Adam seine Erklärung, wie er an die Karte gekommen war. Er errötete bei diesem Geständnis und wagte nicht, Eve in die Augen zu sehen, die sich bei dieser Neuigkeit aufgerichtet hatte und ihn jetzt vorwurfsvoll ansah. »Auf jeden Fall spielt das keine Rolle«, fuhr der junge Mann hastig fort. »Das Wichtige ist, daß ein Kerl an diesem Tisch saß – nicht die übliche Sorte, die man in Delano sieht, sondern ein teuer gekleideter Gentleman. Ich hab' zuerst gedacht, er wäre irgendein Dummkopf, der gerade mit der Kutsche aus dem Osten gekommen ist, ein französischer Dandy – nichts für ungut, Slade –, aber das war er nicht.

Er hat ziemlich viel getrunken – gutes Zeug –, aber man hat ihm nichts angemerkt, Slade, obwohl er sicher betrunken war, sonst wüßte ich keine Erklärung für sein Verhalten. Denn im Lauf des Abends hat er den Verdacht gekriegt, daß ihn der Croupier betrügt, und vielleicht hat das auch tatsächlich gestimmt, ich weiß es nicht. Ich wüßte nicht wie, aber möglich ist ja wohl alles. Auf jeden Fall gab's Streit deswegen, und der Croupier hat ein Messer aus dem Ärmel gezogen, und bevor irgend jemand irgendwas machen konnte, hat der Franzose blitzschnell eine Derringer aus seiner Tasche gezogen und dem Croupier eine Kugel zwischen die Augen verpaßt. Ich hab' so was in meinem Leben noch nicht gesehen, Slade, das Blut ist überall herumgespritzt.« Adam verstummte erschrocken, als er sah, wie Eve blaß wurde. Nach kurzer Zeit fuhr er fort.

»... Die Sache ist die, nachdem das alles vorbei war, der Croupier weggeschafft und der Franzose dem Barmann Geld zugesteckt hat, damit er den Sheriff nicht ruft – irgendwie hab' ich das Gefühl, daß er steckbrieflich gesucht wird –, hat er sich eiskalt wieder an den Tisch gesetzt, als wär' nichts passiert.

Na ja, du weißt ja, wie mich Waffen interessieren, und deshalb bin ich mit ihm ins Gespräch gekommen, und wie wir so geredet haben, hab' ich so ganz beiläufig erwähnt, daß wir hier in Wichita auch einen Revolvermann haben. Und der Franzose hat gesagt: ›Oh, wen denn?‹ Und ich hab' gesagt: ›Slade Maverick.‹ Und dann hat er auf einmal so einen komischen Blick gekriegt und ist ganz still geworden, als ob ich ihn auf den Kopf geschlagen hätte, oder so was. Dann hat er den Kartenschuh genommen und alle Karten rausgerissen, bis er die gefunden hat, die Sie jetzt haben, Slade. Danach hat er sie ganz lange angestarrt, als wär' sie was ganz Besonderes für ihn. Dann hat er sie mir gegeben und hat gesagt, ich soll so freundlich sein und sie Ihnen bringen, weil er Sie kennt und so, und dann hat er gesagt, ich soll Sie fragen, ob Sie noch Faro spielen können. Was hat das zu bedeuten, Slade?« fragte Adam neugierig. »Wissen Sie, was es bedeutet?«

Der Revolvermann schwieg so lange, daß Rachel schon dachte, er wolle die Frage des jungen Mannes nicht beantworten, aber schließlich knurrte er: »Ja, ich weiß es.« Dann sprang er auf und schritt aus dem Blockhaus. Keiner sagte ein Wort, bis schließlich Rachel aufstand, um nach Slade zu schauen. Sie öffnete leise die Tür und ging hinaus in die Nacht, um ihn zu suchen. Er stand reglos im Mondlicht, in einiger Entfernung draußen auf der Prärie. Langsam, ohne jede Ahnung, was sie erwartete, ging Rachel auf ihn zu. Ihr Herz klopfte bis zum Hals.

Slade hörte sie nicht kommen, denn er starrte wie in Trance auf die Spielkarte in seiner Hand. Es war die Herzdrei – die Karte, mit der Digger Thibeaux das Farospiel verloren hatte, in der Nacht, in der Slade ihm seine Geliebte Thérèse Duvalier weggenommen hatte. Die Herzdrei, das Symbol des Dreiecks der Leidenschaft und Eifersucht, das sie drei vor mehr als zehn Jahren gebildet hatten. Die Herzdrei, die Spielkarte, auf die Digger seine unverschämte Herausforderung gekritzelt hatte, die sie drei zu den berüchtigten Ulmen führte, unter denen in New Orleans Duelle ausgetragen wurden. Die Herzdrei, Thérèse tot und Digger noch am Leben. Noch am Leben! Slade stieg die Galle hoch, und er mußte sich zwingen, nicht den Blick für die Realität zu verlieren.

Er war so in seine Erinnerungen vertieft, daß er Rachels raschelnde Schritte im trockenen Präriegras erst hörte, als die schon fast vor ihm stand. Mit dem geschulten Instinkt eines Revolvermannes ließ Slade die Karte fallen und zog wie der Blitz seine Colts.

»Um Himmelswillen, Rachel!« fluchte er, als er sie sah, dann rammte er die Revolver wieder in ihre Halfter. »Schleich dich nie wieder so an mich ran!«

»Ich bin nicht geschlichen, Slade.« Sie bückte sich und hob die Karte auf. »Was hat das zu bedeuten, Slade?« fragte sie und reichte sie ihm mit blasser, zitternder Hand.

»Frage nicht, Rachel«, befahl er knapp, »weil du es gar nicht wissen willst.«

»O doch, das will ich. Ich habe ein Recht, es zu wissen, Slade!«

»Nein, das hast du nicht.«

»O doch, das habe ich. Du hast mir das Recht dazu gegeben, Slade – indem du Gus verjagt und den Keifes erzählt hast, ich wäre deine Verlobte. Solche Dinge solltest du nicht tun, wenn du nicht willst, daß ich einen Anspruch auf dich habe, wenn du mich nicht zu einem Teil deines Lebens machen willst. Also, ich frage dich jetzt: Was hat diese Karte zu bedeuten?«

»Na schön«, erklärte er nach kurzem Überlegen. »Ich werde es dir erzählen. Aber es wird dir nicht gefallen. Also sag nicht, ich hätte dich nicht gewarnt, du wolltest es ja trotzdem wissen.« Er holte tief Luft, dann sagte er grimmig: »Es ist ein geschmackloser Scherz, eine absichtliche Beleidigung, eine Herausforderung, der ich mich nicht entziehen kann. Es bedeutet, daß ich, wenn ich noch einen Funken Stolz und Mut in mir habe – und davon habe ich weiß Gott genug, Rachel –, in die Stadt reiten und jemanden töten muß.«

Rachel hatte etwas Derartiges befürchtet, seit Adam Slade die Karte gereicht hatte, trotzdem wurde sie leichenblaß.

»Aber... warum? Warum«

Slades Antwort ließ einige Zeit auf sich warten. Dann endlich öffnete er die versiegelten Türen zu seiner dunklen Vergangenheit und erzählte ihr die Geschichte seiner wilden Jugend, von dem Skandalduell in New Orleans und von dem unbekannten Mädchen, das er geliebt hatte. Rachel hörte ihm stumm zu, wagte nicht, ihn zu unterbrechen, da sie spürte, daß er diese Dinge noch nie einem Menschen erzählt hatte.

»Erinnerst du dich an das Mädchen, von dem ich dir erzählt

habe, an die ich in New Orleans mein Herz verloren habe, die, die… gestorben ist« fragte er. Rachel nickte, und er fuhr fort. »Nun, ihr Name war Thérèse Duvalier und sie war Croupier in einer Spielhölle im French Quarter. Sie hatte auch schwarzes Blut in ihren Adern und war Hure, weil in jenen Tagen Frauen wie sie nur diese Möglichkeit hatten, wenn sie überhaupt etwas vom Leben haben wollten.« Slade verstummte und erinnerte sich daran, wie es damals für Frauen wie Thérèse Duvalier gewesen war. Dann fuhr er fort, und dann sprudelten die Worte aus ihm heraus, als wären sie zu lange in seinem Inneren verschlossen gewesen. »Oh, Rachel, sie war so dunkel, wie du blond bist, mit langen rabenschwarzen Haaren und einer Haut so blaß, daß sie fast weiß war. Sie war so schön, und ich habe sie so geliebt«, beichtete er, und seine Worte bohrten sich wie ein Messer in Rachels Herz. »Ich habe sie geliebt, obwohl ich wußte, daß ich sie, weil sie schwarzes Blut hatte, nie hätte heiraten können. Das wäre der Todesstoß für meinen Vater gewesen. Es hätte ihn umgebracht, und obwohl ich ihn verachte, wollte ich nicht schuld an seinem Tod sein.

Aber ich hatte einen Freund – zumindest war er das am Anfang, Digger Thibeaux, und auch er liebte Thérèse, und zuerst zog sie ihn mir vor. Er war fünf Jahre älter als ich, erfahrener und weltmännischer, nehme ich an – und er hatte auf jeden Fall mehr Geld, denn mein Vater hatte mich ohne einen Pfennig aus dem Haus gejagt. Aber Digger war wild, Rachel, noch wilder als ich, und die Thibeaux hatten alle eine grausame Ader. Sie hatten so oft untereinander geheiratet, daß die ganze Familie halb verrückt war, und Digger war einer der Schlimmsten. Trotzdem war er unter den jungen Pflanzersöhnen sehr beliebt.

Digger war natürlich nicht sein richtiger Name. Er hieß Dominique. Wir nannten ihn nur so, weil er die unangenehme Angewohnheit hatte, seine Gegner im Duell ins Grab zu befördern. Der Spitzname war ein makabrer Witz, weil in New Orleans die Toten über der Erde bestattet werden, da sonst die Gefahr besteht, daß sie weggeschwemmt werden, wenn die Flüße steigen.

Auf jeden Fall hat er die arme Thérèse fürchterlich mißbraucht, sie ausgepeitscht wie vor dem Krieg seine Sklaven und grausam mißhandelt, was ich nicht näher beschreiben will. Ich habe mehrmals versucht, sie dazu zu überreden, ihn zu verlassen. Aber sie hatte schreckliche Angst vor ihm und vor dem, was er ihr antun würde, obwohl wir uns inzwischen ineinander verliebt hatten und uns bei jeder Gelegenheit heimlich trafen. Ich sagte ihr, ich würde sie beschützen, aber sie hatte trotzdem Angst.

Dann, eines Nachts, als wir in der Spielhölle, in der Thérèse arbeitete, Faro spielten, behauptete Digger plötzlich, sie hätte die Karten im Schuh zu meinen Gunsten manipuliert, damit er verlor und ich gewann. Er stand vom Tisch auf, schüttelte und schlug sie, und da drehte Thérèse durch. Sie fing an, ihn anzubrüllen, und alles sprudelte aus ihr heraus: Wie sie ihn haßte, daß wir uns heimlich liebten, daß sie mit mir weggehen und ihn nie wiedersehen wollte. Sie war vollkommen hysterisch, und ich brachte sie nach Hause. Als wir dort waren, kam eine Botschaft von Digger – er forderte mich – zum Duell heraus, die Botschaft hatte er auf die Rückseite einer Herzdrei gekritzelt, auf die Karte, mit der er an jenem Abend verloren hatte. Er war betrunken und wollte nicht warten, bis das Duell ordnungsgemäß vorbereitet war, und nachdem ich auch getrunken hatte, nahm ich die Herausforderung wutentbrannt an.

Trotz meiner Einwände bestand Thérèse darauf, mich zu begleiten. Sie wartete in der Kutsche unter den Ulmen, während Digger und ich uns Rücken an Rücken stellten und dann die Schritte abzählten, jeder mit einer von Diggers Duellpistolen in der Hand. Damals wußte ich nicht, was in Thérèse vorging. Aber im letzten Moment, als wir uns umdrehten, um zu schießen, sprang sie aus der Kutsche und lief durch die Bäume auf mich zu. Vielleicht hatte Digger sich hinterlistig zu früh umgedreht, und sie wollte mich warnen. Oder vielleicht hatte er sich doch fair verhalten, und sie hatte einfach Angst, ich könnte ihn nicht erschießen – er hatte schon so viele getötet –, und sie versuchte, mein Leben zu retten. Wie ich schon sagte, ich wußte es nicht, und ich werde es auch nie erfahren, weil dieser gottverdammte Bastard Digger, anstatt auf mich zu schießen, einfach Thérèse erschoß. Er hat sie kaltblütig niedergeknallt. Er hat sie ermordet, Rachel, direkt vor meinen Augen, weil er wußte, wie sehr ich sie liebte. Manchmal – manchmal denke ich, daß ich es nie vergessen kann …« Slade verstummte und versuchte, sich wieder unter Kontrolle zu bringen. Dann fuhr er leise fort.

»… Ich werde nie vergessen, wie er hinterher dastand und lachte wie ein Irrer und sogar noch weiterlachte, als ich abdrückte und er zu Boden stürzte. Ich vergewisserte mich nicht, ob er tot war. Ich raffte Thérèse in meine Arme, legte sie in die Kutsche und jagte wie der Teufel zum nächsten Arzt. Aber es war zu spät. Sie war tot, als ich ankam.« Dann sagte er mit dumpfer Stimme: »Seither säubere ich die Welt von Ungeziefer wie Digger Thibeaux – und jetzt, wo ich weiß, daß er noch am Leben ist, werde ich zu Ende bringen, was in dieser Nacht in New Orleans angefangen hat. Ich schulde es Thérèse. Ich schulde es mir selbst.«

Die Tränen auf ihrem Gesicht wirkten wie kleine Prismen im Mondlicht, und Rachel wollte etwas sagen, protestieren – sie liebte ihn und hatte Angst, ihn zu verlieren, genau wie Thérèse Duvalier Angst gehabt hatte. Aber Slade ließ sie mit einer Geste verstummen.

»Nein, sag kein Wort, Rachel. Du verschwendest nur deine Zeit, wenn du mich überreden willst, nicht zu gehen, weil ich das nicht kann. Ich kenne bereits alle guten Gründe, warum ich Digger nicht mehr begegnen sollte und einen zwingenden Grund, es doch zu tun – aber dieser eine genügt. Er überwiegt alles andere. Also bitte, geh einfach zurück ins Haus. Bitte, Rachel. Ich muß eine Weile allein sein und alles durchdenken, damit ich klar sehe.«

Rachel versuchte vergeblich, ihr Schluchzen zu unterdrücken, drehte sich um und rannte zurück zum Blockhaus. Slade sah ihr mit zugeschnürter Kehle nach und versuchte, sich nicht von seinen Gefühlen überwältigen zu lassen. Nach geraumer Zeit schritt er entschlossen zur Scheune, um den Wagen anzuspannen, damit er die Kinder nach Hause bringen konnte.

Dort fand ihn Poke. Der Revolvermann sah ihn stumm im flakkernden Laternenlicht an und wandte sich dann brüsk wieder den Pferden zu. Poke seufzte. Die Aufgabe, die er sich gestellt hatte, würde nicht leicht sein. Aber er gab nicht auf.

»Slade. Hast du 'nen Moment Zeit für mich?« fragte er.

»Willst du dich etwa auch in meine Angelegenheiten einmischen, Poke? Verdammt noch mal, hat man denn hier nie seine Ruhe?« sagte Slade barsch. Dann fragte er mißtrauisch: »Hat Rachel dich geschickt?«

»Nääh, das hat se nich. Und sei gefälligst höflich, wenn du mit mir redest, Slade Maverick. Der Krieg is vorbei, und ich bin ein freier farbiger Mensch«, sagte Poke. »Und keiner von den Negersklaven von deinem Vater! Vergiß das ja nicht, ich bin nämlich noch nicht so alt, daß ich dich nicht vertrimmen kann. Einer muß für Miss Rachel sprechen, und Fremont ist so stinksauer auf dich, weil du dem Mädel wehgetan hast, daß er schon sein Gewehr sucht!« Poke holte Luft. »Du weißt, daß Rachel dich liebt, Slade.«

Der Neger sah mit Genugtuung, wie der Revolvermann erstarrte. Nach einiger Zeit zwang sich Slade, mit seiner Arbeit fortzufahren.

»Du träumst, Poke«, knurrte er.

»Nääh, wirklich nich'. Mensch, an dem Tag, wo dir Ox den Stuhl übern Kopf gezogen hat, hab' ich gedacht, sie fällt in Ohnmacht, wie sie dich da liegen sieht. Die war so wütend, daß sie eins von den Stuhlbeinen genommen hat und den alten Ox umbringen wollte! Geschlagen hat sie ihn, und das nicht zu knapp. Ich kenn' Rachel, seit sie auf der Welt ist, und ich sag' dir, ich hab' sie noch nie so aufgeregt gesehn wie damals, wie sie gedacht hat, du bist tot. Und jetzt willste wegrennen und dich mit diesem Franzosen schießen – und dich womöglich umbringen lassen!«

»Hat Rachel dir das gesagt?« fragte Slade wütend.

»Nääh. Und ich brauch' auch keinen, der mir das sagt, weil du heut' abend dreingeschaut hast, als hätteste einen Geist gesehn. Ich bin im Süden aufgewachsen. Ich weiß Bescheid über Duelle. Und wie Adam das erzählt hat, und weil ich weiß, daß du ein Revolvermann warst, bevor du hierher gekommen bist, muß ich doch kein Hellseher sein, da weiß ich doch, daß die Karte eine Herausforderung ist. Aber ich bin hier, weil ich dir sagen will, daß heute keiner mehr Duelle macht, und daß die Vergangenheit begraben ist, Slade, und du nix mehr ändern kannst – jetzt nicht und niemals. Das kann keiner, das is' Tatsache!«

»Vielleicht, aber ein Mann, der einen Funken Ehre und Mut im Leib hat, weicht keiner Herausforderung aus«, sagte Slade hartnäkkig.

»Das hab' ich auch mal geglaubt«, gab Poke zu, »aber Ulysses hat mich was Besseres gelernt. Du hast Ulysses, Rachels Daddy, nie gekannt. Aber er und Miss Victoria, Rachels Mutter, des waren gute Leute, die besten. Die ham mich vor Jahren aufgenommen, bevor der Krieg angefangen hat, bevor Miss Rachel auf der Welt war. Und ich war ein geflohener Sklave aus dem Süden, und ich hab's irgendwie bis in den Norden geschafft. Ich hab' gestohlen, um nich' zu verhungern, und auf der Straße geschlafen, wie Ulysses mich gefunden und mit nach Haus mitgenommen hat. Ich war halb verrückt vor Angst vor den Sklavenfängern, und ich hab' mich geschämt, weil ich weggelaufen bin. Ich hab' mich wie ein Feigling gefühlt. Aber Ulysses hat mir gesagt, daß es oft viel mehr Mut kostet wegzulaufen, wie dazubleiben und zu kämpfen.

Familie hab' ich keine mehr gehabt. Meine Kinder ham se flußabwärts verkauft, und meine Frau... also der weiße Mann... wenn man den überhaupt Mann nennen kann – dem wir gehört ham, der hat sich eines Abends besoffen und sie geschlagen und vergewaltigt, weil sie ihn und ein paar von seinen Freunden nicht befriedigen wollte. Dann ham sie sie der Reihe nach gepackt. Sie war tot, wie sie fertig waren. Und ich hab' ihn dann umgebracht. Deswegen bin ich weggelaufen, und deswegen hab' ich auch solche Angst gehabt, daß mich die Sklavenfänger erwischen. Die hätten mich aufgehängt. Aber Fremont, Ulysses und Victoria, die ham mich versteckt und beschützt, und hinterher warn die meine Familie.

Deswegen will ich mit dir reden, Slade, weil ich nich' ertragen kann, daß man dem Kind von Miss Victoria wehtut. Ich weiß, daß dem kleinen Mädel da drin das Herz bricht, wenn dir was passiert und du nicht zurückkommst. Du hast doch ehrenwerte Absichten mit dem Kind, oder? Ich meine… so wie du seit Monaten hier rumlungerst und so tust, als gehörst du zur Familie, na, da hab' ich gedacht, du und Miss Rachel, ihr habt euch geeinigt und wollt heiraten. Bin ich da auf dem Holzweg?«

»Nein«, erwiderte Slade knapp.

»Warum riskierst du dann, daß Miss Rachel Witwe ist, bevor sie noch 'ne Ehefrau war? Des is nicht recht, erst den alten Ox verjagen und dann selber wegrennen und sie aufm Trocknen sitzen lassen. Der Ox war ihr egal. Aber dich liebt sie, Slade, und Miss Rachel is' ein Mensch, der wo dem Mann, den sie liebt, ihr ganzes Herz gibt. Und ich sag' dir hier und jetzt, wenn dir was passiert, wird das Kind das nie überwinden, nicht solang' sie lebt. Ich find', wenn ein Mann eine Frau lieb hat, dann würd' er nicht riskieren, ihr so was anzutun!«

»Nein, Poke, das würde er nicht«, stimmte Slade zu und stieg auf den Kutschbock. »Aber ob's ihm gefällt oder nicht, ein Mann muß tun, was er tun muß. Aber mach dir keine Sorgen um mich – oder um Rachel –, hast du gehört? Sie ist eine starke Frau, und wenn sie mich liebt, wie du sagst, dann weiß sie in ihrem Herzen, daß ich meine Vergangenheit überwinden und reinen Tisch machen muß, wenn wir zusammen ein Leben führen wollen, wie sie sich das vorstellt – und wie ich mir das vorstelle wohl auch. Ansonsten würde ich mir nicht so viele Gedanken machen, was ihr das antun könnte. Aber keine Angst. Ich kann auf mich aufpassen, und ich werde wiederkommen. Darauf kannst du dich verlassen!«

26. Kapitel

Lange nachdem Slade, Adam und die Kinder an diesem Abend gegangen und Fremont und Poke im Bett waren, saß Rachel schweigend auf der Schwelle des Blockhauses und betete. Sie wußte, daß sie Slade nicht davon abhalten konnte, sich mit Digger Thibeaux zu treffen, daß der Revolvermann es als feige betrachten würde, die Herausforderung nicht anzunehmen, und auf eine seltsame Art wollte sie das drohende Duell auch nicht verhindern.

Das unerwartete Auftauchen Thibeaux in Slades Leben hatte alle alten Wunden wieder aufgerissen und all seine alten Gefühle für Thérèse Duvalier wieder zum Leben erweckt. Vorher waren Wunden und Gefühle nur noch sterbende Erinnerungen gewesen, fast vergessen, das spürte Rachel. Aber jetzt hatte Digger ihnen neues Leben eingehaucht, hatte all den Schmerz und die Leidenschaft wieder auflodern lassen. In ihrem Herzen wußte Rachel, daß Slade nur frei sein würde, sie zu lieben und mit ihr ein Leben aufzubauen, wenn es ihm gelänge, seine Vergangenheit zu begraben und das Buch der Erinnerungen zu schließen.

Sie versuchte, ihre Angst zu beschwichtigen, indem sie sich einredete, Slade sei ein Profi, der gut war, denn sonst hätte er nicht so lange überleben können. Aber der Verstand allein genügte nicht. Irgend etwas an seiner Geschichte hatte ihr entsetzliche Angst eingejagt, obwohl sie nicht genau benennen konnte, was es war. Sie wußte nur, daß es mehr war als die Tatsache, daß Digger Thibeaux ein kaltblütiger Mörder war. Immer und immer wieder ließ Rachel sich Slades tragische Geschichte durch den Kopf gehen. Aber wie immer blieb das Entsetzliche ungreifbar. Sie wußte nur, daß Slade sterben konnte und sie ihm nie gesagt hatte, daß sie ihn liebte.

Durch ihre Trauer um Tobys Tod und die lange, harte Arbeit der Ernte hatte sie nie Gelegenheit dazu gehabt, sondern immer auf einen geeigneten Augenblick gewartet.

Hatte sie doch zu lange gewartet? Damit konnte Rachel nicht leben. Der Gedanke ließ sie nicht mehr los, und fast wäre sie spontan zu Slades Farm geritten. Dann wurde ihr klar, daß er wahrscheinlich schlief und die Kinder sicherlich auch, und sie alle aufwecken würde und dann müßte sie Slade vor allen anderen sagen, wie es in ihrem Herzen aussah. Rachel beschloß, es ihm am Morgen zu sagen, in aller Frühe. Gott schuldete ihr das, oder etwa nicht? Er konnte doch nicht so grausam sein, ihr Toby wegzunehmen und dann auch noch Slade, ehe sie ihm ihre Liebe gestanden hatte. Nein, das konnte sie nicht glauben. Das würde sie nicht akzeptieren. Irgendwie mußte sie einen Weg finden.

In der Ferne zuckten Blitze am Himmel und muteten wie ein Feuerwerk an. Aber es war kein Donner zu hören, und es regnete auch nicht, was Rachel erschaudern ließ. Etwas Bedrohliches braute sich zusammen, und plötzlich waren all ihre Ängste wieder da. Sie ging ins Haus und zu Bett. Aber es dauerte lange, ehe sie einschlief, und als sie endlich einschlief, fiel sie in einen unruhigen Schlaf, gequält von Träumen, in denen Slade unter schwarzem Himmel auf der Prärie stand, und irgendwo lachte eine schattenhafte Gestalt, und aus seinen Revolvern zuckten Flammen.

Am Morgen war der Himmel bleiern, und in der Ferne bauschte sich eine Finsternis auf aus Regenwolken; die Luft war stickig und feucht, der Wind träge und drückend, er regte sich kaum noch, es war die unnatürliche Ruhe vor einem Sommergewitter. Vom Rükken ihres Pferdes Sunflower aus suchte Rachel ängstlich den Horizont ab, weil sie befürchtete, ein schrecklicher Wolkenbruch oder Schlimmeres könnte hereinbrechen. Trotzdem ritt sie unbeirrt weiter, entschlossen, ihre Mission zu erfüllen. Es war ja nicht das erste Mal, daß sie von einem Gewitter durchnäßt wurde. Und sicher auch nicht das letzte Mal.

Eve hatte Rachel erzählt, Slade sei früh am Morgen weggeritten, aber nicht in Richtung Stadt, sondern zu den fernen Feldern. Er hatte zwei Säcke mit Flaschen und Dosen mitgenommen. Deshalb glaubte Eve, er mache Schießübungen, um sich auf sein Treffen mit Digger Thibeaux vorzubereiten. Und deshalb fand Rachel den Revolvermann, wie er auf Flaschen und Dosen zielte, die er auf einem Felsen, der aus der Prärie ragte, aufgestellt hatte.

Er warf ihr einen strengen Blick zu, als sie vom Pferd stieg. Dann beugte er mit verschlossenem Gesicht den Kopf zu seinem Revolver, stieß die leeren Hülsen aus und lud erneut.

»Es war reine Zeitverschwendung hierherzukommen, Rachel«, sagte er brüsk. »Ich lasse mich von meinem Vorhaben nicht abbringen.«

»Das weiß ich.«

Das ließ ihn für kurze Zeit verstummen. Er ließ den Zylinder des Revolvers versuchsweise kreisen und steckte dann zufrieden die Waffe wieder ins Halfter. Dann wandte er sich ihr mit verschränkten Armen zu.

»Warum bist du dann gekommen?« fragte er in eisigem Ton.

Diese harte Seite seines Wesens hatte Rachel seit langer Zeit nicht mehr gesehen, und sie wurde verlegen. Angesichts dieser abweisenden Haltung konnte sie nicht einfach damit herausplatzen, daß sie ihn liebte. Sie wußte nicht, was sie sagen oder tun sollte. Fast wünschte sie, sie wäre nicht gekommen. Trotzdem brachte sie es nicht fertig, einfach wieder auf ihr Pferd zu steigen und wegzureiten. Sie schluckte. Dann sagte sie: »Ich – ich bin gekommen – dir Lebwohl zu sagen, falls – falls …« Rachel biß sich auf die Unterlippe, und ihre Augen füllten sich mit Tränen. Dann schrie sie mit zittriger Stimme: »Oh, Slade! Warum mußt du jetzt so hart sein, wenn du doch weißt, wie sehr ich – wie ich – das hab' ich nicht verdient! Ich, ich weiß, ich …«

»Nein, das hast du nicht«, murmelte er, lief zu ihr und umarmte sie, drückte sie an sich, seinen Mund in ihrem Haar. »Es tut mir leid, mein Schatz. Es tut mir leid. Ich bin nur so hart, weil ich fürchte, daß ich zusammenbreche, daß ich nicht stark genug bin, loszureiten und dich zurückzulassen. Aber ich muß es tun, Rachel, du mußt doch verstehen, daß ich losreiten muß, oder nicht? Und warum!«

»Ja. Ja, ich verstehe es, und ich hasse es, weil ich nicht will, daß du gehst. Oh, Slade, ich hab' solche Angst – du wirst doch auf dich aufpassen, ja?«

»Ja, ich verspreche es.« Er schwieg einen Augenblick und drückte ihren zitternden Körper fest an den seinen, als könne er es nicht ertragen, von ihr getrennt zu werden.

Sein Gesicht ruhte in ihren Haaren, und die Augen waren geschlossen, als er behutsam ihre Locken streichelte. Dann bemerkte er mit einem Male, daß sein Hengst ängstlich wieherte. Slade hob den Kopf und sah mit sprachlosem Entsetzen den unglaublichen, furchteinflößenden Anblick, der sich vor seinen Augen entfaltete. »Herr im Himmel«, hauchte er. »Was, zum Teufel, ist das?«

Rachel drehte sich um und wurde schneeweiß. Der Himmel glich, so weit das Auge reichte, einem riesigen Bluterguß. Er war blaß, kränklich grün, durchzogen von gelblich grauen Adern, eine gewaltige, drohende schwarze Dunkelheit tat sich vor ihnen auf, wie ein überquellender Farbkessel brodelte sie und schwappte über das ganze Firmament. Der träge Wind von vorhin hatte sich gelegt, kein Lüftchen wehte, und schon das war furchterregend, denn in der Prärie bewegte sich immer etwas. Kein Laut war zu hören, nichts regte sich. Die Stille war gespenstisch, beängstigend; es war ein Gefühl, als wäre die Erde selbst plötzlich erstickt.

Atemlos starrten Rachel und Slade auf den Koloß, der den Himmel verdunkelte, sprachlos und zu Zwergen geschrumpft vor seiner unglaublichen Größe und Macht, mit der er auf sie zuraste und das Firmament verschlang, wie ein dichter Nebel, der vom Meer heranrollt. Doch das waren keine wild gewordenen Gewitterwolken, die bald aufreißen und ihren Inhalt ergießen würden. Keine Blitze durchzuckten diese gewaltige Wolke, und kein rollender

Donner hallte durch die Luft. Wie auf Katzenpfoten schlich sich der Titan heran, kroch schnell und verstohlen näher wie ein Puma, der zum Sprung auf die Beute ansetzt. Slade hatte so etwas noch nie gesehen. Aber Rachel.

»Ein Tornado«, sagte sie grimmig, und auf ihren Ohren lastete ein plötzlicher Druck. »Wir müssen versuchen, zum Haus zu kommen, zum Keller, nur da sind wir sicher.«

Wie ein Mann rannten sie zu ihren Pferden, die jetzt schrill und verängstigt wieherten und mit weiß umrandeten Augen herumtänzelten und bockten, so daß Rachel und Slade Schwierigkeiten hatten aufzusitzen. Kaum waren sie im Sattel, stürmten die beiden Pferde los. Rachel sah sich um und erkannte, daß es trotzdem zu spät war. Die schwarze Wolke hatte sie schon fast eingeholt, wogend und erschaudernd bäumte sie sich auf und schleuderte ihnen ihr wahres Ich, das im Inneren verborgen war, entgegen – eine wirbelnde Satansbrut von dämonischer Kraft und höllischer Wut, ein riesiger Teller, der sich am Himmel drehte wie ein Derwisch, sich ausdehnte, streckte, zu einer Röhre wurde, die wie ein Bohrer auf die Erde zuraste.

Und dann das Geräusch.

Es war das Dröhnen von Abermillionen von Heuschrecken, das Summen ungezählter Bienen und Insekten. Es wurde lauter und noch lauter – bis es zu einem Getöse angewachsen war, das jaulte und heulte, in einem Chor des Grauens, das furchtbare Klagelied zahlloser teuflischer Stimmen, die sich zu einem wütenden, allmächtigen Kreischen vereinten, das über der Prärie explodierte, als Himmel und Erde auf dämonische Weise verbunden wurden.

Der hungrige Höllenhund labte sich, sog alles, was auf seinem Weg lag, in seinen Schlund, verschlang Dreck und Müll, mästete seinen geisterhaften Körper, bis er dunkler wurde und sich in eine gigantische, sich windende Schlange verwandelte, die sich über die Prärie schlängelte und wand und mit ihrer tödlichen diabolischen Zunge wahllos aufleckte, was ihr in den Weg kam, und wuchs und sich blähte vom teuflischen Mahl.

»Schneller, Rachel, schneller!« schrie Slade durch diesen Gesang des Grauens, als er sich umdrehte und die gräßliche Mißgeburt der Natur sah, die sich vom Himmel gesenkt hatte und sie jetzt gnadenlos verfolgte. »Reite um dein Leben!«

»Nein, nein, wir schaffen es nicht, Slade!« schrie sie zurück, aber das Tosen riß ihr die Worte aus dem Mund. »Das hat meine Eltern umgebracht! Sie haben versucht, davor zu fliehen! Sie haben sich keinen Unterschlupf gesucht! Runter vom Pferd, Slade! Steig ab, Slade!«

Rachel brachte ihre Stute zum Stehen, wickelte schnell die Züge ums Sattelhorn und sprang herunter. Ihre Füße hatten kaum den Boden berührt, als Sunflower durchging. Slade fluchte, überzeugt, sie hätte den Verstand verloren, und Fortune müßte sie jetzt beide tragen. Er riß das Pferd herum und galoppierte zurück, um sie zu holen. Aber sie ließ sich nicht auf den Hengst heben.

»Steig ab, Slade!« schrie sie erneut. »Steig ab, sonst wirst du getötet!«

Der Revolvermann konnte sie nicht einfach allein ihrem Schicksal überlassen, zumindest würden sie so zusammen sterben. Er schwang sich aus dem Sattel, wickelte die Zügel um das Sattelhorn und ließ Fortune laufen. Der Sturm hatte Rachels langes Haar aus den Nadeln gerissen, und jetzt peitschte und wirbelte es um ihren Kopf, daß sie aussah wie die Irre, für die Slade sie im Augenblick hielt. Mit dem Rücken zum Tornado und ihren Röcken waagerecht, stand sie wie eine Flagge im Wind. Sie stolperte vorwärts, versuchte sich aufrecht zu halten, schob mit beiden Händen das Haar aus dem Gesicht und kniff die Augen zusammen gegen den Staub, der um sie beide wirbelte und sie fast blind machte und wie Schrot auf ihren Körpern brannte.

»Dort!« schrie sie und zeigte mit dem Finger. »Die Büffelkuhle!«

Geduckt stolperten sie darauf zu. Slade stützte sie mit seinen Armen, half ihr, versuchte, sie vor dem schlimmsten Dreck und Wind zu schützen. Aber selbst er hatte nicht die Kraft, sich der gewaltigen Macht zu widersetzen, die sie schließlich in die Knie zwang. Sie krochen die letzten Meter bis zu der flachen Vertiefung auf allen vieren, dann drückten sie sich auf den Boden. Slade warf sich halb über Rachel.

Der Sturm war jetzt schwarz wie der Nachthimmel durch die Tonnen schwarzer Erde, die er von den Plains in seinen riesigen, klaffenden Schlund gesogen hatte, und er raste direkt auf sie zu. Sie konnten nur hoffen und beten. Sie waren machtlos, so wie alle machtlos sind angesichts Gottes Macht und seines Zorns; sie glaubten sich todgeweiht. Ihre Herzen klopften wie eins, Brust an Brust, hämmernd vor lauter Angst und einer seltsamen, wilden, hemmungslosen Erregung, denn wenn sie wirklich sterben mußten, bliebe ihnen zumindest die Genugtuung, daß es schon der Macht eines Tornados bedurfte, um sie zu töten.

Sie wußten, daß er unmittelbar vor ihnen war. Der Lärm war jetzt ohrenbetäubend wie eine führerlose Monsterlokomotive, die auf sie zuraste, mit gellender Pfeife, unter deren zahllosen Rädern der Boden erbebte. Und dann war er plötzlich über ihnen, ein riesiges, schwarzes Monster stürmte über den Rand der Büffelkuhle. Der Druck war so ungeheuer, daß ihre Trommelfelle fast platzten, und sie wurden so heftig an die Erde gepreßt, daß ihre Lungen sich schlagartig leerten. Sand machte sie blind, schürfte ihnen die Haut ab, und sie klammerten sich aneinander und versuchten vergeblich, einander zu beschützen. In diesem Augenblick gab es nichts mehr außer der ehrfurchtgebietenden, unbegreiflichen Wucht dieser brutalen, nicht kontrollierbaren Naturgewalt, unter der sie zur absoluten Bedeutungslosigkeit verkümmerten. Sie erwarteten zu sterben oder hochgerissen und von der Macht, die über sie hergefallen war, in ewige Vergessenheit entführt zu werden. In diesem flüchtigen Augenblick der Ewigkeit überfluteten sie süße, gemeinsame Erinnerungen. Jeder verzehrte sich vor Liebe nach dem anderen und bedauerte bitterlich, das nicht ausgesprochen zu haben, was sein Herz erfüllte. Jetzt war es zu spät.

Aber auf diese Erkenntnis folgte das Wissen, daß der Tod sie nicht auserkoren hatte, daß sie doch verschont bleiben würden, denn der Sturm war einfach vom Rand der Kuhle mit einem launischen Satz auf eine Erhebung ihr gegenüber gesprungen. Dort verharrte er einen Augenblick, als betrachte er seine Umgebung. Dann raste er davon, schlug einen neuen Weg der Zerstörung ein. Erst viele Meilen später sollte er seinen Schwung verlieren, sich von Erde und Himmel losreißen und wie eine zerquetschte Feder zusammenfallen, sich immer langsamer drehen, bis er schließlich vollends entzweibrach und sich in nichts auflöste.

Die Erde begann wieder zu atmen, aber leise. Das dunkle Firmament lichtete sich, und die Sonne versuchte, sich durch die wenigen restlichen Wolken und den dünnen Staubschleier, der in der Luft hing, zu kämpfen.

Lange nachdem der Tornado über die Prärie davongerauscht war, lagen Rachel und Slade stumm und reglos nebeneinander und konnten noch nicht ganz begreifen, daß er an ihnen vorübergegangen war, daß sie seine chaotische, ungezügelte Wut überlebt hatten. Überrascht hörte Rachel ihrer beiden Herzen immer noch schlagen und spürte Slades warmen Atem auf ihrer Haut. Sie waren also noch am Leben.

Eine Flut nie gekannter Gefühle durchströmte sie jetzt, heftig und bebend wie der Tornado selbst. Sie fühlte sich wie eine Göttin, nachdem sie das überlebt hatte – unbeschadet. Unbeschadet! Das Blut rauschte in ihren Ohren, strömte lebensspendend durch ihren Körper wie eine mystische Kraft, und dann drehte sie sich langsam zu Slade und sah in seinen funkelnden Augen, daß auch er es fühlte und begriff. Als Revolvermann mußte er das oft erlebt haben, mußte oft dem Tod ins Gesicht geschaut haben. Aber für Rachel war es eine berauschende neue Erfahrung, und sie wollte sie mit ihm teilen. Mit ihrer ganzen Seele und ihrem ganzen Herzen wollte sie ihn.

Der Tornado hatte ihr wieder gezeigt, wie schnell und gnadenlos der Tod kommen konnte – für sie und für die, die sie liebte. Deshalb hatte sie nur einen Wunsch: Wenn Slade im kommenden Duell mit Digger Thibeaux getötet werden sollte, wollte sie die Erinnerung haben, ihn im süßen Sommergras geliebt zu haben. Sie wollte sie für alle Zeit mit sich tragen. Sie wollte wissen, daß er, wenn auch nur für kurze Zeit, ganz der ihre gewesen war – gleichgültig, was danach passierte.

»Ich will dich, Slade«, hauchte sie. »Nimm mich. Liebe mich. Bitte.«

Einen Augenblick lang starrte er sie wortlos an. Er musterte ihr strahlendes Gesicht, die zerzausten Haare, die wie verworrene Weizengarben aussahen, in denen er sein Gesicht begraben, die er pakken und um seinen Hals schlingen wollte. In diesen grünen, schimmernden Tiefen ihrer Augen könnte ich ertrinken, dachte Slade. Die Nasenflügel ihrer fein modellierten Nase bebten vor Freude, überlebt zu haben, und jetzt auch vor freudiger Erwartung. In ihr erwachte etwas, ließ ihren Atem schneller werden, ließ ihr Herz immer schneller klopfen...

Lust und Verlangen. Es war, wie Rachel gesagt hatte. Sie wollte ihn. Slade fühlte es an der Art, wie sie unter ihm zitterte. Sie war eins mit dem Land, und sie vibrierte so vor Leben, daß es beinahe aus ihr herausbarst, sich in einem Sturzbach aus ihr ergießen wollte, und sie suchte instinktiv Erklärung. Das verstand Slade Maverick, genau wie er ihre Reaktion in der Nacht, in der Toby gestorben war, verstanden hatte. Aber heute gab es keine Trauer, keine Schwäche, keine Scham. Dieses Geständnis der Leidenschaft würde sie nicht bereuen.

Seine Augen verdüsterten sich, und in diesem Moment wußte Rachel, daß er sich ihr nicht verweigern würde. Eine wilde Erregung packte sie. Ihre Lippen öffneten sich in atemloser Erwartung, als Slade sich mit einem leisen Knurren blindlings auf sie stürzte und sich brutal ihres Mundes bemächtigte. Mit jeder Faser ihres Wesens warf sie sich ihm entgegen, öffnete sie sich ihm, empfing sie ihn mit begierigen Lippen und ausgebreiteten Armen, schmiegte sie ihren Körper an seinen. Wie gut ihre Körper zusammenpaßten, sie schienen wie füreinander geschaffen.

Küssend und umarmend rollten sie über den Boden und rissen sich gegenseitig die Kleider vom Leib, bis sie nackt und ohne

Scham auf der Erde lagen. Slade stockte der Atem, als er Rachel ansah, golden wie die Ebene, schöner, als er sich es je hätte träumen lassen. Begierig griff er nach ihr, und sie kam in seine Umarmung, genauso begierig, und ihre Körper wurden eins. Haut verschmolz mit Haut – schmeckend, berührend, gebend, nehmend.

Die Heftigkeit ihrer Lust, ihrer Leidenschaft, ihres Verlangens überwältigte Rachel. Sie hatte nicht geahnt, daß es so sein würde, eine Wildheit, ein Wahnsinn, der sie verzehrte, all ihre Schutzwälle niederwalzte, sie entblößte und verletzlich machte – und es war ihr gleichgültig. Ihr Herz flatterte in ihrer Brust, es raste, hämmerte in ihren Ohren und in ihrem Hals, es war ein Gefühl wie der Schwindel nach einem atemlosen Lauf. Wie im Fieberwahn drängte sie sich an Slades lüsternen Mund, an seine Zunge und seine Hände; sie wollte mehr.

Seine Finger gruben sich in ihr gelöstes Haar, hoben ihr Gesicht zu seinem. Seine Zunge neckte frech ihre Lippen, zog ihre Konturen nach, lockte die Winkel, bevor sie den Mund zwang, sich zu öffnen und ihm das süße Innere preiszugeben. Sie tauchte immer wieder gierig in ihren Mund, plünderte die dunkle, feuchte Höhle meisterlich, bis Rachel stöhnte und seine Küsse freudig erwiderte, ihre Zunge um die seine schlang, bis sie beide keuchend nach Luft rangen.

Sinnlich sogen seine Lippen an den ihren, kitzelte sie sein Schnurrbart. Er knabberte an ihren Mund, als wolle er sie verschlingen – und vielleicht würde er das auch, dachte Slade fast benommen, denn es verlangte ihn schon so lange danach. Wieder und wieder küßte er sie, genoß den Honiggeschmack zwischen ihren weichen, gefügigen Lippen, den seine Zunge fand, als sie grob, hartnäckig eintauchte, sie schwindeln ließ, in ihr all die herrlichen Gefühle und Sehnsüchte erweckte, die nur er erwecken konnte.

Rachels Hände schlangen sich in seine zerzauste Mähne, zogen ihn dichter an sich, als sein Mund eine brennende Spur von Wange zur Schläfe beschrieb. Er begrub sein Gesicht in ihrem Haar, atmete tief den Fliederduft ein, der sich jetzt mit dem Schweiß mischte, der ihren Körper in der schwülen Luft schimmern ließ.

»Rachel, Liebling«, murmelte er ihr heiser ins Ohr, sein warmer Atem jagte Schauer des Entzückens durch ihren Körper. »Ma chérie, mon amoureuse!«

Er stöhnte und flüsterte französische Worte, als könnten die englischen seinen Gefühlen keinen Ausdruck verleihen. Sie verstand die Worte nicht, doch es war ihr gleichgültig. Die süßen, weichen Kadenzen waren Musik in ihren Ohren, als er sie küßte, streichelte, ihre Leidenschaft für ihn mit jedem Augenblick steigerte.

Seine Lippen zeichneten einen feurigen Pfad über ihren schlanken Hals hinunter zu dem Herzschlag, der gleich einer Motte in der Kuhle am Ansatz flatterte. Die Hitze seiner Zunge versengte sie dort, während seine Hände verführerisch über ihren Körper wanderten und über ihre Brüste glitten. Sie hielt die Luft an, als der Wind über ihre nackte Haut strich, ihre Brustwarzen berührte, wie Slade sie mit seinen Fingern berührte, zart, genüßlich, bevor er mit den Daumen die winzigen Knospen drückte. Kühn wanderte sein Mund durch das Tal zwischen ihren Brüsten zu einem rosigen Gipfel. Er nahm ihn zwischen die Lippen, streifte ihn sanft mit den Zähnen und zog ihn in die warme, feuchte Höhle seines Mundes. Seine Zunge beschrieb genüßlich Kreise und ließ Rachel entflammen. Wogen feuriger Lust breiteten sich in ihrem Körper aus. Sie fühlte, wie die Knospe steif wurde, hart wie eine süße Pflaume, zum Bersten reif, und er sog weiter und weiter daran, ließ seine Zunge tanzen, bis sie glaubte, es nicht mehr ertragen zu können und sich wollüstig unter ihm wand, fest in seine Haare verkrallt. Wie ein Feuer brannten seine Lippen auf ihren Brüsten. Er drückte sie fest an sich.

Das dunkle Haar auf seiner Brust fühlte sich an wie Seide unter ihren Händen und an den empfindlichen Spitzen ihrer Brüste. Sie ließ die Handflächen über seinen glatten, nackten Rücken gleiten und fühlte, wie seine Muskeln sich unter ihren Fingern bauschten und spielten, und sie streifte sanft mit den Nägeln über seine Haut, leise wimmernd, als Slade seine Zähne in ihren zarten Nacken grub. Sein Biß wurde zum Kuß. Dann umfing sein Mund wieder den ihren, und seine Hände packten erneut ihre Brüste. Seine Finger liebkosten die steifen Spitzen. Als seine Daumennägel sie streiften, zuckten die Spitzen vor Entzücken, und Slades Lenden erbebten vor Leidenschaft. Er sah begierig auf Rachels Brüste und beugte dann den Kopf noch einmal und sog gierig an den Knospen.

Die Zeit verstrich. Doch in seinen Armen hatte sie keine Bedeutung, und sie ließ ihn gewähren. Sie kannte nichts mehr außer den Gefühlen, die ihren Körper durchströmten, als er ihr sein Brandzeichen aufdrückte. Er war wie ein herrlicher Wein, berauschend, enthemmend. Atemlos erforschte sie ihn und er sie. Sie war wie die Präriegräser im Wind, das lange Haar ein Netz von Wildblumen, das ihn einfing, an sich zog, sie beide in einen seidenen Kokon hüllte. Wie Schmetterlingsflügel flatterten ihre Zunge und ihre Hände über Slades Körper, schmeckten und berührten ihn überall, geführt von ihm und ihren Instinkten. Sie schwelgte in der Berührung, seine Haut war glatt wie feines Leder, aber auch hart wie Büffelhorn dort, wo alte Narben weiß schimmerten und seinen Überlebenswillen bezeugten. Sie war hingerissen von seiner Kraft, seiner Stärke, mit der er sie zähmte, wenn auch nur für diesen Augenblick, so wie sie ihn gezähmt hatte.

Ihre Vereinigung war wild wie der Wind, brutal wie die Prärie. Zu lange war sie ihnen versagt geblieben, und jetzt nahmen sie begierig, hungrig wie der Tornado alles, was greifbar war. Nie zuvor hatten sie das empfunden oder geahnt, was sie aneinander hatten. Stärker als sie beide verzehrte sie die Leidenschaft, und sie drehten und verschlangen sich, kein Winkel, keine Ebene, keine Kurve des anderen blieb unerforscht.

»O Gott, Rachel, ich will dich so sehr«, murmelte Slade. »Faß mich an, Süße. Siehst du, wie ich dich begehre? Ah, ja, Rachel, ja!«

Tief in ihrem geheimen Herzen wurde eine brennende Lust entfacht und loderte auf. Und er spürte sie und bedeckte ihren Körper mit dem seinen. Ein Knie drängte sich zwischen ihre Schenkel, schob sie auseinander, so daß seine Finger die geschwollenen Spalten unter dem Nest aus Samtlocken zwischen ihren Beinen suchten. Zärtlich streichelte er sie, streifte sie mit der Handfläche. Ein leises, wildes Stöhnen entrang sich Rachels Kehle, dann ließ er es mit seinem Mund verstummen und begann sanft und rhythmisch sie zu streicheln, sein Daumen umkreiste die winzige Knospe, die der Schlüssel zu ihrer Lust war. Rachel wälzte und schlängelte sich wimmernd unter ihm, ihr Kopf wand sich hin und her, gefangen und im Banne seiner süßen Folter.

Dann endlich teilte er ihren Mund mit seiner Zunge und stieß gleichzeitig seinen Finger in ihre heiße, nasse Höhle. Rachel keuchte, als er mit seinen bohrenden Fingern die Bewegungen seiner Zunge nachahmte, drehte, flatterte, sie bereit machte, ihn zu empfangen. Und sein Daumen kreiste weiterhin auf der kleinen Knospe, die ihr Verlangen nach ihm ins Unermeßliche steigerte.

Seine freie Hand packte ihr Haar, er küßte sie, vergewaltigte sie mit seiner Zunge. Sein Knie zwang ihre Schenkel, sich weiter zu öffnen. Sein Daumen ließ nicht von dem empfindlichen Hügelchen ab, und seine Finger steigerten das Pulsieren in der Höhle bis zur Unerträglichkeit. Weiter und weiter trieb er sie, bis Rachel nicht mehr denken konnte, nur noch fühlen, fortgerissen von dem Strudel der Gefühle, der sie gnadenlos mitriß, wie ein Tornado der Lust. Sie hatte das Gefühl zu brennen, Funkenschauer wirbelten durch ihr Innerstes, die Glut ihrer Leidenschaft loderte immer heißer, entzündete eine Lunte, die bald zur Explosion führen würde.

Sie schrie ihre Unterwerfung hinaus, und mit männlichem Urinstinkt spürte Slade, daß sie sich dem Höhepunkt näherte. Zitternd vor Leidenschaft und der Anstrengung, sich bis zu diesem Augenblick zu beherrschen, bäumte er sich über ihr auf. Die Spitze seines Geschlechts fand sie, bohrte sich so plötzlich und heftig in sie hinein, daß Rachel das Gefühl hatte, von ihm aufgespießt und dann entzweigerissen zu werden. Aber es war ihr gleichgültig. Ihr stockte der Atem, als gleichzeitig glühender Schmerz und Wollust in ihr explodierten. Sie bäumte sich auf und half damit unbewußt seiner Eroberung. Schnell zog er sich zurück, dann stieß er hart und tief in sie.

»Jetzt ist es vollbracht, Rachel«, flüsterte Slade triumphierend, »und du gehörst mir, nur mir, auf ewig mein.«

Er blieb eine Weile reglos auf ihr liegen, um ihr Zeit zu geben, sich an den Eindringling zu gewöhnen, während sein Mund sich an dem ihren labte, Nacken und Brüste liebkoste und an ihren Knospen sog, bis sie nur noch eine willenlose Masse war, flüssig wie Quecksilber, ihre Haut vor Erregung kribbelte, ihr Körper nach Befriedigung schrie. Dann begann er langsam zu stoßen, mächtig spannten sich die Muskeln in seinem Rücken und seinen Armen. Instinktiv bäumte sie ihm ihre Hüften entgegen, während er sie schaukelte, immer wieder in sie drang, schneller und schneller, bis die Welt davonwirbelte und sie blindlings nach einem unbekannten, namenlosen Ding haschte, das sie erlangen mußte oder sterben. Dann plötzlich erstarrte sie unter ihm, tausend gleißende Feuerwerkskörper explodierten in ihr und raubten ihr den Atem.

Sie fühlte, meilenweit weg, Slades Finger, die sich schmerzlich in sie krallten und die Heftigkeit ihrer gemeinsamen Lust noch steigerten. Er stöhnte, und sein Körper erbebte und erschauderte, als er sich in sie ergoß und schließlich reglos liegenblieb.

Es war vollendet. Unter ihm lag Rachel ausgelaugt und erschöpft, ihr Herz hämmerte stockend, ihr Puls raste immer noch. Sie fühlte seinen Herzschlag, bis er sich langsam aus ihr zurückzog und sie in seine schützende Umarmung raffte, ihren Kopf gegen seine Schulter drückte. Ihre Arme schlangen sich fester um ihn, als wollte sie ihn nie wieder loslassen.

Doch schon bald hatte die Realität sich wieder eingeschlichen, und Rachel mußte daran denken, wie es wäre, Slade zu verlieren nach dem, was sie geteilt hatten, und sie verfluchte seine Vergangenheit und seinen Stolz, obwohl sie den Mann geschaffen hatten, den sie liebte.

»Ich liebe dich, Slade«, murmelte sie wütend. »Ich liebe dich, und ich will dich nicht verlieren!«

»Oh, Rachel, mein Schatz«, flüsterte Slade mit zärtlicher Stimme. »Bis zum heutigen Tag hätte ich alles darum gegeben, das aus deinem Mund zu hören. Aber nicht jetzt. Es wäre mir lieber, wenn du mich jetzt hassen würdest, weil ich nicht möchte, daß du um mich trauerst, wenn ich getötet werde...«

»Nein, sag das nicht! Sag das nicht! Du wirst nicht sterben! Nein, das wirst du nicht! Du hast gesagt, du ziehst wie der Blitz, Slade! Und ich hab' dich gesehn, Slade! Ich hab' dich am 4. Juli in der Stadt schießen sehen. Du hast kein einziges Mal das Ziel verfehlt, und du warst auch der Schnellste!«

»Ja, schnell bin ich schon«, stimmte er skeptisch zu. »Aber Digger war immer schneller.«

Jetzt wußte Rachel, was ihr an der Geschichte von Slades Vergangenheit solche Angst gemacht hatte. Wenn Slade zuerst geschossen hätte, wäre Thibeaux nicht am Leben geblieben, um Thérèse Duvalier zu erschießen. Digger hatte schneller gezogen als Slade.

»Aber – aber, als du dich damals mit Digger duelliert hast, Slade, habt ihr doch normale Duellpistolen gehabt, da muß man nicht ziehen, nicht wahr?« Slade schaute lächelnd zu ihr hinunter und küßte ihre Nasenspitze.

»Schätzchen, du bist die gescheiteste Frau, die ich kenne. Du hast absolut recht, und darauf zähle ich auch – daß Digger nicht schneller zieht als ich.«

Doch zwischen ihnen lag die unausgesprochene Frage: Was wird sein, wenn er es doch kann?

Rachels Herz stockte bei dem Gedanken. Vor ihrem inneren Auge sah sie Slade fallen, Blut durchtränkte den Boden unter ihm, während Digger Thibeaux lachte und seinen Revolver herumwirbelte. Ihr Traum. Ihr Alptraum. Jetzt wußte Rachel, ohne einen Schatten des Zweifels, was Thérèse Duvalier in dieser Nacht unter den Ulmen in New Orleans empfunden hatte: Angst um Slade, Angst um den Mann, den sie liebte, Angst, er könnte getötet und für alle Zeit von ihr genommen werden. Und am Ende hatte sie nicht mehr gedacht, war nicht mehr fähig zur Vernunft gewesen. Sie hatte nur gehandelt – blindlings, aus Angst – und war dafür getötet worden, ermordet von Digger Thibeaux. Rachel zitterte, und Slade drückte sie fester an sich.

Er küßte sie zärtlich. Dann nahm er sie wortlos noch einmal, sanfter diesmal, und da war kein Schmerz, nur die bittersüße Wehmut, daß er sie vielleicht das letzte Mal in seinen Armen hielt, sie küßte, sie ins Sommergras drückte, und sie zu den Sternen und zurück brachte. Als es zu Ende war, standen sie auf und zogen sich an.

»Rachel«, sagte er leise. »Ich habe es dir nie gesagt, weil ich irgendwie nicht die richtigen Worte finden konnte. Aber jetzt sollst du wissen, daß ich dich liebe. Ich liebe dich schon lange, und ich wollte nur nicht von Thérèse lassen, weil ich glaubte, ihr etwas zu schulden. Aber heute wird meine Schuld beglichen werden.« Er hielt kurz inne und fuhr dann fort.

»Es ist merkwürdig, aber ich habe schon seit langer Zeit das Gefühl, daß sie hier in meinem Herzen ist und versucht, mir etwas zu sagen, und jetzt verstehe ich, was sie mir sagen will. Sie will sagen, daß sie tot ist und daß nichts sie zurückbringen kann, egal, was ich tue; und ich soll die Vergangenheit vergessen und ein neues Leben mit einer anderen Frau beginnen. Denn wenn man jemanden liebt, möchte man, daß er glücklich ist und nicht den Rest seines Lebens in Trauer verbringt. Weißt du, was ich dir damit sagen will, Rachel? Wenn ich nicht zurückkomme, vergiß mich nicht, aber ziehe dich auch nicht ganz zurück. Mach mich nicht zum Heiligen. Versprichst du mir das, mein Schatz?«

»Oh, Slade, nein! Wie könnte ich?«

»Du kannst es. Du wirst es. Weil du stark bist und ich dich liebe und ich das für dich will, wenn ich nicht zurückkomme. Also versprich es mir. Bitte.«

»Gut, Slade«, schluchzte Rachel leise. »Ich verspreche es.«

Er lächelte sie zärtlich an, und aus seinen Augen strahlte die Liebe. Sanft küßte er die Tränen weg, die über ihre Wangen liefen.

»Thérèse hätte dich gemocht, Rachel«, sagte er mit belegter Stimme. »Sie hätte dich sogar sehr gemocht.«

Dann drehte er sich auf dem Absatz um und ging schnell weg, ließ sie weinend zurück.

Nie zuvor war ihm etwas so schwergefallen.

27. Kapitel

Digger Thibeaux hatte sich nicht verändert, er war nur älter geworden und sah noch verlebter aus. In seiner Jugend war er ein gutaussehender, großer Mann gewesen, mit breiten Schultern und schmalen Hüften, mit pechschwarzen Haaren und Augen und heller Haut. Obwohl er kein hartes Leben gehabt hatte, sah er doch so aus. Jeder hätte ihn auf fünfundvierzig geschätzt, anstatt auf fünfunddreißig. Unzählige feine Falten spannten sich um seine bösartigen schwarzen Augen, die blutunterlaufen waren, mit roten Rändern und verschwollen von zu vielen trunkenen Nächten. Seine Haut war teigig, und die tiefen Falten um seinen Mund verliehen ihm etwas Grausames. Digger lachte ohnehin nur selten und wenn, dann nur, wenn er jemanden übertrumpft hatte. Dann jagte einem sein Grinsen Kälteschauer über den Rücken. Er war immer noch gertenschlank, da sein unruhiges Leben und seine Laster dafür sorgten, daß er nicht fett wurde. Aber er hatte etwas Wächsernes, Geisterhaftes an sich, manche behaupteten, er sähe aus wie ein wandelnder Kadaver.

Sein Körper war zwar noch gesund, aber sein vererbter Wahnsinn wuchs und säte nichts als Haß. Er war der Sproß seiner arroganten französischen Familie, die, um ihr blaues Blut zu erhalten, nur ihre Cousins, die Lamartines geheiratet hatten. Erstaunlicherweise war er gesünder als die meisten seiner Verwandten, von denen einige bereits tot oder im Gefängnis und Anstalten eingeschlossen waren, wo sie auch hingehörten. Digger jedoch war ungeheuer raffiniert und gescheit und brachte es fertig, zumeist nur für einen Exzentriker gehalten zu werden. Das hatte ihn oft vor dem Schicksal seiner Verwandten bewahrt – obwohl er einige Verbrechen begangen hatte, für die man ihn einsperren oder hängen hätte können. Aber er war dem Arm des Gesetzes bis jetzt entgangen.

Die große Liebe seines Lebens, so hatte er sich selbst eingeredet, war Thérèse Duvalier gewesen. Es stimmte, daß in der Nacht, in der sie starb, irgendeine lebenswichtige Verbindung zwischen seinem Gehirn und der Realität gerissen und er noch wahnsinniger geworden war. In seinen klareren Momenten begriff Digger, daß er sie ermordet, ja kaltblütig erschossen hatte, und diese Erinnerung stürzte ihn jedesmal in tagelange, schwerste Depressionen. Ansonsten schob er die Schuld an ihrem frühen Tod auf Slade Maverick, und während einer dieser immer häufiger werdenden Depressionen war er Adam Keife begegnet und hatte ihm die Herausforderung überreicht.

Selbst an seinen verrücktesten Tagen wußte Digger genau, was die Spielkarte Herzdrei für ihn bedeutete, denn die Drei war der Anlaß für das Duell gewesen, bei dem Slade die Kugel abgefeuert hatte, die Diggers Hüfte größtenteils zerschmettert hatte. Hinterher konnte Digger nur mit Hilfe eines Stockes gehen, und obwohl er es ganz amüsant fand, mit seinem Degenstock ahnungslose Narren ihrem Schöpfer zu übergeben, vergaß er doch nie, daß die Herzdrei der Grund für sein drittes Bein war.

Diese tiefe, schwärende Wunde hatte ihn veranlaßt, Slade die zweite Herausforderung zu schicken. Aber jetzt, an diesem späten Augustnachmittag auf der Prärie, Auge in Auge mit dem Revolvermann, hatte er den unbestimmten Verdacht, daß es wohl keine gute Idee gewesen war. Slade war längst kein leichtsinniger Heißsporn mehr, und Digger mußte zu seiner Überraschung feststellen, daß ihm Angstschauer über den Rücken liefen.

Beide Männer hatten darauf geachtet, daß die Sonne ihnen nicht in die Augen schien, also standen sie mit gespreizten Beinen da und warteten. Aber da hörte die Gemeinsamkeit auch schon auf. Slade war gelassen, unerbittlich, hatte die Daumen in den Gürtel gehakt, während er darauf wartete, daß Digger zog. Digger selbst zuckte und trat von einem Fuß auf den anderen wie ein Opiumraucher, der seine Pfeife braucht, und jeder Zuschauer wäre überzeugt gewesen, daß er viel zu nervös war, um gut zu zielen. Aber Slade kannte Digger schon sein ganzes Leben, und deshalb war er nicht so dumm, diesen Fehler zu begehen, der schon einige vor ihm unter die Erde gebracht hatte.

Kein Wunder, daß Adam Thibeaux anfänglich für einen Stutzer gehalten hatte, dachte Slade, sein ausgefallener Geschmack in Kleidung hatte sich nicht geändert. Er trug sogar einen seidenen Bowler. Aber sein Revolver der Marke Smith & Wesson American war alles andere als komisch. Er trug ihn ziemlich hoch, leicht links, mit dem Griff nach außen. Es war eine merkwürdige Art, eine Waffe zu tragen, aber Slade hatte die Technik schon öfter gesehen und wußte, daß die, die sie bevorzugten, gefährlich waren. Er ließ Digger keine Sekunde aus den Augen.

Die gleißende Augustsonne, die auf den Tornado gefolgt war, brannte jetzt gnadenlos auf die Prärie und überzog die Gesichter beider Männer mit Schweiß. Die Hitze stieg in flirrenden Wellen vom Land auf und verwischte die Konturen der beiden einsamen Männer. Ihre Gestalten verschwammen in ihren Augen, und in diesem Augenblick fielen die Jahre ab, als liefe das Rad der Zeit plötzlich rückwärts und versetze sie zehn Jahre zurück.

Mondlicht strömte durch die Zweige der Ulmen und sprenkelte die berüchtigte Wiese mit Silberflecken, und Fetzen von Moos tanzten im Wind. Zwei Männer standen auf der Lichtung. Eine Frau in einem weißen Kleid wartete in einer Kutsche unter den Bäumen. Kein Laut war zu hören, außer dem Rascheln der Blätter und dem leisen Plätschern des Mississippi irgendwo in der Ferne. Die Luft knisterte vor Spannung. Plötzlich konnte die Frau es nicht länger ertragen. Sie schrie auf, sprang aus der Kutsche und rannte über die Wiese. Eine Duellpistole flammte auf. Die Frau stolperte und fiel, Blut färbte ihr weißes Kleid scharlachrot, spritzte rote Punkte auf den Gardenienzweig, den sie in ihr langes schwarzes Haar gesteckt hatte. Thérèse! Thérèse! Der Mann, der gefeuert hatte, lachte, seine Zähne blitzten weiß im Mondlicht, und das gräßliche, höhnische Geräusch dröhnte über die Wiese...

Das irrsinnige Lachen hallte über die Prärie und dröhnte wie eine Totenglocke in Slades Ohren. Digger fing plötzlich an, Beleidigungen auszustoßen, um ihn zu reizen und nervös zu machen. Er brüllte gräßliche Anschuldigungen gegen Thérèse Duvalier, prahlte mit seinen grausamen Verbrechen, beschrieb alles bis ins letzte geschmacklose Detail. Slade drehte sich der Magen, und ihm wurde so übel wie in jener Nacht unter den Ulmen.

Seine Hände zitterten, sein Bauch rebellierte, seine Knie gaben nach. Wenn er doch nur nicht soviel in der Spielhölle getrunken hätte. Er würde sich gleich übergeben müssen. Diggers dunkle Visage verschwamm vor seinen Augen, aber das Bild klärte sich wieder, als er den Schweiß vom Gesicht wischte. Dahinter, in den Schatten, stand Thérèse mit leichenblaßem Gesicht vor lauter Angst um ihn. Sie glaubte, er würde sterben, Digger würde ihn töten. Er würgte bei dem Gedanken. Er hatte im Krieg Männer sterben sehen, zerfetzt von Kugeln, ihr Blut rote Rinnsale auf dem Boden. Er war jung. Er hatte Angst. Er wollte nicht sterben. Er wartete darauf, daß Digger abdrückte...

Thibeaux lachte weiter, überhäufte ihn mit Beschimpfungen wie ein Irrer. Jetzt wurde Slade klar, daß Digger wahnsinnig war, nicht mehr verantwortlich war für das, was er tat – aber das machte ihn nicht weniger gefährlich, im Gegenteil. Er wurde steckbrieflich gesucht, tot oder lebendig, wegen mehrerer Verbrechen, und zwar in mindestens fünf Staaten. Auf seinen Kopf war ein Preis von tausend Dollar ausgesetzt – so stand es zumindest auf dem Steckbrief an Marshal Meaghers Büro. Mit tausend Dollar konnte man eine Menge Vieh kaufen, dachte Slade – und haßte sich dann für diesen Gedanken. Digger war wahnsinnig. Er gehörte in eine Anstalt, wo man ihn behandeln konnte. Slade hätte eigentlich Mitleid mit ihm haben und dafür sorgen sollen, daß er das bekam, was er brauchte. Sie waren einmal Freunde gewesen – vor langer Zeit. Aber woran dachte Digger wohl jetzt, wenn er so verächtlich grinste?

Er würde Thérèse töten. Dazu entschied er sich ganz spontan, als er sie mit ihrem weißen Kleid, das wie Mottenflügel flatterte, die der Flamme zu nahe gekommen waren, über die Wiese laufen sah. Sie verdiente es zu sterben, und Slade, der einst sein Freund gewesen war, verdiente es zu leben und den Schmerz über ihren Verlust ertragen zu müssen, so wie er, Digger, ihn ertragen hatte. Er zielte mit seiner Duellpistole, spannte und drückte ab. Thérèse brach in einem Teich von Blut zusammen. Es strömte aus ihr wie ein Fluß, und das Leben verebbte. Bald würde sie im Grab liegen. Hatte er nicht deshalb den Namen »Digger«? Ein makabrer Witz. Er lachte.

Immer noch lachend, öffnete Thibeaux den Mund und höhnte: »Wie ich höre, hast du dir eine neue *petite chérie* gesucht, Slade. Warum machen wir es nicht wie früher, *mon ami*, und teilen sie uns – nur diesmal werde ich dir die Hörner aufsetzen. Ist doch wirklich eine gute Idee? Ich weiß, daß du einverstanden bist, denn es wäre doch eine Schande, wenn deine neue Flamme wie Thérèse enden würde, nicht wahr?«

Thérèse, wie sie in eine scharlachrote Pfütze stürzte, mit tropfenden Gardenien, wie er daneben kniete und sich umdrehte und feststellen mußte, daß es Rachels Gesicht war – Slade wich entsetzt vor diesem Bild zurück. Angst und Wut, wie er sie nie zuvor gespürt hatte, verzehrten ihn. Er ist zu gefährlich, um zu leben, mein Herz. Zu gefährlich, um zu leben – Thérèses letzte Worte, bevor sie starb. Verzeih mir, Thérèse, daß ich damals so jung und verängstigt war. Ich werde es jetzt wiedergutmachen...

»Du hast nie gewußt, wann man besser den Mund hält, Digger«, sagte Slade leise – und dann griff er nach seinen Colts.

Im Blockhaus wartete Rachel auf Slade. Sie lief vor der offenen Tür auf und ab und warf alle zwei bis drei Minuten einen Blick nach draußen. Aber es war immer noch kein Reiter in Sicht, und die Angst nagte an ihr, brachte sie an den Rand der Verzweiflung. Stunden waren bereits vergangen, eine grausame Ewigkeit, in der sie von Visionen verfolgt wurde, in denen Slade dalag, lebend, aber schwer verwundet oder kalt und tot. Jetzt wußte sie, warum Thérèse darauf bestanden hatte, ihn in jener schicksalhaften Nacht zu dem Duell unter den Ulmen zu begleiten. Alles war besser als dieses qualvolle Warten.

Fremont sah, wie sie sich quälte; er seufzte und schüttelte den Kopf. Dann klopfte er die Asche aus seiner Pfeife und erhob sich aus seinem Stuhl, ging zu ihr und legte tröstend die Hände auf ihre Schultern.

»Er wird kommen, Rachel«, beschwichtigte er sie, und sein Herz blutete für sie. »Gib ihm Zeit. Er wird kommen.«

Sie versuchte, ihre Tränen zu unterdrücken.

»Und was ist, wenn er nicht kommt, Grandpa?« fragte sie. »Was, wenn er nicht kommt?«

»Dann mußt du diesem Verlust ins Auge blicken und ihn hinnehmen – wie Slade es gewollt hätte.«

»Aber ich liebe ihn, Großvater! Ich liebe ihn so sehr…«

»Ich weiß, Rachel, ich weiß!«

Sie sagten nichts mehr, standen schweigend da und schauten hinaus auf die Prärie, wo jetzt in der Ferne eine Staubwolke auftauchte. Ihr Herz vollführte vor Freude einen Sprung, sie legte die Hand zum Schutz vor der Sonne über die Augen und versuchte, etwas zu erkennen, und ihre Hoffnung starb erneut, die Wolke war zu groß für einen einzelnen Reiter. Bitter enttäuscht ging sie in die Küche, um sich zu beschäftigen, ein vergeblicher Versuch an etwas anderes zu denken als an Slade.

Plötzlich hörte sie draußen einen gewaltigen Lärm. Ein fürchterliches Hämmern erschütterte die Vorderfront des Hauses, als versuche jemand, die Wand einzureißen. Und dann hörte Rachel Männergeschrei und Rindermuhen. Es hörte sich an, als stünden die ganzen Viehhöfe Wichitas plötzlich vor ihrer Tür. Sie rannte zur Tür des Blockhauses, und vor Staunen blieb ihr der Mund offen.

Ihr ganzer Hof war voller brüllender Viehtreiber und Kühe – und sie zertrampelten auch noch ihr Gemüsebeet! Rachels Staunen verwandelte sich in Wut, und sie marschierte nach draußen. Wer immer für diesen verirrten Viehtrieb verantwortlich war, der konnte sich auf etwas gefaßt machen! Aber noch bevor sie ein Wort herausbrachte, setzte das Hämmern wieder ein; zwei Männer nagelten ein Schild an die Vorderfront des Hauses. Auf dem Schild stand Heartland Ranch. Jetzt fing sie an zu begreifen. Sie wirbelte mit pochendem Herzen herum und suchte in dem Chaos von Staub und Geschrei den Mann, der das veranlaßt hatte.

»Slade!« schrie sie strahlend vor Freude, als sie ihn gelassen auf seinem Pferd sitzen sah, mit diesem lieben, vertrauten, unverschämten Grinsen im Gesicht. »Slade!«

Sie versuchte, sich zu ihm durchzukämpfen, aber die Rinder versperrten ihr den Weg. Schließlich bahnte sich Slade mit seinem Hengst einen Weg und hob sie in seinen Sattel, wo sie sich ohne jede Scham an ihn klammerte, immer wieder seinen Namen schluchzend, während ihr die Freudentränen übers Gesicht kullerten. Selbst Slades Augen wurden feucht, als er sie fest an sich drückte. Die Cowboys jubelten, und Fremont, Poke und die Kinder, die sich inzwischen versammelt hatten, klatschten in die Hände.

Nach einiger Zeit fand Rachel die Sprache wieder.

»Slade Maverick! Was, wenn ich fragen darf, hat das zu bedeuten?« fragte sie spitz, obwohl sie Mühe hatte, sich das Lachen zu verkneifen.

»Nun ja, Rachel Wilder«, sagte er, schob seinen Hut aus dem Gesicht und musterte sie voller Besitzerstolz, »was wird das schon sein? Fünfhundert Stück Vieh, wie du siehst! Und ich denke, das macht mich zum ›einzigen Mann, den du je heiraten wirst‹!«

»Ich muß schon sagen«, sagte Rachel verschmitzt, »das ist wohl der verrückteste Antrag, den ich je in meinem Leben gehört hab'.«

»Du nimmst also an, Schatz?« fragte Slade spöttisch.

»Ich nehme an... vielleicht... ach, du Idiot, das weißt du doch!«

»Dann halt den Mund und zeig mir dein Schnäuzchen, Rachel, mein Schatz. Du wirst jetzt nämlich geküßt!« Und sie wurde geküßt – und in diesem Augenblick wußte sie, daß hier im Heartland all ihre Träume in Erfüllung gegangen waren.

Epilog

Heartland

28. Kapitel

In der Prärie, Kansas, 1915

Aus einem offenen Fenster des Schlafzimmers im oberen Stock des Farmhauses, in dem sie die letzten fünfunddreißig Jahre gelebt hatte, schaute Rachel Wilder Maverick hinunter in den Hof. Gerührt und erfreut lächelte sie über den erfreulichen Anblick, der sich ihren Augen bot. Auf dem geräumigen, sonnigen Rasen war ihre riesige Familie versammelt – alle schrien, lachten, redeten, während sich das Rind am Spieß drehte, Stühle und Tische aufgestellt und Spiele gespielt wurden. Endlich einmal waren alle versammelt, trotz des großen Krieges in Europa, für den so viele junge Männer den Ozean überquerten, um Amerikas Verbündete zu unterstützen.

Wie wunderbar es ist, die ganze Familie hier zu haben, wenn Slade und ich unseren vierzigsten Hochzeitstag feiern, dachte Rachel, und ihr Herz floß über vor Glück. Wie schön, daß sie alle gekommen sind, jeder einzelne.

Sie sah Adam und Eve, die inzwischen selbst schon siebenunddreißig Jahre verheiratet waren, mit ihren drei erwachsenen Söhnen (Gott sei Dank hatte man sie nicht Kain, Abel und Seth getauft!), den Ehefrauen der Jungs und ihrem gesamten Nachwuchs. Dann waren da die anderen sechs Beechams, jeder mit seinem Ehepartner, und dann ihre eigenen fünf Kinder – drei Söhne und zwei Töchter – alle wiederum mit ihren Partnern und ihrem Nachwuchs. Rachel und Slade hatten achtunddreißig Enkel und bis jetzt vierzehn Urenkel. Sie schüttelte langsam, ungläubig den Kopf. Es war einfach nicht zu fassen.

Wo war die Zeit geblieben? fragte sie sich. Die Jahre waren einfach an ihr vorbeigeflogen, jedes neue noch schneller als das vorherige – als hätte sie im Spiegel ein junges Mädchen gesehen und plötzlich, ein paar Minuten später, nachdem sie sich kurz umgedreht hatte, war da eine Frau im Herbst ihres Lebens. Trotzdem fiel es ihr schwer zu glauben, daß sie jetzt neunundfünfzig Jahre alt war.

Neunundfünfzig! Rachel mußte zwar zugeben, daß sie ihr Alter allmählich spürte, aber tief in ihrem Herzen war sie immer noch neunzehn, immer noch das junge, frische Mädchen, das Slade Maverick vor so langer Zeit, 1875, umworben und gewonnen hatte.

Sie ließ den viktorianischen Spitzenvorhang fallen, den sie beiseite geschoben hatte, um einen besseren Blick aus dem Fenster zu haben, und ging zu dem großen, drehbaren Eichenspiegel, der in der Ecke des Schlafzimmers stand, das sie nun schon so viele Jahre mit Slade teilte. Ihr langes blondes Haar, das sie zu einem Knoten hochgesteckt hatte, wies schon mehr weiße als flachsfarbene Strähnen auf, und sie hatte kleine, feine Fältchen um ihre minzgrünen Augen. Ihre goldenen Sommersprossen waren dieser Tage eher braun. Aber sie war auch jetzt noch schön. Sie hatte das Glück, so hohe Wangenknochen und ein energisches Kinn zu haben, wodurch sie viel jünger aussah, als sie in Wirklichkeit war. Sie war immer noch schlank und kräftig, hauptsächlich von der Arbeit im Haus und in ihrem Blumen- und Gemüsegarten. Heute, anläßlich dieses besonderen Tages, hatte sie ihr elfenbeinweißes Hochzeitskleid angezogen, das jetzt zur Farbe fetter Buttermilch vergilbt war. Der hohe Kragen und die Manschetten waren aus Spitze, es hatte lange, fließende Ärmel und einen weitgeschnittenen, gerüschten Rock, der bis zum Boden fiel und im Rücken mit Schleifen, Rüschen und Seidenrosen gerafft war, mit einer kurzen Schleppe, was alles einst das kleine Polster betont hatte, das sie unter dem Kleid getragen hatte. Das alles war heute nicht mehr modern, die Röcke der Damen waren schmal und eng, und die Säume krochen langsam (skandalös, wie Rachel fand) nach oben. Nach all den Jahren paßte das Kleid immer noch perfekt.

Sie betrachtete sich im Spiegel und wäre sicher in Tagträume über ihren Hochzeitstag verfallen, wenn sie nicht plötzlich ein knatterndes Geräusch und ein Tuten gehört hätte. Jemand brüllte nach ihr! Verwirrt lief sie zum Fenster, um nach der Ursache des Lärms zu sehen.

»Was, zum Teufel – ach du lieber Himmel!« rief sie, als sie den Vorhang beiseite gezogen hatte. »Der verfluchte alte Mann wird sich doch noch umbringen!«

Denn da war Slade Maverick, seit vierzig Jahren ihr Ehemann, strahlend wie ein Honigkuchenpferd, in einem brandneuen Automobil, das wie ein Betrunkener über den Rasen schwankte, weil er noch nie eine dieser neuen Maschinen besessen hatte und keine Ahnung vom Fahren hatte. Er sah so aufgeregt aus wie ein Kind am Weihnachtsmorgen, und seine hellgrauen Haare und sein Schnurrbart glänzten wie Quecksilber in der strahlenden Nachmittagssonne. Ein breites Grinsen zierte sein gebräuntes, wettergegerbtes Gesicht, als er weiter auf die Hupe drückte, die sogar die Glocke der Kapelle übertönte und Rachel zubrüllte, sie solle rauskommen und sich das anschauen.

Lachend und schreiend drängte sich alles zu dem Auto, um es aus der Nähe anzuschauen, dann liefen sie kreischend weg, als es von einer Seite zur anderen schlingerte, stotterte und krachte und rauchte. Die armen Hühner, die sonst über den Rasen stolzierten, rannten gackernd und flügelschwingend um ihr Leben, und Rachel sah, daß eines ihrer ordentlichen Blumenbeete in Gefahr war, niedergewalzt zu werden.

»Der Herr steh uns bei«, murmelte sie vor sich hin, entsetzt und amüsiert zugleich, denn trotz seiner siebzig Jahre war Slade immer noch genauso kühn und wagemutig wie eh und je. »Es stimmt anscheinend, daß der dümmste Narr ein alter Narr ist! Hoffentlich hat er sich das furchtbare Ding nur geliehen!« Aber so wie sie ihren Mann kannte, hatte er das wohl nicht.

In diesem Augenblick stürmte Tobias, mit seinen drei Jahren Rachels jüngster Urenkel, durch die Schlafzimmertür und schlug sie so heftig gegen die Wand, daß sie fast aus den Angeln sprang. Er war so aufgeregt, daß er wie ein Kaninchen auf und ab hopste und kaum ein klares Wort herausbrachte.

»Grandma! Grandma! Komm, schau dir das an!« Er sprang auf ihr Bett und fing an, auf der Federmatratze zu hüpfen, so daß die Federn bedrohlich quietschten. »Grandpa hat ein Automobil für deinen Hochzeitstag gekauft!« Er bestätigte damit, was sie ohnehin schon gewußt hatte. Dann sprang er vom Bett, landete auf allen vieren und rutschte ein Stück mit dem Flickenteppich über den Boden. »Juhuu!« schrie er und sprang auf. Dann packte er Rachels Hand und zerrte sie ungeduldig zur Tür. »Komm, Grandma! Beeil dich! Schnell! Schnell. Grandpa will, daß du dir's anschaust!«

»Ich bin zu alt, um mich so schnell zu bewegen«, erwiderte sie, als der Junge übermütig und ungeduldig noch mal auf ihr Bett sprang, »und hör auf, auf meinem Bett herumzuhopsen, sonst bricht es zusammen. Ich bin nicht zu alt, um dir den Hosenboden strammzuziehen! Paß bloß auf, Tobias Maverick!« drohte sie mit erhobenem Zeigefinger, obwohl sie Mühe hatte, ein ernstes Gesicht zu machen angesichts seines fröhlichen Kicherns.

Von all ihren Enkeln und Urenkeln war Rachel dieser gescheite, energiegeladene kleine Junge mit seinem frechen Grinsen und seiner unverschämten Art der liebste. Er hatte ein schönes Gesicht, ständig zerzauste schwarze Locken und ein teuflisches Blitzen in seinen dichtbewimperten blauen Augen; er erinnerte sie sehr an das Baby Tobias, daß sie es nie fertigbrachte, dem Jungen richtig böse zu sein. Das nutzte ihr Urenkel schamlos aus und wickelte sie genauso leicht um den Finger, wie Slade das immer getan hatte.

»Wenn du nicht zu alt bist, mich zu vertrimmen, bist du auch nicht zu alt, um dich zu beeilen, Grandma«, sagte Tobias frech, krabbelte vom Bett und zerrte wieder an ihrer Hand.

»Hmmf! Naseweis! Ab mit dir«, befahl sie. »Ich bin schon ganz erschöpft, wenn ich dich nur anschaue. Geh jetzt«, sagte sie. »Los! Ich komme gleich.« Nachdem der Junge losgerannt war, marschierte Rachel zurück zum offenen Fenster, steckte den Kopf hinaus und schrie: »Hör mit der dämlichen Huperei auf, Slade Maverick, sonst sind alle Nachbarn im Umkreis von zehn Meilen bis Sonnenuntergang taub! Ich komm' ja gleich!« Dann machte sie sich, leise vor sich hinschimpfend, auf den Weg nach unten. »Verdammter alter Narr«, fluchte sie. »Hat mir ein Automobil zum Hochzeitstag gekauft, ja, ja, Hmf! Sich selbst hat er es gekauft, der Schuft! Ich mag diese infernalischen Maschinen nicht, und ich will auch keine! Zwei gute Pferde und ein stabiler Wagen sind für mich gut genug. War's immer schon. Verdammter alter Mann. Wird uns wahrscheinlich beide in dem verrückten Ding umbringen.«

Das Auto war ein prachtvolles, hellgelb glänzendes Packard Cabriolet mit schwarzen Ledersitzen, glänzend polierten Scheinwerfern und weißen Reifen. Slade war es endlich gelungen, den Wagen zum Stehen zu bringen, und als er Rachel kommen sah, sprang er aus dem Automobil, lief zur anderen Seite und öffnete ihr galant die Tür, unbeeindruckt von ihrem kriegerischen Blick.

»Und wie findest du dein Geschenk, Schatz?« fragte er strahlend vor Stolz und Freude. »Ist es nicht eine Schönheit? Ich hab' die Farbe extra bestellt, damit sie zu deinem Haar paßt. Steig ein. Wir drehen eine Runde.«

»Nein danke, Slade«, lehnte Rachel sein Angebot ab, »ich hab' schon gesehen, wie du fahren kannst, oder besser gesagt, nicht fahren kannst!«

»Ach, Rachel, Schätzchen, komm schon«, sagte er unverschämt grinsend, und seine mitternachtsblauen Augen funkelten vor Vergnügen. »Das war doch nur zum Einstimmen. Jetzt weiß ich, wie's geht. Steig ein, dann zeig' ich's dir!«

Nach langem Hin und Her ließ sich Rachel, die keinem Vehikel traute, das nicht von einem Pferd gezogen wurde, dazu überreden, in den langen, glänzenden Packard einzusteigen, und Slade fuhr mit einem Ruck und lautem Geknatter los.

Eigentlich war es gar nicht so schlimm, nachdem sie endlich richtig in Fahrt gekommen waren, wenigstens schlingerte das Ding nicht mehr hin und her. Aber Rachel klammerte sich mit aller Kraft an der Tür fest, aus Angst, sie könnte hinausfliegen, weil sie noch nie in ihrem Leben so schnell gefahren war. Sie schaute auf den Geschwindigkeitsmesser und hätte vor Angst fast laut geschrien. Die Geschwindigkeit erschien ihr ungeheuerlich. Dann schrie sie wirklich, weil Slade soeben eine ganze Reihe Pappelschößlinge, die sie dieses Frühjahr gepflanzt hatten, niedermähte und das Automobil anfing zu schleudern, direkt auf ihre Wäscheleine zu.

Rachel blieb nicht mal mehr Zeit, sich zu ducken, bevor Slade gegen die saubere Wäsche an der Leine prallte und das Vehikel über und über mit Wäsche drapiert wurde. Zwei Laken rissen aus den Klammern und wehten wie ein Drachenschwanz hinter dem Packard her, bis der Wind sie schließlich wegtrug. Ein drittes Laken verfing sich an der Messingkante der Windschutzscheibe. Unglücklicherweise hatte Rachel dieses Laken in Ermangelung einer Wäscheklammer an einem Ende um den Draht gebunden. Der Packard fuhr so schnell, daß die Leine mit dem Laken mitgezerrt wurde und die beiden Pfosten an den beiden Enden sich beängstigend zur Seite neigten. Dann hörte Rachel ein metallisches Geräusch, warf einen kurzen Blick über die Schulter und sah, daß der Draht gerissen war und ein Teil ihrer sauberen Wäsche im Dreck lag, während der Rest am Boden schleifte.

»Slade Maverick!« kreischte sie erbost. »Slade Maverick! Schau dir an, was du getan hast, du Wahnsinniger! Du hältst dieses laute, nutzlose Ding sofort an, hast du gehört! Es ist gefährlich! Du hast uns fast umgebracht...«

Aber Slade Maverick hatte sich in vierzig Jahren an Rachels giftige Zunge gewöhnt und war immun dagegen. Er warf ihr trotzdem einen reumütigen Blick zu, legte aber den Kopf zurück und brüllte vor Lachen. Dann trat er so heftig auf das Gaspedal, daß sie in den Sitz geworfen wurde und sich an der Tür festklammern mußte, um nicht zu Boden geschleudert zu werden.

»Ich werd' dir sagen, woran das liegt, Rachel«, brüllte er ihr über das laute Motorgetöse zu. »Hier ist zu wenig Platz. Dieser Hof ist wie ein verdammtes Hindernisrennen – Kinder, Tiere, Pflanzen, wohin du –« Er verstummte mitten im Satz und riß das Steuerrad herum, um nicht mit einem springenden Krocketball zusammenzustoßen, den eines ihrer Enkelkinder mit ungeheurer Wucht über den Rasen befördert hatte.

Mit einem dumpfen Knall prallte der Ball gegen einen der Hinterreifen. Rachel sah aus dem Augenwinkel das halb lachende, halb betroffene Gesicht ihres Enkels Blaze Beecham, der diesen unfreiwilligen Treffer gelandet hatte. Slade steuerte jetzt weise in Richtung offene Prärie, um Schlimmeres zu verhindern.

»Welcher von den frechen Teufelsbraten war das?« schimpfte er zornig über diese Behandlung seines kostbaren Packards. »Blaze, nicht wahr? Dieser verflixte Schlingel! Ich sag' dir eins, Rachel, ich weiß nicht, wie das enden soll. Diese neue Generation ist eine Schande! Sie hat keine Manieren und keinen Respekt für das Eigentum anderer. Blaze hätte leicht einen Kotflügel von meinem schönen, neuen Auto verbeulen können – und ich schwöre, der Bengel hat auch noch gelacht!«

»Ich dachte, du hättest gesagt, es wäre mein Auto«, sagte Rachel spitz und wandte sich ab, damit ihr Mann nicht sehen konnte, wie sie grinste.

»Was? O ja. Das hab' ich gesagt. Und das ist es auch. Das ist es auch«, beschwichtigte Slade sie hastig. »Aber – aber... na ja, also ich meine... du willst doch nicht wirklich damit fahren, oder?« Er warf ihr einen ängstlichen Blick zu, als befürchte er, sie könne ihm tatsächlich sein neues Spielzeug wegnehmen.

Rachel biß sich fast die Lippe blutig, um nicht laut loszulachen.

»Das Ding fahren?« sagte sie mit scheelem Seitenblick. »Ich wollte ja nicht mal einsteigen!«

Aber eigentlich war es gar nicht so schlimm, wie sie ursprünglich befürchtet hatte, das mußte sie zugeben, obwohl jetzt der Tachometer auf entsetzliche fünfundsiebzig Kilometer pro Stunde geklettert war. Es war eigentlich ganz schön, in dem Packard dahinzufahren, nachdem Slade allmählich damit umgehen konnte.

Die heiße Augustsonne, die vom blaßblauen Himmel strahlte,

und der Wind, der über das Automobil pfiff, fühlten sich gut an auf Rachels Haut, als sie über die Prärie dahinrasten. Die Ebene war ein Meer von Blumen, ein farbenprächtiges Kaleidoskop der verschiedensten Blüten. In der Ferne sah sie die braunen Vierecke frisch abgeernteter Felder, ihres bernsteinfarbenen Weizens beraubt, und der Wind trug den würzigen Geruch frischgeschnittenen Alfalfas mit sich.

Unterwegs entdeckte sie plötzlich ein altes Gebäude. Es waren die halb eingestürzten Reste der Scheune aus der Zeit, in der Fremont, Poke und Seeks noch gelebt hatten. Jetzt lagen sie alle drei unter der grasbewachsenen Erde eines Präriehügels unter dem alten Baum, der im Lauf der Jahre hoch aufgeschossen war und immer noch kräftig in den Himmel ragte, obwohl ihn schon zweimal der Blitz getroffen hatte. Ihr altes Blockhaus war auch verschwunden. Sie wußte nicht, warum Slade nicht ein paar von ihren Leuten hergeschickt hatte, um die Scheune auch abzureißen. Sie war sicher in einem so schlimmen Zustand, daß sie eine Gefahr war.

Plötzlich sah Rachel ein großes, massiges Tier hinter der Scheune vortraben, direkt in die Fahrbahn des Automobils.

»Chili Pepper!« kreischte sie. »Du lieber Himmel, Slade, es ist Chili Pepper!«

Sie hatte keine Ahnung, was ihr listiger, alter, prämierter Bulle hier draußen im Niemandsland zu suchen hatte. Wahrscheinlich war er aus seiner Koppel ausgebrochen. Und dann erkannte sie plötzlich voller Entsetzen, daß Slade keine Chance hatte, das Vehikel rechtzeitig anzuhalten. Sie rasten auf den Bullen zu. Sie stieß einen Schrei aus, als ihr Mann auf die Bremse trat, sein kräftiger Arm sie packte und festhielt, damit sie nicht durch die Scheibe geschleudert wurde, als das Auto jetzt heftig schlingerte, sich drehte und anfing zu kreiseln.

Der verängstigte Bulle brüllte laut und wütend und raste davon, während sich das Automobil im Kreis drehte, und Slade versuchte, das Steuer unter Kontrolle zu bringen. Es kam ihr vor wie eine Ewigkeit, in Wirklichkeit waren es aber nur Sekunden, bis der Pakkard zum Stillstand kam. Aber zu Rachels Entsetzen blieb er gar nicht stehen, sondern rollte einfach unkontrolliert weiter, und bevor Slade etwas dagegen tun konnte, prallte er direkt auf die geschlossenen Holztore der alten Scheune und zerschmetterte sie.

Im Gebäude war nichts außer einem riesigen, vergessenen Heuhaufen, auf den der Wagen auffuhr und damit einen Schwarm Tauben aus den Dachbalken durch das Loch im Dach zwitschernd davonjagte. Das Automobil bohrte sich in den Heuhaufen und blieb mit einem Ruck stehen, Heu regnete über die Windschutzscheibe und die lange gelbe Haube und begrub Rachel und Slade beinahe.

Einen Augenblick später stellten sie zitternd fest, daß sie noch am Leben waren. Hustend und schniefend setzten sie sich auf und arbeiteten sich unter dem Heuhaufen hervor und starrten sich stumm an, beide so erleichtert, daß dem anderen nichts passiert war, daß sie keine Worte fanden für die Liebe und die Gefühle, die sie überwältigten.

Nach einiger Zeit sagte Slade angesichts Rachels aschfahlem Gesicht schließlich reumütig: »Das war vielleicht eine Fahrt, was, Schätzchen?«

»Du verfluchter alter Mann!« schrie sie wütend und immer noch verängstigt. Tränen strömten ihr übers Gesicht, und sie stürzte sich auf ihn und hämmerte mit den Fäusten gegen seine Brust. »Du verdammter alter Mann! Du hast mich fast umgebracht – und noch schlimmer, meinen besten Preisbullen dazu!«

Und dann lag sie plötzlich in den Armen ihres Mannes, schluchzte leise an seiner Brust, während er ihr beruhigend übers Haar strich und ihr tröstliche Worte der Liebe und der Entschuldigung ins Ohr flüsterte. Und ihre Welt war wieder in Ordnung. Schließlich löste sie sich aus seiner Umarmung, gefaßt und beruhigt und sagte mit verächtlichem Schniefen: »Das war's also mit meinem Hochzeitsgeschenk!« und warf einen vorwurfsvollen Blick auf den demolierten Packard.

»Ja, also...« Slade rutschte verlegen auf seinem Sitz hin und her.

»Ich fürchte, ich muß dir ein kleines Geständnis machen, Rachel«, sagte er in seinem besten zerknirschten Tonfall. »Weißt du, das Auto hab' ich eigentlich für mich gekauft, weil ich gewußt habe, daß du, obwohl wir reichlich Geld haben, nur ungern was davon hergibst aus Angst, es bleibt nicht genug in der Blechdose auf dem Küchenregal, damit du dich sicher fühlst. Ich dagegen versteh' nicht, daß wir mit vierzigtausend Morgen Land und fast 'ner halben Million auf der Bank nicht mal ein bißchen was ausgeben sollen, solange wir noch leben und es genießen können! Also hab' ich mir, als Geschenk von dir, den Packard gekauft, und das hier kriegst du von mir.« Er zog ein kleines Päckchen aus der Tasche und reichte es ihr. »Alles Gute zum Hochzeitstag, Rachel, mein Herz.«

Rachel öffnete mit zittrigen Händen das schöne Papier und die hübschen Bänder (das hatte er im Laden verpacken lassen, weil Slade nie ein solches Päckchen fertiggebracht hätte, aber es war gut so). Dann hob sie den Deckel und schob das Seidenpapier zur Seite. In der Schachtel lag eine goldene, herzförmige Brosche, deren Rand mit Rubinen besetzt war. In der Mitte war ein einziges Wort eingraviert: *Heartland*.

»Oje, oje!« keuchte Rachel, als sie die Brosche sah. Die Tränen stiegen ihr in die Augen, und ihre Kehle war wie zugeschnürt.

Dann, als sie langsam die Brosche hochhob, sah sie, daß darunter eine pastellfarbene Karte lag. Sie schlug sie auf und darin stand in der kühnen schwarzen Schrift ihres Mannes: Meine allerliebste Rachel, trotz der vierzigtausend Morgen und durch jedes einzelne der vierzig Jahre war immer nur da, wo du warst, das Land, das mein Herz Zuhause nennt. Denn jetzt und für alle Zeit liebe ich dich von ganzem Herzen, meine Liebe. Slade.

»Oh, Slade, Slade! Ich liebe dich auch«, flüsterte sie lachend und weinend zugleich. Sie schlang die Arme um seinen Hals und drückte ihn einen langen, wehmütigen Augenblick an sich. Dann griff sie nach der Brosche und sagte: »Wirst du – steckst du sie mir bitte an? Meine Hände zittern so, daß ich es wohl nicht schaffe.«

»Natürlich. Gefällt sie dir, Süße?« fragte er, als er die Brosche an den hohen Kragen ihres Brautkleides steckte.

»Gefallen? Ich liebe sie! Sie ist einfach wunderschön, Slade – das Schönste, was ich je besessen habe.«

»Dann hast du wohl nichts dagegen, wenn ich das Auto behalte?«

Rachel lachte unter Tränen und schüttelte den Kopf.

»Armer Chili Pepper«, seufzte sie. »Ich wette, der ist inzwischen auf halbem Weg nach Oklahoma und fragt sich, was ihn da fast erwischt hätte. Wahrscheinlich dauert's einen Monat, bis er wieder ganz der alte ist. Dem Himmel sei Dank für diesen Heuhaufen! Wenn er nicht gewesen wäre, würden wir uns inzwischen die Radieschen von unten angucken. Er riecht aber ziemlich modrig. Wie lange der wohl schon hier ist? Du solltest wirklich ein paar Leute herschicken und die alte Scheune abreißen lassen, Slade...«

»Das werde ich ganz bestimmt nicht«, rief er beleidigt und fixierte sie mit grimmigem Blick. »Und ich will kein Wort mehr davon hören – und das ist mein letztes Wort!«

»Also, das versteh' ich nicht. Sie ist gefährlich...«

»Es ist der Platz, an dem ich die Frau, die ich liebe, das erste Mal geküßt habe«, sagte er streng. »Und die bleibt stehen, solange ich aufrecht stehe!«

»Richtig, du hast mich tatsächlich hier das allererste Mal geküßt, nicht wahr?« sagte Rachel leise und gerührt, daß er so sentimental war.

»Ja – und außerdem, ich glaube, ich werde dich gleich jetzt noch mal hier küssen.«

Rachel hielt das für eine glänzende Idee und setzte sich erwartungsvoll zurecht. Aber zu ihrer Überraschung und Enttäuschung machte Slade keinerlei Anstalten, ihr näherzukommen. Sie musterte seine reglose Gestalt und fragte sich, was er mit diesem etwas beleidigten Schweigen bezwecken wollte, und schließlich sagte sie: »Und?«

»Und was?« knurrte er und zog streng die Augenbrauen zusammen.

»Und wirst du mich jetzt küssen oder nicht?« fragte sie spitz, etwas ratlos über sein seltsames Verhalten und allmählich auch ein bißchen beleidigt.

»Ich warte«, knirschte er durch zusammengebissene Zähne.

»Du wartest«, wiederholte sie tonlos. »Du lieber Himmel, Slade, worauf denn?«

»Auf eine Einladung«, fauchte er mit wütendem Blick. »Ich hab' mir gedacht, wo wir schon mal vierzigsten Hochzeitstag haben, will ich ausnahmsweise mal höflich sein.«

»Eine Einladung!« Jetzt hatte Rachel endlich begriffen und schlug sich vor Vergnügen aufs Knie, ihr Lachen hallte wie eine Glocke durch die stille, sonnendurchflutete Scheune. »Gnade! Ich glaub's einfach nicht! Slade Maverick, willst du allen Ernstes sagen, daß es mir nach vierzig Jahren gelungen ist, dir endlich Manieren beizubringen?«

»Sieht fast so aus, weil ich warte, ja wirklich – und das verdammt ungeduldig, wenn ich das noch sagen darf!«

»Du meine Güte!« Rachel schüttelte lächelnd den Kopf. »Wie sich die Zeiten geändert haben.«

Sie saß auf dem schwarzen Ledersitz des Packards und träumte vor sich hin. Sie erinnerte sich an die vielen Jahre, die gekommen und gegangen waren, seit Slade sie an jenem Wintermorgen vor so langer Zeit in dieser alten Scheune geküßt hatte. Durch die Löcher im Dach strömte die strahlende Augustsonne herein, hüllte sie in einen Heiligenschein aus Gold, und die Heuhalme und Staubflusen tanzten durch die Luft, aufgewühlt von der leichten Brise, die durch die zerschmetterten Türen blies. Vierzig Jahre. Was es möglich, daß wirklich schon so viel Zeit vergangen war? fragte sie sich noch einmal. Ja – sie war vergangen – in einem Lidschlag, im Schatten eines Lächelns. Doch so viele Erinnerungen lagen wie Blüten gepreßt im Buch ihrer Erinnerung, daß es aus allen Nähten platzte. Und wenn sie an ihren Mann und ihre Familie dachte, ihre Heartland Ranch (inzwischen eine der größten in Kansas), das Geld in ihrer Blechdose auf dem Küchenregal (und das andere, das vorsichtshalber auf der Bank lag), wußte Rachel, daß ihr Becher bis zum Überfluß gefüllt war und daß sie vom Leben nicht mehr erwarten konnte, als es ihr gegeben hatte.

»Und?« unterbrach Slade ungeduldig ihre Tagträume.

»Und was?« fragte sie, in Gedanken immer noch in der Vergangenheit.

»Was soll das heißen... und was?« fragte Slade. »Wirst du mir auf deine alten Tage wahnsinnig? Das kannst du dir nämlich gleich aus dem Kopf schlagen! Vierzig Jahre lang hab' ich deine stachlige Zunge ertragen, Rachel, und deine Launen – und ich habe jede Sekunde davon genossen, weil ich am Ende doch immer gewonnen habe«, sagte er hochnäsig mit boshaftem Grinsen. Er ließ bewundernd den Blick über sie schweifen. »Und der Sieg war immer ein Genuß. Aber ich will verdammt sein, wenn ich zulasse, daß du verrückt wirst! Also... äh... wo war ich stehengeblieben? O ja, ich warte immer noch. Krieg' ich jetzt eine Einladung, dich zu küssen oder nicht, alte Frau?«

»Aber ja«, sagte Rachel und sah ihm zwinkernd in die Augen. Ihr Herz barst beinahe vor Liebe, vierzig Jahre Liebe zu ihm und vor all der Freude, die sie ihr gebracht hatte. »Ja, ich denke schon.« Sie hielt inne. Dann fuhr sie entschlossen fort: »Betrachte dich als eingeladen, alter Mann!«

Und mit singendem Herzen nahm er die Einladung an.

Anmerkung der Autorin

Liebe Leser,

Ich möchte die Gelegenheit wahrnehmen, Ihnen von ganzem Herzen dafür zu danken, daß Sie dieses Buch gekauft und gelesen haben, denn das Schreiben dieses Buches war wahre Liebesmüh, mehr als bei all meinen anderen Büchern.

Obwohl ich in Knoxville, Ohio, geboren wurde, waren mir die Great Plains fast mein ganzes Leben lang Heimat, und gleichgültig, wie weit ich auch reiste, war ich immer wieder froh, dorthin zurückzukehren. Wir haben keine weiten Ozeane, keine hohen Berge, keine mächtigen Wälder und auch keine Wüste, das ist richtig. Aber für diejenigen, die sie kennen und lieben, haben die Great Plains, genau wie Englands windgepeitschte Moore, eine herbe, unheimliche Schönheit. Ich erinnere mich gut an jenen stürmischen Januartag 1984, als ich auf Englands Salisbury Plain stand und plötzlich glaubte, in Kansas zu sein.

Der wilde, beständige Wind des Heartlands ist keine Erfindung, und in der Zeit, in der dieser Roman spielt, wehte er wegen mangelnder Windbrüche so ungestüm und unbarmherzig, daß er häufig Menschen in den Wahnsinn oder den Tod trieb. Erst durch Baumpflanzungen und den Bau von Häusern wurde er etwas gemildert. Aber er ist immer noch nicht gezähmt, wie heutzutage jeder, der sein Heulen an einem bitterkalten Winterabend über der Prärie hört, bestätigen kann. Der Name »Kansas« stammt von den Kansa-Indianern und heißt »Volk des Südwinds«.

Bei jedem Buch, das ich schreibe, verwende ich zahlreiche Nachschlagewerke und historische Quellen als Hintergrundmaterial, obwohl dabei selten ein Werk besonders hervorsticht. In diesem

Fall aber wäre es eine Unterlassungssünde, nicht den Tatsachenbericht zu erwähnen, den ich ständig benutzte, während ich dieses Buch schrieb.

Dieses Buch war: *Wichita: The Early Years 1865–80* von H. Craig Miner, erschienen bei University of Nebraska Press, 1982. Dr. Miners Buch ist eine hervorragende Dokumentation dieser turbulenten Periode der Geschichte Wichitas. Es war mir eine unersetzliche Hilfe und hat mir Monate schwierigster Recherchen erspart. Dafür, Craig, danke ich dir und stehe tief in deiner Schuld. Ein Großteil des Hintergrundmaterials und die Anekdoten über Wichita in diesem Roman sind dem Buch Dr. Miners entnommen, die wenigen dichterischen Freiheiten oder Fehler sind allein mir anzulasten. Jedem, der mehr über die frühen Jahre Wichitas erfahren will, kann ich das ausgezeichnete, lehrreiche Buch Dr. Miners nur empfehlen.

Die Stadt Dry Gulch in Texas ist frei erfunden. Aber das Wichita des Jahres 1875 habe ich so präzise wie möglich geschildert, bis hin zu den Straßennamen, die sich inzwischen geändert haben. Alle in diesem Roman beschriebenen Gebäude haben 1875 tatsächlich existiert, einzige Ausnahme ist der Silver Slipper Saloon, der meine eigene Erfindung ist – obwohl er in der Art und Atmosphäre den Saloons dieser wilden Jahre entspricht.

In Amerika macht man sich oft darüber lustig, sehr zum Ärger der Leute aus Kansas, daß die auf diese Zeit zurückzuführende selbstgefällige Einstellung und die vielen veralteten, damals absolut notwendigen Gesetze dieser chaotischen Zeit häufig den Fortschritt gebremst haben. (Mein Mann ermahnt mich nach jeder Reise meine Uhr doch bitte um ein Vierteljahrhundert zurückzustellen, wenn ich wieder zu Hause bin.) Aber angesichts seiner wilden Vergangenheit ist es vielleicht verständlich, daß Kansas mit solchem Nachdruck versucht, eine Rückkehr in die »gute alte Zeit« zu verhindern. Das ungezügelte, oft gewalttätige, ja sogar mordlustige Verhalten, das die Saloons von damals förderten, wie zum Beispiel die Mordaufträge des berüchtigten Carry Nation (der leider für dieses Buch zu spät auf der Bildfläche erschien), war Anlaß dafür, daß in Kansas freie Saloons über fünfzig Jahre lang verboten waren. Ein Gesetz, das den Ausschank von Schnaps in einzelnen Landstrichen nur im Glas erlaubte, ist erst kürzlich abgeschafft worden. Wenn man es aber von der positiven Seite betrachtet, so haben diese restriktiven Maßnahmen Kansas vor den vielen weniger erfreulichen Nebenwirkungen bewahrt, die der Fortschritt mit sich bringt. Deshalb kennt dieser Staat erst seit kurzem die vielen Probleme der heutigen Zeit, mit denen sich meine liberalen Nachbarn schon seit Jahrzehnten herumschlagen müssen.

Der schreckliche Rotlichtbezirk Delano existiert nicht mehr. Aber das Occidental Hotel, in dem Slade und Rachel an jenem heißen Abend des 4. Juli in meiner Phantasie speisten, steht heute noch und ist erst vor kurzem in all seiner alten Pracht wiederhergestellt worden; allerdings befinden sich darin jetzt Büros. Einige der anderen Gebäude wurden erhalten und versetzt und können heute im Old Cowtown Museum von Wichita besichtigt werden, das ein historisches Bild der Stadt und von Sedgwick County in den Jahren 1865–80 vermittelt. Traurigerweise sind die meisten alten Gebäude jetzt umgebaut oder völlig von der Bildfläche verschwunden, so auch die wunderschöne, kleine St. John Kirche, die Rachel besucht hat. Doch die Kirche, die an ihrer Stelle errichtet wurde, ist genauso schön – ich muß es schließlich wissen, da mein Mann Gary D. Brock und ich dort im November 1983 geheiratet haben.

Ich sollte wohl auch erwähnen, daß es zwar tatsächlich 1875 in der Stadt eine Feuersbrunst gab (die die Douglas Avenue und die Main Street zum Großteil zerstörte), aber das Feuer, das ich schildere, ist rein fiktiv. (In Wichita ist inzwischen aufgrund der vielen Präriefeuer, die dadurch ausgelöst wurden, das Zünden von Feuerwerkskörpern verboten, ausgenommen sind öffentliche Veranstaltungen.) Prediger Proffitt und seine »drei Schwestern« lebten und starben nur in meiner Phantasie, aber viele der anderen Personen der Stadt haben wirklich gelebt, der bekannteste davon war natürlich Wyatt Earp.

Entgegen der allgemeinen Überlieferung war Wyatt nie Marshal oder auch nur Hilfsmarshal in Wichita. Er war lediglich städtischer Angestellter, und seine berüchtigten Taten sind schamlos übertrieben. In Wirklichkeit verbrachte er seine meiste Zeit damit, Kamine zu inspizieren (fliegende Funken aus Schornsteinen konnten Präriefeuer entfachen), Gehsteige zu fegen und die wirklich sehr zahlreichen und lästigen Hunde der Stadt (die den Tod fanden, wenn sie nicht gemeldet waren) und Tierkadaver von der Straße zu entfernen. Earp wurde schließlich 1876 von Marshal Meagher wegen unwürdigen Verhaltens entlassen, nachdem er William Smith, den Gegenkandidaten des Marshals, angegriffen und verprügelt hatte.

Das Leben schreibt wirklich die besten Romane, wie es heißt. Denn dieses Buch verdankt sein Entstehen der Tatsache, daß vor über hundert Jahren Colonel Marshall Murdock nach Wichita gelockt wurde, um dort eine Zeitung herauszugeben. Sein *Wichita Eagle* (zu dem inzwischen auch der *Wichita Beacon* gehört) ist immer noch die Tageszeitung der Stadt und gehörte bis zum Verkauf an die Knight-Ridder Gruppe vor einigen Jahren seinen Nachkommen. Einer von ihnen, Victor Murdock, stiftete im Jahr 1974 der Wichita State University ein Stipendium für begabte Journalistikstudenten. Dank der Großzügigkeit Victor Murdocks und einer Empfehlung von Dr. Loyal N. Gould, dem damaligen Leiter der Fakultät für Zeitungswissenschaften der WSU, kam ich zweimal in den Genuß dieses Stipendiums, ohne das es mir finanziell nicht möglich gewesen wäre, meinen Abschluß in Zeitungswissenschaften zu machen, der meine Karriere als Schriftstellerin begründete. Darum gilt mein Dank Marshall und Victor Murdock sowie Dr. Gould, der inzwischen Leiter der Fakultät für Zeitungswissenschaften der Baylor University in Waco, Texas, ist. Ich hoffe, daß ich mit diesem Roman einen Weg gefunden habe, diese unbezahlbare Schuld teilweise abzutragen.

Heute ist der Traum der Gründungsväter von Wichita wahr geworden: Eine sympathische, erfolgreiche (die Sparsamkeit der Geschäftsleute ist immer noch sprichwörtlich!) Stadt windet sich jetzt entlang der Ufer des Little und des Big Arkansas und gilt immer noch – mit Recht, wie viele behaupten würden – als die »unvergleichliche Perle der Plains«.

Genau in ihrem Herzen, am Zusammenfluß der beiden Flüsse, wo einst die verstreuten Hütten der Wichita-Indianer standen, steht eine Skulptur, die meiner Meinung nach eine der schönsten überhaupt und die schönste von Wichita ist. Sie stellt den »Hüter der Plains« dar, den der bekannte indianische Künstler Blackbear Bosin schuf. Diese riesige, rostfarbene Metallstatue zeigt einen herrlich modellierten Indianer in vollem Zeremonienornat, die Arme gen Himmel gestreckt, als griffe er nach den Sternen. Für mich hat Blackbear Bosin mit diesem wehmütigen Standbild nicht nur den ungebrochenen Mut der eingeborenen Indianer, die als erste die Plains durchwanderten, eingefangen, sondern auch den beispiellosen Mut der Pioniere, die nach ihnen kamen. Diese beiden Völker sind die Personifizierung des Mottos des Staates Kansas: Ad astra per aspera – mit Mühsal zu den Sternen.

Wenn es mir gelungen ist, lieber Leser, auf diesen Seiten zumindest einen kleinen Teil des tapferen und unbesiegbaren Geistes dieser Menschen zum Leben zu erwecken, dann bin ich reich belohnt.

Rebecca Brandewyne
Wichita, Kansas
November 1989